Das Vermächtnis des Caravaggio

Peter Dempf

Das Vermächtnis des Caravaggio

Roman · Eichborn.

1 2 3 4 04 03 02

Umschlaggestaltung: Moni Port
Abb. Vorsatz: Salome mit dem Haupt des Täufers
Abb. Nachsatz: Enthauptung Johannes'
Satz: Fuldaer Verlagsagentur, Fulda
Druck und Bindung: GGP, Pößneck
ISBN 3-8218-0874-8

Verlagsverzeichnis schickt gern:
Eichborn Verlag, Kaiserstraße 66, D-60329 Frankfurt am Main
www.eichborn.de

»Alles, was dir vor die Hände kommt, es zu tun mit deiner Kraft, das tu.«

Prediger Salomo

»Man muss über diese Welt so schreiben, dass das Herz erstarrt und die Haare zu Berge stehen.«

Boris Pasternak

I

»... so viel wiegt die Gunst des Volkes,
das nicht mit den Augen urteilt,
sondern mit den Ohren sieht.«

Giovanni Baglione, 1625

1.

Leben und Tod waren auf dem Markt allgegenwärtig. Um die kleine Kirche San Angelo in Pescheria, wenige Straßen nördlich der Tiberinsel, wurden kreisrunde Bastmatten die ganze Nacht hindurch mit Fackeln beleuchtet, so daß die darauf ausgelegten Fische und Krebse den Eindruck erweckten, als würden sie noch immer nach Luft schnappen und im Todeskampf zappeln.

Nerina lehnte sich gegen eine Säule und musterte die Menschen, die sich mitten in dieser ungewöhnlich warmen Februarnacht die besten Stücke aus dem Tiberfang suchten. Ihr zur Linken lehnte ein Mann gegen eines der hölzernen Fässer, in denen noch lebende Tiere schwammen und gierig Luftblasen schluckten. Unverhohlen sah er sie an, doch als er gewahr wurde, daß sie ihn beobachtete, drehte er sich langsam weg, als wolle er dem günstigen Angebot eines der Fischer folgen. Nerina hätte ihn nicht beachtet, wenn ihr Gefühl sie nicht gewarnt hätte. Hatte sie den Mann heute nicht schon einmal vor Micheles Atelier bemerkt. Da sein Gesicht im Fackelschein aber nur unzureichend auszumachen war, konnte sie sich auch irren. An das zerzauste dunkle Haar mit der kreisrunden Glatze am Hinterkopf glaubte sie sich jedoch zu erinnern. Sie schüttelte den Kopf über ihre verqueren Gedanken.

Trotzdem beschloß Nerina, vorsichtig zu sein. Sie schlängelte sich wieder durch die Auslagen, vorbei an den Fischersfrauen, die lautstark ihre Waren priesen. Sie mochte diesen Geruch nach Feuchtigkeit und Leben, nach dem langsam fließenden Wasser des Tibers. Sie mochte das Treiben, das mitten in der Nacht auf dem Markt herrschte, als würde dort das Herz der Stadt schlagen, fortwährend, in einem gleichmäßigen, starken Takt, und Menschenleiber durch die Straßen und Gassen pumpen. Hier kaufte man den frischesten Fisch Roms, hier holte man sich, was zu Mittag oder zu Abend gegessen wurde. Hier traf sich, wen die Stadt übrigließ, Huren und Bettler, Freier und Fremde, Nachtschwärmer und Frühaufsteher. Um das offene Feuer der Bratereien sammelte sich das Volk der Nacht, das sich tagsüber vor der Hitze in die dunklen Winkel der Stadt zurückzog, um hier mit einem

Schluck Wein die letzte Mahlzeit des Tages oder das erste Frühstück zu sich zu nehmen.

Nerina ließ ihren Blick über das Gewühl schweifen. Quer über den Platz hin und in Richtung Corso und Porto di Ripetta schwankte eine Sänfte, die vermutlich einen Adligen beherbergte, der sich zu so früher Stunde nach Hause tragen ließ. Sie erkannte das herzogliche Wappen der Gonzagas auf den schwarz glänzenden Türverschlägen. Die Vorhänge waren zugezogen, aber ein hagerer Begleiter in einer dunklen Livree mit langen schwarzen Haaren, der neben der Sänfte einherging und immer wieder in einen kurzen Trab fallen mußte, um Schritt zu halten, sprach in einem fort auf den Unbekannten in dem schwarzen Kasten ein. Nerina vermutete, daß es die Aufgabe des Mannes war, den Adligen, vielleicht auch den Kardinal, der sich hinter den Vorhängen verbarg, zu unterhalten. Sie mußte schmunzeln. Der fortwährend ins Leere gestikulierende und vor sich hin brabbelnde Kerl wirkte gar zu lächerlich.

Fast hätte Nerina aufgeschrien, als sie plötzlich angesprochen wurde. Der Mann stand so, daß sie sein Gesicht gegen das Fakkellicht nicht richtig erkennen konnte. Umrahmt wurde es ohnehin von einem starken Bart.

»Fisch, Signorina Nerina? Frisch aus dem Tiber. Mit Kopf!«

Erleichtert atmete Nerina auf, als sie die Stimme des Fischers Bernardo erkannte.

»Si, Bernardo! Für zwei Personen. Nicht zu groß, damit der Kopf nicht beten muß!«

Bernardo lachte. Sie spielten auf den Marmortisch in der Nähe an, auf dem alle gekauften Fische gemessen werden mußten. Ragte der Fisch über die Marmorplatte hinaus, war der Kopf als Steuer an den Marktaufseher abzugeben. Jeder wußte, daß er in die Suppentöpfe des Vatikans wanderte und dem Heiligen Vater serviert wurde.

Sie deutete auf einen der Fische, dessen silbriger Rücken im Schein der Fackeln rötlich glänzte. Mit einem geschickten Hieb seines Hakens holte der Fischer ihn aus dem Wasser, legte ihn auf seine Theke und versetzte ihm einen Schlag auf den Kopf, bis er aufhörte zu zappeln.

»Geht bitte mit Eurem ... Mann etwas sanfter um.« Er grinste anzüglich, als er ihr den Fisch an den Kiemen reichte.

»Ich bin nicht verheiratet, Bernardo«, erwiderte Nerina die Spitze des Fischers, »aber ich bin eine gelehrige Schülerin.«

Nerina hielt ihm ihren Fischhalter aus Schilfgras hin, und die Brasse wechselte den Besitzer.

»Ist so ein Fisch nicht zuviel für Euch allein?«

Hinter der Säule kam der Fremde hervor und trat ihr in den Weg. Er lachte dabei leise und in einem eigenartigen Tonfall, blickte ins Bassin und dann Nerina direkt in die Augen. Beinahe hätte sie über die Anrede ihren Fisch fallen gelassen. Der Blick verursachte ihr Grauen, denn dort begegnete sie einer Kälte und Leere, die sie sonst nur in den toten Augen der Fische fand. Rasch senkte sie den Blick.

»Was geht Euch mein Fisch an?«

Nerina zitterten die Knie. Sie war sich jetzt sicher. Das Gesicht des Mannes verfolgte sie, und zwar seit sie Micheles Atelier verlassen hatte. Der Gedanke ließ ihren Bauch krampfen und nahm ihr für einen kurzen Augenblick die Luft. Warum tat er das? Was wollte er von ihr?

»Er reicht aus für zwei, bella donna. Gebt mir doch die Ehre ...«

»Untersteht Euch, so mit mir zu reden, Fremder. Versucht Euch an Frauen, die das gewöhnt sind.«

Sie bemerkte, wie sich seine rechte Hand verkrampfte, und entdeckte am Daumen einen Ring. Rasch verbarg er die Hand und blitzte sie an.

»Der Versuch läßt die Gewohnheit entstehen!«

»Wagt es ...!« knurrte Nerina, bereit, mit der Fischtasche zuzuschlagen, wenn er sich ihr nähern sollte. Sie haßte diese gewohnheitsmäßigen Anreden der Freier und warf Bernardo einen bittenden Blick zu. Sofort trat der Fischer zwischen sie und den Fremden.

»Er muß gemessen werden!« betonte Bernardo und verschränkte die Arme vor der Brust. Nerina stellte fest, daß Bernardo den Fremden um einen guten Kopf überragte. Sie packte ihre Fischtasche fester und ging hinüber zur Marmortheke, an der die

Fische nach ihrer Länge geprüft wurden und an der man auch die Innereien entfernte. Aus dem Augenwinkeln heraus konnte sie noch erkennen, daß der Fremde ihr folgen wollte, Bernardo ihm jedoch den Weg vertrat.

Bei Michele gingen viele ungewöhnliche Gestalten ein und aus, aber noch nie war sie einem solchen Mann begegnet. Sie hätte schwören mögen, den Fremden noch nie zuvor gesehen zu haben. Und doch war ihr, als würden sie sich seit Wochen immer wieder begegnen. Die auffällige kreisrunde Glatze am Hinterkopf war ihr schon mehrmals aufgefallen. Er war ihr kein Fremder, das fühlte sie. Nerina versuchte seinen Dialekt einzuordnen, was ihr nicht recht gelang. Sie war sich aber sicher, daß es kein römischer war. So hart betonte hier in der Ewigen Stadt niemand die Wörter.

Hielt der Fremde sie für eine Dirne? Suchte er für den Rest der Nacht eine Frau? Warum lief er ihr nach, seit sie aus dem Haus getreten war?

Ein Schauer lief ihr die Arme entlang und kroch ihr bis an den Hals. Die ganze Situation blieb unheimlich, und sie dankte insgeheim dem Himmel, daß heute Bernardo statt seiner Frau den Stand betreute.

Vor der Marmorplatte hatte sich eine Schlange gebildet. Die Wartenden beschwerten sich lautstark über den Gesellen des Marktaufsehers, der jeden Fisch in die Länge strich, um ihn so über die Tafel hinaussehen zu lassen, und dann den Kopf ab der ersten Gräte abschnitt. Die Frau vor ihr zeterte lautstark und suchte Verstärkung, indem sie sich umdrehte und ihren geköpften Fisch herzeigte. Nerina selbst hatte keine Furcht vor der Messung, denn ihre Brasse war für solche Betrügerei entschieden zu klein.

Als sie an die Reihe kam, schlitzte der Geselle des Aufsehers mit einem scharfen Messer das Tier auf und entfernte die Innereien mit einer raschen Bewegung. Gedankenverloren folgte sie seinen Handgriffen und bemerkte erst spät, daß er ihr den Fisch bereits hinhielt und sie mit einem begehrlichen Blick musterte. Rasch packte sie den Fisch in ihren Strohkorb. Mit schnellen Schritten eilte sie über den Platz, ohne sich noch einmal umzusehen, aber immer mit dem unbestimmten Gefühl, beobachtet zu werden. Jetzt verursachte ihr der Lärm Kopfschmerzen. Sie preßte die Hände gegen die Schläfen, der Fischkorb schlug ihr gegen die Brust. Erst als sie den Fischmarkt in Richtung Marsfeld verließ, hielt sie inne, um zu verschnaufen.

Unwillkürlich suchte sie den Fremden in der Menge. Sie wollte sich eben abwenden und zu Michele zurückgehen, als sie ihn entdeckte. Bei einer Dirne hatte er sich untergehakt, bei Lena, die oft für Michele Modell stand. Soeben stieß er ein weiteres Mädchen zurück, das sich an seinen anderen Arm gehängt hatte, so daß sie in den Staub fiel. Lena lachte laut und zog den Fremden hinunter zum Tiberufer. Also hatte er doch nur eine Frau gesucht. Erleichtert sah sie den beiden nach, wie sie von der Dunkelheit verschluckt wurden. Das Mädchen hinter ihnen rappelte sich vom Boden auf, säuberte ihr Leinenkleid und schimpfte ihnen mit erhobener Faust nach.

Nerina nahm ihren Fischkorb fester und ging in Richtung Atelier davon.

2.

»Dieser Gestank, diese ewige Dunkelheit, diese Enge. Sogar mit seinem Sterben will uns dieser Aldobrandini quälen. Als hätte er nicht genug Unglück über den Stuhl Petri gebracht, als er sich dem Einfluß Spaniens beugte. Und wie sie um ihn herumschleichen, die Speichellecker von Kardinälen, daß einem übel wird. Dabei sieht und hört er nichts mehr. Mit offenen Augen stiert er an die Decke, röchelt nur noch und verbreitet einen pestilenzialischen Atem.«

Scipione Borghese schwieg und beobachtete den Oheim, der seinen purpurnen Kardinalshut auf einen Ledersessel warf und jetzt barhäuptig im Zimmer auf und ab lief. Sein schwerer Körper schwankte dabei wie der einer gemästeten Gans. Schweiß rann ihm über die Tonsur den Nacken hinab, den er mit einem Tuch abwischte. Die Kinnfalte schlenkerte hin und her, als wäre sie ein Pendel, angetrieben durch die fortwährende Bewegung der Beine, und die Augen, die durch die aufgeschwemmten Backen zugedrückt wurden, wirkten, als würde er ständig zwinkern. All das gab ihm den Anschein eines etwas unbeholfenen Menschen, dessen Gutmütigkeit man durchaus ausnützen konnte. Scipione Borghese wußte, daß es anders war.

»Niemand kann sagen, ob er nun wirklich stirbt oder allen wieder eine Komödie vorspielt, bei der nur er selbst richtig lachen kann. Er ist eine Qual.«

»Ihr sprecht vom Papst, Oheim!«

Camillo Borghese fuhr herum.

»Daß ich nicht lache. Von Clemens VIII., dem Erfüllungsgehilfen des spanischen Königs, vom Arschkriecher der Habsburger spreche ich, der sich nicht zu schade war, sich auch noch mit dem französischen König zu verbünden, von diesem Niemand ohne Rückgrat und eigene Meinung, der die Christenheit an der Nase herumführt und die Gläubigen am liebsten alle in die Hölle schicken möchte.«

»Ihr versündigt Euch!«

Kardinal Camillo Borghese baute sich vor seinem Neffen auf, und dieser konnte nicht anders, als die stattliche Gestalt in ihrer äußersten Erregung zu bewundern. Das Alter machte Camillo Borghese noch herrischer, als er schon war. Nur die etwas aufgedunsenen Züge und die hochrote, cholerische Gesichtsfarbe, die jetzt seine Blässe überzog, standen im Widerspruch dazu. Das Theater um den auf den Tod kranken Papst zehrte sichtlich an seinen Nerven.

»Ich habe Euch nicht nach Rom holen lassen, Scipione, um mir geistliche Plattheiten anhören zu müssen. Es ist die Wahrheit! Und ich werde etwas dagegen tun. Ich muß dafür Sorge tragen, daß kein Parteigänger der Spanier mehr den Heiligen Stuhl besteigt! Es muß ein Ende haben mit all den Sfondratos, Medicis, Aldobrandinis und Chigis.«

Scipione beobachtete seinen Oheim, der ans Fenster trat und einen Flügel aufriß. Kühle Luft strömte vom Tiber herüber. Er stellte sich in den Luftstrom und schloß die Augen. Mit leicht vibrierenden Nasenflügeln sog er den Geruch des Wassers ein.

»Ihr holt Euch den Tod, Oheim!« meinte Scipione leise. Er wußte, daß man Camillo Borghese nicht ungestraft auf einen ungesunden Lebenswandel ansprechen durfte. Es reizte ihn trotzdem.

»Was habt Ihr gesagt?«

Scipione Borghese räusperte sich. Sein Satz, der ihm einfach so herausgerutscht war, tat ihm jetzt leid. Leise wiederholte er:

»Ihr holt Euch den Tod, Oheim!«

Jetzt erwartete er eines jener Gewitter, die zum cholerischen Wesen seines Oheims gehörten. Aber Camillo Borghese drehte sich auf dem Absatz um, und Scipione konnte sehen, daß sein Oheim übers ganze Gesicht strahlte und seine Augen über den Backenwülsten glänzten. Überrascht hob er eine Augenbraue.

»Ich wußte doch, daß ich eine Hilfe in Euch finden würde. Natürlich. Frische Luft wird ihn umbringen. Sein Lebtag hat er keinen Sack voll frischer Luft geatmet, diese spanische Hure. Ich werde die Fenster aufreißen, daß es die Purpurröcke hinausweht, Scipione.«

Zu Scipiones Erstaunen schnippte Camillo Borghese mit den Fingern und setzte sich auf den Stuhl, auf den er eben seinen Kardinalshut gelegt hatte.

»Damit wäre der erste Teil der Strategie abgehandelt. Jetzt läßt sich darauf aufbauen.«

Camillo Borghese streckte sich aus und blickte wie abwesend in sich hinein.

»Was meint Ihr mit Strategie, Oheim?«

»Scipione, mein Neffe, Ihr wißt, daß die spanische Fraktion die Kirche auf einen Weg führt, der gepflastert ist mit Tod und Verderben. Die Inquisition, die Herrschaft der Jesuiten, alles zielt auf Gewalt und Unterwerfung ab. Und selbst die halbherzige Öffnung gegenüber Frankreich hat dem Vatikan kaum etwas genützt. Wir müssen etwas daran ändern – und der kritische Zustand des Papstes wäre die Gelegenheit. Ein Italiener muß auf den Stuhl Petri. Das nächste Konklave muß eine politische Wende bringen.«

»Und an wen denkt Ihr, Oheim? Wer hat so viel Einfluß, den der spanischen Fraktion zu brechen? Wer kann das Konklave umstimmen? Wer kann die Stimmgelder an die Vertreter der Italiener zahlen?«

Camillo Borghese blickte Scipione an, als säße er bereits im weißen Gewand auf dem Stuhl Petri und segne von dort herab die Christenheit.

»An wen denkt Ihr, Scipione?«

»Ich kann mir nur einen denken, der all die Eigenschaften in sich vereinigt und über die finanziellen Mittel verfügt.«

»Und? Sprecht? Wer könnte das sein?«

Scipione Borghese lächelte in sich hinein. Sein Oheim hielt sich an den Lehnen des Sessels fest, als müsse er eine Schwäche überwinden. Dabei war er keineswegs schwach. Zielstrebig und klar war seine Karriere verlaufen. Er galt als unbestechlich und tief gläubig, mit einer für die Verhältnisse tadellosen und würdigen Lebensführung, die nur wenige Schwachstellen aufwies. Und er fühlte sich seiner Familie gegenüber verpflichtet, vielleicht etwas stärker, als es den anderen Kardinälen lieb war.

»Ihr, Oheim, und niemand sonst. Wenn Kardinal Baronius Euch unterstützt.«

Kurze Zeit blieb es still zwischen ihnen. Scipione wollte nicht als erster weitersprechen und wartete auf eine Reaktion seines Oheims. Die Erwähnung des mächtigsten Kirchenfürsten in Rom hatte seinen Oheim sichtlich getroffen. Plötzlich stand Camillo Borghese auf.

»Er wird es tun. Dieser gelehrte Mann hat keinen Sinn für die Tiara. Und dann gilt es, diese Ketzer der spanischen Fraktion an den Pranger zu stellen.«

»Das wird schwierig werden, Oheim. Wie wollt Ihr das anstellen?«

»Dafür habe ich Euch kommen lassen. Es soll nicht Euer Schaden sein, wenn die Wahl auf mich fällt.«

»Warum gerade mich?«

»Oh, Ihr seid jung, intelligent – und ein Kunstfreund.«

Scipione Borghese lachte. Sein Oheim verstand sich aufs Pläneschmieden. Insgeheim hatte er geahnt, daß ein Hintergedanke dabei war, ihn nach Rom zu beordern, jetzt, um diese Zeit der spannungsvollen Erwartung des Hinscheidens des Papstes.

»Wollt Ihr in der Stadt Ketzerstatuen aufstellen lassen, die alle Mitglieder der spanischen Fraktion bloßstellen? Oder wollt Ihr von Schauspielern spanische Autodafés veranstalten lassen, bei denen Kardinäle der spanischen Fraktion in Rauch aufgehen?«

Wieder wanderte Camillo Borghese durch den Raum, während Scipione neugierig eines der Deckengemälde betrachtete. Zeus zürnte dort einem der Titanen und schleuderte Blitze gegen die scheinbar Übermächtigen, die er schließlich doch besiegte.

Er erschrak, als sein Oheim unmittelbar vor ihm auftauchte und ihn von unten ansah. Sein Bauch berührte ihn leicht. Sein Oheim faßte ihn, Scipione Borghese, fest mit beiden Händen an den Armen.

»Eine gute Idee, wenn auch nicht durchführbar. Nein, Scipione, es muß so sein, daß das Volk aufbegehrt. Daß Unruhe entsteht bei den Bürgern und Kardinälen. Daß man murrt und knurrt gegen den spanischen Popanz. Und das läßt sich am leichtesten dort verwirklichen …«

»… wo sie am empfindlichsten zu treffen sind: bei ihrem Geldbeutel.«

»Richtig.«

»Aber ich verstehe noch nicht, wie Ihr das anstellen wollt. Es muß so heimlich geschehen, daß niemand auch nur den Hauch einer Ahnung besitzt, und es muß so spektakulär sein, daß es allen zu Gehör kommt.«

Camillo Borghese ließ los und schritt zurück in den Raum.

»Eben das bereitet mir Kopfzerbrechen, Scipione. Ich will ein spektakuläres Ereignis, ohne daß mein Name dabei ins Spiel kommt. Niemand wird Euch verdächtigen, wenn Ihr als Sammler oder Auftraggeber auftretet.«

»Keine leichte Aufgabe!«

»Denkt darüber nach, Scipione. Ich muß zurück, die spanische Hure Ippolito Aldobrandini läßt die Zeiten notieren, welche die Kardinäle an seinem Bett gewacht haben. Ich bin schon zu lange weg. Dabei sollte man glauben, daß dieser wandelnde Totenschädel ohnehin nichts mehr wahrnimmt.«

Scipione half seinem Oheim noch, den Hut über die Tonsur zu stülpen, dann sah er ihm nach, wie er durch die übermannshohen Türflügel verschwand, als würde ihn der Wind hinauswehen.

3.

»Ich habe für Euer Anliegen Verständnis, aber ich kann augenblicklich nichts für Euch tun, werter Pater Leonardus.« Scipione Borghese sah seinen Oheim noch vor sich, wie er zur Decke emporblickte, als würde ihm dieser Satz von dort oben eingeflüstert. »Leider! Die Umstände ... ich hoffe Ihr versteht ... die Krankheit Clemens' ... das Kardinalskollegium ... alle sind angespannt ... niemand will voreilige Entscheidungen treffen. Vielleicht ... wenn die Frage der Nachfolge entschieden ist ... wenn das Konklave getagt hat ...«

Bereits von weitem hörte er den Pater kommen, langsam, enttäuscht. Er kannte die Art Mensch, die Pater Leonardus verkörperte, intelligent, skrupellos, machthungrig, die auf dem Land buckelte, besserwisserische und ungläubige Bauern mit einem Glauben fütterte, der mehr einem Karnevalstreiben als einer Andacht glich. Alle warteten sie auf den Zeitpunkt, an dem sie ihre Fähigkeiten unter Beweis stellen konnten. Doch seinen Oheim plagten im Moment andere Sorgen, wie er durch die kleine Augenöffnung in der Tapetentür erspäht hatte.

Scipione Borghese hatte sich von seinem Lauschposten zurückgezogen und war auf den Gang hinausgetreten, auf dem er dem Pater unweigerlich begegnen mußte. Dort wischte er sich jetzt über die Stirn und überlegte, während er auf den schleichenden Schritt des Paters lauschte. Gerade dieser Pater Leonardus erschien ihm der geeignete Mann für seine Pläne. Wenn der totkranke Heilige Vater starb und das Konklave einberufen wurde, mußten die Stimmen gekauft sein. Das einzige, was diesen alten Fuchs Camillo Borghese, der seine Gerissenheit hinter einer frommen Larve verbarg, über die Bühne der Welt schleifte, war die Aussicht auf die Mitra des Heiligen Vaters. Dazu bedurfte es Vorarbeiten, Hilfen.

Vielleicht gelang ihm selbst so der Schritt zur Kardinalswürde.

»Oh, unser Prete Rosso!« rief er ihm zu.

Offenbar überrascht blickte Pater Leonardus auf. »Wenn Ihr auf meine Haarpracht anspielt. Eine Laune der Natur, Gottes Natur.«

»Nehmt es mir nicht übel, aber die Dienerschaft im Haus hat Euch diesen Spitznamen sofort gegeben, als sie Euch zum erstenmal sah. Ihr kommt von meinem Oheim?«

Jetzt merkte Pater Leonardus auf. Der Hinweis hatte gefruchtet. Amüsiert beobachtete Scipione Borghese, daß er sich ausrechnete, mit wem er sprach, und ob der Neffe des Kardinals Camillo Borghese vor ihm stand. Vermutlich entdeckte er jetzt Gemeinsamkeiten, die Form der Ohren, die Nase, die Haltung der Hände.

Bevor Pater Leonardus seine Musterung abschließen und sich ein vorläufiges Urteil bilden konnte, hakte sich Scipione Borghese unter. Sie stiegen eine Treppenwendel hinunter und traten auf den Innenhof hinaus. Ein Kolonnadenhof mit doppelten Säulen zu ebener Erde und einer umlaufenden Galerie gab der Architektur einen leichten, aber strengen Charakter.

»Seid Ihr einen Schritt weitergekommen, Pater Leonardus? Habt Ihr die von Euch herbeigesehnte Pfründe erhalten?«

Jeder in Rom wußte, daß die Borgheses eine Familie mit starkem Zusammenhalt und – trotz aller innerfamiliärer Streitigkeiten – großem Gemeinsinn waren.

»Nein, leider nicht. Die Krankheit des Papstes macht die Kardinäle nervös. Sie scheuen vor jeder Entscheidung zurück.«

Scipione Borghese lachte, so daß es im Innenhof widerhallte und er im zweiten Stock kurz einen Kopf über der Brüstung erscheinen sah, der nach unten spähte. Der Kopf verschwand sofort wieder. Offensichtlich hatte sich der Pater für die Wahrheit entschieden. Möglicherweise sah er darin nur eine weitere Prüfung seiner Treue gegenüber der Familie Borghese. Ganz so eng knüpften die Bande der Familie nicht, vor allem dann nicht, wenn eigene Interessen eine Rolle spielten. Aber das mußte der Pater ja nicht erfahren.

»Mein Oheim scheut im Augenblick alles, was ihn in ein schlechtes Licht rückt. Er kennt keine Freunde mehr, keine Verwandten, keine Günstlinge, nur noch Christen im Herrn.« Plötzlich wurde Scipione Borghese wieder ernst. Er blieb kurz stehen und sah Pater Leonardus von der Seite her an. »Er ist sich zu sicher.«

»Aber er wäre der rechte Mann.«

Scipione Borghese verabscheute diese Schmeicheleien, die dadurch zustande kamen, daß Pater Leonardus etwas wie Morgenluft schnupperte. Sicherlich rechnete dieser sich aus, daß Kardinal Camillo Borghese ein Mann war, der bislang jeden seiner Günstlinge versorgt hatte. Und wenn er seinen Neffen mochte, dann hieß der nächste Kardinal Borghese möglicherweise Scipione.

Scipione Borghese hielt ihn immer noch untergehakt und drängte ihn langsam in eine Ecke des Kolonnadenhofes, die von der Galerie aus nicht eingesehen werden konnte. Dort trat er vor ihn und senkte die Stimme.

»Ihr seid ein Schmeichler, Pater Leonardus. Aber glaubt nicht, ich würde es nicht durchschauen. Ich weiß, was Ihr wollt, und ich weiß, warum Ihr es nicht bekommt.«

Seine Stimme hatte er verändert. Alles Überhöfliche war daraus gewichen. Seine Gesichtszüge ließ er von einem Augenblick zum anderen versteinern. Seine Sätze schnitten wie Stahl.

»Aber ich weiß nicht, was Ihr wollt!« versuchte sich Pater Leonardus zu rechtfertigen, ein Blick Scipione Borgheses gebot ihm jedoch Schweigen.

»Wir werden einen Handel abschließen, Pater Leonardus. Ihr werdet davon profitieren – und ich auch.«

»Einen Handel? Welcher Art?«

»Liebt Ihr Bilder, Pater? Moderne Bilder?«

Pater Leonardus zuckte mit den Schultern.

»Ich vergöttere sie, mein Prete Rosso. Sie sind ein Geschenk des Herrn an seine unwürdigen Geschöpfe. Ein Stück des Paradieses, was sage ich, des Himmels! Vielleicht das einzige Geschenk, das nicht mit dem Bösen behaftet ist, das uns seit der Vertreibung aus dem Paradies anhaftet wie Leim.«

»Ich liebe sie auch.« Die Stimme des Paters krächzte. »Die Gemälde in den Kirchen, die Darstellung der Heiligen und die des Lebensweges unseres Herrn«, beeilte sich Pater Leonardus zu sagen.

Insgeheim machte sich Scipione Borghese über Pater Leonardus lustig. Eine Rolle wollte er ihm zuweisen, die der Pater nicht durchschauen würde. Sollte er denken, was er wollte, sollte er sich fragen, was sich wirklich hinter seinem Narrentum den Bildern gegenüber verbarg, das sich in seinem Gesicht spiegelte. Er verdrehte die Augen und senkte die Stimme ganz zu einem Flüstern herab.

»Blinder Tölpel«, murmelte der Borghese.

»Ich verstehe Euch nicht, Scipione Borghese!«

»Ihr werdet mich verstehen, Pater Leonardus. Bald werdet Ihr mich verstehen. Folgt mir.«

4.

Enrico haßte die Klingel seit dem Augenblick, als er sie zum erstenmal gehört hatte. Er haßte den Umstand, daß er als Sekretär bei einem Adligen arbeitete, der bereits in seinen jungen Jahren offensichtlich unter Schlafmangel litt. Und er haßte die Tatsache, daß er wie ein Leibeigener diesem Gecken zur Verfügung zu stehen hatte, Tag und Nacht. Aber er liebte Rom – und deshalb war er seinem Schützling Ferdinando Gonzaga dorthin gefolgt, obwohl ihn dessen Vater seines scharfen Verstandes wegen nicht hatte gehen lassen wollen.

Wieder wurde am Klingelzug gerissen, und Enrico sprang aus dem Bett, in das er sich noch angekleidet gelegt hatte. Als er den Vorhang zurückschlug, sah er, daß sich bereits graue Schleier am Horizont zeigten, aber die Sonne sich hinter dem Esquilin versteckt hielt. Morgen wie diesen kannte er zur Genüge aus der Zeit als Klosterschüler des Benediktinerkonvents in Mantua, wenn sie zu Matutin geweckt wurden und in die Kirche zum Gebet strömten, Klosterbrüder wie Schüler, müde, erschöpft und frierend.

Paolo, der Leibdiener Ferdinando Gonzagas, klopfte und öffnete die Tür.

»Er ist eben nach Hause gekommen und wünscht Eure Begleitung!« flüsterte er.

»Ich eile!« sagte Enrico und rätselte darüber, wohin sein junger Herr zu dieser frühen Morgenstunde wollte, ohne zuvor geschlafen zu haben.

Er trat ans Fenster, um Luft zu holen. Die ersten Februartage waren außerordentlich mild gewesen, selbst die Nächte brachten die Kälte nicht zurück. Rasch fuhr sich Enrico durch die Haare und holte sich Tintenfaß, Federn und Papier, verstaute alles in einem Köfferchen und eilte in den ersten Stock hinunter. Dort erwartete ihn Ferdinando Gonzaga mit tiefen Ringen unter den Augen, aber einem wachen Blick.

»Der Kardinal erwartet uns!«

»Mitten in der Nacht, Exzellenz?«

»Niemand in Rom schläft, während der Papst im Sterben liegt, Enrico.«

Durch ein Räuspern unterdrückte Enrico eine Bemerkung, die ihm beinahe unbedacht über die Lippen gerutscht wäre. Natürlich dachten die Würdenträger der katholischen Kirche im Augenblick an nichts anderes als an ihre Pfründen und Einnahmen und an den nächsten Papst, den Nachfolger auf dem Stuhl Petri, der im Konklave aus ihrer Mitte gewählt werden würde. Da mußte man vorbauen, da mußte man schmieren, da mußte man die Lästermäuler stopfen.

Und für die Jungen, die Versorgungsfälle, wie er selbst insgeheim die übriggebliebenen adeligen Söhne nannte, die vom väterlichen Erbe ausgeschlossen waren, bedeutete es eine Chance. Jetzt mußte man an die Türen klopfen, Unterstützung zusagen, Geld spenden. Trotzdem wußte er nicht recht, für welche Mission sein Herr in Rom weilte. Für einen Kardinalshut war er mit seinen siebzehn Jahren zu jung und für eine politische Aufgabe zu unerfahren. Aber er würde es herausfinden, davon war Enrico überzeugt. Nur daß der Vater bereits enge Kontakte zu Kardinal Camillo Borghese geknüpft hatte, wußte er. Aber der Kardinal gehörte der falschen Fraktion an.

Enrico begleitete Ferdinando Gonzaga zur Sänfte hinunter, die in der Toreinfahrt wartete. Er ließ seinen Herrn einsteigen und schloß die Tür hinter ihm. Enrico selbst lief nebenher.

»Erzählt mir etwas über den Kardinal, Enrico. Was ist er für ein Mensch? Wie muß man ihn ködern?«

Eine seiner Stärken war sein Gedächtnis. Vor gut anderthalb Jahrzehnten machte es Padre Odilo, den Dorfgeistlichen seines Heimatortes, auf ihn aufmerksam. Damals hatte er am Mittagstisch seiner Eltern, die den Padre zum Essen geladen hatten, den Geistlichen korrigiert und als Beweis Teile seiner Predigt auswendig wiederholt. Die Verwunderung bei Padre Odilo mußte groß gewesen sein, denn ab da an saß er, sehr zum Leidwesen seiner Eltern, häufiger bei ihnen am Tisch und unterrichtete ihn in Latein und Bibelkunde. Ferdinando Gonzagas Räuspern weckte ihn aus den Erinnerungen und gemahnte ihn an seine Aufgabe.

»Herr, ich weiß vermutlich weniger als Ihr. Kardinal Camillo Borghese ist nicht gerade einer der aussichtsreichsten Kandidaten für das Amt, sofern uns Papst Clemens, Gott sei seiner Seele gnädig, verlassen muß. Es gibt aussichtsreichere Kandidaten wie die Kardinäle Baronius und Bellarmin, beide Vertreter der italienischen Fraktion, vor allem der Gelehrte Baronius, der allgemein großen Respekt im Kollegium genießt, oder aber de'Medici, ein Vertreter der Spanier, oder gar Kardinal Joyeuse, der Führer der französischen Partei. Alles sicherere Kandidaten als der Borghese. Er ist dem Essen zugetan und fördert vor allem die, die ihm Gutes getan haben auf seinem Lebensweg, ohne sie zu sehr zu unterstützen. Vorbehaltlos arbeitet er für die Familie Borghese. Er gilt als der Vergangenheit zugewandt, ganz im Gegensatz zu den übrigen Familienmitgliedern wie beispielsweise Scipione. Die freien Städte bauen auf ihn, aber die spanische Fraktion ist noch stark, zu stark.«

Die Träger liefen los, und Enrico mußte sich beeilen, wenn er Schritt halten wollte. Er seufzte. Hinter den Chancen seines Lebens herzurennen, daran gewöhnte er sich nie. Aber er war nur der Sohn eines armen Buchbinders und als solcher gewiß nicht dazu ausersehen, sich von Trägern durch den anbrechenden Morgen schleppen zu lassen. Trotzdem verspürte er an manchen Tagen einen Stich, wenn er das Oben und Unten, wenn er die Leichtigkeit sah, mit der Ferdinando Gonzaga durchs Leben ging, und dies mit seinem eigenen Weg verglich.

Zwar wußte Enrico nicht, was der Herzog von Mantua seinem Sohn auf den Weg gegeben hatte, aber er ahnte, daß es sich nicht nur um eine politische Mission handelte, sondern der Versorgung seines Schützlings dienen sollte. Dabei hatte Ferdinando weiß Gott keinerlei Begabung, außer die des uneingeschränkten Müßiggangs und der Tatsache, daß er kaum Schlaf brauchte. Manchmal verzweifelte Enrico an der scheinbaren Interesselosigkeit Ferdinandos. Deshalb hatte er sich vorgenommen, die Stadt auf eigene Faust zu erkunden, einen neuen Herrn zu finden und so schnell wie möglich seine Dienste bei diesem Gonzaga aufzukündigen.

»Jetzt erzählt doch, Enrico!« tönte es aus dem Inneren der Sänfte.

Enrico rang nach Atem, fühlte sich unausgeschlafen und übermüdet. Unter lautem Keuchen begann er:

»Fangen wir bei Clemens VIII. an, Exzellenz. Der Papst gilt als geschickter Taktiker und Schlitzohr. Er soll das Kollegium der Kardinäle getäuscht haben. Sie glaubten, einen kranken Mann zu wählen, der nicht mehr lange zu leben habe, und mußten feststellen, daß der Florentiner Kardinal Ippolito Aldobrandini mit der Übernahme der Mitra plötzlich wunderbarerweise gesundete und als Clemens VIII. seine Amtsgeschäfte gewissenhaft erfüllte. Zwar war er ruhelos, reiste beständig umher und wurde immer wieder krank, aber sein vorbildlicher Ernst und seine Frömmigkeit verdienen Lob. Außerdem gilt er als einfühlsamer Politiker.«

Das erste Licht fiel in hellen Kaskaden in die Gasse, die sie eben durcheilten, und überzog die Wände der Häuser mit einem goldenen Schimmer.

»Was sabbert Ihr da, Enrico. Jeder weiß, daß Clemens VIII. eine noch nie dagewesene Günstlingswirtschaft betrieb, ohne je schamrot zu werden.«

»Aber es gelang ihm, den Kirchenstaat zu erweitern und den Streit mit Frankreich beizulegen.«

»Auf Kosten des italienischen Adels und im Sinne der spanischen Fraktion unter Kardinal Madruzzo!«

Enrico wunderte sich, daß Ferdinando so genau Bescheid wußte, schließlich verbrachte er seine Vormittage mit Schlafen, die Nachmittage mit Vergnügungen und die Nächte mit den Tänzerinnen und Tänzern des Theaters. Zeit, sich um Politik zu kümmern, blieb dabei nicht. Möglich, daß ihn sein Vater eingeweiht hatte.

»Ein erheblicher Teil der Kardinäle bezieht aus Spanien Pensionen. Aber dem Schlitzohr auf dem Stuhl Petri gelang es, den spanischen Einfluß zu brechen. Er holte sich den Beistand der Franzosen.«

»Nur, weil sich dieser Henry Quattre zum katholischen Glauben bekehren und taufen ließ.«

»Die Wiederaufnahme Heinrichs von Navarra in den Schoß der Mutter Kirche war von außerordentlicher Tragweite, Herr.«

Sie bogen vom Tiberufer aus in eine Seitenstraße ein und befanden sich plötzlich auf dem Fischmarkt. Enrico verschlug es beinahe den Atem. Es stank nach nassem Fleisch, nach Schuppen und modrigem Tang. Hier pochte selbst in der Februarkälte das Herz Roms fiebrig wie im Dorf, aus dem er stammte.

»Clemens wollte nicht Kaplan des spanischen Herrscherhauses sein, und es ist ihm gelungen. Der Papst in Rom ist wieder sein eigener Herr.« Enrico mußte Luft holen, weil er glaubte, durch den Dunst auf dem Markt ersticken zu müssen, und ihn das ständige Rennen restlos erschöpfte. »Und jetzt ist er krank, Exzellenz, auf den Tod krank!«

»Er war immer auf den Tod krank.«

»Man munkelt, er liege im Sterben!«

»Man munkelte immer, daß er im Sterben läge.«

»Und warum seid Ihr dann hier?«

Aus der Sänfte kam keine Antwort. Enrico sah sich kurz auf dem Markt um. Die Menschen, die sich hier zusammenfanden, ergaben ein buntes Bild, das ihm das Herz aufgehen ließ. Menschentrauben um Bratereien, Bastmatten mit handtellergroßen Krebsen, Holzbottiche voller Fisch. Hierher mußte er noch einmal kommen, ohne diesen Laffen von Gonzaga, der nicht einen Blick darauf verwandte und vermutlich nur daran dachte, die besten Kontakte zu knüpfen. Bevor sie in Richtung Corso einbogen, traf sich Enricos Blick mit dem einer jungen Frau, die an einer der Säulen lehnte. Eine selbstverständliche Ruhe strahlte sie aus, und sie gefiel ihm sofort. Für einen kurzen Augenblick nur sahen sie sich an, dann mußte sich Enrico beeilen, um der Sänfte hinterherzukommen.

5.

Ein Geräusch ließ Nerina aus ihrem Schlaf hochschrecken. Sie lauschte. Stimmen! Vom Fuß des Treppenhauses. Ihr Tonfall klang erregt und bedeutete nichts Gutes.

Schon graute der Tag und warf einen ersten Lichtstreifen durch die Fensteröffnung, der wie Nebel den Raum farblos ausleuchtete. Nerina mußte sich erst vergewissern, wo sie sich befand. Der Stuhl, das Bett, die Staffelei, Bilder am Boden und an der Wand: Sie war in Micheles Atelier. Ihr war kalt an den Schultern, schnell zog sie die Decke höher. Ein Zittern durchlief sie. Wieder hatte sie auf der Liege geschlafen und fühlte sich wie gerädert. Halb richtete sich Nerina auf und lauschte. An der unteren Eingangstür stritten sich offenbar mehrere Männer, versuchten aber ihre Stimmen zu dämpfen. Plötzlich schienen sie sich geeinigt zu haben und kamen die Treppe herauf. Die Stimmen wurden lauter. Sicherlich würden sie Donna Bruna wecken. Rasch erhob sie sich. Sie entdeckte ihr Kleid auf einer der Staffeleien und streifte es sich über. Das Leinen kratzte angenehm belebend auf der Haut. Keine fünfzehn Fuß entfernt schnarchte Michele am Tisch. Er war auf seinem Stuhl eingeschlafen und hatte eine Kopfseite in die Farbreste seiner Palette getaucht. Neben ihm stand eine leere Korbflasche.

Jetzt hatten die flüsternden Stimmen ihre Wohnung erreicht und hielten inne. Bis zum Hals klopfte Nerina das Herz. Wer wollte um diese Zeit zu ihnen?

»Michele, aufwachen. Ich glaube, es gibt Ärger.«

Michele murmelte im Schlaf, drehte jedoch nur den Kopf auf die andere Seite. Nerina gab ihm einen kräftigen Stoß in die Seite. Satt hatte sie es, den Trunkenbold zu wecken.

»Gläubiger! Sie wollen eines deiner Bilder pfänden.«

Der Trick gelang immer. Noch so tief konnte dieser Malteufel in den seidenen Kissen des Weinrauschs liegen, die Angst davor, daß eines seiner Bilder in die unrechten Hände geriet, trieb ihn sofort auf. Doch diesmal war es zu spät. Michele sah Nerina an, und sie wußte, daß er noch nach Gegenwärtigkeit suchte, daß er sich hier in diesem Raum erst verankern mußte, als bereits die Tür gegen die Wand flog, ein Gewirr an Stimmen und Menschen in den Raum flutete. Eine ganze Horde von Männern stürmte auf Michele zu, der schützend die Hände über den Kopf hielt.

»Ciao, bella, ciao, Nerina, ciao, Michele!« brüllte der vorderste Besucher, ein ungewaschener, nach ranzigem Öl riechender Fischer, der noch den Teil eines Netzes im Arm hielt. »Caravaggio, sieh her!«

Besorgt beobachtete Nerina, wie Michele die Hände vors Gesicht schlug und die Stirn auf den Tisch zurücksinken ließ. Die Geste war eindeutig. Auf seinem Gesicht erschien die Frage: Was habe ich nur verbrochen?

»Camillo, du weißt doch, daß er kein Geld hat«, versuchte Nerina Michele zu verteidigen.

»Er hat nie Geld.« Der Fischer gebot den anderen mit einer Armbewegung Ruhe. »Aber ich komme nicht deswegen. Sieh her, Michele. Kennst du das?«

Nur langsam schien Michele aus seinem Rausch aufzutauchen. Nerina ging quer durch den Raum, nahm die Karaffe vom Waschtisch und goß sie Michele mit einem kräftigen Schwung über den Kopf. Der schüttelte sich wie ein Pudel.

»Madonna! Was soll das, Nerina?« prustete er.

»Du sollst aufwachen«, betonte der Fischer, »und dir dies hier ansehen.«

Nerina trat hinter ihn und rieb Micheles nasse Haare mit einem Tuch trocken. Ein Geruch von Farbe, Fett und Wein stieg davon auf. Sie genoß es, ihm über den Kopf zu fahren, obwohl ihr die Art des Fischers nicht behagte. Michele atmete schwer. Mit einer Handbewegung schob er sie von sich und strich sich das Haar aus der Stirn, während es in der Runde still wurde.

»Was ist das?«

»Was ist das? Was ist das?« äffte ihn der Fischer nach. »Ein Tuch natürlich. Aus Seide.«

Das Tuch war zusammengerollt wie ein Seil, tropfnaß und zerknittert, als hätte man es an einer Seite zusammengebunden.

»Und es gehört dir, Michele! Bernardo hat es gesagt. Gehört es dir?«

Er faltete das Tuch auseinander. Am unteren Ende kam ein Monogramm zum Vorschein, MMC.

»MMC heißt doch Michelangelo Merisi da Caravaggio«, mischte sich jetzt Bernardo ein. Nerina mochte den Bäcker vom Ende der Straße mit seinen teigigen Augen und der hohen Stimme. Gutmütig war er, etwas tolpatschig in seinen Höflichkeiten und immer fröhlich, aber sie hatten bei ihm Schulden, die allein eine ganze Leinwand gefüllt hätten. Irgend etwas stimmte nicht. Selbst sein Gesicht blieb so verschlossen und ernst wie das der anderen. Nerina hatte das Gefühl, als sei hier ein Verhör im Gange, als würden hier Inquisitoren nach Recht und Unrecht forschen. Ein Kribbeln zog sich ihren Bauch hinauf und schmerzte plötzlich im Nabel.

»Ja doch, ja doch!« Michele rieb mit den Handflächen sein Gesicht. »Ich hatte es Lena gegeben. Als Dankeschön.«

»Wir haben es im Tiber gefunden, Michele.«

»Dann hat es ihr nicht gefallen. Auch recht. Gib her. Danke – und jetzt verschwindet. Ich muß schlafen.«

Der Fischer ließ seine Hand sinken, mit der er Michele das Seidentuch vor die Augen gehalten hatte. Michele griff ins Leere.

Sofort sprang Michele auf wie ein verwundetes Tier.

»Gib her!« fauchte er heiser.

Nerina hielt ihn beschwichtigend am Arm fest, aber er riß sich los. Sie wußte, daß er es nicht liebte, wenn man ihn täuschte, wenn man Spiele mit ihm trieb. Mit einem Satz stand er vor dem Fischer und griff sich das Tuch. Sein ganzer Körper wirkte verkrampft, als müsse er sich beherrschen.

»Was willst du noch?« mischte sich jetzt Nerina ein, die ahnte, daß es nicht nur um das Tuch ging. »Ihr wißt jetzt, wem es gehört. Das genügt doch.«

Es schmerzte sie, daß Michele dem Weibsstück für seine Arbeit als Modell wieder ein Tuch geschenkt hatte. Lena! Diese Advokatenhure, die ihn nur umgarnte, damit sie auf eines seiner Bilder kam. Dumm genug war Michele, sich von ihr einwickeln und unter den Bettsack ziehen zu lassen. Nerina schnaubte durch die Nase, um ihre Mißbilligung auszudrücken, aber sie wußte, daß Michele ihre Eifersucht nur belustigte. Er sah sie nicht einmal an, als er sich wieder setzte.

»No, bella. Es genügt nicht. Michele muß mitkommen. Wir haben nicht nur das Tuch gefunden. Leider, Nerina.«

Der Fischer sah Nerina mitleidig an, dann wandte er sich an Michele, der ihn offensichtlich nur halb verstand.

»Komm mit, Michele. Du mußt es dir ansehen.«

Schwerfällig erhob sich der Maler. Nerina griff ihm unter die Arme. Sie fühlte seine weinselige Trägheit, die den Schritt unsicher machte. Dann stand er, allein, ohne Hilfe, verscheuchte sie.

»Kann es nicht noch bis Mittag warten?«

»No, Nerina. Bevor der Tag anbricht. Es sind nur wenige Schritte bis hinunter zum Tiber.«

Er sprach gedämpft und mit einer schwebenden Traurigkeit in der Stimme, die Nerina unsicher machte.

»Etwas Schlimmes? Ich hole nur schnell meine Schuhe.« Nerina rannte zur Liege und schlüpfte hinter ihr abgetrenntes Schlafabteil im hinteren Ende des Ateliers und in ihre Holzpantinen.

Camillo zuckte mit den Schultern und griff Michele am Arm. Als er ihn mit sich zog, schepperte Caravaggios Degen auf den Boden.

»Den brauchst du nicht!« bestimmte Nerina, und Michele ließ ihn sich abnehmen. Sie wunderte sich, denn sonst achtete er peinlich genau darauf, daß er bewaffnet war, obwohl es Nichtadligen wie ihm verboten war, aber offenbar hatte er nicht die Kraft, sich zu wehren.

So schleppten sie den Trunkenen mehr die Treppen hinunter und auf die Straße, als daß er ging. Die Männer, Nerina zählte sieben, schritten stumm aus. Auf der Straße standen weitere – und bis sie zum Tiber hinuntergelangten, hatte sich ihre Zahl verdoppelt. Auf Michele wirkten die kühle Morgenluft und die Feuchtigkeit des Flusses offensichtlich belebend. Nerina beobachtete, wie er mit jedem Schritt sicherer auftrat und sich schließlich von Camillos Schulter löste und selbständig ging.

Nerina war die ganze Prozession unheimlich. Wo sonst ein herzliches Hallo und Begrüßen einsetzte, wenn Michele auf die Straße trat, weil er mit allen im Viertel schon getrunken hatte und sich mit jedem unterhielt, blieben die Fischer und Fährleute heute stumm und auf den Wurzeln, Baumstämmen und Steinen sitzen. Sie trugen einen Ernst zur Schau, der Nerina vorsichtig werden ließ. Was genau wollten sie von Michele?

Noch lagen die Mauern der Häuser im Dämmerlicht. Von den Seilen, die über die Häuserschluchten gespannt worden waren, tropfte die erste Wäsche und verwandelte den Boden in eine feuchte und klebrige Masse. Aber es war nur der eigenartig satte Klang, mit dem die Morgenstunden in Rom alles bedachten. Ein Hauch von brackigem Wasser wehte durch die Gasse, die zum Tiber hinunterführte. Dann weitete sie sich zum Uferweg hin. Die Männer gingen ans flache Ufer hinunter. Nerina konnte von hier aus den Ponte Fabricio, die Tiberbrücke, erkennen, die zur Insel hinüberführte, und die ersten Boote mit ihren spitzen Latinersegeln ausmachen, die den Tiber aufwärts gerudert wurden, um an den tiefen Stellen vor der Insel zu fischen.

Unten am Ufer lagen drei Boote, deren Maststangen in den Himmel stachen und um die eine weitere Gruppe von Männern stand. Eigenartig starr und verlegen wirkten sie mit ihren sparsamen Gesten.

»Camillo, sag endlich, was los ist. Warum weckt ihr Michele um diese Uhrzeit? Ihr wißt doch, daß er vor allem nachts arbeitet …«

Camillo unterbrach Nerina und deutete auf eine Stelle zwischen den Booten.

Nerina kniff die Augen zusammen. Zuerst konnte sie nichts erkennen, dann entdeckte sie etwas Dunkles zwischen den Männern. Es lag dort auf Steinen und Sand, als wäre es ans Ufer gezogen worden wie eines der Fischerboote oder die Netze, feucht und schwer und schwarz. Je näher sie kamen, desto schneller schlug Nerinas Herz. Und langsam dämmerte ihr, was dort lag: ein Mensch.

Auch Michele schien wieder nüchtern. Er war Nerina einige Fuß voraus und stürzte die letzten Schritte auf die Person zu, die dort auf den Ufersteinen lag. Bevor Nerina ihn erreichte, kniete er nieder. Plötzlich fuhr er zu ihr herum und starrte sie mit angstgeweiteten Augen an.

Er öffnete den Mund zu einem Schrei, aber Nerina vernahm nur ein heiseres Krächzen, das ihr dennoch durch Mark und Bein fuhr.

»Lena!«

6.

»Man sollte ihn im Tiber ertränken und die Bilder hinterherwerfen. Sie beleidigen das Auge und den Glauben!« Kardinal Camillo Borghese verschränkte die Arme und blickte abschätzig auf das Gemälde, vor dem sein Neffe stand. »Ich weiß nicht, warum Ihr das Geschmiere in Auftrag gegeben habt!«

Forsch musterte er die Runde, die sich versammelt hatte, und Scipione sah, daß er Zustimmung von ihm und dem jungen Gonzaga erwartete.

»Ihr werdet doch nicht auf Eure alten Tage zum Hasser der neuen Zeit, Oheim?«

Scipione Borghese versuchte, seiner Stimme soviel Schmerz zu verleihen, wie nötig war, um den Kardinal zu beruhigen, und soviel Aufsässigkeit und Überzeugung hineinzulegen, daß es seinen Oheim gleichzeitig schmerzen mußte. Der verzog das Gesicht und drehte ihm den Rücken zu. Im Kerzenglanz schimmerten die grauen Haare unterhalb des Piloleums wie ein silberner Ring.

»Außerdem habe ich es nicht in Auftrag gegeben, sondern gekauft. Es schien mir ... interessant zu sein.«

Kardinal Camillo Borghese blickte kurz zu seinem Neffen hinüber, aber Scipione Borghese wandte sich dem Gast zu, ohne die Antwort des Kardinals abzuwarten.

»Nun, mein lieber Ferdinando Gonzaga, werter Freund, seid Ihr ebenfalls der Ansicht meines Oheims? Euer Vater gilt als fleißiger Sammler mit ausgesuchtem Geschmack und offenem Herzen für die Moderne.«

Verlegen und offenbar in Erklärungsnot, trat Ferdinando Gonzaga von einem Fuß auf den anderen. Scipione Borghese tat der Junge leid, den er so in die Enge getrieben hatte. Er beobachtete, wie er hilfesuchend zu seinem Secretarius hinüberblickte, der scheinbar unbeteiligt auf das Gemälde blickte und sich dann das Deckengemälde des Raumes besah.

»Er wirft einen neuen Ton in die Arena der Kunst!« stotterte Ferdinando Gonzaga seine Antwort heraus, und Scipione Borghese mußte die Augenbrauen heben. Sonderbar. Sein Urteil formulierte er zwar unsicher, aber treffend. Sollte in diesem blassen

Jüngling tatsächlich der Kunstverstand des Vaters Vincenzo nisten, oder hatte er sich dieses Urteil angelernt? Selbst sein Secretarius schien erstaunt zu sein über diesen Satz, denn er musterte kurz seinen Herrn und hob eine Augenbraue.

»Ein Schmierfink, der die Heiligen beleidigt!« knurrte Camillo Borghese.

»Im Augenblick immerhin einer der Bestbezahlten!« warf Scipione Borghese ein.

»Und einer der Rauflustigsten. Der Trinkfreudigsten. Der den Huren am meisten Zugewandten! Die Liste könnte beliebig verlängert werden.«

»Sprecht Ihr von Caravaggio, Oheim, oder von den Kardinälen Seiner Heiligkeit?«

»Mit Euch kann man nicht über Kunst sprechen, Scipione! Sie sind ganz verrückt nach diesem Tier, diesem Unruhestifter, die Del Monte und Barberini und Chigi und dieser Bankier Seiner Heiligkeit, dieser Giustiniani. Als würde der Kleckser persönlich die Welt neu schaffen. Dabei sollte man ihm das Malen verbieten.«

Scipione Borghese mußte lachen, und aus den Augenwinkeln heraus beobachtete er, daß auch Ferdinando Gonzaga die Hand an den Mund führte, um ein Lächeln zu verbergen.

»Das hieße, sich an der Schöpfung vergreifen und sündigen.«

»Jeder Pinselstrich auf diesem Bild ist eine Sünde! Schaut ihn Euch doch an, diesen angeblichen heiligen Hieronymus. Ein magerer, alter Mann, Arme und Brust faltig. Sieht so ein Heros der Kirche aus? Warum muß man ihn darstellen wie einen Bettler, der am Verhungern ist?«

Verärgert zog Camillo Borghese seinen Mantel enger und zog sich wortlos zurück. Scipione sah dem Oheim nach, blickte dann auf das Gemälde und wandte sich schließlich an Ferdinando Gonzaga.

»Er ist etwas nervös in letzter Zeit. Seine Heiligkeit kränkelt. Und er leidet mit.«

Scipione Borghese bemerkte, daß sein spöttischer Ton von Ferdinando mit einem unsicher scheinenden Lächeln erwidert wurde.

»Er kränkelte immer!«

Neugierig musterte Scipione Borghese diesen Ferdinando Gonzaga, dessen äußere Hülle einen schwächlichen, den Lastern ergebenen Jüngling offenbarte. Täuschte er sich in seinem Gegenüber? War das alles nur Larve, hinter der sich ein intelligenter Kopf verbarg, oder war dieser Mantuaner Sprößling nur mit der Schläue eines gewöhnlichen Intriganten gesegnet?

»Es geht das Gerücht, daß er im Sterben liegt – und die«, Scipione Borghese stockte etwas, als wolle ihm das Wort nicht aus dem Mund, und fuhr dann doch fort, leiser, gedämpft, »Gespräche bezüglich seiner Nachfolge haben bereits begonnen. Es ist die Zeit der Freundschaften und persönlichen Bindungen, Gonzaga. Jedes beifällige Nicken könnte für die Zukunft nützlich sein. Die Familie der Aldobrandini hat lange genug regiert. Ihre Neffen und Enkel sind versorgt. Es wird Zeit für frisches Blut.«

»Verzeiht«, versuchte Ferdinando Gonzaga zu beschwichtigen und warf Enrico einen vielsagenden, hilfesuchenden Blick zu, »aber es liegt vielleicht an meinem Alter, daß ich so forsch bin. Euer Oheim rechnet sich gegen die spanische Vormacht im Kollegium Möglichkeiten aus?«

»Möglichkeiten auch.«

»Das bedarf treuer Freunde.«

Scipione Borghese tat, als hätte er den letzten Satz überhört. Dieser Ferdinando gefiel ihm, obwohl er das Gefühl nicht los wurde, daß er sich vorsehen mußte. Hinter diesen wie mit einigen wenigen Pinselstrichen hingewischten gefälligen Gesichtszügen verbarg sich möglicherweise ein scharfer Geist.

»Sagt, Ferdinando, wie gefällt Euch das Bild? Jetzt könnt Ihr offen sein, mein Oheim legt sich zu seinem Vormittagsschläfchen hin. Die Wachzeiten an Clemens' Bett strengen ihn an.«

Ferdinando Gonzaga ging auf die Wendung im Gespräch ein. Er wanderte vor dem Bild auf und ab, und Scipione Borghese sah an seinem steifen Schritt und an seinen staksigen Bewegungen, daß er sich zurückhalten mußte. Sicherlich war Ferdinando Gonzaga verärgert darüber, daß er seit Stunden mit seinem Secretarius in einem der Vorzimmer hatte warten müssen, und jetzt wurde er zur Beurteilung eines Gemäldes aufgefordert, das ihm nicht zusagte. Er würde ihm auf die Sprünge helfen.

»Sagtet Ihr nicht, mein lieber Ferdinando, es werfe ein neues

Licht in die Arena der Kunst? Das tut es. Was mein Oheim verabscheut, ist nichts anderes als der Ausdruck neuen Denkens. Künstler wie Cardi und Muziano haben den heiligen Hieronymus noch als kraftvollen Mann dargestellt. Ein Heiliger wie ein Herkules wurde daraus, mit Muskeln, als wolle er den Glauben in die Köpfe der Menschen prügeln.«

Mit einem Kopfnicken deutete der junge Gonzaga zum Bild hinüber.

»Aber dieser Caravaggio ... er ist feiner, subtiler. Sein Hieronymus ist ein Asket, und man sieht es ihm an. Er verzichtet auf alles: Ehre, Ämter, Privilegien, Nahrung, Kleidung. Einzig das Geistige verbleibt ihm. In diese Spiritualität vertieft er sich. Gelehrsamkeit ist ihm wichtiger als irdisches Gut. So legt er den unerschütterlichen Grund seines Glaubens durch das Wort Christi.«

Scipione Borghese fühlte, wie er mit jedem Wort der Deutung des jungen Gonzaga tiefer in das Geheimnis des Gemäldes eintauchte, wie plötzlich ein Sog ausging von dessen Farben, von dessen Ton. So hatte er selbst das Gemälde verstanden.

»Und weil er auf alles verzichtet, ist er frei!« murmelte Ferdinando Gonzaga zuletzt, und Scipione Borghese sah erstaunt empor. Hatte der Jüngling diesen Satz eben selbst so formuliert, oder war er ihm von seinem Secretarius eingeflüstert worden, der direkt neben seinem Herrn stand? Er konnte diesen jungen Gonzaga so schlecht einschätzen. Sein Gesichtsausdruck erinnerte ihn immer noch an die blasierten Gesichter der Kater, die sich tagsüber im Kolosseum wärmten und faulenzten, die aber nachts unerbittlich auf Jagd ausgingen und ihre Reviere verteidigten.

»Und das fürchten sie alle, die Kardinäle der Kirche, insbesondere seit Clemens ernstlich erkrankt ist.«

»Selbst wenn ich es nicht sehe, leuchtet sein Licht in die Finsternis hinter meinen Augen. Wäre ein solcher Mann nicht geeignet, die Fraktion der italienischen Kardinäle hinter sich zu versammeln? Solche Bilder wirken wie Magnete, sie ziehen an oder stoßen ab.«

Ferdinando Gonzaga räusperte sich leicht, als er diese kurze Rede hinter sich gebracht hatte, als wäre sie zufällig, eigentlich unbeabsichtigt, seinem Mund entfallen.

Scipione Borghese hatte das Gefühl, als müsse er laut loslachen, unterdrückte es aber. Solche Sätze von einem siebzehnjährigen Knaben? Es konnte nicht schaden, die Ansichten des jungen Gonzaga zu erkunden, schließlich unterstützte der Vater die italienische Partei. Nicht ohne Hintergedanken schleppte er ihn bereits seit zwei Stunden durch die legendäre Kunstsammlung des Hauses.

»Ihr habt ein wundervolles Werk erworben, Exzellenz!«

Ungläubig musterte Scipione Borghese den jungen Gonzaga.

»Wundervoll? Eine Provokation!«

Diesem Satz mußte er etwas entgegenhalten, mußte ihm entgegentreten, entschieden, schließlich sammelte er Caravaggio, hatte er dem Künstler aus bestimmten Gründen Aufträge erteilt. Stumpf, beinahe ausdruckslos blieben die Augen Ferdinando Gonzagas, während er selbst sich in Rage redete.

»... dieser heilige Hieronymus. Diese Ausgewogenheit in den Proportionen, dieser Lichteinfall, der den Schädel hervorhebt und nicht nur den Schädel des Heiligen, mein Freund, auch den Totenschädel auf der anderen Seite des Tisches. Versteht Ihr? Memento mori, gedenke des Todes im Leben, das ist üblich, aber dieser Caravaggio geht darüber hinaus und zeigt hier mit diesen Lichtreflexen und mit diesem Arm, daß Leben und Tod eins sind.«

Aus den Augenwinkeln heraus beobachtete Scipione Borghese, daß Ferdinando Gonzaga nickte und ihm offenbar doch interessiert lauschte.

Konnte er ihm tatsächlich folgen? Steckte in diesem jungen Kopf etwas vom Verstand und Gespür seines Vaters?

Ahnte er, daß dieser Hieronymus, der am Tisch saß und die Bibel übersetzte, nicht als Gelehrter, nicht als Humanist, der einer philologischen Herausforderung nachging, sondern als von Gott Begnadeter, von Caravaggio als regelrecht Besessener interpretiert wurde.

»Betrachtet Euch nur das Licht. So neu, so vollkommen in seiner Ruhe. Überirdisch!«

»Ja!« hörte Scipione den jungen Gonzaga flüstern. »Kosmisch!«

Scipione Borghese mußte den Atem anhalten. Dieser Ferdinando Gonzaga spielte mit ihm und hielt ihn zum Narren. Und plötzlich wurde er doch verblüfft.

»Ein Wundertätiger ist er, dieser Caravaggio, selbst ein Heiliger. Der Heiligenschein des Hieronymus wird, wenn ich das richtig sehe, so eingesetzt, daß er damit eine Tiefenwirkung erzielt. Und dann diese Bücher. Seht Ihr? Wie sie kreuz und quer durcheinanderliegen, als wären sie wahllos übereinandergeworfen. Dabei gibt der Künstler dem Raum dadurch erst seine Tiefe, seine Gestalt. Hieronymus schwebt nicht mehr in einem imaginären Raum, sondern sitzt fest verankert im Hier und Jetzt. Er ist ein Heiliger unserer Zeit geworden, für unsere Zeit!«

Einige Augenblicke verharrte Scipione vor dem Werk, berührte mit der flachen Hand vorsichtig den Malgrund und dachte über das nach, was Ferdinando Gonzaga eben gesagt hatte. Recht hatte er, uneingeschränkt recht, dieser junge Geck. Konnte die eben geäußerte Idee wirklich im Kopf dieses Laffen entstanden sein? Vielleicht konnte er ihm tatsächlich nützen.

Damit wird er ein Knecht der Gegenreformation, dachte er sich. Wer die Heiligen so ins Profane hinüberzieht, will sie entweder lächerlich machen oder aber die Toren damit fangen. Caravaggio hatte hier einfach einen der Bettler als Vorbild hergenommen, die täglich an der alten Tiberbrücke saßen und die Hand mit derselben Selbstverständlichkeit aufhielten, mit der der Heilige das Wissen um die Existenz Gottes erfaßte.

Scipione Borghese nahm Ferdinando Gonzaga am Arm und geleitete ihn einen Raum weiter. Im angrenzenden Zimmer, dessen marmorner Kamin angeheizt war, um die Kühle des Steinbodens und der Säulen zu mildern, war ein Tisch aufgestellt und gedeckt worden.

Er hieß Ferdinando Gonzaga am einen Tischende Platz nehmen und setzte sich ihm an der Stirnseite gegenüber. Welche Gedanken mochten sich hinter der Stirn des jungen Mannes verbergen? Ahnte er, daß Caravaggios Aufgabe tatsächlich darin bestand, die Kardinäle der italienischen Fraktion über ein gemeinsames Thema zu einigen?

7.

Nerina wußte sofort, daß sie nicht allein im Zimmer waren. Ein eigenartiger Geruch, der entfernt an Weihrauch erinnerte, warnte sie. Sie ließ die Tür offen, dirigierte Michele auf eine der Liegen und gewöhnte ihre Augen an die Dunkelheit im Raum. Michele war ihr jetzt keine Hilfe. Die letzte Wegstrecke hatte sie ihn beinahe allein geschleppt. Trotzdem rüttelte sie ihn und versuchte ihn aus seiner Lethargie zu wecken. Unruhig ließ sie die Augen über den Raum gleiten und versuchte sich an das Dämmerlicht zu gewöhnen, weil die Fensterläden noch geschlossen waren.

»Michele, es ist jemand hier!«

Vorsichtig drehte sie sich um ihre eigene Achse. Micheles Atelier war nicht so groß, als daß es viele Möglichkeiten gegeben hätte, sich zu verstecken, aber die Tatsache, daß sie aus dem Tageslicht kam, erschwerte die Suche. Kurz stieg in ihr die Angst ihrer Kindheit auf, wenn sie auf offenem Feld übernachtet hatte und wilde Hunde, Füchse oder sonstiges Getier in den frühen Morgenstunden, an der Schwelle zwischen Nacht und Tag, hörbar an ihrem Reisewagen geschnuppert hatten und sie allein wachgelegen und in die Dunkelheit gelauscht hatte.

Plötzlich schwang die Tür zurück und schlug gegen die Zarge. Für einen kurzen Augenblick wurde es vollständig finster im Zimmer.

»Michelangelo Merisi da Caravaggio?«

Rauh klang die Stimme. Nerina klopfte das Herz bis in den Hals. Auch Michele erwachte jetzt aus seiner Lethargie und sah in die Richtung, aus der die Stimme drang. Nerina übernahm die Initiative.

»Si, Signore. Michele Merisi, genannt Caravaggio, sitzt hier. Ich vertrete ihn. Warum versteckt Ihr Euch hinter der Tür?«

»Man hätte mich sonst für einen Eindringling halten können.«

»Ihr seid ein Eindringling!«

»Und Ihr habt ein geschliffenes Mundwerk.« Aus dem Dämmerlicht hinter der Tür trat ein Mönch hervor, dessen Kapuze tief ins Gesicht ragte, so daß nichts außer einer dunklen Öffnung zu sehen war. »Die Diener des Herrn gelten gemeinhin nicht als Verbrecher.«

»Hört Euch auf den Straßen um, und Ihr werdet Euch wundern. Das Volk spricht und denkt anders darüber. Was wollt Ihr? Michele kann niemanden empfangen, das seht Ihr ja! Er trauert.«

»Ich sehe, ich sehe. Aber ich habe trotzdem einen Auftrag für den großen Meister!«

Der Mönch im dunklen Habit der Karmeliter machte Nerina angst. Sie trat dicht an Michele heran. Beschwichtigend legte er ihr seine Hand auf den Unterarm. Jetzt verfluchte sie den Umstand, daß sie ihm sein Schwert weggenommen hatte, weil sie fühlte, wie seine andere Hand die Seite nach der Waffe abtastete.

»Michele, ein Kunde. Er gibt ein Bild in Auftrag.«

Aufmerksam beobachtete Nerina die Bewegungen des Mönchs. Aus dem Ärmel seiner Kutte zog er eine Geldkatze und wog sie in der Hand. Satt klangen darin die Münzen.

»Vierhundert Scudi Silber, Messer Caravaggio. Die Hälfte jetzt, die andere Hälfte bei Ablieferung. Bei Gefallen können wir mit dem Preis heraufgehen.«

Noch bevor Michele antwortete, ergriff Nerina die Gelegenheit. Nichts konnten sie im Augenblick dringender gebrauchen als Geld, und der Münzklang besaß etwas Verlockendes.

»Er sagt zu. Michelangelo Merisi übernimmt den Auftrag.«

»Welchen Auftrag?« murmelte Michele.

Er richtete sich auf, rieb sich die Augen und betrachtete zuerst Nerina, die ihre Hand der Geldkatze entgegenstreckte, dann den Mönch, der schwarz vor der schwarzen Tür stand, als würde er von ihr verborgen.

»Malt ein Bild, das die Welt so noch nicht gesehen hat, Messer Caravaggio!«

Michele hustete anhaltend, und Nerina klopfte ihm sanft den Rücken.

»Warum sollte ich Euch ein Bild malen? Ich habe Aufträge anderer ausgeschlagen, die tausend Scudi dafür gezahlt hätten.«

Die Stimme des Mönchs zwang Nerina zu genauem Hinhören. Leise war sie, verriet keinerlei Seelenregungen, als wäre sie auf alle Widrigkeiten im Unterhandeln mit Michele vorbereitet.

»Ich weiß. Der Fürst Doria klagt darüber, daß Ihr seine Loggia nicht ausgemalt habt. Für sechstausend Scudi. Es war ein herber Schlag für den Fürsten. Ihr hättet zehn Jahre davon leben können.«

»Und als Freskant ein ganzes Jahr dafür buckeln müssen. Nein danke! Ich ziehe Leinwand und Staffelei vor. Sie sind freier, offener.«

»Aber«, der Mönch machte eine Pause, »ich will kein Fresko von Euch, Caravaggio, sondern ein Bild, Öl auf Leinwand. Eure Spezialität.«

»Ich bin nicht interessiert. Hebt Euch von meiner Türschwelle! Nerina! Du nimmst kein Geld an!«

Michele wandte sich ab. Nerina stand unschlüssig da und starrte auf den Beutel in der Hand des Mönchs.

»Aber, Michele ...«

»Zurück hab ich gesagt!« fauchte Michele. »Soll er es selber fressen!«

Der Mönch regte sich nicht. Nerina hörte nur seinen gleichmäßigen Atem, als warte er geduldig wie ein Fischer darauf, daß Michele den Köder schnappte, den er ausgeworfen hatte.

»Ich verstehe Eure Erregung. Ihr trauert, Caravaggio?« flüsterte er plötzlich, und Michele blieb abrupt stehen. »Nehmt die Trauer mit ins Bild. Malt mir einen ›Tod Marias‹ für die Karmeliterkongregation!«

Schwerfällig erhob sich Michele und ging einen Schritt auf den Mönch zu, der zur Tür hin auswich. Dann drehte er sich abrupt um und starrte auf den Boden des Ateliers, als fände er dort seine Gedanken. Nerina fühlte, wie sein anfängliches Zögern und Ablehnen zu einem festen, klaren Entschluß gerann.

»Warum einen ›Tod Marias‹?« fragte er und fuhr sich mit der Hand unsicher durchs Haar. Nerina sah, daß sie zitterte. Sein Blick wanderte unstet durch den Raum.

Der Mönch lachte leise. Sofort sträubten sich Nerina die Haare. Woher kannte sie dieses Lachen? Gleichzeitig wurde sie sich bewußt, daß Michele an der Angel hing.

»Ich dachte mir, daß Ihr danach fragen würdet, Caravaggio. Weil Ihr der Beste seid, weil Ihr die Trauer nicht nur kennt, sondern sie auch den Personen auf Eurem Bild mitgeben könnt. Kein anderer wäre dazu in der Lage. Wer Eure Gemälde betrachtet, den schaudert. Und dieser Schauder soll die Gläubigen überfallen, wenn sie Euer Bild sehen.«

»Ich male anders, als all die anderen Kleckser der Stadt. Ich halte nichts von den Gecken, die ihre Leinwände mit Unsinnigem vollschmieren, weil sie glauben damit ihrem Glauben zu dienen. Ich bin …«

»… der Meister der Contarelli-Kapella, Messer Caravaggio. Ich weiß. Und eben deshalb möchte ich Euch beauftragen. Neu soll es sein, Euer Bild, erschreckend neu und verstörend.«

Michele stand starr, den Blick weiter auf den Boden gerichtet, so daß Nerina beinahe glaubte, er sei eingeschlafen, aber plötzlich stürzte er mit einer geschmeidigen Bewegung auf den Fremden zu, die nur von der Schnelligkeit des Mönchs übertroffen wurde. Michele griff nach der Kapuze, wollte sie ihm vom Kopf streifen, aber der Mönch hatte offensichtlich eine Attacke dieser Art erwartet und glitt im selben Augenblick durch die Tür. Er ließ den Beutel fallen, so daß die Münzen klirrend zu Boden fielen und durch das Atelier rollten. Auf leisen Sohlen schlich der Mönch den Aufgang hinab.

»Für die Kirche Santa Maria della Scala in Trastevere, Messer Caravaggio. Und laßt Euch nicht allzu lange Zeit«, rief der Mönch das Treppenhaus hinauf.

Michele stampfte mit dem Fuß auf und warf dem Flüchtigen ein deftiges Schimpfwort hinterher. Dann bückte er sich und begann die Münzen aufzusammeln, die noch über die Bohlen rollten.

»Nimmst du den Auftrag an, Michele?«

Nerina wagte nicht, ihm ins Gesicht zu sehen. Zu dicht lagen heute Schmerz und Glück beieinander. Zerrissen fühlte sie sich von den widerstreitenden Gefühlen, die Lenas Tod und der unerwartete Geldsegen in ihr ausgelöst hatten. Wie sehr mochte Michele darunter leiden?

»Wer war der Mönch? Ein Karmeliter von Santa Maria della Scala? Für einen barfüßigen Karmeliter hat er zuviel geredet und zuviel Geld ausgegeben.«

Michele seufzte.

»Es ist kein guter Tag, Michele.«

»Es ist ein rätselhafter Tag. Oder findest du es nicht merkwürdig, daß ich am selben Tag, an dem ich zur Leiche Lenas gerufen werde, einen Auftrag bekomme, zu dem ich eine weibliche Leiche als Vorlage benötige? Maria della Scala liegt im Armenviertel. Ist ihm nicht ein Frauenhaus angegliedert? Und wer weiß, daß ich nur nach der Natur malen kann?«

»Das bildest du dir ein, Michele«, beschwichtigte ihn Nerina.

Michele brummte etwas in sich hinein und ging dann zum Tisch, auf dem der Krug mit Wein stand. Er hob ihn zum Mund, stellte jedoch fest, daß er leer war. Mit einer zornigen Geste warf er ihn in die Ecke, wo er mit einem dunklen Poltern zu Boden fiel und herumrollte, ohne zu zerbrechen.

»Nerina, spring hinunter zum Fährplatz und sag Bernardo und den Fischern, sie sollen Lena heraufbringen. Wir bahren sie bei mir auf.«

»Du willst ...?«

Jetzt lachte Michele hart, und mit einem bitteren Ton in der Stimme ergänzte er:

»Ich will die Hure als Vorlage für das Bild nehmen! Sie ist die Rechte dafür, niemand sonst. Das will doch der Karmeliter. Hat sich Maria nicht dem Heiligen Geist hingegeben, obwohl sie mit Josef verheiratet war? Hat sie damit nicht die Ehe gebrochen?«

Schweigen herrschte im Raum. Wie versteinert stand Nerina da und starrte Michele an, der sich mit verzerrtem Gesicht über den Tisch beugte, die Hände in die Platte verkrallt, als müsse er einen unbändigen Zorn bewältigen.

»Soll sie sprechen, meine Maria, soll sie doch in diesem Hort des Schweigens, bei diesem stummen Orden ihr Leid herausbrüllen!«

»Michele, das ist Blasphemie!«

»Ich lästere Gott? Ich? Und dieser Mönch? Ist er nicht scheinheiliger, als ich es je sein könnte?«

Nerina entwich zur Tür hinaus, weil sie fühlte, wie sehr sich in ihm Zorn und Ohnmacht stauten, und weil sie befürchtete, Micheles Empörung könnte überquellen. Aber er hatte sich offenbar in der Gewalt, wenn auch die Gelenke seiner Finger weißlich schimmerten. Seine Stimme zitterte, als sie hinausschlüpfte.

»Und wenn du schon unten am Hafen bist, bring Wein mit! Und jetzt eil dich!« rief er ihr hinterher.

Als sie unten auf die Gasse hinaustrat, hörte sie, wie er oben schrie, anhaltend und voller Verzweiflung.

8.

»Das Licht muß eure Schädel beleuchten, als hättet ihr alle einen Heiligenschein!« schrie Michele.

Er stürmte eine Leiter hinauf und riß die Pfannen vom Dach, so daß die Strohmatte darunter in einem feinen Spelzenregen herabsprühte. Verständnislos sah Nerina ihn an.

»Michele, laß uns eine Pause machen. Die Modelle können sich kaum noch auf den Beinen halten!«

Caravaggio warf die Pfannen, die er aus dem Dach löste, achtlos durch die Öffnung und prüfte den Lichteinfall.

»So ist es recht, so muß es sein!«

Behende kletterte er von der Leiter und stellte sich an die Staffelei. Aus einer bereitstehenden Flasche nahm er einen tiefen Zug und musterte die Gruppe mit zusammengekniffenem Auge.

»Michele!« forderte Nerina.

»Stör nicht!« zischte Michele und warf flüchtige Kohlestriche auf die Leinwand. »Sollen sie umfallen. Auf der Straße stehen Hunderte von ihnen, die nur darauf warten, sich auf einem meiner Heiligengemälde wiederzufinden.«

Nerina seufzte. Als Michele sie damals vom Jahrmarkt weggeholt hatte, vor drei Jahren jetzt, hatte sie darauf gehofft, eine Karriere als Malerin zu beginnen. Mit ihren Pflegeeltern, die als Schausteller in einem brüchigen Wagen durch die Lande zogen, hatte sie in Männerkleidern auf der Piazza del Popolo gestanden und zu ihren selbstgezeichneten Tafeln von den neuesten Ereignissen gesungen, von Morden, Kometensichtungen oder Mißgeburten. Michele hatte vor den Bildern gestanden und den Vater gefragt, wer sie geschaffen hätte, und schon bald waren sie handelseinig gewesen. Für einige Scudi hatte er sie in die Lehre genommen und ließ sie Gebäudeteile malen und Farbflächen ausfüllen. Aber jetzt war sie zum Modell herabgesunken, zu einem von vielen.

»Die Leiche stinkt bereits, Michele!«

»Glaubst du, ich rieche es nicht? Glaubst du, mir macht es nichts aus?«

Seit Stunden hockten und standen sie jetzt hier um Lena herum. Neun zerzauste, ältliche Gestalten mit Glatzen, die allesamt Apostel vorstellen sollten. Michele hatte ihnen Tücher gegeben, die sie als Togen über die Schultern werfen konnten. Lena lag als Maria aufgebahrt in ihrer Mitte, halb entblößt, während sie selbst auf einem einfach gezimmerten Stuhl vor ihr saß und als Maria Magdalena die Tote betrachtete. Doch Michele hatte bislang nichts anderes getan, als die Gruppe drapiert, den einen hierhin, den anderen dorthin gestellt, sich wieder an die Leinwand begeben, einige flüchtige Linien darauf geworfen und sie alle wieder umgestellt. Schließlich war er einer Eingebung gefolgt, auf die Leiter gesprungen und hatte die Pfannen vom Dach gerissen. Ihre Vermieterin würde sich sicherlich beschweren. Aber je stärker der Tag fortschritt, desto unerträglicher wurde der Geruch, der Lena entströmte. Unter ihr begannen sich Lachen aus Tiberwasser und Körperflüssigkeit zu sammeln. Nerina kämpfte gegen die Übelkeit und die Fliegen, die sich in immer größerer Zahl einstellten, aber Michele schienen Geruch und Schmeißfliegen nichts auszumachen. Sein Gesicht glänzte vor Schweiß, sein Kopf war hochrot vor Erregung und Anstrengung. Unermüdlich pendelte er zwischen Staffelei und Arrangement, zog hier eine Hand zurecht, hob dort einen Kopf, ließ einen Statisten dort die Hände über die Augen legen und hier das Gesicht ganz verbergen, stellte jemanden hin und setzte einen anderen daneben. Er skizzierte und arbeitete wie ein Besessener, brüllte seine Wünsche, säuselte bittend, kreischte und weinte, wenn sich jemand bewegte. Er schien ihr gleichzeitig nüchtern und berauscht wie selten.

Aber sie war jetzt erschöpft und wollte nicht mehr. Michele mußte endlich ein Ende finden, seine Statisten wenigstens mit etwas zu trinken oder einem Happen zu essen versorgen. Wie sollte sie Michele verständlich machen, was sie wollte, wie ihm in seinem Furor erklären, daß sie allesamt einer Pause bedurften, während er schier unerschöpfliche Energien aufbaute?

Nerina ließ den Kopf auf die Knie sinken, erschöpft und verzweifelt, wie damals, als sich aus den Männerkleidern ein Mädchen geschält und Michele sie entgeistert angestarrt hatte. Nur noch das Hemd und ihr Amulett hatte sie am Leib getragen, und in seinem Blick hatte ein Zweifel gelegen, als hätte er mit ihr einen Fehlkauf getätigt.

Ein plötzlicher Schrei riß sie aus ihrer Müdigkeit.

»Ja! Bleib so, bleib! Gut. Ich hätte selbst darauf kommen müssen, Nerina. Nach rechts etwas mehr nach rechts, so daß der Rücken direkt unterhalb ihres Gesichts zu liegen kommt. Das Hautweiß deines Rückens gleichgesetzt mit dem Gesichtsweiß Lenas. So muß es sein! Soviel Demut, soviel Buße.«

Nerina rutschte in eine der Lachen hinein, die der tropfende Körper Lenas gebildet hatte. Sie fühlte, wie ihr langsam übel wurde. Tief versuchte sie durchzuatmen, aber der Kloß im Magen begann sie zu würgen. Fliegen setzten sich auf ihre Lippen. Sie schnellte hoch, hielt sich die Hand vor den Mund und rannte zur Fensteröffnung. Mit einer Hand schob sie den Vorhang beiseite, dann brach es aus ihr heraus und ergoß sich über die Brüstung hinaus auf die Straße. Die Passanten unten sprangen beiseite, schimpften nach oben, und Nerina sah eine dunkel gekleidete Gestalt in einem der Hauseingänge verschwinden.

»Bist du von allen guten Geistern verlassen? Was stehst du auf? Hab ich nicht gesagt, daß ich dich so sitzen sehen möchte, so und nicht anders? Du hast alles verdorben!«

Mit Schwung warf Michele seine Kreide gegen die Leinwand und schrie Nerina an, die sich jetzt langsam zu ihm umdrehte. Der bittere Geschmack des Erbrochenen lag noch in ihrem Mund. Ruhig trat sie auf Michele zu und stellte sich vor ihn. Sie griff die Flasche und spülte den Mund mit Weißwein. Den Rest spuckte sie Michele vor die Füße.

»Was willst du, Michele? Den Karmelitern beweisen, daß Maria eine Hure war? Uns mit dieser Leiche quälen? Oder willst du mich demütigen, indem du mich als Maria Magdalena vor die Frau setzt, mit der du gevögelt hast? Du kannst mich nicht einfach austauschen wie deine sonstigen Geliebten, Michele. Niemand zwingt mich für ein Bild zu posieren, auf dem man mein Gesicht nicht sieht, auf dem ich freiwillig den Blick auf eine deiner Geliebten freigebe. Auch du nicht!« Nerina atmete schwer und bedeckte die Nase mit dem Ärmel ihres Kleides. »Ich kann den stinkenden Kadaver nicht mehr im Raum ertragen, Michele. Entweder schaffst du ihn hinaus, oder ich gehe.«

Michele starrte sie an. Dann sprang er auf und lief zum Tisch hinüber, auf dem seine Pigmente standen. Er nahm eine Palette und eine Holzkiste mit Farben, die er sich zurechtgelegt hatte, während Nerina die Fischer gebeten hatte, Lena unbemerkt ins Atelier zu schaffen. Beides stellte er neben die Staffelei. Dann eilte er in den Nebenraum und schleppte Kerzenständer heran, die er ebenfalls neben sich aufbaute. Wieder blickte er in die Runde, und Nerina, die ihn beobachtete, bemerkte, daß er angewidert die Nase kraus zog. Sie war sich allerdings sicher, daß es nicht der Geruch war, der ihn störte, sondern die lustlose Art, wie seine Modelle um die Leiche standen. Hier fand er keinen echten Schmerz, keine Verzweiflung, keine Trauer, sondern die gelangweilte Öde bezahlter Statisten.

»Fort!« schrie Michele so plötzlich, daß Nerina zusammenzuckte. »Raus, raus, raus. Ich will niemanden mehr sehen. Raus – und daß ihr mir morgen früh wieder auftaucht.«

Die Modelle ließen es sich nicht zweimal sagen. Sie hielten sich die Nasen zu und rafften ihre Togen und Kleider. Dann begann ein rasches Umkleiden im Hintergrund, und schon bald eilten sie polternd zur Tür hinaus und die Treppe hinunter.

Michele sah Nerina eine ganze Zeit an, dann meinte er unvermittelt: »Verschwinde. Ich muß in Öl beginnen, bevor es nicht mehr auszuhalten ist.«

Micheles Stimme klang ruhig und gefaßt, als hätte ihn ihr Ausbruch besänftigt, aber in seinen Augen lag ein Schimmer, der seine innere Erregung verriet.

»Warum willst du so malen, Michele? Du weißt, daß sie dir das Bild wieder vom Altar reißen werden. Die spanische Fraktion der Kardinäle mag deine Art zu malen nicht – und sie sind mächtig genug, dir das Leben zur Hölle zu machen. Mal Gefälliges, Michele, jedenfalls solange du auf dem Weg nach oben bist. Dann kannst du meinetwegen eigenständigen Entwürfen folgen.«

Michele sah sie an mit einem Blick, der durch sie hindurch ging. Dann hob er die Palette, zog aus dem Holzkasten seine Farben und begann die Dosen zu öffnen und Pigmente auf die Palette zu schütten. Er tropfte Leinöl und Eiweiß darauf und mischte.

Bevor er mit dem Pinsel den ersten Strich auf die Vorzeichnung setzte, sah er Nerina noch einmal an.

»Es muß ihnen nicht gefallen, Nerina! Ich verfolge ein anderes Ziel ...«

9.

»Ich muß wissen, was dieser Borghese plant!« lautete der Auftrag Ferdinando Gonzagas an ihn, Enrico. Deshalb stand er hier und redete auf ein Mädchen ein.

»Signore. Ich darf nicht mit Wildfremden reden!« wehrte das Mädchen ab.

Beschwichtigend hob Enrico die Hände und stellte sich ihr wieder in den Weg. Sein Glück war, daß sie sich in Richtung Marsfeld bewegte und nicht zum Tiberufer hinunterlief. Hier waren die Gassen enger, und die Passanten belächelten seine Bemühungen. Manche riefen ihm sogar aufmunternde Bemerkungen zu.

»Wir sind doch nicht wildfremd. Julia, so heißt du doch. Ich habe dich bei meinem letzten Besuch gesehen. Du hast eine Platte mit Hühnchenschenkeln aufgetragen. Und da dachte ich mir ...«

»... horch sie ruhig aus! Aber nicht mit mir.«

Sie drängte sich an ihm vorbei, und Enrico mußte all seine Geschicklichkeit aufbieten, daß sie ihm nicht davonlief. Wieder stellte er sich ihr in den Weg. Wenn er es sich recht überlegte, gefiel ihm ihr Gesicht, das aussah, als hätte es der venezianische Maler Lorenzo Lotto mit seinen lichten Farben gemalt.

»Das darfst du gar nicht denken, Julia. Bleib doch wenigstens stehen, oder hast du bereits jemanden, der dir den Hof macht?«

Enrico konnte erkennen, daß Julia rot wurde. Tatsächlich blieb sie jetzt stehen und schüttelte den Kopf.

»Wo denkt Ihr hin?«

»Aber dann ... darf ich doch wenigstens mit dir reden!«

Jetzt sah sie ihn an, und er konnte in ihren Augen tatsächlich Freude darüber erkennen, daß er hartnäckig geblieben war. Vielleicht hatte ihn sein erster Blick damals nicht getäuscht, und sie hatte ihn tatsächlich ebenso gemustert wie er sie. Trotzdem fühlte er sich unbehaglich, da er kein wirkliches Interesse an dem jungen Ding hatte. Ihn interessierte nur, was im Haushalt Scipione Borgheses vor sich ging, und niemand anderer als ein Mitglied desselben konnte ihm dies schildern.

»Ich komme zu spät nach Hause«, flötete Julia, machte aber keinen Versuch mehr, an ihm vorüberzuschlüpfen.

Enrico lehnte sich jetzt lässig an eine der Hausmauern und betrachtete sie. Er ignorierte das Pfeifen von gegenüber, das Julia noch verlegener machte. Ihre dunklen Augen besaßen kaum eine Iris, lagen wie Inseln in weißer Gischt. Weich und warm flossen ihre Gesichtszüge, noch nicht verhärtet vom Leben, von den Männern und den Sorgen um die Kinder. Sie selbst schien noch Kind zu sein.

Seine Schwester mochte in Julias Alter sein, aber er hatte sie nicht mehr gesehen, seit er in den Konvent geschickt worden war. Manchmal träumte er davon, wie sie als Kinder zusammen im gleichen Bett geschlafen hatten, eng aneinander geschmiegt aus Angst vor einem Gewitter – und er verglich dies mit den leeren, kalten Bettpritschen im Konvent, in dem sich zwanzig Zöglinge einen Raum teilten und wo die Hände selbst bei bitterstem Frost auf der Decke zu liegen hatten.

Kurz sah Julia auf, weil er nichts sagte, senkte aber sofort den Kopf, als sie bemerkte, daß er sie aufmerksam musterte.

»Seid Ihr zufrieden mit dem, was Ihr seht, Herr?«

Enrico staunte über die forsche Art, die so gar nicht zu ihrer vorherigen Weigerung paßte.

»Sehr, aber ... ich bin kein Herr!«

Mit einem Nicken zeigte ihm Julia, daß sie verstanden hatte.

»Ihr wolltet mit mir reden?«

»Das will ich immer noch, Julia«, schmeichelte er, »aber zuerst muß ich dich bewundern. Du bist so jung und frisch wie das Wasser, das aus den Brunnen Roms strömt.«

Sie kicherte, weil ihr der Vergleich offensichtlich gefiel.

»Ihr sollt mir nicht schöntun. Meine Mutter hat gesagt, geh weiter, wenn dir ein Mann schöntut.«

Jetzt lachte auch Enrico und sah auf. Aus dem Augenwinkel hatte er eine Bewegung am Palazzo Borghese wahrgenommen. Tatsächlich trat Scipione Borghese auf den Platz. Er hüllte sich in einen weiten dunklen Mantel und schlug eben einen Schal über das Gesicht, als würde ihn frieren, und kam mit schnellen Schritten auf sie zu. Ein schmaler Kopf mit stechenden Augen, über denen schwer die Lider lagen, mit weichen, eleganten Gesichtszügen, die bereits eine Anlage zur Verfettung zeigten, das gelangweilte Gesicht eines Adligen, dem der Überdruß an der Welt mit in die Wiege gelegt worden war.

Enrico wunderte sich. Gegen den späten Nachmittag, allein, ohne Sänfte, in einer Kleidung, die ihn in der Menge unkenntlich machte, und unterwegs in eine Richtung, die keineswegs zu den Gegenden zählte, in denen sich Adlige normalerweise aufhielten, schon gar keine Borgheses. Dazu war sie zu gefährlich. Das Räuberunwesen Roms gedieh dort prächtig.

Wenn er schon den Auftrag hatte, hinter den Machenschaften der Familie Borghese herzuschnüffeln, war das für ihn die beste Gelegenheit. Offensichtlich führte Scipione Borghese etwas im Schilde.

Enrico überlegte kurz.

»Julia, ich möchte nicht, daß deine Mutter sich Sorgen um dich macht. Darf ich dich wieder abholen? Ja? Versprich es mir!«

So hastig, so überstürzt sagte er es, daß das Mädchen verstört aufblickte. Enrico wußte, daß sie ihn im Augenblick nicht gerade für einen Ausbund an Galanterie hielt, aber er hatte es eilig. Scipione Borghese bog vor ihnen in eine Seitengasse ein und eilte in Richtung Marsfeld davon. Enrico mußte ihm folgen.

Julia nickte. Überschwenglich gab er ihr einen Kuß auf die Wange und ließ sie stehen. Auch das ging ihm gegen seine Prinzipien. Zuerst machte er dem Mädchen Hoffnung, und dann war sie ihm plötzlich gleichgültig. Hoffentlich hatte sie nicht bemerkt, daß er hinter ihrem Herrn herlief. Ein kurzer Blick zurück überzeugte ihn, daß sie zu sehr mit sich selbst beschäftigt war. Sie berührte ihre Wange und lief eilig davon.

Jetzt konnte sich Enrico ganz der Verfolgung Scipione Borgheses widmen.

Als er in die Gasse einbog, blendete ihn zunächst die tiefstehende Sonne. Mit zusammengekniffenen Augen versuchte er in dem Gewühle und Geschrei, das ihm entgegenschlug, die schwarzgekleidete Gestalt Scipione Borgheses ausfindig zu machen. Alte Männer hockten auf ihren Fersen, mit dem Rücken gegen die Mauern gelehnt, und unterhielten sich lautstark über den Papst, die Fischpreise, das Vordringen der Türken, die Schwierigkeiten mit Venedig und Ungarn, die Konversion des französischen Königs Heinrich IV. zum Katholizismus, über Kinder und Ehefrauen. Enrico hörte mit einem halben Ohr zu und begann in die Gasse hineinzulaufen. Kreischende Kinder sprangen hinter ihm her. Mit einer Handbewegung versuchte er sie zu verscheuchen. Aus den oberen Stockwerken keiften Frauen hinunter – und er wußte nicht, ob ihre Schimpftiraden ihm oder den Gören galten.

Die Gasse weitete sich, und die Kinder blieben zurück. Enrico trat auf eine größere Straße hinaus, in der Hoffnung, Scipione Borghese zu sehen. Mehrere Wege zweigten ab. Rechter Hand wuchs eine Kirche mit breiter, doppelstöckiger Fassade empor, die Enrico nicht kannte. In ihrem Tympanon prangte, soviel er sehen konnte, das Lilienwappen der französischen Könige. So sehr er umherspähte und sich bemühte, Scipione Borghese blieb verschwunden. Er blieb stehen und verfluchte seine Pietät gegenüber Julia. Nur weil er hatte höflich sein wollen, hatte er den Adligen verloren.

Was tat der Borghese in dieser Gegend? Warum verbarg er sich hinter einer Maske? Hatte er das nötig? Dieser Scipione Borghese war ein Fuchs, intelligent und mit allen Wassern gewaschen. Wenn er die Sicherheit des Palazzos verließ, dann vermutlich deshalb, weil sein Oheim Camillo keine Nachricht von seinen Kontakten und Vorhaben bekommen sollte. Er arbeitete hinter dessen Rücken. Hielt er heimlich Verbindung zur spanischen Fraktion? Möglich schien Enrico alles. Für seinen Herrn Ferdinando mußte auch diese Beziehung interessant sein. So konnte man den Neffen gegen den Oheim ausspielen. Aber er hatte Scipione Borghese verloren, und all seine Gedanken blieben Spekulation. Und womöglich hatte er Julia verprellt. Jedenfalls würde es nicht leicht werden, sich ihrer wieder zu versichern.

Enrico schlug mit der Faust in die Hand und verwünschte sein Zögern.

Vor der Hitze flüchtete er in das Innere der Kirche. Er brauchte einen kühlen Ort, der ihm klare Gedanken ermöglichte. Ein dünner Strom Gläubiger, der von drinnen nach draußen floß, ließ die Kirchentür nicht zufallen. Enrico schlüpfte hinein und war sofort von der Kühle der Kirche umfangen. Er hielt einen der Gläubigen auf, die zum Ausgang strömten.

»Sagt, was ist das für ein Gotteshaus?«

Der Fremde sah ihn etwas verdutzt an, dann lächelte er und meinte in einem französisch gefärbten Italienisch: »San Luigi dei Francesi! Die französische Nationalkirche.«

Enrico nickte und betrat den Innenraum, der in rosafarbenem und gelbem Marmor leuchtete. Wegen der Messe, die eben geendet hatte, löschten Meßdiener die Kerzen vor dem Altar. Der Raum verbarg sich in Weihrauchnebeln und Kerzenrauch. Langsam schritt Enrico das Mittelschiff ab. In der hintersten Kapelle verhielt er den Schritt. Was er dort sah, verschlug ihm die Sprache. Sie war offenbar dem heiligen Matthäus gewidmet, und die Gemälde, die dort hingen, waren in ihrem ganzen Stil, in ihrer ganzen Würde von niemand anderem gemalt als von Michelangelo Merisi, von Caravaggio.

Bilder und ihre Botschaften hatten ihn seit jeher fasziniert. Ihre eigene Sprache, die sogar so etwas wie einen Dialekt entwickeln konnte, regionale Unterschiede, die nur zu lesen vermochte, wer sich darin übte, und die dem ungeschulten, profanen Betrachter verborgen bleiben mußten. Im Konvent hatte er diesem Interesse frönen können, war sogar darin bestärkt worden. Ob die Glasmalereien der Fenster oder die Gemälde in den Kapellen, das Altarbild oder die Porträts der Äbte und Bischöfe, ob Buchillustrationen oder die Schnitzwerke am Chorgestühl, immer war er in deren Betrachtung versunken und hatte die Mitbrüder Löcher in den Bauch gefragt. Beim Prior des Konvents war seine Neugier auf offene Ohren gestoßen, und schon bald nahm er ihn mit, wenn es galt, Anschaffungen von Codizes oder

Bildern für den Konvent von Santa Croce zu begutachten. Noch heute dankte er dem Prior, daß er ihn nicht in eine geistliche Laufbahn gezwungen hatte, daß er ihn als Laienbruder anerkannt und ihn nach Bologna auf die Universität geschickt hatte, um die Rechte zu studieren und dem Kloster irgendwann nützlich zu sein. Ihr werdet, hatte der Prior ihm damals gesagt, Euer Wissen in den Dienst des Ordens stellen und zurückgeben, was Euch gegeben wurde. Hatte er nicht für Santa Croce Gemälde und Bücher aufgekauft und bewertet? Und dann wurde er von Bologna aus nach Mantua gerufen, an den Hof der Gonzagas.

Enrico betrat die Kapelle, ließ sich auf den Betstuhl am Eingang gegenüber dem Altarbild nieder und betrachtete zuerst das Bild links davon. Es zeigte die Berufung des heiligen Matthäus. Ein überdimensionierter Arm zeigte auf den Apostel, der noch sein Amt als Zolleinnehmer ausübte und Münzen nachzählte. Direkt von seiner Tätigkeit weg wurde Matthäus hier abberufen, um dem Herrn nachzufolgen. Enrico war es, als würde das Licht, das von rechts einfiel, den Zolleinnehmer mit hinausziehen, hinein in das Licht der Erkenntnis.

Über dem Altar selbst hing ein weiteres Bild, das den Apostel zusammen mit einem Engel zeigte, gealtert jetzt und mit dem Ausdruck letzter Erwartung. Ja, der Apostel hob bereits ab, da er mit einem Bein den Boden verließ. Und in dieser Haltung lag etwas, das an den Heimgang des Menschen in himmlische Gefilde gemahnte und ihn gleichzeitig aus der Welt abgehobener Religiosität auf den Boden des Volkes zurückverwies. Eine Geste der Nachlässigkeit. Barfuß der Apostel, zu alledem. Wie oft zog man das Bein auf den Stuhl, um bequemer zu sitzen, ja kniete beim Schreiben eher, als daß man saß, ließ die Pantoffel zu Boden fallen. In ihm stieg das Glücksgefühl auf, das ihn der Kunst zugetrieben hatte. Enrico mußte lächeln und wollte sich eben dem dritten Bild zuwenden, als er hinter sich ein Flüstern vernahm.

Die Stimmen klangen eindringlich, als würde ein Mensch auf einen anderen einreden, dem nur zwischendurch erlaubt war, das Gesagte zu bestätigen. Enrico wagte es nicht, sich umzudrehen, da er die Stimme des Redenden sofort erkannt hatte.

Satzfetzen drangen zu ihm herüber, Wörter mit innerer Dramatik, aber ohne Zusammenhang.

»... Caravaggio ... drängen ... Scudi ... Tod ...«

Leicht bewegte er den Kopf in die Richtung, aus der das Gespräch kam. Aus dem Augenwinkel heraus konnte er den dunklen Mantel Scipione Borgheses erkennen. Der Adlige redete auf einen Mann ein, der beinahe unsichtbar im Halbdunkel eines Säulenschattens stand. Enrico versuchte seine Hand so um eine der Ohrmuscheln zu legen, daß er besser hören konnte, und tatsächlich hob die Erregung des Disputs die Stimmen, und Enrico konnte ihm besser folgen.

»Ich muß vorsichtig vorgehen!«

»Hier!« Scipione Borghese holte aus einer Manteltasche einen Beutel, der ohne Zweifel die eben erwähnten Scudi enthielt, und übergab ihn dem Fremden, der ihn bedächtig abwog. »Fürs erste. Der Mann fürs Grobe kostet, Herr.«

»Ihr habt mir zugesichert, daß er ...«

»... weiß, wie er den Maler einschüchtern kann ... Und wenn das alles nichts hilft, wird er Schmerzen leiden wie nie zuvor. Es wäre gelacht, wenn man diesen Caravaggio nicht ...«

Die letzten Sätze verflogen, weil einer der Meßdiener jetzt auch zu seiner Kapelle kam und die Kerzen zu löschen begann.

Enrico erkannte noch das dritte Gemälde, das das Martyrium des Matthäus zeigte und eindeutig ebenfalls aus Caravaggios Hand stammte. Das Licht beleuchtete den Heiligen, der am Boden lag, ebenso wie den Henker, der ihn eben beim Lesen der Messe niederstreckte. Ein Bild, das an Dramatik nicht zu überbieten war. Während der Heilige sich wehrte, während er den Henker zu beschwichtigen versuchte, sah der Auftraggeber des Mordes, Hirtakus, aus dem Hintergrund zu. Und dieser Hirtakus war niemand anderer als der Maler selbst.

Enrico wurde schwindlig, weil er eben eine ähnliche Situation miterlebte. Der Ort, eine Kirche, das Opfer, zwar kein Heiliger, aber ein begnadeter Heiligenmaler, Scipione Borghese offenbar der Henker. Er stützte sein Gesicht in die Hände und hoffte, wenn er wieder aufblickte, wäre all das ein Spuk und die Welt wieder in ihren Angeln.

Als er hochsah und aufstand, verließ Scipione Borghese eben die Kirche, und der Mann, den er getroffen hatte, folgte ihm in einigem Abstand. Enrico fielen dessen rote Haare auf, von denen einige Strähnen unter der Kapuze hervorsahen.

10.

»Wo ist der Dreckskerl?«

Nerina schreckte hoch. Auf der Türschwelle der Osteria stand ein Fremder, der mit dem Degen an seine Beinkleider schlug. Gegen die Sonne, die hinter ihm in der Türöffnung brannte, hob sich der Schatten dunkel ab, als wäre er Teil eines Altarbilds.

Sie waren auf einen Krug Wein hierhergekommen. Der Geruch in ihrer Wohnung war in den letzten Tagen derart unerträglich geworden, daß sie eine Lösung hatten finden müssen. Selbst Michele war nach zwei Stunden Arbeit blaß und mißlaunig geworden, und gestern hatten sie Lena den Karmelitern übergeben, die für sie die letzten Gebete gelesen hatten, um sie heute in aller Frühe auf dem Armenfriedhof beizusetzen. Es war ihr Leichenschmaus, ihr letztes Mahl im Angedenken Lenas.

»No, Signore, es ist verboten, hier Degen zu tragen!« fuhr der Wirt sofort dazwischen, verstummte aber, als der Mann unter der Türschwelle die Klingenspitze auf ihn richtete und den Raum trotzdem betrat.

»Wo ist der Dreckskerl von Caravaggio?«

Nerina legte Michele eine Hand auf den Arm, in der Hoffnung, er ließe sich nicht provozieren. Beide, Pasqualone und Michele, buhlten seit Jahren um die Gunst Lenas, und sie hatte sie beiden gewährt. Mehrmals hatte sich Michele mit dem Notar schon um die älteren Rechte an ihr geprügelt, hatte den Notar verletzt und dafür im Tor di Nona gesessen.

»Sei still, er wird wieder gehen!« flüsterte Nerina. »Er kann dich nicht sehen!«

Noch schien Michele nicht begriffen zu haben, wer der Eindringling war und was er in der Osteria wollte. Erst als dieser einige Schritte in den abgedunkelten Raum hinein machte, erkannte er ihn.

»Der Notar Pascqualone d'Accumulo!« meinte er ärgerlich. »Was will dieser Schleimscheißer hier?« und laut rief er: »He, Pasqualone, was treibt deinen fetten Advokatenarsch hinaus zum Marsfeld?«

Nerina stieß Michele in die Seite. Wie reizbar er war, sobald er einige Becher Wein geleert hatte. Und jetzt kam noch die Trauer um Lena hinzu. Zwar hatte sie selbst die Hure nicht gemocht, aber Michele hatte sie einmal »sein Weibchen« genannt und damit bezeugt, daß er sie mochte. Zudem hatte er sie mehrfach für Marienbildnisse porträtiert. Trotzdem widerten sie diese Hahnenkämpfe an.

»Bist du verrückt, Michele? Du weißt, daß er dich haßt. Und er ist bewaffnet!«

Lauter, als Nerina wünschte, antwortete Michele: »Ich habe noch nie vor Bewaffneten Angst gehabt!«

Der Notar, der offenbar noch immer nicht ganz die Dunkelheit in der Osteria durchdringen konnte, wandte sich der Stimme zu.

»Bist du es, Caravaggio, du Schmierfink und Aufschneider? Du Hurenbock?«

Rasch stand Michele auf, so daß es Nerina die Eichenbohle des Tisches in den Bauch rammte. Für einen Augenblick blieb ihr die Luft weg, und es mißlang ihr, Michele zurückzuhalten. Dieser arbeitete sich von seinem Platz im hintersten Winkel der Osteria nach vorne und beschimpfte nun seinerseits den Notar.

»Ich bin es, Pasqualone, Michele Merisi, genannt Caravaggio. Hat dich deine Mutter vom Milchtopf weggelassen, du Schlappschwanz und Lügensack von einem Notar. Was nennst du mich Hurenbock? Mich?«

Pasqualones Degen zischte durch die Luft. Seine Spitze zeigte auf Michele. Leicht zitterte sie.

»Wo ist Lena? Wo war sie die letzte Woche? Hast du sie wieder …«

Das letzte Wort ließ er offen und trat einen Schritt auf Michele zu, der ruhig stehenblieb und die Degenspitze zu ignorieren schien.

»Sie ist tot, Pasqualone. Lena ist tot!«

»Was sagst du, du Hurenbock?«

Pasqualone machte einen weiteren Schritt auf Michele zu. Der Degen berührte jetzt beinahe dessen Hals. Nerina wurde nervös. Sie erhob sich und rief in den Raum hinein: »Pasqualone, habt Ihr nicht gehört? Lena ist tot. Sie ist im Tiber ertrunken!«

Der Notar ließ Michele nicht aus den Augen, senkte aber jetzt den Degen.

»Nerina? Was sagt Ihr da? Lena tot? Aber ...«

»Fischer haben sie gefunden. Am Tiberufer gegenüber der Insel.«

Stickig schien die Luft im Raum zu werden. Plötzlich fühlte Nerina die Hitze, die der Notar von draußen mit hereingebracht hatte. Ein fieberschwangerer Dunst, der nach Krankheit roch und nach Abkühlung verlangte. Sie sah, daß sich der Notar auf einen Stuhl niederließ. Der Degen fiel ihm aus der Hand, sein Kopf sank ihm auf die Brust, das Gesicht zerfiel in aschfahle Flächen.

»Im Tiber ertrunken, sagt Ihr?«

Bevor Nerina ihn erreicht hatte, beugte sich Michele über Pasqualone und zischte ihn an:

»Jemand hat sie zuvor noch mit einem Halstuch erwürgt, Pasqualone, und dann erst in den Tiber geworfen. Und ich kenne nur einen Hurensohn, der dazu fähig ist! Dich!«

Ohne Vorwarnung stieß Michele den Tisch beiseite, der sie trennte, und sprang auf Pasqualone zu, packte ihn an der Gurgel und drückte zu. Der Notar, soviel sah Nerina, war zu überrascht, als daß er gleich an Gegenwehr dachte. Beide stürzten übereinander, ohne daß Michele losgelassen hätte. Krüge brachen, ein Stuhl barst unter dem Gewicht der Männer. Doch bevor Nerina eingreifen konnte, ging ein Mann dazwischen, der Nerina bekannt vorkam. Körperlich eher ein Stubenhocker und Stehpultkämpe, hatte er die beiden dennoch mit je einem kräftigen Schlag getrennt. Sowohl Michele als auch Pasqualone wälzten sich auf dem Boden. Der Fremde nahm den Degen und ließ ihn zwischen den Kontrahenten hin und her pendeln.

»Und jetzt verschwindet hier! Zuerst Pasqualone, dann Caravaggio! Und sollte ich Euch noch einmal hier sehen, um zu raufen, mache ich kurzen Prozeß!«

Beide schienen eingeschüchtert und verunsichert, obwohl niemand den Fremden kannte.

Nerina wollte Michele aufhelfen, als sie eine Hand an ihrem Arm fühlte. Sanft, aber bestimmt hielt sie der Fremde zurück. Pasqualone rappelte sich auf und stolperte nach draußen. Der Fremde trat an die Tür und blickte dem Notar mit zusammengekniffenen Augen nach.

»Und jetzt Ihr, Caravaggio. Geht nach Hause.«

Benommen erhob sich der Maler, wankte ein wenig, als er zur Tür ging, und trat dann ebenfalls auf die Straße, ungewöhnlich folgsam. Zurück blieben der Fremde und Nerina.

»Danke!« flüsterte sie. »Warum habt Ihr das getan?«

Sie betrachtete den Fremden genau und versuchte sich zu erinnern, wo sie ihn schon einmal gesehen hatte. Die langen dunklen Haare, diese leicht nach vorne fallende Haltung und die schwarze Kleidung kamen ihr bekannt vor. Aber es war, als würde ein Schleier ihre Erinnerung verbergen. Erst als er sie aus dunklen Augen ansah und dabei kurz sein Profil gegen die offene Tür zu sehen war, begann sie zu ahnen.

»Setzt Euch«, bat der Fremde mit einer einladenden Geste. »Ihr seid ...?«

»Nerina. Modell und Malerin bei Caravaggio!«

Der Fremde preßte die Lippen aufeinander, dann lächelte er schmal.

»Trinkt Ihr Wein? Verdünnt oder pur? Wirt, eine Karaffe und einen Krug mit Wasser. Brot dazu und etwas Schinken.«

Nerina war überrascht von der Bestellung.

»Ihr habt nicht einmal meine Antwort abgewartet, Signore.«

Der Fremde erhob sich etwas, deutete eine Verbeugung an und erklärte:

»Verzeiht. Enrico, Kunstverständiger und Erzieher für den Herzog von Mantua. Zur Zeit hier in Rom mit meinem Schützling, Ferdinando Gonzaga.«

Jetzt erinnerte sich Nerina, wo sie den Fremden schon einmal gesehen hatte. Er war neben der Sänfte der Gonzagas hergelaufen und hatte wie ein Pantalone lächerlich gestikuliert und geredet. Heute war er ihr keineswegs lächerlich erschienen. Mit Geschick und Mut hatte er Michele aus einer höchst peinlichen Situation befreit. Sie schätzte ihn nur wenig älter als sich selbst, zweiundzwanzig, vielleicht jünger. Sein Kinn umgab ein bläulicher Schleier, der von starkem Bartwuchs zeugte, die Augenwinkel zeigten kleine Krähenfüße, die deutlich auf ein humorvolles Gemüt verwiesen, und seine dunklen, wachen Augen, beinahe so schwarz wie sein Haar, musterten sie neugierig. Am meisten faszinierten sie aber seine Hände, die so schmal und feingliedrig waren, daß man Angst bekam, sie würden brechen, wenn man sie schüttelte, und mit denen er doch kräftig zupacken konnte.

An ihnen vorbei schlüpfte ein Mann, der in dunkles Leinen gehüllt war. Nerina sah kurz hoch, konnte aber das Gesicht nicht erkennen. Nur der Geruch, der seiner Kleidung entströmte, hatte etwas beängstigend Vertrautes. Ein Schauer lief ihr über den Rücken, aber sie hatte keine Zeit, sich der Gestalt zu vergewissern, da sie eine Hand auf der ihren spürte.

Sie sah ihr Gegenüber an, dann zog sie vorsichtig ihre Hand zurück. Sie wollte diese Vertraulichkeit nicht.

»Vielen Dank, daß Ihr eingegriffen habt. Ihr müßt wissen, Michele reagiert etwas aufbrausend. Die Gedanken, die ihn zu seinen Bildern treiben, machen ihn zu einem jähzornigen Menschen.«

Enrico sah unverwandt auf ihre Hände, die mit Farbspuren bedeckt waren, folgte ihrem Finger, der mit einer Pfütze Wein auf dem Tisch spielte, sagte aber nichts. Er schien zu warten, worauf, wußte Nerina nicht. Vielleicht überlegte er sich auch nur einen ersten Satz. Der Gedanke daran ließ sie lächeln. Erste Sätze zu denken war schwierig, sie auszusprechen beinahe unmöglich, in einer solchen Situation mit einem ersten Satz zu beginnen, ging über alle Kräfte.

Ihre erste Liebe vor Jahren, das wußte sie, war an eben dieser Hürde gescheitert. Als sie mit ihren Zieheltern in Florenz unterwegs gewesen war, war ihr ein Junge nachgegangen. Von fern hatte er sie beobachtet, ihr nachgeschmachtet, ohne sich zu nähern. Fortwährend hatte er sie belauert und an den Straßenecken auf sie gewartet. Aber nie hatte er ihr sein Interesse an ihr gestanden, immer war er über und über kupfern angelaufen, wenn sie sich begegnet waren. Und als sie selbst sich einmal das Herz genommen und ihn angesprochen hatte, war er davongelaufen, als hätte er mit dem Teufel persönlich gesprochen. Seit damals war er ihr aus dem Weg gegangen und auch ihre Liebe zu ihm hatte sich verflüchtigt.

»Ihr braucht nichts zu sagen«, wollte sie Enrico den Einstieg erleichtern.

Der hob nur den Kopf, betrachtete sie eine Weile. Sie hatte das Gefühl, als würde er sich an ihren Augen festsaugen, als würde er ihr mit diesem Blick ein Mal in den Augenhintergrund brennen wollen. Nerina wurde verlegen, wich dem Blick aus.

»Wir müssen miteinander reden, Nerina. Ich glaube, Caravaggio ist ernstlich in Gefahr!«

Nerina zuckte zusammen und sah hoch. Sie fühlte, wie sich ihre Pupillen weiteten. Bevor sie etwas sagen konnte, füllte plötzlich der Klang einer Glocke den Raum, tief und grollend. Immer mehr Kirchengeläute fielen darin ein, bis ein Teppich aus Klang die Stadt überdeckte.

»Der Papst ist tot!« drangen von außerhalb der Osteria die Rufe ins Innere. Die Menschen rannten auf die Straße hinaus, und Nerina und Enrico ließen sich mitziehen, bis sie ihn verlor.

11.

»Er vollbringt Großes, wenn man ihn drängt!« Scipione Borghese lachte lautlos und bitter in sich hinein.

Daß Pater Leonardus ihn gerade jetzt störte, ärgerte ihn, er kam zu einer unrechten Zeit, aber dem Irrsinn der Diskussion im hinteren Saal zu entfliehen, entspannte ihn. Bis hierher drang das erregte Gemurmel des heftigen Streits, der im Gange war. Vordergründig tat Pater Leonardus zwar, als interessiere ihn nur seine Botschaft, versuchte aber offensichtlich gleichzeitig einige Wortfetzen und Blicke zu erhaschen. Immerfort mußte er sich daran erinnern, daß er vorsichtig sein mußte, wenn er dem Pater Vertrauen schenkte.

»Die Apostel sind ärmlich gekleidet und unbeschuht wie die

Karmeliter der Kongregation der Kapelle in Santa Maria della Scala. Er meinte, wenn das Bild in der Kapelle eines Bettelordens hinge, müsse man das am Gemälde erkennen können.«

Diesmal lachte Scipione Borghese lauthals.

»Er ist ein Narr, aber ein brauchbarer, einer, der seiner Umwelt tatsächlich die Wahrheit sagt. Die spanische Fraktion wird toben, und die Italiener werden ihn lieben.«

»Laerzio Cherubini, der Advokat und Konservator Roms, war einverstanden, Caravaggio den Auftrag zu geben. Er fand mich überzeugend.«

Aus dem Nebenraum drangen lautstark die Worte »Papst«, ebenso »Philipp« und »Tod« und »Italien«. Aber die einzelnen Wörter ergaben keinen Sinn für den, der nicht eingeweiht war. Vermutlich würde Pater Leonardus begreifen, daß es hier bereits um die Nachfolge auf dem Stuhl Petri ging. Mehr nicht. Man mußte den Pater in einer Art Halbwissen halten, ihm das Gefühl geben, er verstünde, welches Rädchen im Getriebe er war, und ihm doch das Wesentliche vorenthalten.

Pater Leonardus zuckte zusammen, als Scipione Borghese sich nahe vor ihn stellte und ihn ansprach. Seine Aufmerksamkeit galt offenbar nicht ihm, Scipione Borghese, sondern den Gesprächsfetzen, mit denen dieser Vorraum sich füllte wie eine Brunnenschale.

»Gut, mein lieber Pater Leonardus. Ihr macht Eure Arbeit vortrefflich. Ist nicht der Kirche Maria della Scala die Casa Pia in Trastevere angegliedert, in der die Dirnen Roms aufgenommen werden und Frauen Unterschlupf finden, die von ihren Ehemännern geschlagen werden?«

»Direkt hinter der Kirche, Exzellenz!«

»Noch besser. Die beiden Kardinäle, Benedetto Giustiniani und Tolomeo Gallio, die dafür zuständig sind, gehören der italienischen Fraktion an. Das wird die Spanier zur Weißglut treiben.«

Scipione Borghese hatte die Hände hinter seinem Rücken verschränkt und lief im Raum auf und ab. Sein Spiel ging auf. Offenbar ließ sich Caravaggio für diese Arbeit gut lenken, ahnte nichts von den Zielen, die mit diesem Bild verbunden waren. Das Konklave ließ sich damit beeinflussen, ohne daß es einer der Beteiligten auch nur ahnte. Im Nebenraum wurde plötzlich gelacht, bis ein scharfes Zischen Ruhe gebot. Dann sprach eine Stimme, die er unschwer als die seines Oheims, Camillo Borghese, erkannte. Ihr satter, tiefer Klang unterschied sich leicht von den anderen Stimmlagen.

»Für den Augenblick gerade das, was wir brauchen. Und Ihr seid sicher, daß Caravaggio die Jungfrau Maria barfüßig darstellt? Und als Vorlage eine echte Wasserleiche benutzt?«

Pater Leonardus verneigte sich, weil Scipione Borghese vor ihm stehenblieb und ihn forschend betrachtete.

»Ganz sicher. Ich habe das Bild gesehen! Eine Skizze vielmehr. Die Maria ist bereits vollständig gemalt.«

»Ich weiß nicht, ob es Mut ist, was ihn treibt, oder ein Hang zum Scheiterhaufen. Maria barfüßig. Ein ketzerischer Gedanke, eine Heilige, die Heilige der Mutter Kirche schlechthin, als Bauernmagd zu malen. Jetzt gilt es, das Bild ins Gespräch zu bringen, mein lieber Pater Leonardus. Es muß öffentlich werden, ein Skandal!«

Wieder verneigte sich Pater Leonardus.

»Es wird Geld kosten, Exzellenz.«

»Ihr hattet für die Erteilung des Auftrags und für Euren Handlanger Geld bekommen ...«

»... das ganz an Caravaggio und den Johanniter geflossen ist. Ersterer kennt seinen Wert, aber er malt nicht, um Reichtümer anzuhäufen. Es war zudem nicht billig, jemanden zu finden, der den Maler aus seiner Lethargie reißt und ihn zwingt, sich hinter die Staffelei zu stellen.«

»Gut, Pater Leonardus, Ihr werdet reichlich erhalten. Aber beeilt Euch. Treibt ihn vorwärts – und verbreitet das Gerücht, der Maler entwerfe ein blasphemisches Gemälde.«

Mit einem Kopfnicken verabschiedete Scipione Borghese den Pater und eilte zurück in die Versammlung. Aus den Augenwinkeln sah er, daß Pater Leonardus tief gebeugt wartete, bis er wieder in den Besprechungssaal zurückkehrte. So verlängerte er seine Zeit des Lauschens. Scipione stürzte sich in das Meer aus Purpur, als sich die beiden Türflügel öffneten. Bedeutende Kardinäle hatten sich im Palazzo Borghese versammelt, Del Monte, Baronius,

Barberini und Sanesio saßen ihm gegenüber. Er stellte sich den Pater vor, der eben jetzt einen Blick in das Zimmer werfen und die illustre Gesellschaft erkennen konnte. Mußte er sich nicht Fragen stellen? Mußte er sich nicht fragen, was sich dort abspielte, warum sie sich hier versammelten, im Palazzo Borghese?

Heiterkeit im Gesicht, betrat Scipione Borghese den Raum und wartete, bis sich die Türen hinter ihm schlossen. Ob Caravaggio seine Rolle in diesem Spiel bis zu Ende spielen würde?

12.

Rom versteckte sich unter schwarzem Trauersamt, alle Lichter waren gelöscht, kein Kerzenstummel brannte mehr. Nicht einmal der Mond schien, und die Sterne verbargen sich hinter fliegenden Wolken, die dunkel und dräuend über die Stadt hinwegzogen. Eine für den März unnatürlich drückende Schwüle hing zwischen den Mauern. Wo sonst die Römer auf den Plätzen standen und sich durch die Gassen drängten, herrschte eine gespenstische Leere, als wäre mit dem Tod des Papstes die restliche Stadt mit ausgestorben. Dabei hatte Nerina geglaubt, die Menschen müßten Freudentänze aufführen, weil Clemens VIII. endlich ins christliche Paradies hinübergegangen war und seine Vetternwirtschaft und seine Verschwendungssucht beendet wären, die vor allem die ärmeren Bewohner in den Ruin getrieben hatten. Das Leben hätte in die Stadt zurückströmen müssen, das durch die bigotte Frömmigkeit der letzten Jahre wie durch eine Ablaufrinne entleert worden war. Nichts war zu spüren von Erleichterung oder Hoffnung. Im Gegenteil. Überall empfand man eine gespannte Erwartung auf den Ausgang des Konklaves.

Nerina tappte mit Enrico im Schlepptau durch die dunklen Gassen der Tiberstadt und wunderte sich. Sie hielten sich leicht an der Hand, um sich nicht zu verlieren, ängstlich darauf bedacht, diese Haltung als Notwendigkeit zu betrachten. Keiner von ihnen wollte es offenbar als erstes Zeichen gegenseitiger Zuneigung verstanden wissen, obwohl Nerina die trockenen Finger, die leicht und doch stark zugriffen, angenehm waren. Sein Gang gefiel ihr, der sich ausnahm wie das weiche Schleichen einer Katze, federleicht und ohne ein Anzeichen von Kraftaufwendung. Sie selbst fühlte sich dadurch beflügelt.

»Wie habt Ihr mich gefunden?«

»Es war nicht leicht, aber auch nicht allzu schwierig.«

»Ihr spioniert mir nach?«

»So will ich es nicht nennen. Ich beobachte, was Caravaggio macht, und da seid Ihr mir mit aufgefallen.«

Plötzlich wurde Enricos Griff fester. Er zog Nerina zu sich her, legte ihr eine Hand auf den Mund. Ihr Atem flog für wenige Momente rascher, da diese plötzliche Nähe ihr Sicherheit und gewollte Distanz raubte. Seine Haare dufteten und strichen über ihr Gesicht. Sie schloß die Augen. In ihrer Überraschung konnte sie keinen Schritt mehr machen. Bevor sie sich leicht zu wehren begann, hörte sie ihn nahe an ihrem Ohr flüstern.

»Ich tue Euch nichts. Aber seid leise. Jemand schleicht hinter uns her. Bitte bleibt stehen und horcht.«

Nerina nickte, und sofort nahm Enrico die Hand von ihrem Mund. Beide lauschten in die Schwärze der Gasse. Tatsächlich hörten sie hinter sich Schritte, die sich langsam näherten. Nerina bückte sich und löste ihre Holzschuhe von den Füßen, dann suchte sie Enricos Hand.

»Wie ist das möglich? Es ist doch stockfinster hier!«

»Unser Verfolger riecht uns«, flüsterte Enrico. Nerina ahnte, daß sich in der Schwärze der Nacht sein Gesicht zu einem Grinsen verzog. »Die Leinölfarben geben Euch eine unwiderstehliche, aber auch unverwechselbare Note.«

»Kommt!«

Mit der Sicherheit einer Katze bewegte sich Nerina in der Dunkelheit. Sie hielt seine Hand fest, lief zwei Schritte und bog mit ihm in eine Seitengasse ein. Ein Stück gingen sie die Gasse hinauf und warteten. Die Schritte folgten ihnen. Beide drückten sie sich in eine Toreinfahrt und warteten, bis sich ihr unbekannter Verfolger näherte. Als er an ihnen vorüberging, hielten sie den Atem an. Nerina starrte in die Dunkelheit und versuchte einen Blick auf die Gestalt zu erhaschen, aber die Nacht war zu schwarz. Nichts war zu erkennen außer einem dichten Schatten, der sich langsam vorüberschob. Nur in der Luft blieb ein Geruch zurück, der Nerina bekannt vorkam.

Als sie sich aus der Toreinfahrt lösten und auf den Weg zurückeilten, hörten sie hinter sich das leise Klatschen von Ledersohlen, das sich entfernte.

»Nerina! Er verfolgt nicht uns, sondern Euch. Wie ein Schatten klebt er an Euren Fersen! Er steht jedenfalls seit Wochen vor Eurer Tür.«

»Wie Ihr?«

Enrico blieb stumm.

Die Frage sollte frech klingen, aber Nerina wurde plötzlich kalt, als sie an den Kerl dachte, der sie auf dem Markt angesprochen hatte und dann mit Lena zum Tiber hinab verschwunden war. Durch verwinkelte Gäßchen zog Nerina Enrico endlich zum Tiberufer hinunter.

»Riecht Ihr den Tiber? So kraftvoll.«

Nerina fand den Weg zu ihrem Lieblingsplatz auch im Finstern. Hier saß sie oft, blickte auf das träge Wasser des Flusses, in dem sich der Mond spiegelte und in das wie eine Linse die Tiberinsel eingebettet lag.

Hier hatte sie gesessen, als sie mit ihren Zieheltern zum ersten Mal in Rom gastiert hatte, Schauspieler und Gaukler in einem Wagen mit löchriger Plane, gezogen von einem altersschwachen Klepper. Drei Jahre war das jetzt her. Sie hatten an einem der Plätze ganz in der Nähe ihr Lager aufgeschlagen, und Michele hatte sie von dort aufgelesen. Ihm waren ihre Kulissen und Tafeln aufgefallen, auf denen sie die Neuigkeiten für ihren Vater aufgemalt hatte. Lange hatte er vor diesen Kohleskizzen gestanden, daran erinnerte sie sich, genau hatte er sie betrachtet, und dann war er hinter dem Wagen verschwunden, wo ihr Vater seinen Text für den Nachmittag memoriert hatte.

Vorsichtig tastete sie sich am Ufer entlang.

»Ihr wart plötzlich verschwunden, nachdem die Glocken eingesetzt hatten.«

Enrico lachte leise.

»Nicht ich, Ihr wart verschwunden. Ich habe Euch überall gesucht.«

»Jetzt habt Ihr mich ja gefunden. – Wir sind am Ufer. Kommt.«

Einen der großen Steine der Uferbefestigung, der sich in der Schwärze dieser Nacht noch dunkler ausnahm, suchte sie sich aus, dann klopfte sie mit der Hand gegen den Felsen. Sie hörte, wie Enrico sich herantastete und neben ihr niederließ. Beide lauschten sie nur dem sanften Rauschen des Wassers, in dem ab und zu ein Fisch sprang. Damals hatte Michele ebenso neben ihr gesessen, und sie hatte gedacht, daß ihr Vater sie an ihn verkauft hätte, aber dann hatte er von ihren Bildern gesprochen, von Talent und Kohlestrich, von einem Auge für die Dinge und davon, ob sie nicht ihre Begabung ausbauen, ob sie nicht bei ihm die Malerei erlernen wolle. Sprachlos hatte sie seinen Worten gelauscht. Einem Mädchen eine Ausbildung anzutragen, das grenzte an Schwachsinn – und sie hatte sich sagen hören, daß sie sein Angebot gerne annehme, wenn er eine einzige Bedingung erfülle, sie nämlich nicht anrühre. Mit ihrem Talent sei nicht gleichzeitig ihr Körper zu kaufen. Michele hatte damals gelacht und es ihr in die Hand versprochen. Sogar auf ihr Amulett hatte er damals geschworen, wie sie es gefordert hatte – und sein Versprechen gehalten.

Sie mußte sich zwingen, nicht ganz in den Erinnerungen zu versinken, schließlich saß Enrico neben ihr, und sein warmer Oberschenkel drückte gegen ihr Bein.

»Ihr wolltet mir etwas sagen, damals, in der Osteria?«

»Ich wollte Euch warnen.«

»Warnen?«

»Eigentlich nicht Euch, sondern Caravaggio.«

»Was ist mit ihm?«

»Ich weiß auch nicht recht, was ist, Nerina. Ihr wißt, ich stehe im Dienst Ferdinando Gonzagas.«

»Wir kennen den Vater. Er hat ein Bild gekauft.«

»Seit Jahren bin ich der Erzieher seines Sohnes Ferdinando. Eigentlich stamme ich aus Perugia, aber die Studien trieben mich nach Bologna, Mailand und Mantua. Rechtswissenschaften, Philosophie, Musik, Sprachen. Alles habe ich mir selbst verdient, als Schreiber und Abschreiber. Der Herzog von Mantua suchte einen Hauslehrer, und mein Vater, der nach Mantua Papier und Bücher lieferte, empfahl mich. So trat ich in die Dienste der Gonzagas. Das war vor vier Jahren. Aber ich will Euch nicht mit meinem Leben langweilen.«

»Das tut Ihr nicht, Enrico.«

Nerina hörte ihre eigene Stimme. Tiefer als sonst klang sie und vibrierte in einem leichten Tremolo. Es überraschte sie nicht. Enrico schien die Veränderung bemerkt zu haben, denn er räusperte sich, bevor er fortfuhr.

»Ferdinando Gonzaga ist hier in Rom. Ich habe zufällig ein Gespräch belauscht, in dem es über Euren Meister ging. Er soll in die päpstliche Politik eingebunden werden. Als Mittel zum Zweck.«

Nerina lachte herzhaft, fuhr sich aber plötzlich an den Mund und hielt ihn sich zu. Trotzdem konnte sie ein Kichern nicht unterdrücken.

»Ihr träumt, Enrico. Wie soll ein Maler Einfluß auf die Politik nehmen? Er malt. Und mit der Kirche hat Michele soviel zu tun wie wir mit dem Fischfang. Wir ergötzen uns am Ergebnis. Er malt für die Kirche, weil sie ihm Bilder abkauft.« Sie senkte die Stimme etwas und meinte: »Sagt mir lieber, daß Ihr Euch um mich Gedanken gemacht habt und mich wiedersehen wolltet.«

Enrico schwieg. Nerina war zunächst verblüfft. Jetzt hatte sie ihm einen Köder hingeworfen, und er nahm ihn nicht auf. Interessierte er sich nicht für sie? Sie hatte es nicht nötig, sich einem Kerl wie diesem Enrico an den Hals zu werfen.

»Ihr braucht Euch nicht zu verstellen. Aber warum beredet Ihr Eure Beobachtungen nicht mit Michele selbst? Ich bin nicht seine Mutter!«

Lauter war sie geworden, als sie gewollt hatte, weil das Verstummen Enricos sie traf. Verfolgte der Kerl wirklich derart abstruse Gedanken? Michele Merisi in Gefahr! Lächerlich. Er war einer der bedeutendsten Maler Roms – und jeder, der sich an ihm vergriffen hätte, wäre unweigerlich in den Kerkergewölben des Tor di Nona gelandet oder hätte auf dem Scheiterhaufen gebrannt. Die einzige Gefahr, der er wirklich ausgesetzt war, fand sich in Tonkrügen und leuchtete golden. Der Wein würde ihn eines Tages umbringen.

Plötzlich riß Enrico an ihrer Hand, so daß sie aus ihrem Nachdenken aufschreckte. Er drängte sich eng an sie, um ihr ins Ohr zu flüstern.

»Pst! Er ist ganz in der Nähe!«

Sofort horchte Nerina auf die Geräusche um sie herum: das hohe Sirren der Fledermäuse, das Rauschen des Tibers, der sich an der Insel brach, das Surren der Mücken und ein beständiges Zirpen früher Grillen. Dazwischen glaubte sie, leises Atmen zu hören, als versuche jemand durch den offenen Mund einzuatmen, um das Geräusch der in die Lunge strömenden Luft zu verringern. Je intensiver sie sich auf dieses verdeckte Ziehen konzentrierte, desto deutlicher festigte sich in ihr der Gedanke, nicht allein zu sein.

»Wer ist da?« fragte sie unvermittelt und fühlte, wie Enrico den Arm schützend um sie legte.

Sie vernahm ein hustendes Erschrecken und danach Schritte, die sich entfernten.

Eine Weile verharrten sie noch so, Enrico eng an sie gedrückt. Nerina fühlte Enricos Körper neben sich, seine Wärme, die leichten Bewegungen, als wolle er sich an sie schmiegen, und den Druck seines Armes. Auch jetzt, nachdem die Bedrohung vorüber war, entließ er sie nicht. Still verharrten sie so eine ganze Zeit, und sie schloß trotz der Dunkelheit einfach die Augen und genoß seine Nähe, bis es sie vor Erregung fröstelte. Erst jetzt lockerte Enrico seinen Griff.

»Er ist weg«, flüsterte er.

»Ja. Wie hat er uns gefunden?«

»Euer Freund muß sich gut auskennen, wenn er Euch hier unten am Fluß entdeckt hat. Es scheint kein Platz zu sein, den Ihr zum ersten Mal aufsucht.«

Noch während Enrico sie umarmte und an sich drückte, griff sie nach ihrem Amulett und umfaßte es. Kühle Sicherheit entströmte ihm.

»Warum belauschte er uns?«

»Ich weiß es nicht. Ich hoffe nur, Ihr nehmt meine Warnung jetzt ernst. Vermutlich seid Ihr ebenso in Gefahr wie Caravaggio. Ich möchte Euch bitten, mir zu vertrauen – und mir zu helfen.«

Nerina stand auf und strich sich im Dunkeln die Kleider glatt, bis sie bemerkte, daß niemand sehen konnte, daß sie verknittert waren. Zum ersten Mal überkam sie das Gefühl, daß sie ihm von Lena und ihrer Begegnung erzählen sollte, dann aber zögerte sie.

»Warum tut Ihr das, Enrico?«

13.

»Du wirst das Haus noch abbrennen!« schrie Nerina Michele an.

»Ich brauche Ruhe – und ich brauche Licht. Schafft mir Fakkeln, Fackeln, schnell!«

Michele starrte sie aus rotunterlaufenen Augen an, die tief in ihren Höhlen lagen. Wein troff von seinen Lippen, und seine Kleidung war über und über mit Farbe beschmutzt.

In solchen Situationen haßte sie ihn, weil seine Tiernatur durchbrach, die so nichts mit dem feinfühligen Künstler zu tun hatte, weil ihn ein Dämon umtrieb, von dem sie nicht wußte, ob er Michele zerstören oder ihn nur zu Ungeahntem führen wollte.

»Du siehst aus wie ein Schwein und stinkst ebenso, Michele. Und wenn du uns zumutest, daß wir hier mit geschlossenen Fenstern in dieser Kammer hocken, damit du keinen Ärger bekommst wegen der Verdunkelung zur Trauer um den Tod des Papstes, und uns von deinen rußigen Fackeln die Luft zum Atmen nehmen zu lassen, dann irrst du dich. Du bist ja wahnsinnig!«

Michele erhob sich und drehte eine Runde um das Bild, das die tote Maria zeigte, wie sie umringt wurde von Aposteln und Frauen. Wie ein Wolf gebärdete er sich, der um seine Beute schleicht, der seine Kreise zieht, bevor er zubeißt und Wunden reißt, sich ihrer aber nicht sicher wähnt, weil sie abwehrbereit und kräftig ist.

Nerina ließ ihn nicht aus den Augen. Die Modelle, die sich hinter ihr um eine gedachte Lena gruppierten, wagten es offenbar nicht, sich zu rühren. Zu häufig hatten sie Micheles Tobsuchtsanfälle erlebt, zu häufig waren sie von seiner Unmäßigkeit zutiefst verletzt worden. Je stärker er trank, je bekannter er in Rom wurde, desto unbeherrschter gab er sich und desto gewalttätiger brach es aus ihm heraus. Mit einer hastigen Bewegung, die selbst

Nerina überraschte, warf Michele die Palette quer durch den Raum, so daß sie Nerina an der Schulter traf. Dann griff sich Michele eine der Fackeln und schwenkte sie wild durch das Atelier.

»Soll sie doch brennen, die Bude. Soll sie in einem Inferno auflodern. Ihr habt doch keine Ahnung, was es heißt, einen Gedanken auf die Leinwand zu bringen. Ihr seid doch alles ignorante Schmierfinken und blinde Gaffer. Niemand weiß, welche Überwindung es mich kostet, einen Pinselstrich zu tun, eine Farbe zu setzen, einen Ausdruck zu modellieren.«

Wie ein Irrwisch tanzte Michele mit der Fackel durch den Raum, so daß die Funken stoben und die Modelle sich hastig zurückzogen, um der Fackel auszuweichen.

»Bleibt, wo ihr seid!« fauchte Michele sie an.

Dann wandte er sich Nerina zu, die auf ihrem Stuhl kauerte, sich die schmerzende Schulter hielt und bestürzt und fasziniert zugleich dem Schauspiel gefolgt war. Ein Irrwisch trieb Michele durch den Raum und versuchte, seinen Geist zu verwirren. Schwer atmend kam er auf sie zu. Er leuchtete ihr mit dem Fackelbrand ins Gesicht. Seine Augen glänzten fiebrig. Nerina mußte den Kopf zurücknehmen, das Feuer begann ihre Haare zu versengen.

»Du hast mir weh getan!« warf sie ihm vor, hob Micheles Palette auf und hielt sie ihm hin.

Nerina sah, daß sich Micheles Augen veränderten. Aus einem Flackern, das noch dem der Fackel geglichen hatte, wurde ein ungläubiges Staunen, vermischt mit einer zunehmenden Furcht. Rasch zog er die Fackel zurück, hielt sie hinter seinen Körper.

»Dir weh? Ich habe dir weh getan?«

Nerina nickte und sah ihm direkt in die Augen. Sie wagte ein feines Lächeln, das Michele weiter verunsicherte.

»Das darf nicht sein«, sagte er und wiederholte es mehrmals hintereinander, als müsse er sich den Sinn des Satzes langsam verdeutlichen. Dann nahm er die Palette, setzte sich halb stehend an sein Bild und begann wieder, Faltenwürfe und Gesichter zu verfeinern, als wäre nichts geschehen.

»Mehr Licht!« flüsterte er. »Mehr Licht!«

Aber ohne darauf zu achten, ob mehr Fackeln angezündet wurden, mischte er und trug Farbe auf. Sein ganzes Wesen war so, als ob er sich nicht bei sich fühlte, als wäre jemand anderer in seine Hülle geschlüpft und hätte seinen Platz eingenommen, um dort vor dem Bild Farbe aufzutragen, zu mischen, zu glätten.

Nerina stand auf und stellte sich hinter ihn. Sanft begann sie, seinen Nacken zu massieren. Seit beinahe zehn Stunden stand Michele an der Staffelei, vor sich die Modelle und das Bild. Er gönnte sich keinen Augenblick der Ruhe, aß nicht, trank nur eine um die andere Flasche Wein und scheuchte seine Modelle aus dem Atelier oder bettelte sie wieder von der Straße unten herauf, wie er es gerade für nötig hielt.

»Du mußt schlafen, Michele!« flüsterte sie ihm ins Ohr und deutete den Modellen an, sie sollten das Zimmer verlassen. Plötzlich schien Michele jeden Willen verloren zu haben. Beinahe mechanisch korrigierte er Konturen und füllte Farbflächen auf. Er malte wie in Trance.

Nerina massierte seinen Nacken. Mehr und mehr neigte sich sein Kopf zu ihr hin, bis er auf ihrer Brust zu liegen kam. Micheles Augen blieben geschlossen, obwohl sie wußte, daß er nicht schlief.

»Ich könnte das Bild malen, ohne je die Augen zu öffnen. Manchmal ist es mir wirklicher als die Wirklichkeit«, sagte er unvermittelt.

»Sie lieben es an deinen Bildern, Michele. Sie lieben das Leben, das darin pulsiert. Jede Frucht, jedes Blatt darauf atmet dieses Leben, als wäre es aus dieser Welt nur herausgenommen, um in deine hinüberzuwechseln.«

»Dazu muß ich sehen, Nerina. Ich muß das Bild vor mir sehen.«

»Wenn du zu müde wirst, verschwimmen die Formen und du wirst unzufrieden.«

Michele schüttelte den Kopf. Nerina beugte sich vor und küßte von seiner Stirn einen blauen Flecken herunter. Er schmeckte nach Leinöl und Pigment aus Lapislazuli.

»Nein, je verschwommener ich die wirkliche Welt sehe, desto deutlicher wird die Imagination. Verstehst du? Ich kann nicht wirklich malen, Nerina. Ich kann nur abzeichnen, was ich sehe, hier«, er tippte sich an die Stirn, »hier liegt das ganze Geheimnis.

Ich sehe alles genau vor mir und brauche nur noch die Wirklichkeit meinen Gedanken anzupassen. Aber irgendwann weiß ich nicht mehr, was stimmt. Wo lebe ich? Dort«, er deutete auf die Leinwand, »oder dort?« Sein Finger strich über das Atelier hin. Er zitterte.

»Du lebst in beiden Welten, Michele!«

Sie kraulte ihm die Haare im Nacken. Die Fackeln warfen einen unruhigen Schein auf das Bild, und Nerina glaubte beinahe, Maria würde sich im Augenblick erheben und auffahren in den Himmel. Jetzt begriff sie erst, warum Michele diese Frau barfüßig gemalt hatte, warum ihr Gewand geschürzt war, warum der Eindruck vermittelt wurde, sie schwebe bereits. Wenn erst das flakkernde Licht der Kerzen auf das Bild fiel, dann hob sich diese Figur tatsächlich gen Himmel, dann begann der Körper tatsächlich zu schweben und aus der Mitte der Trauernden aufzusteigen.

»Es wird ein wundervolles Bild, Michele.«

»Sie werden es ablehnen, Nerina. Zu weltlich, werden sie sagen, zu offen. Die Leinwand atmet nicht den Wind der Erneuerung unseres Glaubens, sondern den Gestank des protestantischen Aberglaubens.«

Nerina strich ihm weiter durchs Haar und versuchte ihn zu beruhigen, aber sie fühlte, wie er sich unter ihren Händen verkrampfte, wie er sich in eine Idee zu vergraben begann. Sie fühlte seine Unruhe, die aufstieg wie die Flut, die langsam jeden Zentimeter Strand zurückeroberte.

Michele riß sich los, schüttelte den Kopf, fuhr sich mit von Farbe verschmierten Händen durchs Haar und griff nach der Weinflasche.

»Laß mich allein. Laß mich malen. Ich muß das Bild beenden. Die Mönche werden unruhig. Der Tod des Papstes hat sie nervös gemacht. Als du auf dem Markt warst, war ein Mönch hier, der nach dem Fortgang fragte.«

Nerina horchte auf.

»Ein Karmeliter?«

»Ja. Nein. Ich weiß nicht. Vermutlich ja. Er war barfuß.«

»Hat er Geld dagelassen?«

Michele lachte laut auf.

»Ist das Bild fertig? Sie haben Vorschuß für Farben und Leinwand bezahlt. Nichts hat er dagelassen.«

»Wir brauchen Geld. Der Wein, das Essen, deine Modelle, sie kosten. Wir haben nichts mehr!«

Michele ließ den Pinsel sinken und wandte sich zu Nerina um, die noch immer hinter ihm stand.

»Laß mich allein, bitte. Ich muß mich konzentrieren.«

»Der Tag graut schon, Michele. Du mußt schlafen.«

»Willst du hungern oder etwas zu essen auf den Tisch bekommen? Wenn du essen willst, muß ich malen.«

Nerina stampfte mit dem Fuß auf.

»Wenn du weniger trinken würdest, hätten wir mehr Geld fürs Essen übrig.«

Michele fuhr auf, so daß sein Stehhocker umfiel. Er warf den Pinsel an die Wand und schrie.

»Raus jetzt! Ich habe dieses Gejammere satt!«

Nerina zuckte zurück. Sollte der Dickschädel doch verhungern oder an seinem Wein ersaufen. Sie packte ihre Sachen, legte sich einen Schal um die Schultern und wandte sich zum Gehen. Wortlos verließ sie das Atelier und ließ Michele zurück, der sicher nicht einmal mitbekommen hatte, daß sie einfach gegangen war. Es war nicht leicht, mit ihm zusammenzuleben. Nichts war, wie es hätte sein sollen. Er konnte Tage durcharbeiten, bis die schwarzen Ränder um seine Augen aussahen wie eine überdimensionale Iris, in deren Mittelpunkt wie vertrocknet eine Pupille lag. Er konnte trinken bis zur Besinnungslosigkeit, und während er sich nicht mehr auf den Beinen halten konnte, gelang es ihm trotzdem, den Faltenwurf eines Gewandes detailgenau zu malen. Sie wußte, daß er sich die allergrößte Mühe gab, sein Versprechen zu halten, aber sie ahnte, daß er sie heimlich liebte und mehr in ihr zu sehen versuchte als seine Schülerin, und wenn er eine dieser verführerischen Huren vom Tiberufer als Modell zu sich ins Haus lud, rammelte er wie ein läufiger Kater.

Langsam ging sie die Treppe hinunter und trat auf die Straße hinaus. Ungemütlich feucht war es, ganz anders als die letzten Tage. Schräg gegenüber sah sie noch einen Schatten in einen der Hauseingänge zurückweichen. War das der Schatten, der ihr beständig folgte? Sie sah genauer hin, aber dort stand niemand mehr. Vielleicht hatte sie sich einfach nur getäuscht.

Plötzlich schlug dünn die Glocke von der Engelsburg an. Kurz darauf fielen die Kirchenglocken ganz Roms ein, als müßten sie eine frohe Botschaft in den Äther hinaustragen. Die Menschen öffneten noch gähnend die Fenster und Läden oder kamen verschlafen und müde aus den Häusern gelaufen.

Aus der Neugier entwickelte sich bald darauf ein lebhaftes Treiben, das, mit Jubel vermischt, die Straße bevölkerte. Das Konklave war zu Ende.

»Habemus papam! Wir haben einen Papst!« lautete der Schrei, der allenthalben durch die Straßen lief und sich wie ein Lauffeuer verbreitete. »Habemus papam!«

Wir haben wieder einen Oberhirten, dachte Nerina, während sie direkt auf den Eingang zuging, in den hinein der Schatten verschwunden war, ohne daß sie sich von der Volksfeststimmung um sie her anstecken ließ. Und ich bin gespannt, was uns der neue Papst verheißt.

14.

»Wir müssen ihn vergiften!« knurrte Camillo Borghese.

Scipione Borghese sah sich etwas unsicher um. Hoffentlich hatte die Dienerschaft nicht zu feine Ohren. Schließlich bespitzelte man sich unter den Kardinälen gegenseitig, und er war sich sicher, daß die ihnen seit Jahren treu ergebenen dienstbaren Geister im Solde der Barberinis, Aldobrandinis oder Medicis standen.

»Oheim, nicht so laut. Eure Verärgerung in Ehren, aber ...«

»Verärgerung? Ich bin nicht verärgert, Scipione. Ich bin wütend, wie ich es mein Leben hindurch nicht gewesen bin. Millionen zum Teufel. Ein Medici auf dem Stuhl Petri. Die spanische Fraktion unter den Kardinälen wieder an der Macht. Dieser Kardinal Madruzzo als Führer der spanischen Partei, er möge in der Hölle schmoren, hat offen Vorschläge gemacht, wer von ihrer Seite bei der Wahl unterstützt werde! Gewehrt hat sich das Kollegium. Baronius erhielt zwei Drittel der Stimmen, und die Spanier haben seine eigene Wahl abgelehnt. Und wie das Wahlvieh, wie die Schafe sind sie danach auf die Seite der Spanier gewechselt. Das Ergebnis seht Ihr ja, ein Greis, ein Wrack, aber ein Kompromiß!«

Scipione Borghese wußte nicht recht, wie er seinem Oheim helfen sollte. Der neue Papst, Alessandro Ottaviano de'Medici, der sich jetzt Leo XI. nannte, war offensichtlich nur eine Zwischenlösung, bis sich die spanische Partei wieder gefestigt hatte, ein halber Sieg sozusagen. Er war nicht mehr der Jüngste, und auch seine Gesundheit war angeschlagen, er war ein Wrack, ein Schatten, eine Marionette für die Wünsche aus Madrid. Aber die Ablehnung seines Oheims zeigte, daß die italienische Fraktion nicht einig stand. Und der siebzigjährige Medici galt als Kompromiß im Kampf der Italiener und Franzosen gegen Spanien.

»Er wird nicht alt werden, Oheim!«

Camillo Borghese schritt im Arbeitszimmer seines Palazzos auf und ab, warf die Hände in die Luft, schnitt Grimassen und schrie gegen die Wände, so daß die Spiegelflächen klirrten.

»Sie haben die Italiener verraten! Sie haben sich wieder unter das spanische Joch begeben! Und Ihr, Scipione, Ihr habt auf der ganzen Linie versagt!«

Scipione Borghese senkte den Kopf. Er wußte, worauf sein Oheim anspielte. Caravaggio hatte bislang sein Bild nicht abgegeben. Es hatte zwar erste Wellen geschlagen, man munkelte von einem Affront gegen die päpstliche Kirchenpolitik, Gerüchte gingen bereits um, daß der protestantische Geist Rom zu erobern begann, die Spanier steckten die Köpfe zusammen, der Untergang des Glaubens wurde hinter vorgehaltener Hand vorausgesagt, aber das Bild lag nicht vor. Leer blieb der Platz in der Kapelle, an den es gehörte. Caravaggio malte zu langsam, trieb sich zu häufig in den Osterien des Marsfeldes herum. Noch hatte er Geld.

»Statt daß Euer Schmierfink die Gemüter in Wallung gebracht und die Patrizier der Stadt gegen die Spanier aufgebracht hätte, schläft er seine Räusche aus.«

»Ich werde mich darum kümmern!«

»Es ist zu spät, werter Neffe. Das Konklave ist vorbei! Die Wahlentscheidung steht gegen uns!« Camillo Borghese trat nahe an Scipione heran und flüsterte: »Die einzige Möglichkeit ist, daß man der Vergreisung dieses Medici nachhilft, daß man sein Ende beschleunigt, ohne daß ein Verdacht auf uns fällt. Gerade ein öffentlicher Skandal könnte diesen lieben Menschen umbringen, Aufsehen und Aufregung für das schwache Herz dieses Popanzes, der sich Leo XI. nennt.«

Scipione sah im Gesicht seines Oheims die Strapazen, die das Konklave bei ihm hinterlassen hatte. Die ständigen Abstimmungen, die Anspannung, die kargen Mahlzeiten, der Mangel an Wasser und Luft, die Angst davor, das Konklave nicht als Papst zu verlassen, und letztlich die Enttäuschung darüber zeichneten sich deutlich ab in Falten und Vertiefungen, in denen noch Barthaare standen, die sonst sauber ausrasiert gewesen wären. Sogar das Weiß des Augapfels hatte sich ungesund gelblich verfärbt.

»Caravaggio wird einen Skandal auslösen. Ich verspreche es Euch. Sein Bild …«

»Zu spät. Nehmt einen anderen und laßt mich mit diesem Säufer zufrieden. Verwendet Giovanni Baglione, il Tempesta, Caraccio, Gentileschi, sonstwen. Aber Finger weg von Caravaggio. Ich muß mich auf die Wirkung verlassen können. Habt Ihr verstanden, Scipione?«

Mit niedergeschlagenen Augen nickte Scipione. Einen Teufel würde er tun und Caravaggio fallenlassen. Was wußte sein Oheim schon von Kunst? Die anderen Maler, die er aufgezählt hatte, arbeiteten vortrefflich, natürlich, aber keiner hatte Genie, keiner wagte wirklich etwas. Sie alle malten im braven Sinne der Gegenreformation ihr religiöses Programm, seelenlos und kalt. Nur Caravaggio überschritt Grenzen und schuf wirklich Neues. Man ließ einen solchen Mann nicht fallen, nur weil er in einem ersten Versuch versagt hatte, von dem er nichts wußte. Aber sein Oheim hatte recht. Er mußte den Kerl zu mehr Arbeit anhalten.

»Das Geld, das Ihr investiert habt, Oheim, wird nicht verloren sein. Für diesmal haben die Spanier Terrain zurückgewonnen.«

»Oh, Ihr Schafsköpfe! Beim nächstenmal kann es sein, daß ich zu alt bin, um noch viel für die Familie tun zu können. Vielleicht lebe ich nicht einmal mehr.«

»Ruht Euch aus, Oheim. Das Pontifikalamt mit der Erhebung ist erst für morgen angesetzt.«

Camillo Borghese nickte, für Scipione überraschend.

»Der Kampf verbraucht alle meine Kräfte. Ihr habt recht. Ich werde mich zurückziehen. Überlegt in der Zwischenzeit, was zu tun ist.«

Scipione küßte den Ring seines Oheims, und dieser rauschte an ihm vorüber. Kaum hatte sich die Tür hinter ihm geschlossen, als Scipione Borghese mit dem Finger schnippte. Er setzte sich auf den Lehnsessel, der hinter dem ausladenden Schreibtisch seines Oheims stand. Eine hinter Stofftapeten verborgene Tür öffnete sich und herein schlüpfte eine dunkel gekleidete Gestalt.

»Ihr habt mitgehört, Pater Leonardus?«

»Man konnte schlecht weghören.«

»Warum arbeitet Caravaggio so langsam?«

»Es geht ihm zu gut, Exzellenz, er versäuft Tag und Nacht den Lohn. Nur jede dritte Nacht kann er ungestört durcharbeiten.«

»Ich will, daß ihn etwas vorantreibt, daß er sich hinter seine Bilder setzt und malen muß, ob er will oder nicht.«

»Wie soll das gelingen? Er ist einer der Unabhängigsten in Rom. Von niemandem läßt er sich kaufen. Wenn er kein Geld hat, läßt er sich einladen. Zu malen beginnt er nur, wenn er nicht allzu betrunken ist – und wenn er betrunken ist, malt er um so mehr.«

»Es muß einen Weg geben.«

Scipione Borghese sah, daß sich Pater Leonardus wand, daß in ihm etwas gärte, das herausgekitzelt werden mußte.

»Tretet näher, mein Freund. Ihr wollt eine Pfründe, nicht wahr? Ich kann sie Euch verschaffen, sofort, wenn Caravaggio das tut, was man ihm aufträgt. Ob er es freiwillig unternimmt oder nicht, ist mir dabei egal. Er muß qualitätsvolle neue Bilder abliefern.«

Scipione Borghese sah, daß sich Pater Leonardus' Lippen leicht verzogen.

»Bis dahin soll es Euer Schaden nicht sein. Hier!« Er zog aus dem Mantel einen Beutel. »Eine kleine Dotation für Euer Wohlbefinden.«

»Herr, ich glaube zu wissen, was Euch ein schnelleres Arbeitstempo verschafft. Ich habe mich in seiner Vergangenheit umgetan und bin auf ein Ereignis im Leben Michelangelo Merisis gestoßen, das Euch interessieren sollte. Bevor er nach Rom aufbrach, lag er bereits einmal mit dem Gesetz in Konflikt. Er – saß im Gefängnis.«

Mit vorgehaltener Hand gähnte Scipione Borghese. Was wollte dieser Kerl mit seiner Gefängnisgeschichte? Beinahe jeder rechtschaffene Künstler hatte schon einmal im Gefängnis gesessen, schließlich waren sie alle arme Schlucker, bevor sie einen Gönner und Förderer fanden. Schuldturm und Schuldhaft, Pranger und Halsgeige waren den meisten wohlvertraut.

»Ich warte ... es müßte eine Neuigkeit sein, die sich von anderen stark unterscheidet.«

»Oh, Ihr werdet Euch wundern. Michelangelo Merisi hat eine Schwester. Bevor er nach Rom ging, glichen die Geschwister das Erbe aus. Mit den bescheidenen Mitteln daraus konnte sich Caravaggio in Rom niederlassen.«

»Ich warte noch immer!« meinte Scipione Borghese, der es haßte, wenn man um den Fischkopf herumschlich wie eine Katze. Er gähnte wieder.

»Nun, bevor sich die beiden Geschwister verglichen haben, war Caravaggio im Gefängnis!«

»Seiner Schulden wegen?«

Pater Leonardus stemmte sich auf den Schreibtisch. Mit Unbehagen beobachtete Scipione Borghese das Verhalten seines Spitzels. Was erlaubte er sich? Pater Leonardus senkte die Stimme und flüsterte die letzten Worte. Und diesmal gähnte Scipione Borghese nicht. Er sah sein Gegenüber erstaunt an.

»Und Ihr seid sicher?«

Mit der Faust schlug er in seine offene Handfläche. Er brauchte Caravaggio nicht fallenzulassen. Im Gegenteil. Jetzt hatte er ihn in der Hand. Jetzt würde er für ihn, Scipione Borghese, arbeiten, bis er daran zerbrach.

»Ganz sicher, Exzellenz!«

15.

Nerina erwachte mit einem Druck an den Schläfen und einem Ziehen im Bauch. Durch den Vorhang, der ihren Schlafraum vom übrigen Atelier abtrennte, drang bereits Sonnenlicht. Die aufgewärmte Luft trieb ihr Schweiß auf die Haut. Es roch dumpf. Übel war ihr, und der Speichel im Mund schmeckte bitter. Sie stand auf, setzte sich über den Nachttopf und löste die Binden, die sie sich am Abend vorsorglich zwischen die Beine gelegt hatte. Gestern hatte sie sich noch einen Krug Brunnenwasser zurechtgestellt. Jetzt reinigte sie sich damit, legte die blutigen Binden zum Weichen ins Wasser und knüpfte das frische Tuch um die Hüften. An diesen Tagen beneidete sie die Männer. Sie warf sich ihr Kleid über und schloß den Gürtel, dann zog sie es bis unter die Brust hinauf, so daß es sich über dem Bauch bauschte. So versuchte sie, vom Wulst des Bindenhalters abzulenken.

Als sie den Vorhang zurückschlug, staunte sie. Von Michele war keine Spur zu entdecken. Sie versuchte nachzudenken. Durch den dumpfen Kopfschmerz hindurch quälte sich die Erinnerung an gestern mühsam ins Bewußtsein. Als sie sich niedergelegt hatte, graute bereits der Morgen, und Michele hatte sich mit dem Malen einer Tapisserie im Hintergrund des Bildes aufgehalten. Jetzt stand das Gemälde auf der Staffelei, ein Tuch darüber gedeckt, und Michele war verschwunden. Sie trat näher, hob den Stoff. »Der Tod Mariä« roch noch nach frischer Farbe, war aber vollendet. Sie konnte jedenfalls keine offene Stellen entdecken. Michele hatte das Bild beendet, während sie geschlafen hatte – und sie konnte erkennen, daß er der Toten zuletzt den Gesichtsausdruck einer Schlafenden über das Antlitz gelegt hatte. Er war ein Zauberer. Keiner aus der Malergilde Roms konnte solche Bilder malen und in dieser Geschwindigkeit. Nerina schlug den Stoff ganz zurück und setzte sich auf den Malerhocker. So konnte sie das Bild genau betrachten und ihre Schmerzen etwas mildern. Sie legte sich die warme Hand auf den Bauch und ließ sie leicht kreisen.

Er hatte ihr einmal erzählt, daß er in seinen Anfängen bei einem gewissen Lorenzo und danach bei einem Mann namens Antiveduto Grammatica gewohnt hatte, die beide von schnellen Porträtarbeiten gelebt hatten. Damals war es ihm gelungen, die Fertigkeit des raschen Malens zu erlernen. Und er hatte sie bis heute beibehalten.

Sie ließ ihren Blick über das Bild gleiten. Michele war kein frommer Mensch. In allem verstieß er gegen das von der Kirche der neuen Ordnung erwünschte Programm. Sie ahnte, daß er das Bild trotz seiner Ausdruckskraft nicht würde verkaufen können, daß er es würde umarbeiten und ändern müssen, bis die frommen Patres der Karmeliter sich an die trotz allem merkwürdige Theologie würden gewöhnen können, obwohl sie selbst Distanz zur von Spanien beherrschten Kirche pflegten. Micheles Apostel, die hier Maria umstanden, waren keine Priester, wie es die derzeitige päpstliche Linie vorschrieb, sie waren allesamt Laien, allesamt einem kreatürlichen Glauben verhaftet, keineswegs Repräsentanten einer offiziellen Kirche, sondern einem natürlichen Bedürfnis der Trauer und Kontemplation verbunden, die keinen anderen Beistand außer den göttlichen benötigt. Und eben der fehlte. Eilte nicht der Legende nach Christus herbei, um Marias Seele in den Himmel zu geleiten? Wo war er? Warum fehlte er?

»Wie ich sehe, ist das Bild fertig!«

Nerina fuhr herum und starrte auf den Karmeliter, der mitten im Zimmer stand. Sie hatte ihn nicht kommen hören.

»Ich wollte Euch nicht erschrecken, sondern mich nur über den Stand der Dinge erkundigen. Es tut mir leid.«

Mit einer ruhigen Geste legte er die Faust auf seine Brust, indem sich Daumen und Zeigefinger berührten, und beugte sich leicht nach vorne.

Nerina mußte schlucken. Ihre Kehle kratzte, so trocken war sie. Sie wußte nicht, was sie sagen sollte, zögerte.

»Wie kommt Ihr herein?«

Sie hörte sich selbst rauh und stockend fragen.

»Die Tür stand offen.«

Ein Gefühl sagte ihr, daß etwas nicht stimmte mit diesem Mönch, dessen Gesicht nur als grauer Schatten unter der Kapuze zu ahnen war. Sie schlug das Tuch wieder über den Marientod und zog es straff, damit es nicht auf dem Malgrund auflag.

»Es muß noch trocknen, und der Firnis fehlt auch. Zwei Tage oder drei, dann bringt Michele es vorbei. Ihr erfahrt es rechtzeitig.«

Der Mönch trat einen Schritt näher. Unwillkürlich betrachtete Nerina die Füße des Karmeliters. Sie fühlte, wie sich ihre Haare im Nacken dabei zu einer Gänsehaut aufrichteten. Das waren keine Karmeliterfüße, das waren keine Füße, die ihr Leben hindurch barfuß gelaufen waren, so weich und weiß und gepflegt, wie sie sich zeigten, zu hell war die Haut, so haarlos und sauber, daß sie beinahe rötlich wirkte. Keine Wunden, keine Schrunden, kein unlöslicher Schmutz in den Rissen der Schwielen. Der Mönch war kein Karmeliter. Sie mußte noch einmal schlucken. Wer immer das war, sie durfte mit ihm nicht allein im Zimmer bleiben. Ihr Instinkt sagte ihr, daß eine Gefahr von diesem Menschen ausging. Sie mußte ihn aus dem Atelier vertreiben oder selbst das Haus verlassen. Wo um alles in der Welt befand sich Michele? Sie versuchte es mit einer Notlüge.

»Wenn Ihr Fragen an Michele habt, dann geht mit mir. Er sitzt um die Ecke in der Osteria und feiert das Ende des Auftrags. Was jetzt noch kommt, ist meine Aufgabe. Die Arbeit des Meisters ist getan.«

Sie erhob sich und deutete an, der Mönch solle ihr folgen, aber als sie an ihm vorüber wollte, griff eine harte Hand zu und hielt sie fest. Sofort schossen Nerina die Warnungen Enricos durch den Kopf. Wer lungerte immer vor dem Haus herum? Wer schlich hinter ihr her? Wer hatte versucht, sie beide zu belauschen? Und in diesem Moment roch sie ihn, roch ihren Verfolger – und sie roch den Tod.

»Ich habe eine Frage an Euch.«

»Fragt«, erwiderte Nerina, und sie hörte sich überraschend fest antworten, »aber laßt mich los. Es tut weh!«

»Ihr werdet es ertragen«, meinte der Mönch, der jetzt hinter ihr stand. »Warum arbeitet dieser Caravaggio so stockend? Er sollte sich beeilen, sonst wird die Kurie die Wahrheit über seinen Lebenswandel verkünden. Und diese Wahrheit könnte ihm schaden, jetzt, da er im Begriffe ist, einer der ganz Großen zu werden.«

Mit heftigen Bewegungen versuchte Nerina, sich loszureißen, aber die Hand zwang sie zu sich her.

»Ich weiß nicht, was Ihr wollt und wovon Ihr sprecht. Sagt es Michele, nicht mir. Ich helfe nur bei der Zubereitung der Farben und trage Firnis auf.«

»Und teilt das Bett mit ihm.«

»Ihr seid kein Mönch, sondern ein lüsterner Bock«, fuhr Nerina ihn an.

Die Hand schloß sich so fest, daß sie unwillkürlich in die Knie ging. Nerina konnte nichts dagegen tun. Wie von selbst beugte sie sich nach vorne, um den Schmerz im Handgelenk erträglich zu halten.

»Sagt endlich, was Ihr gegen ihn zu klagen habt!« schrie sie in der Hoffnung, sie würde gehört.

»Es würde genügen, ihn zu exkommunizieren.«

»Nerina?« rief plötzlich eine Stimme von der Treppe her. »Bist du noch oben?«

Signora Bruna, ihre Hauswirtin! Noch nie war Nerina deren Stimme so willkommen gewesen wie gerade jetzt.

»Ich bin hier! Könnt Ihr helfen?« flehte Nerina.

Sofort ließ der Mönch ihre Hand los, und Nerina stürzte nach vorne. Sie fing sich mit den Händen ab. Ein Keuchen drang das Treppenhaus herauf, ein barfüßiges Tappen, dann stand Signora Bruna vor ihr.

»Was machst du denn auf dem Boden, Kleines?«

Die Frage zeigte echtes Erstaunen, aber Nerina konnte nicht antworten. Sie zitterte am ganzen Leib.

»Sie wollte beichten, Signora, und ich gab ihr Absolution. Gehabt Euch wohl!«

Laut aufschreien wollte Nerina, laut herausbrechen mit der Anklage, die ihr auf den Lippen brannte, aber sie brachte nur ein Schluchzen zustande. Sie mochte die Hauswirtin Donna Bruna nicht besonders, aber jetzt erschien sie ihr wie ein Schutzengel.

Sie hörte noch, wie der Mönch zur Tür hinausschlich, dann knickten ihr die Arme ein, und sie landete ganz auf dem Boden.

»Nerina!« kreischte die Wirtin des Hauses.

Sie fühlte, wie die Wirtin sie aufhob und zu ihrem Bett trug. Noch benommen und mit einem stechenden Kopfschmerz lag sie dort und überlegte, während Signora Bruna nach einem Lappen suchte und ihn mit Wasser befeuchtete. Sie fühlte sich wie zerschlagen. Hände und Beine zitterten, und immer wieder stieg ein Schluchzen in ihr auf, das sie kaum beherrschen konnte. Wenn sie auch die Hauswirtin nicht mochte, wenn ihr die hohe Stimme der Signora Bruna auch sonst auf die Nerven ging, seit heute stand sie in ihrer Schuld. Hatte der Mönch sie abgepaßt? Hatte er gesehen, daß Michele das Haus verlassen hatte?

Michele war sicherlich in eine der Osterien gegangen, um zu trinken. Das tat er immer, wenn eine Arbeit beendet war. Und was hatte dieser angebliche Mönch behauptet? In Micheles Vergangenheit gäbe es ein Ereignis, das so schwer wiege, daß eine Exkommunikation möglich sei. Eine Exkommunikation! Sie würde Michele vernichten. Schließlich gehörte er unter seinen Malerkollegen und in manchen Kreisen der Kardinäle wegen seines ausschweifenden Lebenswandels nicht zu den beliebtesten der römischen Maler. Michele war kein Speichellecker, kein bequemer Nicker und Jasager. In ihren Augen war er ein Künstler, der einzige in dieser Zeit in Rom, der die Bezeichnung wirklich verdiente.

»Alles gut?« fragte Signora Bruna und legte ihr den Lappen auf die Stirn. »Wer war der Karmeliter?«

16.

Die Luft war stickig in der Kirche, aber noch immer quollen Kardinäle, Priester und Mönche von der Straße ins Innere. Rücksichtslos drängten hohe Würdenträger zur rechten hinteren Seitenkapelle, stießen mit den Ellbogen oder hieben mit ihren Stäben auf die weniger Ausgezeichneten ein, wenn sie nicht weichen wollten. Ein unheiliges Gekreische und Gejaule erfüllte die kleine Kapelle in der Kirche Santa Maria della Scala in Trastevere. Alles starrte erwartungsvoll auf das Bild, das über dem Altar der Seitenkapelle hing, noch aber unter den Falten einer großen weißen Leinenbahn verborgen lag.

Enrico hatte sich eine Nische in der Ecke erobert. So übersah er den gesamten Kirchenraum ebenso wie das verhüllte Bild. Neugierig blickte er hinüber zum Hauptaltar, über dem das Gemälde der Madonna hing, das sonst im Mittelpunkt der Verehrung stand und dessen erwiesene Wundertätigkeit die Menschen anlockte. Heute kümmerte sich niemand darum, alles drängte zur Kapelle, um dort der Enthüllung von Caravaggios »Tod Mariä« beizuwohnen. Enrico spähte umher, ob er auch Nerina irgendwo entdecken konnte, aber im Kirchenraum befanden sich nur Männer, und die Karmeliter, die draußen vor der Kirche standen, hätten vermutlich keine Frau hereingelassen.

An ihm drängte sich ein junger Adliger vorüber, dessen auffallend dichtes schwarzes Haar in sanften Wellen über der Schulter lag. Er stieß Enrico grob in die Seite, und Enrico boxte erbost zurück, was der junge Fant einfach ignorierte. Statt dessen zwängte er sich in die von Enrico geschaffene Lücke und schob sich so weiter nach vorne. Lockenpracht und Hut verdeckten ihm jetzt die Sicht auf den Altar vor ihm.

Im selben Augenblick verstummte die Menge, die mittlerweile dicht an dicht stand. Melodischer Gesang erfüllte das Innere der Kirche, eine musikalische Arabeske, die sich um den Namen der Jungfrau Maria wand. Aus der Sakristei trat eine Prozession Karmelitermönche, Kerzen in der Hand, die Köpfe unter Kapuzen verborgen. Langsamen Schritts bewegten sich die Mönche in einer Zweierreihe zur Kapelle und forderten dabei wie selbstverständlich eine Gasse ein.

Weihrauchschwaden zogen durch die Kirche, das Gemurmel lateinischer Gebete und Segensformeln drang an Enricos Ohr, alles untermalt vom Choral auf den Namen Marias, den die Karmeliter unablässig wiederholten und in endlosen Verschlingungen ineinanderfließen ließen, während ihn immer stärker das Gefühl peinigte, er müsse ersticken. Flehend sah er zur Madonna hinüber, die leicht über dem Altar schwebte, ohne bedrängt zu werden, und bat diese, doch Abhilfe zu schaffen.

Vor dem verhüllten Altarbild hielt die Prozession inne. Die Mönche bildeten einen Halbkreis, stellten ihre Kerzen ab, die auf mannshohen Stangen steckten, der Prior kniete nieder, segnete das Bild erneut, spritzte Weihwasser auf das Leinen und hüllte es in Weihrauch.

Enrico glaubte schon, die Zeremonie würde ewig dauern, als der Gesang verstummte und sich eine beunruhigende Stille ausbreitete. Auf einen Wink des Priors trat einer der Kerzenträger an das Bild heran, zog an einem Strick, und das Leinen fiel, wie in Enricos Vorstellung das letzte Unterkleid einer Frau fallen müßte, in sanften wellenförmigen Bewegungen.

Ein Ausruf des Erstaunens durchfuhr die Menge. Für einen Augenblick herrschte eine angespannte Ruhe, ein heftiges vielkehliges Ein- und Ausatmen, aber plötzlich schwollen die Gespräche wieder an, ein Geraune durchlief die Menschen ringsum, ein irritiertes Wispern und Murren. Enrico betrachtete sich das Bild stumm. Es war wundervoll, es war ungeheuerlich, es war ein Meisterwerk, eines Genies würdig – aber es war ketzerisch. Noch vor fünfzig Jahren wäre Caravaggio dafür auf dem Scheiterhaufen gelandet. Kaum hatte Enrico diesen Gedanken formuliert, als sich eisiges Schweigen über die Gemeinde legte. Selbst das Klirren der Ketten am Weihrauchfaß verstummte.

»Schande!« schrie eine Stimme.

»Ketzerei!« folgte eine zweite, und plötzlich ging ein Sturm durch die Menge. Jeder schrie, jeder kreischte, jeder versuchte den anderen in seiner Ablehnung zu überbieten. Wie ein Korken fühlte sich Enrico inmitten dieser Wortbrandung hin und her geworfen und schüttelte den Kopf. Was hatten die Menschen nur? Erkannten sie nicht, daß mit diesem Bild eine neue Zeit angebrochen war, was das Spiel mit dem Licht anbelangte, daß es soviel Unbekanntes enthielt, soviel mutige Religiosität, daß alle anderen Gemälde der Kirche dagegen verblaßten? Auch du, giftete Enrico zur Madonna über dem Hauptalter hinüber, siehst dagegen etwas verlebt aus.

Aus der Menge der Stimmen schälten sich plötzlich einige, die versuchten, eine Diskussion über das Bild zu beginnen. Enrico erkannte Scipione Borghese, dessen Stimme im Kirchenschiff deutlich widerhallte. Er hätte einen guten Prediger abgegeben, der Borghese.

»Es ist ein neuer Ansatz. Sollten wir nicht alle zur Armut zurückkehren? Hier findet ihr sie im Antlitz Marias!«

»Hier liegt nicht die Himmelskönigin, hier liegt eine Hure!« donnerte eine andere Stimme, die dem Prior der Karmeliter zu gehören schien.

»Kanntet Ihr sie?« schrie eine weitere Stimme dazwischen, verhallte aber ungehört. Nur Enrico glaubte, den Fanten vor ihm als Urheber ausgemacht zu haben. Er stutzte.

»Darf sie uns nicht näherkommen? Darf Maria als unser aller Mutter nicht menschlich sein?« hörte Enrico Kardinal Del Monte fragen.

»Sie darf, aber sie darf nicht gewöhnlich werden. Entseelt liegt sie da. Wo ist Christus? Wo ist ihre Seele, die auffährt in den Himmel und sitzt zur Rechten des Herrn? Die Mutter Gottes ist auf diesem Bild ein gewöhnliches Weib!«

Den Würdenträger erkannte Enrico nicht, da er ihm den Rükken zukehrte, er gehörte zweifellos zur spanischen Fraktion.

»Darf sie nicht ein gewöhnliches Weib sein, wenn selbst der Papst ein gewöhnlicher Mensch ist?« fuhr eine Stimme dazwischen, und alle drehten sich nach dem Rufer um. Alle Blicke irrten umher und suchten den Redner.

Enrico hätte beschwören können, daß dieser letzte Satz in seiner ganzen Ungeheuerlichkeit von niemand anderem gesagt worden war als von dem jungen Fanten vor ihm. Außerordentlich, dachte er sich. Noch vor zwanzig Jahren wäre er dafür in den Verliesen der Engelsburg verschwunden und hätte sein loses Mundwerk dazu benützen dürfen, die Ratten von seinem Körper fernzuhalten. Er sah das Profil des jungen Adligen. Kaum älter als achtzehn Jahre schien ihm der Kerl zu sein, so füllig und weich gaben sich seine Wangen. Von Bartwuchs fand sich keine Spur.

»Ihr seid mutig!« versuchte er ein Gespräch zu beginnen. Ihn interessierte, warum sich dieser Junge für Caravaggio so weit aus dem Fenster lehnte.

Ohne den Kopf zu wenden, flüsterte der junge Fant vor ihm: »Ihr ahnt nicht, wie verwegen ich wirklich sein kann. Aber hört besser zu, hier wird über das Wohl und Wehe eines bedeutenden Künstlers verhandelt, und mir scheint, es handelt sich um ein abgekartetes Spiel gegen ihn.«

Woher nahm dieser Bengel sein Selbstbewußtsein, seine Sicherheit? Woher kannte er Caravaggio? Dabei fiel Enrico ein, daß er diese Stimme schon einmal gehört hatte. Aber er konnte keinen rechten Gedanken fassen, denn die empörte Menge im Kirchenschiff und in der Kapelle begann zu wogen wie ein Meer, das vom Sturm gepeitscht wird.

»Man müßte ihn hinter Kerkermauern vermodern lassen!«

»Endlich wird die Gottesmutter auf die Erde zurückgeholt und darf Weib sein.«

»Auf den Scheiterhaufen mit ihm!«

»Nieder mit der spanischen Tyrannei!«

»Fromme Augen werden durch dieses Bild beleidigt!«

»Werft das Bild des Schwesternschänders hinaus!« schrie es plötzlich aus dem Rückraum der Kirche. Für einen Augenblick wurde es ruhig.

Enrico schauderte. Was wurde hier hinausposaunt? Hatten sich die Besucher bislang auf das Bild konzentriert, attackierten sie jetzt den Maler. Es dauerte, bis der Begriff »Schwesternschänder« sich langsam durch die Menge fortpflanzte, bis es einer dem anderen ins Ohr raunte, als dürfe man den Begriff nicht laut sagen.

»Habt Ihr gehört, er hat seine Schwester geschändet!«

Wie ein Wind brauste jetzt die Ablehnung durch den Kirchenraum und schlug immer höhere Wellen. Befürworter und Gegner standen sich mit einemmal schreiend und keifend gegenüber, Fäuste wurden geschüttelt. Für Enrico war es das Unglaublichste, daß es so aussah, als würden sich selbst die Kardinäle mit bloßen Händen zu traktieren beginnen, bis er bemerkte, daß sich die obersten Würdenträger nur einen Weg durch die Menge bahnten. Mit ihren Kerzenhaltern hieben die Mönche auf Gläubige ein, um den Kardinälen einen Durchschlupf zu verschaffen. Zwei Schlachtrufe hallten plötzlich im Inneren der Kirche wider: »Spanien! Italien!« Und wie durch ein vereinbartes Zeichen schlugen jetzt die Befürworter und Gegner aufeinander ein.

»Hab ich es nicht gesagt?« zischte ihn dieser Jüngling an, faßte ihn am Handgelenk und zog ihn mit sich.

»Kommt. Schnell, bevor sie die Kirche zerlegen.«

Der junge Fant ließ nicht los, so sehr sich Enrico wehrte. Er zeigte sich erstaunlich kräftig.

»Laßt mich los!«

»Nicht jetzt!« schrie ihm der Bengel zu und sah dabei zu ihm zurück. »Ich habe genug gesehen.«

Enrico blieb beinahe das Herz stehen. Jetzt wußte er, woher er die Stimme kannte. Wild um sich schlagend, ruderte Enrico durch die Menge. Je näher sie zum Ausgang kamen, desto lichter wurde diese. Alles strömte nämlich in die entgegengesetzte Richtung, eine Prügelei in der Kirche, an der sich womöglich die höchsten Würdenträger Roms beteiligten, wollte sich niemand entgegen lassen. Dem jungen Fanten wurde der Hut vom Kopf gerissen, bevor sie den Ausgang erreichten, aber Enrico bekam ihn zu fassen.

Kurze Zeit später fanden sie sich in einer Nebenstraße wieder. Die gleißende Mittagssonne hatte sie beinahe blind gemacht, als sie die Kirche verließen, jetzt legte sich der Schatten Maria della Scalas über sie.

»Gebt zu, Ihr habt mich nicht erkannt!«

»Zugestanden, ich war im ersten Augenblick unsicher, aber Eure Stimme hat Euch verraten!«

»Ihr lügt, Enrico!«

»Ich lüge nicht, gebe aber zu, daß es etwas gedauert hat. Hier, Euer Kavaliershut, Nerina. Ihr macht in der Jünglingskleidung eine gute Figur.«

Sie grinsten sich an.

»Ihr wolltet der Enthüllung beiwohnen?«

»Das auch, Enrico. Ich mußte aber sehen, ob sich mein Verdacht bestätigt.«

»Welcher Verdacht, Nerina?«

Nerina lehnte sich gegen die Kirchenmauer und sah Enrico an. Er konnte sich nicht satt sehen an den tiefbraunen Augen, die kaum eine Iris mehr kannten. Das Gesicht war bedeckt mit einem leichten Flaum schwarzer Haare, der ihre braune Haut noch dunkler erscheinen und das Rot der Lippen leuchten ließ. Keck erwiderte sie seinen Blick.

»Daß Micheles Bild vernichtet werden sollte, um die Restzahlung zu sparen. Aber die Enthüllung heute ging weit darüber hinaus.«

»Er wird es umarbeiten müssen. Ein Schicksal, das ihm auch bei anderen Gemälden nicht erspart geblieben ist.«

Nerina sah zu Boden, dann hob sie rasch den Kopf.

»Nein. Diesmal ist es anders. Diesmal wird Michele systematisch zerstört. Habt Ihr gehört, was sie ihm vorwerfen? Er sei der Schänder seiner Schwester. Ich weiß, er ist kein Heiliger, aber er ist einmalig – und er hat sicher niemanden geschändet. Habt Ihr Euch einmal überlegt, warum die Dinge so geschehen, wie sie geschehen?«

Rasch erzählte sie ihm vom Besuch des Mönchs im Atelier, und Enrico fügte seine Beobachtung in der Kirche hinzu.

»Enrico, etwas geht vor, und ich weiß nicht, was.«

»Ihr habt recht«, bestätigte Enrico.

»Ich muß es herausfinden. Wollt Ihr mir helfen?«

Enrico zögerte, dann sah er sie an, und beinahe wäre er in ihre dunklen Augenseen gestolpert.

»Liebt Ihr ihn, Euren Caravaggio?«

17.

»Wer war dieser Signor Domenico letztens in der Osteria, Michele, mit dem du gesprochen hast?«

Über den Spiegel sah sie, daß Michele kurz wegsah und sich dann mit der Hand durchs Haar fuhr. Die Frage hatte ihn offenbar getroffen. Dabei hatte er im Rausch lautstark mit einem Signor Domenico gesprochen, obwohl sie zuerst niemanden in der Schankstube bemerkt hatte.

»Ich habe niemanden gesehen.«

»Er saß nahe der Tür, etwas versteckt, und du hast mit ihm geredet, als würdest du ihn kennen.«

Michele stand auf und lief durchs Atelier.

»Laß mich in Ruhe. Ist Wein da?«

»Kein Auftrag, kein Wein!« Nerina zog spöttisch die Augenbrauen hoch. »Das Angebot Fabio Masettis hast du abgelehnt. Der Beauftragte des Herzogs von Modena hätte Geld vorgeschossen. Schließlich lebt Cesare d'Este nicht wie wir in Sack und Asche.«

Nervös schlug Michele auf den Maltisch und setzte sich wieder. »Soll ich mich von diesen adligen Laffen und Nachttopfhaltern drängen lassen?«

Mit Händen konnte sie seine Unruhe greifen. Ablenken wollte er, weil er diesen Signor Domenico kannte. Michele verschwieg ihr etwas.

»Ich hätte früher damit beginnen sollen!« Nerina kämmte sich die Haare nach hinten, rollte sie zu einem Zopf auf und ließ dann den ganzen Strang ihrer schwarzen Locken unter ihrem Kavaliershut verschwinden. »Wir haben kein Geld mehr. Die letzte Rate für den ›Tod Mariä‹ wurde nicht ausbezahlt. Und du mußt das Bild umarbeiten. Es kostet dich Wochen.«

Den Kopf auf die Hände gestützt, beobachtete Michele sie. »Was soll das alles, Nerina?«

»Hast du es denn noch nicht begriffen? Es ist kein Zufall, daß ausgerechnet du in diese Mühle des ständigen Neuanfangens gerätst. Haben dir die Priester der Peterskirche nicht die ›Madonna dei Palafrenieri‹ abgelehnt, obwohl es ein engagiertes Bild der neuen Kirche ist, nur weil die spanische Fraktion im Vatikan keinen nackten Jesusknaben wollte? Und die ›Bekehrung des Saulus‹ sowie die ›Kreuzigung Petri‹, die beiden Bilder für die Capella Cerasi in der Kirche Maria del Popolo? Hat der Schatzmeister des Papstes sie nicht verworfen, und nur weil deine zweiten Fassungen eine derart ungewöhnliche und beeindruckende Dramatik zeigten, wurden sie genommen? Annibale Carraccis ›Mariä Himmelfahrt‹, das einzige Altarbild der Kapelle, das nicht von deiner Hand stammt, ist nie angezweifelt worden, obwohl es deinen Bildern nicht das Wasser reichen kann. Alle deine öffentlichen Aufträge sind Fehlschläge. Wundert dich das alles nicht, Michele?«

Mit einer koketten Drehung überprüfte sie im Spiegel den Sitz der Brustbinden, die ihre weiblichen Formen zwingen sollten. Dann zog sie das Wams mit den Schulterpolstern über. Nerina nickte ihrem Spiegelbild zu, schließlich stand vor ihr jetzt ein durchaus ansprechender junger Mann mit gut ausgebildetem Oberkörper. Sie steckte noch zwei weitere Polster links und rechts unter die Schultern, dann drehte sie sich zu Michele um, der bislang geschwiegen hatte.

»Nun? Keine Meinung, Michele?«

»Zu dir oder zur Ablehnung des Marientodes?«

»Zu beidem. Schließlich findet sich in diesem Atelier kein Scudi mehr, den wir ausgeben könnten. Kein Geld, kein Wein, kein Wein, keine Umarbeitung. So sieht es doch aus.« Kokett beugte sie sich zu ihm hin. »Und ich möchte wissen, wer dieser Signor Domenico war.«

»Du machst mich krank, Nerina.«

»Noch einmal, Michele, was wollte er? Woher kennst du ihn? Ich habe ihn gerochen, aber ich weiß nicht, woher ich diesen Geruch kenne.«

Stumm saß Michele am Maltisch und biß sich auf die Lippen. Nein, das ahnte sie, er würde nichts sagen.

»Der Wirt in der Osteria in unserer Straße wird dir nicht mehr lange Kredit gewähren, lieber Michele. Wir sollten uns also Gedanken darüber machen, wer hinter diesen Fehlschlägen steckt, was damit bezweckt werden soll und warum man ausgerechnet dich dafür ausgesucht hat! Sonst kannst du dir die Sohlen deiner Ledersandaletten kochen.«

»Es wird sich etwas finden!«

»Nicht, wenn du nicht weißt, wer deine Feinde sind.«

»Alle, die nicht malen können«, fauchte er sie trotzig an.

»Bah. Sie alle können malen!«

»Aber keiner wie ich! Ich hasse diese Dilettanten. Sie sind allesamt Schmierfinken, die den Begriff ›Maler‹ nicht verdienen. Was können sie schon? Klecksen, Spielkarten malen, süßliches Heiligenbrimborium erschaffen. Ich weiß, daß dies den weinerlichen und bigotten Kardinälen der spanischen Fraktion gefällt. Je süßlicher, desto mehr Menschen bewundern das Gekleistere. Es gibt nur wenige, die ich als ehrenhafte Künstler bewundere, auch wenn es Gauner sind wie Cesari d'Arpino. Ich verabscheue den Menschen, aber ich respektiere den Künstler.«

Schwerfällig erhob sich Michele und tappte auf Nerina zu. Sie roch seinen weinseligen Atem. Die ganze Nacht hatte er damit zugebracht, seine Niederlage mit dem besten Abruzzer Tropfen zu betäuben, den ihm der Sekretär des Herzogs d'Este damals hatte schicken lassen.

»Den Zucchero laß ich noch gelten, den Pomarancio sowie Annibale Carracci und Antonio Tempesta. Alle anderen – pfeif auf sie.« Mit einem wäßrigen Rülpser begleitete Michele seine Aufzählung. »Du weißt, daß die erste Fassung der ›Bekehrung des Saulus‹ zu volkstümlich war. Vielleicht habe ich mich verzettelt, zu unruhig gemalt. Ich kann die Kritiker durchaus verstehen.«

Ein verzweifelter Blick Nerinas an die Decke gab Michele zu verstehen, daß sie ihn nicht für ganz richtig im Kopf hielt.

»Natürlich. Der Meister aller Farben, der Zauberer des Lichts, der Säufer mit dem genialen Pinselstrich versteht alles, was unzureichend gebildete Kleriker an seinen Bildern auszusetzen haben.«

»Ich werde wieder Geld bekommen. Ich werde ein anderes Bild malen.«

Nerina steckte sich einen Dolch so unter das Wams, daß er nicht gesehen werden konnte.

»Dann mußt du dich beeilen, Michele. Signora Bruna war letztens nicht allzu begeistert, als sie gesehen hat, daß du das Dach abgedeckt hast.«

Mit einer wegwerfenden Handbewegung tat Michele die Warnung ab. Er begann zwischen Leinölkrügen und Töpfen mit Farbpigmenten zu suchen. Nerina bemerkte, daß sie ärgerlich wurde, daß sie seine Art nicht länger hinnehmen wollte, daß sie ihn verletzen, ihm einen Stachel setzen mußte.

»Wein ist nicht mehr im Haus, Michele. Du mußt arbeiten! Setz dich hin und mal einen deiner billigen Köpfe wie vor einigen Jahren«, meinte sie spöttisch.

»Ich arbeite, wann es mir paßt, und ich male nur noch, was mir gefällt!« fuhr Michele sie an und schlug nach ihr. Geschickt wich sie aus, weil sie seine Reaktion vorhergesehen hatte. Jetzt mußte sie allerdings bald den Raum verlassen. In solch gereizter Stimmung war Michele unberechenbar.

»Und ich werde mich umsehen und umhören. Mach du, was du willst, Michele.«

Sie ließ ihn stehen, verließ die Wohnung, sprang behende die Treppen hinab und schlüpfte auf den Hinterhof hinaus. Sie mochte nicht gesehen werden, wenn sie in ihrer Verkleidung das Haus verließ, schließlich erwartete sie, daß ihr der Schatten noch immer vor der Tür auflauerte. Der Hinterhof war ohne Ausgang, aber das Dach eines Hühnerverschlags reichte bis zum Fenster des Treppenhauses. Nerina stieg hinauf, schlüpfte durch das Fensterloch, sprang in das Treppenhaus des Hintergebäudes und trat dann auf die Straße hinaus, die hinter ihrem eigenen Haus entlangführte. Niemand würde das erwarten. Dann ging sie in langen, männlichen Schritten, die Hände in den Taschen vergraben, hinab zum Fischmarkt auf dem Porticus Octaviae und in Richtung Tiber hinunter. In der Via S. Angelo in Pescheria verlangsamte sie ihren Schritt und begann zu suchen. Hier flanierten jetzt, am späten Nachmittag, die Frauen auf und ab, die auf die Schiffer und andere männliche Kundschaft warteten. Langsam schlenderte Nerina die Gasse hinunter und musterte die Frauen, die vereinzelt im Schatten standen und träge die Zeit vorüberfließen ließen.

Nerina wußte nicht recht, wie sie vorgehen sollte. Vielleicht war ihre ganze Idee doch nur ein Hirngespinst. Es war bestimmt zu lange her, als daß die Frauen sich an einen einzelnen Freier erinnern konnten, aber sie wußte von Lena selbst, daß ihnen ein bestimmter Typus von Männern gern im Gedächtnis blieb, sei es, weil er gut bezahlte, sei es, weil er ungewöhnliche Dinge verlangte.

Trotzdem hemmte sie der Gedanke, als Freier auftreten zu müssen. Überlegt hatte sie sich zuvor allerdings, daß sie als Frau nie an die Mädchen herangekommen wäre, daß niemand sie wahrgenommen, geschweige denn mit ihr geredet hätte, außer sie hätte Modelle gesucht und dafür eine Entlohnung versprochen. Aber die Frauen blieben meist stumm, verrichteten ihre Arbeit in Micheles Atelier, ohne ein Wort darüber zu verlieren, und verließen das Haus nur mit einem kurzen Dank und einer Münze in der Hand.

Sie spazierte ein zweites Mal die Straße entlang, und jetzt konnte sie sich auf das Verhalten der Frauen verlassen. Der Jüngling ohne Interesse verwandelte sich durch den zweiten Gang plötzlich in einen Kunden. Nerina staunte über die Art, wie unumwunden die Frauen sie ansprachen, wie klar sie ihre Absichten offenlegten und mit welcher scheinbaren Sicherheit sie Vorzüge hervorhoben oder Praktiken anboten. Diese direkte Art verwirrte sie einerseits, so daß sie nicht daran dachte, bei einem der Mädchen zuzusagen, andererseits faszinierte sie diese offene, selbstbestimmte Art. Nur die Mädchen und Frauen selbst verursachten ihr Übelkeit. Man sah ihnen an, daß sie in der Gosse angekommen waren, daß sie Verlorene waren, die man in dieser Stadt am liebsten verschwieg, deren Tätigkeit aber niemand entbehren konnte, die katholische Kirche und ihre Würdenträger am allerwenigsten. Zerlumpt waren die meisten, ausgehungert, mit den Spuren von Mißhandlungen und gezeichnet von Krankheiten. Kaum eine konnte als Schönheit in ihren Augen bestehen, und doch verstand sie langsam, warum Michele gerade unter ihnen seine weiblichen Modelle aussuchte. Sie hatten allesamt einen Blick, der den satten und glaubensfesten Städtern der besseren Gegenden abhanden gekommen und in den Augen der Kleriker längst ebenso erloschen war, den Blick der Getretenen, der in den Staub Geworfenen, der Menschen, die nichts hatten als ihren Glauben und an diesem selbst zu zweifeln begannen ob ihrer Lage.

Ihr schauderte, als sie überlegte, daß das Schicksal dieser Frauen durchaus das ihre hätte sein können. Was wäre geschehen, wenn ihre Zieheltern und die Schauspieltruppe sie nicht zu Michele gegeben, sondern regelrecht verkauft hätten? Zwar hatte er keinerlei schlechte Absichten gehabt, sondern tatsächlich ihr Talent weiterbilden wollen, aber ebensogut hätte sie an einen Waibel geraten können – und dann würde sie hier auf der Straße stehen und ihren Körper für Geld feilhalten oder das Schicksal von Lena teilen.

An den Straßentischen, die den ersten Wein des Abends trugen, tönten laut die Spekulationen der Freier über die politischen Ziele des neuen Papstes. Ganz gegen die Interessen Venedigs hatte er Kaiser Rudolf II. eine erhebliche Beihilfe zum Krieg gegen die Türken gewährt, so daß dieser zusicherte, den Vatikan und seinen Herrscher, den Papst, mit all den ihm zur Verfügung stehenden Mitteln zu schützen. Und Leo XI. brauchte diesen Schutz offensichtlich, da er, wie man munkelte, bereits zwei Mordanschläge überlebt haben sollte. Dabei waren die unchristlichen Interessen dieses Herrschers, der sich in seinem Prag an Alchemie, Nekromantie und Schwarzer Kunst erfreute, keineswegs dazu geeignet, den Papst an seine Seite zu treiben. Aber Rudolf II. setzte sich für die katholische Sache ein und sammelte die katholische Liga, um ein Gegengewicht gegen die immer mächtiger auftretenden Protestanten im Norden zu bilden. Er trat damit in die Fußstapfen des Spaniers Philipp II., dessen Krieg gegen die Protestanten vor fünf Jahren so kläglich gescheitert war. Und das fand päpstliche Zustimmung. Obwohl sie sich nicht viel für Politik interessierte, hörte sie aufmerksam zu.

Als sie zum drittenmal die Straße entlangschlenderte, versuchte sie sich endlich auf ihre Absicht zu konzentrieren, konnte sich aber nur schwer entscheiden, bis sie in einer Ecke, beinahe ganz in eine Lücke zwischen zwei Häuserzeilen geduckt, eine Frau bemerkte, die sie kannte. Kurz entschlossen sprach sie das Mädchen an.

»Seid Ihr frei?«

Zuerst hielt das Mädchen den Blick gesenkt, als wolle es nicht mit ihr reden. Zögernd hob sie den Kopf.

»Meint Ihr mich?«

Nerina war sich sicher. Der Fremde hatte zwei Frauen im Arm gehalten, bevor er zum Tiberufer hinuntergestiegen war, und sie hatte das Mädchen zusammen mit Lena gesehen. Hübsch war sie, wenn man sich die Schmutzkrusten im Gesicht und an den Armen wegdachte und sich ihr Haar gekämmt vorstellte.

»Ihr seid hübsch.«

Wie Husten klang das heisere Lachen des Mädchens. Es rutschte noch etwas weiter zur Hauswand zurück.

»Ihr lügt.«

»Keineswegs. Und?«

Als die Frau sich erhob, sah Nerina erst, warum sie am Boden gelegen hatte. Ihr eines Bein war rot und von einer blutverkrusteten Wunde entstellt, die allerdings zu heilen begann. Notdürftig hatte es einige Lumpen darumgewickelt, die aber nicht recht zu halten schienen.

»Immer noch interessiert?« meinte sie, als sie Nerinas Blick folgte.

»Was ist Euch widerfahren?«

Nerina versuchte, eine natürliche Neugier vorzuschützen, aber ihre Nerven waren zum Zerreißen gespannt. Sie hatte ins Schwarze getroffen.

»Eine lange Geschichte.«

»Erzählt sie mir. Wohin können wir gehen?«

Neugierig sah das Mädchen sie an, etwas wie Furcht huschte über ihre Gesichtszüge. Mit dem Kopf deutete sie auf das Haus gegenüber. Nerina half dem Mädchen, ganz aufzustehen. Es stützte sich auf ihren Arm und humpelte vor ihr her in das Haus hinein.

Eigentlich war das Gebäude nur ein viereckiger, einstöckiger Raum, der durch halbhoch gespannte Stricke in einzelne Parzellen unterteilt wurde. Über den Stricken hingen Decken, die jeweils einen eigenen Raum abgrenzten. Über einigen der so entstandenen Zimmer hingen farbige Stoffschals. Was dahinter vor sich ging, konnte man nicht überhören. Stöhnen und spitze Schreie füllten den Raum ebenso wie der Geruch nach beiden Geschlechtern. Das Mädchen ging den Flur entlang bis zum hintersten Teil des Raumes und schob eine Decke beiseite. Dahinter kam ein Bett zum Vorschein, eigentlich ein Lumpenberg, der in einer Ecke zusammengeschoben worden war. Neben einem Stuhl und einem Kleiderständer enthielt der Raum nichts. Das Mädchen schlüpfte hinein, zog Nerina hinter sich her und ließ die Decke zurückfallen. Während Nerina unschlüssig dastand und nicht wußte, was sie als nächstes tun, was fragen sollte, band das Mädchen die beiden Schleifen an der Schulter auf und ließ ihr Kleid herabfallen. Darunter war sie nackt. Rasch warf es einen farbigen Stoffschal über die Deckenwand, so daß von außen sichtbar belegt war.

»Habt Ihr auch einen Namen?« fragte Nerina, die eine noch nie gekannte Verlegenheit fühlte.

»Cecilia«, antwortete das Mädchen und drehte sich zu ihr um. Mager wirkte sie und ausgezehrt, aber gesund bis auf ihr Bein. Sie ging auf Nerina zu und begann die Schleifen an deren Wams zu öffnen.

»Laßt das, bitte!« meinte Nerina. Ihre Stimme wirkte trocken und rauh. »Ich möchte nur mit Euch reden.«

Sofort ließ Cecilia von ihr ab und besah sich Nerina genau. Wieder flackerte in ihrem Blick eine unbestimmte Furcht auf.

Nerina setzte sich auf den Lumpenberg und klopfte neben sich. Vorsichtig ließ sich Cecilia nieder. Nerina räusperte sich. Sie kramte in ihrem Wams und zog eine Münze heraus. Die letzte aus dem Marientod-Beutel. Ein Vielfaches dessen war es, was die Mädchen sonst verdienten, aber sie wollte Auskünfte, ohne daß das Mädchen sofort davonlief.

»Die Münze gehört Euch, wenn Ihr meine Fragen wahrheitsgemäß beantwortet.«

Bedächtig nickte Cecilia und ließ sich neben Nerina auf dem Lumpenberg nieder.

»Habt Ihr viele Kunden?«

»Nein, seitdem nicht mehr!« Sie deutete auf ihre schwärende Wunde am Fuß.

»Woher habt Ihr sie?«

Mit einem mißtrauischen Blick musterte das Mädchen Nerina. Offenbar fiel es ihr schwer, die Wahrheit zu sagen.

»Hat es mit dem Mann tun, der Euch vor einigen Monaten zu Boden geworfen hat und der mit Lena an den Tiber hinabgegangen ist?«

Cecilias Augen weiteten sich vor Entsetzen. Sie öffnete den Mund zu einem Schrei, der sicherlich alle Bewohner des Hauses zusammengerufen hätte. Und jetzt wußte Nerina auch, warum sie von Cecilia bis hierher in den hintersten Winkel gebracht worden war.

»Ich habe Euch von der Ferne gesehen, und ich bin ein Freund Lenas«, beeilte sich Nerina zu versichern.

Langsam nur beruhigte sich Cecilia. Nerina fühlte, wie sie neben ihr zitterte. Leicht legte sie eine Hand auf ihre Schulter und streichelte sie.

»Und?«

»Ihr habt recht. Zuerst ist er mit uns beiden vom Fischmarkt weggegangen. Aber dann hat er an Lena offenbar mehr Gefallen gefunden und mich weggeschickt.«

»Und doch habt Ihr Euch Hoffnungen auf Verdienst gemacht?«

»Kräftig genug sah er aus. Und wohlhabend. Nein. Ich bin den beiden einige Zeit später nachgegangen. Ich wollte mich rächen und Lena bei der Arbeit stören. Aber Lena hat nicht mehr gearbeitet. Sie lag da, als würde sie schlafen. Und als ich ihren Kopf berührt habe, fiel er zur Seite. Sie war tot.«

Plötzlich schluchzte Cecilia auf und bedeckte ihr Gesicht mit beiden Händen. Keinen Wimpernschlag später hörte Nerina bereits eine tiefe weibliche Stimme, deren Kollern auf eine kräftige Person mit schweren Atemproblemen schließen ließ, die sich danach erkundigte, wie es ihr gehe.

»Gut«, antwortete Cecilia. »Keine Probleme.«

Sie wischte sich übers Gesicht und schneuzte in eine Hand, die sie am Lumpenberg säuberte, bevor sie fortfuhr.

»Ich wollte eben schreien, als ich von hinten gepackt wurde. Gewehrt habe ich mich, aber der Kerl war stärker. Auf den Steinen hatte er es nicht leicht mit mir. Er ist gestolpert und hat mich dabei losgelassen. Wie der Blitz bin ich auf und zum Tiberufer gerannt. Es war Vollmond und alles zu sehen. Wir Dirnen kennen uns dort unten gut aus, deshalb war ich schneller als er. Trotzdem hat er mich erwischt, hier am Fuß, mit einem Messer. Zum Glück bin ich ins Wasser gestürzt, und er hat sicher geglaubt, ich würde ertrinken, weil er noch eine ganze Zeit am Ufer gestanden hat. Ich habe so getan, als könnte ich nicht schwimmen, und hab mich flußabwärts treiben lassen.«

Steif und überrascht saß Nerina auf dem Lumpenberg und hörte der halb geflüsterten Beichte Cecilias zu.

»Und jetzt befürchtest du, daß er noch einmal kommt und dich entdecken könnte. Deshalb verbirgst du dich.«

Cecilia nickte. Mit dem Kinn deutete sie nach draußen, in Richtung der Stimme von eben.

»Sie hat ein Auge auf die Mädchen hier, aber ganz sicher bin ich nicht. Ich muß arbeiten und auf die Straße hinaus.«

In Nerinas Kopf verknoteten sich die Gedanken.

»Ist dir an dem Kerl irgend etwas aufgefallen? Eine Narbe, ein Ring, eine Kette?«

»Sein Ring! Er trug einen Ring am Daumen. Sicher würde ich ihn wiedererkennen, wenn er sich hier hertraut. Lebend würde er das Viertel nicht verlassen.«

»Warum hat der Kerl das getan?« fragte Nerina halblaut.

»Er hat sich Lena regelrecht ausgesucht. Den ganzen Abend ist er um die Mädchen herumgeschlichen und hat gefragt.«

Plötzlich wurde Nerina hellhörig. Sie drückte Cecilia die Münze in die Handfläche und schloß ihre Finger darum.

»Gefragt?«

»Ja, er wollte wissen, wer von den Mädchen den Maler Caravaggio kennt.«

»Und du kanntest ihn nicht?«

»Nur dem Namen nach, aber Lena hatte ihm schon Modell gesessen!«

In ihr Gespräch hinein begannen plötzlich die Glocken Roms zu lärmen. Vom Petersdom ausgehend überschütteten sie die Stadt mit ihrem Klang. Was hatte das Geläut zu bedeuten? War Papst Leo XI. tot? Unmöglich – und doch meldeten die Glocken nichts anderes. Wie lange war es her, daß ein neuer Papst gewählt worden war? Drei Wochen? Für einen kurzen Moment sahen sich die beiden Frauen an, dann ging Cecilia in die Knie, beugte das Haupt, bekreuzigte sich und begann, Gebete zu murmeln. Aus den umliegenden Abteilen hörte Nerina ebenfalls Gemurmel. Es bestand kein Zweifel. Nur ganze drei Wochen hatte die Amtsperiode des Medici gedauert.

18.

»Eure Heiligkeit!«

Mit einer ausladend demütigen Geste schwenkte Scipione Borghese seinen Hut, ließ sich auf die Knie nieder, nahm die Hand des Papstes und küßte den Ring. In dieser Stellung verharrte er, bis ein Wink Pauls ihn aufforderte, sich zu erheben. Mit gesenkten Augen wartete er darauf, daß ihn der neue Papst ansprach, denn so wollte es das Zeremoniell, während er innerlich den ganzen Firlefanz und Humbug zum Teufel wünschte.

Ein weiterer Wink Pauls ließ alle dienstbaren Geister verschwinden, und selbst der neue Berater wurde aus dem Empfangsraum im Vatikan geschickt. Erst als der letzte Kleriker den Raum verlassen hatte, erhob sich Paul V. und trat auf Scipione zu.

»Ich freue mich, Scipione, daß Ihr gekommen seid, jetzt, wo wir am Ziel sind. Der alte Medici tot, der junge Borghese auf dem Stuhl Petri. Das Ende allen spanischen Einflusses und der Aufgang eines neuen Sterns.«

Neugierig betrachtete Scipione Borghese seinen Oheim. Ihm fielen die dunklen Ringe unter den Augen auf und die hohlen Wangen, als hätte er seit Tagen nicht geschlafen und längere Zeit gehungert.

»Ihr seid zu euphorisch, Oheim.«

Mit weit ausgebreiteten Armen deutete Camillo Borghese um sich. Erschöpft wirkte er und übernächtigt. Sicherlich zehrten die Tage des Konklaves noch an ihm, aber auch eine nicht unbedeutende Angst stellte Scipione fest. Unruhig wanderten seine Augen hin und her, als vermißten sie einen Halt. Dagegen wirkte seine Ausgelassenheit aufgesetzt.

»Wenn einem das Genie Raffaels auf Schritt und Tritt begegnet, dann darf man euphorisch sein. Kommt mit in die Stanza della Segnatura, und Ihr werdet frohlocken. Die größten Geister der Vergangenheit sehen auf Euch herab.«

Camillo Borghese schritt voraus und durchquerte die Halle, deren Fresken von der Konstantinischen Schenkung erzählten: die Schlacht an der Milvischen Brücke gegen Maxentius, dann die Kreuzesvision Kaiser Konstantins vor der Schlacht, dessen Taufe durch Papst Silvester und schließlich die Schenkung Roms und des Westreiches selbst durch den Kaiser Ostroms. Es war eine triumphale Darstellung der Macht der Kirche, die Scipione sofort in ihren Bann zog. Voller Ehrfurcht blieb er stehen und ließ die Fresken auf sich wirken. Doch sein Oheim drängte ihn, weiterzugehen.

»Lieber Scipione, ich weiß, daß Euer Kunstverstand verrückt werden möchte beim Anblick dieser Fresken, aber sie sind nur von Giulio Romano und einzig die Entwürfe gehen auf Raffael zurück. Außerdem beschreiben sie eine Lüge. Weder wurde Konstantin von Papst Silvester getauft – der war damals nämlich längst tot –, noch bekam die Kirche den Vatikanstaat vom Kaiser geschenkt. Wir wissen es, aber die Kinder der Mutter Kirche sollen anderes glauben. Und es ist recht so.«

Verstört durch diese Eile und die Erklärungen zu diesem Freskenreigen, ließ Scipione sich weiterführen. Sie durchquerten eine Stanze, die Scipione nur flüchtig wahrnahm: das Wunder von Bolsena, bei dem aus der Hostie eines am Glaubenswunder zweifelnden Priesters ein Blutstropfen quoll, als er die Messe las, die Vertreibung des Heliodor aus dem Tempel, der als syrischer Herrscher den Tempelschatz rauben wollte und von himmlischen Kriegern geschlagen wurde, und schließlich die Vertreibung Attilas vor den Toren Roms durch Papst Leo I., der den Barbarenkönig zum Rückzug bewegen konnte.

Erst danach betraten sie einen Raum, der eindeutig als Arbeitszimmer ausgelegt war und von dem Scipione gehört hatte, daß man dort nicht belauscht werden konnte.

»Hierher, Scipione, setzt Euch hierher und betrachtet Euch das Fresko. Ich hoffe, Ihr vergeßt nicht, den Mund zu schließen. Für einen Kunstliebhaber wie Euch muß es einfach ein Genuß sein.«

Wie durch Zauberhand bewegt, setzte sich Scipione Borghese und starrte auf das Fresko ihm gegenüber. Männer, die zu den berühmtesten ihrer Zeit gehörten, saßen und standen dort in einer weiten Halle: Aristoteles konnte er entdecken, Platon, Archimedes, Pythagoras, Euklid, den Vater der Geometrie, und andere mehr, deren Namen ihm zwar geläufig waren, im Augenblick aber nicht einfallen wollten. Zwanglos führten sie in kleinen Gruppen Gespräche, diskutierten, tauschten Meinungen aus. Die Größe der Architektur korrespondierte mit der Größe der Geister und der Entfaltung des Geistes selbst, der sich in ihnen verkörpert hatte.

»Die Schule von Athen hat er es genannt, der göttliche Raffael. Und sich, Michelangelo, Leonardo da Vinci und Bramante, die genialsten Köpfe seiner Zeit, neben Ptolemäus in den Gestalten von Epikur, Heraklit und Sokrates gesetzt. Überwältigend, nicht?«

Noch konnte Scipione keinen rechten Gedanken fassen, so sehr war er von der wundervollen Einfachheit und dem kompositorischen Glanz dieses Freskos gefangengehalten, aber ein Gegensatz drängte sich ihm schon jetzt klar auf.

»Der Raum hier ist der Wahrheit verpflichtet«, stieß er hervor.

»Vielleicht ist es deshalb Euer Arbeitszimmer. Aber der Weg dorthin führt über die anderen Räume, über Täuschung und Lüge, über die Legenden Konstantins.«

»Ihr habt ein scharfes Auge, Scipione. Deshalb habe ich Euch hierhergerufen.«

Camillo Borghese stand auf und schritt nervös im Raum auf und ab. Scipione konnte sich von der Schule von Athen kaum losreißen, so daß er die anderen Fresken nur mit einem kurzen Blick streifte: Der Parnaß fiel ihm auf, die Huldigung an Dichtkunst und Musik und die Glorifizierung des Heiligen Sakraments, so daß hier in diesem Raum tatsächlich mehreren Wahrheiten gehuldigt wurde, der theologischen, der wissenschaftlichen und der künstlerischen. Ein Räuspern ließ ihn auffahren. Sein Oheim lief auf und ab, und er bemerkte, daß dessen Schritt schleppend wirkte, als würde er eine ungeheure Bürde tragen.

»Ihr wißt«, begann Camillo Borghese und zwang Scipione so, ihm seine Aufmerksamkeit zu schenken, »daß die italienische Fraktion Nachfolger benötigt, auch dann, wenn ich – zufällig – frühzeitig sterben sollte.«

Jetzt erwachte Scipione Borghese aus seiner Trance, die ihn umfangen hatte, seit er die Stanzen betreten hatte. Was wollte sein Oheim mit dieser Bemerkung erreichen? War der Medici-Papst, der sich kaum dreier Wochen Regentschaft hatte erfreuen dürfen, nicht freiwillig aus dem Leben geschieden? Sein Oheim hatte immer wieder angedeutet, daß man versuchte, dem Schicksal etwas nachzuhelfen und seiner gebrechlichen Gesundheit einen Todesstoß zu versetzen, und damit war zweifellos die italienische Fraktion gemeint.

»Fühlt Ihr Euch bedroht, Oheim? Ihr seht nicht gerade frisch und ausgeruht aus.«

»Wenig Schlaf. Ein einziger Sumpf ist dieser Vatikan. Man kann nicht vorsichtig genug sein und muß so schnell wie möglich handeln. Darin war der letzte Papst etwas nachlässig.«

»Was Euch zum Vorteil gereichte.«

»Und mir Zeit genug gab, mich auf eine solche Situation vorzubereiten. Kurz – ich muß eine Entscheidung treffen, die auch Euch anbelangt.«

»Mich?«

»Ihr müßt Euch den Erfordernissen der Familie beugen, Scipione.«

»Ich würde gerne erfahren, worin der Zwang besteht, der Familie zu dienen. Vielleicht übernähme ich die Aufgabe begieriger.«

Camillo Borghese schritt die Fresken entlang, die seit beinahe einhundert Jahren den Raum schmückten, und blieb vor der Schule von Athen stehen. Er legte den Kopf in den Nacken, schloß aber, für Scipione sichtbar, die Augen.

»Sokrates stellte sogar sein persönliches Schicksal in den Dienst der Wahrheit und ließ sich selbst dann nicht beirren, als ihm der Tod drohte, weil er sich dem Gesetz unterwarf und sich nicht über ihm stehend betrachtete, da er lieber Unrecht litt, als Unrecht tat.«

Im Grunde ahnte Scipione, worauf sein Oheim hinauswollte, aber er konnte ihn nicht dazu drängen, seine Entscheidung zu beschleunigen. Schon gar nicht in diesem Raum, der geradezu das Credo des Neuartigen sang.

»Habt Ihr den letzten Satz als Gleichnis für mich gedacht?«

»Als Gleichnis und Vorbild, Scipione!«

Mit einem Ruck riß sich Camillo Borghese vom Fresko los und trat auf seinen Neffen zu. Dieser erhob sich. Sein Oheim stellte sich vor ihn hin und legte beide Hände auf seine Schultern. Die beiden Falten, die sich von der Nase weg zu den Mundwinkeln zogen, wirkten tiefer und dunkler, und die Barthaare an der Oberlippe und am Kinn waren weiß geworden. Sein Oheim stand unter größter Anspannung, darin war sich Scipione sicher.

»Ich will das Kollegium der Kardinäle erweitern. Und meine erste Wahl wird auf Euch fallen, Scipione. Aber ich muß Euch zuvor fragen, weil Ihr kein Kleriker seid und ich mir eine öffentliche Ablehnung durch Euch nicht leisten kann. Wärt Ihr einverstanden?«

Trotzdem Scipione Borghese eben dies erwartet hatte, trat ihm dennoch der Schweiß auf die Stirn, und plötzlich war die Stanze, die eben noch die Weite der Wahrheit und der Tugenden geatmet hatte, eng und stickig geworden. Sein Oheim nahm indessen das stumme Warten als Zustimmung. Sein Gesicht glänzte vor Schweiß.

»Nichts anderes habe ich erwartet, auch wenn es Euch jetzt noch die Sprache verschlägt, Scipione. Nur eine Bedingung muß ich stellen, eine einzige.«

Scipione Borghese atmete mit einem lauten Ziehen tief durch. Es waren zweierlei Dinge, sich die Ernennung zum Kardinal vorzustellen und sie angeboten zu bekommen.

»Eine Bedingung? Ist nicht die Tatsache, daß ich in den Kirchendienst eintrete, Bedingung genug?«

Wieder hob Camillo Borghese die Arme und deutete in die Runde, sein Gesicht verdüsterte sich, und nur die weißen Bartspitzen schienen darin zu leuchten.

»All das hier atmet eine Zeit, die ihrem Ende zugeht. Ich weiß es, Ihr wißt es. Aber noch ist niemand zu erkennen, der in die Fußstapfen Raffaels oder Michelangelos treten könnte. Kein Bramante in Sicht, kein uomo universale vom Format Michelangelo Buonarrotis greifbar oder zu erkennen. Gefällige Maler, ja, gute Techniker auch, aber keine Genies.«

Etwas verunsichert besah sich Scipione seinen Oheim. Sagte er das alles bei gesundem Menschenverstand, oder hatte das Konklave seinen Geist verwirrt? Was wollte er damit? Was hatte diese Aufzählung der Genies, die für die Päpste der Vergangenheit gearbeitet hatten, mit seiner Ernennung in der Gegenwart zu tun? Worauf wollte der alte Fuchs hinaus? Langsam begriff Scipione. Dieser ganzen Inszenierung mit den Stanzen, mit ihren Hinweisen auf die Wahrheit, seiner Aussicht auf die Ernennung zum Kardinal, lag ein Programm zugrunde. Und jetzt ließ der neue Papst die Katze aus dem Sack.

»Mit Eurem Schauspiel in der Kirche Santa Maria della Scala habt Ihr Uns einen großen Dienst erwiesen. Leo XI., dieser Medici-Abkömmling, ärgerte sich buchstäblich zu Tode. Ein wunderbares Spektakel – und für unsere Aufgabe unendlich nützlich. Es zeigte sich, daß das Volk hinter unserem Gedankengut steht. Diesem Caravaggio hätten die meisten Befürworter der spanischen Fraktion gerne den Kopf abgerissen. Vortrefflich, vortrefflich. Aber: Ihr müßt Euch von Caravaggio trennen, Scipione. Ich kann solch einen Schmierfinken und Querdenker nicht in meinem Rom dulden!« Mit einer Handbewegung schnitt Paul V. Scipiones Einwendungen ab, bevor dieser Luft holen konnte. In wenigen Augenblicken wandelte er sich vom Oheim zum Papst, zum Beherrscher der Gläubigen, dem Oberhaupt der katholischen Kirche, dem Wahrer des Glaubens. »Er hat seine Schuldigkeit getan. Jedes weitere Bild würde meine Stellung untergraben. Ihr wißt, Scipione, daß seine Gedanken in den Gemälden nicht die der Kirche sind, daß er zuviel vom Gut der neuen Zeit verarbeitet. Eine Mutter Gottes barfüßig und mit aufgedunsenem Körper! Undenkbar.«

»Aber gerade seine Offenheit für die Belange des Volkes hat Euch die Stimmen der italienischen Fraktion zugetragen, Oheim. Gerade auf seiner Provokation konntet Ihr ans Ziel Eurer Wünsche segeln. Wenn ihn auch die spanischen Kleriker hassen, die Fischer und Spieler, die Tagelöhner und Wahrsager lieben ihn. Mit einem Wort, das Volk selbst!«

Paul V. streckte Scipione seinen Ring entgegen. Er war entlassen. Widerwillig küßte Scipione den Ring und hielt dabei die zittrige Hand seines Oheims kurz in den Fingern.

»Und jeder andere könnte ihn gegen mich benutzen. Keine Widerrede. Entweder Ihr sagt Euch von Caravaggio los, oder Ihr werdet nicht Kardinal. Und wenn ich mich recht entsinne, dann war eben das Euer Wunsch.« Mit einem leichten Druck auf die Schultern beförderte er Scipione zur Tür. »Ach ja, ich habe mir überlegt, nachdem ich hierher umgezogen bin, Euch das Gelände der Vigna Vecchia del Muro Torto, der Weinberge an der krummen Mauer, zu überlassen, während ich für meine beiden Brüder den Palazzo reserviere. Es ist Euch recht, Scipione?«

Ohne eine Antwort abzuwarten, klatschte Papst Paul V. in die Hände. Ein Kleriker erschien, der Scipione in Empfang nahm und hinausbegleitete. Scipione verbeugte sich tief. In ihm kochte es. Er wußte nur eines: Er wollte Kardinal werden. Koste es, was es wolle. Und: Er würde Caravaggio nicht fallenlassen.

19.

Mit den Fingern trommelte Nerina nervös auf den Tisch. Der Degenstreit mit dem Notar Mariano Pasqualone d'Accumulo wegen seines Verhältnisses zu Lena, als sie noch lebte, seine schwere Degenverletzung und drei Wochen Kerker im Tor di Nona, denen er nur durch die Hinterlegung von hundert Scudi Silber entrann, sowie Micheles Mißerfolg in der Kirche Santa Maria della Scala hatten ihn stärker zum Weinkrug getrieben als je zuvor. Warum nur trank Michele in einem fort? Was wollte er im Wein ertränken? Plagten ihn Erinnerungen, konnte er sein expressives Wesen nur so ruhigstellen? Nerina wußte es nicht, ahnte nicht einmal, was in diesem Menschen tatsächlich vorging. Seit drei Jahren lernte sie von ihm, wenn er nüchtern war, und seit drei Jahren kannte sie ihn nicht näher als ihre Töpfe mit Farbpigmenten. Vieles hätte sie darum gegeben, nur zu erfahren, was ihn umtrieb, welcher Dämon ihn so bedrängte, daß er sich bis in die Bewußtlosigkeit hineintrank.

In einem Winkel der Osteria wartete sie, daß Michele ein Ende fand, daß er aufhörte, immer noch einen Krug Wein zu bestellen, daß der Wirt ihm keinen Kredit mehr gab oder daß er von niemandem mehr eingeladen wurde. Aber Michele war beliebt. Er sang und erzählte, wenn er getrunken hatte, er stieg für ein Tänzchen auf die Tische und griff dem Mädchen vom Ausschank unter den Rock, so daß es kreischte und die Männerrunde Beifall klatschte. Gern spielte er den Mittelpunkt einer Gesellschaft von Saufkumpanen und Prostituierten, und wenn sie seine Bilder betrachtete, dann fand sie gerade diesen Menschenschlag dort wieder, die Spieler und Bettler, die Mädchen und Wahrsagerinnen, die vom Würfel Besessenen und vom Leben Gepeinigten. Ob es der heilige Hieronymus war, den er malte, oder die heiligen Petrus und Paulus, ob es sich um die Berufung des Matthäus handelte oder tatsächlich um eine Runde von Spielern oder eine Wahrsagerin, er malte die Menschen Roms, nicht die erhabenen, die Prälaten und Monsignori, die Grafen und Herzöge, die Pfeffersäcke und bürgerlichen Beutelschneider mit Wappenrecht, oder irgendwelche erfundenen Gestalten, die man im Leben nirgends antraf und sich nur einbildete, sondern das Volk. Seine Gesichter zeigten die Erfahrung von Leid und Trauer, weil sie Leid erlebt und Trauer gefühlt hatten, die Hände hatten Schrunden und Schwielen, die Beine und Füße seiner Heiligen zeigten Narben und Hornhaut. Dafür liebten ihn seine Römer, dafür liebte sie, Nerina, ihn – und doch konnte sich Nerina nicht damit abfinden, daß er sein ganzes Leben in diesen dunklen Löchern verbrachte, in denen Wein ausgeschenkt und in denen gerauft und gelogen, gehurt und geschändet wurde, daß sie ihn dort suchen mußte, abseits des Sonnenlichts, wo er ebenso zerlumpt und zerrissen herumlungerte wie die zwielichtigen Fischer und Krämer, die Kistler und Schmiede. Sie schämte sich für seinen Aufzug. Micheles Jacke, deren Stoff noch vor einem Jahr nicht hatte erlesen genug sein können, hing zerrissen, speckig und voller Farbe von seinem mageren Körper. Die Ärmel fransten aus, die Stöße waren durchgescheuert, an den Ellbogen gähnten faustgroße Löcher. Tag und Nacht verbrachte er in derselben Kleidung, bis sie ihm buchstäblich vom Leib fiel, und er stank nach wenigen Monaten ebenso erbärmlich wie seine Mitsäufer. Wenn Nerina ihn in einer der vielen Osterien fand, zerrte sie ihn aus dem Raum wie einen alten Ehemann, und Michele ließ sich meist willenlos mitführen. Dabei wußte sie nicht, ob sie sich vor ihm ekeln oder ihn bewundern sollte, weil er nichts auf sein Äußeres gab und ebenso schlicht und ärmlich daherkam wie die Menschen der Straße. Micheles Reichtum lag in seinem Kopf, seinen Bildern, dort fanden sich Licht und Schatten, dort fand sich die Schönheit der Einfachheit, der schlichten Farbgebung und Form, der wundervollen Beleuchtung.

Heute lag eine gespannte Stimmung in der Luft, und sie wartete auf Enrico, der zugesagt hatte, noch zu kommen. Sie wollte mit Enrico zusammen Michele aus der Stadt schaffen. Angekündigt hatte Enrico, ihn nach Genua schicken zu können oder zu Micheles Gönner, Don Marzio Colonna, nach Latium. Am nächsten Morgen wollten sie aufbrechen.

Baglione saß an einem der Nebentische, Baglione und ein Maler, den sie nur flüchtig kannte und dessen Name ihr nicht einfiel, so sehr sie sich auch bemühte. Michele mochte diesen Baglione nicht, und Baglione konnte Michele nicht ausstehen. Und während sie sich bislang nur abschätzige Blicke zugeworfen hatten, schien es in Baglione zu gären.

»Nun, Caravaggio, ist dir wieder ein Bild abhanden gekommen? War es schlecht gemalt?«

Nerina ließ das Trommeln mit den Fingern. Stille breitete sich im Raum aus. Nur Michele bestellte lautstark einen weiteren Krug Wein.

»Wirt, einen Krug für den armen Maler Caravaggio, auf Kosten des hoch ehrenwerten Herrn Baglione.«

Baglione bemerkte die Spitze und polterte los. Micheles Kumpane am Tisch zogen es vor, etwas abzurücken, falls Baglione einen Krug werfen sollte.

»Will ich deinen Suff unterstützen? Nein! Wer seinen Verstand versäuft und sein Talent dazu, der soll gefälligst selbst bezahlen.«

»Bist du unter die Großmäuler gegangen oder unter die Geizhälse, Baglione. Ein Krug?«

»Wofür? Damit du dich wieder besoffen an eine Leinwand stellst und diese vollschmierst?«

»Ich male jedenfalls keine plumpen Jesusfiguren wie du, Baglione. Dein Gemälde in der Kirche Il Gesù ist für mich eines der schlechtesten, die ich kenne. Mir ist jedenfalls bislang kein Maler untergekommen, der dich zu den guten Künstlern zählte.«

»Und warum sollten sie dich dazu zählen? Weil du alle Bilder dreimal und viermal malen mußt? Weil du dich zwar mit der Wirklichkeit beschäftigst, aber eben mehr mit Hurerei und Sauferei als mit deinen Bildern, so daß dir nicht gelingt, was du möchtest.«

Michele stand auf und schrie Baglione über den Tisch an. Mit jeder Armbewegung schwankte er gefährlich. Alle seine sogenannten Freunde, die sich mit ihm verbrüderten, solange er ihren Wein bezahlte, rückten ab, verließen den Tisch oder sogar den Raum. Nerina sah sich um. Jeder in der kleinen Osteria verfolgte gespannt die Auseinandersetzung. An einem Tisch wurden sogar hinter vorgehaltener Hand Wetten abgeschlossen. Jetzt erst entdeckte Nerina eine Gestalt, die auf einer Bank saß, die direkt hinter der Tür in eine Fensternische eingelassen war. Dort saß ein Mönch mit ins Gesicht gezogener Kapuze und hielt völlig unbeteiligt einen Becher Wein in der Hand. Ihr wäre die Gestalt sicher nicht aufgefallen, wenn sie nicht das Gefühl gehabt hätte, als würde Baglione immer wieder zu ihr hinsehen, um sich von dort Anweisungen zu holen.

»Und du hältst dir sogar einen eigenen Schüler, nur um zumindest einen Menschen zu haben, der deine Werke lobt, oder bist du auch für die Abendunterhaltung unter Männern zuständig, Mao?«

Michele richtete sich an Bagliones Nachbarn, der etwas verdutzt dreinblickte, als er sich mit in den Streit hineingezogen sah. Jetzt erinnerte sich Nerina. Der schüchterne, etwas bläßliche Jüngling neben Baglione war Tommaso Salini, der immer gegenwärtige Schatten Bagliones, sein Nicker und Jasager, den alle nur »Mao« nannten, nach der Kürze seines Verstandes.

Giovanni Bagliones Gesicht entfärbte sich, und mit ausgesuchtem Haß zischte er durch seine Zähne einen Satz, aus dem Nerina alle Verletzung herausfühlte, die der Maler Michele zufügen wollte.

»Nun, mit einem Schwesternschänder kann ich nicht mithalten, Caravaggio. Dafür fehlt mir die Schwester. Aber du verfügst ja über ausreichend Erfahrung darin.«

So schnell konnte Baglione nicht ausweichen, wie Michele reagierte. Mit einem Schwung riß er einen Teller mit Artischocken vom Tisch und schleuderte ihn Baglione an den Kopf. Dem gelang es durch eine Reflexbewegung, die Arme hochzureißen, aber Gemüse und Öl besudelten ihn vollständig.

»Das für den Schwesternschänder!« meinte Michele ganz ruhig. »Ich habe keine Schwester. Ich habe überhaupt keine Familie mehr!« betonte er noch, dann setzte er sich. Nur seine Lippen bebten.

Baglione schüttelte die Reste von seiner Kleidung und wischte sich das Öl aus dem Gesicht. »Hurensohn!« fluchte er und nahm seinen Weinkrug in die Hand. Mit einer heftigen Bewegung schüttete er den Krug über zwei Bänke hinweg auf Caravaggio. »Du hast keine Familie mehr? Dann hast du sie umgebracht, du Schuft. Oder stimmt es etwa nicht, daß du bereits einmal wegen Totschlags im Gefängnis gesessen hast, in Caravaggio selbst, wo du herstammst, weil du den Freier deiner Schwester ermordet hast, weil du sie lieber für dich haben wolltest?«

Nerinas Aufmerksamkeit wurde nicht nur auf die beiden Streithähne gelenkt, die jetzt beide standen und sich mit wutverzerrten Gesichtern belauerten. Der Wirt sprang dazwischen und versuchte zu schlichten, aber beide wehrten ab.

»Dann prügelt Euch vor der Tür, meine Herren, nicht hier, sonst müßt Ihr zuerst mich niederzwingen.«

Unwillkürlich mußte Nerina lächeln. Gut sieben Ellen maß der Wirt und war um zwei Kopf größer als Michele und Baglione. Hinter ihm hätten sie sich beide leicht verstecken können, mager wie sie waren.

»Dann auf der Straße!« schrie Michele und stieß eine Bank beiseite, damit er ungehindert nach draußen gelangen konnte. Aber sobald er den Tisch verließ, schwankte er bedrohlich, und die Beine knickten ihm ein.

Baglione hatte weniger getrunken und war dementsprechend sicherer auf den Beinen, obwohl auch bei ihm die Zunge schwer lief und die Wörter zerbrach. Dicht nebeneinander stolperten die beiden Streithähne durch die Tür der Osteria. Mit einem unruhigen Gefühl im Bauch folgte Nerina den Männern auf die Straße. Sie wußte nicht recht, ob sie den Kampf zulassen oder verhindern sollte. Die Männer waren einerseits betrunken genug, um sich nicht allzu lange schlagen zu können. Zum anderen bedeutete eine weitere Niederlage für Michele, daß er über Wochen nicht mehr aus seiner Weinlaune herausfinden würde, und sie mußten morgen Rom verlassen. Als sie an der Tür stand, bemerkte sie, daß der Mönch, der noch vor dem Streit dort gesessen hatte, fehlte. Nur dieser eigenartige Geruch, der sie seit Wochen verfolgte, hing noch über den Bänken.

Während sie überlegte, ob ihre Einbildung, daß der Mönch etwas mit dem Benehmen Bagliones zu tun haben könnte, stimmte, hörte sie vor der Tür die klatschenden Schläge der Rauflustigen.

Als sie auf die Straße hinaustrat, blutete Michele bereits aus der Nase und lag im Schlamm der Gosse. Mit einem unsicheren Fußtritt wollte Baglione gerade seinen Sieg beschließen, als aus der Dunkelheit ein Hund herausschnellte, lautlos, ohne ein Knurren oder Bellen, ebenso schwarz wie die Nacht, die auf Rom lag. Entschlossen faßte das Tier Bagliones Bein, riß kurz an ihm, so daß der Maler aufheulte vor Schmerzen, obwohl Nerina deutlich sah, daß der Hund nur oberflächlich zugepackt hatte. Baglione stürzte. Der Hund aber stellte sich vor Michele, fletschte die Zähne und knurrte die Gaffer an, die auf einen ausgiebigen Kampf begierig gewesen waren.

Michele schien den Hund zu kennen, denn er tätschelte ihm die Flanke und sprach auf ihn ein. Kein Wort konnte Nerina verstehen, bis auf den Namen des Hundes, »Nero«. Nero vereinte in sich eine ganze Reihe von Hunderassen, wie hier in Rom üblich. Aber er zeugte von Kraft, und sein kurzes schwarzes Fell wirkte für einen Straßenköter gesund und gepflegt. Er schien das Tier eines wohlhabenden Halters zu sein. Nerina erwartete, daß sein Herr aus der Dunkelheit trat und sich zeigte, aber nichts dergleichen geschah.

Die Neugierigen zogen sich wieder in die Osteria zurück, Baglione humpelte mit Mao fluchend und schimpfend davon und drohte in das Hundeknurren hinein, Michele anzuzeigen, und schließlich blieben nur noch Nerina und Michele auf der Gasse übrig. Nero legte den Kopf schief und sah sie an. Als sie einen Schritt auf Michele zu machte, legte sich Nero zwischen Micheles Beine, die Schnauze auf den Pfoten.

Vorsichtig näherte sie sich dem Hund, sprach ruhig auf ihn ein, hielt ihm den Handrücken entgegen, damit er daran schnüffeln konnte. Zwar spitzte der Hund die Ohren, rührte sich aber nicht. Selbst als Nerina Micheles Nasenbluten mit einem Streifen Stoff stillte, den sie ihm vom Ärmel riß, spitzte Nero nur die Ohren.

Michele selbst schlief. Der Kampf hatte ihn ganz offensichtlich erschöpft und der Wein schließlich gefällt.

Plötzlich erhob sich Nero und knurrte in die Dunkelheit vor sich. Erschrocken drehte sich Nerina um und starrte in die Schwärze. Sie konnte nichts und niemanden erkennen, nur ein Rascheln, als würde Stoff aneinander gerieben, vernahm sie, verdeckt durch das dunkle Gurgeln aus Neros Kehle. Sie rückte näher an den Hund heran, umschlang seinen Hals, was er widerstandslos zuließ.

Hinter ihrem Rücken knirschte der Sand. Ihre Nackenhaare sträubten sich, ein Schauer lief ihr über den Rücken. Blitzartig drehte sich Nerina um. Hinter ihr ragte eine Gestalt in das Schwarz der Gossennacht hinein, die sich in einen dunklen Mantel hüllte. Sie wunderte sich, daß Nero von dem Fremden hinter ihr keine Notiz nahm.

»Komme ich zu spät?« hörte sie die Gestalt fragen und entspannte sich sofort.

»Beinahe, Enrico!« meinte sie nur, drehte sich um und suchte in der Schwärze der Gosse nach der Bedrohung, die Neros Verhalten nach noch immer dort lauerte. »Hilf mir, Michele wegzuschaffen. Er ist hier nicht sicher!«

20.

»Enrico!« Mit einer Hast, die sie selbst erstaunte, warf Nerina Palette und Pinsel beiseite, stürzte auf Enrico zu, der eben das neue Atelier betrat, und umarmte ihn. »Ich dachte schon, du seist ... du hättest ...«

Mit einer Hand strich ihr Enrico durchs Haar und zog sie näher zu sich heran. Sie fühlte, daß ihm diese heftige Begrüßung gefiel.

»Ich hatte nicht im mindesten geahnt, daß du so um mich besorgt sein würdest. Gilt die Begrüßung tatsächlich mir, oder ist irgend etwas geschehen?«

Nerina boxte ihn auf die Brust und versuchte ihn wegzudrükken, aber Enrico gab nur widerwillig nach. Im Grunde wollte sie nicht, daß er sie freigab, aber wenn sie ihm so nahe blieb, konnte er sich wunder was dabei denken.

»Ist das ein Bild von dir?«

Ohne ihre Antwort abzuwarten, trat er näher. Sie arbeitete gerade an einer Hand in Leimfarben.

»Nur eine Studie.«

»Keine ganze Arbeit?«

Verwundert über seine Frage, lächelte sie ihn an und berührte seine Schulter, als er sich über die feingliedrig ausgearbeiteten

Hände beugte, deren Farben noch feucht glänzten, ohne Nerina freizugeben.

»Froh bin ich, daß er mich Teile ausarbeiten läßt. Hände vor allem.«

Staunend drehte Enrico sich zu ihr hin.

»Wundervoll!«

Mit den Fingerspitzen fuhr Nerina über sein Gesicht, und er ließ es zu.

»Schön, dich wiederzusehen, Enrico.« Sie sah, daß er etwas antworten wollte, verschloß ihm aber mit dem Finger den Mund. »Ereignisreiche Monate waren es, Enrico. Nachdem Michele wieder aus Genua zurückgekehrt war, lief alles weiter, wie es aufgehört hatte. Bei einem Überfall wurde er erneut schwer verletzt. Eine Kopfwunde mußte genäht werden, ihn schmerzt jede Bewegung und die Augen brennen, so daß er liegen muß. Unsere alte Vermieterin, Signora Bruna, hat uns hinausgeworfen, weil die Miete überständig war, und Michele wollte sich an ihr rächen. Nächtens ist er vor ihr Haus gezogen, hat sie mit Versen verspottet und einen Fensterladen eingeworfen. Jetzt hängt ihm wieder eine Beleidigungsklage an. Und das Bild, der ›Tod Mariä‹, soll versteigert werden, obwohl sich Peter Paul Rubens dafür einsetzt. Weiter ist nichts geschehen.«

Lustig und etwas gleichgültig sollte die Aufzählung klingen, und Nerina hatte seit Tagen überlegt, wie sie Enrico begrüßen würde, wenn er wieder auftauchte. Eine Aufzählung von Katastrophen war es, und Enrico mußte wie sie empfinden. Betreten sah er sie an.

»Wer war es und warum?«

Endlich kam Nerina frei, faßte Enricos Hand und zog ihn ins Atelier. In einer Ecke, die sonst mit Decken abgehängt war, lag Michele und schlief. Davor kauerte Nero, den Kopf auf den Pfoten. Als Enrico den Raum betrat, schlug er mit dem Schwanz, blieb aber, wo er war. Das Atelier war gut beleuchtet, nicht ganz so düster wie das der Witwe Bruna. Freundlich strahlten die hell gekalkten Wände. Einzig die Tatsache verwunderte, daß kaum ein Bild an den Wänden lehnte, nur eine einzige Staffelei aufgebaut war und sonst nirgends Tonkrüge mit Farbpigmenten herumstanden. Leer und unbewohnt wirkte alles. An das alte Atelier erinnerte nur der Geruch von Leinöl und Eiweiß. Nerina sah Enricos erstaunten Blick und meinte:

»Sein Handwerkszeug hat die Witwe Bruna versteigern lassen. Und Geld haben wir keines mehr.« Sie lächelte unsicher, weil sie Enrico angelogen hatte. Schließlich hatte ihr die Geldkatze des Karmeliters diese Wohnung ermöglicht. Aus Verlegenheit versuchte sie, Enrico abzulenken. »Michele sagt, er könne sich nicht daran erinnern, wer ihn niedergeschlagen hat. Unser neuer Vermieter, der Rechtsgelehrte Ruffetti, hat ihn bereits verhört. Auf der Piazza Colonna, unter der Marc-Aurel-Säule, habe ich ihn gefunden. Übel zugerichtet.« Wieder strich Enrico Nerina übers Haar, und sie schloß die Augen, um die Berührung zu genießen. »Es muß jemand gewesen sein, der ihm ganz bewußt auflauerte. Seine Geldkatze ist ebenfalls verschwunden. Es kann ein Überfall ohne jeden Hintergedanken gewesen sein – aber ich glaube nicht daran.«

»Warum?«

»Er kann sich an nichts erinnern. Unmöglich, schließlich hat er ein ausgezeichnetes Gedächtnis. Und wenn er als Maler einmal ein Gesicht gesehen hat, vergißt er es so schnell nicht.«

»Du meinst also, er will sich nicht erinnern?«

Nerina preßte die Lippen zusammen. Enrico sprach das aus, was sie dachte.

»Omertà!« meinte Enrico. »Vielleicht gehorcht er der Schweigepflicht! Ein Gauner deckt den anderen«, setzte er hinzu und flüsterte dabei. Seine Lippen näherten sich Nerinas Ohrläppchen, und ehe sie sich versah, hatte er ihr einen leichten Kuß darauf gegeben. Zuerst lachte sie, dann wurde sie ernst. Was dachte sich der Kerl? Erst verschwand er beinahe zwei Monate aus Rom, ohne eine Nachricht zu hinterlassen, und dann wollte er Schäferspielchen treiben.

»Wo warst du?«

Mit ausgebreiteten Armen lehnte sich Enrico auf der Chaiselongue zurück und dehnte sich.

»Eine lange Geschichte.«

»Erzähl sie mir, wir haben Zeit«, konterte Nerina. »Michele

wird noch mindestens zwei Wochen im Bett bleiben müssen.« Sie sah, daß sich Enrico zierte, ihr über seine Abwesenheit zu erzählen, und wußte nicht recht, warum. »Verbirgst du etwas vor mir?«

»Nerina«, begann Enrico und beugte sich nach vorne. »Was ich jetzt erzähle, muß unter uns bleiben. Wenn irgend jemand davon erfährt, ist Micheles Zukunft in Rom gefährdet, weit mehr, als durch seinen wankelmütigen Charakter.«

Mit einer Neugier, die sie kaum bezähmen konnte, versprach sie Michele, alles für sich zu behalten.

»Ich habe mich in den letzten Monaten in Caravaggio und Mailand aufgehalten, um Micheles Vergangenheit kennenzulernen. Dabei bin ich interessanten Geschichten begegnet. Hat Michele davon erzählt, daß er Geschwister hat?«

Nerina sah Enrico lange an.

»Geschwister hat er immer abgestritten, er sei das einzige Kind seiner Eltern.«

Unmutig stieß Enrico Luft durch die Nase.

»Er hat zumindest noch eine Schwester, Caterina Merisi! Und der jüngere Bruder ist, wenn ich das recht verstanden habe, in eine geistliche Laufbahn eingetreten. Peterzano, der alte Lehrmeister Micheles, erzählte mir, er sei damals, 1592, als sich die Geschwister Merisi der Erbstreitigkeiten wegen getrennt hätten, nach Brasilien gegangen, als Missionar.«

Nerina konnte es kaum glauben.

»Erbstreitigkeiten?«

»Ja, die Geschwister Merisi erbten von der Mutter 1590 Grundstücke und Barvermögen. Sie mußten in den nächsten Jahren in Caravaggio und Mailand einiges davon verkaufen, um Schulden zu begleichen, und ich glaube, die Schulden stammten vor allem von Michele. Deshalb sind die Geschwister zerstritten. Die jüngeren waren verärgert, weil Michele soviel vom mütterlichen Erbe verbrauchte, und Michele tobte, weil der jüngste Bruder den Löwenanteil vom übriggebliebenen Grund und Boden erhielt und ihn die Schwester unterstützte. Seinen Anteil veräußerte Michele sofort und ging damit nach Rom. Hier wohnte er eine Zeit bei seinem Oheim Ludovico, einem Priester. Zuerst lebte er vom Erbe, dann, nachdem es verbraucht war, von der Hand in den Mund, hauste bei verschiedenen Geistlichen und kleinen Schmierern und schlug sich als Köpfemaler durch, aber das wissen wir ja: drei Köpfe pro Tag, gerade ausreichend Geld, um nicht zu verhungern – und zu verdursten.«

Nerina schüttelte immer nur den Kopf, stand auf und ging umher. Sie wollte nicht verstehen, warum Michele sie angelogen hatte. Oder haßte er seine Geschwister derart, daß er sie nicht mehr kennen wollte? Und wenn das der Fall war, warum? Gab es dafür einen Grund?

»Wie heißt sein Bruder, Enrico?«

»Giovan Battista. Kennst du ihn? Hast du den Namen schon einmal gehört?«

»Nein, noch nie.«

Enrico faßte Nerinas Hand, als sie an ihm vorüberging, und zog sie näher. Widerwillig trat sie einen Schritt auf ihn zu. Von unten sah er zu ihr hoch, und sie fühlte ein eigenartiges Kribbeln im Bauch, das sie so nicht zulassen wollte. Nicht jetzt. Enrico führte ihre Handfläche an seine Lippen und küßte sie. Nerina spürte rauh die spröde Haut seiner Lippen. Es war, als würde sie mit feinen Nadeln traktiert, und sie schloß die Augen. Dann zog sie ihre Hand weg und trat zurück.

»Warum hast du mir nicht gesagt, daß du weggehst?«

Mit einem Seufzer stand Enrico auf. Immer darauf bedacht, einen Abstand zwischen sich und ihm zu lassen, begann Nerina durchs Atelier zu wandern.

»Wenn ich es dir mitgeteilt hätte, dann wüßte möglicherweise ganz Rom davon!«

»Oh, danke!« entfuhr es Nerina spöttischer, als sie es vorgehabt hatte. »Heißt das, ich bin ein Klatschmaul?«

»Nein, Nerina. Versteh mich bitte nicht falsch. Ich mußte es einfach geheimhalten, sonst wäre mir möglicherweise jemand gefolgt. Schließlich wirst du beobachtet.«

Nerina grübelte. Ganz konnte sie Enricos Erklärung nicht akzeptieren, aber ihr schien ein Körnchen Wahrheit darin zu liegen. Plötzlich gab sie sich einen Ruck und sah Enrico an.

»Michele hat Geld bekommen, von einem Mönch, und eben dieses Geld wurde ihm wieder gestohlen!«

»Kennst du den Mönch?«

»Nein. Aber mir ist aufgefallen, daß es nicht immer derselbe Mönch ist.«

Konzentriert sah ihr Enrico ins Gesicht und blickte doch durch sie hindurch. Nerina ärgerte sich etwas, weil Enrico scheinbar das Interesse an ihr völlig verloren hatte. Ein wenig heftiger sollte er schon um sie werben.

»Hat er etwas mit den Überfällen zu tun, Nerina? Wenn der letzte Mönch sein Geld zurückhaben will, könnte ich mir vorstellen, daß er in der Wahl seiner Mittel nicht zimperlich ist.«

»Nein«, entgegnete Nerina und fühlte, wie sie verlegen wurde. »Er hat nur eine weitere Anzahlung geleistet. Nur so konnte ich die Miete hier vorstrecken und Farben und Leinwände kaufen.«

Den Gedanken wurde er nicht los, daß alle Ereignisse mit der Papstwahl zu tun hatten und mit der Tatsache, daß Scipione Borghese zum Kardinal ernannt worden war, denn seither überstürzten sich die Ereignisse und gestalteten sich immer undurchsichtiger. Wieder schritt Enrico durch das Atelier und tat jetzt das, was er zu Beginn versäumt hatte, sich gründlich umzusehen. Ganz in der Ecke stand eine Leinwand. Als er auf sie zuging, schnitt ihm Nerina den Weg ab. Sanft faßte er sie an den Armen und drängte sie beiseite.

»Michele arbeitet daran nur wenige Minuten am Tag. Sobald er aufstehen kann.«

Ein helles Tuch war darübergeworfen. Mit einem Ruck hob Enrico es hoch und besah sich das Bild darunter.

Ein Kopf prangte inmitten der dunklen Grundierung, dessen abschreckender Ausdruck Enrico sofort veranlaßte, das Tuch wieder darüberzulegen. Vom Körper abgetrennt, lag unfertig, unausgearbeitet, aber dennoch bereits deutlich zu erkennen, auf einem nur angedeuteten Tablett der Kopf Micheles, als würde er serviert, blaß, blutleer, starr, mit gebrochenen Augen und halboffenem Mund, als wolle er schreien.

»Das Haupt des Johannes!« flüsterte Nerina. »Er wollte unbedingt mit diesem Bild beginnen.«

21.

»Wie konntet Ihr meinen Wunsch, meinen Befehl mißachten? Dieser Caravaggio ist ein einziger Unruheherd und ein beständiges Ärgernis. Keines seiner Bilder atmet den religiösen Geist unserer Zeit, alle speien diesen reformatorischen Feuerhauch, der unsere Kirche zerreißt und einen Krieg nach dem anderen gebiert.«

Mit langen Schritten tobte Camillo Borghese vor Scipione her durch einen der grünen Innenhöfe des Vatikanpalastes, weiß wie eine aufgescheuchte Gans, und in dieser aufgebrachten, kleinkrämerischen Stimmung schwand für Scipione Borghese, der im Kardinalspurpur vor seinem Oheim erschienen war, der Papst zu einem alten Mann, der um das Ansehen einer morschen Institution besorgt war.

»Ihr irrt, Eure Heiligkeit«, schmunzelte Scipione ob seiner kühnen Formulierung. »Gerade Caravaggios Bilder atmen den Geist unserer Zeit in besonderem Maße. Allein die Madonna dei Palafrenieri, eine Anna-Selbdritt-Darstellung, auf der Maria, Anna und das Christuskind zu sehen sind, beweist, daß er auf dem Weg des rechten Glaubens wandelt. Hat nicht Papst Paul III. in der Bulle ›Licet ab initio‹ selbst bestimmt, daß Maria und das Christuskind das Haupt der Schlange, als Sinnbild des Bösen, gemeinsam zertreten, und hat nicht Caravaggio eben dies dargestellt und sich damit eindeutig gegen die Häresie dieses Augustinermönchs Luther gestellt?«

»Oh, Ihr nehmt diesen Schmierfinken auch noch in Schutz. Natürlich, weil Ihr das Bild gekauft habt, weil Ihr Euch an der Darstellung dieser ... dieser Maria weidet ...«

»... die unsere ehrwürdige Mutter Kirche in ihrer jugendlichen Kraft nach dem Sieg über den teuflischen Protestantismus verkörpert!«

»... Schweigt! Sie wurde als Hetäre gemalt, und zum Vorbild nahm er eine stadtbekannte Hure. Und um das Maß vollzumachen, stellte er das Christuskind als Apoll dar, nein, noch schlimmer, als Cupido, was ein ganz anderes Licht auf diese sogenannte Maria wirft! Schändlich! Statt den Akt des Zertretens – wenn man dem Manne noch Verständnis entgegenbringen will – in den

Mittelpunkt zu rücken, wurde ihr Dekolleté, die Fruchtbarkeit der Mütter, durch das Licht hervorgehoben. Doppelt schändlich und ketzerisch.«

Hinter vorgehaltener Hand mußte Scipione lachen. »Ich habe das Bild von den Palafrenieri geschenkt bekommen und nicht gekauft!« versuchte er einen versöhnlichen Ton zu finden und sein Lachen so elegant wie möglich zu verstecken, was ihm nur unzureichend gelang. Was er hier hörte, waren Phantasien und Hirngespinste eines alternden Mannes. Regte der Frühling, der allenthalben im besten Safte stand, auch die Säfte des Kirchenoberhaupts an, und kämpfte er gegen diese Versuchung an? Versah Romina Tripepi, seine Hetäre, ihre Aufgabe nicht?

»Muß mich das interessieren?« konterte Camillo Borghese.

»Aber, Oheim, selbst Peter Paul Rubens hat Caravaggio gelobt und sich für den Erhalt des Marientods eingesetzt, der von den Karmelitern abgelehnt wurde. Aus Dankbarkeit für die religiöse Bewältigung des Themas und als Beispiel für alle jungen Künstler ließ er das Bild öffentlich ausstellen.«

»Unsinn, er wollte damit verhindern, daß es zerstört wird, und Ihr wißt das genau. Das Schlimmste daran ist die Haltung meiner Kardinäle. Statt das Bild zu verteufeln, streiten sie sich darum, wer es sein nennen darf, Barberini, Del Monte, Ihr. Bemühe ich mich um die Ausgestaltung der Peterskirche zum Zentrum unseres Glauben, indem ich das hinauswerfen lasse, was ich als ketzerisch betrachte, damit ich mir mit diesem Caravaggio wieder eine Laus in den Pelz setze? Nein. Beseitigt ihn, Scipione, oder ich lasse ihn beseitigen!«

Durch den Innenhof des Vatikanpalastes liefen sie nebeneinander her im Kreis um einen Brunnen. Sein Plätschern verhinderte, daß ihr Gespräch belauscht werden konnte. Das erste Grün roch bereits herb, und die Blumen des aufbrechenden Frühlings sandten ihren Duft aus. Bienen summten um die Blüten, eine erste Libelle jagte in eleganten Schwüngen die Sträucher entlang, und über eine Mauer herüber erklang das Gebell von Hunden.

»Ihr übertreibt, Oheim. Schüttet das Kind nicht mit dem Bade aus.«

»Keineswegs, Scipione.« Bedrohlich leise klang die Stimme Camillo Borgheses. Offenbar beschäftigte ihn dieser Maler mehr, als Scipione bewußt war. »Ich hatte ein knappes halbes Jahr Geduld mit Euch und mit diesem Irrwisch, auch weil Ihr an diesem Menschen einen Narren gefressen habt und Kardinal Del Monte als einer seiner Gönner mich immer wieder bedrängt hat. Man sieht seinen Steigbügelhaltern durchaus Fehler nach. Aber in diesem halben Jahr hat sich Caravaggio eine Entgleisung nach der anderen geleistet. Manchmal kommt es mir vor, als verbringe er mehr Zeit im Gefängnis und in den Gerichtssälen Roms als hinter seiner Staffelei. Schlägereien, Pöbeleien, unerlaubtes Tragen von Waffen, Messerstechereien, Beleidigungen, Unruhestiftung, wenn er betrunken ist, und die Liste wäre noch längst nicht zu Ende. Was ist der Kerl, ein notorischer Säufer und Wegelagerer oder ein Künstler? Man spottet schon über mich, daß ich über den Hurenbauch der Maria Caravaggios den Stuhl Petri bestiegen hätte.«

Mit einer nachlässigen Bewegung hielt Scipione Borghese eine Hand in den Strahl des Brunnens und spritzte sich kühlendes Wasser aufs Gesicht. Sein Oheim hatte zweifellos recht. Wie einen Spielball warf es Caravaggio die letzten Monate hin und her, und er ergötzte sich an Ungehobeltheiten und Raufereien. Aber mit einem hatte sein Oheim keineswegs recht. Caravaggio malte, malte im Auftrag aller möglichen Institutionen die schönsten Werke – und er, Scipione Borghese, versuchte sie seiner Sammlung einzuverleiben. Unzufriedene stillte er aus seinem persönlichen Säckel – und seine Galerie erweiterte sich um wertvollste Gemälde, die von den Dummköpfen seiner Umgebung nur nicht als solche erkannt wurden: einen weiteren Hieronymus, einen David, der das Haupt Goliaths in Händen hielt, und einen Johannes als Hirten. Ja, dieser Caravaggio lebte ein ungestümes Leben, ein Leben, das nicht in den geordneten Bahnen verlief, die man seinem eigenen gerne gab.

»Er ist alles zusammen. Ich denke mir, Oheim, daß nur Menschen, die aus jeglicher Form herausfallen, die alles Normale einfach über Bord werfen, zu ungewöhnlichen Leistungen befähigt sind. Nur sie weisen in die Zukunft.«

»Dann sieht Eure Zukunft düster aus, Scipione. Ein Ort, an dem der Mensch dem Menschen ein Wolf sein wird, indem er den anderen erschlägt. Ein dauerhaftes Kriegstreiben, das von der Angst genährt wird, die Straße zu überqueren, weil aus dem Dunkel eines Eingangs der nächste Mörder hervorspringen und einen niederschlagen kann. Da lobe ich mir doch die Doktrin der Kirche, die darauf baut, daß nur die Angst der Gläubigen vor der ewigen Verdammnis ausreichend geschürt werden muß, damit hienieden Ruhe herrscht.«

Scipione, dem das Lamentieren des Oheims auf die Nerven ging, musterte ihn neugierig. Seit er ihn nicht mehr gesehen hatte, mußte er gut zu leben verstanden haben. Die üppige Kost des Kirchenoberhaupts hatte aus dem abgemagerten Gesicht in den letzten Monaten ein feistes und rundes geformt. Die tiefen Einschnitte auf den Wangen waren einer beinahe faltenlosen Haut gewichen. Von der Warte des Satten und moralisch Gefestigten aus ließ sich leicht über Grenzgänger wie Caravaggio urteilen. Was wußte sein Oheim außerdem von seinen Versuchen, die Exzesse Caravaggios einzudämmen, ihn in den Griff zu bekommen, damit er arbeitete? Seine Intelligenz ließ der Maler ebenso spielen wie seinen Jähzorn. Niemand, buchstäblich niemand konnte ihn dazu zwingen, ein Bild zu malen, selbst wenn er am Hungertuch nagte. Einen Krug Wein, der ihm zum Leben offensichtlich ausreichte, erbettelte er sich allemal.

Und dann wieder konnte er, wie Pater Leonardus erzählte, ganze Nächte hindurch vor der Leinwand sitzen, ohne den Pinsel abzusetzen, so daß er irgendwann erschöpft zusammenbrach und inmitten seiner Farben einschlief.

»Oheim, wir sollten noch über ein anderes Problem miteinander reden. Es betrifft Caravaggio nur indirekt.«

Sein Oheim nahm auf einer steinernen Bank Platz. So konnten sie sich an dem vom Sprühregen eines Brunnens gebildeten Regenbogen erfreuen. Die Tritonen, aus deren geöffnetem Maul feine Wasserfontänen spritzten, erschienen Scipione Borghese wie die Verkörperung der Schweigens. Aus diesen Mündern konnte kein Wort entspringen.

»Worum geht es?« Paul V. runzelte die Stirn, als Scipione zögerte. »Sprecht, Scipione, egal, was es sei.«

Scipione Borghese wußte nicht recht, wo anfangen. Sein Problem konnte er nicht einfach so erklären, weil er es selbst nur am Rande miterlebte und eigentlich nicht recht dran glauben konnte.

»Ich habe Euren Befehl mißachtet und Caravaggio unterstützt. Jedenfalls habe ich versucht, ihm Aufträge zu verschaffen, etwa die Madonna dei Palafrenieri oder den Auftrag des Herzogs von Modena. Caravaggio hat sich dieser Angebote unterschiedlich angenommen.«

Selbst jetzt verspürte Scipione keine Lust, dem Oheim alle seine Schliche zu offenbaren, einige wenige würden für sein Vorhaben ohnehin genügen.

Paul V. schlug sich wütend auf den Schenkel.

»Noch ein Grund, diesen Caravaggio aus Rom hinauszuschaffen. Wie kommt er dazu, Geld von einem meiner treusten Parteigänger anzunehmen und dann das Bild nicht zu malen und den Herzog von Modena immer wieder zu vertrösten? Massetti, das Ohr des d'Este an meinem Hof, ist längst bei mir aufgetaucht und hat um Beschwerde eingereicht.«

Scipione Borghese erhob sich. Er wollte nicht wieder in dieses Fahrwasser geraten, sich aber auch nicht von der allzu lieblichen Regenbogenansicht des Brunnens betören und ablenken lassen.

»Bleibt sitzen, ehrwürdiger Vater, ich kann im Gehen besser denken. Daß ich an manchen dieser Kontakte beteiligt war, habt Ihr vielleicht geahnt, jetzt wißt Ihr es. Der junge Gonzaga behauptet nun, durch eine zuverlässige Quelle erfahren zu haben, daß ich die Gerüchte über Caravaggios Lebensweise und über seine Schwesternschändung in die Welt gesetzt habe. Außerdem will er gehört haben, daß die Menschen auf der Straße Euch dafür verantwortlich machen, daß Caravaggios Bilder abgelehnt werden.«

Plötzlich hielt es auch Camillo Borghese nicht mehr auf der Steinbank.

»Das ist doch Unsinn. Das sind Verleumdungen, pure Lügen.«

»Und doch hört dieses Ohr Gonzagas mehr, als wir zu träumen wagen.«

»Ein billiger Lauscher, der sich sein Gehörtes erfindet!«

»Zumindest wäre es schädlich, wenn eine angesehene Familie wie die des Herzogs von Mantua diese Vermutungen weiterverbreiten würde. Stellt Euch den Verlust Eurer Glaubwürdigkeit vor, wenn Ferdinando Gonzaga an der rechten Stelle auch nur einen in Zweifel gehüllten Verdacht äußern würde, Oheim.«

Jetzt hielt Camillo Borghese eine Hand in den Sprühregen, den der Brunnen verbreitete, und fuhr sich damit übers Gesicht.

»Das Volk liebt diesen lombardischen Wilden, Scipione?«

»Vermutlich wegen seiner Kapriolen in den Osterien und Hurenhäusern der Stadt. Aber dem Volk gefallen auch die Bilder. Sie sind frisch und neu und nahe am Denken und Sehen der Menschen.«

»Des Pöbels!«

»Außerdem bezieht er das Volk in seine Bilder mit ein. Am Rande zumindest.«

»Müssen wir uns dem Pöbel beugen?«

»Dem Pöbel nicht, wohl aber einer Reihe von Kardinälen, die liebend gern die neu errungene Herrschaft der italienischen Fraktion stürzen wollen – und das mit spanischem Geld. Stellt Euch vor, ein Caravaggio, mit spanischem Gold finanziert und gefüttert mit all den Schändlichkeiten, die ein Gonzaga unter die Römer zu streuen vermöchte.«

Mit einer verzweifelten Geste warf Camillo Borghese die Arme in die Luft und raufte sich die Haare unter seinem Hütchen.

»Soll das heißen, daß dieser Wirrkopf von Caravaggio weiterhin die Gassen Roms unsicher machen darf?«

»Nein, Eure Heiligkeit, es gibt noch eine andere Möglichkeit. Erhebt den Gonzaga zum Kardinal! Damit steht er in Eurer Schuld und wird – verzeiht meine Direktheit – den Teufel tun und Euch verleumden.«

Camillo Borghese hustete plötzlich los, als wäre ihm der Gedanke daran im Hals steckengeblieben.

»Diesen Jüngling zum Kardinal erheben, Scipione?«

»Wißt Ihr eine bessere Lösung?«

22.

Nerina sprang sofort aus dem Bett. Von der Straße herauf drang Neros Winseln. Ein Dutzend Füße polterte die Treppen hoch, flüsternde Stimmen wisperten im Aufgang, dann wurde die Tür aufgestoßen.

»Schnell, Nerina, einen Verband!«

Als erster schlich Nero ins Atelier, den Schwanz zwischen die Beine geklemmt, den Kopf geduckt, mit angelegten Ohren. Im Hemd stand Nerina da und betrachtete das, was die fünf Männer bis nach oben geschleppt hatten: einen Männerkörper. Michele. Blutüberströmt legten sie ihn auf den Tisch inmitten des Ateliers, der dazu verwendet wurde, Leinwand zuzuschneiden. Nero versteckte sich darunter. Sie stieß einen Schreckensschrei aus und preßte ihre Faust gegen den Mund. Wasser stieg ihr in die Augen. Mit der anderen umklammerte sie ihr Amulett und begann zu beten.

»Er lebt!« flüsterte der jüngste von ihnen, in dem Nerina den Architekten Onorio Longhi erkannte, der mit Michele des öfteren Ball spielte. Ein Sauf- und Raufkumpan.

Kaum erkannte Nerina Micheles Gesicht, so stark blutete er aus einer großen Wunde an der Schläfe. Sein Hemd war durchtränkt vom Blut aus einer weiteren Wunde am Arm. Zuerst fühlte sie sich wie gelähmt, konnte keinen Fuß vor den anderen setzen. Ihre Beine fühlten sich eisig an, wie angefroren, bis Onorio sie ansprach.

»Rasch, einen Verband, Nerina. Er verblutet sonst.«

Jetzt erst löste sich ihre ganze Erstarrung. Hastig lief sie zur Kochnische, entnahm ein Messer und ging damit auf Michele zu. Die Männer wichen zurück, und nur Onorio Longhi fiel ihr in den Arm.

»Was willst du damit?«

Erstaunt sah Nerina ihn an, dann riß sie sich verärgert los und trat zu Michele.

»Wenn ich ihm das Messer in die Brust hätte stoßen wollen, dann müßte ich das nicht vor Zeugen tun!«

Entschlossen begann sie, seine Kleidung aufzutrennen, schnitt ihm das Hemd vom Leib und öffnete die Hose mit energischen Schnitten. Beim Reißen des Stoffes stieß Nero unterm Tisch fiepende Laute aus, die ihr ans Herz faßten.

Insgesamt fünf Wunden zählte Nerina, aus denen Michele blutete. Sie untersuchte alle sorgfältig. In zweien erkannte sie eindeutig Stichwunden eines Degens, die tief in seine Eingeweide gefahren waren. Sie ordnete an, daß zwei Männer die restlichen Kleidungsstücke, soweit sie brauchbar waren, in Streifen schnitten, und nahm dann ein leinenes Unterhemd, das zum Trocknen aufgehängt war, um daraus einen Verband anzufertigen. Zwei weitere beauftragte sie damit, Wasser zu holen und es heiß zu machen, damit sie die Wunden reinigen konnte.

»Hat er sich duelliert?« fragte sie barsch.

Stumm folgten die Männer ihren Anweisungen, vermieden es aber, ihrem Blick zu begegnen, und sahen betreten zu Boden. Nur Onorio räusperte sich. Die beiden Wasserholer kamen eben mit dem gefüllten Eimer zurück und setzten ihn auf dem Boden ab. Nero winselte und bellte verhalten, getraute sich aber nicht unter dem Tisch hervor, sondern blieb dort liegen, als fühle er sich schuldig am Zustand Micheles.

»Schlimmer, Nerina, viel schlimmer.«

»Was kann schlimmer sein, als daß zwei Wunden mit Nadel und Faden geschlossen werden müssen und Michele daran sterben könnte, weil ich nicht weiß, wieviel im Inneren verletzt worden ist? Was ist schlimmer, als einen blutüberströmten Mann auf dem Tisch liegen zu haben, von dem man nicht weiß, ob er die Nacht überleben wird? Was ist schlimmer, als diese Wunden selbst behandeln zu müssen, ohne einen Arzt hinzuziehen zu können, weil das Geld dazu fehlt, einen Wundarzt kommen zu lassen?« Sie war lauter geworden mit jeder Frage und bedauerte jetzt, die Männer so angefahren zu haben. Spöttisch betrachtete sie die Kerle um sich herum und ging zu einer kleinen Truhe, aus der sie Nadel und Zwirn holte. »Also? Erzähl mir, Onorio, was ist schlimmer?«

Nervös trat Onorio von einem Fuß auf den anderen.

»Wir haben Pallacorda gespielt, draußen, auf dem Campo Marzio, in der Gegend des Palazzo Firenze.«

Nerina sah Onorio nicht an, sondern versorgte Micheles Wunden. Den Faden schmierte sie mit dem Fett ein, das sie zum Polieren von Rahmen benutzten.

»Sprich weiter! Und zünd mir eine Kerze an!«

Sofort gehorchte Onorio. Als sie die Nadel in die Kerzenflamme hielt und danach einfädelte, fühlte sie, wie ihre Hände zitterten. Michele atmete schwach, aber wenn sie seine Wunden berührte, zuckte er in seiner Bewußtlosigkeit leicht zusammen. Um die tieferen Schnitte herum begannen die Blutungen zu stocken, aber jede Bewegung Micheles, jedes Drehen oder Drücken ließ wieder dunkles Blut aus den Öffnungen quellen. Über allem lag ein süßlicher Duft. Nerina biß die Zähne zusammen. Die Tatsache, daß sie seit drei Jahren Micheles Streitereien und Duelle miterlebte, hatte sie zu einer passablen Wundärztin gemacht. Wie man Stichwunden verband, Schnitte nähte und Blutungen stillte, wußte sie. Deshalb sorgte sie sich auch um die Degenstiche in seinem Bauch. Wenn sie größere Blutgefäße verletzt hatten, würde Michele innerlich verbluten. Sie hatte so einen Tod schon einmal miterlebt, bei ihrem Stiefbruder, als der, gerade siebzehnjährig und ein begnadeter Schauspieler, einem Edelmann in die Quere gekommen und niedergestochen worden war. Hilflos hatte sie mit ansehen müssen, wie er trotz eines geringen Einstichs in der Magengegend innerlich verblutete. Dem Wasserstrahl eines Brunnens ähnlich, war damals sein Lebenssaft aus der Wunde gequollen. Unaufhörlich, unstillbar. Wie Kerzen, deren Talg verbraucht war, verloschen diese Leben.

»Vom Ballspielen holt man sich diese Wunden nicht, Onorio«, spottete Nerina und versuchte, den bitteren Unterton, den sie an sich hörte, zu dämpfen. Vermutlich konnte der Junge nichts für dieses Unglück. An Auseinandersetzungen, die solche Wunden nach sich zogen, war Michele meist selbst schuld. Sie nahm all ihren Mut zusammen und setzte den ersten Stich. Als Michele zusammenzuckte, schrie sie die Männer an: »Haltet ihn wenigstens fest!«

Verlegen griffen Onorio und die anderen nach Micheles Armen und Schultern.

»Wir spielten Ball mit einem gewissen Ranuccio Tomassino da Terni und seiner Mannschaft, jeweils fünf Mann. Wir alle hatten Geld auf Micheles Sieg gesetzt, ziemlich viel Geld.«

Sichtlich schwer fiel es Onorio, ihr die Wahrheit über das Geschehen mitzuteilen. Nerina versuchte nicht, ihn zu drängen. Immer ruhiger nähte sie die Wunden Micheles, von denen sich die Kopfwunde nach der Säuberung als die schlimmste erwies, weil sogar der Knochen an der Schläfe verletzt war. Vorsorglich hob sie ein Lid Micheles. Seine Augäpfel darunter verdrehten sich noch nach oben. Sie ahnte, daß es lange dauern würde, bis er das Bewußtsein wiedererlangte, wenn dies je wieder der Fall war.

Onorio räusperte sich, reichte Nerina einen weiteren Fetzen Stoff, mit dem sie einen Druckverband anlegte, und fuhr fort:

»Es ging um tausend Scudi.«

Überrascht sah Nerina Onorio an.

»Und Michele hat mitgewettet?«

Schuldbewußt nickte Onorio. Woher nahm Michele soviel Geld. Tausend Scudi? Das war mehr als er für jedes seiner Bilder erhalten hatte. Wieder begannen ihre Hände zu zittern, als sie sich an ihre Arbeit zwang.

»Es ging um den Sieg. Die Gegner spielten zumindest so stark wie wir, und der letzte Ball mußte entscheiden. Jedenfalls hatte dieser Ranuccio Tomassino seinen Ball verfehlt. Michele beanstandete, daß er den Ball zweimal berührt hätte. Ranuccio bestritt dies ...«

»... Michele verlor die Kontrolle, und sie haben sich geprügelt und schließlich duelliert!« ergänzte Nerina die Erzählung Onorios ungeduldig.

»Ja, beinahe, Nerina. Plötzlich hatte dieser Ranuccio eine Waffe in der Hand und bedrohte Michele. Hauptmann Antonio Bolognese, der in unserer Mannschaft mitgespielt hatte, warf sich dazwischen und wurde ...« Onorio zögerte und schluckte, bis Nerina auffuhr und ihn anschrie: »Jetzt erzähl endlich, Kerl, oder muß ich bis morgen warten?«

Vor ihrem Zorn wichen die Männer bis zur Tür zurück. Nur Onorio blieb stehen, wo er war, und bohrte seinen Schuh in den Dielenboden.

»... Antonio wurde dabei schwer verletzt. Er starb in Micheles Arm. Und dann hat Michele durchgedreht. Mit bloßen Fäusten ist er auf Ranuccio losgegangen und hat auf ihn eingeprügelt. Natürlich hat sich Ranuccio gewehrt und ihm so den Hieb auf den Kopf verpaßt.«

»Er hat sich auf ihn gestürzt, obwohl er keine Waffe bei sich hatte?«

»Ich weiß es nicht. Ranuccios Mitstreiter sind ihm beigesprungen, und plötzlich hat dieser Ranuccio Tomassino geröchelt und ist zusammengebrochen. Ein Stich mitten ins Herz.«

Schweigen breitete sich aus, in dem nur Micheles unregelmäßiger Atem und Neros Winseln zu hören waren. Jeder Luftzug rasselte.

Nero. Natürlich, er hätte doch seinem Herrn helfen müssen.

»Und wo war Nero? Nero muß ihn doch beschützt haben?«

Wieder sah Onorio zu Boden.

»Wir hatten ihn angebunden, weil er sonst das Ballspiel gestört hätte!«

Mit der Hand befühlte Nerina ihre Stirn. Waren sie denn alle wahnsinnig geworden? Nero anbinden, statt ihn frei herumlaufen zu lassen, vor allem dann, wenn Michele ohne Waffen unterwegs war. Nerina drehte sich um ihre eigene Achse, suchte das Zimmer ab und fand schließlich, wonach sie suchte. An einem Nagel an der Tür hingen Micheles Waffen, sofern sie von der Witwe Bruna nicht versteigert worden waren, ein Degen und ein kurzer Runddolch.

»Es war ein Herzstich. Ranuccio war sofort tot.«

Ihr brannten die Augen, der Kopf brummte, und in den Ohren sauste ihr Blut rauschend und pulsend. Sie konnte nicht fassen, was ihr Onorio eben erzählt hatte. Wie konnte Michele einen Menschen töten, wenn doch seine Waffen an der Tür hingen? Mit ausgestreckter Hand wies sie auf die Waffen.

»Sie hängen noch an der Tür!« Onorio drehte sich vor Verlegenheit um, was Nerina nur in einem Tränenschleier erkennen konnte. »Wie soll das gehen?«

»Er hat eine andere Waffe benutzt. Genau gesehen hat es keiner, aber Ranuccio brach zusammen, als Michele auf ihn eindrosch und von den anderen davon abgehalten wurde. Daran besteht kein Zweifel.«

Nerina schluckte. Michele ein Mörder. Diesmal würde kein Gericht Gnade walten lassen. Diesmal würden sie seiner Waffennarrheit überdrüssig sein, und niemand würde ihm glauben, daß er keinen Dolch, keinen Degen getragen hatte.

»Michele kann keiner Fliegen etwas zuleide tun!« verteidigte sie Michele, wußte aber, daß niemand Michele glauben würde, wenn er versicherte, den Dolch nicht geführt zu haben. Jeder kannte seine Vorliebe für Handwaffen im Herrschaftsbereich des Papstes, in dem keinerlei Waffen getragen werden durften. Zu oft schon war er in den letzten Jahren in Händel und Duelle verwikkelt gewesen und hatte sich diesbezüglich mit dem Hauptmann der Vatikan- und Stadtwachen angelegt.

Nerina ging in die Hocke und griff unter den Tisch. Sie fühlte Neros Fell, fuhr seinen Rücken entlang, strich ihm über den Kopf. Der Hund leckte ihre blutigen Hände sauber und legte dann den Kopf auf seine Pfoten. Dieser Tölpel von Michele hatte eines Ballspiels wegen sein Leben verpfuscht, hatte einer Wette wegen seinen guten Namen weggeworfen, hatte seinem Aufstieg unter die besten Maler Roms ein theatralisches und unrühmliches Ende gesetzt. Michelangelo Merisi, dachte sie, und der Schmerz darüber fuhr ihr in den Bauch, so daß sie einen Moment lang glaubte, ihre nächsten Monatsblutungen kündigten sich an, du bist in den Augen der Menschen dieser Zeit zum Mörder geworden.

Plötzlich fuhr sie auf und scheuchte die Männerbrut aus dem Raum, die ohnehin nur unnütz herumstand und Löcher in die Luft gaffte. Selbst Nero erhob sich und begann leise zu kläffen, so als wolle er seinen Herrn nicht aufwecken.

»Raus, raus hier, verschwindet, elendes Volk. Euch hat er es zu verdanken, Euch Gesindel, raus, fort, weg!« schrie sie, ohne auf Michele zu achten. Allein sein wollte sie, wollte allein dabei zusehen, wie der Mann verblutete, der als einziger in Rom ihr als Frau eine Chance gegeben hatte, ihre Fähigkeiten zu entwickeln. Bis dahin hatte sie nur gelernt, wenn sie zufällig einem Kulissenmaler zusehen konnte, den ihr Vater beschäftigt hatte. Michele hatte ihr Talent erkannt, sie zu sich genommen, sie ausgebildet, hatte sie die Wissenschaft der Farben gelehrt, hatte ihr seine Geheimnisse verraten und ihre Entwürfe korrigiert und verbessert. Unter seiner Anleitung war sie zur Künstlerin herangewachsen – und jetzt lag er mehr tot als lebendig vor ihr, und sie befürchtete das Schlimmste.

Nerina bemerkte noch, wie die Tür von außen geschlossen wurde, als Onorio als letzter noch einmal öffnete und meinte:

»Nerina, wenn es bekannt wird, daß Michele jemanden getötet hat, und lange kann es nicht dauern, bis alle Welt davon erfährt, dann werden sie ihn verhaften. Du solltest fliehen, mit ihm oder ohne ihn.«

Willenlos sank Nerina an einem der Tischbeine entlang zu Boden. In ihr summten die Gedanken. Mit müden Bewegungen schleppte sich Nero zu ihr, legte seinen Kopf in ihren Schoß, schloß die Augen. Sie konnte sich nicht vorstellen, daß Michele diesen Ranuccio getötet hatte. Vielleicht hatte ein anderer die Situation ausgenutzt, vielleicht hatte jemand zugestoßen, der in Ranuccios Partei mitgekämpft hatte und Michele belasten wollte. Je mehr sie darüber nachdachte, desto abenteuerlicher erschien ihr diese Idee, bis sie selbst den Kopf schüttelte über dieses Hirngespinst und zugeben mußte, daß ihre Gedanken alle unwahrscheinlich klangen und es vermutlich auch waren. Das Schlimmste dabei war, daß sie sich ebenfalls vorstellen konnte, wie Michele eine kleine Stichwaffe im Wams verborgen und mit dieser zugestochen hatte.

23.

Jetzt zappelte Caravaggio in seinen Fängen. Der römische Gerichtshof hatte schnell gehandelt, als die Nachricht von Michelangelo Merisis Duellmord bekannt geworden war. Lachen mußte Scipione Borghese, als er an den Mord dachte und an die Verurteilung des Malers. Besser konnte der Zufall nicht in seine Hand spielen. Jetzt mußte er nur noch mit Caravaggio sprechen, bevor ihn die Häscher holten und ins Gefängnis warfen. Schließlich nützte er ihm nichts hinter den Mauern des Tor di Nona oder im Gefängnis des Senats. Er, Scipione Borghese, hatte ganz andere Pläne mit ihm, und für deren Verwirklichung mußte Caravaggio frei sein, persönlich frei – und abhängig von seinem Willen.

Fröhlich beschwingt überquerte Scipione Borghese die Piazza Colonna. Sein Triumph würde so vollständig sein wie der Kaiser Marc Aurels über die Germanen an der Donau, der auf der Colonna Antonina, der Marc-Aurel-Säule, eingemeißelt prangte.

Blinzelnd blickte er hinauf zum heiligen Paulus, der die Säule bekrönte, und fühlte den Furor des Überlegenen.

Das Haus des Rechtsgelehrten Andrea Ruffetti, in dem sich Caravaggio einquartiert hatte, war nicht leicht zu finden gewesen, aber die Nachforschungen Pater Leonardus' in den Trattorien und Weinschenken der Stadt hatten bald Erfolg gezeitigt. Jetzt eilte er selbst mit leichtem Schritt auf das Gebäude zu und wunderte sich nur, daß mitten am Tag die Läden zum Atelier offenstanden. Eine Ahnung beschlich ihn, ob er nicht doch bereits zu spät gekommen war, ob der Magistrat den Maler nicht bereits hatte abholen lassen. Plötzlich schwitzte er unter seinem Gewand in der Sonne, die bis auf den Grund der Häuserschlucht hinunterbrannte. Mit Gewalt stieß er die Tür zum Aufgang auf und jagte in langen Schritten die Treppen hinauf. Völlig außer Atem stand er vor der offenen Tür des Ateliers. Nur kurze Zeit ließ er sich, um auszuschnaufen, dann zog Scipione Borghese den Hut vom Kopf und betrat den Raum. Seine Schritte hallten. Das Atelier gähnte ihm leer entgegen. Keine Leinwand, kein Raumteiler, keine Staffelei, nur der Geruch nach Leinöl, Eiweiß und Terpentinöl hing noch wie ein Nebelschleier im Raum. Hatte Pater Leonardus ihn getäuscht? Caravaggio hatte das Weite gesucht. So sah kein Raum aus, der von den Schergen der Regierung durchsucht, aus dem ein Delinquent in den Tor di Nona abgeführt worden war. Hier zeigte sich eine ordnende Hand, hier war systematisch ausgeräumt worden, als wäre gezielt ein Umzug oder eine Flucht geplant worden.

Wie ein Kartenhaus fiel sein triumphales Gefühl zusammen.

Wo befand sich der Maler? Wer hatte ihm geholfen? Nerina? Unmöglich. Die Frau konnte doch in so kurzer Zeit nicht eine Flucht planen und durchführen. Zudem besaß Caravaggio kein Geld mehr. Beim Ballspiel hatte er die letzten Scudi gesetzt, das wußte er. Ohne Geld kam er aber nicht weit. Wie und wohin also war er geflohen?

Scipione Borghese fühlte, wie sich seine Überheblichkeit in Panik verwandelte. Wenn er seinem Oheim mitteilen mußte, daß er keinerlei Ahnung davon hatte, wohin sich Caravaggio abgesetzt hatte, wenn er selbst auf weitere Bilder aus der Hand dieses Malers verzichten mußte, dann schwand sein Einfluß.

Mit langen Schritten durchquerte er den Raum, um nach möglichen Hinweisen zu suchen, die Caravaggio hinterlassen hatte. Nach dem, was er gehört hatte, mußte der Maler schwer verletzt worden sein. Um so mehr bewunderte er seine Zähigkeit und Energie, trotzdem die Flucht zu wagen. Auf dem Boden inmitten des Raumes entdeckte er schwarze Blutflecken. Mit einer Sandale stieß er dagegen und pfiff durch die Zähne. Die Menge, die hier verloren worden war, deutete auf eine erhebliche Verletzung. So sehr er sich auch bemühte, das ehemalige Atelier gab das Geheimnis des Ziels von Caravaggios Flucht nicht preis.

Scipione Borghese trat an eine der Fensteröffnungen und blickte hinaus auf die Straße. Grell stach die Sonne vom Himmel und füllte die Gasse mit ihrem weißen Licht. Wie Milch wirkten die hellen Fassaden und der sandige Boden. Die Fuhrwerke und Lastenträger, Bauern und Marktfrauen, die an diesem Morgen die Gasse durchquerten, wirbelten Staub auf, der sich gegen die Hitze und den Glast der Sonne stemmte und wie ein Schleier über die Dinge legte. Diebe schlichen sich vorsichtig wie Katzen durch das Gewühl. Es wimmelte zu sehr von Menschen, als daß darin eine Pferdekutsche oder Sänfte mit einem Kranken und einer Frau aufgefallen wäre. Scipione Borghese biß sich auf die Lippen und verwünschte seine Nachlässigkeit, mit der er den Lauf der Dinge abgewartet hatte. Aber er würde Caravaggio finden, er mußte ihn finden!

II

»Ich habe einen Eifersüchtigen aus unserem Berufsstand sagen hören, die Geburt dieses Mannes sei eine Prophetie des Unterganges und des Endes der Malerei, geradeso wie am Ende dieser sichtbaren Welt der Antichrist mit falschen und betäubenden Wundern und wunderbaren Unternehmungen eine grosse Anzahl an Menschen mit sich ins Verderben reissen wird ...«

Vicente Carducho, 1633

1.

Nerina schreckte aus dem Schlaf hoch. Sofort fühlte sie sich hellwach. Etwas hatte sie geweckt.

Von nebenan drang das flackernde Licht großer Kerzen herüber und zeichnete schräge Schatten an die Wände ihres Zimmers. Pinsel klapperten, und Nerina vernahm schweres Atmen. Ängstlich lauschte sie hinüber ins andere Zimmer, aber die Geräusche klangen vertraut: ein hektisches Kratzen der Stuhlbeine auf den Bodendielen, das Schaben der Pinselstiele auf grundierter Leinwand, ein Wischen beim Nachbessern der Grundierung, wenn die Vorzeichnung verändert wurde. Wie Musik klangen in ihren Ohren die Geräusche von Micheles eigener Technik. Er malte wieder!

Seit zwei Wochen lebten sie jetzt schon in Neapel. Seit einer Woche hatten sie wieder ein Atelier – und Michele einen Auftrag. Marzio Colonna, Graf der Mark von Caravaggio, Freund und Gönner Micheles, hatte sie zuerst in seinem Stadtpalast aufgenommen und ihnen dann Geld geliehen, einen Vorschuß, um im Hafenviertel eine Wohnung beziehen zu können.

Vier Stockwerke hoch über den Gassen von Neapel residierten sie jetzt, und Nerina hatte sofort gewußt, daß nichts und niemand sie aus dieser Wohnung wieder vertreiben würde! Sofort hatte sie sich heimisch gefühlt, als sie vor nunmehr sieben Tagen das neue Atelier betreten hatte: luftige Räume mit viel Licht und einem weiten Blick über die Hausdächer hin, hinaus auf den Hafen und über die Uferbefestigung hinweg auf den Golf von Neapel, einem kleinen Zimmer für sich selbst und einer Nische, in der gekocht werden konnte, sowie zwei schmalen, kaum fußbreiten Balkonen. Michele schlief im Atelier selbst auf einer hölzernen Pritsche, über die er einen einfachen Teppich geworfen hatte.

Von dort oben konnte sie auch in die schmale Gassenschlucht hinuntersehen. Dort brodelte es tagsüber, als würde sich vom nahen Vesuv her ein Lavastrom aus Leibern hindurchwälzen. Der Lärm des Lebens drang bis herauf. Hier in Neapel schien alles überdimensioniert: die Gesten, die Stimmen, die Stadt selbst. Und wo sich in Rom die Menschen verhalten gaben, wo sie sich mit gedämpfter Stimme unterhielten und Zurückhaltung in den Bewegungen übten, schrien sich die Menschen hier an, fuchtelten mit den Armen, als wollten sie sich schlagen, und sie lachten derart unmäßig, als könnten sie damit böse Geister vertreiben. Rom bildete zweifellos den Mittelpunkt des Katholizismus im Geiste der Ewigkeit, in Neapel aber wucherte das diesseitige Leben in all seinen Extremen. Neapel, das war die ungekrönte Hauptstadt des Südens, das kräftig schlagende Herz Italiens.

Im Nebenraum herrschte plötzlich eine lastende Stille, die sich wie eine langsame, kräftige Welle durch den Raum schob. Als wäre Michele verschwunden, abgeholt worden.

Mit einem Schwall, der sie zusammenzucken ließ, überkam sie plötzlich wieder die Erinnerung an die letzten Monate. Die Verstecke auf dem Landgut ihres Gönners Don Marzio Colonna in Latium, zu dem sie Michele mehr tot als lebendig gekarrt hatte, die Flucht vor den Häschern des Papstes nach Paliano, bei der sie nur durch Zufall gerade eben so durch die Maschen der ausgelegten Netze päpstlicher Schergen geschlüpft waren, dann der kräftezehrende Fußmarsch nach Zagarolo in der Nähe Roms, das mit seinen steilen Mauerwänden uneinnehmbar schien und doch keinen Schutz bot vor den Verfolgern und Michele beinahe das Leben gekostet hätte. Schließlich Palestrina, bis Michele eingesehen hatte, daß ihm nur unter der Obhut seiner Allerkatholischsten Majestät, des Königs von Spanien, Ruhe zum Arbeiten vergönnt war, und sie sich nach Neapel gewandt hatten.

Wie ein geprügelter Hund hatte sich Michele in der Stadt verkrochen – und heute hatte er offenbar wieder die Pinsel in die Hand genommen. Zum erstenmal seit ihrer Ankunft.

Natürlich, auch auf der Flucht hatte er malen müssen, im Fieberwahn und mit entzündeten Augen, schon damit sie ein Auskommen hatten. Er hatte für den Fürsten Marzio Colonna eine »Magdalena in Verzückung« fertiggestellt und ihr, Nerina selbst, damit ein Denkmal gesetzt, weil sie dafür Porträt sitzen durfte – in Ermangelung einer besseren Vorlage –, aber auch ein »Christus in Emmaus« war ihm aus dem Pinsel geflossen, wie er das Brot segnete und die Brüder ihn dadurch plötzlich erkannten. Seine eigene Flucht thematisierte er darin, seinen Weg weg von Rom, vom Ort seiner Leiden – und konsequent hatte er Christus einen Schimmer seines eigenen Gesichts geliehen. Der Wanderer zwischen den Welten als Porträt des Flüchtenden, der zwischen den Mühlsteinen seiner Verfolger zerrieben wurde.

Plötzlich begann Nero zu winseln. Jetzt erst bemerkte sie, daß er sich am Fußende ihres Bettes niedergelegt hatte. Er richtete sich auf und spitzte die Ohren. Hatten ihre eigenen Bewegungen ihn geweckt? Angestrengt lauschte sie hinaus zu Michele. Knarrten nicht die Bohlen? Lief er nicht leise hin und her und murmelte vor sich hin? Oder täuschten sie ihre Sinne?

Seine innere Unruhe hatte sich auf der Flucht gelegt. Seine Verletzungen, die Wochen zwischen Leben und Tod, hatten nach ihm gegriffen. Michele vertrank nicht mehr ganze Nächte in den Osterias und Weinstuben. Die Angst, aufgegriffen zu werden, hatte ihm dieses Vergnügen zusätzlich verleidet. Er schien im Einklang mit sich selber zu sein. Nur eine Nervosität in den Fingern hatte er beibehalten, unablässig knetete er mit den Fingerspitzen der Hand in seinen Handflächen. Etwas beschäftigte ihn, etwas, das tief in seinem Innersten schlummerte und dabei war, aus ihm herauszubrechen. Die wenigen Bilder, die er in aller Schnelligkeit auf die Leinwand geworfen hatte, befriedigten ihn nicht. Auftragsarbeiten, hatte er geschimpft, Stückwerk und Gefälligkeit. Und doch waren ihm Bilder von außergewöhnlicher Schönheit und Kraft gelungen, Kleinodien, die sie in ihrem Glauben bestätigte, einen der ungewöhnlichsten Menschen zu kennen, den ihre Zeit hervorgebracht hatte. Und doch fehlte ihm etwas. Seit das Wundfieber abgeklungen war, ließ ihn die leere Leinwand verzagen, wenn er sich davorsetzte und versuchte, mit der ihm eigenen Technik vorzuzeichnen, indem er mit dem Pinselstiel Gravuren in den Kalk drückte. Mehr als einmal hatte er in den letzten Tagen seine Skizzen wieder übertüncht.

Mit einem Satz sprang Nero vom Bett und trottete zu Michele hinüber, den Schwanz zwischen den Beinen. Leise Laute stieß er aus und schlüpfte aus dem Zimmer.

Nerina versuchte zu erkennen, was Nero beunruhigte. Aber der Hund verschwand im angrenzenden Raum, und außer seinem heiseren Fiepen hörte sie nichts mehr. Rasch schlug sie die Decke zurück und setzte sich auf. Sollte sie nachsehen? Die kühle Meeresluft ließ sie in ihrem dünnen Hemd frösteln. Langsam stand sie auf und trat unter die Tür. Der Raum nebenan war leer, Michele war verschwunden. Vor der Tür saß Nero und kratzte mit der Pfote an der Füllung.

Langsam lief sie zur Tür. Ihre nackten Füße patschten über die Fichtenplanken. Sie ahnte, wohin Michele geflohen war, was ihn hinausgezogen hatte. Einen Spalt weit öffnete sie, und Nero schlüpfte hinaus. Jetzt war sie ganz allein.

Sollte sie Michele suchen?

Ein Schauer überfiel sie, als würde sie diese Szene zum zweitenmal erleben. Damals, als sie im Wagen ihrer Zieheltern schlief, während diese nicht allzu weit entfernt ihre Moritaten und Schwänke zum besten gaben. Plötzlich erwachte sie, wie der Lärm zunahm, die Stimmen schroffer und lauter wurden, Flüche über den Platz hallten. Ihre Ziehmutter fehlte, und Panik ergriff sie, weil sich das Geschrei dem Wagen näherte. Überstürzt lief sie aus dem Wagen und schlüpfte darunter. Keinen Augenblick zu früh, denn eine brennende Fackel flog aus der Menge in den Aufbau aus Stoff und setzte ihn in Flammen. Sie hörte noch jetzt den Ruf ihres Ziehvaters über den Platz gellen und ihren Namen rufen. Dann hastete sie blindlings durch die Menge, schlug um sich, als Hände nach ihr griffen, sie verspotteten und bespuckten, und schwor sich, lieber in den Flammen umzukommen, als sich ein weiteres Mal durch eine solche Menge zu wühlen, die sie haßte. Erst als ihr Ziehvater sie in Händen hielt, beruhigte sie sich und hörte ihn beständig wiederholen: »Nie hätte sie uns verziehen, nie verziehen!«

Die Diele knarrte, und als Nerina herumfuhr, sah sie, daß Michele das Bild fortgesetzt hatte, das »Haupt des Johannes«. Ein blutiger Kopf starrte sie aus leeren Augen an, die sich gebrochen nach oben verdrehten. Im Haupt des Johannes erkannte sie eindeutig die Züge Micheles wieder. Drei weitere Figuren assistierten, mit feinen Linien angedeutet, die mit dem Pinselstiel in die Grundkreide gedrückt waren, Salome, die den Wunsch geäußert hatte, den Kopf des Täufers als Belohnung für ihre Tanzdarbietung zu empfangen, ein Henkersknecht, der Johannes den Kopf abgeschlagen hatte, und eine weitere Figur im Hintergrund, die noch so unklar skizziert war, daß sie diese vorerst nicht deuten konnte.

Sie fröstelte beim Betrachten des unfertigen Gemäldes. Was trieb Michele dazu, ein solches Bild zu malen? Hatte er nicht den Auftrag bekommen, »Die sieben Werke der Barmherzigkeit« anzufertigen?

Eines konnte sie erkennen, daß Micheles Vorzeichnungen, so präzise und sicher im Strich sie schienen, dem fertigen Bild nicht standhielten. Er fühlte sich seiner Konzepte nicht sicher, und das machte ihn für sie menschlich. Ihn quälte die endgültige Form ebenso wie sie selbst. Noch während er mit Pinsel und Farbauftrag hantierte, änderte er. Dort fügte er eine Geste ein, hier einen Lichteinfall oder einen anderen Ausdruck, der zur Änderung der Kopf- oder Körperhaltung führte. Seine Bilder entwickelten sich aus Vorahnungen und groben Gedanken, unter die sich Zweifel mischten. All das stieg in ihm auf, wie die Gasblasen in einem gärenden Wein, ebenso prickelnd frisch und belebend.

So hatte sie auch arbeiten müssen, wenn sie mit dem Wagen in eine Stadt gefahren kamen und die Gerüchte auf dem Marktplatz aushorchten. Wie die Figuren setzen? Wie die Szenen in Bilder gießen? Wie die kräftige, derbe Volkssprache in eine ebenso atemlose Botschaft der Bilder übertragen? Jedesmal bedeutete es für sie ein Wunder, wenn letztlich das auf den Leinwänden stand, was das Volk begaffen wollte.

Auf der Gasse vor dem Haus schlug Nero an, laut und deutlich. Nerina stürzte zum Fenster und sah hinab, konnte aber auf der dunklen Straße unten nichts erkennen. Nur das Kläffen Neros stieg zu ihr herauf. Es hörte sich an, als riefe er nach ihr. Fand er Michele nicht, oder hatte er eine andere Witterung aufgenommen? Sofort standen ihr die Bilder ihrer überstürzten Flucht aus Rom wieder vor Augen.

Eiligst hatte sie gepackt und einen Karren bestellt, eiligst die Freunde verständigt, die Michele geblieben waren. Eiligst hatten sie beide die Stadt verlassen, noch bevor die Nachricht von Micheles Verfehlung bis zu den Torwärtern vorgedrungen war. Er, bewußtlos und im Fieber seiner Wunden, sie gewürgt von der

Angst, nicht schnell genug gewesen zu sein. Sie hatte gewußt, daß er ihr unter den Bedingungen des Transports auch hätte sterben können, aber in ihrem Karren bestand für Michele noch eine geringe Überlebenschance. In den Kerkerlöchern des Tor di Nona wäre er in seinem Zustand sicher umgekommen.

Und sie erinnerte sich an die Begegnung vor der Haustür: Dort hatte Prudenzia gestanden, die Wahrsagerin vom Fischmarkt, und sie mit ihrem toten Auge angeblickt, stumm nur, die Spindel in der Hand wie eine der Nornen, die am Lebensfaden spann. Ihr war der Schweiß ausgebrochen beim Anblick der Alten, ihr hatte der Atem gestockt, und doch hatte die Alte selbst mitgeholfen, Michele auf den Wagen zu wuchten und ihn unter Bilderleinwand zu verbergen. Ohne sich zu bedanken, hatte sie Prudenzia den Rücken gekehrt und nicht mehr beachtet, und ihr war gewesen, als würde sich mit jedem Fußbreit, den sie sich von der Alten entfernte, langsam ein Stein von ihrer Seele wälzen, abfallen und in Rom zurückbleiben.

Nero beruhigte sich auf der Gasse unten. Nerina trat vom Fenster zurück und überlegte, ob sie sich wieder ins Bett legen oder ob sie sich ankleiden und Michele folgen sollte.

Langsam ging sie in ihr Zimmer, schlang die Arme um die Brust, setzte sich aufs Bett und zog die Beine an.

Warum begleitete sie Michele? Warum band sie sich an diesen Mann, dessen einzige Passion die Malerei war, Wein und Huren ausgenommen, der sich an nichts und niemanden band, weil ihm die Freiheit für seine Malerei wichtiger schien? Warum schützte sie ihn, obwohl er im Verdacht stand, einen Menschen getötet zu haben? Glaubte sie, eine Schuld abtragen zu müssen, weil er sich um sie gekümmert und ihr die Möglichkeit gegeben hatte, die Malerei zu ergreifen? Sie seufzte. Wollte sie sich ihre Gefühle für Michele nicht eingestehen, oder konnte sie es nicht? Und doch wußte sie, daß es andere waren, tiefere Gefühle, eine Liebe, die hinausging über das körperliche Begehren.

Langsam rollte sie ihre Leinenstrümpfe die Beine hinauf, zog sich ihr Kleid über und schlüpfte in die Holzschuhe. Sie wollte schon zur Türe gehen, um sich auf die Suche zu machen und ihn betrunken und zerknirscht aus einer dunklen Spelunke zu zerren und zurück nach Hause zu schleppen. Aber etwas hielt sie zurück. Nein, diesmal würde sie ihm nicht nachgeben, diesmal würde sie die Ungewißheit bezwingen, die in ihr bohrte, und ihn dort lassen, wohin er geflüchtet war. Vielleicht floh er ja vor ihr. Ein heftiges Ziehen im Bauch begleitete diesen Gedanken. Angekleidet legte sie sich aufs Bett, starrte mit offenen Augen zur Decke und lauschte durch das Fenster hinunter auf die Gasse.

2.

»Ihr kanntet Caravaggio?«

Julias Augen schienen zu leuchten, und Enrico wußte nicht recht, ob ihre Neugierde echt war oder ob sie nur wieder mit ihm spielte. Überhaupt tat er sich schwer mit Frauen. Als Klosterzögling lernte man Latein und Griechisch, er zusätzlich die Kunst der alten Meister, die den Körper noch sorgsam in Gewänder hüllten, aber den Umgang mit dem anderen Geschlecht – niemals. So fühlte er sich eher tollpatschig und unsicher.

»Ja, ich habe sogar gesehen, wie er sein letztes Bild gemalt hat. Den ›Tod Mariä‹. Und ich stand schon vor dem Bild in seinem Atelier, bevor es öffentlich gezeigt wurde!«

Enrico fühlte sich erleichtert. Endlich hatte er ein Gesprächsthema und ganz offensichtlich wieder Julias Vertrauen gefunden. Böse auf ihn, hatte sie nicht mit ihm reden wollen, als er sie vor dem Hinterausgang des Palazzo Borghese abgepaßt hatte. Sichtbar zerknirscht über sein schlechtes Benehmen und mit vielen Beteuerungen, daß er sie nicht vergessen habe, hatte er Julia abgetrotzt, sie auf ihrem Weg begleiten zu dürfen. Jetzt lief er neben ihr her, was sich einigermaßen schwierig gestaltete bei den Menschenansammlungen in den Gassen, und versuchte, sie für ihn und sein Anliegen zu interessieren.

»Hat er wirklich so ... so ausschweifend gelebt, wie man sagt?«

Enrico, der innerlich über die etwas naive Frage lächelte, setzte eine gewichtige Miene auf und beteuerte im wärmsten Ton: »Schlimmer. Man darf das eigentlich nicht erzählen, vor allem nicht in Gegenwart von Damen!«

Julia kicherte, als würden die Schellen zur Wandlung geschlagen, hell und flirrend. Über die Schulter sah sie ihm nach und schien sich darüber zu amüsieren, wie er hinter ihr herstolperte.

»Damen! Ihr seid mir einer. Komplimente macht Ihr wie ein Fürst. Man könnte glauben, Ihr seid selbst von Adel.«

Etwas schief geriet ihm sein Lächeln. Mit zwei schnellen Schritten holt er auf und drängte sich neben sie.

»Wohin geht Ihr?«

Ein unter der Brust enggeschnürtes Kleid trug sie, und jetzt zog sie aus ihrem Mieder einen kleinen weißen Umschlag, schwenkte ihn ein paarmal vor seinen Augen und steckte ihn zurück in den Ausschnitt. Wieder klingelte ihr Lachen, das ihn an die Liturgie erinnerte und unsicher machte.

»Heute bin ich Botin.«

»Botin?«

»Ich muß zu Kardinal Del Monte. Mein Herr, Scipione Borghese, wünschte, ich solle dem Kardinal einen Brief übergeben.« Kurz blieb sie stehen, näherte sich seinem Ohr und flüsterte: »Er enthält das päpstliche Siegel! Ich habe es gesehen, als Scipione den Brief verschlossen hat.« Kurz faßte sie sich an den Mund. »Das hätte ich, glaube ich, nicht verraten dürfen!«

Wie elektrisiert fühlte sich Enrico. Ein Brief des Papstes an Kardinal Del Monte! Was enthielt er? Nur eine der üblichen Mitteilungen oder vielleicht eine Information, die seinem Herrn Ferdinando Gonzaga nützlich sein könnte?

»Wie ein Grab werde ich schweigen!« beeilte er sich zu versichern, konnte aber nicht anders, als sich über diesen Umstand zu wundern. Schließlich gehörte Del Monte nicht zur endlosen Zahl unbedeutender Mandatsträger. Ihm unterstand die päpstliche Bauhütte, und er zeichnete zuständig für alle Kunst, die in Rom im Namen des Heiligen Vaters öffentlich ausgestellt wurde. Del Monte war eine Autorität, die man nicht nur danach behandelte, sondern die auch erwartete, daß sie ihrem Stand und Ruf entsprechend behandelt wurde. Jetzt sah es aber so aus, als würde der Papst an den mächtigen Kardinal Del Monte einen Brief richten, und Scipione Borghese ließ das Schreiben von einer Küchenmagd an diesen weiterreichen.

Warum nahm er nicht einen der jungen Kleriker in die Pflicht, die das Haus bevölkerten, seit Scipione zum Kardinal ernannt worden war?

Eine Zeit liefen sie wortlos nebeneinander her. Vorbei an unzähligen Bettlern, die, von der Papstwahl in die Stadt gelockt, jetzt auf Almosen des höchsten Vertreters der Christenheit warteten, strebten sie durch das Vallicella in Richtung Quirinal.

»Warum hat er dich für diese außerordentlich verantwortungsvolle Arbeit ausgewählt, Julia?« versuchte er zu sondieren, und er biß sich sofort auf die Lippen für sein Ungeschick.

»Glaubt Ihr, ich schaffe es nicht, einen lächerlichen Brief zu übergeben?« fauchte sie ihn an. Die Helligkeit in ihrer Stimme wich einem dunklen Ton, der rauh klang und abweisend. »Für solche wichtigen Angelegenheiten sind Frauen zu sehr Plaudertaschen. Das denkt Ihr doch. Aber ich könnte Euch sagen ...«

Julia stockte. Sie drehte den Kopf beiseite und beschleunigte wieder ihr Tempo. Kaum daß Enrico mit ihr Schritt halten konnte, so geschickt schlängelte sie sich durch die Menschenmenge, und es hatte den Anschein, als machten die Menschen vor ihr ganz von selbst Platz, während er sich beinahe gewalttätig durch die Menge hindurchzwängen mußte. Je näher sie der Via Papalis kamen, der Straße für die päpstlichen Prozessionszüge, desto lauter wurde es, desto intensiver roch es nach Esel und Brot, nach Wein und Fisch, nach Brackwasser und Kot, desto mehr Gesindel sammelte sich auf der Straße. Enrico bemerkte, daß ihnen viele der zerlumpten Gestalten gierig nachsahen, daß sie sich die Lippen leckten und sicherlich überlegten, wie sie es anstellen sollten, sich mitten am Tage einer derart köstlichen Beute zu versichern. Julia durchschritt mit erhobenem Haupt, ohne auf die Pfiffe und schmierigen Bemerkungen der Herumlungernden zu achten, die Menge und steuerte zielsicher auf den Palazzo Madama zu, den römischen Wohnsitz Kardinal Del Montes.

»Was könntet Ihr mir sagen, Julia? Ich wollte Euch nicht kränken. Ich dachte nur, daß es doch nicht gewöhnlich ist ...«

Unmerklich verlangsamte sie ihren Schritt, und Enrico holte auf. Außer Atem war sie wie er selbst auch. Eine Röte überzog

Hals und Wangen, und als sie ihm antwortete, schien ihre Stimmung merklich besser.

»Seit wann steht Ihr in Scipione Borgheses Diensten?« versuchte er es nochmals unverfänglicher und über einen Seitenweg.

»Seit wenigen Wochen. Aber zuvor diente ich Camillo Borghese als Aufwärterin in der Küche.«

»Und wie lange schon?«

»Ihr seid neugierig! Drei Jahre.«

Vorsichtig versuchte Enrico sich unterzuhaken und ihren Schritt noch weiter zu verlangsamen. Ein Gefängniskarren kam ihm zu Hilfe. Der Wagenlenker ließ die Peitsche über den Köpfen der Menge kreisen, bevor er vor ihnen auf die Via del Salvatore einbog, und verscheuchte so die Passanten von der Gassenmitte. Mit heiseren Schreien schuf er sich zusätzlich Respekt und Platz. Hinter ihm, in einem nur dürftig mit Sackleinen verhängten Wagen, stöhnten Gefangene, zerlumpte, halbtote Gestalten mit grauen Gesichtern und blinden Augen. Der Karren drückte sie beide an die Wand der Gasse, und Enrico konnte sich so ihres Armes versichern. Julia ließ es geschehen.

»Und wer hat Euch empfohlen, Julia?«

Von der Seite her sah sie ihn an. Er drückte ihren Unterarm etwas, und sie mußte unwillkürlich lächeln.

»Ist das ein Verhör? Gehört Ihr zur päpstlichen Miliz, zu den Spitzeln, die allenthalben durch die Gassen schleichen und dem Volk die Worte vom Mund stehlen?«

Entrüstet und künstlich verärgert, wies er jede dieser Anschuldigungen zurück, obwohl es ihn bedrückte, ihr nicht die ganze Wahrheit offenbaren zu können.

»Nun, was ist dabei, es Euch zu sagen? Kardinal Del Monte. Ich lebte zuvor drei Jahre in Kardinal Del Montes Haushalt. Und dann wurde ich von ihm zu Camillo Borghese geschickt. Meiner Soßen wegen, die der Kardinal gekostet hatte. Für kurz sollte es nur sein, jetzt sind es drei Jahre her. Aber Ihre Eminenz, Kardinal Del Monte, plaudert noch immer gern mit mir. Er ist ein so netter Mensch.«

Enrico glaubte, sich verhört zu haben. Für einen kurzen Moment der Überraschung verstummte der Lärm der Gasse und wich einer gespenstischen Stille, der alle wie gebannt lauschten, um danach mit um so größerer Lautstärke wieder einzusetzen.

»Er persönlich?«

Entwaffnend lächelte Julia ihn an.

»Das paßt nicht in Euer Bild einer Küchenmagd, nicht? Mit unsereinem verkehren die geistlichen Herren nicht, glaubt Ihr. Ich meine, Ihr solltet Euer Bild von uns Frauen ändern!«

Plötzlich tauchte auf Julias Gesicht ein Zug auf, den Enrico bislang übersehen hatte: hinter ihrer Maske aus Gefälligkeit und Naivität verbarg sich ein scharfer und kritischer Blick. Und jetzt verstand Enrico endlich. Julia gehörte zu der Sorte von Bediensteten, die freiwillig oder unfreiwillig deshalb in den Haushalt eines anderen eingeschleust wurden, um diesen nach Herzenslust auszuspionieren. Sicherlich wußte Camillo Borghese davon und hatte selbst seine eigenen Küchenmägde bei Kardinal Del Monte und anderen Würdenträgern sitzen. Dieser seit Jahrhunderten gepflegte Brauch diente nicht nur zur Überwachung, er diente zur Sicherheit und zur besseren Verständigung unter den Kardinälen. Wer Bescheid wußte über seinen Konkurrenten im Wettlauf um die ergiebigsten Pfründen Roms, konnte schneller reagieren. Aber mit einmal wußte Enrico nicht mehr genau, wer hier wen belauschte, und wer wen aushorchte. Er beschloß, vorsichtiger zu sein.

Vor ihnen tauchte der Palazzo Madama auf. Der überladene Bau, dessen Rundfront sich in die Straße hineinquälte, wuchs über ihnen auf.

»Hier müßt Ihr mich verlassen, Enrico«, meinte Julia und wandte sich einer der Pforten zu, doch Enrico entließ ihren Arm nicht.

»Sehen wir uns wieder, Julia?«

»Um mich weiter auszuhorchen?« fragte sie schnippisch zurück.

»Ich werde mich bessern.« sagte Enrico und nahm ihre Hand in seine Hände. »Ihr seid zweifellos hübsch!« flötete er.

»Und Ihr seid ein Schmeichler. Glaubt Ihr, nur weil Ihr etwas Besseres seid, könnt Ihr es bei mir versuchen?«

»Ich würde es nicht wagen, wenn ich nicht die Wahrheit spräche.«

Julia kicherte, als sie sich zu ihm hinüberbeugte, um ihm einen flüchtigen Kuß auf die Wange zu geben. Beinahe verdrehte Enrico sich die Augen, als er versuchte, einen Blick auf den Brief in Julias Ausschnitt zu erhaschen.

»Weil Ihr so ein Freundlicher seid, Enrico, gebe ich Euch ein Geheimnis preis: Auch ich kenne Messer Caravaggio!«

Wieder mußte Enrico zugestehen, daß nicht er die Situation beherrschte, sondern Julia, und daß er das Gefühl nicht los wurde, sie spiele mit ihm.

»Wann habt Ihr ihn kennengelernt?«

»Oh, nachdem er von Cavaliere d'Arpino hinausgeworfen worden war und sein Mentor, Monsignore Fantin Petrignani, ihn bei Kardinal Del Monte vorgestellt hat.«

D'Arpino, natürlich! Jeder kannte die Haßliebe der beiden Künstler in Rom. Caravaggio hatte eine Zeit bei dem Maler gelebt. Wieder hatte er eine Spur gefunden, der er nachgehen mußte.

»Und wie nahe seid Ihr ihm gekommen?«

Kokett warf Julia den Kopf nach hinten, so daß ihre Haare wie Seide rauschten.

»Ich kann nicht sagen, daß ich ihn wirklich kennengelernt habe«, meinte sie spöttisch, »aber ich habe ihn bei einer Gelegenheit erlebt, die nicht das beste Licht auf den großen Sakralmaler wirft!«

Mit aller Gewalt mußte er sich beherrschen, Julia nicht fester zu umfassen und ihr das Wissen aus dem Mund zu ziehen, das sie ihm jetzt vorenthielt, notfalls mit Gewalt. Jetzt spielte sie mit ihm. Zu gefallen schien es ihr, daß er ganz offensichtlich zappelte wie der Fisch an der Angel. Mittlerweile hatte sie ihn bis zu einer Dienstbotenpforte mitgezogen und klopfte, bevor Enrico dagegen einschreiten konnte. Hinter der Tür vernahm er bereits Schritte, als ihm seine Frage einfiel.

»Wobei habt Ihr ihn erlebt, Julia? Sprecht! Wobei?«

»Er traf seinen Bruder!«

»Seinen Bruder?«

»Ein schöner Mann, der Prete Rosso. Wir Mägde schmachteten nach diesem Priester, den Gott an die Kirche verschwendet hat.«

Unsicher sah Enrico Julia an. Im selben Moment ging die Pforte quietschend auf und eine alte Frau schob ihren Kopf durch den Türspalt.

»Ah, Julia!« meinte sie nur, scheuchte ihn mit einem mißbilligenden Blick beiseite und ließ das Mädchen an sich vorüber.

»Sehen wir uns wieder, Julia?« rief ihr Enrico hinterher, aber Julia beachtete ihn nicht mehr. Sie umarmte die alte Frau flüchtig, die ihr ein faltiges Lächeln schenkte und die Tür zuwarf.

Julia hatte Caravaggio erlebt, als er mit seinem Bruder zusammentraf? Wann war das geschehen? Was war dabei passiert? Warum erinnerte sich Julia daran so negativ? Der Prete Rosso, wer war das?

Enrico wußte, daß er Julia wiedersehen mußte. Und er ahnte, daß nicht er es war, der dieses Treffen wollte. Warum sonst hätte sie ihn mit diesen Andeutungen geködert?

3.

Die Tür öffnete sich und ein Mann schlüpfte herein, der beim Eingang stehenblieb und sich langsam zu Boden gleiten ließ. Nerina beachtete ihn nicht weiter, nur das Quietschen seiner Lederschuhe fiel ihr auf. Es schien einer der vielen Künstler zu sein, die Michele in den letzten Tagen belagerten.

Manche trugen Skizzenblöcke mit sich und schienen ernsthaft an den Vorträgen Micheles über die Natur seiner Malerei interessiert zu sein, aber die allermeisten genossen es einfach, seinen Reden zu lauschen, die ihn zumindest in Rom sofort in den Kerker geführt hätten. Hier in Neapel kannte man Michele noch nicht, und noch war die Kunde von seinen lästerlichen Reden offenbar nicht bis zu den Dominikanern gelangt, die auch in dieser Stadt im Namen Spaniens und der Kirche die heilige Inquisition vorantrieben, sonst wäre er bereits verhaftet worden.

Unbestimmt fühlte Nerina den neugierigen Blick des Fremden auf sich ruhen, aber als sie zu ihm hinblickte, fuhr ein Schmerz des Erkennens in sie, als würde ihr eine kalte Nadel mitten in den Bauch gestoßen. Sie kannte den Kerl, war sich beinahe sicher.

»Wofür brauchen wir gefällige Menschen auf den Bildern? Wofür glatte Gesichter und kräftige Körper? Findet ihr sie auf der Straße, in den Palästen? Sie existieren nur in den Köpfen der Prediger und Weltverbesserer. Nehmt Huren und Straßenräuber, wenn ihr Heilige malt. Sucht nach Charakterzügen im Gesicht, nach den Furchen der Zeit, nach dem gequälten Ausdruck des Hungernden, nach dem bittenden Blick des Bettlers, nach dem flehenden der geschändeten Hure – und danach malt eure Apostel, eure Heiligen, eure Marien. Sie tragen Runzeln im Gesicht und Schmutz unter den Fingernägeln. Ihre Fußsohlen sind voller Dreck und rissig vom Staub der Straße und die Beine voller blauer Flecken. Erst dann greift ihr nach dem Göttlichen. Denn wahrlich, so spricht der Herr, ich habe ihn geschaffen nach meinem Ebenbilde ...«

An solchen Tagen ereiferte sich Michele, sonnte sich im Interesse der um ihn her lagernden Jünglinge. Mehr oder weniger aufmerksam folgten die Zuhörer seinen Ausführungen, während Nerina langsam die Hände schweißnaß anliefen. Was wollte der Fremde hier?

»Aber schuf der Herr nicht vollkommene Geschöpfe, und sind nicht die himmlischen Körper oberhalb der Mondzone keiner Wandlung mehr unterworfen und bleiben deshalb ewig schön und wohl geordnet?« warf einer der Jungen ein, der mit einem Skizzenblock in Micheles Rücken nahe der Tür saß. »Entstellen wir nicht die reiche Wirkung der Natur, indem wir Makel und Häßlichkeit in unsere Bilder aufnehmen?«

»Meine himmlische Schöne trägt ein Muttermal auf ihrem Allerwertesten!« grölte ein anderer dazwischen und nahm einen kräftigen Schluck aus dem Weinkrug. »Und ich finde sie keineswegs häßlich. Im Gegenteil!«

Nerina musterte den Kerl, dessen geschmackloser Einwurf sich mit seinem sonstigen Äußeren paarte. Mit abgeschabten Stoßkanten und aufgeplatzten Nähten hinterließ er in Nerinas Augen den Eindruck eines Hundes, den man von einem besseren Zuhause fortgejagt hatte. Wie beiläufig fiel ihr Blick wieder auf den Fremden daneben, der jetzt in sich zusammengekauert den Ausführungen Micheles lauschte, aber nicht zustimmend, wenn die Haltung sie nicht trog, sondern mit Runzeln des Widerspruchs auf der Stirn.

Nerina überlegte, wie sie Michele vor diesem Geschöpf warnen konnte, ohne sich zu verraten.

»Euer Blick soll nicht durch Idealisierungen verstellt sein. Wenn Gott diese Welt so schuf, wie sie ist, dann schuf er die Schönheit ebenso wie den Makel. Denn ohne den Makel ist die Schönheit undenkbar. Woran sollen wir unser Auge schulen? Woran erkennen, was schön ist, wenn wir das Unproportionierte, das Mißgestaltete nicht kennen? Nur indem ihr den Früchten einer Obstschale den Wurm beigebt, vermögen wir die tatsächliche Schönheit der Früchte zu bewundern.«

An der Tür zu ihrem Zimmer stand Nerina und lauschte ebenfalls Micheles Worten, ohne daß sich ihr die erhoffte Gelegenheit geboten hätte. Seit seiner schweren Verwundung beschäftigte er sich gedanklich mit der Theorie des Malens, mit der Art und Weise, wie ein Bild aufgebaut sein mußte – und er wollte seine Theorien weitergeben, eine Art Schule aufbauen.

»Seht her!« betonte Michele und schlug von einem Bild, das auf einer Staffelei an der Wand stand, die Abdeckung zurück. Darunter zum Vorschein kam eine Skizze, die Nerina zur Genüge kannte, »Die sieben Werke der Barmherzigkeit«. Die letzten Tage hatte sie mit Michele über deren Ausführung diskutiert und gestritten.

Während sie selbst gerade einmal ein einziges Bild bewältigte, schien es für Michele ein leichtes zu sein, drei, vier Bilder auf einmal zu bearbeiten. Manchmal hatte sie das Gefühl, daß er während der Arbeit an dem einen über die Konstruktion des anderen nachdachte, so abwesend, so konzentriert malte er, so schnell wechselte er von einem zum anderen Bild. Und trotzdem wirkte sein Ansatz immer sicher und durchdacht.

»Stellt euch vor, ihr bekommt von der neugegründeten Pio Monte della Misericordia, der Compagnia für die Armenfürsorge in Neapel, den Auftrag, die ›Sieben Werke der Barmherzigkeit‹ in einem einzigen Bild zu fassen.«

Nur mit einem halben Ohr hörte Nerina zu. Sie hatte Michele vorgeworfen, daß er wieder einen Bildauftrag angenommen hatte, der nicht zu erfüllen war, der von vorneherein scheitern mußte. Noch niemand hatte zuvor alle Werke der Barmherzigkeit in einem einzigen Bild vereinigt, man malte die einzelnen Taten gesondert voneinander auf eigene Tafeln. Dafür aber besaß die Compagnia kein Geld, obwohl sie Michele großzügig entlohnen wollte. In Neapel wollte man Neues schaffen, die Armenfürsorge bündeln. Die Stadt fühlte sich verantwortlich für den gesamten Menschen. Während die Jesuiten sich für die geistige Hilfe zuständig fühlten, gewährte die Compagnia den Armen weltliche Hilfe. Und Michele sollte für diese ganz auf die Physis des Menschen bezogene Bereitschaft eine bildliche Legitimation liefern. Wie diese allerdings aussehen konnte, wußte nicht einmal er selbst.

Besonders geärgert hatte sich Nerina, daß sie ihm Modell für die Caritas Romana hatte stehen müssen, mit halb entblößter Brust, die sie einem Greis auf dem Bild reichte, der seinen Kopf zwischen den Gitterstäben seines Kerkers hindurchzwängte, um sich an ihrer Milch zu laben. Sie kannte die Legende von Cimon und Pero, der Tochter, die ihrem alten Vater durchs Kerkerfenster die Brust reichte, damit er überlebte. Sie wußte um die Bedeutung, die für die Speisung der Hungernden und die Sorge um die Gefangenen stand, aber ihr gefiel es nicht, daß sie sich zur Verfügung stellen sollte. Gab es nicht genügend Modelle für solche Bilder? Warum wollte er gerade sie dafür?

In diesem Moment kratzte sich der Fremde eigenartig mit dem gekrümmten Mittelfinger am Kopf, und Nerina wurde von dieser Bewegung magisch angezogen. Ihre Augen konnte sie nicht mehr davon abwenden. Für einen kurzen Moment sah er hoch, ihre Blicke trafen sich zum erstenmal, und sofort wehte ein eisiger Hauch durchs Atelier. An der hellen Farbe seiner Iris, an dem kalten, beinahe leblos grauen Blick, erkannte sie jetzt unzweideutig den Mann, der sie auf dem Fischmarkt bereits verfolgt und belästigt hatte. Niemals würde sie ihn vergessen. Nur jetzt trug er einen Bart, was sie kurz irritiert hatte.

»Hier«, Michele deutete auf die Szene, über die sich Nerina eben geärgert hatte, und forderte wieder ihre Aufmerksamkeit, »hier müßt ihr in einem Bild die tiefe Sorge der Tochter um den

Vater mit ihrem inneren Kampf zusammenführen. Ihr ist es unangenehm, daß sie als junge Frau den alten Vater mit ihrer Milch säugt. Im Gesicht der Pero müssen sich Aufopferung und Abscheu mischen. Euer Modell darf sich nicht über den Auftrag freuen, die Brust zu entblößen, sie muß sich dafür schämen – und euch doch ausreichend Zutrauen entgegenbringen.«

Verwundert sah Nerina Michele an, der sich vor der Skizze des Gemäldes aufgebaut hatte. Jetzt erst ahnte sie, warum er gerade sie für diese Aufgabe ausgesucht hatte. Natürlich. Ihr Widerwille reizte ihn, sie verkörperte für ihn gleichzeitig Vertrauen und Abneigung.

Langsam erhoben sich die jungen Maler und scharten sich um das skizzierte Bild, das nur die Pinselstielvorzeichnung und einige Grundierungen in dunkler Farbe aufwies, mehr nicht. Michele erklärte sein Vorgehen, erklärte, daß er sich vorgenommen habe, die allegorischen Verkörperungen in einen Handlungsablauf zu übersetzen: die Bestattung der Toten solle durch eine Leiche angezeigt werden, die durchs Bild getragen werde. Der heilige Martin solle seinen Mantel mit dem Bettler teilen, für die Betreuung der Obdachlosen stünden Christus und die Jünger auf dem Weg nach Emmaus, denen ein Wirt die Herberge weise. Samson trinke aus einem Eselskinnbacken und repräsentiere so die Dürstenden, die getränkt würden. Und links unten, ganz im Dunklen versteckt, liege sogar ein Kranker, der auf tätige Hilfe warte. So würden die sieben Werke der Barmherzigkeit, die den Evangelien entnommen und im Katechismus verankert seien, umgesetzt. So könne er sich aus der Unmöglichkeit befreien, alle sieben Werke in einem einzigen Werk zu vereinigen. Daß die Bruderschaft, die Compagnia, auch noch ein achtes Werk, nämlich den Rückkauf christlicher Sklaven aus moslemischer Gefangenschaft, betreibe, habe er selbst nicht mehr aufgegriffen, weil es im biblischen Kanon nicht enthalten sei.

»Und die Madonna. Habt Ihr sie aus dem Bild verdammt, weil sie im Gewirr der Körper und Umhänge keinen Platz mehr findet? Gehört die Madonna della Misericordia nicht zum Programm? Wohin habt Ihr sie gesteckt, Caravaggio?« Nerina sah, wie sich die Lippen Salvatores kräuselten, als er den Satz formulierte und in den Raum stieß. »Was Ihr uns als Komposition verkauft, werter Caravaggio, ist ein unübersichtliches Wirrwarr ohne jeglichen Kompositionswillen.«

Als hätte ihn ein Skorpion gestochen, fuhr Michele herum. Nerina sah, daß sich seine Augen zu Schlitzen verengten. Plötzlich war es still im Raum, niemand wagte es ansonsten, Michele zu widersprechen. Doch dann begann Michele zu lachen, ganz unmäßig zu lachen, als hätte der Mann einen guten Witz gemacht.

»Salvatore, Salvatore. Deinen unbestechlichen Augen entgeht nichts. Aber während ich keine Madonna brauche, weil die Werke der Barmherzigkeit schließlich nicht im Himmel begangen werden, sondern auf Erden, muß ich die Menschen zu einem Knäuel zusammenpferchen, dessen Ausdruckskraft sich gegenseitig aufhebt. Aber ich behelfe mich dabei mit einer Technik unserer Altvorderen. Beziehungslosigkeit der Gruppen in einem Gemälde ist nicht neu und wird die Menschen nicht abschrecken. Mir sind kleine Mißstimmigkeiten lieber als die Zerschlagung der großen Idee.«

Beifälliges Gemurmel erhob sich unter den jungen Malern ob der Offenheit gegenüber der geäußerten Kritik. Eifrig notierten sie den Einfall, und Nerina befürchtete schon, Michele müsse sich beeilen, seine »Sieben Werke der Barmherzigkeit« fertigzustellen, da sonst ein anderer seine Idee malerisch umsetzen werde.

»Untersteht Euch, die Madonna aus dem Bild zu verbannen!«

Messerscharf in ihrer Betonung drang die Stimme in die Unterhaltung, die Michele durch sein Bekenntnis ausgelöst hatte. Nerina lenkte ihren Blick zur Tür, dorthin, wo der Neuankömmling sich niedergesetzt hatte. Als sich dieser umständlich erhob, sah Nerina an der Tonsur auf dem Hinterkopf, daß es sich um einen Mönch handeln mußte, obwohl er keinen Habit trug, sondern die Kleidung eines gewöhnlichen Mannes von der Straße. Sein tiefschwarzes Haar glänzte regelrecht in den schräg durch die Jalousieöffnungen einfallenden Sonnenstrahlen.

Michele mußte husten, und Nerina fiel auf, daß sich eine seiner Hände zu einer Faust verkrampfte. Ansonsten stand er starr da, ohne sich auch nur einen Zoll zu bewegen. Einzig den Kopf beugte er lauschend über eine Schulter, als wolle er dem Fremden nur sein Ohr leihen.

»Für eine Laienbruderschaft ist das Bild gedacht, und diese unterstellt sich gerne der Mutter Kirche. Und wer könnte die Ecclesia besser verkörpern als Maria? Fügt sie also ein, Messer Caravaggio!«

Daß Michele sich beherrschen mußte, vermutete Nerina nur, denn einzig die Faust und ein leichtes Zucken um den linken Mundwinkel deuteten innere Spannung an. Ihr aber trocknete die Kehle aus, denn wenn auch der Mann, der hier vor ihr stand, mit Bart etwas anders aussah als in ihrer Erinnerung, hatte seine Stimme bei ihr alle Zweifel ausgeräumt.

»Wer seid Ihr, daß Ihr mir versucht, Befehle zu geben?«

Rauh klang Micheles Stimme und bitter. Einen Tobsuchtsanfall erwartete Nerina, ein Duell oder zumindest eine Messerstecherei, aber Michele hielt sich zurück, und wenn sie sich nicht ganz täuschte, konnte sie in seiner Stimme ein leichtes Vibrieren vernehmen. Hatte er Angst?

»Sagen wir, ich vertrete Eure Auftraggeber!«

Michele lachte krampfhaft, ohne deswegen seine Körperhaltung zu ändern. Nervös strich er sich mit der Zunge über die Lippen.

Nur Nerina wußte, daß niemand auch nur ein Jota an Micheles Konzeption würde ändern können, berechtigte Kritik hin oder her. Seinen Spaß hatte Michele daran, die alten Techniken zu verwenden und sie dann mit leichten Nuancen spöttisch zu kritisieren. Und doch glaubte sie zu fühlen, daß sich hinter seinem Widerspruch mehr verbarg als nur sein eigener Wille. Michele kannte den Mann, wußte, um wen es sich bei diesem Mönch in Straßengewändern handelte, sonst hätte er sich zu ihm umgedreht.

Noch immer würdigte er den Fremden keines Blickes. Nur zu Nerina wanderten die Augen, und er befahl ihr mit einem Wink und dem Heben einer Braue, den Kerl zu beobachten.

4.

Diesmal wollte Nerina den Spieß umdrehen! Micheles unterschwellig fühlbare Angst beunruhigte sie.

In einem Augenblick, in dem niemand sie beachtete, verschwand sie in ihr Zimmer, zog ihr Leinenkleid über den Kopf und schlüpfte eilig in Wams und Beinkleider. Mit geübtem Griff drehte sie ihre Haare zusammen, steckte eine Nadel in den so entstandenen Knoten und plazierte ihn auf dem Kopf. Dann stülpte sie sich eine Mütze über. Rasch griff sie mit Daumen und Zeigefinger den Docht der zunächst stehenden Kerze und schmierte sich den Ruß auf Kinn und Oberlippe und betrachtete sich im Spiegel. Wer sie nur aus der Entfernung sah, konnte sie durchaus für einen Mann halten.

Erst jetzt nahm sie ihre Umgebung wieder wahr. Draußen im Atelier entbrannte ein Streit über Micheles Naturnachahmung. Micheles Stimme hatte ihren selbstsicheren Ton verloren. Immer wieder räusperte er sich.

»Seid Ihr denn wirklich so naiv, daß Ihr glaubt, ich wäre blind für die verborgene symbolische Sinngebung, die meinen Werken innewohnt? Ich sage nur, daß daneben die Augen nicht betrogen werden dürfen, daß der Betrachter ein Recht darauf hat, die Wirklichkeit zu sehen, wie sie ist, auch wenn es sich um Heilige und Apostel handelt. Sind nicht diese Heiligen auf der Erde gewandelt? Haben sie sich nicht die Füße beschmutzt und die Hände zerrissen bei ihrer Arbeit, wie wir alle? Warum also sollen wir sie darstellen, als hätten für sie damals bereits paradiesische Zustände geherrscht, in denen niemand mehr arbeiten, Leid ertragen mußte oder alterte. Die ewige Jugend auf den Bildern der Heiligenmaler – sie verursacht mir Übelkeit.«

In ihren Ohren klang Micheles Stimme zu zurückhaltend, und sie glaubte, einen hohen hysterischen Ton herauszuhören.

»Eure Auftraggeber wollen keine Darstellung nach der Natur, sie wollen ein gottgefälliges Bild. Also stört Euch nicht an Welten, die nur von Jünglingen, nichts aber von gealterten Heiligen weiß. Den Abend des Lebens mit seinen Gebrechen kennen wir gut genug, er muß uns nicht von Euch vor Augen geführt werden. Die

Schrecklichkeit des Alltags ist nicht zu übertreffen – und sie kann in Bildern nicht festgehalten werden. Das müßtet Ihr, Messer Caravaggio, am besten wissen!«

Durch einen Spalt der Tür spähte Nerina hinaus und sah, wie der Fremde gestikulierte und Michele theatralisch den letzten Satz hinwarf.

»Was meint Ihr damit?« Michele fuhr auf, und Nerina fühlte, wie sehr er sich beherrschte, um nicht aufzubrausen.

»Denkt nach, Caravaggio!« war alles, was der Fremde sagte, dann hörte Nerina das merkwürdige Quietschen seiner Ledersandalen und das Schlagen der Tür. Aller Augen richteten sich auf Michele, und ein Stimmengewirr brach los. In diesem Augenblick schlüpfte Nerina aus ihrem Zimmer und eilte zur Tür. Sie öffnete leise und befand sich auch schon auf der Treppe, bevor jemand im Zimmer auf sie aufmerksam wurde. Mit angehaltenem Atem lauschte sie das Treppenhaus hinab. Die Schritte des Fremden flogen eilig hinab, als würde er fliehen. Sie folgte ihm.

Seine Rockschöße konnte sie noch erkennen, als er aus der Tür trat, und auch auf der Straße blieb sie dicht hinter ihm. Sie zwängten sich durch die Menge, die sich in den engen Gassen der Altstadt drängte. Links und rechts hausten Handwerker in engen höhlenartigen Zimmern, die nur aus einem einzigen Raum bestanden und zugleich Arbeitsstelle, Schlafraum und Aufenthalt für die Familie bildeten. Die Handwerksarbeit fand halb auf der Straße statt, und wer Zeit hatte, konnte sich zuerst von der Fertigkeit des Handwerkers überzeugen, den er beauftragen wollte, indem er ihn beobachtete.

Die Gassen selbst beherbergten jeweils wenige Gewerbe. So führte der Fremde Nerina durch die Straße der Muschelschleifer und bog in die der Metallbearbeiter ab. Ein Höllenlärm umgab sie plötzlich, um sie herum wurde gepunzt und geschliffen, gedengelt und gebohrt, so daß man glaubte, den Vorhof der ewigen Verdammnis bereits erreicht zu haben.

Nerina kannte sich noch nicht so gut in Neapel aus, als daß sie hätte sagen können, wohin der Fremde eilte. Plötzlich blieb er stehen, sah zur Höhe eines Kirchturms empor und bog im rechten

Winkel zur Straße hin ab und betrat eine Kirche, deren Eingang einige Stufen über dem Straßenniveau lag.

Was wollte der Fremde in einer Kirche? Sollte sie ihm dort hinein folgen, oder würde ihn ihre Anwesenheit vielleicht mißtrauisch machen?

Nachdem sie sich vergewissert hatte, daß es nur diesen einen Ausgang gab, beschloß Nerina, auf der gegenüberliegenden Straßenseite zu warten. Irgendwann mußte der Fremde schließlich die heilige Stätte wieder verlassen.

Karren fuhren an ihr vorüber, auf denen übermannshoch Möbel gepackt waren, Karren mit irdenen Töpfen und metallenen Pfannen, alle gezogen von Mensch oder Esel. Einmal furchte ein Wagen tiefe Spuren, obwohl er nur mit drei Steinen beladen war, die an die rötlichbraunen Fassaden der Häuser erinnerten. Michele hatte ihr erzählt, als sie damals die Stadtpforte durchschritten, daß das Baumaterial für die Stadt direkt unterhalb Neapels in großen Kavernen abgebaut wurde. Der Tuff, der vermutlich vom Vulkan Vesuvio stammte, berichtete er damals, sei weich, wenn er aus dem Felsen geschlagen werde. Man könne ihn mit dem Messer regelrecht schneiden, er härte aber an der Luft ab und gebe äußerst feste und stabile Quader zum Häuserbau. Und die so entstehenden Höhlen hätten den Vorteil, als Trinkwasserbecken benutzt werden zu können. Die Brunnen, die über die gesamte Stadt verteilt seien, führten immer in einen solchen Hohlraum hinunter. Ja, so Michele, es gebe sogar einen ganzen Menschenschlag, die Pozzari, der vom Erhalt der Brunnenanlagen und Wasserspeicher lebe. Nebenbei würden sie allerdings auch auf nächtliche Raubzüge ausgehen und sich so ihren Lebensunterhalt aufbessern. Niemand könne ihnen Einhalt gebieten, weil niemand sich in die unterirdischen Höhlen getraue, geschweige denn sich dort unten auskenne.

Eben wollte sich Nerina wieder dem Treiben auf der Straße zuwenden, als der Fremde auf den Treppen erschien. Kurz sah er sich um, streifte auch Nerina mit seinem Blick, und sprang dann behende die Stufen hinab, trat auf die Hauptstraße hinaus und eilte mit raschem Gang die Via Carbonara in Richtung Hafen entlang. Kaum daß Nerina mit ihm Schritt halten konnte. Am Castell Capuano bog er ab und zwängte sich durch Lärm, Menschen, Hausrat und Werkstätten hindurch, die jede Gasse wie ein Gewirr aus Wollfäden durchzog, hinunter ins Wasserviertel.

Der Fremde hatte eine Angewohnheit, die Menge vor ihm durch das Heben seines Armes zu teilen. Verschreckt und verärgert sprangen die Bewohner beiseite, und Nerina schlüpfte hinter ihm her. Diese Angewohnheit ließ sie den Ring entdecken. Ihre Ahnung hatte sie nicht getrogen! Er trug ihn am Daumen, dort, wo er andere nur stören würde. Deutlich erkannte sie, daß es sich um eine Art Siegelring handelte. Sie konnte ein Kreuz erkennen, dessen Balken in je zwei spitzen Zipfeln endete: das Zeichen der Johanniter! War der Fremde ein Adeliger? Woher kannten Michele und er sich dann? Aus der Zeit vor Rom? Aus der Zeit, in der Michele noch bei Kardinal Del Monte gelebt hatte? Sie wußte von Micheles Vergangenheit zu wenig, um ihre Schlüsse daraus ziehen zu können, würde ihn aber danach fragen.

Plötzlich blieb der Fremde stehen, und Nerina wäre beinahe auf ihn aufgelaufen. Sie konnte sich gerade noch mit einer geistesgegenwärtigen Bewegung an ihm vorübermogeln und wäre vom Schwung der Menge mitgerissen worden, wenn sie sich nicht hinter einen mannshohen Schrank hätte flüchten können, der mitten am Weg stand und zum Hausrat einer beleibten Mama gehörte, die von einer Bank an der Hauswand aus mit lautstarker Stimme einen ganzen Schock Kinder im Zaum hielt.

Wie der Pfeiler einer Brücke stand der Fremde und versuchte sich zu einer Tür rechter Hand vorzuarbeiten. Schwarz und wuchtig versperrte sie den Eingang zu einem eher unscheinbaren Gebäude. Im durchbrochenen Bogenfeld aus Stein über dem Portal prangte ebenfalls das Kreuz der Johanniter. Der Fremde kämpfte sich durch den Hauptstrom hindurch, bis er in ruhigeres Wasser gelangte, dann klopfte er an die schwerhölzerne Pforte und wartete. Nerina erkannte einen bestimmten Rhythmus, der sich wie eine Melodie in ihr Gedächtnis grub, dann schwang eine kleinere Tür auf, die das große Portal durchbrach, und der Fremde schlüpfte ins Innere, nicht ohne sich ein letztes Mal umgesehen zu haben.

Was wollte der Fremde bei den Johannitern?

5.

»Er ist flüchtiger als eine Gazelle!« wetterte Scipione Borghese und lachte bitter.

»Wenn sich seine Spur nicht durch die Farbkleckse verraten würde, die er überall hinterläßt, bliebe er tatsächlich unsichtbar!« warf Pater Leonardus dazwischen.

Auf den Tonfall seines Informanten achtete Scipione Borghese genau. Er wußte nicht, ob der Pater dies bewundernd oder verärgert bemerkt hatte.

»In der Tat unglaublich. Aber Ihr besitzt eine außerordentliche Spürnase.«

»Der Zufall hat eine große Rolle gespielt!«

Wie Ochsen, erzählte ihm der Pater, hätten der Maler und seine Gehilfin sich benommen, die breite Schneisen ins Unterholz treten. Selbst ein unbeteiligter Beobachter hätte aus der Art, wie sie reisten, schließen können, daß sie zur Zeit auf der Flucht seien. Mehr als einmal hätte er zugreifen und sie den Häschern ausliefern können.

All das war wie ein Wasserfall aus dem Pater herausgesprudelt, und Scipione Borghese hatte sich gefragt, ob sich hinter dieser Geschwätzigkeit nicht vielleicht etwas verbergen mochte, ein anderes Ziel, eine Verfehlung.

Kurz räusperte sich Pater Leonardus in seine Faust.

»Eminenz, sicherlich ist die Kunde vom Schicksal des ›Tod Mariä‹ bereits zu Euch gelangt!«

»Was ist damit? Ich hatte Euch beauftragt ...«

»Ihr wißt, daß Peter Paul Rubens das Bild eine Woche lang öffentlich hat ausstellen lassen ...«

»... damit es nicht von der Kongregation der barfüßigen Karmeliter zerstört wird. Der Skandal ist mir hinlänglich bekannt. Ihr solltet es über einen Mittelsmann ankaufen. Niemals sollte der Name Borghese mit dem Bild direkt in Verbindung gebracht werden.«

Damit mein Oheim sich in Ruhe zurücklehnen und seinen Erfolg genießen kann, ohne die bittere Seite des Sieges kosten zu müssen, dachte Scipione Borghese. Wieder räusperte sich der Pater.

»Der Gonzaga besaß bereits eine Option auf das Bild, schließlich hat es Rubens für einzigartig gehalten. Ein weiterer Streit interessierte die Karmeliter nicht. Also erhielt Ferdinando Gonzaga für seinen Vater den Zuschlag.«

Zornesrot hieb Scipione Borghese mit der Faust auf den dunklen Tisch aus schwarzem Ebenholz, hinter den er sich niedergelassen hatte, und betrachtete den Pater verbittert. In den überhohen Räumen des Palastes hallte der Schlag nach.

»Nun, Euer Rubens hatte recht. Ein wundervolles Werk, zu schade für einen Gonzaga. Wie konnte Euch das nur passieren. Vorkaufsrecht! Ihr habt zuwenig geboten, Ihr wart zuwenig forsch.«

Unvermittelt strahlte die Marmortäfelung eine Kälte aus, die sich zwischen Scipione Borghese und den Pater schob wie ein Keil. Scipione Borghese, dessen Verärgerung durchaus nicht gespielt war, konnte diesen Geistlichen nicht recht einschätzen. Er war nicht der Spielball seines Willens, wie er es sich gewünscht hätte.

»Verzeiht, aber ich habe die von Euch zur Verfügung gestellte Summe um das Doppelte überschritten, aber der junge Gonzaga gab das Bild nicht mehr aus den Händen.«

Beide Unterarme setzte der Kardinal auf die Tischplatte und bettete sein Gesicht in die Hände. Eine ganze Zeit verharrte er in dieser Stellung. Hatte Pater Leonardus das Milchgesicht Ferdinando Gonzagas unterschätzt? War er nicht energisch genug eingeschritten, um von der Kongregation das Bild für ihn, Kardinal Borghese, zu fordern? Letztlich hätte er sogar seinen Namen in die Waagschale werfen sollen, obwohl er dem Pater diesen Schachzug nur als letzte Trumpfkarte genehmigt hatte. Vermutlich waren bereits Gelder von seiten der Familie Gonzaga geflossen, während Pater Leonardus noch glaubte, auf derselben Ebene mitzubieten. Ein Anfängerfehler, ein simpler Trick, um Laien aus dem Feld zu schlagen.

»Was will Ferdinando Gonzaga, Pater?«

Die Frage traf Pater Leonardus offenbar nicht unvorbereitet.

»Ich habe mir die Frage bereits selbst gestellt, aber die Antwort, so einfach sie mir scheint, befriedigt mich nicht.«

»Teilt mir Eure Überlegungen mit, wenn Ihr mir schon kein Bild übergeben könnt. Was also will er Eurer Meinung nach?«

Scipione Borghese fixierte eine gläserne Figur aus Murano, ein Briefbeschwerer auf seinem Schreibtisch, eine Tänzerin, die sich auf einem einzigen Bein drehte und gleichzeitig versuchte, das Gleichgewicht zu halten. Eine fragile, eine zerbrechliche Bewegung, die viel Körperbeherrschung und großes Können erforderte. Leider stand sie so, daß die weiten Ärmel des Paters, der gern und reichlich gestikulierte, immer wieder über sie wegstrichen. Den Gedanken, sie wegzustellen, unterdrückte er. Dafür reizte ihn das Spiel mit dem Schicksal zu sehr.

»Die Kardinalswürde, Eminenz!«

Kaum stand das Wort im Raum, als Scipione Borghese wie von der Sehne geschnellt auffuhr.

»Seid Ihr von Sinnen?«

Überrascht schreckte Pater Leonardus zurück und berührte dabei die Figur aus Muranoglas. Einmal, zweimal kippte sie auf ihrem schmalen Standfuß, dann geriet die Tänzerin aus dem Gleichgewicht und stürzte. Es hätte nur das Ausstrecken eines Armes bedurft, und sie wäre gerettet gewesen, aber Scipione Borghese zögerte einen Augenblick zu lange. Hart schlug die Tänzerin auf dem Holz des Tisches auf. In eben dem Augenblick, als Scipione Borghese dem Pater die Hände auf die Schultern legte, zerbrach die zarte Verbindung zwischen Fuß und Bodenplatte.

Nichts davon schien Pater Leonardus zu bemerken. Stumm schüttelte Scipione Borghese den Pater einige Male, bis dieser sich dagegen wehrte und zwei Schritte zurücktrat.

»Er wird Euch zu erpressen versuchen, Kardinal. Die Kardinalswürde gegen ein Bild, das unter den Augen des göttlichen Peter Paul Rubens hat bestehen können.«

»Er soll sich unterstehen!«

»Oh, er wird sich unterstehen, glaubt mir. Ich befürchte, für Ferdinando Gonzaga ist dieses Bild nur eine Handelsware.«

Scipione Borghese nickte. Ähnliches war ihm auch schon durch den Kopf gegangen.

»Beschafft mir ein neues Bild!«

»Aber Caravaggio arbeitet in Neapel.«

6.

Es gab Tage, an denen für Nerina Bauchschmerz, Kopfschmerz und Weltschmerz zusammenfielen und die sie am liebsten im Bett verbrachte. Die Beine an den Körper gezogen, lag sie im Halbschlaf da, genoß die Wärme unter der Decke und versuchte sich das Ziehen in Kopf und Bauch wegzudenken. Halb träumte sie von den Erlebnissen der letzten Tage, halb nahm sie die Geräusche im Haus und im Zimmer nebenan wahr.

Michele malte. Sie hatte ihn gebeten, keine Besucher zu empfangen und seine Schüler für einige Tage vom Atelier fernzuhalten, worin er sich widerspruchslos gefügt hatte. Dafür arbeitete er ohne Unterbrechung an mehreren Bildern gleichzeitig, an den »Sieben Werken der Barmherzigkeit« und am »Haupt des Johannes«. Beide Gemälde gediehen in einer atemberaubenden Geschwindigkeit. Aber Nerina wollte jetzt nicht an Michele denken. Am liebsten wäre ihr gewesen, sie hätte sich zu einer Kugel zusammenrollen und die Welt dabei aussperren können. Nur für sich dasein, nur sich selbst fühlen, nur im Warmen, als wäre sie zurückgekehrt in den Schoß der Mutter, ins Urei, aus dem alle Lebewesen geschlüpft waren seit Anbeginn. Mit geschlossenen Augen versuchte Nerina, diesem Gefühl nachzuspüren, und wurde vom langen, schmerzhaften Ziehen im Unterbauch wieder zurückgeholt. Warum mußte sie dies ertragen? Warum konnte man nicht von diesem Schmerz abgeben an andere?

Jetzt hätte sie am liebsten Enrico um sich gehabt, aber der hatte sich seit Wochen nicht gemeldet, obwohl sie ihm eine Nachricht hatte zukommen lassen. Sie überlegte, ob sie sich in ihn hätte verlieben können, in den Sekretär des Ferdinando Gonzaga, der so besorgt um sie getan und der sich seit ihrer Flucht nicht mehr gemeldet hatte. Zumindest eine schriftliche Nachricht hätte sie sich erwartet.

Die Stiche ließen wieder nach. Sie streckte sich aus, um Arme und Beine zu bewegen, und drehte sich auf den Rücken. Das erste Morgenlicht zeichnete Flecken an die Decke über ihrem Kopf, in denen sie nach Tiergestalten suchte: Vögel entdeckte sie, ein Pferd und den Kopf eines Schafes. Unwillkürlich lächelte sie.

Wieder schloß sie die Augen. Vor ihrem Inneren erschien das Gesicht des Fremden, und sie schauderte sofort, als sie daran dachte, daß er sie auf dem Fischmarkt angesprochen hatte und dann mit Lena weggegangen war. Unwillkürlich griff sie nach ihrem Amulett, das sich kühl und glatt anfühlte. Was wollte er hier in Neapel? Warum tauchte er in ihrem Atelier auf? An einen bloßen Zufall mochte sie nicht glauben. Doch welche Teufelei steckte dahinter? Hinter wem spionierte er her? Hinter ihr oder hinter Michele?

Michele kannte den Fremden, den Johanniter. Aber woher? Warum empfand er Angst? Sie hatte bislang nicht zu fragen gewagt, schon deshalb, weil das Atelier Tag und Nacht von sogenannten Schülern belagert wurde.

»Michele?« rief sie ins Atelier hinüber, weil von dort Geräusche zu ihr herüberdrangen, die besagten, daß Michele noch arbeitete. Vermutlich hatte er die Nacht bei Kerzenlicht durchgemalt und korrigierte jetzt Farbfehler, die sich im Dunkeln eingeschlichen hatten.

»Ja?« antwortete er kurz.

»Ich habe den Fremden wiedererkannt!«

Eine kurze Stille trat ein, dann hörte Nerina, daß Michele die Pinsel beiseite legte und seine Staffelei an die Wand rückte.

»Wer war es?«

Nerina schluckte. Sollte sie ihm die Wahrheit sagen? Zumindest seine Reaktion darauf wollte sie sehen. Sie wälzte sich daher aus dem Bett, das warme Laken um den Körper geschlungen, und schob die Tür auf. Ein kurzer Schrei entfuhr ihr, als sich ihr Blick auf die Wand gegenüber richtete.

»Michele!« schrie sie.

Vor ihr baute sich »Das Haupt des Johannes« auf. Neben Micheles Kopf, der bereits deutliche Konturen zeigte und beinahe vollständig porträtiert war, trat ein weiteres Gesicht deutlich zutage: der Soldat, der dem Johannes den Kopf abgeschnitten hatte und ihn an Salome weitergab.

»Das ist er, Michele! Das ist er.«

»Wer?« Michele schien völlig unbeteiligt zu sein und warf ein Tuch über das Gemälde.

»Der Fremde«, flüsterte Nerina und sah Michele ungläubig an. »Woher kennst du ihn?«

Michele räusperte sich, dann sah er zu Nerina hin, die ihn nicht aus den Augen ließ.

»Ich kenne ihn nicht!«

Alles hatte sie erwartet, aber nicht das. Sie fühlte, wie sich langsam neue Krämpfe ankündigten. Behutsam legte sie ihre warme Hand auf den Bauch.

»Warum lügst du, Michele? Du hattest Angst, als er zu sprechen begann. Ich habe es deutlich gehört. Und außerdem. Warum wolltest du, daß ich ihn beobachte?«

Ungerührt hantierte Michele weiter, ihn schienen Nerinas Vorwürfe nicht zu berühren.

»Er kam mir unheimlich vor, gab sich als Mittelsmann meiner Auftraggeber aus, trug aber nicht das Zeichen der Bruderschaft.«

»Hast du ihn betrachtet? Mir schien es, als hättest du es vermieden, ihm in die Augen zu sehen. Und trotzdem hast du ihn ganz offensichtlich erkannt.«

Michele schwieg. Mit einem unterdrückten Stöhnen krümmte sich Nerina leicht zusammen. Stark und bohrend fühlte sich die neue Schmerzwelle an, die sie diesmal überfiel.

»Du hast dich geirrt!« brummte Michele und sah zum Nagel an der Wand, an dem sein Umhang hing. Nerina verstand die Geste sehr wohl. Er wollte sich aus dem Staub machen, ihren unbequemen Fragen aus dem Weg gehen, eine Osteria aufsuchen und in einen Becher Wein starren. Dort konnte er vergessen.

»Ich habe ihn wiedererkannt, Michele!«

Nerina sah, wie Michele stutzte und sich zu ihr umdrehte. Ungläubig legte er den Kopf schief.

»Du?«

»Er ist Johanniter. Jedenfalls habe ich einen Ring mit Zipfelkreuz an seinem Daumen erkannt. Offenbar wohnt er in einem Ordenshaus hier in Neapel. Dort habe ich ihn hineingehen sehen. Heraus kam er nicht wieder.«

»Was hast du mit Johannitern zu schaffen?«

»Nichts, Michele. Sie aber offenbar mit mir. Der Fremde hat mich auf dem Markt angesprochen, kurz bevor Lena ertrunken ist. Ihn habe ich auch mit Lena am Arm zum Tiber hinuntergehen sehen.«

Michele machte einen Schritt auf sie zu, faßte sie am Arm und drückte sie. Blaß wirkte er und leicht verstört.

»Du irrst dich!«

»Michele, du tust mir weh.« Sie zerrte am Arm. »Nein. Ich irre mich nicht, aber laß mich bitte los.«

»Entschuldige«, murmelte er nur und begann im Atelier auf und ab zu laufen. Nerina stand unter dem Türbogen, lehnte sich dagegen und preßte die Arme gegen ihren Leib. Sie atmete kurz. So nervös hatte sie Michele selten gesehen.

»Was weißt du noch über ihn?« fragte er sie, und seine Stimme klang besorgt.

Vor dem abgedunkelten Fenster blieb er stehen, kehrte ihr den Rücken zu.

Nerina, die ihn die ganze Zeit nicht aus den Augen ließ, überlegte, ob er jetzt durch die Schlitze der Jalousien nach draußen spähte und nach dem Fremden suchte, der sich möglicherweise in den Hauseingängen oder Wohnnischen gegenüber verbarg.

»Nichts weiß ich von ihm, außer das, was ich dir eben gesagt habe. Außerdem vermute ich, daß er es war, der vor unserer Wohnung in Rom gelauert hat und mir ständig nachgestiegen ist. Darf ich jetzt fragen, woher du ihn kennst?«

Sie sah, daß Michele langsam den Kopf auf die Brust sinken ließ und ihn schüttelte.

»Ich weiß nicht, was du damit meinst!«

Nerina atmete tief durch. Es tat ihr gut, der Schmerz ließ nach, und für Augenblicke vergaß sie ihn sogar ganz. Offensichtlich wollte Michele nicht mit der Wahrheit herausrücken, denn daß er den Fremden nicht kannte und nicht wiedererkannt hatte, glaubte sie ihm nicht mehr. Dafür versuchte er, zu sehr abzulenken. Sie überlegte, daß Michele seit jeher alle Probleme, die ihn betrafen, auch mit sich selbst ausmachte. Kaum einmal ließ er sie daran Anteil nehmen, obwohl sie sich in den letzten Jahren sehr nahe gekommen waren und sie in ihm sogar etwas wie einen Vater sehen wollte. Trotzdem hatte sie kaum etwas über sein Innenleben erfahren, außer dem Verhalten, das für sie offensichtlich war.

Nie hatte er ihr jedoch erzählt, warum er unmäßig trank, warum er bis zur Besinnungslosigkeit hinter der Staffelei stand und seine Werke schuf, wie er auf seine Ideen kam und warum er seine Bilder mit Gedanken füllte, für die er von seinen konservativen Auftraggebern beinahe gesteinigt wurde.

Sie beobachtete ihn immer noch, als er sich zu ihr umdrehte und ihr direkt in die Augen sah.

»Ich werde das Bild fertigstellen.«

»Welches Bild?«

»Das ›Haupt des Johannes‹. Es ist unsere Lebensversicherung!«

»Es ist was?«

Nerina fuhr der Schmerz mit derartiger Heftigkeit in den Leib, daß die Knie beinahe nachgaben. Sie verstand nicht, was Michele damit meinte.

Doch Michele schien sich nicht mehr um sie zu kümmern. Er zog das Tuch wieder vom Bild, trat ans Fenster, öffnete dies einen Spalt weit, so daß Licht einfallen konnte. Dann setzte er sich in den Schatten, nahm Palette, Pinsel und Farben und begann weiterzuarbeiten, ohne noch ein Wort zu verlieren.

Nerina schlurfte zurück ins Bett. Jetzt würde sie nichts mehr aus Michele herausbringen. Sie legte sich hinein, breitete das Laken über sich aus, nahm ihr Amulett in die Hand, krümmte sich zusammen und ließ sich in ihren Gedanken ins Innere des Ureis gleiten. Bevor der Dämmerzustand sie umfing, der alles auslöschte, die Sorge um Enrico, die Schmerzen, Micheles Verhalten, geisterte die Frage in ihrem Kopf herum, was es bedeuten konnte, daß das Bild ihre »Lebensversicherung« war.

7.

Enrico hoffte, keinen Fehler gemacht zu haben. Er trat von einem Fuß auf den anderen und fühlte sich in der Eingangshalle des Gebäudes in der Nähe der Torretta unwohl. Der Palast mochte einmal einen herrschaftlichen Glanz ausgestrahlt haben, jetzt zerfiel er jedenfalls und wirkte eigenartig morbid. Putz blätterte ab, Steine fehlten in der Mauer, man meinte, den Sand rieseln zu hören.

Ob er hier wirklich etwas fand, was seinem Herrn zum Erringen der Kardinalswürde weiterhalf? Ferdinando Gonzaga hatte Rom für einige Wochen verlassen, um nicht den Eindruck des Postenjägers zu erwecken. Von Mantua aus wollte er die Entwicklung beobachten. Während dieser Zeit sollte Enrico Informationen für seine Kandidatur zum Kardinal sammeln. Daß er nebenher Erkundigungen über Caravaggio einzog, mußte sein Herr nicht wissen – und vielleicht ließ sich das eine oder andere Detail daraus ja verwenden.

Der Cavaliere und Künstler Cesare d'Arpino hatte ihm eine Audienz gewährt, aber jeder in Rom wußte, wie dieser zu Caravaggio stand. Und sonst umgaben nur Gerüchte den Abstieg des ehemaligen Lieblings der Kardinäle. Auf den Namen d'Arpino war er im Gespräch mit Julia gestoßen, und ihm sagte sein Gefühl, daß es sich lohnen konnte, mit dem Cavaliere zu reden.

Sogar die stumme Aufforderung eines Dieners in schäbiger Livree, der ihm winkte, ließ in ihm ein Unwohlsein zurück. War es richtig, d'Arpino über Caravaggio zu befragen? Aber das Gerücht, das ihm zu Ohren gekommen war, hatte ihn neugierig gemacht.

Er betrat einen hohen, eher dunklen Raum, dem ein schwerer Schreibtisch seine Note aufdrängte. Der Diener hieß Enrico zu warten. Kein Stuhl, mit Ausnahme des Schreibtischstuhls, bot Platz, so stand Enrico und besah sich die Ausstattung. Die holzgetäfelten Wände verkleinerten und verdunkelten optisch und ließen den Blick unwillkürlich nach oben gleiten, und dort brach ein Fresko den Raum auf und verlängerte ihn hinaus in die Weite eines Götterhimmels. Der Freskant hatte, soweit abgeblätterte Stellen eine Deutung zuließen, eine Szene der griechischen Mythologie festgehalten: Apoll mit der Lyra auf dem Sonnenwagen thronend, umkreist von den Musen.

»Durch mich wird Zukünftiges, Vergangenes und Gegenwärtiges offenbar, durch mich tönt harmonisch das Lied zu den Klängen der Saiten. Sicher trifft mein Pfeil. Meine Erfindung ist die Heilkunst, überall auf der Welt heiße ich Helfer, und auch die Kraft der Kräuter ist mir untertan.«

Enrico drehte sich der Stimme zu, die eben mit vollem Klang

die Sätze intoniert hatte. Der Mann, zu dem sie gehörte, betrat den Raum durch eine versteckte Tür in der Vertäfelung. Wenn das Zitat eine Prüfung darstellen sollte, dann konnte er dagegen Erfahrung setzen. Mit solchen Sentenzen hatte ihn der Prior seines ehemaligen Konvents gefüttert und geplagt. Bildung nannte er es, Formung. Zu jeder Lebenssituation, hatte er damals verkündet, gehöre ein Satz, an dem man sich aufrichten, orientieren oder in dem man zumindest Trost finden könne.

»Ovid«, ergänzte Enrico, »Metamorphosen!«

Er versuchte, seiner Stimme eine gewisse Selbstsicherheit zu verleihen, was ihm nur unzureichend gelang. Aber seinem Gegenüber schien dies nicht aufzufallen.

»Ich sehe, Ihr kennt Euch aus«, begrüßte ihn der Fremde. Einen Spitz- und einen Oberlippenbart trug er, wie ihn die Mode vorschrieb, nackenlange Haare, die vorne bereits licht zu werden begannen und zu den Seiten strähnig herabfielen, dazu ein Hemd mit breitem Kragen und darüber eine Weste, an der längs Wülste abgenäht waren. Kleidung und Barttracht zeigten, daß er sich im Gegensatz zu seiner Umgebung, die Vergangenheit ausstrahlte, modern und aufgeschlossen kleidete.

»Eine aussterbende Technik. Noch vor zwanzig Jahren wimmelte es in Rom vor Freskanten. Jeder wollte ein Michelangelo werden, und alle Menschen mit Sinn für Schönheit und einem gefüllten Geldbeutel wollten ihre Räume ausstatten wie die Sixtinische Kapelle. Aber das neue Verständnis der Künstler und die Wünsche der Sammler veränderten den Geschmack. Kann man ein Fresko mitnehmen, hieß es plötzlich? Kann man ein Fresko weiterverkaufen, wenn not daran ist? Kann man es verschenken? Natürlich nicht, mein Freund. Deshalb gewann die Leinwand wieder mehr an Bedeutung. Leicht zu transportieren, leicht zu verkaufen oder zu verschenken. Schnell herzustellen, schnell weiterzugeben. Die Staffelei hielt wieder Einzug in Rom. Und mit ihr eine neue Art der Künstler, eine andere Form der Kunst.«

Während die Freskanten zurückgestoßen wurden in die Armut, dachte sich Enrico. Mit einiger Mühe suchte er eine Lücke im Wortschwall und unterbrach sein Gegenüber.

»Cavaliere d'Arpino?«

Als käme er aus einer anderen Welt, riß d'Arpino seinen Blick von der Decke los und betrachtete ihn, Enrico, die Augen leicht verschleiert. Dann lächelte er und reichte ihm die Hand.

»Und Ihr seid der Sekretär des Herzogs Gonzaga! Meines Gönners.«

Enrico nickte und hoffte, der von Papst Clemens VIII. zum Ritter, zum Cavaliere, ernannte Künstler würde soviel Anstand besitzen und sich noch mit einem einfachen Sekretär wie ihm unterhalten. Aber sein Hinweis auf Ovid und die prekäre finanzielle Lage des Künstlers schienen bereits eine Brücke geschlagen zu haben, jedenfalls faßte ihn d'Arpino an der Schulter und führte ihn nach nebenan. Ebenfalls spärlich möbliert, standen in diesem Raum nur zwei Sessel nahe am Kamin. Auf den zunächst der Tür deutete d'Arpino und setzte sich selbst in den anderen. In der Luft lag ein Geruch nach Nässe und Schimmel, den die Hitze des Feuers nicht zu mildern vermochte, und der Stoff seines Sessels fühlte sich feucht an.

»Ihr wollt mit mir über Caravaggio sprechen? Habt Ihr einen besonderen Grund dafür?«

Enrico räusperte sich. Gründe wußte er genug, aber keinen davon konnte er ohne weiteres dem Cavaliere eröffnen. Außerdem wußte er nicht recht, wie er darauf reagieren würde, schließlich kannte jeder in Rom die Feindschaft zwischen den beiden Männern nur zu gut, obwohl sie sich als Künstler durchaus schätzten.

»Michelangelo Merisi ist aus Rom verschwunden, wie Ihr sicherlich erfahren habt.«

D'Arpino schlug die Beine übereinander, verschränkte die Hände und ließ die Fingerknöchel hörbar knacken.

»Ein Verlust für die Künstlerschaft, ein Segen für die Bewohner Roms.«

»Mein Auftraggeber, Ferdinando Gonzaga, möchte ein Bild Caravaggios aus seiner Jugendzeit erwerben, und wir hörten, daß Ihr zur Zeit bereit seit, welche zu verkaufen. Ihr kanntet ihn doch, den Michelangelo Merisi?«

Am liebsten wäre Enrico jetzt auf die Knie gesunken und hätte gebetet: Laß ihn über die Zeit Caravaggios in seinem Haus reden! Eine Absage des Cavaliere hätte für ihn einen Bruch in der Lebensgeschichte des Malers bedeutet und ihm damit die Möglichkeit genommen, den Geheimnissen des Mordes und der Verfolgungen auf die Spur zu kommen. Nur Verhandlungen über ein Bild zu führen, das brachte ihn nicht weiter.

»Natürlich kenne ich ihn. Schließlich war ich es, der ihn entdeckt und gefördert hat.«

Mit geheucheltem Erstaunen beugte sich Enrico vor.

»Ihr? Tatsächlich?«

»Halb verhungert durfte er Wohnung nehmen in meinem Haus. Ich habe eines seiner Bilder gesehen und sofort erkannt, daß es sich um einen wahren Künstler, um einen wirklich großen unserer Zeit handelt. Nun ja, er dankte es mir nicht.«

Dieses Selbstlob, das gepaart war mit einem scharfen Blick für das Können Caravaggios, wurde Enrico beinahe zuviel. D'Arpino hatte es vermutlich nötig. Seine Kunst stand nicht mehr in der Gunst der Kardinäle. Sie hatten sich von seinem überladenen, eher altmodisch gefälligen Stil abgewandt.

»Ich hieß ihn Blumenbilder und Stilleben malen. Und er brachte es zu einer gewissen Fertigkeit unter meiner Anleitung, so daß ihm Sammler die Bilder aus den Händen rissen. Dabei entfernte er sich immer weiter von meiner Kunstauffassung. Habt Ihr je eine seiner Fruchtschalen gesehen?«

Enrico nickte und warf nur einen kurzen Satz ein. Dem Wortschwall des Cavaliere brauchte er nur geringfügig Nahrung zu geben.

»Um ein solches Bild geht es, Cavaliere. Es ist Euch feil?«

Gerade wegen des unziemlichen Wohnorts in Tibernähe, gerade wegen der dürftigen Möblierung, die trotzdem noch einen Rest an Geschmack verriet, konnte der Cavaliere d'Arpino nicht verleugnen, daß er knapp bei Kasse war und sich deshalb von einigen Gemälden trennen wollte. Und doch fiel es Enrico auf, daß er gerade damit den verletzlichsten Punkt des Cavaliere getroffen hatte.

»Wenn Ihr ein Stilleben Caravaggios seht«, versuchte er auf die Ebene der Kunstbeurteilung auszuweichen, »betrachtet die Äpfel, mustert die Birnen. Die Blätter der Früchte sind löchrig und welk, die Äpfel angeschlagen und wurmig. Neben Faulstellen auf den

Früchten malt er auch Pilzflecken, so genau und wirklich, als müsse man sie ausschneiden. Eine ganz eigene Dynamik erfüllt diese Bilder. Sie sind eine Vergegenwärtigung alles Vergänglichen.«

»Das klingt wie ein Lob!« warf Enrico erstaunt ein. Soviel Achtung vor der künstlerischen Leistung seines Feindes hatte er nicht erwartet. Obwohl Enrico wußte, daß d'Arpino alle sogenannten Entwürfe und Vorzeichnungen gesammelt hatte, ohne einen Scudi dafür zu bezahlen. Ihm schien, als wisse er um Caravaggios Qualitäten und beneide seine Art, die Dinge zu zeigen, weil er sie jetzt, da sie ein anderer gemalt hatte, so nicht mehr darstellen konnte, ohne als Plagiator zu gelten.

»Ist es das? Nun. In seinen Werken kann man die Natur mit Händen greifen. Vor ihm hat das keiner gewagt. Was wäre ich für ein Künstler, was für ein Mensch, wenn ich dies nicht anerkennen würde?«

Hinter dem Cavaliere d'Arpino ragte ein Kaminofen aus grauem Stein in den Raum, in dem ein kleines Feuer brannte. Die Scheite knackten, und der Schein leuchtete hinter dem Cavaliere empor, als würde er ihn zu einem Heiligen stilisieren. Enrico wußte es besser. Vermutlich rechnete d'Arpino damit, daß er bei einem Lob Caravaggios als Sachverständiger um so glaubhafter erscheine und schließlich eine ordentliche Summe Scudi für ihn dabei abfalle.

»Warum blieb Caravaggio nicht bei Euch?«

D'Arpino rückte sich im Sessel zurecht, wechselte das Bein. Seine Mundwinkel zuckten.

»Interessiert Ihr Euch für Caravaggio oder für eines seiner Bilder?«

Panik ließ diese Frage in Enrico aufsteigen. Natürlich gab es kein wirkliches Interesse an einem Bild hinter seinem Besuch.

»Für beides. Ist es nicht so, daß sich ein Bild nur dann erschließt, wenn wir wissen, wer es gemalt hat und welche Gedanken der Maler in das Bild hineinwob?« Wieder betrachtete d'Arpino ihn kritisch, doch Enrico setzte sofort nach: »Euer Einfluß auf Caravaggio ist unverkennbar! Hat Caravaggio nicht Ideen Eures Freskos von San Lorenzo in Damaso aufgenommen?«

D'Arpino lächelte gequält, schloß kurz die Augen, als müsse er sich überlegen, was er antworten wolle, und sah ihn dann durchdringend und forschend an.

»Natürlich. Und noch von einigen weiteren. Aber hätte ich ihn nicht auf die Idee der Stilleben gebracht, wäre er mit Kardinal Del Monte nie zusammengetroffen.«

Verlegen räusperte sich Enrico, der das Schwadronieren d'Arpinos langsam unerträglich fand.

»Ich dachte, Messer d'Arpino, Caravaggio hätte nur ein einziges eigenständiges Stilleben mit Früchten gemalt. Es befindet sich in Eurem Besitz ...«

»... im Besitz des Kardinals Del Monte. Erworben bei einer Ausstellung, die in meinem Hause stattfand.«

»Nein, Cavaliere, es gehört mittlerweile dem Kardinal Borromeo. Dort habe ich es gesehen, bei einem Empfang, zu dem mein Herr, Ferdinando Gonzaga, eingeladen war.«

Über d'Arpinos Gesicht huschte ein Schatten, als würde er sich über die Korrektur Enricos ärgern. Mit einem nur schwer verdeckten Schmunzeln genoß Enrico diesen kleinen Sieg.

»Nun ja. Er hat natürlich eine ganze Anzahl Versuche gemacht«, rechtfertigte sich d'Arpino. »Und der Fruchtkorb gehörte zu den gelungenen Werken. Außerdem zähle ich dazu Bilder, in denen Stilleben mit Einzelfiguren im Porträtmodus gestaltet wurden, der ›Knabe mit der Eidechse‹, der ›Knabe mit dem Fruchtkorb‹ und einige weitere. Aber die Grundidee ist die meine. Schließlich hat er bei einigen Bildern die Haltungen meiner Personen regelrecht kopiert.«

Und ihnen dabei eine künstlerische Note gegeben, war Enrico versucht zu ergänzen. Aber er hatte kein Interesse daran, den Cavaliere d'Arpinio zu verärgern, deshalb lenkte er sofort ein.

»Ihr habt recht! Welches Bild wäre Euch feil, Cavaliere?«

»Für welches Bild interessiert sich Euer Herr?« drängte der Cavaliere, dem die lange Dauer der Unterredung sichtlich nicht gefiel.

Bewußt ignorierte Enrico die Frage des Cavaliere und konterte: »Warum verließ Caravaggio Euer gastfreundliches Haus?«

Allerdings bemerkte er, wie sich im Gesicht des Freskanten Falten bildeten, und konnte nur vermuten, daß dieser nicht damit einverstanden war, diese Art von Verhör hinzunehmen. Aber schließlich siegte offenbar der Name Gonzaga und die Aussicht auf Geld und Reputation.

»Nur acht Monate haben wir es zusammen ausgehalten. Eigentlich waren es weniger.«

Diesmal schien der Cavaliere kurz angebunden zu sein. Wollte er ihn, Enrico, aus dem Haus haben?

»Warum nur acht Monate?«

»Der Unfall!«

»Was meint Ihr mit Unfall?«

Enrico fühlte eine innere Erregung. Ein Unfall? Zwar wußte er, daß Caravaggio in den letzten Monaten Unfälle und Streitigkeiten geradezu magisch anzog, daß sich aber bereits in dieser Zeit ein Unglück ereignet hatte, war ihm unbekannt gewesen.

»Ein Pferd hatte ihn getreten und ihm einige Rippen gebrochen!«

Laut lachte Enrico auf.

»Ein Pferd? Beim Malen?«

Cavaliere d'Arpino hob die Augenbraue, und Enrico versuchte sich im Zaum zu halten, obwohl er sich die Situation kaum vorstellen konnte.

»Nein. Wir suchten Modelle, das heißt eigentlich suchte Michele Modelle auf der Straße. Er wollte ein weiteres Bild malen wie das mit der Zigeunerin, die er direkt von der Gasse ins Haus geholt hatte, damit sie ihm Modell saß. Wir liefen und schauten, und plötzlich geriet er in Streit mit einem Fremden, der ihn vom Pferd herab ansprach. Ich kannte ihn nicht, doch Michele schien ihm schon einmal begegnet zu sein. Sie stritten sich haßerfüllt.«

Enrico hielt die Luft an. Ein Unbekannter, der Caravaggio kannte. Endlich eine heiße Spur, der er vielleicht folgen konnte.

»Haßerfüllt?«

Unruhig rutschte der Cavaliere auf seinem Sessel hin und her. Fühlte er sich in die Enge getrieben? Enrico wollte jetzt dem Cavaliere keine Möglichkeit mehr lassen, sich aus der Geschichte herauszuhalten.

»Verstanden habe ich nichts. Sie sprachen zu schnell und im

Dialekt der Lombardei. Nur wenige Brocken ... wie ... Schwester und Mann ... aber da bin ich mir nicht sicher. Warum wollt Ihr das alles wissen? Es hat doch mit dem Bild nichts ...«

»Und was geschah dann?« drängte Enrico und beugte sich vor.

»Was genau geschah, kann ich nicht sagen. Ich weiß nur, daß sie sich zuletzt angeschrien haben und der Fremde plötzlich mit dem Degen gedroht hat und dann sein Pferd steigen ließ. Der Gaul traf Caravaggio unverhofft mit einem Vorderhuf an der Schulter. Michele fiel, und der Reiter lachte und meinte, dies wäre eine erste Lektion, oder so ähnlich. Von mir wurde Caravaggio noch zum Ospedale della Consolazione gebracht. Der Fremde ritt davon, ohne sich um den Verletzten zu kümmern. Über die Schulter rief er etwas, das klang wie: Hoffentlich werde er daran verrecken! Verdient habe er es!«

»Und Ihr wißt nicht, worauf der Fremde sich bezog?«

Cavaliere d'Arpino verneinte die Frage Enricos, rutschte aber wieder unruhig auf dem Sessel hin und her.

»Blieb er lange im Krankenhaus? Habt Ihr ihn besucht?«

Der Cavaliere d'Arpino zuckte mit den Schultern.

»Mein Bruder und ich haben ihn nicht besucht. Wir waren miteinander fertig. Danach hat er sein Vagabundenleben wieder aufgenommen, mit dem Unterschied, daß wir ihm den Weg nach oben geebnet hatten. Ein undankbarer Kerl.«

»Wer griff ihn damals an? Und warum? Kanntet Ihr den Mann?«

Schwer seufzte Cavaliere d'Arpino auf.

»Mir scheint, Ihr seid mehr am Schicksal Caravaggios interessiert als an seinen Bildern. Ich sagte doch, ich kannte ihn nicht. Aber er konnte gut reiten. Ausgezeichnet beherrschte er sein Pferd, denn der Angriff auf Caravaggio geschah aus heiterem Himmel und, wie ich glaube, gezielt. Ähnliches habe ich nur einmal gesehen, bei den Reitervorführungen der Ritterorden.«

»So glaubt Ihr, der Fremde könnte ...«

»... ein Soldat gewesen sein oder zumindest ein geübter Kämpfer? Ja.«

Enrico beobachtete, daß der Cavaliere d'Arpino sich mit beiden Armen aus dem Sessel stemmte. Offenbar schien er das Gespräch beenden zu wollen. Ganz durchringen konnte er sich dazu allerdings nicht, da er nur durchs Zimmer ging und nervös die Hände am Kaminfeuer wärmte.

»Warum interessiert Euch das alles? Seid Ihr von der päpstlichen Kommission für Inquisition?«

Ungläubig sah Enrico auf den Rücken des Cavaliere. Ihm entging das unmerkliche Zittern nicht, das nicht von der Kälte kommen konnte, schließlich wärmte das Kaminfeuer den Raum ausreichend. Verbarg d'Arpino etwas?

Er zuckte mit den Schultern. Schließlich konnte es ihm egal sein. Einzig für Ferdinando Gonzaga mochte es von einem gewissen Interesse sein, wovor der Cavaliere sich ängstigte. Er konnte ihm ja bei einem späteren Besuch noch einmal auf den Zahn fühlen. Jetzt wollte er eine andere Frage beantwortet haben.

»Nein, Messer d'Arpino. Wie lange blieb Caravaggio im Krankenhaus?«

Der Cavaliere zuckte mit den Schultern.

»Ein halbes Jahr. Danach zog er bei mir aus. Ich bin ihm erst wieder bei Monsignore Fantin Petrignani begegnet, einem Kleriker der Apostolischen Kammer und Kunstkenner ohne Geld, wie es viele hier gibt. Sicherlich kam er über ihn zu den Gebrüdern Orsi.«

Enrico nickte. Natürlich. Prospero Orsi, genannt Prosperino delle Grottesche, der erfolgreichste Groteskenmaler Roms, und der Dichter Lelio Orsi hatten dem jungen Maler Zugang zur Welt vornehmer Kundschaft eröffnet. Sie bewegten sich im Kreis reicher Adeliger und Kardinäle, hatten Verbindungen, Gönner, Mäzene, die immer auf der Suche nach dem Außergewöhnlichen, dem Neuen, dem Besonderen waren.

»Zurück zu diesem merkwürdigen Vorfall mit dem Pferd, Cavaliere d'Arpino. Fiel Euch etwas auf an dem Mann? Seine Haare? Seine Kleidung? Ein Ring, ein Medaillon?«

Jetzt drehte sich der Maler um. Ein elendes Häufchen stand vor Enrico, nur mühsam konnte er ein Zittern unterdrücken.

»Nein«, flüsterte er und versuchte seine Unterlippe zu beherrschen. »Oder doch. Er trug einen Ring am Daumen. Einen goldenen Ring.« Er trat einen Schritt nach vorne. »Seid Ihr von der päpstlichen Finanzkammer? Von der städtischen Miliz? Vielleicht wißt Ihr noch nicht, daß ich keines der Bilder mehr besitze, die von Caravaggio stammen? Ein Liebhaber der Malerei Caravaggios ist Euch zuvorgekommen. Kardinal Del Monte hat sie aufgekauft, allesamt. Vor einigen Tagen. Schließlich leitet er die Bauhütte des Petersdomes. Er meinte, die Gemälde seien allemal ausreichend, um das eine oder andere Zimmer mit ihnen zu schmücken. Nein, er sagte eigentlich zu beleuchten. Als wären es Kerzen.«

Enrico stand auf und lächelte bedauernd. Del Monte war ihm zuvorgekommen, ein Umstand, der ihn nachdenklich stimmte. Zu viele begehrten plötzlich Caravaggios Werke.

8.

»Jetzt hast du den Bildaufbau doch geändert! Treibt dich die Angst, Michele?«

Nerina betrat eben das Atelier, eine Flechttasche mit Gemüse und Fisch umgehängt, und wunderte sich. Der kalte, fischige Geruch der Brasse vermischte sich mit dem feuchten von Leinöl und Eiweiß und dem trockenen der Pigmente und Erden, die im Mörser aufbereitet worden waren.

Vier weitere Künstler saßen im Halbkreis hinter Michele und versuchten die Linien und Formen zu studieren, die ihr Meister mit spitzem Pinselhals in die Kreide gedrückt hatte und die er jetzt mit Farbe unterlegte, wobei er sie wie immer seiner Eingebung nach spontan änderte. Nerina sah es an den verwischten Zeichnungen seiner Schüler.

Michele drehte sich um und grinste Nerina an.

»Keineswegs. Mir kam nur eine unglaubliche Idee. Sieh dir den Bildaufbau jetzt an. Meine Werke der Barmherzigkeit ragen in die Welt hinein, ohne Gott, ohne eine Hilfe des Glaubens, ganz und gar verweltlicht!«

Etwas verwundert betrachtete Nerina zuerst Michele. Was war vorgefallen, daß er sich mit ihr über die Theorie seiner Figurenanlagen unterhielt? Oder gab sie nur den Spiegel ab für eine weitere

Stunde Unterricht, und er erklärte ihr jetzt, was er seinen Schülern eigentlich schon vor längerer Zeit hatte erklären wollen?

Trotzdem wurde ihr Blick vom neuen Bildkopf angezogen. Über der Szene, die sich mit der Ausführung der Werke der Barmherzigkeit beschäftigte, hatte zuvor nur ein einsamer Putto geschwebt. Jetzt wurde die Stelle ausgefüllt von einer Mutter Gottes. Der Engel, welch Ironie, war zu einem Jesusknaben umgemalt worden, den sie in der Hand hielt. Sie mußte bei dem Gedanken dieser Verwandlung lächeln. Ein typischer Einfall Micheles, den allerdings niemand, der die Entstehung des Bildes nicht kannte, nachvollziehen konnte. Soweit hätte es sich um eine durchaus legitime, kirchentreue Darstellung gehandelt. Die Mutter Maria als Mutter Kirche thronte über allem und regelte damit auch mit ihrer umfassenden Liebe die irdischen Dinge als Mater Misericordia.

Michele stand auf und trat neben das Bild. Jetzt konnten alle seine neue Komposition in ihrem ganzen Umfang erkennen. Aber was er sagte, vernichtete in einem einzigen Augenblick alle gläubig zu ihm erhobenen Blicke.

»Sieh her! Zwei zusätzliche geflügelte Engel bilden mit ihren vier Schwingen einen ungeheuren Wirbel, der sich über die gesamte obere Bildhälfte erstreckt, der aber gleichzeitig der Mutter Maria den Blick auf die irdischen Geschehnisse nimmt. Sie möchte gern durch dieses Wirrwarr der Federn hindurchsehen, kann es aber nicht. Wie die Kirche, die vor lauter Postenschacher und Geldgeschäften ihre Gläubigen aus den Augen verloren hat. Maria kann in dieser Welt nicht wirksam werden. So werden die Werke der Barmherzigkeit zurückgeworfen auf ihre irdischen Grundlagen. Und ebenso ist Marias Anwesenheit den Handelnden nicht bewußt. Sie helfen sich selbst. Es sind allesamt Liebestaten der Menschen am Menschen. Die Bruderschaft wird die Botschaft verstehen.«

»Oh, Michele«, entfuhr es Nerina, »wieder ein Werk, das auf den Dachböden der Kirchen verstaubt oder in einer privaten Sammlung verrottet. Niemand wird ein solches Gemälde der Öffentlichkeit präsentieren wollen. Selbst die städtische Bruderschaft wird es ablehnen müssen, aus Furcht vor dem Arm der Inquisition.«

Beschwörend hob Michele die Arme und blickte zur Decke.

»Wer denkt bei der Entwicklung eines solchen Programms an die Kirche, Nerina? Ist es nicht ein kräftiger Glaube, der die Gottheit nicht braucht, um in ihrem Namen zu wirken?«

Nerina bemerkte, daß zwei der Maler, die vor ihren Skizzenblöcken kauerten, sich erhoben und Malbrett, Papier und Kohle einzupacken begannen. Offensichtlich fühlten sie sich unwohl angesichts der Erläuterung, die Michele zu den »Sieben Werken der Barmherzigkeit« geliefert hatte. Nerina konnte sie verstehen. Ihr gehetzter Gesichtsausdruck zeigte, was jeder von ihnen dachte: Ketzerei, Ketzerei, Ketzerei. Ihnen saß als unbestimmbare Furcht die Inquisition im Nacken. Schließlich befanden sie sich auf spanischem Boden, auf der Flur der Dominikaner, und kaum ein Tag verging, an dem nicht die Scheiterhaufen ihr reinigendes Feuer in den Himmel schickten. Gerade die Dominikaner und mit ihnen der neue Jesuitenorden besaßen ganz eigene und klare Vorstellungen vom rechten Glauben.

Ganz in euphorischer Stimmung nahm Michele vom Boden einen Krug Wein auf und setzte ihn an den Mund. In einem Zug leerte er das Gefäß.

»Damit willst du den Fremden täuschen? Die Bruderschaft hintergehen? Sie werden dich dafür steinigen, Michele. Neapel ist nicht Rom. Hier hast du niemanden, der dir unter die Arme greift, der dich schützt, wenn die Inquisition ihre Feuerhände nach dir ausstreckt.«

Ausgelassen lachte Michele, ohne sich um die beiden Maler zu kümmern, die mit verständnislosem Gesichtsausdruck zur Wand zurückgewichen waren und jetzt ihre Malutensilien in Sicherheit brachten.

»Herr, Euer neuer Stil ist eine Offenbarung!« wagte einer von ihnen zu flüstern, und sofort nahm Michele diesen Satz auf.

»Da hörst du es, Nerina! Sie begreifen, daß ich meine Bilder in einer anderen Sprache sprechen lasse. Ungewohnt und fremdartig, aber nicht abstoßend. Hat nicht ein neues Zeitalter begonnen? Hat nicht der Protestantismus die Werte des Religiösen verkehrt und die Kirche in Rom gezwungen, ihre Gläubigen wieder dort abzuholen, wo sie diese vor zweihundert Jahren stehenließ?«

Mit einem Seufzer stellte Nerina ihre Tasche ab und begann Fisch und Gemüse auszupacken.

»Michele, bist du unter die Theologen gegangen? Solch feinsinnige Dispute überlaß den Jesuiten. Du solltest malen, damit am Ende Wein und Brot auf dem Tisch stehen.«

Sie wußte, daß sie ihn damit nur anstachelte. Aber vor den beiden jungen Malern durfte er seine Gedanken nicht zur Gänze ausbreiten. Kopf und Kragen würde er damit riskieren, vor allem deshalb, weil sie selbst nicht einschätzen konnte, was der Besuch des Johanniters in ihrem Atelier wirklich zu bedeuten hatte. Hingen die Inquisitoren und ihre Zuträger bereits an Micheles Fersen, und suchten sie nur eine Gelegenheit, um ihn auf den Scheiterhaufen zu bringen?

»Was packst du aus, während ich mich um die Weiterführung meiner Kunst bemühe?« blaffte er sie an.

Nerina erhob sich. Mit Spott in der Stimme meinte sie nur: »Ich kümmere mich um dein Wohlbefinden. Wer nichts im Magen hat, hat bald nichts mehr im Kopf. Eine einfache Theologie, Michele. Und immer richtig.«

Michele senkte den Blick. Seine Stirn umwölkte sich. Mit einer Handbewegung scheuchte er die beiden Maler hinaus, die in aller Hast ihre Unterlagen aufnahmen und rasch verschwanden.

»Man kann nur denen die Wahrheit predigen, die sich für die Wahrheit öffnen«, murmelte er.

Dann wandte er sich zu Nerina um. »Wir sollten feiern!«

»Feiern?« Ungläubig betrachtete Nerina Michele. »Warum feiern?«

Aus dem Ärmel seines Hemdes zog er ein Schreiben heraus, das er auffaltete. Er reichte es Nerina hinüber.

»Vom spanischen Vizekönig«, setzte er hinzu, »dem Conde de Benavente!«

Nerina riß ihm das Schreiben beinahe aus der Hand. Ihr Herz schlug. Was wollte der Vizekönig von Neapel von Michele? War die Kunde von seiner Verstrickung in den Tod des Ranuccio Tomassino bereits bis zu seinen Ohren vorgedrungen?

»Willst du der Einladung nachkommen, Michele?«

»Natürlich werden wir sie annehmen.«

»Wir? Nein. Ich bleibe hier.«

»Von einem besonderen Auftrag hat der Bote gestottert. Seit längerem beschäftigt den Vizekönig das Martyrium des heiligen Andreas, und ich soll es ihm malen. Neu, anders, bewegender als alles Bisherige.«

Stumm überflog Nerina die wenigen Zeilen, die nur besagten, daß Michele um die Abendstunden herum von einer Sänfte abgeholt und in den Palast gebracht werde.

»Was willst du anziehen?«

Verwundert öffnete Michele die Arme.

»Bin ich nicht bestens gekleidet?«

Das stimmte und stimmte wiederum nicht. Auf den Gütern der Colonna hatte ihm die Familie eine ganz neue Garderobe anfertigen lassen und geschenkt. Aber das war Monate und einige Meilen Flucht her. Seitdem trug Michele Hemd, Hose, Wams, Schuhe beinahe, ohne sie auszuziehen, geschweige denn zu waschen, und die Zeit, in der er in all den Kleidungsstücken geschlafen hatte und gefahren oder gelaufen war, hatte deutliche Spuren hinterlassen. Hier fehlte ein Knopf, dort war eine Naht geplatzt, an anderer Stelle franste der Stoff aus und das Futter sah heraus.

»Du siehst aus wie der Fürst der Bettler«, faßte sie ihren Eindruck zusammen, »nicht wie der bedeutendste Maler Italiens!«

»Immerhin ein Fürst!« lachte Michele und drehte sich mit ausgebreiteten Armen durch den Raum.

9.

»Ein Schiff aus Rom!«

Nerina deutete mit ausgestrecktem Arm zur Hafenmole hinüber. Die Flagge des Kirchenstaates wehte am Bug, vertraut und doch beängstigend.

Im Halbrund des Hafenbeckens schwammen oder lagen kleine Fischerboote mit ihren dreieckigen Latinersegeln, die meisten aufgerollt, einige aber voller Betriebsamkeit und starr im ablandigen Wind, daneben schaukelten die breiten Schiffskörper zweier venezianischer Galeeren an der Hafenmole träge im Rhythmus der

Wellen, und das Schiff aus Rom, das eben erst mit kräftigen Ruderschlägen die Anlegestelle erreicht hatte, verbreitete Unruhe und Lärm. Ansonsten beherrschte vor allem der Wind das Hafenbecken. Von hinten wehte er ihr Haar übers Gesicht, so daß sie dieses beständig mit der Hand aus den Augen streifen mußte. Zu den Schiffen blickte sie hinüber. Mächtig wuchs im Westen das Castell dell'Ovo auf der Insel Borgo Marinaro in das Meer hinein und beschützte den Hafen mit seinen gewaltigen Kanonenbatterien, und durch eine Lücke zwischen den Schiffskörpern hindurch reichte ihr Blick heute bis hinüber zur Küste der Sorrentiner Halbinsel und nach Capri, das aus dem dunklen Blau des Wasser emporwuchs.

»Das Castell, so erzählt man sich, hat seinen Namen ›Eierkastell‹ vom Dichter Vergil erhalten.« Michele stand wie ein Schatten hinter Nerina und deutete zum Castel dell'Ovo hinüber. »Offensichtlich war er nicht sehr von der Festigkeit der Mauern überzeugt, denn er verglich sie mit der Schale seines Frühstückeis, das in einer Karaffe eingeschlossen sei. Und mit der Zerschlagung der Karaffe würde auch die Eierschale unweigerlich zerbrechen und die Burg zerstört werden.«

»Bislang scheint sie allen Unbilden getrotzt zu haben«, folgerte Nerina.

»Zumindest die Spanier hat sie überlebt. Wußtest du, daß darin der letzte Sproß der Hohenstaufen, der Knabe Konradin, gefangengehalten wurde? Ein schicksalhafter Ort.«

Nerina hörte nur mit halbem Ohr hin. Ihre ganze Aufmerksamkeit wurde von einer Gestalt in Anspruch genommen, die eben das Deck des Schiffes betreten hatte, einem Mönch, ganz in Schwarz gekleidet, die Kapuze über den Kopf gezogen, als wolle er nicht erkannt werden.

»Michele«, flüsterte Nerina und zupfte Caravaggio am Arm. »Sieh hinüber. Erkennst du den Mönch?«

Ein Mönch betrat die Holzbohle, die das Boot mit der Mole verband. Ein Offizier der Steuerbehörde stellte sich ihm in den Weg, als er festen Boden unter den Füßen hatte. Sie sprachen einige Worte miteinander, dann zog der Mönch ein Pergament aus dem Ärmel seiner Kutte und reichte es hinüber. Dabei ließ er den

Blick über die Stadt streifen, als interessiere er sich nicht für den Inhalt und die Wünsche des Zollmeisters. Dieser beugte sich nach längerem Studium des Siegels wieder zu dem Mönch hinüber, reichte ihm das Papier zurück und ließ ihn ungehindert passieren. Den Wachen, die verhindern sollten, daß ungebetene Gäste die Stadt betraten, gab er einen Wink, den Mönch in Ruhe zu lassen. Dann setzte sich der Pater in Bewegung und betrat Neapel.

In Nerina stieg ein merkwürdiges Gefühl hoch. »Michele, du mußt dir den Mönch ansehen!« drängte sie, weil Michele die Stadt selbst betrachtete, deren leicht ansteigende Straßenzüge den Eindruck erweckten, als würde sie sich wie ein Lebewesen aufrichten und vor dem Betrachter emporwachsen. Mißmutig drehte Michele sich um, sah kurz auf den Geistlichen, den Nerina ihm aus der Menge herausdeutete, und schüttelte den Kopf.

»Wir kennen ihn. Aus Rom!«

»Du siehst überall schon Gespenster!« kanzelte er sie ab.

Aber Nerina konnte ihren Blick nicht von dem Mönch nehmen. Der wanderte auf der Mole auf und ab, als suche er jemanden. Plötzlich blieb er stehen, zögerte einen Moment, dann aber schien er gefunden zu haben, wonach er ausgespäht hatte. Zielstrebig eilte er die Mole hinauf und trat auf einen Mann zu, der an einer der Mauern lehnte, die zu den Verteidigungsanlagen des Hafens gehörten. Sofort erkannte Nerina ihn wieder. Es war der Johanniter, dem sie schon einmal durch die halbe Stadt gefolgt war. Ihr Instinkt hatte sie also nicht betrogen.

Nerina wollte eben Michele wieder am Ärmel ziehen.

»Ich sehe es!« murmelte er nur.

Für Nerina war es, als schrumpfe die Welt zu einem kleinen Häufchen zusammen, das mit wenigen Schritten zu umrunden war und dessen Bewohner sich alle paar Minuten trafen. Sie wußte plötzlich, daß die beiden Männer, die sich hier begegnet waren, nicht zufällig dort standen und miteinander redeten, und sie fühlte, daß der Mönch der unheimliche Auftraggeber vom »Tod Mariä« war, der sie in Rom beständig bedrängt hatte. An soviel Zufall glaubte sie nicht. Als hätte Michele ihre Gedanken erraten, zog dieser sie beiseite.

»Was wollen sie hier?«

»Wir sollten es herausfinden, solange dir der Vizekönig noch gewogen ist.«

Ihr Gefühl sagte ihr, daß einer der nächsten Wege den Mönch zum Stellvertreter ihrer Allerchristlichsten Majestät Spaniens, Conde de Benavente, führen würde. Was dort besprochen werden würde, ließ sich unschwer erraten. Für sie beide bedeutete es allerdings, daß ihre Tage in Neapel gezählt waren.

Im gleichen Augenblick trat ein Mann auf sie zu, der seiner Kleidung nach wohlhabend zu sein schien, seiner ganzen Körperhaltung und der Stimme nach aber einen servilen Eindruck machte.

»Herr, seid Ihr der berühmte Messer Caravaggio, Maler und Künstler aus Rom?«

Mit Unbehagen im Blick musterten Michele und Nerina den jungen Mann, der wohl kaum mehr als siebzehn Jahre zählte und auf dessen Wangen sich noch keine Anzeichen eines Bartwuchses sehen ließen.

»Und wenn ich eben jener Mann wäre?« konterte Michele.

Als Nerina sich wieder nach dem Mönch und dem Johanniter umdrehte, waren die beiden bereits im Straßengewirr Neapels verschwunden.

»Wenn Ihr eben dieser Mann wärt, den ich suche, dann bäte Euch mein Herr in sein Kontor. Er möchte zu gerne mit Euch reden. Dort drüben!« Er deutete die Hafenmole entlang, hinter der sich in hohen Häuserzeilen Handelskontore wie Perlen auf einer Schnur reihten.

»Und was will Euer Herr von mir?«

»Das, werter Messer Caravaggio, wird er Euch selbst sagen, wenn Ihr mir folgen wollt.«

»Wir danken für die Einladung«, sagte Nerina nur, als sie sich dem Jüngling wieder zuwandte. »Zeigt uns den Weg.«

Sie schob Michele vorwärts, der noch zögerte, und flüsterte ihm zu: »Ich erkläre es dir später! Vermutlich ein weiterer Auftrag, Michele, und wenn ich eben das gesehen habe, was ich glaube, dann wird Geld in den nächsten Monaten wichtiger werden als vieles andere.«

Sie folgten dem Jüngling, der sie durch das Gewirr der Fischer und Händler, Warenballen und Seilrollen führte. An ihre Ohren drang das Geschrei der Anbieter, das Fluchen der Lastenträger, das Klatschen der Wellen, die sich an der Mole brachen, das Knarren der Schiffskörper, das Schlagen der Seile. Ein Jahrmarkt an Tönen, ein Feuerwerk an Gerüchen und Farben, denen man sich hingeben mußte, wollte man etwas von dieser Welt erleben. Nur die Mauer zum Wasser hin störte, gab sie dem Ort doch das Gepräge eines Kerkers mit offenem Himmel. Der Junge führte sie direkt zu einem Gebäude, das sich etwas außerhalb der Mole mit seiner Traufenseite dem Hafen zuwandte und im Erdgeschoß eine ganze Reihe von Kontoren beherbergte. Als sie einen der Räume betraten, hüllte sie eine ungewohnte Dunkelheit ein. Nerina riß die Augen auf, damit sie sich schnell an das Fehlen der Sonne gewöhnte.

»Willkommen, Messer Caravaggio, wie ich annehme, und seine Gehilfin, von der ich ebenfalls viel gehört habe.«

Wie aus dem Nichts traf sie die Stimme. Noch verbarg Dunkelheit den Sprecher, aber für Nerina schälte sich bereits ein Körper aus der Finsternis, der mit jedem Augenblick schärfere Konturen gewann.

»Luigi, laß Tee bringen. Meine Gäste werden durstig sein, und bei einem Täßchen läßt es sich leichter verhandeln.«

Mit einer angedeuteten Verbeugung verschwand der Jüngling wieder durch die Tür. Nerina hörte ihn im Befehlston Tee bestellen.

»Bitte nehmt Platz.« Weder Michele noch Nerina folgten der Bitte, und deshalb änderte der Kaufmann, denn um einen solchen handelte es sich offensichtlich, seine Taktik. »Vielleicht stelle ich mich zuerst vor: Lorenzo de Franchis.«

Nerina sah zu Michele hinüber, der nickte und weiter schwieg. Umständlich ließen sie sich auf die Kissen nieder, die ihnen de Franchis nun zum zweiten Mal anbot. Verlegen knetete Lorenzo de Franchis seine Hände.

»Der Tee kommt bald.« Wieder entstand eine Pause. »Ich möchte nicht lange um den heißen Brei herumreden«, räusperte sich Lorenzo de Franchis. »Für die Familienkapelle in der Kirche San Domenico Maggiore möchte meine Familie ein Bild in Auftrag geben. Und da wir gehört haben, daß einer der bedeutendsten Maler Roms in unseren Mauern weilt, haben wir beschlossen, das Gemälde bei ihm zu bestellen.«

Woher wußte der Kaufmann, daß sie in der Stadt waren, schoß es Nerina durch den Kopf, woher hatte er erfahren, daß sie sich am Hafen befanden, woher kannte er ihren Namen? Ihr Blick schweifte durch das Kontor, in dem sich Warenballen türmten, geflochtene Körbe mit eingewickelten Früchten lagerten. Angefüllt schien der Raum mit einer Vielzahl von Düften, die schwer und träge zwischen den Wänden hingen. Nur das Sonnenlicht, das sich von außen hereinstahl, wirkte freundlich und bekannt. Nerina musterte die Handelszeichen auf den Stoffballen und Körben, den Amphoren und Tongefäßen, den Säcken und Bündeln. Fremdartig wirkten sie, wie Hieroglyphen einer anderen Zeit, wie eine fremde Sprache, die nur verstand, wer sich mit der Materie des Handels auskannte.

Mitten in diesem Handelsalphabet stach ihr plötzlich eines der Zeichen auf einer Amphore ins Auge, ein Kreuz mit zweigezackten Enden: das Kreuz der Johanniter.

Plötzlich schlug der Jüngling den Teppich zurück, der den Eingang verdeckte. Ein kräftiger Lichtbalken stach durch den Raum. Nerina schloß kurz die Augen. Tassen klirrten, der Tee wurde gebracht. Jedem drückte der Jüngling eine Porzellantasse in die Hand, stellte Honig auf ein Tischchen und verließ den Raum wieder.

»Wenn ich den Auftrag für ein Gemälde annehme, dann nur ein bestimmtes Thema, Signore. Ich male nur Märtyrerbilder. Sie entsprechen meiner derzeitigen Stimmungslage.«

Micheles Stimme riß Nerina aus ihren Gedanken. Was sollte das? Märtyrerbilder! Wollte er den Auftrag nicht?

»Das trifft sich gut, Messer Caravaggio. Uns schwebte eine Geißelung Christi vor.«

Michele zog die Nase auf, als mißbillige er diese Form der Auslegung, dabei schien es Nerina, als würde eben dieses Thema seinen momentanen Zustand durchaus beschreiben, besser als jede andere Szene religiösen Inhalts. Vor ihrem geistigen Auge sah sie bereits die Martersäule, an der halbnackt der Körper Christi gefesselt hing und von seinen Peinigern grausam mißhandelt wurde.

Niemand in dieser Zeit wäre besser in der Lage gewesen, die verletzte Würde des göttlichen Körpers derart mit dem menschlichen Schmerz zu verbinden als Michele. Ihr schauderte, als sie daran dachte.

»Dreihundert Scudi«, warf Michele mit einer Stimme in den Raum, die Nerina sein Desinteresse an einem neuen Auftrag zeigte. Gerade deshalb besaß sie eine große Eindringlichkeit.

»Dreihundert Scudi?« Nerina hörte, wie der Kaufmann schluckte.

»Die erste Hälfte sofort, die zweite nach Erledigung des Auftrags, wenn das Bild übergeben wird. Dabei ist es unerheblich, ob das Gemälde gefällt oder nicht. Ich lasse mir nicht in die Gestaltung hineinreden. Ihr akzeptiert die Lösung, die ich Euch anbiete. Dafür stehe ich für eine saubere und schnelle Ausführung mit den besten Materialien. Nehmt an oder lehnt ab.«

»Gut«, entschied der Kaufmann nach einigem Zögern. »Wenn Ihr sofort mit der Arbeit beginnt!«

10.

Nur langsam schob sich der Mond an den sternklaren Himmel und warf sein Licht wie eine Laterne in die Gassen Roms. Enrico lehnte an der Wand eines Hauses und wartete. Mit Einbruch der Dunkelheit hatte ihm Julia ein Treffen versprochen, war aber bislang nicht erschienen. Ihm war, als sende die beinahe volle Scheibe des Gestirns eisiges Licht hinab zur Erde. Ihn fröstelte. Mit Herzklopfen dachte er an Nerina, die sich irgendwo in Neapel befand und der er nicht nachreisen konnte, solange er nicht wußte, was im Hause Del Montes geschehen war. Ferdinando Gonzaga, dem er von seiner Begegnung mit Julia geschrieben hatte, hatte ihm eingeschärft, in Erfahrung zu bringen, was sich dort ereignet hatte. Nur so könne er sich einen Vorteil verschaffen und seinem Ziel näher kommen, Kardinal zu werden.

Wenn er erst wußte, wie die Dinge zusammenhingen, welche Rolle Del Monte in dieser Geschichte spielte, dann konnte er Nerina nachreisen. Bis dahin wagte er es nicht einmal, ihr einen Brief zu schicken, damit der Aufenthaltsort Caravaggios nicht durch seine Unachtsamkeit verraten wurde.

Nervös sah er hinüber zum Dienstboteneingang des Palazzo Borghese, ob dieser sich nicht öffnete, und er zuckte zusammen, als eine glockenhelle Stimme ihn von hinten ansprach.

»Wartet Ihr schon lange?«

Enrico fuhr herum. Julia stand vor ihm und strahlte ihn an, soweit er dies im Dämmerlicht des sinkenden Tages erkennen konnte.

»Was soll ich sagen? Daß ich Euch ungeduldig erwartet habe? Natürlich. Daß Ihr mich habt warten lassen? Nein, denn eine solche Schönheit läßt nicht warten, sondern wird erwartet.«

Mit einer Hand fuhr sich Julia an den Mund und unterdrückte ein kindliches Glucksen. Im kalten Licht des Mondes schien ihr Lächeln zu leuchten. Dann stieg wieder dieses Klingen auf, das ihr Lachen verzauberte.

»Ihr seid ein Schmeichler. Ich sollte mich vorsehen.«

»Wo kommt Ihr her? Ich erwartete Euch vom Boteneingang aus.«

Julia legte eine Hand auf seinen Mund.

»Von überall und nirgends«, flüsterte sie, hakte sich bei ihm unter und zog ihn mit sich, fort vom Palazzo und hinein in die Gassen und Gäßchen der Altstadt, die noch bevölkert waren von den unterschiedlichsten Nachtschwärmern. Vor die Osterias hängten die ersten Wirte Laternen mit Kerzen, stellten Talglichter auf die kleinen Tische davor. Ein Geruch von Wein und Fisch lag in der Luft, und die Geräusche der Nacht schnitten in die Dunkelheit. In einer der Gassen blieb Julia stehen und deutete ihm an zu lauschen. Das leise Stöhnen eines Liebesspiels, das Knirschen von Ledersohlen, die über die sandige Straße huschten, Geflüster, Gelächter von fern, ein Husten, intensiv und langdauernd, das Schlagen einer Peitsche und immer wieder der feine Ton von Glocken, die in den unzähligen Klöstern zu irgendeinem Gebet riefen, drangen an sein Ohr. Schließlich erreichten sie eine Straße, vollgestellt an einer Seite mit Stühlen und Tischen kleiner Osterias.

»Setzen wir uns und trinken ein Glas?« fragte Enrico, dem langsam der Magen knurrte.

»Haltet Ihr mich für eine solche?« fragte Julia mit einem verärgerten Ton in der Stimme. »Nein. Laßt uns spazierengehen und uns unterhalten.«

Enrico fügte sich. So gingen sie weiter durch die Gassen, die mal mehr, mal weniger beleuchtet waren. Wie er das Gespräch über Michele beginnen sollte, wußte er nicht, auch nicht, wie er es in die Richtung lenken sollte, die ihm vorschwebte. Enrico zermarterte sich den Kopf und hätte darüber beinahe überhört, daß Julia eben dort mit ihrem Gespräch ansetzte, wo sie vor einigen Tagen aufgehört hatten.

»Ihr habt so verstört reagiert, als ich Euch erzählte, daß Caravaggio einen Bruder hatte. Wußtet Ihr es nicht?«

Mit einem Hustenanfall mußte er verbergen, daß er zu überrascht war, um darauf sofort die passende Antwort zu finden. Natürlich wußte er davon, schließlich hatte er deshalb kurz Mailand besucht, aber durfte er Julia die Wahrheit sagen? Er haßte dieses Balancieren zwischen Lüge und Wahrheit.

»Nie hat Michele, ich meine Caravaggio, etwas davon erwähnt.«

Laut lachte Julia auf, als hätte er einen guten Witz erzählt, und Enrico glaubte am Vibrieren ihres Lachens zu hören, daß sie keinen Verdacht schöpfte.

»Das wundert mich nicht. Ich glaube nicht, daß die beiden sich besonders gemocht haben. Es muß wohl einmal einen Streit gegeben haben um das Erbe der Eltern, und der jüngere Bruder, Giovan Battista, hat dabei wohl den kürzeren gezogen.«

Soweit informiert war Enrico auch. Aber wie konnte er das Mädchen dazu bewegen, mehr zu erzählen?

»Das geschah sicherlich vor seiner Zeit in Rom.«

»Natürlich«, bestätigte Julia, »erst mit dem Geld der Erbschaft machte sich Michele nach Rom auf, um Maler zu werden.«

»Hat Kardinal Del Monte Caravaggio nicht erstmals in die Reihe der besten Maler Roms aufgenommen? Ein Verdienst dieses kunstsinnigen Mannes.«

Wieder perlte ihr Lachen in die Schwärze der Straße hinein und mischte sich mit den Geräuschen der Nacht zum Sirenengesang. Dieser Gedanke faszinierte Enrico, denn er besaß etwas Wahrhaftiges.

»Aufgelesen hat er ihn.«

»Aufgelesen?« Die Formulierung machte Enrico neugierig. Was meinte sie damit? Bislang dachte er immer, nach den Berichten anderer Künstler, daß die Brüder Orsi, der Maler Prospero und sein Bruder, der Dichter Lelio, Michele Zugang zu dem Kunsthändler Monsù Valentin verschafft hatten. Dieser war wohl über einige Bilder, die er, Enrico, selbst nie gesehen hatte, auf Caravaggio aufmerksam geworden. Über den Händler bekam Michele dann Kontakt zu Del Monte. Ein komplizierter Weg, der vor allem für die durchdringende Kraft von Caravaggios Malerei sprach, denn wer sonst würde sich für einen Künstler aus der Gosse interessieren?

»Der Kardinal nannte es so, als würde er Menschen von Caravaggios Format sammeln wie Bilder.«

Julia drängte sich an Enrico, und dieser fühlte den warmen Körper des Mädchens und das Erwachen eines Begehrens. Die Kühle wich einem heißen Schauer.

»Wolltet Ihr mir nicht von Caravaggios Bruder erzählen, Julia?«

Seine Stimme klang selbst für ihn rauh, und Julia schien etwas von seiner Stimmung zu bemerken, denn sie drängte sich heftiger an ihn, als wolle sie ihn bewußt weiter reizen.

»Ihr seid für Ferdinando Gonzaga unterwegs, nicht?« flüsterte sie und senkte ihre Stimme.

Für Enrico hörte es sich an, als würden die Saiten einer Laute gezupft.

»Für wen sonst? Ich bin sein Sekretär!«

»Und da läßt Euch Euer Herr allein in Rom zurück, während er selbst nach Mantua abfährt, um von dort die Entwicklung in Rom, am päpstlichen Stuhl abzuwarten?«

Woher wußte sie davon, eine einfache Dienstmagd? Mißtrauisch besah sich Enrico Julia und versuchte, sich der Wirkung ihrer Stimme zu entziehen. Sie besaß eine Kraft, die ihn nervös machte. Er hatte nicht einmal bemerkt, daß sie stehengeblieben waren. Rasch nahm er die Straße wieder unter seine Füße und zog Julia mit.

»Wollt Ihr mich aushorchen?«

»Wo denkt Ihr hin.« Julia gurrte ihn regelrecht an. Dann wandte sie sich ihm wieder zu, und seine Hand, an der sie sich untergehakt hatte, berührte zufällig ihre Brustspitze, so daß es ihn heiß durchfuhr. Das Mondlicht zeichnete ein feines Lächeln auf die eine Hälfte ihres Gesichts, während die andere im Dunkeln lag. »Ich dachte nur, daß ich Euch etwas von meiner Vergangenheit erzähle, und Ihr mir von Eurer. Im Tausch. Wollt Ihr?«

Normalerweise unterschätzte er die Menschen nicht, aber diesmal steckte er in einer Falle, die ihm das hübsche Gesicht Julias gestellt hatte. Hinter dieser Larve aus Unschuld und Einfalt verbarg sich ein gerissenes Wesen. Natürlich wollte sie von ihm wissen, was Ferdinando Gonzaga in Rom gemacht hatte, welche Politik der Herzog von Mantua für seinen nachgeborenen Sohn einschlug, denn damit ließ sich kalkulieren. Julia festigte ihre Stellung als Zuträgerin, wenn sie Neuigkeiten dieser Art überbrachte, die wirklich interessant waren, und die Kardinäle konnten sich so einen möglichen Rivalen vom Hals schaffen – oder ihn für sich nutzen. Julia trat ihm jetzt gänzlich in den Weg und sah ihn herausfordernd an.

»Woher weiß ich, daß Ihr kein falsches Spiel treibt und mir die Geschichte nicht erzählt, wenn ich Euch meine Geschichte erzählt habe?«

Julias Glockenlachen hallte von den Gassenmauern wider, bevor sie sich die Hand vor den Mund legte.

»Woher weiß ich, daß Ihr mich nicht anlügt? Ein Geschäft auf Gegenseitigkeit. Ihr traut mir, ich traue Euch.«

Mit einem langen Seufzer stimmte Enrico zu. Bei den ersten Worten zögerte er noch.

»Gut. Ich bin auf der Suche nach Informationen, die meinem Herrn, Ferdinando Gonzaga, ermöglichen sollen, sich eine Kardinalsstelle zu sichern. Und ich glaube, daß Scipione Borghese trotz des Verbots, das sein Onkel, Papst Paul V., ausgesprochen hat, den Säufer und Kriminellen Caravaggio unterstützt, heimlich Aufträge an ihn vergibt oder sie zumindest ermöglicht. Und mit diesem Wissen wollen wir uns einen Fürsprecher für die nächste Kardinalsernennung sichern. Mehr weiß ich nicht zu sagen.«

Julia sah ihn an, und Enrico wußte nicht, ob er in die schwarzen Abgründe ihrer Augen springen sollte. Sie schienen ihm gefährlich tief. Auch sie begann anfänglich stockend und redete sich dann in Fahrt.

»Ich servierte eben einige Häppchen und etwas Wein, als ich Zeuge wurde, daß Caravaggio ins Arbeitszimmer Kardinal Del Montes gerufen wurde. Zuvor hatte der Kardinal sich mit einem Priester unterhalten, dessen Wuchs gefällig war und dessen Gesicht einen Liebreiz ausstrahlte, daß bereits die Ankleidemädchen von ihm schwärmten, weil er seit einigen Tagen schon im Haus des Kardinals wohnte. Ich stellte die Platten ab und entfernte mich, mußte aber auf einen Wink des Kardinals hin bleiben. Und so wurde ich Zeuge, daß der Bruder den Bruder verleugnete!«

»Der Priester verleugnete seinen eigenen Bruder?«

»Nein, Enrico«, meinte Julia und trat einen Schritt näher. Wieder wurde Enrico von der Wärme Julias überwältigt und konnte ihrer Erzählung kaum mehr folgen. Mit all seiner Kraft versuchte er sich ihrem Bann zu entziehen. Er dachte an Nerina und an ihre schwarzen Haare und glaubte so, sich konzentrieren zu können. »Caravaggio leugnete mehrmals, einen leiblichen Bruder zu haben. Dabei ähnelten sich die Brüder im Gesicht derart, daß ein Zweifel ausgeschlossen war. Als der Prete Rosso Caravaggio versöhnlich in den Arm nehmen wollte, verweigerte er sich einer Umarmung. Zuerst segnete der Priester Caravaggio, wünschte ihm Erfolg und Einsicht, aber als Caravaggio auf die Wünsche spuckte, verlor sein Bruder offensichtlich die Geduld und fluchte ihm.«

Enrico fühlte, wie ihm die Knie zitterten.

»Warum durfte der Bruder ihn nicht umarmen?«

»Es sind Unberührbare. Versteht Ihr?«

Nein, er verstand nicht, aber das spielte im Augenblick keine Rolle. Am liebsten hätte er Julias Ausführungen vorwärts getrieben, hätte an einem Rad gedreht oder an einem Strick gezogen, wenn ein solcher den Fortgang beschleunigt hätte.

»Erzählt«, drängte er sie. »Erzählt mir, was dem Priester herausgerutscht war!«

Julia blieb stumm.

»Bitte!«

»Daß dich der Zorn des Ritters nicht einholt, Bruder! Das sagte er.«

Körperlich fühlte Enrico den Widerstand, den sie ihm bot, und er wußte, daß er ihr heute nichts mehr entlocken konnte. Ihre Wärme zog ihn an, ihr Atem, der sein Gesicht streifte, forderte ihn auf, diesen Mund endlich zu küssen. Enrico schloß die Augen und preßte seine Lippen zu einem Strich zusammen. Trotzdem konnte er nicht anders, als laut zu denken.

»Was bedeutet das, ›der Zorn des Ritters‹?«

Julia versteinerte und zuckte mit den Schultern.

11.

Nero jaulte auf, als Michele hörbar die Staffeleien abschritt und ein Blatt nach dem andern von den Unterlagen riß und zerknüllte. Manche der Älteren stöhnten, als sie sich der malerischen Früchte eines ganzen Vormittags beraubt sahen. Nerina stand von ihrem Bild im Nebenzimmer auf und spähte durch die Tür. Sie sah, daß sich Michele, dicht gefolgt von Nero, durch die Reihen schlängelte und jedes zerknüllte Blatt hinter sich warf, wo es von Nero spielerisch aufgefangen und mit heftigem Kopfschütteln völlig zwischen den Zähnen zerfetzt wurde.

»Reißt eure Gedanken endlich aus den verordneten Bahnen, und beschreitet Wege abseits der üblichen Trampelpfade, auch wenn die Macchia euch die Beine zersticht. Seid ihr die Schafe, die sich zu Gruppen treiben lassen, oder seid ihr die Hütehunde, die sich jeden Augenblick etwas Neues ausdenken müssen, damit ihnen die Herde nicht ausbricht? Entscheidet euch. Aber wenn ihr Schafe sein wollt, dann verschwindet!«

Geste und Stimme wirkten müde. Sein ganzer Aufzug glich eher dem eines Bettlers als dem eines erfolgreichen Künstlers. Abgerissen, vernachlässigt, unrasiert und ungekämmt stand er vor ihnen, obwohl er sonst vor Eitelkeit strotzte. Michele konnte sich nicht mehr in dem Maße ereifern wie noch vor Wochen. Nicht daß seine Begeisterung und Freude über die regelmäßige Gruppe von Interessierten nachgelassen hätte, schließlich bezahlten sie ihre Sitzungen und konnten von ihm etwas erwarten, Nerina glaubte die Erschöpfung der Arbeit zu erkennen. Michele malte an vier Bildern gleichzeitig. Häufig ging er von Bild zu Bild, damit er nicht warten mußte, bis eine Farbschicht aufgetrocknet war. Im Licht der Kerzen durchwachte er ganze Nächte, um seine Verpflichtungen einzuhalten. Sie erkannte ihn nicht wieder. Das Bild »Die sieben Werke der Barmherzigkeit«, das jetzt ihr halbes Zimmer ausfüllte, benötigte nur noch den Firnis, und auch dem »Haupt des Johannes« fehlten lediglich einige wenige Pinselkorrekturen.

»Wer verbietet uns, auf Altarbildern Geschichten zu erzählen? Battistello, wem hörst du lieber zu, dem Baumeister Angiello, der von technischen Maßen redet, oder dem Geschichtenerzähler am Hafen?«

Verlegen sah der Angesprochene zu Boden. Nerina entdeckte, daß nicht nur die Ohren über und über rot anliefen, sondern auch sein Gesicht, und am Hals bildeten sich ebensolche Flecken.

»Dem Erzähler!«

»Und warum, Battistello? Warum nur?«

»Weil er mich fesselt. Ich trete in seine Welt ein ...«

Michele blieb stehen, streckte den Arm wie einen Malerstab nach Battistello aus und ließ den anderen über die Anwesenden wegstreichen, was der Szene in Nerinas Augen einen übertrieben theatralischen Ausdruck verlieh.

»Genau! Er fesselt dich. Und eben das müssen wir mit unseren Bildern erreichen. Der von der Arbeit Ermüdete, die Trauernden, die Hoffnung oder Tröstung suchen, sie alle sollen nicht mit starren Szenen abgespeist werden, auf die es sich nicht lohnt, einen Blick zu richten, weil Hunderte von Malern seit hundert Jahren dieselben Ideen in dieselben Gefäße gegossen haben. Langweilig, nervtötend, veraltet! Vielmehr müssen sie beim ersten Blick das sehen, was sie erwarten: Christus, einen Heiligen, Maria. Sobald sie aber diesen ersten Blick auf das Gemälde geworfen haben, unsere Betrachter, ob Edelmann oder Bettler, müssen sie stutzen. Wie eine Sage mit ungewöhnlicher Handlung muß die Wendung der bekannten Geschichte sie in den Bann schlagen, ihre Blicke müssen regelrecht stolpern, und ihr Blick muß langsam über die Szenen wandern.«

Immer leiser, immer eindringlicher hatte Michele gesprochen. Totenstille herrschte im Atelier, und Nerina mußte grinsen über die Art, wie Michele selbst ausgebildete Künstler in den Bann zog. Seine Locken fielen ihm wirr in die Stirn, sein Blick, den er unter den Lidern hervorstechen ließ, erschütterte die Maler, die offenbar nichts von Micheles Erschöpfung bemerkten. Selbst Nero duckte sich unter der Stimmung, die sich ausbreitete. Plötzlich richtete sich Michele zu seiner ganzen Größe auf, trat an die Staffelei eines seiner Schüler und riß dessen Zeichnung von der Unterlage herunter.

»Und deshalb erscheint mir das Gekleckse aus deiner Feder nicht im mindesten würdig, sich in diesem Atelier zu verbreiten. Die einzige Reaktion, die mir sofort gekommen wäre, hättest du diese Skizze weiterverfolgt, wäre ein Erbrechen gewesen. Vielleicht hätte es das Gemälde aufgewertet.«

Alles lachte, aber es klang in Nerinas Ohren bitter. Keiner bestand in Micheles Augen. An allen Arbeiten hatte er etwas auszusetzen. Hier wurde keine Geschichte erzählt, dort fehlte die richtige Stellung zum einfallenden Licht, bei diesem befand er die malerische Lösung für zu dilettantisch, bei jenem überzeugte die Farbwahl nicht. Michele kannte keine Gnade, und trotzdem hingen sie an seinen Lippen.

»Ihr müßt mit dem Licht modellieren wie mit Lehm. Erst das beleuchtete Knie, der Oberschenkel, die Hände, die aus einem Ärmel ragen und von unbestimmter Helligkeit getroffen werden, oder Kleidungsstücke, die ins Licht gerückt sind, geben dem Bild Leben. Und dieses Leben laßt ihr aufscheinen. Denkt daran, daß es einen Unterschied gibt zwischen irdischer und jenseitiger Existenz, und denkt vor allem daran, daß dieser Unterschied mit Eurem Pinsel bewerkstelligt wird. Warum soll ich einen Hieronymus verklären, wenn er ein Mensch war? Warum soll ich Christus in eine überirdische Aura hüllen, wenn ich weiß, daß er für mich auf Erden gelebt hat?«

Michele ereiferte sich. Auf seiner Stirn bildeten sich Schweißtropfen. Winselnd stahl sich Nero zu Nerina hin und vergrub seine Schnauze in ihren Schoß. Selbst dem Hund gefielen diese Ausbrüche seines Herrn nicht, und er reagierte verstört. Sie kraulte ihm den Kopf und sprach beruhigend auf ihn ein.

Die Antwort auf seine Frage schien Michele nicht zu interessieren. Mit dem Rücken lehnte er an den halb zugezogenen Fensterläden und hielt die Augen geschlossen. Der Schweiß auf seinen Schläfen feuchtete bereits das Haar und perlte über Schläfen und Wangen ab. Es sah aus, als habe er sich eben erst einen Schwall Wasser ins Gesicht geschüttet, dabei wirkte sein Gesicht fahl und schlaff. Zwei seiner Schüler packten Staffelei und Papier zusammen und verließen grußlos das Atelier, Michele beachtete sie nicht.

Nerina, die sich Sorgen machte, packte Nero am Hals und schickte ihn zu Michele. Der Hund trottete widerwillig zu seinem Herrn hinüber, den Schwanz demütig eingezogen, und begann Micheles kraftlos am Körper herabhängende Hand zu lecken. Ganz langsam kam Bewegung in diese Hand, in den ganzen Arm, und es war, als würde von dort aus zögernd, aber mächtig wieder Kraft in den Körper zurückfließen. Nero winselte.

»Messer Caravaggio. Eine Frage!«

Nerina erkannte Battistello Caracciolo, einen der begabteren Schüler, der sich eifrig bemühte und auf dem manches Mal Micheles Blick gefällig ruhte.

»Ihr malt ... in letzter Zeit nur noch Märtyrerszenen. Warum?«

Langsam öffnete Michele die Augen, und Nerina konnte den Ausdruck, der sich unter sein erschöpft wirkendes Gesicht mischte wie Wasser unter Wein, nicht recht deuten. Beinahe unhörbar antwortete er, während seine Hand begann, mit der Schnauze Neros zu spielen.

»Weil es Menschen aus Fleisch und Blut gewesen sind, die für eine Überzeugung starben! Ich male sie im Moment ihres Leides, erst dann, Battistello, dann nämlich erscheint im Profanen, im ganz und gar Natürlichen, das Einzigartige, das Göttliche. In solchen Augenblicken speichern es die Körper, wie der Stein die Wärme der Sonne speichert. Im Moment ihres intensivsten Glaubens werden die Menschen durchscheinend wie Kristall oder Wasser – und dann sind sie wahrhaftig.«

Viel verstand Nerina nicht von den religiösen Haarspaltereien, die Michele hier auftischte, sie wußte aber, daß die Kirche seit dem Tridentinischen Konzil sehr darauf bedacht war, Laieninterpretationen religiöser Szenen zu unterbinden und die überschäumende Phantasie der Künstler wieder an die Leine zu legen. Abendmahlsfeiern, in denen statt der Apostelfiguren die Auftraggeber als Vorlage dienten, wurden verdammt. Eine unmittelbare Aneignung der Heiligen durch die Laien hätte die Kirche möglicherweise überflüssig werden lassen, wie es die neue Glaubensrichtung Luthers vorlebte. Insofern bedeutete Micheles Haltung Ketzerei. Und Ketzerei bedeutete wiederum den sicheren Scheiterhaufen eines spanischen Autodafés.

»Michele, laß es gut sein für heute«, griff Nerina ein.

Michele sah sie an, als würde er sie zum erstenmal erblicken. Zwei Schritte lief er in den Raum hinein, dann stolperte er über den Fuß einer Staffelei.

»Ich brauche keinen Vermittler!« schrie er plötzlich. »Ich weiß, warum ich so male und nicht anders.«

Erschrocken erhoben sich die bislang stumm dasitzenden Schüler und packten ihre Sachen. Sie kannten ihren Messer Caravaggio mittlerweile gut genug, um Nerinas Bemerkung richtig aufzunehmen. Michele mußte schlafen. Für einen Augenblick warf Michele den Kopf hin und her und beobachtete das Treiben mißtrauisch, das jetzt im Atelier einsetzte, dann aber begann er sich damit abzufinden und wühlte sich durch die Aufbrechenden hindurch zu seiner Staffelei. Ohne auf die Ciao-Rufe zu reagieren, setzte er sich auf seinen Stuhl, nahm die Palette auf und begann zu mischen.

Nerina stellte sich hinter ihn, als der letzte gegangen war. Mit einem Tuch trocknete sie ihm Hals und Stirn ab. Als wären sie ein altes Ehepaar, das sich über diese einfachen Handhabungen noch immer ihre Zärtlichkeit und Liebe beweist, ließ er es geschehen.

»Licht und Schatten sind die Elemente, aus denen unser Leben aufgebaut ist!« begann er unvermittelt, und Nerina hielt mit dem Haaretrocknen inne, da sie seine Stimme sonst nicht hätte hören können, so leise sprach er, beinahe nur wie zu sich selbst. Sie wußte aber sofort, daß er sie damit meinte. »Die Körper wirken nicht nur plastischer dadurch, Hell und Dunkel haben Kraft, sie fördern die Angst vor dem Unbekannten im Schatten und lassen das Herz leuchten durch das Sichtbare im Licht. Hast du jemals eine

Camera obscura gesehen, Nerina? Nein? Bei Kardinal Del Monte bin ich ihr begegnet. Sie hatten einen Holzverschlag aufgebaut und innen gänzlich schwarz verkleidet, bis auf die Rückseite. Man konnte ihn betreten, stand aber in völliger Finsternis. Gegenüber der weißen Wand jedoch hatte der trickreiche Erfinder eine Öffnung eingelassen, kaum den Durchmesser eines kleinen Fingers groß. Und jetzt geschah das Wunderbare, Nerina. Beleuchtete man vor dem Kasten die Szenerie mit Kerzenlicht oder gar mit der Helligkeit der Sonne, dann erschien auf der rückwärtigen Seite des Kastens, genau gegenüber der kleinen Öffnung, ein Bild, das die Welt wiedergab, grob gezeichnet zwar, aber konturenreich und – wie eine Ironie, ein Gelächter aus Licht und Schatten – auf dem Kopf stehend. Es schien mir ein Wunder zu sein, und ich konnte nicht oft genug den Kasten betreten und mir dieses Schauspiel betrachten.«

Michele schluckte plötzlich, und Nerina sah, daß er sich auf die Lippe biß, als würde ihn eine unangenehme Erinnerung pakken und mit sich fortreißen.

»Was ist?« tastete sie sich behutsam vor, aber Michele sprang plötzlich auf, wischte sich mit der Hand über die Stirn, als müsse er die Gedanken fortscheuchen, die sich dort eingenistet hatten. Mit Schwung warf er seine Palette in die Ecke und stürzte zur Tür. Rasch nahm er seinen Umhang vom Haken, stülpte sich den Hut über, und bevor Nerina noch richtig begriff, was Michele vorhatte, polterte er zur Tür hinaus, Nero ihm direkt auf den Fersen.

Nerina versuchte ihre Verblüffung zu beherrschen. Michele hatte eben Korrekturen am Haupt des Johannes angebracht, dem er immer eindeutiger seine eigenen Gesichtszüge mitgab. Wohin Michele wollte, ahnte sie. Unschlüssig war sie nur, ob sie ihm in die Osteria folgen sollte. Sie warf sich das Tuch über die Schulter, in dessen Feuchtigkeit noch Micheles Haargeruch hing, der sie jetzt regelrecht überfiel. Langsam schlurfte sie in ihr Zimmer hinüber und setzte sich an ihre eigene Staffelei. Nein, sie würde ihm Zeit geben, sie würde ihm die Möglichkeit geben, einen Krug zu leeren. Dann aber wollte sie zu ihm hinunter und ihn fragen. In dieser Camera obscura schien etwas geschehen zu sein, das ihn verstörte. Und sie wollte es wissen.

12.

Aus Nerinas Perspektive zwängten sich durch die Gassen Neapels keine Menschen, sondern Ameisen, obwohl auch dieser Vergleich hinkte, denn die Tiere kannten den Müßiggang nicht, der zwischen den Mauern, in den Gassenschluchten der Altstadt so satt blühte wie ein Frühlingsbeet. Überall lagen die zerlumpten, nur von der Hand in den Mund lebenden Lazzari an den Hauswänden, vertrieben sich mit Würfelspiel oder Schlaf die Zeit und gingen gelegentlich in kleinen Gruppen auf Raub aus. Dabei vermieden sie es sorgfältig, Einheimische zu bestehlen, denn diese hätten sie ohne Zögern an die ungeliebte Obrigkeit der Stadt ausgeliefert. Beliebtestes Ziel bildeten die Fremden, die sich dem Neapolitaner durch ihr staunendes Streifen, ihre kopfschüttelnden Blicke und vor allem durch ihre Gebärdenarmut sofort zu erkennen gaben.

Zwei Hände reckten sich Nerina entgegen, um ihre Aufmerksamkeit zu fordern, dann fuhren die Finger der Frau an die Lippen. Sie hielt fünf Finger ihrer rechten Hand an den Mund und durchschnitt mit der flachen Hand horizontal die Luft. Sie hungere, gab sie ihr zu verstehen, und Nerina brach vom Brot, das sie in ihrem Einkaufskorb trug, ein Stück ab und reichte es ihr. Sie wußte, daß diese Art, eine Kleinigkeit zu essen wegzugeben, sie gleichzeitig davor schützte, weiter belästigt zu werden. Wer die Zeichensprache der Lazzari verstand, gehörte in die Stadt. Jeden weiteren Versuch, angebettelt zu werden, würde sie jetzt mit einem Schütteln der rechten Hand mit ausgestrecktem Zeigefinger beantworten. Eine strikte Verneinung, die einzige, die Neapels Lazzari verstanden und respektierten.

Mit einiger Scheu überquerte sie die Piazza del Mercato. Am westlichen Ausgang saß ein Erzähler, der mit lauter, über den Platz hinhallender Stimme und großen Gebärden die tragische Geschichte Konradins erzählte, des letzten Staufers. Auf diesem Platz fiel 1268 sein Haupt, und das Geschlecht der Staufer verlosch mit dem sechzehnjährigen Sproß.

Kurz hinter der Piazza bog sie Richtung Hafen ab und schlüpfte in die Gasse, in der sich ihr Atelier verbarg. Nur ein schmaler

Streifen Licht stach noch bis hinunter auf den Weg und teilte ihn in eine helle und eine düstere Hälfte. Sie ließ sich von der Sonne bescheinen und genoß die Frühlingswärme, die von dem Lichtfinger ausstrahlte.

Zuerst schloß sie genießerisch die Augen, dann ließ sie bereits gewohnheitsmäßig den Blick die Fassaden entlanggleiten und musterte die Häuserfront und die Fenster im vierten Stock auf Veränderungen. Die hämmernde Musik der Handwerker, die vor ihren Werkstätten hockten und arbeiteten, klang wie sonst, niemand drückte sich in die Winkel der Hauseingänge, den sie nicht kannte, und die Fenster zum Atelier ... Für einen Augenblick hielt sie inne. Hatte sie vergessen, den Laden zu schließen? Nein. Seit ihrer Flucht aus Rom pflegte sie ein Verhalten, das sie und Michele schon einmal vor einer Verhaftung geschützt hatte, und dazu gehörte das Schließen der Atelierläden. Wer etwas im Raum sehen wollte, mußte diese öffnen. Fieberhaft versuchte sie sich an einleuchtenden Erklärungen. War Michele zurück? Niemals wäre ihm eingefallen, die Läden zu öffnen, selbst wenn er zu malen begonnen hatte. Michele liebte Kerzenlicht. Nerina verlangsamte ihren Schritt und starrte zu dem einen offenen Laden empor. Jemand stand im Atelier! Die Erkenntnis überflutete sie regelrecht und trieb ihr Schweißtropfen auf die Oberlippe.

»Mädchen, was ist?«

Nerina schrak aus ihren Gedanken auf. Cesare betrachtete sie aufmerksam, der Schnitzer aus dem kleinen fensterlosen Loch gegenüber ihrem Hauseingang, das er sein Geschäft nannte.

»Cesare, ist jemand ins Haus gegangen, während ich weg war? Michele vielleicht?«

»Michele? Nein, der sitzt in der Osteria del Cerriglio und trinkt. Sonst habe ich niemanden gesehen!«

»Niemanden gesehen!« mischte sich Francesco ein, ebenfalls Schnitzer, der direkt daneben saß und mit einem Beitel auf ein Stück Pinie einschlug, daß die Späne flogen. »Erzähl Ihr ruhig, daß du dem Herrn gesagt hast, wo der Maler Caravaggio wohnt. Erkundigt hat er sich, Nerina, und er hat diesem Hurensohn ein Geldstück gegeben, daß ihm ganz schweißnaß geworden ist im Hemd!«

»Lügner, nicht einen Scudo habe ich angenommen – und dessen Zunge soll verdorren, der etwas anderes behauptet!«

»Dann müßte sie dir längst abfallen, Cesare, und du könntest nur noch stammeln!«

Wäre es ihr nicht zu ernst gewesen, hätte sie gelacht. Den ganzen Tag brachten die beiden Streithähne damit zu, einander zu korrigieren und sich gegenseitig der Unwahrheit und Lüge zu bezichtigen. Und doch trennten sie sich nie. Sogar zur nächsten Osteria gingen sie gemeinsam, natürlich im heftigsten Wortwechsel, und während der eine einen kühlen Weißen bestellte, trank der andere einen temperierten Rotwein, nicht ohne über die Vorzüge und Nachteile beider Arten des Genusses mit Worten zu fechten, wobei der eine den anderen einen Dummkopf, Habenichts und Lügner ohne Geschmack schalt.

»Wie sah er aus?« fuhr sie Cesare an, der betreten schwieg.

»Nerina! Ein Rotschopf war's, ich schwöre es, wenn auch dieser Schwindelpriester sein Mundwerk nicht aufbringt!«

Sie wußte im Moment nicht ganz genau, warum, aber ein Seufzer der Erleichterung entrang sich ihrer Brust. Vorsichtig hob sie ihren Korb auf und trat auf den Eingang zu. Kaum hatte sie die Tür zurückgeschoben und sich an das Dämmerlicht gewöhnt, sah sie, daß ein Mann vor ihr stand, mindestens einen halben Kopf größer, mit festen Schultern und feuerroten Haaren.

Ein leiser Ruf des Erschreckens entwand sich ihrer Kehle, aber der Fremde sprach sofort beruhigend auf sie ein.

»Entschuldigt mein Erscheinen, aber ich hatte nicht erwartet, daß Ihr in den Flur tretet.«

Nerina faßte sich sofort wieder.

»Wer seid Ihr? Was wollt Ihr?«

Der Fremde verbeugte sich. Erst jetzt erkannte Nerina, daß er einen Priesterrock trug, dazu einen weiten, bräunlichen Umhang, der mit einem ledernen Band zusammengehalten wurde. Die Hände versteckte er unter bauschenden Ärmeln, und um seinen Hals hing ein Kreuz. Nerina erinnerte er fatal an den Mönch, der Michele den Auftrag zum »Tod Mariä« erteilt hatte. Nur die Kapuze, die jetzt über seinen Rücken fiel, fehlte auf dem Kopf. Ohne Zweifel stand ihr der Mann gegenüber, den sie am Hafen zusammen mit dem Johanniter gesehen hatte. In seinem Gesicht wollte sie eine gewisse Ähnlichkeit mit Michele erkennen, verwarf aber den Gedanken sofort wieder. Woher sollte die kommen? Sie wich zurück, stolperte aber. Überraschend schnell griff der Mönch zu und hielt sie fest. Dabei kam er ihr mit dem Kopf nahe. Sie roch seinen Atem und sah braune, ruinenhafte Zähne in seinem Mund, als er mit seiner Vorstellung fortfuhr.

»Verzeiht abermals, daß ich mich nicht vorgestellt habe. Ich bin Pater Leonardus. Im Auftrag meines Herrn, des Kardinals Scipione Borghese, suche ich Michele Merisi, genannt Caravaggio. Der Bildschnitzer draußen sagte mir, daß er hier wohne.«

Mißtrauen schlich sich in Nerinas Kopf. Sie bedankte sich hastig für die Hilfe und versuchte, seine Hand abzuschütteln, die sich wie eine Zwinge um ihren Oberarm gelegt hatte. Nur zögerlich ließ der Pater los.

»Nun, habt Ihr ihn gefunden?«

»Leider noch nicht, aber ich war eben erst auf dem Weg hinauf.«

In Nerinas Kopf schrillten die Alarmglocken. Sie durfte mit dem Pater nicht allein bleiben. Warum erzählte er nicht, daß er bereits im Atelier gewesen war, um zu spionieren? Wer log, der hinterging auch und hatte etwas zu verbergen.

»Was noch nicht erklärt, was Euch hierhertreibt und was Ihr hier wollt, Pater Leonardus.«

13.

Im wehenden Kardinalspurpur segelte Scipione Borghese durch die endlosen Gänge des Vatikans. Jeder Schritt ließ seine Wut ansteigen – und selbst die Schweizergarden, die vor den Zugangstüren wachten, getrauten sich nicht, ihm den Weg zu verstellen, so deutlich mußte ihm der Zorn ins Gesicht geschrieben stehen. Es erfüllte ihn mit Genugtuung und reizte seine Nerven weiter. Sein Oheim schien nicht einmal in der Lage, für seine Sicherheit zu sorgen. Hätte er jetzt einen Dolch unter dem Gewand, müßte ein neues Konklave einberufen werden.

Hart lachte er auf, schob den Lakaien beiseite, der sich als einziger vor ihm aufbaute, als er die Privatgemächer seines Oheims betreten wollte, und drückte die schwere Tür auf.

»Aus dem Weg, Francesco! Oheim, ich muß mit Euch sprechen!«

Der Papst schreckte hoch, offenbar hatte ihn Scipione aus dem Sesselschlaf geweckt.

»Gemach, mein Sohn!«

Scipione mußte sich zwingen, nicht laut hinauszubrüllen, auch deshalb, weil hinter ihm bunte Schweizer Uniformen in den Raum drängten.

»So könnt Ihr mich nicht hintergehen, Oheim!« fauchte Scipione und warf einen Blick über die Schulter. »Ihr habt Kardinal Del Monte den Hinweis gegeben. Ich weiß es.«

Langsam erhob sich sein Oheim und trat in die Mitte des Zimmers, den Kopf erhoben, die Hände ineinander verschränkt.

»Da Ihr gerade hier seid, Neffe, ohne daß ich Euch hergerufen habe, können wir sofort darüber reden. Was fällt Euch ein, Euch meinen Anordnungen zu widersetzen?«

Die letzten Wörter schrie ihm sein Oheim ins Gesicht. Überrascht wich Scipione Borghese einen Schritt zurück und hielt es im Augenblick für besser, die eigene Wut zu bezähmen, senkte den Blick und wartete einfach ab, bis sich der Zorn legte.

»Ihr zerstört meine Bemühungen um die Erneuerung des christlichen Lebens, in einer Zeit, in der die Ketzerei dieser Protestanten mehr und mehr zum Ärgernis wird. Die Christenheit braucht einen starken Papst und Ihr gebt das Amt der Lächerlichkeit preis!«

Aus den Augenwinkeln heraus beobachtete Scipione Borghese, daß Paul V. die Garde, die erschrocken und etwas bleich dem Streit lauschte, mit einer Handbewegung hinausschickte. Dies war eine Familienangelegenheit.

»Ihr habt meine Politik hintergangen!« brüllte ihn sein Oheim an, als die letzte Tür ins Schloß gefallen war.

»Ich verstehe Euch nicht, Oheim!«

Unterwürfig ließ Scipione Borghese seine Stimme klingen, leicht verunsichert und dünn. Dabei kochte es in ihm. Julias Nachricht von den Ankäufen Kardinal Del Montes hatte ihn sprachlos gemacht. Vorerst mußte er nur abwarten, bis der Zorn des Papstes verraucht war. Dabei hob er leicht den Kopf und blickte in das feiste Gesicht des Oheims, dem das Amt von Monat zu Monat kräftigere Wangen bescherte. Der ohnehin dünne Oberlippenbart und die wenigen Spitzbarthaare wirkten wie künstlich auseinandergezogen und angeklebt.

»Ich versuche, das störrische Venedig zu zwingen, den neuen gegenreformatorischen Kurs Roms mitzugehen und das Tridentinische Konzil anzuerkennen, die Unterweisung der unteren Volksschichten voranzutreiben, damit sie mir nicht abtrünnig werden und dieser protestantischen Verirrung verfallen, und mein eigener Neffe bemüht sich um diesen Caravaggio, dessen Bilder mehr und mehr sein Ketzertum ausweisen und falsches Zeugnis ablegen vor unserem Glauben.«

Scipione Borghese knurrte. Seit seiner Wahl zum Papst versuchte sein Oheim, seinen Seeleneifer dem Amt anzugleichen, und Scipione Borghese war sich nicht klar darüber, ob dies nun der Wunsch war, als Papst der Erneuerung, der tadellosen und würdigen Lebensführung in die Annalen einzugehen – und er tatsächlich dachte, was er predigte –, oder ob sich nur des Amtes wegen sein Charakter veränderte. Immerhin besuchte ihn weiterhin einmal die Woche seine Mätresse, Romina Tripepi, keine sonderlich attraktive Frau, aber offenbar den Bedürfnissen des Papstes angemessen und vor allem verschwiegen, jedenfalls nach außen hin.

»Ihr hattet mich mit dem Auftrag betraut, Caravaggio zu unterstützen, weil er uns die breite Masse und die erneuerungswillige italienische Fraktion zuführte.«

»Das ist über ein Jahr her – und jetzt bin ich Papst. Ich muß andere Ziele verfolgen. Mein letztes Wort: Brecht Eure Unterstützung Caravaggios ab! Keine Bilder mehr, die dieser Säufer geschmiert hat! Weder als Auftrag noch als Ankauf!«

»Euer eigenes Bildnis scheint Euch trotzdem zu gefallen!« Einen flüchtigen Blick ließ Scipione Borghese über das Porträt Caravaggios gleiten, das lebensgroß hinter dem Schreibtisch hing und auf ihn herabblickte.

»Reizt mich nicht, Scipione!«

Die Zähne Camillo Borgheses knirschten. Ein Schweigen breitete sich zwischen ihnen aus, das sich langsam zu einem kaum erträglichen, körperlich fühlbaren Schmerz steigerte, der in Scipiones Gehör hämmerte. Ärger schäumte in ihm. Er kochte der Behandlung wegen, die ihm sein Oheim angedeihen ließ. Mußte er sich das gefallen lassen? Er, Scipione Borghese? Lange genug hatte er sich zurückgehalten. Jetzt konnte er nicht mehr verhindern, daß sich sein eigener Zorn entlud, der ihn hierhergetrieben hatte. Jetzt mußte er sagen, was er dachte, jetzt mußte er das Schweigen brechen.

»Ich habe nur vergolten, was Eure Heiligkeit mir selbst vorpraktiziert hat.«

Diesmal klang Scipiones Stimme unversöhnlich und hart.

»Ihr habt zugelassen, daß dieser ... dieser Stümper Del Monte die letzten frei verkäuflichen Bilder Caravaggios aufgekauft hat. Ihr habt ihm offenbar den Hinweis gegeben, daß Cavaliere d'Arpino in Geldschwierigkeiten steckte, statt mich zu verständigen. Ihr wißt, daß ich womöglich zum Kardinal nur wenig tauge, aber einen untrüglichen Sinn für die Künste besitze. Und über diesen Caravaggio, bei allem Respekt, Eure Heiligkeit, wird noch gesprochen werden, wenn Euer Name vergessen sein wird.«

Abrupt drehte sich Camillo Borghese um und schlurfte mit schwerfälligem Schritt wieder hinter seinen Schreibtisch. Schwer ließ er sich in den Sessel fallen. Atmete stoßweise.

»Ihr könnt es Euch nicht leisten, werter Oheim, einen Mann wie Caravaggio fallenzulassen. Seine Bilder mögen von Del Monte, von den Brüdern Giustiniani, von den Gonzagas gesammelt werden, den Weg ins Herz des Volkes aber finden sie beinahe von selbst. Die Römer lieben ihren Schmierfinken und Säufer, weil er ihnen keine leblosen Heiligen beschert, sondern Menschen ihres Standes.«

Sein Oheim saß, die Hände über dem Bauch verschränkt, in seinem Lehnstuhl und betrachtete sich ganz offensichtlich die Aufführung, das Theaterspiel, das sich vor ihm entrollte. Seine glatten Gesichtszüge zerknitterten in kleine Fältchen.

Das Schreibzimmer, in dem sie beide sich gegenüberstanden, explodierte in seinen Farben. Überall buntgefleckter Marmor, die Wände mit Fresken geschmückt, deren Bedeutung sich ihm gerade nicht erschloß, Kerzenleuchter und in der Mitte ein schwerer Schreibtisch, dessen Platte aus feinstem Carrara-Marmor geschnitten war. Zuviel Prunk, zuviel Macht, zuviel Selbstherrlichkeit in den Dingen.

»Warum glaubt Ihr, ich könnte einen Maler wie Caravaggio nicht fallenlassen? Wer ist Caravaggio? Die Malschulen Italiens werden Männer wie ihn zu Dutzenden hervorbringen, wie sie in den letzten Jahrzehnten Männer hervorgebracht haben wie Leonardo, Michelangelo und Raffael.«

Bitterer Speichel floß Scipione in den Mund. Die Selbstgefälligkeit seines Oheims schmerzte ihn. Mehr denn je fühlte er, daß er sich von diesem Mann entfernte. Er war sein Oheim – aber in erster Linie war er Papst.

»Für Euch war Caravaggio Mittel zum Zweck – und jetzt stört er. Für mich ist er der bedeutendste Künstler unserer Zeit.«

Camillo Borgheses Gesicht glänzte vor Schweiß. Wasser lief ihm von der Stirn in die Augenwinkel, und er wischte sich mit einem Seidentuch übers Gesicht, verharrte einen Augenblick mit verdecktem Antlitz: »Leider blieb er nicht auf dem Marsfeld liegen! Ein bedauerlicher Umstand.«

Dieser Satz erschien Scipione so ganz anders als all die Sätze, die sein Oheim sonst von sich gab. Ihm war, als schwinge ein Bedauern darin mit, das einer festen Überzeugung gewichen wäre.

»Stellt Euch nicht gegen mich, Scipione. Bestückt Eure Villa in den Pincio-Gärten mit Kunstwerken. Vergnügt Euch mit ihnen. Aber laßt die Finger von Caravaggio. Seine Bilder sind noch nicht offiziell für Ketzerei erklärt worden, aber es ist zu erwarten. Ein entsprechendes Verfahren wurde bereits überlegt.«

Jetzt mußte Scipione laut lachen. Er drehte seinem Oheim den Rücken zu, lief in Richtung Tür und betrachtete dabei die Schmuckdecke.

»Ihr macht Euch lächerlich, Oheim. Ihm werden die Bilder aus den Händen gerissen, und Ihr überlegt Euch ein inquisitorisches Verfahren.« Langsam wandte er sich wieder um. »Die besten Stücke werden in den Galerien Eurer Gegner verschwinden. Ich werde retten, was zu retten ist.«

14.

Nerina schritt die Treppe voran ins Atelier hoch. Hinter sich fühlte sie die Blicke Pater Leonardus' wie sanfte Berührungen, die sich ihren Rücken entlang nach unten bewegten. Auf ihrem Gesäß blieben sie liegen, strichen die Rundungen entlang. Beinahe konnte sie die Gedanken des Paters erahnen, die sich seinem Atem mitteilten: Schlief Caravaggio mit ihr oder nicht? War sie eine der vielen Huren des Malers oder womöglich mehr? Mit der freien Rechten griff sie kurz nach ihrem Amulett und drückte es. Es mußte ihr jetzt einfach Glück bringen.

Ihr Gefühl, diese unbestimmte Furcht vor den Blicken des Paters, zwang sie, schneller zu gehen. Doch leicht hielt Pater Leonardus mit ihr Schritt.

»Ihr wollt Michele einen Auftrag erteilen?«

»Ich will kaufen, alles kaufen, was Messer Caravaggio gemalt hat.«

Nerina hüstelte verlegen. Woher kam dieses plötzliche Interesse an Micheles Bildern? Die Bruderschaft, der Kaufmann, der Vizekönig von Neapel und jetzt Pater Leonardus im Auftrag des Kardinals Borghese. Warum wollten plötzlich alle seine Werke kaufen?

»Ich glaube nicht, daß Michele daran interessiert ist. Seine Art, einen Auftraggeber auszusuchen, ist etwas, sagen wir – persönlich.«

Als sie die Tür zum Atelier geöffnet hatte, drehte sie sich sofort um. Sie hatte ihn richtig eingeschätzt. Tatsächlich glitt der Blick des Paters an ihrem Körper entlang nach oben und verharrte auf ihrer Brust, bis sie die Arme davor kreuzte. Erst dann sah er ihr ins Gesicht.

Vom geöffneten Laden her fluteten Licht und Wärme in den Raum. Sie kam sich vor, als würde sie von hinten beleuchtet, um in einem besonders günstigen Licht präsentiert zu werden.

»Wie eine Madonna Caravaggios!« murmelte der Pater.

Nervös strich sich Nerina eine Haarsträhne aus dem Gesicht. Mutig begegnete sie seinen grauen Augen, die wie klares Brunnenwasser wirkten.

»Sie waren bereits hier oben?« versuchte sie den Pater zu übertölpeln, aber der hielt ihrem forschenden Blick stand und zuckte mit keiner Wimper. Ein Stich in der Bauchgegend sagte ihr, daß es ein Fehler gewesen war, den Pater mit hinaufzunehmen. Sie waren allein. Niemand wußte, daß der Pater bei ihr oben war. Unruhig schluckte sie den Speichel hinunter, der sich im Mund sammelte, zupfte am Kleid und ging langsam zum Fenster, um die halboffenen Läden gänzlich zurückzuschlagen.

»Wie ich sehe, malt Caravaggio fleißig. Schadet das Licht nicht der Farbe? Wird sie dadurch nicht spröde?«

Nerina beugte sich über die Brüstung, aber unten, auf der sonst so belebten Gasse, sah sie niemanden, den sie kannte. Ihre Gedanken überschlugen sich, während sie sich wieder dem Pater zuwandte, der ihr bis in die Mitte des Zimmers gefolgt war. Sein Grinsen deutete sie als Wissen um ihre Notlage.

»Ich darf mich setzen? ›Sieben Werke der Barmherzigkeit‹, wenn ich das Bild recht deute. Originell und gelungen, aber vermutlich in dieser Ausführung unverkäuflich!«

Seine selbstsichere Art, sein Auftreten, als wäre er hier zu Hause, verärgerten sie.

»Im Gegenteil. Für das Bild erhielt Michele einen schönen Preis. Vierhundertsiebzig spanische Dukaten, wenn Ihr das meint.«

Pater Leonardus pfiff durch die Zähne, aber Nerina wurde den Verdacht nicht los, daß er über alles bereits Bescheid wußte, daß er das Bild eingehend gemustert und begutachtet hatte. Hatte ihn der Johanniter eingeweiht? Warum hatten sie sich getroffen? Woher kannten sie sich? Was hatten sie am Hafen und danach miteinander zu sprechen gehabt?

»Jeden Dukaten ist es wert! Und für die Inquisition ein gefundenes Fressen. Findet Ihr nicht? Maria aus dem Lauf der Welt verbannt. Ich glaube nicht, daß es dem neuen Denken am Hof unseres Papstes Paul entspricht und von der dortigen Kongregation für unchristliche Umtriebe gutgeheißen wird.«

»Was wollt Ihr damit andeuten?«

Nur zu gut verstand Nerina, was der Pater damit bezweckte. Wer nicht zum Zuge kam, mußte drohen. Und am leichtesten drohte man auf spanischem Territorium mit der heiligen Inquisition. Nur zu bekannt waren noch die mörderischen Umtriebe des historischen Torquemada, der Geißel Gottes.

»Es wird in der Kirche der örtlichen Bruderschaft des Pio Monte della Misericordia hängen. Abgesegnet vom Vizekönig Spaniens, Alfonso Pimentel de Herrera.«

Als würde ihn ein Witz erfreuen, den sie gemacht hatte, entlockte der Name des Spaniers Pater Leonardus ein leichtes Hüsteln.

»Nichts als ein Narr. Wenn der Großinquisitor den Stab über ihm bricht, verwandelt er sich ebenso in einen winselnden Haufen Mensch wie alle vor ihm. Und die Bevölkerung Neapels wird uns dankbar sein, oder glaubt Ihr, werte Nerina, daß ein Mann geliebt wird, der Steuern auf Brot und Früchte erhebt, sogar das Brot zusätzlich rationiert, während teure Delikatessen ungehindert die Stadtgrenzen passieren dürfen? Selbst er wird es sich überlegen, einem Urteil der Inquisition zu widerstehen.«

Leicht, in einem Plauderton, als rede er von seinem letzten Abendessen, sprach Pater Leonardus seine Drohung aus. Ihr verschlug es den Atem, und sie fühlte, wie ihr das Blut aus dem Gesicht wich.

Mit einem Ruck stand Pater Leonardus auf und trat auf Nerina zu, die zurückweichen wollte, aber gegen das Eisengitter des Balkons stieß. Ihr Atem begann plötzlich zu jagen, sie fühlte, wie sich ihr Brustkorb schneller hob und senkte, wie sich auf ihrem Nacken, direkt unter ihren Haaren und unter dem Kinn Schweiß bildete, der in schnellen Tropfen nach vorne abrann und Rücken sowie Ausschnitt näßte.

»Was malt er sonst, Euer Meister?« meinte Pater Leonardus gleichmütig und gab mit keiner Miene zu erkennen, ob er Nerinas Notlage wahrnahm, ob er ihre Angst roch. Er griff an ihr vorbei in die Ecke des Raumes, dorthin, wo ein schwerer Vorhang ein weiteres Bild verbarg. Dabei streifte sein Arm ihre Brust, und Nerina zuckte zurück, als würde sie sich verbrennen.

Vor Aufregung verschluckte sie sich und mußte heftig husten. Geschickt drehte sie sich, umrundete den Pater. Jetzt stand sie endlich mit dem Rücken zur Tür. Ihre Angst wich.

»Ein noch unvollendetes Bild. Michele mag es nicht, wenn seine halbfertigen Werke betrachtet werden.«

Ein arrogant verständnisvolles Gesicht trug Pater Leonardus zur Schau und nickte. In Nerina stieg ein Widerwillen gegen diesen Pater auf, der ungebeten an der Abdeckung der Leinwand herumfingerte und sie bloßlegte. Mit einem Ruck zog Pater Leonardus das Bild hinter dem Vorhang vor und stellte es auf eine der Staffeleien. Alles geschah hastig und rasch, und Nerina bemerkte erstaunt, daß seine Hände dabei zitterten. Er trat zwei Schritte zurück und starrte auf das Bild.

Micheles Schnelligkeit, ein Gemälde zu vollenden, erstaunte Nerina immer wieder. Auch jetzt sah sie sofort, daß er weitergearbeitet hatte, daß eine zweite Figur so gemalt war, daß man ihr Gesicht klar erkennen konnte – und es schien ebenfalls ein Porträt zu sein: das Porträt von Pater Leonardus.

Ebenso erstaunt wie der Pater, meinte sie lapidar: »Der Kopf des Henkers sieht Euch ähnlich!«

»Das kann nicht sein!« keuchte Pater Leonardus. »Es kann einfach nicht sein!«

Aus Nerinas Blickwinkel wirkte das Gesicht des Paters wie blutleer, wie gestärkte Wäsche die Haut, kalkig und ungesund.

»Wollte er Euch malen, Pater?« bohrte Nerina neugierig, die ganz schwach eine Absicht Micheles zu erkennen glaubte. Warum porträtierte er den Pater? Gab es dafür Gründe? Und das Seltsamste war, daß Michele ohne Vorbild porträtierte, wo er sonst nicht malen konnte, ohne ein Modell vor sich zu haben. Die Gesichter mußten sich ihm eingebrannt haben, sie mußten sich vor seinem inneren Auge entfalten wie lebendige Wesen.

»Ist das Bild zu kaufen? Fünfhundert spanische Dukaten!«

In Nerinas Ohren klang der Versuch unbeholfen, ihr das unfertige Bild abzuschwatzen.

»Unverkäuflich. Es ist unverkäuflich. Michele malt es für sich selbst.«

Jetzt drehte sich der Pater zu ihr um, und in seinen Augen glänzte eindeutig eine Mischung aus Heimtücke und schwer verborgener Schlauheit.

»Zu jedem Preis!«

Eisig schien es im Raum zu werden, obwohl die Sonne immer stärker ihr Recht forderte und das Atelier durch das offene Fenster mit Licht und Wärme füllte.

»Für nichts in der Welt!«

Sein schief verzogener Mundwinkel versuchte offenbar zu lächeln. Mit einer blitzschnellen Bewegung drehte er sich ganz zu ihr um, griff nach ihrem Handgelenk und drückte zu.

»Für jeden Preis.«

»Fragt Michele«, stöhnte Nerina und ging langsam in die Knie. Pater Leonardus genoß dies offenbar, ließ aber plötzlich los. Nerina stolperte nach vorne und wäre ihm beinahe in die Arme gefallen.

»Ihr wißt vielleicht nicht, daß selbst die Spanier auf einen Mord mit dem Galgen antworten. Es weiß nur noch niemand hier in Neapel, daß Euer Michele einen Menschen umgebracht hat.«

Nerina hielt ihr Handgelenk und suchte einen raschen Ausweg aus ihrer Situation. Im Augenblick kniete sie hilflos und den Launen des Paters ausgeliefert auf dem Boden. Die Tür lag hinter ihr, aber dazwischen stand Pater Leonardus. Nur einmal hatte sie eine solche Demütigung erfahren, als ihr Ziehvater ihr eröffnet hatte, daß sie elternlos war, daß sie von ihm und seiner Frau nur aufgezogen wurde und deshalb entsprechend für ihr Auskommen zu arbeiten hatte.

»Michele wurde der Mord in die Schuhe geschoben! Er ist unfähig, jemanden im Streit zu töten. Er schlägt sich gern, ja, aber er würde niemanden ermorden.«

»Eure Liebe zu diesem Caravaggio in Ehren, Signora, aber das dürfte den Vizekönig nicht interessieren. Die spanischen Granden sind keine Freunde juristischer Spitzfindigkeiten. Und selbst Alfonso Pimentel de Herrera bildet sich mehr auf seine adelige Geburt ein als auf die Schlichen der Justiz. Ihr seht, ein einziger Hinweis, und Euer Michele wird ein Raub läuternder Flammen.«

»Ihr seid kein Mensch!«

»Das ist er auch nicht!« ertönte hinter ihr eine bekannte Stimme. Michele! »Und jetzt verlaßt Ihr uns, und zwar sofort!«

Nerina rappelte sich auf. Ihr Handgelenk schmerzte. Sie sah, daß dasselbe schiefe Lächeln die Mundwinkel Pater Leonardus' weiter verzog. Nur seine Stimme klang belegter.

»Wie Ihr wünscht, Messer Caravaggio!« Rasch schob der Pater die Kapuze über den Kopf und schritt an Michele vorbei, der in der Tür lehnte und dem Pater nur einen kleinen Spalt freiließ, damit dieser sich hindurchzwängen konnte. Ihre Schultern berührten sich. »Ich komme wieder!« rief er über die Schulter hinweg, als er die Treppe hinabging.

Michele kümmerte sich nicht weiter um den Pater. Nerina sah ihn dankbar an. Tatsächlich fiel ihr eine gewisse Ähnlichkeit des Paters mit Michele auf, wenn man von den roten Haaren absah. Kinn und Nase sowie ein Teil der Augenpartie sahen sich zum Verwechseln ähnlich.

»Das war in letzter Sekunde!« Michele roch nach Wein und Schweiß. Wortlos zog er Nerina hoch. Sie stand direkt vor dem Bild, als er rasch das Tuch wieder darüber warf, das der Pater entfernt hatte. »Du porträtierst diese Männer, Michele, den Johanniter und diesen Pater Leonardus aus dem Kopf. Warum?«

»So, Pater Leonardus nennt er sich jetzt!«

Mehr sagte Michele nicht.

15.

Das Erscheinen Kardinal Del Montes kündigte sich Enrico durch ein leichtes Vibrieren der Atmosphäre an. Er betrat den Raum nicht, er füllte ihn aus und belebte ihn mit seiner Anwesenheit, die wie selbstverständlich das Licht der Kerzen dämpfte und weicher erscheinen ließ.

»Eminenz!« Enrico wagte das Wort kaum zu flüstern. Über vierzehn Tage hatte es gedauert, bis ihm die Audienz mit einem der mächtigsten Männer der römischen Kurie gewährt worden war, und einen nicht unbeträchtlichen Anteil daran hatte sicherlich Julia. Nicht daß er Angst vor dem Kardinal empfunden hätte, es war vielmehr eine Art Ehrfurcht vor dem Geist dieses Menschen, der so wenig in die Zeit und in die römisch-klerikale Gesellschaft passen wollte. Als intelligenter, gebildeter, kunstliebender Mäzen galt der venezianische Kardinal Francesco Maria Del Monte, dem die Bauhütte der Peterskirche unterstellt war. Zudem flüsterte man, er sei ein Anhänger der neuen, ketzerischen Ideen eines Kopernikus und ein Freund des Gelehrten Galileo Galilei, und sein Auftreten bestätigte dieses Gerücht.

Mit einer nachlässigen Geste streckte ihm der Kardinal den Ring entgegen und deutete in die Mitte des Raumes. Kein einziges Möbelstück störte. Man konnte nur stehen, und Enrico glaubte zu wissen, warum. So wirkte die massige Gestalt des Kardinals noch imposanter, so strahlte er gleichsam wie eine Sonne Macht und Würde und Genie aus.

»Ihr kommt vom jungen Gonzaga?«

Wieder beugte Enrico das Knie, um Demut zu zeigen, schließlich erhoffte er sich von der Begegnung einiges. Doch die scharfen Augen Del Montes zwangen ihn auf.

»Ich halte nichts von Gesten, die abgeschmackt wirken und so offenkundig eingeübt, daß sie schon wieder komisch sind.«

»Ich wollte Eure Eminenz nicht beleidigen ...«

Mit einemmal zitterten seine Knie, ohne daß er es verhindern konnte. Seine ganze Haltung drohte aus dem Gleichgewicht zu fallen. Er versuchte flach zu atmen, sich in die Gewalt zu bekommen.

»Beruhigt Euch, mein lieber Enrico. Ihr seid nicht der erste, den es verwundert, daß ein Kardinal Del Monte bestens Bescheid weiß über die Machenschaften und Spiele unter den Kardinälen Roms. Wer sich behaupten will, muß mittun, auch wenn es ihm im ersten Moment verwerflich erscheinen mag.«

Die klaren Augen Del Montes durchbohrten Enrico regelrecht. Bis hinunter auf die noch mit Kinderhandschrift bedeckten Seiten seiner Seele blätterte dieser Blick zurück. Lange würde er diesen Augen, dem spöttischen Lächeln und dem daraus hervorleuchtenden glasklaren Intellekt des Kardinals nicht widerstehen. Dessen Gesicht wirkte füllig, ohne den überfetteten Ausdruck des Papstes angenommen zu haben, aber weich, mit eher weiblichen Zügen. Seine Hände und der spitz zulaufende Bart waren sehr gepflegt. Mit kurzen schnellen Schritten durchmaß der Kardinal das Zimmer und zwang Enrico so, sich ständig um die eigene Achse zu drehen, um Del Monte nicht den Rücken zukehren zu müssen.

»Ihr kommt der Bilder wegen? Der Zeichnungen?«

»Ihr habt sie gekauft?«

»Von Cavaliere d'Arpino. Ja. Im rechten Moment. Ein armer Kerl. Vor zehn Jahren noch einer der glänzenden Sterne am

Kunsthimmel Roms und heute beinahe ein armer Schlucker. Die Zeit geht über die Künstler hinweg wie wir über einen Teppich. Ich habe ihn unterstützt.«

Und dabei ein glänzendes Geschäft gemacht. Verwundert registrierte Enrico die Mitteilsamkeit des Kardinals. Ihm war er von Julia als eher schweigsam, nur auf seinen Interessengebieten wirklich aufblühender, unendlich vorsichtiger Mann geschildert worden. Mächtig zwar und einflußreich, hielt er sich stets abseits der Strudel des römischen Mahlstroms. Beobachter und Intrigant war er, der von der Peripherie her seinen Einfluß geltend machte und von dort aus seine Machtstellung verteidigte.

Die Tatsache, daß der Kardinal wie ein Planet ständig um ihn kreiste, verwirrte ihn zusehends. Seine ganze Konzentration mußte Enrico aufbringen, um einen klaren Gedanken zu fassen.

»Ihr werdet allerorten als Sammler und Freund der Wissenschaften gerühmt.« Wieder erschien dieses undeutbare Lächeln auf den Lippen Del Montes. Aber Enrico wollte ihm nicht schmeicheln, er wollte ihn zum Reden bringen. »Ihr umgebt Euch mit den bedeutendsten Männern der Zeit und scheut Euch nicht, die wissenschaftliche Intelligenz Europas in Euren Mauern zu beherbergen. Ihr seid zu beneiden, Eminenz.«

Jetzt brach Del Monte in schallendes Gelächter aus.

»Nun, so will ich Euch über Caravaggio erzählen. Das ist doch Euer Ziel. Lassen wir das Schmeicheln und Honigseimen. Ich kenne sie alle: die Schriften Keplers und persönlich Galileo Galilei, Annibale Carracci, Tizian, van Dijk und Jan Breughel.« Unaufdringlich wirkte diese Aufzählung, beinahe so, als wäre es das Selbstverständlichste der Welt, die geistigen Größen der Gegenwart, die Neuerer und Veränderer, die Kritiker und Denker um sich zu versammeln. »Wen wundert es, daß mir dieser junge Wildfang Caravaggio eines Tages über den Weg lief? Sie kommen alle irgendwann zu mir.« Del Monte wählte eine Pause, damit seine Worte in ihn eindringen konnten. »Der Kunsthändler Monsù Valentin empfahl den jungen Maler, und da habe ich mich seiner angenommen. Das ist alles.«

Endlich stand der Kardinal still. Enrico schwirrte bereits der Kopf. Vor seinen Augen verschwamm die rotseidene Tapete.

»Mein Herr meinte, Ihr hättet ihm nicht nur wesentliche Dinge beigebracht, sondern ihm den Königsweg der Künstler eröffnet, indem Ihr ihn an Euren Hof geholt habt …«

»Lieber Enrico. Ich brauchte ihm nichts beizubringen. Alles lag in ihm, schlief nur. Einzig Kontakte zu neuen Ideen, zur wissenschaftlichen Welt, zum Denken unserer neuen Zeit habe ich ihm verschafft, und er hat alles mit Begierde aufgenommen, hat wie ein Kind, das die Brust der Mutter begehrt, diese Dinge in sich aufgesogen und verdaut. Perspektive, Schattenwurf, Ratio beim Aufbau der Bilder, all das erfaßte dieser Wilde aus dem Norden, wie andere einen Schluck Wein trinken, im Vorübergehen, beim abendlichen Spiel. Ich bot ihm den Nährboden, er schlug Wurzeln.«

Auch in Enrico drangen die Worte des Kardinals ein, als würden sie durch Wasser fallen und langsam absinken. Er hatte eine Art zu erzählen, die fesselte. Und doch stimmte etwas nicht. Das Mitteilungsbedürfnis Francesco Del Montes stand ganz im Gegensatz zu den sonstigen Erfahrungen, die Enrico gemacht hatte. Kam das Gespräch auf Caravaggio, sah man weg. Niemand wollte seit dem Mord auf dem Marsfeld mit dem Namen in Berührung kommen.

»Kommt mit, ich zeige Euch sein erstes wirkliches Kunstwerk.«

Ohne darauf zu achten, ob er ihm nachfolgte, durchschritt Del Monte den Raum, und Enrico, verwirrt davon, daß der Kardinal ihn einfach stehenließ, hastete hinter ihm her. Der Kardinal durchquerte eine Reihe von Sälen, die mit Marmor und seidenen Tapeten ausgestaltet waren. An den Decken prangten Fresken mit Themen der griechischen Mythologie. Die Wände bedeckten Porträts, Landschaften und Stilleben auf Leinwand in schweren, wuchtigen Rahmen. Enrico fand kaum Zeit, sich die Bilder zu betrachten, bis sie in einen abgedunkelten Raum gelangten, der eindeutig niemand anderem gewidmet war als Michelangelo Merisi. Überall entdeckte er die Handschrift des Malers aus Caravaggio. Eigenhändig öffnete der Kardinal einen schweren Damastvorhang, und Licht flutete in einer ungestümen Kaskade herein. Mit einer ausladenden Geste deutete Del Monte auf eines der Bilder, die an der Stirnwand hingen. Noch nie hatte Enrico dieses Gemälde gesehen, und doch wußte er sofort, daß es aus dem Pinsel Micheles stammte. Eine Wahrsagerin las einem jungen Galan aus der Hand. Nein, nicht aus der Hand, sie las in seinen Augen, ohne die Hand, die sie mit einer zarten Geste berührte, streichelte, eines Blickes zu würdigen. Zwischen den beiden lag eine Spannung, wie sie nur Michele aufbauen konnte, erotisch, kokett, fordernd. Dabei leuchtete ein Lichteinfall das Gesicht des Galan aus, so daß es offen dalag, daß die Helligkeit den Jüngling gänzlich bloßlegte und dem Betrachter ironisch mitteilte, daß die forsche Hal-tung, mit der er den linken Arm in die Hüfte stützte und in der Nähe des Degenknaufs hielt, eher Unsicherheit verbarg, als Mut offenbarte.

»Stammt das Bild aus dem Besitz d'Arpinos?«

Wieder lachte der Kardinal leicht.

»Ich habe es selbst in Auftrag gegeben. Und es ist nicht das einzige. Ist Euch aufgefallen, daß die Zigeunerin dem Burschen den Ring abzieht? Sie betrügt ihn, während sie ihn mit verliebten Augen betrachtet.«

Verblüfft über diese Deutung, beugte sich Enrico nach vorne, um die Hände der beiden genauer zu betrachten. Tatsächlich streifte ihm das Mädchen den Ring vom Finger. Liebe und Betrug schließen einander nicht aus, dachte er sich und fühlte plötzlich, daß er einem ganz entscheidenden Hinweis auf der Spur war. Caravaggios Verhältnis zur Liebe zeugte von eigenartigen Vorstellungen. Hier wurde angedeutet, daß die Beziehungen zwischen den Geschlechtern brüchig geworden waren. Vertrauen wurde mißbraucht, Gefühle wurden verkauft. Ein höchst aufschlußreiches Bild, in dem sich das Lächeln der Zigeunerin zu einem maliziösen Grinsen veränderte, wenn man nur die Wahrheit der Geste entdeckte. Die Zukunft mußte düster aussehen, wenn sie mit Mißdeutungen begann!

»Mein Herr läßt fragen, ob Gemälde des Malers wohlfeil seien. Verzeiht, Eminenz, wenn ich so direkt bin, aber meine Mission erfordert eine gewisse forsche Vorgehensweise und duldet keinen Aufschub.«

Sie schritten die Bilder ab, die an den Wänden hingen: eine

Rast auf der Flucht nach Ägypten, ein Blumenstilleben, ein Bacchus sowie ein Lautenspieler, der vor einer Reihe Instrumente saß, die allerdings Mängel aufwiesen. So fehlten einer Geige die Saiten.

»Steinig ist der Weg zur Kardinalswürde, werter Enrico. Keines dieser Bilder würde ich verkaufen. Ich schätze ihren Wert nicht nur, ich kenne ihn auch, selbst wenn so mancher den Maler lieber tot als lebend sehen will.«

Rasch blickte Enrico dem Kardinal ins Gesicht. Aller Schalk, jegliche Ironie waren daraus gewichen. Ein bitterer Ernst trat an deren Stelle.

»Wie meint Ihr das?«

»Nun, ich weiß, daß Ferdinando die Bilder gern an Scipione Borghese weitergäbe, für den Preis der Kardinalswürde. Dafür ist leider keines der Gemälde zu haben, obwohl ich Eurem Herrn das Erreichen seines Ziels wirklich wünsche. Die italienische Fraktion benötigt Männer wie ihn, die unabhängig von Spanien sind und sich der Verlockungen Frankreichs zu erwehren wissen. Leider ist die Möglichkeit, künftig an Bilder Caravaggios zu kommen, schwieriger geworden.«

Zusehends verwirrte ihn dieser Kardinal. Statt Antworten zu erhalten, schwirrten ihm jetzt ein halbes Dutzend Fragen im Kopf herum, und er wußte nicht recht, mit welcher er beginnen sollte, da er befürchtete, mit einer einzigen den Redefluß Del Montes zu stoppen und sich damit die Gelegenheit zu verbauen, weitere Fragen zu stellen.

»Ihr sprecht in Rätseln.«

Mit einem Ausdruck des Erstaunens legte der Kardinal den Kopf schief. Ein Lachen spielte um die Mundwinkel, von dem Enrico nicht sagen konnte, ob es spöttische Überheblichkeit war.

»Papst Paul ließ das Atelier Cavaliere d'Arpinos durchsuchen und alle Bilder Caravaggios beschlagnahmen!«

Die Mitteilung verschlug Enrico den Atem. Gleichzeitig langten sie vor einem Bild an, das ihn noch mehr aus dem Gleichgewicht brachte. Es hatte direkt hinter der Tür gehangen und war bislang seinem Blick entzogen gewesen. Und plötzlich wußte er nicht mehr, was ihn mehr aus der Fassung brachte.

»Ich dachte, Ihr hättet alle Bilder aufgekauft!«

»Weit gefehlt. Cavaliere d'Arpino veräußerte sie behutsam. Schließlich muß er davon leben. Seit Caravaggio ihm die besten Aufträge weggeschnappt hatte, waren sie sich nicht mehr ganz gewogen, aber d'Arpino verstand es immerhin, mit den kleinen Bildern, die Caravaggio als Handzeichnungen angefertigt hatte, Geld zu machen. Und das half ihm über die ersten Schwierigkeiten hinweg. Leider rechnete er nicht mit dem Papst und seinen Schergen. Ein Fehler, wie sich herausstellte. Selbst der Marchese Giustiniani deponiert eines seiner Bilder hier bei mir, bevor er es aus Rom herausschaffen läßt, weil er befürchtet, daß es dem Bildersturm des Papstes zum Opfer fällt. Gefällt Euch der siegreiche Amor?«

Das Gemälde lenkte Enrico in der Tat ab. Nackt präsentierte sich Amor vor ihm. Die Beine gespreizt, so daß sein kindlich unentwickeltes Geschlecht im Mittelpunkt stand. Übermütig lächelnd stieg er über die Dinge der Welt hinweg, Musikinstrumente, Harnisch, Bücher, Ehrenzeichen. Nichts galt in seiner Welt als die Erotik der Situation. Und die wurde verstärkt durch einen Umstand, den nur Caravaggio so hatte darstellen können. Amor trug gewaltige Flügel, ein Geflügel aus weichen Schwingenfedern, deren eine sanft über seinen linken Oberschenkel strich, als hätte er sich dort beim Übersteigen der Nichtigkeiten dieser Welt kurz verheddert, aber auch wie um den Körper des Jünglings zu streicheln und so dem gesamten Bild ein geradezu überirdisches Knistern, ein sinnlich fühlbares Rascheln eben dieser Schwingenfedern mitzugeben.

»In der Tat, ein bemerkenswertes Bild.«

»Nur gehört es mir nicht, Enrico. Leider. Der Marchese Giustiniani gilt ebenfalls als Sammler und Mäzen. Wie ich hat er die Qualitäten Caravaggios früh erkannt.«

Ein Stoßseufzer ließ Enrico vermuten, daß Kardinal Del Monte dieses Bild am liebsten selbst behalten und nicht wieder herausgegeben hätte. Aber die Brüder Giustiniani, von denen einer die Kardinalswürde trug, hinterging man nicht, nicht wenn man Del Monte hieß.

Enrico riß sich von der erotischen Ausstrahlung des Amors

fort. Zu sehr fesselte ihn hier die hintergründige Darstellung der Männerliebe. Solch ein Bild konnte in den Händen der Spanier direkt auf den Scheiterhaufen führen.

»Er hat es in meinem Hause gemalt«, ergänzte Del Monte. Deutlich sprach der Stolz aus seiner Stimme, und Enrico stellte sich die Verschläge unter dem Dach des Palastes Madama vor, in denen Künstler und Wissenschaftler Tür an Tür hausten: winzig, eng, stickig und im Sommer unerträglich warm. Eine Marter für jene, die dort wohnten, aber besser als die Gosse.

Enrico versuchte wieder einen klaren Gedanken zu fassen. Was hatte der Kardinal eben noch gesagt, bevor er selbst sich vom Amor hatte gefangennehmen lassen? Man wollte Michele lieber tot sehen. Wer wollte das?

»Habt Ihr nicht eben davon gesprochen, daß Caravaggio jemandem im Wege steht?«

Langsam drehte sich auch Del Monte vom Bild Amors weg und musterte Enrico eindringlich. Wieder glaubte er, die Blicke des Kardinals bis hinunter in die Magengrube dringen zu spüren, als würden sie sein Innerstes mit einer Fackel ausleuchten wie eine Höhle.

»Nun, es gibt in der Tat eine Person, die Michelangelo Merisi liebend gern vom Höllenfeuer verschlungen sähe. Eine Persönlichkeit, die es sogar verstanden hat, einen Überfall zu inszenieren, der als Mord dem Falschen angehängt wurde.«

Plötzlich mußte Enrico husten. Was er da hörte, war zu unglaublich, als daß es der Wahrheit entsprechen konnte.

»Ihr müßt Euch versprochen haben, Eminenz. Caravaggio hat ein äußerst bewegtes Leben ...«

»Ich verspreche mich in solchen Dingen nicht, Enrico. Hört zu, und teilt es Ferdinando Gonzaga mit. Für ihn ist es das Pfund, mit dem er um die Kardinalswürde wuchern kann.«

In kurzen, schnellen Worten erzählte ihm der Kardinal eine unglaubliche Geschichte.

»Es bestehen berechtigte Zweifel, daß Caravaggio den Mord auf dem Marsfeld wirklich begangen hat.«

Der Überfall auf dem Marsfeld und der Tod des Ranuccio Tomassino da Terni, eröffnete ihm der Kardinal, seien geplant gewesen. Die Gerüchte über den Initiator und Geldgeber der Schlägerei führten in die höchsten Kreise der römischen Kurie. Ranuccio sollte sterben, um Caravaggio zu belasten. So wollte man sich des Malers entledigen.

»Und wer war der Auftraggeber? Kennt Ihr ihn!«

Mit belegter Stimme fragte Enrico nach, obwohl er wußte, wer den Auftrag gegeben hatte. Kardinal Del Monte hatte, ohne den Namen auch nur zu erwähnen, keinen Zweifel daran gelassen.

»Findet es selbst heraus, Enrico, und teilt es Eurem Herrn mit.«

16.

Die gesamte Straße hinunter hörte Nerina Micheles Stimme. Er sang eines der Lieder, die in den Gassen Neapels immer wieder zu hören waren, ein Lied voller Haß auf die spanische Besatzung Neapels, das sich gegen die drei Fs entlud: feste, farina, forca. Feste, Mehl und Galgen sollten die Bewohner Neapels gefügig machen, doch der Volksmund blieb kritisch, ließ sich nicht verbieten oder verbiegen. In seinen Liedern gärte es – und Michele gärte mit. Nero, der sich eng an Nerina schmiegte, jaulte leise und sah immer wieder zu ihr hoch. Sie kraulte ihm das Fell und schaute sich unwillkürlich um, ob sich ein Scherge des Vizekönigs in der Nähe aufhielt, aber diese getrauten sich nach Einbruch der Dunkelheit nicht in die engen Gassen des Hafenviertels hinunter.

Diese Sucherei in den Osterias und Schenken haßte sie, aber diesmal blieb ihr nichts anderes übrig. Michele vertrank das Geld für den Auftrag des Vizekönigs, das ein Bote gebrachte hatte – und wenn es ihr nicht gelang, zumindest eine Handvoll Scudi zurückzubehalten, dann mußten sie die nächsten Wochen hungern. Wie Wasser floß Michele das Geld durch die Finger.

Ein Chor Männerstimmen, die allesamt nicht mehr ganz den Ton halten konnten, fiel in den Refrain des Liedes ein, das Michele angestimmt hatte. Fäuste malträtierten die Tische, bis sie dröhnten, und Weinhumpen krachten gegen die Bohlen. Der Lärm wies ihr den Weg. Sie gebot Nero, vor der Osteria auf sie zu warten. Gehorsam legte er sich nahe der Türöffnung auf den Boden, die Schnauze zwischen den Beinen, und blickte mit einem verstörend fragenden Blick auf Nerina.

»Ich komme gleich wieder«, flüsterte sie. »Der alte Saufbold ist dort drinnen!«

Rußiger Geruch drang ihr entgegen, und der Raum innen schien noch finsterer als die Nacht draußen. Ihre Augen gewöhnten sich nur langsam an die spärliche Beleuchtung und das Dämmerlicht. Schließlich verstummte das Lied mitten in der Strophe, als man sie bemerkte. Stumm musterte man sich. Inmitten rotgesichtiger Männer erspähte sie Michele. In der letzten Bank saß er, die Haare wirr, Kinn und Brust voller Wein. Sie atmete kurz durch, dann schritt sie energisch aus, schlängelte sich durch eng beieinander stehende Tische und Bänke, stieß zwei der Kerle beiseite, die sich an ihrem Hintern zu schaffen machen wollten, beugte sich über den letzten der Tische, packte Michele an seinem Wams und zerrte ihn aus der hintersten Bank hervor. Willig ließ er es unter dem Johlen und Klatschen seiner Kumpane geschehen. Mit der Rechten zog Nerina an Michele, mit der linken Hand teilte sie Schläge aus, die auf die Hände und Köpfe der Männer klatschten, die versuchten, nach ihren Beinen zu grapschen. Endlich hatte sie Michele soweit, daß er neben ihr stand. Mit seinem stieren Blick schien er nicht ganz zu begreifen, was geschah. Mit geübten Griffen durchsuchte sie seine Taschen und den Lederbeutel, den er umhängen hatte. Michele ließ sich die letzten Geldstücke aus dem Wams nehmen. Viel war es nicht mehr, was von dem stolzen Preis für ein noch nicht einmal begonnenes Bild übriggeblieben war, aber es würde einige Wochen reichen, wenn sie sparsam damit umging.

»Kommst du mit?« herrschte sie ihn an, aber Michele war nicht mehr in der Lage, ihr zu antworten. Sie packte ihn wieder am Wams und zog ihn wortlos hinter sich her durch den Raum. Die Männer grölten. Sofort reimte man Spottverse auf den Maler und seine Dirne, die Michele sicherlich in einem weniger betrunkenen Zustand zur Raserei getrieben hätten, jetzt aber kaltließen. Endlich stolperten sie über die Türschwelle und in die Nacht hinaus. Frische Luft und Meereskühle im Hafenviertel bewirkten, daß Michele langsam in sich zusammensackte. Nerina schob sich unter seine Achsel und schleppte ihn die Gasse hoch in Richtung Atelier. Nero, der vor der Tür gewartet hatte, sprang auf, schnupperte an Micheles Beinen und trottete mit gesenktem Kopf und angelegten Ohren neben ihnen her. Je länger sie gingen, desto besser faßte Michele Tritt. Nerina wunderte sich, wie schnell er sich erholte. Als sie in die Gasse einbogen, in der ihr Atelier lag, lief Michele bereits wieder selbst.

Schwer lag die mondlose Dunkelheit über der Gasse. Von überall her drangen Geräusche an ihre Ohren, die Nerina nicht einzuordnen vermochte. Menschen schienen ihnen zu folgen oder auszuweichen. Schlurfende Schritte, huschendes Schleifen und das rollende Knurren aus Neros Kehle wechselten sich ab. Die Bassi, die Bewohner der untersten Wohnhöhlen, die auch tagsüber kaum Licht und Sonne sahen, schienen sich gerade in der Nacht zu regen.

Am Eingang zu ihrer Straßenschlucht mußten sie an einem der uralten Ziehbrunnen vorüber, die das Wasser aus dem Untergrund Neapels holten, und Nerina hatte das unbestimmte Gefühl, als hätte sich eben noch ein Kopf über den Brunnenrand gestreckt und sofort wieder zurückgezogen. Ängstlich schob sie Michele weiter. Zu viele unheimliche Geschichten hatte sie schon über die Pozzari, die Bewohner dieser Brunnenanlagen gehört. Eine eigene Welt bildeten die unterirdischen Zisternen und Zuläufe, eine ganz andere Stadt mit anderen Bewohnern hatte sich im Laufe der Zeit unter Neapel gebildet. Geschöpfe, die das Licht der Sonne nie sahen, die unermüdlich die Wasserzuläufe in der Tiefe säuberten, die für das Funktionieren der Zu- und Abwässer zuständig waren – und die sich nachts ihren kargen Lebensunterhalt damit aufbesserten, daß sie aus der Tiefe hervorkrochen und Nachtschwärmer überfielen. Aus den Brunnenschächten sollten sie heraufsteigen, unerwartet und leise, bleiche Gestalten, eher Gespenstern ähnlich als Menschen, und mit unerbittlicher Härte ihren Lohn fordern, um ebenso schnell wieder in der Tiefe zu verschwinden. Und niemand wagte es, ihnen hinunter in die ewige Dunkelheit zu folgen.

Die Geräusche verstärkten sich. Neros Knurren wechselte in ein heiseres Bellen. Tatsächlich erkannte Nerina, als sie sich umdrehte, Schatten, die sich wie dunkles Wasser aus dem Brunnen ergossen. Pozzari, durchschoß es sie, und sie zerrte Michele weiter in die Dunkelheit der überkragenden Häuser. Aber es war, als könnten die Schattenmenschen in der Nacht sehen wie andere Menschen bei Sonnenlicht. Rasch hatten sie Michele und sie selbst umstellt, und bevor Nerina noch den Mund zu einem Schrei öffnen konnte, schlug ihr ein nasser Lappen gegen die Lippen, so daß ihr Ruf erstickte. Dann tasteten sie Hände ab, eisige Finger wühlten in ihren Taschen, in ihren Kleidern und Falten. Die Pozzari unterhielten sich in einem knurrenden, brummenden Dialekt, den Nerina nicht kannte. Die einzige Sprache, die sie verstand, war die der Messerklinge, die einer der Schatten ihr an die Kehle hielt.

Harte Finger hatte sie erwartet, die ihren Körper abgriffen, Finger, die vom Stein gerauht und von der Arbeit verhärtet, am Tuff der Tiefe festhalten mußten, schwielig und grob. Um so überraschter war Nerina, als weiche und gepflegte Hände ihr am Körper entlangstrichen, sie berührten, abtasteten und nach ihrem Geldsack griffen, der zwischen ihren Brüsten steckte, ihr Amulett berührten, es aber nicht an sich nahmen. Das konnten nicht die Hände eines Pozzare sein, begriff sie, dieser Mensch machte nur gemeinsame Sache mit den Räubern aus Neapels dunkler Tiefe. Doch bevor sie reagieren konnte, hielt der Fremde den Beutel in der Hand, riß ihn ihr mit einem Ruck vom Hals und richtete sich auf.

Nero bellte wütend, wurde aber von einem der Schatten auf Distanz gehalten. Im spärlichen Licht der Sterne blitzte ein Messer.

Plötzlich gelang es Nero, sich in den Arm des Räubers zu verbeißen. Unter heftigem Knurren zerfleischte er den Unterarm des Pozzare. Kaum war der Gegner in die Knie gebrochen, sprang Nero zum nächsten und warf ihn ebenfalls um. Ein Biß in die Schulter genügte, und er stand neben Nerina und versuchte, sie zu verteidigen. Doch der Fremde mit den weichen Händen hatte sich längst in der Dunkelheit verloren.

Nerina hörte Michele keuchen. Er hatte den Degen gezogen und schlug wie wild um sich. Natürlich hatte er nicht die geringste Möglichkeit, sich gegen vier oder fünf Angreifer zu wehren, allein der Wein im Blut verhinderte das, aber Nerina bewunderte seinen Mut. Unerschütterlich, wenn auch etwas plump, hieb er durch die Luft und schien den einen oder anderen der Angreifer tatsächlich zu verletzen. Der lange Dolch eines der Angreifer hätte ihn sicherlich getroffen, wenn nicht im selben Augenblick Nero auf den Rücken des Mannes gesprungen wäre und ihn niedergerissen hätte. In seiner Not stieß der Pozzare einen grellen Pfiff aus, und sofort ließen alle von ihnen ab. Wie das Rascheln von Schritten in dürrem Laub hörte es sich an, als die Pozzari sich zurückzogen. Der Spuk verschwand ebenso rasch, wie er gekommen war. Ein Pfiff, ein Knurren, und die Pozzari stiegen samt ihrer Verletzten in den Brunnenschacht hinab. Der letzte reckte, bevor er sich über den Brunnenrand gleiten ließ, die Faust und präsentierte einen Beutel. Sofort verstand Nerina: Die letzten Ersparnisse des Auftrags für den Vizekönig lagen in diesem Beutel. Ihr letztes Geld in den Händen dieser Räuber! Trotz ihrer Angst stiegen Nerina Tränen in die Augen. Einen Fluch schickte sie dem Pozzare hinterher, der prompt beantwortet wurde.

»Ciao, Caravaggio!«

Das jedenfalls glaubte sie zu hören.

Woher wußte die Gestalt, wer hier überfallen worden war? Wer war sie?

17.

»Wein! Wo ist der Wein?«

Der Schrei drang in Nerina wie ein Tropfen Wasser in Watte. Nur langsam durchfeuchtete er ihr Bewußtsein und näßte die Gedanken. Matt lag sie in ihrem Bett, und erst ein weiterer Ruf nach Wein holte sie ganz in den Tag. Unablässig wurde gegen ihre Tür gehämmert.

»Nerina! So wach auf. Wo ist der Wein?«

Wie mit Blei beschwert lagen ihre Glieder auf der Pritsche, und sie wälzte sich umständlich herunter. Dann schleppte sie sich zur Tür. Es mußte noch früh am Tag sein, denn auf dem Meer, das sie durch das Fenster hindurch sehen konnte, lag Schatten. Die Sonne hatte also die Hügel hinter der Stadt noch nicht überstiegen.

»Was willst du, Michele?«

Vorsichtig öffnete Nerina die Tür. Michele stand vor ihr mit einem unsteten Blick, die Hände ineinander verkrampft.

»Wein, Nerina!«

Hatte seine Stimme eben noch fordernd und hart geklungen, verlegte er sich jetzt aufs Bitten und Flehen. Er tat ihr leid. Seine ungewaschenen, wirr in die Stirn fallenden Haare, die zerrissene Kleidung, die ihn nicht von den Bassi in ihrer Gasse unterschied, die schmutzig-braunen Hände, all das trug nicht dazu bei, dahinter den genialen Künstler zu sehen, sondern eher einen Säufer und Bettler.

»Erinnerst du dich an letzte Nacht?«

Verständnislos sah er Nerina an.

»Die Pozzari? Den Überfall?«

Michele schüttelte den Kopf.

»Sie haben unser letztes Geld gestohlen. Nichts ist mehr da. Und den Rest hast du selbst zuvor vertrunken, Michele.«

Von seinem nächtlichen Streifzug ins Hafenviertel erzählte sie ihm, vom Raubzug der Brunnenmenschen, davon, daß sie nur mit knapper Not und der Hilfe Neros dem Tod entkommen waren. Und einer Eingebung folgend, berichtete sie auch von den Händen, die sie abgetastet hatten, von den ungewöhnlich weichen Fingern, obwohl sie Schwielen erwartet hatte.

Eben noch hatte Michele sie angestarrt, jetzt ging sein Blick plötzlich an ihr vorbei und dann in sich hinein. Ihr war es, als würde Michele sein Innerstes betrachten und alles um sich her vergessen. Dann kehrte er zurück in die Gegenwart, in sein Atelier, und fuhr sich mit der Hand über die Augen, als müsse er einen bösen Traum verscheuchen.

Wortlos drehte er sich um und trat ans Fenster. Hinter dem Vorhang kramte er das Bild hervor, das Nerina das meiste Kopfzerbrechen bereitete, »Das Haupt des Johannes«. Vorsichtig stellte er es auf eine Staffelei und schlug das Deckleinen zurück.

Mit einem unguten Gefühl betrachtete Nerina das Bild. Seit der Pater es gesehen hatte, war nichts hinzugekommen.

»Ich muß es beenden und einem Freund mitgeben. Es muß uns schützen.« Michele flüsterte, und Nerina fragte sich, warum er dies tat.

»Wer bedroht uns, Michele? Wer sind all die Menschen, die sich an unsere Fersen heften und dich und mich bedrängen?« Michele sah zu Boden, und Nerina gewann das Gefühl, als wolle er ihr etwas mitteilen, doch dann entschied er sich dagegen.

»Du würdest es nicht verstehen!«

Knapp blieb die Antwort Micheles, der sich einen Schemel heranholte, auf dem er saß wie ein Reiter, und zu seiner Palette griff. Aus kleinen Döschen schüttete er Pigmente auf eine Holztafel und goß einige Tropfen Leinöl dazu, die er mit Honig und Ei geschmeidig machte, das er aufschlug und trennte. Nur das Eigelb verwendete er.

»Du hast es noch nicht versucht.« Nerina stand hinter ihm und sah ihm bei den Arbeiten zu. Sie hoffte darauf, daß er weitersprach, daß er ihr endlich erzählte, wovor er seit Rom tatsächlich floh. »Um dich aus den Fängen des Weins zu befreien, bin ich gescheit genug. Um dich nach Hause zu schleppen auch. Um dich vor den Pozzari zu schützen, genügen meine bescheidenen Fähigkeiten.« Sie stemmte die Hände in die Hüften und trat dicht hinter Michele. Sollte der Laffe in seiner männlichen Überheblichkeit ruhig ins Schwitzen geraten. »Wenn es an Wein mangelt, geht der Herr nicht selbst und holt sich einen Krug, er schickt mich. Dafür reicht mein Geist, nicht?«

Zögernd begann Michele zu sprechen. Sie hörte ihm an, daß der Wein seine Zunge noch lähmte, aber ihm mußte wohl bewußt geworden sein, daß er eben das Falsche gesagt hatte.

»Verzeih. Ich muß mich auf das Bild konzentrieren. Ohne innere Versenkung gelingt mir nichts.«

»Woher kennst du Pater Leonardus, Michele? War er es, der uns letzte Nacht seine Schergen auf den Hals gehetzt hat?«

»Nein. Er nicht. Dazu ist er nicht fähig, Nerina.«

»Woher willst du das wissen?«

»Dafür kenne ich ihn zu lange.« Er lachte bitter. »Wie eine Klette klebt er an meiner Spur und versucht, sich in mein Leben einzumischen. Er zählt zu meinen Peinigern, die ich mir aufgeladen habe wie ein Kreuz. Und so muß ich ihn wie alle anderen durch die Via dolorosa meines Lebens schleppen.«

Warum spricht er nur immer in Rätseln, dachte sich Nerina, die mit der Antwort so wenig anfangen konnte wie mit dem Wissen, daß sich die beiden Männer kannten.

»Und warum trachtet er dir nach dem Leben?«

»Wer? Pater Leonardus? Das tut er nicht. Aber er möchte auch nicht, daß ich ihn vergesse. Überall wo ich mich aufhalte, taucht er auf. Er ist mein Schatten.«

»Und der Johanniter gehört zu ihm!«

»Ja, beinahe!«

Es klang wie ein Stoßseufzer.

Entschlossen schob er den Kopf zwischen die Schultern und begann das Bild zu vervollständigen. Die Gesichtszüge Pater Leonardus' und des Johanniters schälten sich immer deutlicher heraus. Mit einer Sicherheit, die Nerina immer wieder erstaunte, gewannen die Farbstriche Kontur und Form. Gewalttätige Gesichter schuf er, Gesichter ohne jede Freude, ohne Lachen. Und dann entdeckte Nerina, daß er dem Soldaten, der Johannes den Kopf vom Rumpf getrennt hatte, Hände malte, Hände, die den Schopf des Johannes gepackt hielten, aber keine Hände, die denen eines Scharfrichters glichen, sondern zarte Hände mit langen, feinen Fingern, wie Adelige sie pflegten. Die Nagelhaut war entfernt, die Fingernägel gesäubert, die Finger- und Handballen schwielenlos. Solche Finger konnten unmöglich von einem Mann stammen, der ein Schwert führte. Dessen Hände mußten kräftiger sein, mußten dickere Finger, Schwielen, Narben tragen. Ihr dämmerte langsam, woher sie diese Hände kannte. Gesehen hatte sie die Hände nicht, aber an ihrem Körper gefühlt, und ihr lief ein Schauer über den Leib. Mit jedem Pinselstrich nahmen die Finger mehr Gestalt an. Weich und weiß erschienen sie, als könnten sie nur Buchseiten umblättern und nicht das Messer führen und schon gar nicht töten.

Nerina schloß die Augen. Sie konnte es nicht verhindern, daß ihre Erinnerung sich für einen Moment das Gefühl der letzten Nacht zurückholte, als diese Hände über ihren Körper gewandert waren, als sie über ihre Brüste geglitten und ihre Scham betastet hatten. Und selbst als sie die Augen öffnete, stand vor ihr der Schatten, von dem sie plötzlich noch etwas wahrnahm, von dem sie am Abend nichts gespürt hatte, den Geruch. Michele hatte recht. Es war der Geruch des Johanniters, der eigenartige Geruch nach Moschus und Weihrauch, der ihr in die Nase gestiegen war.

Um sich die düsteren Gedanken aus dem Kopf zu schlagen, versuchte sie, Micheles Pinselwanderungen über das Bild zu folgen. Für einen Außenstehenden, einen im Malen unerfahrenen Betrachter, hätte seine Arbeitsweise sprunghaft gewirkt. Hier trug er einen Farbtupfer auf, dort setzte er einen Strich, dann wandte er sich einem anderen Bildteil zu, ergänzte ebenfalls zwei Punkte, drei, ging weiter, wischte seinen Pinsel sauber, nahm eine weitere Farbe auf, kaum von der ersten zu unterscheiden, und begann seine Rundreise erneut. So hatten die aufgetragenen Pigmente Zeit zu trocknen, und verschiedene Farbschichten überlagerten sich, blieben durchscheinend und transparent, erzeugten Tiefe und Leuchtkraft. Nuancen schufen Übergänge, ließen Licht fluten und warfen Schatten. Und plötzlich fiel Nerina ein Umstand auf, der ihr merkwürdig erschien. Allein das dritte Gesicht, das Gesicht der Salome, blieb noch konturlos. Während Michele an den beiden anderen und an seinem eigenen Porträt arbeitete und alle drei vervollständigte, kümmerte er sich um dieses nicht.

»Welches Gesicht wirst du der Salome geben?« Michele hielt kurz inne und drehte sich zu Nerina um, ohne auch nur ein Wort zu sagen. Nerina verstand. »Oh. Das braucht keine weitere Ausführung. Ich peinige dich also auch.«

Wütend durchquerte sie den Raum und wollte eben die Tür hinter sich zuschlagen, als Michele meinte:

»Deine Züge wird sie niemals tragen. Du bist eine Madonna, keine Dirne im Dienst der Mächtigen.«

Sie stutzte. Was sollte das wieder bedeuten? Wenn er nicht sie malte, wen dann? Durfte sie ihn fragen und konnte sie hoffen, eine Antwort darauf zu bekommen?

»Wen wirst du malen?«

Die Lippen fest zusammengepreßt, wandte sich Michele wieder seiner Arbeit zu, und Nerina ahnte, daß er darauf nicht antworten wollte.

»Wenn ich es nicht erfahren darf, Michele, dann sag mir wenigstens, warum der Johanniter nach deinem Leben trachtet, denn das tut er offensichtlich, und nicht nur nach deinem.«

»Dafür gibt es Hunderte von Gründen und keinen!«

»Nenn mir zumindest einen!«

18.

»Es ist der Fluch!« Fusco starrte Enrico aus glasigen Augen an. »Habt Ihr noch nie vom Fluch gehört? Vom Fluch des ...«

Der Rest ging in einem Hustenanfall unter, bei dem Andrea Fusco feine Weintröpfchen über Tisch und Gesicht seines Gegenübers verteilte. Angeekelt wischte sich Enrico ab, ließ es sich aber nicht anmerken.

»Patrone! Noch einen Krug!« rief er zu dem Bauern hinüber und bemühte sich um eine fröhliche Miene.

Mit einem Grinsen quittierte Fusco die Bestellung.

»Ihr laßt Euch nicht lumpen, Enrico. So gefällt es mir.«

Ob es eine gute Idee gewesen war, Andrea Fusco zu suchen und an den Tisch zu laden, konnte Enrico noch nicht einschätzen. Daß es seinen Geldbeutel über Gebühr belastete, erfuhr er direkt. Julia hatte ihm den Namen genannt. Der Maler, der auf der Piazza Navona kleine Heiligenbilder feilbot und vorgab, Michele zu kennen und selbst beim letzten Ballspiel anwesend gewesen zu sein, soff wie ein Eimer ohne Boden. Allein saßen sie unter einer einzelnen Pinie, in deren Schatten ein grobbehauener Tisch und eine Bank Platz gefunden hatten.

»Was meint Ihr mit einem Fluch?«

»Madre mio!« Fusco verdrehte die Augen. »Ihr Mantuaner!«

Mehr war aus ihm nicht herauszulocken. Wieder stierte er in seinen Becher und wartete, bis der Bauer den frischen Krug gebracht hatte. Sichtbar legte Enrico ein Geldstück auf den Tisch, das weiteren Nachschub gewährleistete.

In der Nähe der Aurelianischen Mauer im Süden Roms hockten sie, dort, wo sich am Hang des Aventins noch Weingärten hinzogen und Bauern ihre Felder innerhalb der Stadt bestellten. Beinahe eine Stunde Fußmarsch hatte er zurückgelegt, um diesen Andrea Fusco zu finden, der in einer baufälligen Hütte hauste und sich von einem Bauern ernähren ließ.

Mehr als einmal hatte Enrico sich gefragt, warum er hier war, was er hier eigentlich tat, denn Andrea Fusco schüttete den Wein in sich hinein, als gelte es, die nächste Sintflut wegzutrinken, und seine Zunge löste sich trotzdem nur schwer.

»Was wissen wir Mantuaner nicht? Was, Andrea Fusco?«

Nur halb voll füllte Enrico den Becher. Wenn es ihm nicht gelang, daß dieser Andrea Fusco langsam trank, waren Fußmarsch und Suche umsonst gewesen.

»Mit Michele habe ich bei Del Monte angefangen. Eine schöne Zeit«, stammelte der Maler, »aber der Fluch hat alles verdorben!«

Mit einem Ruck hob er den Becher, den Enrico eben gefüllt hatte, und stürzte ihn in einem Zug hinunter. Die Flüssigkeit rann ihm farblos das Kinn hinab und übers Hemd.

»Wir haben viel gelernt, bei Del Monte. Er bestand auf Studien nach der Natur, auf die Berechnung der Perspektive. Immer wieder lud er Mathematiker ein, um mit ihnen über die Darstellung von Architektur in der Malerei zu disputieren. Und wir Maler saßen mit ihnen am selben Tisch. Vor allem Michele lernte begierig, begriff schnell, bis Del Monte ihn in die Camera obscura geschickt hat.«

Mit einer raschen Handbewegung wischte Andrea Fusco über die Tischplatte und hätte den Weinkrug umgeworfen, wenn Enrico nicht geistesgegenwärtig zugegriffen hätte. Im Gesicht Fuscos erkannte er so etwas wie Abscheu und Ekel, konnte sich aber keinen Reim darauf machen.

»Ihr kennt eine Camera obscura?« fragte Fusco nach, ohne sich wirklich darum zu kümmern, ob Enrico nickte. »Bei Del Monte konnte man sie begehen, in sie hineinschlüpfen und darin malen. Und da haben sie Michele einmal einfach drin vergessen. Und Del Monte und seine Schützlinge haben sich vor der Camera vergnügt.«

Ein heftiges Aufstoßen unterbrach die Erzählung. Stumm blieb Enrico sitzen und wartete darauf, daß dieser Andrea Fusco fortfuhr, wollte auch nicht unterbrechen, da er befürchtete, sich den

Unmut des Malers zuzuziehen. Als aber Fusco seinen Kopf in beide Hände stützte und verstummte, schien es ihm angebracht, ihn wenigstens daran zu erinnern, wessen Wein er trank.

»Habt Ihr mir nicht versprochen, etwas über den Fluch zu erzählen, Messer Fusco?«

Die Sonnenstrahlen schnitten aus dem Gesicht helle Streifen heraus, als er Enrico anblickte.

»Habt Ihr das Bild für den Marchese Giustiniani gesehen? Den siegreichen Amor? Das interessierte den Marchese, und es interessierte den Kardinal. Del Monte liebte junge Knaben, und er nahm sie sich ins Bett.«

Mit herrischer Geste hielt Fusco ihm seinen Becher hin und forderte. Jetzt berührte er einen Punkt, der Enrico interessierte. Aufmerksam hörte er zu. Männerliebe unter dem Klerus in Rom spielte eine nicht zu unterschätzende Rolle. Unter dem lichten Schleier der Verschwiegenheit wurde sie praktiziert und akzeptiert, während man sie nach außen hin verdammte.

»Wenn sie sich mit Frauen begnügt hätten, wäre Michele in der Camera geblieben und hätte sein Vergnügen daran gehabt. Aber eines Mannes Fleisch ist eines anderen Mannes Gift, Signor Enrico. Del Monte spielte vor Micheles Augen mit halbwüchsigen Knaben. Und das konnte er nicht ertragen, versteht Ihr. Schon gar nicht, da es ein Knabe war, auf den Michele selbst ein Auge geworfen hatte. Schließlich war er auf den Kardinal und seine Protektion angewiesen. Er gab ihm seine ersten öffentlichen Aufträge. Die ersten Aufträge der Kirche. Und dann mußte er mit ansehen, wie vor seinen Augen ...«

Wieder stieß es Andrea Fusco auf. Mit einer Hand hielt er sich den Mund, der plötzlich überlief, und spuckte einen Mundvoll Wein hinter sich.

»Jetzt erst begriff er so richtig, was sie von ihm verlangten. Warum die Figuren, die er malen mußte, der Amor, der Bacchus, Johannes der Täufer, nackt sein mußten, entblößt. Jetzt wußte er, warum Kardinal Del Monte, der Mann der Kirche, bei den Sitzungen den Modellen gegenübergesessen, warum der Marchese Giustiniani darauf bestanden hatte, das Modell des siegreichen Amors selbst auszusuchen. Ihr kennt sein Temperament? Wie eine Furie brach er in die Vergnügung des Kardinals ein und bespuckte und verdammte Ihre Eminenz. Und im Grunde weiß ich nicht einmal, ob er nicht selbst gern an Del Montes Stelle gewesen wäre. Mir gegenüber gab er sich entrüstet, aber in seinen Augen glitzerte es.«

Kurzzeitig verschwand die Sonne hinter einer Wolke, die den bleigrauen Himmel durchsetzte, und warf Schatten über den Hügelanstieg. Die Zikaden verstummten für einen Augenblick. Über den letzten Worten hatte Enrico vergessen, wo er war, was er hier wollte. Die Mitteilung Andrea Fuscos eröffnete unendliche Möglichkeiten, den Kardinal gefügig zu machen, was Enrico heiterer stimmte. Daß sein Herr, Ferdinando Gonzaga, dem Kardinalshut wieder ein gutes Stück näher gekommen war, daran bestand kein Zweifel mehr. Sie hatte sich gelohnt, die Suche nach Andrea Fusco.

»Habt Ihr ebenfalls Erfahrungen dieser Art gemacht, oder erzählte Michele Euch diese Geschichten nur?«

Ein wäßriges Aufstoßen gab kund, daß der Maler sich anschickte, die Geschichte fortzusetzen.

»Wer auch nur etwas davon nach außen trug, hätte sich sogleich in einen der vielen Sarkophage an der Via Appia legen können. Wir hielten dicht. Schließlich wollten wir etwas werden. Das galt auch für Michele. Lernten wir nicht, das Hier und Heute zu begreifen, es darzustellen. An nichts mangelte es, selbst für die Unterkünfte wurde gesorgt, und wer eine Dirne mit in die Nacht nehmen wollte, brauchte nur zu fragen. Brav malte Michele, was von ihm verlangt wurde. Junge Burschen, nackt, mit weiblichen Gesichtszügen, und reife Männer mit entblößten Oberkörpern, die als Heilige getarnt wurden.«

Vorsichtig schenkte Enrico nach. Alles hatte er erwartet, aber nicht, daß sich Michele diesem Druck fügte. Das sah ihm nicht ähnlich.

»Und er tat es gern – behaupte ich!«

»Und warum ging Michele fort?«

»Weil es eines Tages zu einem Streit kam. Das hatte mit dem Prete Rosso zu tun. Glaube ich wenigstens. Gesagt hat er es mir nicht mehr.«

Wieder dieser Priester, von dem ihm schon Julia erzählt hatte. In Enrico wuchs die Spannung.

»Was war?«

Neugierig beugte sich Enrico vor, bereute aber seine forsche Art sofort. Mit einem gewaltigen Aufstoßen brach ein Schwall Wein, den Fusco nicht mehr bei sich behalten konnte, über seine Kleidung herein. Enrico fuhr hoch, aber er tropfte bereits. Fusco beugte sich nach hinten und erbrach heftig gegen die Pinie. So, mit dem Kopf gegen den Stamm gestützt und auf der Bank sitzend, schlief er von einem Augenblick zum anderen ein. Lautes Schnarchen zeugte davon.

Gegen den eigenen Brechreiz ankämpfend, winkt Enrico den Patrone heran.

»Etwas Brot und Speck, Patrone, sonst hält er nicht durch. Hier, eine neue Münze. Das wird genügen.«

Stumm nickte der Patrone und steckte die Münze zu sich. Dann schlurfte er zum Brunnen, ließ einen Kübel hinab und holte frisches Wasser, das mit einem scharfen Quietschen aus der Tiefe heraufgekurbelt wurde. Zuerst bot er Enrico an, sich zu reinigen, was dieser ausgiebig wahrnahm. Seine gesamte Kleidung roch nach angedautem, lauwarmem Wein. Danach schüttete der Patrone den Rest über die Tischplatte. Einen weiteren Eimer goß er Andrea Fusco mit Schwung direkt ins Gesicht. Dieser schüttelte sich nur und sah müde und betreten auf. Offenbar war ihm diese rüde Art, in die Wirklichkeit zurückgeholt zu werden, vertraut, denn er protestierte nicht, sondern sah sich um.

»Ihr seid noch immer da?«

»Ich werde nicht gehen, solange mir bestimmte Geschehnisse unklar sind. Was wißt Ihr über den Streit?«

»Welchen Streit?«

»Den Streit zwischen Michele und dem Prete Rosso?«

Inzwischen trug der Patrone Brot und Käse sowie eine stark duftende Eselswurst auf. Obwohl sich Enrico noch immer nicht an den bitteren Geruch des Erbrochenen gewöhnt hatte und es ihn ekelte, verspürte er einen bohrenden Hunger. Ihm gelang es aber nicht, auch nur einen Bissen davon anzurühren.

»Sprecht, Andrea Fusco. Danach könnt Ihr Euch meinetwegen besinnungslos saufen. Jetzt eßt und erzählt.«

Fusco berührte nur etwas Brot, brach kleine Stücke davon ab, die er sich in den Mund schob, direkt unter die verbliebenen hinteren Zähne, und lange kaute. Beinahe hätte Enrico die Geduld verloren, aber Andrea Fusco begann wieder mit seinem Bericht, langsam und stockend.

»Er war ein Unberührbarer!«

»Wer? Michele?«

»Michele? Gott bewahre, nein – oder vielleicht. Dazu genoß er seine Dirnen und weiblichen Modelle zu sehr. Der Prete Rosso natürlich.«

Dieselbe Formulierung hatte Enrico bereits einmal gehört. Natürlich. Julia hatte ihm davon erzählt. Ein Unberührbarer. Damals hatte er den Begriff nicht für so wichtig gehalten, daß er nachgefragt hätte. Jetzt durfte er keine Ungereimtheiten zurücklassen.

»Was ist das, ein Unberührbarer?«

»Hatte ich schon gesagt. Eines Mannes Fleisch ist eines anderen Mannes Gift. So einfach. Der Prete Rosso gehörte mit zum Klientel Del Montes.«

Der Prete Rosso, niemand anderer als Micheles Bruder, stand im Verdacht, Männer zu lieben! Hatte sich der Streit daran entzündet? Hatte Michele es sich nicht zugestehen wollen, daß sein eigener Bruder dem Laster Del Montes verfallen war. Dem Fluch? Langsam begann er, die Zusammenhänge zu begreifen.

»Was hatte es für Konsequenzen, daß Michele die Dienste Del Montes quittierte?«

Bitteres Lachen antwortete seiner Frage.

»Seht Ihr es nicht, Messer Enrico? Statt Kapellen auszumalen und Tafelbilder anzufertigen, male ich kleine Porträts und Landschaftsbilder. Ich verkaufe sie den Fremden, die Rom besuchen. Eine Stunde hinein in die Stadt, eine weitere zurück. Dabei kann ich mich glücklich schätzen, daß ich noch lebe.«

19.

»Schließ die Vorhänge!«

Mit Besorgnis sah Nerina, daß sich unter Micheles Augen schwarze Ränder bildeten, die dem Gesicht das Aussehen gaben, als fielen die Augäpfel nach innen. Und Micheles Gesicht blühte rot in einem Ausschlag, der sich seit dem letzten Abend ausbreitete. Vermutlich vertrug er eines der Farbpigmente nicht.

»Laß aus, Michele, leg die Pinsel weg. Du wirst zu fahrig.«

»Pah. Zu fahrig!« Kaum verstand Nerina, was er sagte, weil er zwei Pinsel im Mund hielt und einen dritten in der Hand. »Ich male, wenn ich zittre, immer noch besser, als manch anderer mit ruhiger Hand.«

Michele malte mit dem Hunger um die Wette. Wenn er eines der Bilder rechtzeitig oder vielleicht einige Tage früher als geplant fertigstellte, konnten sie auf eine zusätzliche Entlohung hoffen – und die hätte die drückendsten Geldsorgen zumindest gemildert. Der Bäcker und die Gemüsehändlerin, die beide Kredit gewährten, murrten bereits, wenn sie mit ihrem Korb auftauchte und um die Stundung der Zahlung bat.

Seitdem ihnen die letzten Scudi von den Pozzari gestohlen worden waren, arbeitete Michele wie ein Besessener. Nichts um ihn her schien mehr wichtig, nichts hielt ihn davon ab, seine Bilder zu vervollkommnen. Zuerst sahen seine Schüler noch vorbei, wollten etwas lernen, von ihm unterrichtet werden. Aber selbst sie gaben auf, weil Michele auf keine Frage mehr antwortete, keinen Ratschlag annahm oder Hinweise auf seine Technik machte. Zuletzt saßen sie stumm um ihren Meister herum und folgten einfach seiner Pinselführung.

Nerina kam erst auf die Idee, fürs Zusehen Geld zu verlangen, als ihr so hörbar der Magen knurrte, daß sich einige von Micheles Schülern nach ihr umdrehten. Seither mußte jeder, der den Besessenen sehen wollte, einen kleinen Beitrag leisten. Nur einige Münzen verlangte Nerina, mit denen sie einkaufen konnte und Michele Wein erhielt. Dann aber blieben sie einfach weg. Zu langweilig, zu teuer, zu nichtssagend.

Nur noch einige Korrekturen benötigten die »Sieben Werke der Barmherzigkeit«. In einer gewaltigen Anstrengung hatte Michele seine Vorstellungskraft in einer Art gebündelt, wie sie von Nerina zuvor noch nie so gesehen worden war. Jakobus dem Älteren wurde als Pilger durch einen Mann der Weg zur Herberge gewiesen. Vor ihm kniete ein namenloser Bettler, der einen Teil des Mantels des Martin von Tours erhielt und so bekleidet wurde. Ein Toter wurde ins Bild getragen, begleitet von einem Priester, und Pero stillte, als Caritas Romana, ihren Vater Cimon durch das Gefängnisgitter hindurch, tränkte ihn so und half ihm zu überleben. Nur die aus dem Alten Testament stammende Figur des Samson trank gierig aus einem Eselskinnbacken, aus dem ihm der Herr eine Quelle entspringen ließ. Ihm als einzigem vergönnte Michele das Wunder des göttlichen Eingreifens in die Welt. Und Nerina fragte sich, warum er auf seinem sonst so profan interpretierenden Gemälde ein einziges Wunder zugelassen hatte. Ein einziges. Glaubte er daran, daß Wunder geschahen? Oder bildeten alle diese Handlungen etwas Wundersames, und der Mensch hatte nur den Blick dafür verloren, im Alltäglichen das Göttliche zu begreifen. War es das, was Michele trieb, wie ein Besessener seine Bilder auf die Leinwand zu bannen, bevor sie seinem Kopf entschwanden? Denn das Gefühl beschlich sie, wenn Michele in einem derartigen Sinnenrausch, in einer Betäubung der Welt oder wie sonst sie es nennen sollte, seine Bilder schuf. Sie drängten sich ihm auf, sie nahmen Besitz von ihm wie böse Geister, die er allerdings durch Pinsel und Leinwand zu beherrschen lernte. Er exorzierte sie regelrecht, was für Nerina die wütenden und explosiven Ausbrüche erklärte, die seine Arbeit begleiteten.

Müde setzte sie sich in eine Ecke des Raumes, beinahe direkt hinter Michele, die Beine angezogen und mit den Armen umfaßt, und beobachtete ihn, wie er zuerst ruhig von einem Bild zum anderen ging, hier einen Strich setzte, dort den Pinsel wechselte und eine kleine Fläche grundierte, wieder zurückkehrte, einen zweiten Strich setzte und plötzlich, als wäre er rasend geworden, Pigmente mit Öl und Eiweiß mischte, in die breiige Masse wischte, um sie zu verflüssigen, und schließlich, mit angespanntem Oberkörper über eine Stelle gebeugt, beinahe mit drei, vier Pinseln gleichzeitig einen Körper modellierte.

»Ihr seid also fertig!«

Plötzlich vernahm sie wie aus nächster Nähe diese Stimme und fühlte, wie sich ihr Herzschlag beschleunigte. Ihr Kopf lag auf den Knien, die Beine schienen ihr nicht mehr zu gehören. Wie taub fühlten sie sich an. Eingeschlafen war sie in ihrer Ecke. Von der Tür her näherte sich ein Mann, den sie sofort erkannte, der Johanniter.

Ruhig arbeitete Michele weiter, ließ sich auch von dem Eindringling nicht stören.

»Wann darf man das Bild entgegennehmen? Der Ordensvorsteher wartet, Caravaggio!«

Einer ungeheuren Anstrengung bedurfte es, um sich aus dem Sitz zu erheben und auf die Beine zu stellen. Ein Gefühl, als bohrten sich tausend Nadeln in ihre Beine, führte zu einem unsicheren Stand. An Gehen war nicht zu denken.

»Verschwindet, Johanniter!« zischte Nerina. Der Johanniter fuhr herum und starrte in die dunkle Ecke. Offenbar hatte er sie nicht bemerkt.

»Oh, Eure Haushälterin. Oder ist sie vielmehr Eure Gespielin, Caravaggio?«

Michele rührte sich nicht, pinselte in rascher Folge an zwei Bildern, als gäbe es den Johanniter nicht.

»Fühlt Ihr nicht, daß Ihr stört?« fauchte Nerina diesmal eindeutig.

Noch immer konnte sie sich nicht bewegen, da der Schmerz unerträglich wurde, wenn sie ein Bein vom Boden hob.

»Ihr seid fleißig, Michele. Aber für welchen Auftraggeber ist das ›Haupt des Johannes‹?«

Aus der Art, wie der Stimmton des Johanniters absank, vermutete Nerina, daß er sich selbst auf dem Bild wiedererkannt hatte. Was führte den Johanniter hierher? Hatte ihn der Prete Rosso geschickt, damit er sich selbst vergewissere, daß er auf dem ›Haupt des Johannes‹ porträtiert wurde?

»Interessiert es Euch?« mischte sich Michele ein, ohne von seiner Arbeit aufzusehen. »Es wird Furore machen, dieses Bild, wenn es in Rom öffentlich ausgestellt werden wird. Jeder wird fragen, wer sind die Menschen, die den Kopf Michelangelo Merisis da Caravaggio der Salome auf silberner Platte servieren? Und ich werde die Antwort dafür liefern, ich werde hinausposaunen, wer mich zu einem solchen Bild zwingt.«

Nur das Streichen und Schaben der Pinsel fiel in die Stille. Die wenigen Kerzen, die Michele für seine Malerei benötigte, flackerten im Raum.

Nerina konnte sich wieder bewegen. Die Schmerzen in den Beinen ließen nach, und das Gefühl, wieder ein vollständiger Körper zu sein, kehrte zurück. Sie griff hinter sich. Dort stand Micheles Degen, an die Wand gelehnt und immer bereit. Als sie das kalte Metall des Griffes umfaßte, beruhigte sie sich.

Michele stand jetzt vor dem für Nerina faszinierendsten Gemälde, der »Geißelung«, die er für den Kaufmann Lorenzo de Franchis anfertigte.

Drei Figuren füllten das Bild, zwei Geißler und Christus, der an eine Säule gebunden stand, die über die Bildmitte lief. Für sie selbst hätte Nerina eine ganze Woche gebraucht, obwohl nichts anderes herauszuarbeiten war als die perspektivische Krümmung des Schaftes. Für Michele schien dies Nebensache zu sein. Nur wie zufällig führte er immer wieder einen Pinselstrich den Schaft entlang, und langsam schälte sich das Rund der Säule heraus. Viel wichtiger für ihn schien der Kontrast der Körper zueinander. Die Gestalt Jesu, die gerade gebunden wurde, stand im regen Gegensatz zu den bislang nur angedeuteten und grundierten Geißlern. Allen drei Figuren gemeinsam war eine gewisse Fülligkeit. Sie hatten wohl gelebt: Jesus ebenso wie die Geißler. Nur daß sie sich jetzt unversöhnlich gegenüberstanden. Und bereits jetzt erkannte man die Idee: Hier wurde der menschlichen Grausamkeit die duld-same Göttlichkeit des Erlösers entgegengesetzt.

Arbeitete Michele bewußt an diesem Gemälde, weil der Johanniter das Zimmer betreten hatte? Nerinas Blick fiel auf den ungebetenen Gast, der aufmerksam die drei Bilder fixierte, dann jedoch bei der »Geißelung« innehielt.

Einer Eingebung folgend, suchte Nerina den Raum ab. Irgendwo mußte Nero liegen und schlafen. Warum hatte der Hund nicht angeschlagen? Warum hatte er ihr nicht angekündigt, daß ein Fremder den Raum betrat? Sie fand Nero nicht, offenbar lag er in ihrem Zimmer. Die Tür lehnte allerdings nur an, so daß er leicht zu rufen war.

»Habt Ihr mich eben nicht verstanden? Ihr stört. Macht Euch fort!«

Mit einer flüchtigen Geste warf er ihr einen kleinen Beutel mit

Münzen zu, der Nerina an der Brust traf und zu Boden fiel. Sie machte sich nicht die Mühe, ihn aufzuheben.

»Ich habe gehört, daß Ihr gegen Geld jeden zusehen laßt.«

»Jeden, den ich den Raum betreten lasse!«

Der Johanniter hob eine Hand gegen den Mund und hustete umständlich.

»Nicht doch. Wo der Meister von einem Fettnäpfchen ins andere tritt. Seine Kenntnis des heutigen Geschmacks ist dürftig und führt dazu, daß er ebenso arm in die Grube fahren wird, wie er aus dem Mutterschoß geboren wurde. Allein die Anlage der ›Geißelung‹ widerspricht jeder gängigen Praxis, und sie wird wie vieles unverkäuflich bleiben.«

Wie knurrendes Rollen drang ein Lachen aus der Kehle des Johanniters. Ungeheuerlich fand Nerina die Art, wie der ungebetene Gast hier über Micheles Bildanlage herzog. Wollte er provozieren? Wollte er Michele aus dem Konzept bringen? Warum?

»Warum schleicht Ihr hinter ihm her und versucht ihn zur Raserei zu bringen?«

Je mutiger sie wurde, um so fester umfaßte sie den Knauf des Degens, den sie hinter ihrem Rücken verbarg.

»Vergebliche Liebesmüh, Nerina«, mischte sich jetzt Michele wieder ein, der zwei Schritte zurückgetreten war, um die Grundierung der Körper seiner »Geißelung« zu begutachten. »Ihm fehlt das Gefühl für die Beurteilung von Gemälden. Sein Kopf ist zu eng dafür. Wie soll er erkennen, daß die Emotion mein Thema ist, daß das Licht die Emotion verstärkt oder abschwächt. Wer voller Haß ist, dem bleiben die Nuancen, die Feinheiten im Seelenkostüm des Menschen unbekannt.«

»Ein Kenner spricht!«

Im selben Augenblick klatschte dem Johanniter die Palette ins Gesicht und zeichnete ihn mit erdigen Farben. Beinahe hätte Nerina gelacht, als sie sah, wie genau Michele den Farbton menschlicher Haut getroffen hatte, weil sich einzelne Spritzer nicht von der Haut des ungebetenen Gastes unterschieden. Unwillkürlich griff der Johanniter an seinen Degen, aber da hatte Nerina bereits den Micheles hinter ihrem Körper hervorgeholt und auf die Brust des Johanniters gerichtet.

»Hebt Euch hinfort. Ich sagte es bereits! Und laßt Euch nicht mehr hier blicken.«

Aus dem Gesicht des Johanniters blitzte eine tiefe Verletztheit, und Nerina störte sich an der heftigen Art, wie Michele reagiert hatte. Aber sie konnte es nicht mehr rückgängig machen. Langsam drängte sie den Johanniter aus dem Zimmer. Aus dem Augenwinkel heraus sah sie, daß sich Michele bereits wieder auf seine Geißelung konzentrierte.

»Warum könnt Ihr ihn nicht in Ruhe lassen? Was hat er Euch getan?«

Im mehrfarbigen Gesicht des Johanniters zuckte es, als er sich umdrehte, um das Atelier zu verlassen. Dabei trat er nahe an sie heran und starrte auf ihre Brust und auf das Amulett dort.

»Fragt ihn! Seine Schuld ist untilgbar!«

20.

Selbst in der Gasse unten herrschte eine lastende Stille. Kaum gelang es der kühlen Meeresbrise, die drückende Tageshitze zu vertreiben. Nerina lag wach, lauschte hinaus in die Nacht und wälzte sich in ihrem dünnen Laken hin und her.

Verwirrt und verunsichert hatten sie die letzten Tage. War Neapel doch nicht die Zuflucht, die sie beide erhofft hatten? Drohte Michele weiter Gefahr von den Schergen des römischen Magistrats, die bislang nur nicht eingegriffen hatten, weil Michele zu bekannt war und eine Überführung nach Rom zuviel Aufsehen erregt hätte?

Im Halbdunkel konnte sie die Umrisse der Figuren erkennen, die Michele auf »Das Haupt des Johannes« gemalt hatte. Sie glänzten in ihrer plastischen Feuchtigkeit. Allesamt wirkten sie unheimlich, obwohl es nur leblose zweidimensionale Bilder waren. Vor diesen Köpfen fürchtete sie sich.

Und was wollte der Johanniter, der erst in Neapel mit aufs Bild gekommen war? Sein letzter Auftritt vor wenigen Tagen hatte Nerina Angst gemacht. Welches Geheimnis barg die Beziehung Micheles zu diesem Johanniter, daß beide derart gereizt und haßerfüllt reagierten?

Wenn sie zwei und zwei richtig zusammenzählte, dann verfolgte der Johanniter Michele bereits seit Jahren – und sie selbst war nur zufällig diesem Rachefeldzug entgangen.

Vielleicht war es doch keine gute Idee gewesen, sich nach Neapel zurückzuziehen. Es lag zu nahe an Rom, zu nahe am Vatikan, und der Ruhm Micheles drang viel zu schnell über die Mauern der Stadt hinaus und bis in die Gewölbe der Engelsburg.

Sie selbst hätte das Geräusch nicht vernommen, wenn Nero, der zu ihren Füßen lag, nicht kurz den Kopf gehoben hätte. Außer ihr und dem Hund befand sich niemand im Atelier. Michele saß mit seinen Kumpanen in irgendeiner Osteria am Hafen. Es ähnelte dem Kratzen, wenn Katzen an einer Tür Einlaß begehren, langsam und gleichmäßig, und es drang von Micheles Atelier zu ihr herüber. Nero legte den Kopf wieder auf die Pfoten, was Nerina beruhigte. Niemand Unbekannter machte sich an der Tür zu schaffen, sonst hätte Nero angeschlagen. Vielleicht schlich nur eine Maus oder eine der unzähligen Ratten die Tür entlang, vielleicht versuchte Michele in einem Anflug an Umsicht, mit seinem Schlüssel den Riegel zu heben.

Sie richtete sich auf und horchte in die Nacht hinein, als sie im Mondschein erkennen konnte, daß Nero sich erhoben hatte und zur Tür von Micheles Atelier tappte.

Sofort lief ihr eine Gänsehaut über die Arme. Was hörte der Hund? War doch jemand im Raum?

Ohne sich zu rühren, horchte sie auf die Geräusche aus dem Nebenraum. Wieder vernahm sie das Scharren und Schaben, das jetzt deutlicher und klarer zu ihr herüberdrang. Plötzlich wurde es vom Klacken des Riegels unterbrochen. Jemand hatte den Türriegel gehoben. Nero stand wie erstarrt, und Nerina fühlte, wie eine Kälte in ihr emporkroch. Lange Zeit geschah nichts. Alles blieb ruhig. Nur das kurze Hecheln des Hundes war hörbar. Dann knarrten die Türscharniere in ihren hölzernen Angeln.

Das konnte nicht Michele sein, der wäre hereingepoltert und hätte sich bemerkbar gemacht. Regelmäßig wachte sie auf, wenn Michele zurückkam. Außerdem war er nie so betrunken, als daß er sich nicht noch für zwei bis drei Stunden vor eine der Leinwände gesetzt hätte. Jetzt schlich jedoch jemand in den Raum. Ein leises Quietschen und Nerina wußte sofort, wer auf der anderen Seite des Ateliers stand. Das hatte sie bereits gehört, ihm aber wenig Beachtung geschenkt. Als würde er etwas suchen, durchschritt der Eindringling auf leisen Sohlen den Raum. Nerina fühlte, wie sie ein Kloß im Hals würgte und die Luft abschnürte. Sie hätte weder schreien noch sprechen können. Fieberhaft überlegte sie, was sie tun sollte, wenn der Fremde auch ihr Zimmer betrat, denn sie vermutete, daß er zu ihr hereinkam, denn das, was er vermutlich suchte, befand sich in ihrem Raum am Fenster: das Gemälde.

Warum schlug Nero nicht an, warum verbellte der Hund den Eindringling nicht, schlüpfte aus dem Zimmer, dessen Tür nur angelehnt war, und stürzte sich auf ihn?

In Nerina keimte ein schrecklicher Verdacht, als Nero mit dem Schwanz zu wedeln begann und leise fiepte.

Sie konnte sich aber jetzt nicht darauf konzentrieren, was dem Hund fehlte, sondern mußte sich überlegen, was sie selbst tun sollte. Leise schlüpfte sie aus ihrem Laken, schob die Holzschuhe unters Bett, damit sie nicht sofort gesehen wurden. Sie mußte den Eindringling davon überzeugen, daß sich niemand sonst im Atelier befand, wenn er ihr Zimmer betrat. Sie erinnerte sich, daß das Balkonfenster hinter dem Bild offenstand, jedenfalls so weit, daß sie hindurchschlüpfen konnte. Auf Zehenspitzen schlich sie zum Balkon. Nero drehte sich zu ihr um und knurrte leise. Nerina hob den Finger an den Mund und zischte ihn an.

»Still, Nero! Hilf mir. Ruhig.«

Der Hund beruhigte sich, verstärkte aber das Wedeln mit dem Schwanz. In diesem Augenblick verfluchte sie das Tier und seine Anhänglichkeit. Außerdem wurde ihr klar, warum Nero so gepflegt gewesen war, als er Michele in Rom zulief. Schon damals war sie sich sicher gewesen, daß das Tier nicht streunte und davongelaufen war. Zielsicher hatte es jemand zu Michele geschickt. Und derjenige stand jetzt im anderen Raum des Ateliers.

Behutsam schlüpfte sie hinter die Staffelei mit dem »Haupt des Johannes«, drückte eine der beiden Jalousietüren weiter auf und trat hinaus. Der Balkon bestand eigentlich nur aus einem fußbreiten Vorsprung, der von einem Metallgitter abgeschirmt war. Dort konnte man gerade naßgeschwitzte Bettwäsche lüften oder feuchte Tücher aufhängen, die dann vom Abendwind getrocknet wurden und das Zimmer angenehm kühlten. Gitter und Vorsprung liefen etwas über die Fensterbreite hinaus. Sie drückte sich in eine der Ecken, zog ihr Hemd enger, damit es nicht in die Fensteröffnung wehte und so gesehen wurde, und verharrte regungslos.

Im Atelier rührte sich nichts. Kaum wagte sie zu atmen, vermutlich lauschte der Eindringling innen ebenso auf Geräusche wie sie draußen. Plötzlich bewegte sich die Jalousietür auf dem Nebenbalkon langsam. Jemand öffnete sie nach innen, um Licht in Micheles Atelier fallen zu lassen. Sie wußte nicht recht, ob sie wieder zurückschlüpfen sollte, denn in ihrem hellen Leinenhemd mußte sie sofort sichtbar sein, wenn ein Kopf in der Fensteröffnung erschien, aber ihre Beine ließen sich nicht bewegen. Erstarrt stand sie und preßte die Zähne aufeinander. Doch niemand schob seinen Kopf heraus. Nur ein Wühlen, unterdrückt und verhalten, drang zu ihr, als würde der Fremde nach etwas suchen. In diesem Raum würde er es nicht finden. Für einen Augenblick überlegte sie sich, ob sie nicht auf die Brüstung steigen und zu Michele hinüberklettern sollte, um von dort aus schnell durch das Zimmer ins Treppenhaus zu verschwinden, aber dann fiel ihr Nero ein. Der Hund würde ihr nachlaufen, sie finden und stellen. Zudem genügte ein Blick nach unten in die Schwärze der Gassentiefe, um sie von ihrem Vorhaben abzubringen.

Das Schlagen von Neros Schwanz auf den Holzboden drang jetzt deutlich zu ihr, und plötzlich hörte sie ein kurzes Aufheulen. Offensichtlich hatte jemand die Tür zu Nero aufgestoßen und schlich jetzt in ihr Zimmer. Eine unverständliche Stimme wies Nero zurecht, der sich sofort beruhigte. Gerade diese Stimme aber ließ ihre Knie weich werden. Mühsam zwang sie sich, still zu stehen. Im Nebenraum stand der Johanniter.

Nerina schloß die Augen, wollte das, was jetzt geschehen mußte, nicht sehen. Sie erwartete, daß der Johanniter auf den Balkon heraustreten, sie am Arm packen und ins Zimmer zerren würde. Ihre Stimme versagte. Unfähig zu schreien, unfähig sich zu bewegen, verharrte sie einfach, wo sie war, und dachte daran, daß sie Michele nicht nach Neapel hätte führen sollen, daß sie Michele nirgendwohin hätte folgen sollen. Warum auch? War sie in ihn verliebt? Nein. Hielt sie eine Verpflichtung an ihn gefesselt? Nein. Hatte er sie als Sklavin gekauft? Nein. Warum um alles in der Welt führte sie ihm den Haushalt? Warum nahm sie die Sticheleien der Bäcker und Fleischer, der Gemüsehändler und Mitbewohner hin, die sie alle für Micheles Bettschatz hielten und sich in Gedanken und hinter ihrem Rücken ausmalten, was er die Nächte über mit ihr trieb, wenn die Fensteröffnungen verschlossen waren und Kerzenlicht durch die Ritzen der Jalousien drang. Warum ließ sie sich von seinem Ruf als Hurenbock und Säufer nicht abstoßen? Unwillkürlich griff sie nach ihrem Amulett und hielt sich daran fest.

Ein reißendes Geräusch ließ sie zusammenfahren. Beinahe hätte sie ihre Hand an den Mund gehoben. Der helle Arm wäre sicherlich aufgefallen. Warum nur schien der Mond? Konnte er nicht einmal wegbleiben, wenn man ihn nicht benötigte? Er fand sich sonst auch nicht ein.

Sie wagte nicht, den Blick nach links zu wenden, sah aber im Augenwinkel die Spitze eines Degens auf den Balkon hinausragen. Geräusch und Degenspitze ließen nur eine Vermutung zu, der Johanniter zerschnitt das Bild, zerstörte das »Haupt des Johannes«. Wieder und wieder stach der Johanniter zu, zog den Degen durch die Leinwand und warf die Fetzen, die so entstanden, über die Staffelei hinweg die Gassenschlucht hinunter. Dabei hörte sie ihn fluchen, hörte, wie er Verwünschungen murmelte, wie er immer wieder das Zimmer durchschritt, andere Leinwände umwarf, ihr Bett zerwühlte, die Holzschuhe gegen die Wand schleuderte, das Nachtgeschirr zerschlug und dann seine ganze Wut wieder gegen das Bild richtete. Schließlich zerstörte er den Rahmen mit einigen gezielten Hieben und stieß die Staffelei gänzlich um.

Während dieses Wutausbruchs zitterte Nerina am ganzen Körper. Sie biß die Zähne aufeinander, damit sie nicht klapperten, und versuchte ein Schluchzen zu unterdrücken, das ihren Körper schüttelte. Warum tat er das? Was trieb diesen Menschen dazu?

»Ich werde dich langsam niederbrennen lassen wie eine Kerze!« vernahm Nerina seine Stimme, als der Johanniter heftig atmend in seinem Zerstörungswerk innehielt. »Versteck dich, Caravaggio, ich finde dich überall.«

Als wäre er von der körperlichen Anstrengung erschöpft, hörte Nerina ihn durchs Zimmer schlurfen. Er betrat erneut den Atelierraum Micheles.

Gott sei Dank stehen die vollendeten Bilder nicht mehr dort, dachte Nerina. Die »Sieben Werke der Barmherzigkeit« hatte Michele gestern noch übergeben, und die »Geißelung« stand seit heute beim Kaufmann Lorenzo de Franchis zur Ansicht. Der hatte darauf bestanden, das unvollendete Werk zu sehen. Deshalb malte Michele heute auch nicht. Bestimmt betrank er sich mit dem ausgezahlten Honorar. Mit geschlossenen Augen verfolgte Nerina die Geräusche im Atelier und war sich sicher, daß der Johanniter wieder zum Fenster trat. Vielleicht sah er hinaus, um zu überprüfen, ob jemand draußen stand. Als wäre alle Erstarrung von ihr gewichen, machte sie einen Schritt in Richtung Tür und schlüpfte durch die offenen Jalousien. Keinen Augenblick zu früh, wie sie noch im Augenwinkel bemerkte, denn tatsächlich streckte der Johanniter den Kopf nach draußen und suchte die Balkone ab.

Da der Boden mit den Resten des Bildes, mit Holzteilen und Leinwandfetzen übersät war, machte es ihr Schwierigkeiten, kein Geräusch in ihrem Zimmer zu verursachen. Sie sah nicht, wohin sie ihren Fuß setzte, und trat auf einen der Nägel, die das Leinen auf dem Rahmen gehalten hatten, spürte, wie sich beim Rükkwärtsgehen das Eisen mit einem häßlichen Geräusch in die Ferse bohrte, und hätte beinahe laut aufgeschrien. Mit der Hand faßte sie sich an den Mund. Schweiß trat ihr am ganzen Körper aus. Plötzlich fühlte sie ihr Hemd naß am Körper kleben.

So stand sie und wartete, aber nichts geschah. In ihrer Aufregung hatte sie überhört, ob der Johanniter jetzt das Atelier verlassen hatte oder ob er im Nebenraum verharrte und darauf wartete, daß sie sich verriet. Sie sah nur Nero, der in einer Ecke kauerte, die Schnauze auf den Pfoten, und sie wie schuldbewußt ansah. Seine Augen leuchteten im Dunkeln grünlich.

So stand sie und wartete, bis ihr plötzlich die Knie wegbrachen und der Schmerz sich wie eine heiße Nadel den Rücken hinauf in den Hinterkopf bohrte.

21.

Die frische Brise und das Schaukeln des Bootes taten ihm gut. Seekrank wurde Enrico nicht, das wußte er. Im Gegenteil, er fühlte sich wie gewiegt und konnte seine Gedanken schweifen lassen, wenn er aufs vorüberziehende Festland oder noch lieber auf das horizontlose Meer sah. Dort hinten konnte man Land ahnen, Sardinien, Sizilien, das afrikanische Festland, Orte, die Halt boten oder dies zumindest vorgaukelten. Den Gedanken legte sich kein Hindernis in den Weg, frei konnten sie schweifen, einen Tagtraum träumen.

Er reiste im Auftrag, und das versetzte ihn in eine gewisse Hochstimmung. Ferdinando Gonzaga schickte ihn nach Neapel, um Caravaggio ausfindig zu machen und ihm Bilder abzukaufen und so Scipione Borghese zuvorzukommen. Und er konnte Nerina wiedersehen und ihr von den Ergebnissen seiner Nachforschungen berichten.

Die eineinhalb Tage bis Neapel wollte er im Schiff zurücklegen, da es schneller und bequemer ging, jetzt, im Frühsommer, die Küste entlangzufahren, als mit holprigen Ochsenkarren die Via Appia nach Süden zu nehmen.

Er saß in einer Rolle Ankertau und träumte von Nerina. Wie mochte es ihr ergangen sein? Wie mochte sie die Flucht mit Michele bewältigt haben? Inwiefern hatte sie sich verändert? Hatte sie ihn bereits vergessen? Das war es, was er am meisten fürchtete, daß sie ihn aus dem Gedächtnis verloren hatte, wie man beim Reisen einen Handschuh verlor oder eine Stiefelschnalle, aus Unachtsamkeit und zufällig. Schließlich hatte er es sich verboten, ihr zu schreiben, da er zurecht vermutete, daß seine Korrespondenz überwacht wurde. Jetzt befand er sich persönlich auf dem Weg zu ihr und hoffte. Und er hatte das Schiff genommen, weil er der einzige Passagier auf der Galeone war, die Öl nach Neapel brachte, um Wein von dort mitzunehmen.

Der Himmel, der über ihm schwebte wie weiße Gaze, besaß die Elfenbeinfarbe von Julias Haut. In einer Seitengassen nahe des Palazzo Madama, hinter San Luigi dei Francesí hatte er auf sie gewartet. Erst als die Sonne beinahe senkrecht in die Gasse hinunterleuchtete und er einem Hitzschlag nahe war, war sie aufgetaucht, gekleidet in duftiges Leinen, das Falten über der Brust warf und von einem Schal lose über der Hüfte zusammengehalten wurde. Ihre Füße steckten in polierten Holzschuhen, und ins Haar hatte sie sich Bänder geflochten.

»Laß uns in die Pincio-Gärten gehen. Um die Mittagszeit ist dort niemand!«

So hatte sie ihn begrüßt, ihn untergefaßt und in Richtung Piazza del Popolo gezogen. Ihre Brust hatte sich an seinen Arm gedrückt, und sie hatte ihm kurz den Kopf auf die Schulter gelegt. Enrico fühlte, daß sie unter dem Leinenkleid weiter nichts trug. Ein verliebtes Paar, waren sie die Via Ripetta hinaufgeschlendert, hatten die Piazza überquert und waren zu den Gärten hochgestiegen, in denen die Weinreben erste Triebe ansetzten und sich an manchen Stellen zu einem beinahe undurchdringlichen Dickicht verwoben.

Auf dem Weg dorthin hatte er versucht, Julia unauffällig zu befragen.

»Warum hat dich Del Monte Kardinal Borghese überlassen? Das Essen kann nicht der einzige Grund gewesen sein.«

Sie sah ihn von der Seite her an.

»Mit den römischen Gepflogenheiten seid Ihr noch nicht vertraut, Enrico. Kardinal Del Monte, Giovan Battista Merisi, Cavaliere d'Arpino, sie alle gehören derselben Gemeinde an. Sie pflegen die Männerliebe.«

»Und in diese Runde paßte keine ... schöne Frau!«

Enrico ergänzte den Satz. »Eine Frau mit üppigen Formen« hatte er sich nicht zu sagen getraut, obwohl er wußte, daß Julia heute nichts dagegen gehabt hätte.

»Ja. Sie pflegten ein anderes Schönheitsideal als füllige Brüste und runde Hüften. Und Michele bemerkte es erst nicht. Sein Interesse galt den Bildern, nicht den Knaben, die er dafür als Modell benutzte. Ihn interessierten Knaben anfänglich nicht. Ich weiß es. Schließlich hat er mir nachgestellt und unter den Rock gegriffen.«

Vor ihrem Aufstieg in die Pincio-Gärten hätten sie Wasser und Wein mitnehmen sollen. Enricos Zunge klebte trocken am Gaumen. Allein der Gedanke daran, wie Michele Julias Haut berührt hatte, ließ ihn schlucken.

»Dann ist er vom Regen in die Traufe geraten.« Enrico leckte sich über die Lippen, die sich rauh und spröde anfühlten. »Als er sich mit dem Cavaliere d'Arpino auseinandergelebt hatte und zu einem ernstgemeinten Konkurrenten herangewachsen war, wollte er den Dunstkreis des männerliebenden Malers verlassen und geriet in die Höhle des Löwen. Des Mannes, der Männerliebe auch in seinen künstlerischen Ausprägungen lebte.«

Deshalb die Angst des Cavaliere d'Arpino vor der päpstlichen Inquisitionsbehörde, deshalb seine Vorsicht, was die Bilder anbelangte. Als Enrico das begriffen hatte, war ihm leichter zumute. Damit konnte sein Herr etwas anfangen, damit konnte er arbeiten und vermutlich seine Anwartschaft auf eine Kardinalsstelle untermauern. Wenn er dann noch einige Bilder Caravaggios anbot und den Sammler Scipione Borghese damit köderte, konnte es ihm gelingen.

Julia holte ihn aus seinen Überlegungen. Sie zog ihn unter einige überhängende Zweige und einen kleinen Hügel hinauf. Bereits nach wenigen Schritten waren sie vom Weg her nicht mehr zu sehen. Noch etwas erhöht durch den ansteigenden Hang, drehte sie sich um, so daß ihr Gesicht etwas über das seine hinausragte, und zog seine Lippen zu den ihren. Dafür mußte sie sich leicht nach unten beugen. Ihre Brüste berührten seine Schlüsselbeine, und er fühlte durch das dünne Leinen hindurch ihre festen Warzen.

Unter dem Licht des Tyrrhenischen Meeres räkelte sich Enrico faul, als er an das Liebesspiel dachte, das sich an diesen Kuß angeschlossen hatte. Wie ein Feuer hatte sie sich verzehrt, wie ein Sturm war sie über ihn gekommen, und er hatte sich nicht gewehrt, obwohl er an Nerina gedacht und sich für einen kurzen Moment schuldig gefühlt hatte.

Er selbst hatte sich aus Rom fortgeschlichen wie ein elender Verräter. Niemandem, schon gar nicht Julia, hatte er davon erzählt, daß er nach Neapel aufbrechen würde.

Hinter dem feinen Strich des Horizonts, an dem der elfenbeinerne Himmel in ein nur unmerklich dunkleres Wasser überging, stauten sich Wolken. Sardinien, vermutete Enrico. Dorthin und weiter nach Westen, und all diese Intrigen, die Verfolgungen, diese Kabbalen wären vorüber. Auf dem Meer fühlte er, daß er sich von der Enge der menschlichen Natur befreien konnte, daß er sich zu lösen vermochte von den Ketten des Daseins.

Dabei bildete er selbst nur ein Glied in der Kette der Ereignisse. Mehreren Zwecken diente seine Mission in Neapel: Einmal wollte er natürlich Nerina wiedersehen, zum anderen aber mußte er Michele von einem Plan überzeugen, den Ferdinando Gonzaga entwickelt hatte und den er selbst für höchst interessant hielt.

Wenn der Papst in die Vorfälle um das Ballspiel auf dem Campo Marzio verwickelt war, dann mußte es gelingen, denselben Papst mit seinen eigenen Mitteln zu schlagen. Er sollte Michele begnadigen, ihm seine Ehre wiedergeben und ihn höchstpersönlich nach Rom zurückholen. Von Michele brauchten sie dafür nur eines: Bilder. Mit diesem Schachzug gelang es vielleicht, den absehbaren Schwenk des Papstes in die konservative spanische Ecke zu verhindern. Ließ er nicht den Petersdom von allen Bildwerken säubern, die an eine kirchliche Erneuerung erinnerten? Fromm wirkte er, dieser Paul V., fromm und ein wenig bigott, aber hinter der Larve eines Heiligen versteckte sich eine berechnende Persönlichkeit, die ihre Vorteile sehr genau abwägte. Ihr einen Caravaggio in den Pelz zu setzen, wäre ein Meisterstück. Zwar konnte er es kaum glauben, daß dieser kaum zwanzigjährige Gonzaga bereits ebenso gerissen handelte und dachte wie sein Vater, aber eben diese Idee hatte ihn überzeugt. Wenn es gelang, dann konnte dieser Papst in den Händen der Reformer wie eine Marionette bewegt werden. Wachs wäre er, weich und knetbar, und die in den letzten Jahren wie ein Damoklesschwert über der Christenheit lastende Kriegsgefahr wäre vermutlich abgewendet. Natürlich wollte niemand einen Krieg, aber die Stärke der Gegenreformation nahm von Tag zu Tag zu, die Unerbittlichkeit der Auseinandersetzung verschärfte sich und wenn auch die Liga der Franzosen zusammen mit den Italienern in Rom endlich ein Gegengewicht zu Spanien erlangt hatte, war doch die italienische Fraktion selbst noch zu schwach, um die Führung zu erlangen.

Enrico fühlte, wie ihn die Gedankengänge im Rhythmus der See bewegten, wie sie ihn wiegten und ebenso scharf gediehen wie von leichtem Wind bewegte Wellenspitzen.

Über seinen Überlegungen mußte er eingeschlafen sein, denn als er erwachte, leuchtete über ihm ein riesiges Band aus Sternen, die Milchstraße, die bereits langsam zu verblassen begann. Zuerst verwundert, betrachtete er das Schauspiel des Lichterbandes, bis er begriff, daß es früh am Morgen sein mußte. Sein Rücken schmerzte vom gerollten Tau, das ihm als Liegestuhl gedient hatte. Trotzdem konnte er den Blick nicht von diesem hellen Lichterstreifen abwenden. Wie ein Weg von Rom nach Neapel und zurück erstreckte sich die Milchstraße, und er sah darin eine symbolische Bestätigung seiner Mission.

Wenn es ihm gelänge, Michele von seinem Plan zu überzeugen, wenn er ihn einweihen könnte in dieses Spiel der Kräfte, dann würde sich auch für ihn die Situation ändern. Aus dem Sekretär eines Adeligen aus Mantua würde möglicherweise der Berater eines Kardinals.

Zufrieden lehnte er sich in seiner Taurolle zurück und erinnerte sich zugleich an Nerina und Julia. Er begann ihre beiden Körper zu vergleichen, den hellen Julias mit dem eher dunklen Nerinas, den er so noch nicht kannte, den er nur erahnte.

Eine heftige Schiffsbewegung ließ ihn aus seinen Träumen auffahren. Matrosen riefen einander Handgriffe zu, Offiziere bellten Befehle. Das Schiff krängte plötzlich auf die andere Seite. Er glaubte einen Moment auf dem Kopf zu stehen. Mühsam rappelte er sich aus der Taurolle heraus und spähte über die Reling auf der anderen Seite. Ein Leuchtfeuer schimmerte ihnen über das Wasser entgegen. Sie fuhren in der frühen Morgendämmerung in den Golf von Neapel ein.

22.

Als Nerina versuchte, ihr Bein zu bewegen, schrie sie vor Schmerzen auf. Etwas stimmte nicht. Sie erinnerte sich an den Johanniter, daran, daß er irgendwann das Atelier verlassen und daß sie sich erschöpft an die Wand gelehnt hatte. Sie befand sich noch immer dort, war aber offenbar niedergesunken und eingeschlafen. Wie lange hatte sie so gelegen? Jetzt fror sie und wollte ins Bett zurück, zuvor jedoch die Tür schließen. Aber das Bein raste vor Schmerzen. Nerina schleppte sich zur Bettpritsche und zog sich auf. Ihr Bein brannte, und sie fühlte, wie es im Rhythmus des Herzschlags feurige Stöße in den Körper sandte.

Später konnte sie sich das Bein betrachten, später nachsehen, was genau fehlte, jetzt mußte sie die Tür schließen, und zwar möglichst von außen. Falls der Johanniter zurückkam, durfte er sie hier nicht finden. Hilflos wäre sie ihm ausgeliefert, und was er Frauen antat, die ihm ausgeliefert waren, hatte sie an Lena erfahren.

Sie versuchte zur Tür zu humpeln, mußte sich jedoch an der Wand abstützen, weil ihr auf dem kurzen Stück der Atem ausging. Sie strich sich über die Stirn. Auch die fühlte sich heiß an und naß.

Langsam schleppte sie sich zur Tür, die offenstand. Als Sieg wertete sie es, daß sie bis dahin nicht geschrien hatte, obwohl die Schmerzen im Fuß unerträglich wurden und wie Messerstiche bis in den Bauch hinein ausstrahlten. Trotzdem zwang sie sich zur Vorsicht. Sie spähte hinaus auf das Treppenhaus, entdeckte dort niemanden und tastete sich, eng an der Wand entlang, zur nächsten Treppe. Immer schwerer fiel es ihr, einen klaren Gedanken zu fassen. Sollte sie die Treppe hinauf- oder hinuntergehen? Beide Richtungen konnten sie in die Arme des Johanniters treiben.

Plötzlich vernahm sie auf der Treppe Schritte, schleichend, als hätte dort jemand gewartet und sehe jetzt nach, weil er etwas gehört hatte.

Nerina bemühte sich, flach zu atmen. Dann humpelte sie, so leise sie es vermochte, zum Treppenaufgang in den nächsten Stock. Ihr Keuchen mußte in ganz Neapel zu hören sein.

Panik stieg in ihr empor. Der falschen Idee war sie gefolgt. Soviel stand fest. Wäre sie im Atelier geblieben, hätte niemand bemerkt, daß sie dort gewesen war. Jetzt wußte es der Johanniter, und es war für ihn ein leichtes nachzusehen. Wehren konnte sie sich nicht mehr, aber sie wollte ihr Leben teuer verkaufen. Sie hörte Schritte näher kommen, sah aber niemanden, weil es zu dunkel dafür war und weil ihr das Pochen im Bein langsam die klaren Gedanken weghämmerte. Einen Schatten nahm sie wahr, eine Gestalt, die sich von der Schwärze des Treppenhauses kaum unterschied, sich aber doch bewegte. Schreien wollte sie, aber kein Ton entwich ihrer Kehle. Sie schlug um sich, versuchte, die Hände, die überall waren, abzuwehren, trat mit den Beinen, auch mit dem schmerzenden, ohne auf ihre Verletzung zu achten, und es durchfuhr sie plötzlich wie das Brennen der Hölle und warf sie in eine Schwärze, die dichter war als alles, was sie kannte.

Sie wurde getragen, abgelegt, hatte das Gefühl wiederzukehren, aus einem Schacht aufzusteigen, gelangte aber nicht an die Oberfläche. Angst überfiel sie, Angst vor Schmerzen, vor Schlägen, die sie erwartete, und beruhigte sich erst, als eine Hand, eine sanfte, kühle Hand ihr über die Haare strich, leicht und regelmäßig. Zurück sank sie und schwebte und sah Licht am Ende des Schachts und fühlte die Hand wieder, die sie leitete.

Langsam ließ die Schwärze sie los. Was war geschehen? Nur undeutlich drang die Erinnerung in ihr Bewußtsein, daß der Johanniter das Atelier besucht und das »Haupt des Johannes« zerstört hatte. Wo war Michele? Sie mußte Michele warnen!

Den Kopf hob sie und wollte ihr Bein bewegen, aber der Schmerz durchfuhr sie wie eine Verbrühung und warf sie zurück aufs Lager. Sie fühlte sich schwer atmen, fühlte ihr Herz rasen und den Schweiß an ihren Händen. Dann verwirrte sich ihr Bewußtsein. Als wäre sie in einen Ballen Schafwolle eingeschnürt, erfühlte sie die Umgebung, ohne sie richtig wahrnehmen zu können, sie hörte, ohne zu verstehen, sie sah, ohne zu erkennen. Und sie glaubte, es gebe ein Auf und Ab, als würde sie Treppen hinauf- und hinuntergetragen, es gebe ein Hell und Dunkel, ein Hiersein und Wegsein.

Männerhände fühlte sie, die sie trugen, die sie auf ein Lager betteten und die sich an ihrem Bein zu schaffen machten. Wieder griff die Panik nach ihr, als jemand ihren Rock hochschob und eine Hand auf den Oberschenkel legte. Sie kreischte, schlug, stieß, und versuchte sich zu wehren, zu befreien, aber Männerarme und Männerhände hielten sie wie in einem Schraubstock fest und es gelang ihr nicht, sich loszureißen. Dann fuhr ein Brennen in sie, daß sie glaubte, es mit dem Höllenfeuer selbst zu tun zu haben, und wieder schlug die Schwärze über ihr zusammen wie eine Welle.

Jemand stand neben ihrem Bett, sprach mit ihr, legte seine Hand auf ihre Stirn, wusch sie. Ein Mann. Ihr war kalt. Mit einem Arm fühlte sie ihren Körper entlang, fühlte, daß sie nackt war. Man hatte sie entkleidet. Ihre Unterlippe zitterte. Sie wehrte sich, plötzlich, mit eruptiver Gewalt, wollte nicht von einem Mann ausgezogen und gesäubert werden. Sie fühlte nasse Lappen auf ihren Beinen, fühlte ein Brennen, das vom Fuß hochkroch über ihre Leiste bis hinauf ins Herz, als würde ihr Bein ausgebrannt, als läge es in einem der Straßengrills. Sie fühlte, wie nasse Laken um ihren Leib gelegt wurden, fühlte ein Glühen, als ließe man sie bei größter Mittagshitze am Strand liegen, und die Sonne verbrenne sie und die Haut werfe Blasen. Rauhe Hände strichen ihren Körper entlang, Männerhände. Sie wollte diese Männerhände nicht auf ihrem Bauch, auf ihrer Brust, auf ihrem Schoß.

Stimmen verwandelten sich in Melodien, in ein Brummen und Summen, schwankten zwischen Kreischen und Flöten, und sie versuchte zu antworten, versuchte zu reden und vernahm ein Stammeln, ein Wispern einzelner Silben. Und dann vernahm sie einen Ton, der sich steigerte, je dunkler es um sie wurde, der hinaufstieg in höchste Höhen, der in ihrem Kopf bohrte und schnitt und plötzlich abbrach und einer absoluten Stille Platz machte, die inmitten einer grenzenlosen Dunkelheit lag.

Als sie die Augen aufschlug, sah sie deutlich eine Decke über sich, ein nasses Laken, das über ihrem augenscheinlich nackten Körper ausgebreitet war, eine hölzerne Wand, hinter der ein Fenster liegen mußte, da über sie hinweg Licht in ihre Schlafnische sickerte. Der Raum wirkte abgedunkelt und war trocken. Sie wollte sich aufrichten, aber ihr Körper gehorchte ihr nicht. Sie fühlte sich so schwach, daß sie nicht einmal mehr die Hand heben konnte.

»Dem Herrn sei Dank, Ihr lebt, Nerina!«

Vertraut klang die Stimme, obwohl Nerina sie mit niemandem sofort in Verbindung bringen konnte. Sie drehte den Kopf. Kleiner als ihr Atelier erschien ihr der Raum. Hinter ihrem Kopf lag eine Öffnung, die eine Art Teppich verdeckte und durch die jemand hindurchtrat.

Sie versuchte zu antworten, aber ihrem Mund entkam nur ein Krächzen. Kaum daß sie selbst erkannte, was sie sagte. Ihre Stimme klang, als wäre sie lange nicht mehr gebraucht worden.

»Was ist geschehen?«

»Ihr habt Euch an einem Nagel verletzt, Euch eine Vergiftung des Blutes zugezogen. Seit gut drei Wochen sitze ich hier und versuche, Euch ins Leben zurückzuholen.«

Es dauerte etwas, bis Nerina begriff, was ihr der Unbekannte mitgeteilt hatte. Drei Wochen hatte sie gelegen, weil sie in einen Nagel getreten war!

»Wo bin ich in den Nagel getreten?«

»Wenn ich recht verstanden habe, was Ihr im Fieber gesprochen habt, dann habt Ihr Euch verletzt, als Ihr vom Balkon ins Atelier zurückgegangen seid. Michele hat Euch gefunden, den Nagel entfernt und Euch hierhergebracht.«

Michele! Jetzt fiel es ihr wieder ein. Sie mußte ihn warnen. Mit letzter Kraft versuchte sie, sich aufzurichten, was ihr unter vielem Mühen gelang.

»Der Johanniter ...«

»Wir wissen es. Michele ist längst nicht mehr in Neapel.«

Michele hielt sich nicht mehr in Neapel auf? Ihr träger Gedankenfluß störte sie. Wo war er dann? Auf das Bett ließ sie sich zurückfallen und schloß die Augen. Sie roch Leinöl und den scharfen Duft getrockneten Eigelbs, das zum Anmischen und Binden der Pigmente diente. Hier wurde gemalt. Demnach mußte sie im Atelier sein, aber sie erkannte es nicht als solches.

Jemand setzte sich an ihr Bett, langte ihr unter den Hals, hob sie auf, zerrte ein Kissen unter ihren Rücken, so daß sie hochgelagert zu liegen kam. Dann stieg ihr der Duft von Suppe in die Nase. Ihre Lippen berührte ein Löffel. Gierig schlürfte sie die Flüssigkeit in sich hinein. Jetzt erst fühlte sie, wie der Hunger in ihr wühlte.

Als sie die Augen öffnete, sah sie in ein Gesicht, das sie nicht erwartet hatte.

»Enrico! Ihr?«

»Ich hoffe doch.«

»Wie kommt Ihr hierher?«

Sie wußte nicht, ob sie sich freuen oder ärgern sollte. Zuerst ließ er beinahe ein halbes Jahr nichts von sich hören, und plötzlich tauchte er wie aus dem Nichts auf. Ihre Stimme gewöhnte sich langsam daran, wieder Wörter und Sätze zu sprechen.

»Wie habt Ihr mich gefunden?«

»Tagelang hatte ich nach Euch gesucht. Gefunden habe ich Michele, in einer Weinschänke. Er hat das Atelier aufgegeben, weil der Johanniter das Bild zerstört hat.«

Plötzlich fühlte sie sich schwach und müde.

»Wo bin ich?«

»In einer der Bassi gegenüber. Micheles Einfall. Draußen arbeiten Francesco und Cesare. Ihr habt drei Wochen im Fieberwahn gelegen und seid nur gelegentlich aufgewacht. Wir dachten schon …«

»Wir?«

»Ja, Michele ist erst vor sieben Tagen aus Neapel weg.«

Nerina schloß die Augen. Ihr ganzer Körper fühlte sich zwar an, als wäre er zerschlagen worden, aber ihr Verstand arbeitete so schnell und klar wie zuvor. Michele hatte sie in eine der Erdgeschoßwohnungen in ihrer Straße gebracht. Warum? Um sie vor dem Johanniter zu schützen? Vermutlich.

»Wer hat den Fuß verbunden? Michele?«

Ein verständnisvolles Lächeln huschte über Enricos Gesicht, aber sogleich wurde er wieder ernst.

»Den Fuß versorgt und die Wunde gesäubert hat Michele, obwohl Ihr Euch gewehrt habt, als wollte er Euch Gewalt antun. Zwei Wochen danach zeigte er mir noch blaue Flecke. Dann seid Ihr in eine Bewußtlosigkeit gefallen, von der wir beide glaubten, Ihr würdet nicht wieder daraus erwachen. Aber Eure Natur scheint unverwüstlich zu sein. Ihr habt geglüht wie ein Kerzendocht. Oft mußten wir alle fünf Minuten die Körperwickel wechseln.«

»Dann wart Ihr es also, der mich ausgezogen hat?«

»Michele und ich. Verzeiht, aber hätten wir Euch sterben lassen sollen?«

Nerina öffnete die Augen und sah Enrico an. Seine Sorgen schienen ernst zu sein. Sie biß sich auf die Lippen, ließ ihn aber nicht aus den Augen.

»Warum habt Ihr Euch nicht um eine weibliche Pflegerin bemüht?«

In ihrer Stimme ließ sie Ärger mitschwingen. Verlegen senkte er den Blick.

»Wir hatten es überlegt, aber es schien uns zu gefährlich. Je mehr gewußt hätten, wo Michele und Ihr seid, desto schwieriger wäre es gewesen, den Ort geheimzuhalten.«

Natürlich. Darauf hätte sie selbst auch kommen können. Ihre Verärgerung, die so bedeutend nicht gewesen war, verflog. Nein, sie konnte ihm nicht böse sein, sie gepflegt zu haben. Daß er dabei ihren Körper gesehen hatte, wie ihn zuvor noch kein Mann entdecken durfte, war unvermeidlich. Unwillkürlich griff sie nach ihrem Amulett und fand es warm und glatt zwischen ihren Brüsten liegen.

»Danke«, flüsterte sie.

Enrico nickte nur und deutete auf das Laken, das über ihr ausgebreitet lag.

»Es muß gewechselt werden. Ihr seid aber zu schwach dazu, es allein zu tun. Schließt die Augen und denkt einfach nicht daran, daß ich Euch sehen könnte. Ich schaue selbst weg. Ganz sicher.«

Er breitete das frische Laken über ihr aus und zog das gebrauchte darunter weg.

»Warum riecht es hier nach Leinöl? Hat Michele gemalt?«

»Das ›Haupt des Johannes‹! Weil der Johanniter es zerstörte, hat Michele es neu gemalt. Er bat mich, es für ihn mit nach Rom zu nehmen, ich werde es aber vorerst hier in Neapel lassen. Sicher ist sicher.«

Natürlich, Michele wollte eine Lebensversicherung, und die hatte er sich mit dem Bild verschafft. Da es zerstört worden war, mußte es wieder neu gemalt, schnell gemalt werden.

»Und wohin ist Michele gegangen? Hat er es Euch gesagt?«

Enrico nickte, während er wieder die Schale aufnahm, um ihr den Rest der Suppe einzuflößen. Er bot ihr einen Löffel Suppe an, und sie schlürfte ihn gierig.

»Er ist nach Malta!«

Nerina verschluckte sich an der Suppe und hustete und spuckte, daß es ihr beinahe schwarz wurde vor Augen. Solchen Anstrengungen war sie offensichtlich noch nicht gewachsen.

»Nach Malta? In die Hochburg der Johanniter? Direkt in die Höhle des Löwen? Ist er lebensmüde?«

23.

»Die Gerüchte müssen verstummen, Scipione. Und ich hoffe, Ihr seid nicht deren Quelle!«

Mit der Hand verdeckte Scipione Borghese seinen Mund, um das Lächeln zu verbergen, das ihm die Haltung seines Oheims abzwang. Die weiße Tracht des Papstes wehte, während er um seinen Schreibtisch herumhastete, als würde er von einer unsichtbaren Macht verfolgt. Die goldene Schärpe verklemmte sich ständig an einer aufgeplatzten Lackstelle, so daß sich feine Seidenfäden daraus lösten, was den Papst nicht zu stören schien.

»Allein die diplomatischen Verwicklungen sind enorm. Wer setzt in die Welt, daß die Kurie an dem Anschlag auf diesen Caravaggio die Hände im Spiel gehabt hätte?«

Zufrieden betrachtete Scipione Borghese seine Fingernägel, deren reines Weiß mit dem der päpstlichen Seide hätte konkurrieren können. Die Botschafter Spaniens waren vorstellig geworden, um nach der Wahrheit dieses Gerüchts zu forschen, die Mitglieder der italienischen Fraktion rückten vom Papst ab, und die der französischen tuschelten untereinander. Eine wundervolle Konstruktion, die sich daraus ergab und die er für sich nützen wollte.

»Wie ich hörte, habt Ihr bei Cavaliere d'Arpino eine Reihe von Werken Caravaggios beschlagnahmen lassen. Ist es nicht so?«

Sein Oheim hielt in seinem Lauf inne und fixierte ihn.

»Woher wißt Ihr das, Scipione? Habe ich Euch den Kardinalshut verschafft, damit eines meiner Familienmitglieder gegen mich intrigiert?«

Daß es seinem Oheim ernst war mit dieser Feststellung, sah er an den zu Fäusten geballten Händen, mit denen der sonst ruhige Mann auf ihn zuschritt.

»Was ich höre, hört Rom. Zu keinem Zeitpunkt habe ich die Kritiker an Eurer Person unterstützt, Oheim. Ich wollte damit nur anregen, daß Ihr Euch der Konsequenzen dieser Handlung bewußt werdet, warum immer Ihr sie in Auftrag gegeben habt.«

Sein Oheim nahm die nervöse Rundreise um seinen Schreibtisch wieder auf. Die Schritte hallten in dem großen Saal wider. Je öfter Scipione die Räumlichkeiten betrat, desto sicherer war er sich, daß ihn Prunk und so offen zur Schau gestellter Reichtum abstießen. Erschlagen wurde er von den vielen Details und Farben, den Zeitströmungen, denen die Päpste vor seinem Oheim erlegen waren und mit deren oft zweifelhaftem Geschmack sie den Palast hatten ausstatten lassen. In manchen Räumen des Vatikans fühlte er sich wie in einer schlecht zusammengestellten Kuriositätensammlung. In seiner neuen Villa auf dem Pincio sollten die Räume für sich wirken und die Kunstwerke, die er darin unterzubringen gedachte, in das architektonische Gesamtkonzept eingebunden sein.

Plötzlich blieb sein Oheim stehen, und Scipione sah erstaunt auf. Dann klatschte der Papst in die Hände, und ein Priester erschien, gertenschlank und in seiner schwarzen Soutane wie ein Rohrkolben gebogen.

»Die Bilder, Alexis!«

Scipione mußte sich hinter dem Ohr kratzen und versprach sich, sich ein ausgedehntes Bad zu gönnen, wenn die Audienz bei seinem Oheim vorüber war. Welche Bilder ließ er holen?

»Ihr werdet Euch über den Grund wundern, warum die Bilder des Cavaliere beschlagnahmt wurden. Ihr seid es doch gewesen, der sich für Caravaggio interessiert und ihn gestützt hat.«

»Mit diesem Geschmack stehe ich nicht allein.«

»Ich weiß. Wenn ich mich recht erinnere, ist Kardinal Del Monte ebenso schnell, wenn nicht sogar schneller gewesen!«

»Als wer?«

»Als ich. Er hat die schönsten Stücke weggekauft!«

Langsam begann er zu begreifen, was sein Oheim meinte. Die ersten Bilder wurden in den Raum getragen, kleine Formate,

Zeichnungen, Skizzen. Priesterlakaien legten sie ihm zu Füßen. Scipione erhob sich, um die Bilder näher betrachten zu können. Sie bildeten sicherlich keine Meisterwerke Caravaggios, aber sie gaben Aufschluß über dessen Entwicklung vom Porträtmaler über seine Stillebenzeit mit Alltagsszenen bis hin zum Künstler, der Heilige in Szene setzte. Vor ihm lag ein Schatz.

»Sie gehören Euch, Scipione. Schafft mir das Geschmiere aus dem Haus, bevor ich es in die Kamine werfen lasse.«

Als er antwortete, verschluckte sich Scipione und mußte sich mehrmals räuspern.

»Ihr habt alles beschlagnahmen lassen, um es mir zu schenken?«

»Als erste Einrichtung für die neue Residenz in den Pincio-Gärten.«

Ehrfurcht erfüllte ihn vor den Zeichnungen und Skizzen, aber auch ein unguter Gedanke schlich sich ein. Sein Onkel galt nicht unbedingt als großzügig. Sicher, sein Ruf als Kirchenmann, seine sprichwörtliche Frömmigkeit täuschten so manchen über den wahren Charakter hinweg. Kaum jemand wußte, daß er eine Mätresse unterhielt, der er seit Jahren zugetan war. Viele übersahen das berechnende Wesen Camillo Borgheses und seine sture Haltung gegenüber den Abweichlern und sogenannten modernen Denkern. Wenn er ihm eine solche Schenkung vermachte, mußte dies etwas bedeuten. Er wollte eine Gegenleistung. Jetzt ragte der Raum gerade weit genug in die Höhe, um darin kräftig einatmen zu können, um die Bedrückung vergessen zu machen. Wenn er sich zu sehr verführen ließ, verschüttete die Dankbarkeit seine eigenen Pläne. Und für ihn galten diese als vorrangig.

»Was erwartet Ihr dafür, Oheim?«

Scipione Borghese kniete sich hin und strich mit den Händen über einzelne Bilder und Skizzen, hob eine Vorzeichnung für einen Blumenstrauß auf und betrachtete die Anlage. Selbst welke Blätter interessierten Caravaggio, und genau dafür galt er als Spezialist, das machte ihn so einzigartig.

»Keine Gegenleistung, Scipione. Ihr solltet nur darauf achten, daß das Gerücht um die Beteiligung des Papstes am Marsfeld-Vorfall mit Caravaggio verstummt. Findet einen Schuldigen, sucht den Verbreiter des Gerüchts, bezahlt ihm, was er verlangt. Aber bringt mir das Gerücht zum Schweigen.«

Jetzt hatte Scipione Borghese seinen Oheim dort, wo er ihn haben wollte, und das ganz ohne sein Zutun. Beinahe wie von selbst war es gegangen. Trotzdem mußte er sich ein wenig zieren, um nicht den Verdacht aufkommen zu lassen, die Wendung der Dinge käme ihm gelegen.

»Aber Ihr habt befohlen, keinen Kontakt mehr zu Caravaggio zu pflegen oder sich sonst um seine Person zu kümmern.«

Auf die Platte seines Schreibtischs gestützt, verharrte der Papst für einige Augenblicke. Ein Frösteln überfiel Scipione, als er das Mienenspiel seines Oheims betrachtete. Zu weit durfte er nicht gehen.

»Glaubt Ihr, ich wüßte über Eure heimlichen Kontakte nicht Bescheid, glaubt Ihr vielleicht, ich wüßte nicht, daß Ihr den Prete Rosso nach Neapel geschickt habt, um Bilder von Caravaggio aufkaufen zu lassen? Haltet Ihr mich für beschränkt, nur weil ich das Oberhaupt der Kirche geworden und meinem Ziel näher gekommen bin? Tut, um was ich Euch gebeten habe, und schafft die Bilder fort.«

Mit einer herrischen Handbewegung fegte er durch den Raum, und sofort lief ein halbes Dutzend Lakaien, um die Bilder zu entfernen.

Unbeeindruckt von dieser Demonstration, verfolgte Scipione seine Pläne weiter. Natürlich wußte er von den Zuträgern im Dienst seines Oheims. Regelmäßig fütterte er sie mit den Dingen, die ihm für den Papst wichtig erschienen. Sollte er den Widerstand spüren. Das war wichtig. Das ermöglichte ihm eine gewisse Unabhängigkeit.

»Zumindest eine Quelle des Gerüchts könntet Ihr leicht versiegen lassen, Oheim. Der junge Gonzaga strebt die Kardinalswürde an. Und er wird sie mit allen Mitteln zu erringen suchen.«

Nur mühsam konnte sein Oheim die Wut unterdrücken. Scipione sah es ihm an. Schon einmal war dieser Vorschlag gefallen, schon einmal hatte der Papst abgelehnt. Diesmal würde er nicht darum herumkommen, und das wußte er.

»Das Milchgesicht mit seinen knapp zwanzig Jährchen?«

»Aber er steht auf unserer Seite. Die italienische Fraktion erhielte Verstärkung.«

»Die ich nicht brauche.«

»Jeder sieht, Oheim, daß Ihr mehr und mehr nach Spanien tendiert und alte Freundschaften aufkündigt. Aber die Reformierten schlafen nicht. Sie werden ihren Tribut fordern. Und besser, Ihr habt einen starken Rückhalt in Rom und Paris, als schwache Zusagen aus Madrid.«

Heftig schlug der Papst mit der Faust auf den Tisch. Er wollte sich seine Politik nicht diktieren lassen, das verstand Scipione Borghese, dennoch konnte er auf eine starke Hausmacht nicht verzichten. Und der junge Gonzaga stand wirklich auf ihrer Seite. Zudem bereicherte er die römische Kunstszene, und das allein wäre für ihn Grund genug gewesen.

»Ihr spracht von der zweiten Quelle, die es zu stopfen gilt!«

»Dazu müßtet Ihr einen Schritt über Euren Schatten machen. Solange Michelangelo Merisi da Caravaggio im Exil leben muß, wird das Gerücht über die Beteiligung des Papstes an diesem Anschlag weiterblühen. Es würde erst verstummen, wenn der Papst selber eine Begnadigung ausspricht. Die Instanz, die begnadigt, kann schlecht die Instanz sein, die ihn aus der Stadt getrieben hat.«

Ruhig hatte Camillo Borghese zugehört. Nur der Umstand, daß er sich mit beiden Händen an der Tischplatte festhielt, ließ etwas von dem Ungeheuerlichen vermuten, das hier auf ihn einstürmte. Die Ideen mußten wie Ohrfeigen auf den Wangen glühen, und nie hätte Scipione sie auch nur zu denken gewagt, wenn er nicht der Neffe des Papstes gewesen wäre.

»Wißt Ihr, was Ihr da sagt? Wißt Ihr das wirklich, Scipione?«

Im Saal klang die Stimme seines Oheims leise und dünn.

»Caravaggios Begnadigung und Wiedereinführung in Rom würde Euch unsterblich machen.«

Noch immer flüsterte der Papst, als würde die Last dieser Entscheidung die Stimmbänder lähmen: »Den jungen Gonzaga in den Kardinalsstand zu berufen mag noch angehen. Aber nie und nimmer wird dieser Caravaggio die Mauern Roms überschreiten. Nicht, solange ich lebe. Mühsam zwinge ich die Kirche wieder in ein Bett, das die einzelnen Richtungen vereinigt und einen mächtigen Strom aus kleinen und kleinsten Rinnsalen gebiert. Da soll ein Quertreiber wie dieser Caravaggio seine ketzerischen Bilder in Rom verbreiten dürfen und dafür auch noch gelobt und finanziell unterstützt werden? Von meiner Kirche, die seine Werke ablehnt? Niemals! Es wird keine Begnadigung Caravaggios geben!«

Zufrieden rieb sich Scipione Borghese mit den Fingerspitzen die Handinnenflächen. Ein erster Sieg war errungen. Wenn der junge Gonzaga zur Kardinalswürde erhoben wurde, besaß er einen Mitstreiter mehr. Und die Rückkehr Caravaggios nach Rom blieb nur eine Frage der Zeit.

24.

Von ihrem Bett aus beobachtete sie Enrico, wie er mit einem Strohbesen den kleinen Raum des Bassis auskehrte, eine Sisyphusarbeit, denn der stetige Seewind wirbelte in einem fort Staub auf der Gasse auf und verteilte ihn in den Ladenräumen, die nicht abzuschließen waren. Seine Bewegungen glichen denen eines Katers, der sich seiner selbst sehr bewußt ist. Wohlbedacht und kräftig, mit einem eleganten Zusammenspiel von Ober- und Unterkörper, ruhig und sicher. Am liebsten hätte sie geschnurrt wie eine Katze, um ihn auf sich aufmerksam zu machen, aber das schickte sich nicht.

Sie saß jetzt aufrecht, schlüpfte für kurze Zeit aus dem Bett und ging auf und ab. Noch eine Woche, und sie würde wieder die alte sein. Jetzt, da Michele weg war, schlief sie auch in den Nächten wieder ruhig durch. Sie genoß diese Ruhe, dieses Sichtreibenlassen und In-den-Tag-hinein-Schlafen. Nur für Stunden erwachte sie, um zu essen, zu trinken, ihre Bedürfnisse zu verrichten, ansonsten ließ sie sich von der angenehmen Stimme Enricos ver-wöhnen, der ihr aus Vergils »Aeneis« vorlas, oder von seinen kräftigen Händen streicheln, mit denen er ihr den Rücken und das Bein massierte. So hätte sie Wochen verbringen können. Hatte er ihr nicht erzählt, daß er in seinem Klosterkonvent etwas über Heilkunst und Krankenpflege gelernt hatte, bevor er es verließ, um nach Bologna zum

Studium zu gehen und dort die Rechte zu studieren? Jetzt kam es ihr zugute. Erst als Enrico sie kurz am Arm berührte, bemerkte sie, daß sie blicklos ins Nichts gestarrt hatte.

»Woran habt Ihr gedacht?«

Seine Augen lächelten, und nicht zum erstenmal fühlte Nerina eine Wärme in ihrem Bauch, wenn er sie so ansah. Sie fühlte selbst, wie ihre Stimme tiefer ansetzte, als sie antwortete.

»An Euch, Enrico!«

»Ich hoffe, nur das Beste!«

Sie nickte.

»Nur das Allerbeste.«

Seine Hand legte sich wie zufällig auf ihren Arm, und sie zuckte zurück, als wäre sie von einem Schlag getroffen worden. Sofort ließ Enrico los, aber sie nahm seine Hand und führte sie zurück, ja ließ sie immer noch umfaßt und zog sie an den Mund, um die Fingerspitzen zu küssen. Enrico ließ es geschehen.

»Warum tut Ihr das, Enrico? Ihr hättet keinen Grund hierzubleiben.«

Mit den Fingerspitzen strich Enrico jetzt über ihre Wangen, und sie fühlte, wie jedes einzelne Härchen darauf zu zittern begann. Ein Feuerwerk aus Funken war es, das sich auf ihrer Haut entlud. Lange sah sie ihm in die Augen, bis er den Blick auf ihren Schoß senkte.

»Weil ich Euch gern um mich habe.«

Nerina lachte verhalten, um ihre Verlegenheit zu verbergen.

»Außer dem Wechseln der Bettwäsche und der Beschaffung des Essens für mich, habt Ihr nicht viel von mir.«

Jetzt grinste Enrico verschmitzt.

»Das war nicht immer so!«

Es dauerte, bis Nerina verstand, was er sagen wollte.

»Ihr seid ein Schuft, wenn Ihr die Gelegenheit wahrgenommen habt und Euch …«

Seine Hand legte sich sanft auf ihren Mund. Die andere fühlte sie plötzlich in ihrem Nacken, und langsam zog er sie zu sich heran, bis sie sich so nahe waren, daß ihre Nasenspitzen einander berührten. Vor ihren Augen verschwamm sein Gesicht zu einem Schemen, und zurückblieb nur der Geruch seiner Haut. Sie schloß die Augen und wartete darauf, daß seine Lippen die ihren berührten, und endlich, nach einer Zeit des Wartens, die ihr so endlos erschien, daß sie nicht mehr zu hoffen wagte, fühlte sie die Berührung seiner trockenen, rissigen Lippenhaut auf der ihren. Eine Hitzewoge durchflutete ihren Körper, ein hastiges Atmen, so daß ihre Hände feucht waren, als sie diese über sein Haar wandern ließ und ihn zu sich herabzog.

»Du warst wunderschön!« unterbrach Enrico ihre Nähe, die für Nerina ohne Ende und ohne Halt hätte sein können.

Sie blieb liegen, die Augen geschlossen. Hatte er sie doch betrachtet in ihrer Nacktheit, während sie fiebergeschüttelt und hilflos dagelegen hatte, und sie dachte darüber nach, ob sie es ebenso gemacht hätte. Vermutlich, denn Neugier, predigte schon der Priester von der Kanzel, gehörte zu den am schlechtesten zu beherrschenden Sünden. Sie suchte nach seiner Hand, hielt sie fest umklammert und fühlte, daß sie der Gedanke aufwühlte, wie seine Blicke ihren Körper entlanggewandert waren, daß ein Feuer in ihr aufglomm, das sie nur schwer zu kontrollieren vermochte.

»Ich habe dir also gefallen?«

Wie von selbst wechselten sie ins vertraute Du. Nerina spürte, wie Enricos Hände damit begannen, ihren Körper zu streicheln, die Linien, die sich unter dem Leinen abzeichneten, nachzufahren. Und doch fühlte sie in den Bewegungen eine Distanz, einen leisen Widerstand, als würde Enrico zögern. Ein leichtes Zittern durchfuhr sie und ließ sie die Augen öffnen. Enrico, über sie gebeugt, empfing sie mit einem eher abwesenden Blick.

»Ich muß fort!«

Die drei Wörter trafen sie wie ein Schlag.

»Fort?«

»Fort aus Neapel!«

»Warum?«

»Ich sollte hier für Ferdinando Gonzaga Bilder aufkaufen. Die einzigen Bilder Micheles, die verkäuflich waren, sind nicht mehr zu haben. ›Das Haupt des Johannes‹ kann ich unschwer vorzeigen. Das allein hätte meine Mission beenden sollen. Aber jetzt wird mein Herr zum Kardinal ernannt werden. Letzte Woche bekam ich die Mitteilung. Er ließ mich zurückrufen, weil er mich braucht!«

Nerina schwieg. Was hatte sie erwartet? Daß er sich mit ihr weiter verstecken würde? Daß er plötzlich zu Reichtum gelangt und sie zumindest zu seiner Konkubine gemacht hätte? Unsinn das alles.

»Ich brauche dich auch, Enrico.« Sie schlang ihre Arme um seinen Hals und bedeckte sein stoppeliges Kinn mit Küssen, bis sie sich zu seinem Mund vortasten konnte. »Ich dachte, wir beide ...«

»Komm mit, Nerina. Michele ist in Malta gut aufgehoben. Dort wird ihn niemand belästigen, und er wird seine Malerei vervollkommnen können. Und spätestens in einem Jahr ergeht eine Amnestie, und er darf nach Rom zurückkehren. Es wird für ihn ein Triumphzug werden.«

Obwohl es ihr schwerfiel, sich solange aufrecht zu halten, wollte sie seinen Hals nicht loslassen, wollte sie seine Nähe spüren und seinen Hautgeruch atmen. Sanft stützte er ihren Rücken, und sie küßten sich.

Nerina fühlte beides, eine ohnmächtige Schwäche, die sie ihrer Krankheit zuschrieb, und eine Hitze, die ihr Schweißausbrüche verursachte. Diese kam aus ihrem Innersten und sammelte sich im Bauch, von dem aus sie über den ganzen Körper ausstrahlte und vor allem ihren Schoß und die Brüste befeuerte, daß es schmerzte.

Enrico hatte sie bereits gesehen, wie sie war, und es gab nichts mehr zu verbergen. Ihr einziger Gedanke, den sie noch denken wollte, war der, Enrico so nahe wie möglich an sich zu ziehen, selbst die wenigen Stoffbahnen zwischen ihnen zu entfernen, damit er mit ihr verschmelzen konnte, damit aus zwei Menschen, wenn auch nur für kurze Zeit, ein einziger Körper wurde. Sie hörte sich schwer atmen, fühlte sein Gewicht und seine Stärke, roch seinen Atem, der wie der ihre sich stoßweise an die Oberfläche kämpfte, und fühlte seinen Schweiß, der auf sie rann, zwischen sie floß und wie ein Klebstoff eine Verbindung herstellte, der sie nicht gewachsen zu sein glaubte. Ein wohliger Schmerz durchfuhr sie, ein Brennen, als würden tausend Brennesseln auf ihrer Haut zerpeitscht, und als es nachließ, dieses ziehende Kribbeln, fühlte sie sich offen und wund, als Nehmerin und Geberin, als Urmutter und Keim, als Acker und Frucht zugleich.

Enrico legte seinen Kopf auf ihre Brust, erschöpft wie sie selbst, und wiederholte seine Frage.

»Kommst du mit mir, Nerina?«

Am liebsten hätte sie ja gesagt, am liebsten wäre sie mit dem Gedanken in seinen Armen eingeschlafen, ihn nach Rom zu begleiten. Aber eines hielt sie zurück. Michele brauchte ihre Hilfe. Allein gelang ihm kein Leben, allein würde er dem Wein verfallen und untergehen. Hatte er nicht ihr wiederum geholfen, als er sie gefunden und gepflegt hatte? Hatte er nicht abermals bewiesen, daß ihm an ihr gelegen war. Nicht als Frau, sondern als Gefährtin auf seinem Weg als Maler, die mehr war als eine einfache Haushälterin. Durfte sie ihn jetzt einfach loslassen und dem Mann folgen, der sie liebte? Und war sie sich dessen sicher, liebte er sie wirklich? Wußte sie es? Woher wußte sie es? Und war dies wirkliche Liebe, die in ihr brannte? Brannte sie in ihm ebenso?

»Zuerst muß ich zu Kräften kommen, Enrico. Und danach werde ich ... nach Malta gehen. Ich muß Michele suchen. Außerdem glaube ich nicht, daß er keine Schwierigkeiten mehr hat. Warum sollte der Johanniter plötzlich von ihm ablassen? Nur weil Michele nach Malta gereist ist? Weil er dort möglicherweise unter dem Schutz des Großmeisters steht?«

Halb erhob sich Enrico, stützte sich mit dem Ellenbogen ab und sah sie lange an. Nachdenklich spielten die Finger seiner freien Hand mit ihrem Haar und fuhren die dunklen Linien in ihrem Gesicht nach. Lange sagte er nichts.

»Ich hätte es mir denken können, Nerina. Michele meinte, du solltest ihm nachkommen, wenn du gesund genug bist.«

»Und du Schuft hast mir das verschwiegen?«

Ihre Stimme klang spöttisch, aber sie fühlte, wie sich ein Kloß in ihrem Hals zusammenzog. Ohne daß sie etwas dagegen unternehmen konnte, liefen die Tränen. Sie bemühte sich nicht, sie zurückzuhalten oder wegzuwischen. Sie sammelten sich und rannen über die Augenwinkel ab. Enrico beugte sich zu ihr hinunter und küßte die Feuchtigkeit weg, die sich erneuerte wie bei einem Brunnen.

»Du mußt ihm nachreisen«, meinte er und legte seinen Kopf wieder auf ihre Brust.

Sein Gewicht fühlte sie und die Wärme, die von den Wangen ausstrahlte, das rauhe Stechen des Bartansatzes und die heiße Feuchtigkeit seines Atems. Seine Hand kreiste langsam auf ihrem Bauch und ließ sie in einen sanften Nebel versinken. Wie verlangsamt wirkte alles um sie her, als hätte sie jetzt alle Zeit, sich die Dinge recht zu betrachten. Ein warmer Strom an Kraft floß von Enricos Hand in ihren Körper und breitete sich dort aus, bis ihr wohlig zumute war.

Sie wußte, daß sie zu ihm zurückkehren würde, auch wenn sie Michele weiter begleitete. Michele würde nach Rom zurückkehren dürfen – und dort würde sie Enrico wiedersehen.

»Ich komme nach Rom! Ich komme zu dir! Ich verspreche es«, flüsterte sie, während sie die Augen schloß und sich ganz Enrico überließ.

25.

»Wir haben noch einen zweiten Passagier an Bord. Ich hoffe, es stört Euch nicht!« Den Satz des Kapitäns hatte sie noch im Ohr.

Als würde er im Wasser verlöschen, sank der blutrote Ball der Sonne, deren Oberfläche wie Kerzenwachs schwamm, ins Meer. Seit ihrer Abfahrt steckte ihr Begleiter unter Deck. Sie teilte sich einen Verschlag mit ihm, der nur mit einem Leinensack abgetrennt war. Abends hatte sie ihn kommen, seine Sachen verstauen hören – und seither lag er auf seiner Pritsche und rührte sich nicht. Nur der Geruch, den er mitbrachte, verstörte sie, und deshalb war sie an Deck gegangen. In ihrem Verschlag auf dem Hinterdeck roch es nach ... sie wollte den Gedanken gar nicht weiterdenken.

Den letzten wabernden Blutfäden blickte sie nach, die über das Wasser bis zu ihr leckten, dann sank die Sonne endgültig, und sie wußte, daß es jetzt keinen Weg zurück nach Neapel mehr gab. Lange hatte sie auf die Abfahrt eines neuen Schiffes gewartet, das die Insel anlaufen würde, monatelang eine Galeere oder Feluke erhofft, aber der Winter hatte ihr einen Strich durch die Rechnung gemacht, und jetzt wollte sie sich die Hoffnung, Michele wiederzusehen, nicht durch den Geruch eines Mannes in ihrem

Verschlag verdüstern lassen. Trotzdem wanderte sie unruhig auf Deck umher und sah den Matrosen zu, wie sie das Segel gänzlich öffneten.

Vor ihr lag Malta, vor ihr lag eine unbekannte Herausforderung, die bereits damit begonnen hatte, daß sie als Frau nicht an Bord genommen worden war. Der Kapitän des ersten Schiffes hatte sich gewunden wie ein gefangener Tintenfisch, als sie ihm mitteilte, sie würde gern einen der Verschläge mieten, um nach Malta überzusetzen.

Eine Frau ohne Begleitung, noch dazu ein solch hübsches Exemplar, nehme er nicht mit an Bord. Seine Matrosen seien abergläubisch, und eine Frau auf dem Schiff bringe Unglück.

Um beim zweiten Versuch nicht ebenso abgewiesen zu werden, hatte sie ihre ganze Kunst aufgeboten und sich in einen Mann verwandelt. Selbst ihr Haar hatte sie dafür abgeschnitten. Die schulterlangen Locken waren einer kurzen Frisur gewichen, wie sie der Männermode entsprach. Mit Farbe hatte sie sich einen bläulichen Bartansatz aufgeschminkt, und ihr von Krankheit gezeichnetes Gesicht tat ein übriges. Selbst sie hatte sich für einen Mann gehalten, als sie sich in einer Spiegelscherbe betrachtet hatte, so herb und kantig wirkte es.

Trotzdem mußte sie in diesem Frühjahr weitere vierzehn Tage am Hafen und in den Hafenkneipen herumlungern, um auszukundschaften, wann ein weiteres Schiff nach Malta auslief.

Ohne weitere Nachfragen hatte sie der zweite Kapitän auf seiner Feluke mitgenommen, für horrendes Geld, das sie sich bei Enrico geliehen hatte. Nur den ohnehin schmalen Verschlag mußte sie mit dem Fremden teilen, auf den sie so neugierig war, und dessen Auftauchen sie mit Spannung und Angst erwartete. Wer außer ihr wollte nach Malta? Hatten die Neapolitaner nicht gesagt, Malta bestünde vor allem aus Stein? Ein grauer Fels im Mittelmeer, unfruchtbar und öde, bis auf ein wenig Macchiagestrüpp im Inneren, das kaum zu durchqueren war.

Über ihr knatterte das Lateinersegel. Leicht legte sich das Schiff zur Seite, um dem Winddruck auszuweichen, und wurde so vorwärts getrieben. Irgendwo vor ihr in der Dunkelheit lag die Insel. Eine Woche oder einen Monat, vielleicht auch länger, würden sie brauchen für die Reise, lange Tage, die viel Ungewisses boten. Bei den Zeitangaben erging sich der Kapitän in achselzuckender Spekulation. Alles sei unberechenbar: Die Strömungen, das Wetter, vor allem aber die Winde, die das Schiff in Sizilien halten konnten. Fünf Tage oder vier Wochen, alles habe er schon erlebt.

Der Kapitän trat neben sie und sah mit ihr zum Heck hin, das die Wellen schäumte und Kiellinien aufwarf, die hinter ihnen auseinanderglitten.

»Schön wie die gespreizten Schenkel einer Frau!« meinte er. Etwas zuckte Nerina zusammen. Wozu dieser Vergleich? Aber sofort bekam sie sich in die Gewalt. Jetzt lebte sie als Mann in einer Männerwelt, und die wiederum lebte offensichtlich von diesen Anspielungen. »Was tut Ihr in Malta, wenn ich so neugierig sein darf?«

»Geschäfte!« antwortete Nerina unbestimmt.

»So.« Langsam zwirbelte sich der Kapitän seinen ansehnlichen schwarzen Oberlippenbart. Genau musterte er Nerina, die sich vorkam wie bei einer Tierschau, in der die Käufer die fettesten Schafe haarklein in Augenschein nahmen. Es fehlte nur noch, daß er sie abtastete. »Für Geschäfte ist Euer Gepäck recht schmal!«

Sie tippte sich an den Kopf.

»Das verkaufe ich.«

»Oh, ein Studiosus. Ihr bietet Euer Wissen dem Großmeister an. Alof de Wignacourt wird gierig darauf sein, Euch zu sehen. Ein gebildeter Mann, wie man spricht, ein Freund der Künste und der Wissenschaften, vor allem der Ingenieurwissenschaften. Ihr baut Waffen?«

»Nein. Ich beschäftige mich mit Architektur – mit dem Bau von Festungen«, ergänzte Nerina, als sie sah, daß der Kapitän sie verständnislos betrachtete.

»Festungen. Ja, die benötigt die Insel. Schwere Festungen. Noch nicht einmal fünfzig Jahre ist es her, daß die Türken Malta beinahe völlig dem Erdboden gleichgemacht hätten.«

Ihr Geruchssinn kündigte Nerina einen weiteren Gesprächspartner an, bevor dieser in das Verhör des Kapitäns eingriff. Ihr Bettnachbar, der Fremde aus dem Verschlag neben ihr, trat zu ihnen. Und bereits sein erster Satz, das erste Wort, das er sprach, ließ ihr das Blut in den Adern gefrieren.

»Ihr Kampfgeist war zu schwach entwickelt, und sie hatten vergessen, sich für diesen Felsen im Meer ausreichend zu versorgen. Selbst das Stroh für die Pferde muß man mitbringen. Jeden Tropfen Wasser, jeden Laib Brot tragen Schiffe nach Malta. Die Türken hatten es einfach verabsäumt.«

Mit der Hand strich sich der Fremde über die Augen, um den Schlaf zu vertreiben. Im letzten Licht des verdämmernden Tages erkannte Nerina den Siegelring des Johanniters. Wie sie war offenbar Micheles Verfolger auf dem Weg nach Malta.

Hatte er sie erkannt? Hielt ihre Tarnung, was sie im Spiegel versprochen hatte? Fieberhaft überlegte sie, was sie tun konnte, um ihn von sich selbst anzulenken. Doch ihr Verstand schien wie ausgeblendet, als wäre er vom Wind über die Reling weggetragen worden.

»Ihr seid in Geschäften unterwegs?«

Die Frage hatte sie befürchtet. Auf Schiffen unterhielt man sich, konnte sich nicht aus dem Weg gehen. Eine oder zwei Wochen höchste Nähe verband. Unmöglich, sich abzusondern, sich unsichtbar zu machen. Wie ein Lichtblitz traf sie das Wissen, daß sie Michele zusätzlich in Gefahr brachte. Von Enrico hatte sie sich ausgebeten, »Das Haupt des Johannes« mitzunehmen. Es lag gerollt unter ihrer Pritsche. Was, wenn der Johanniter ihr Abteil durchstöberte, sobald er Verdacht gefaßt hatte? Unmöglich konnte sie das Bild vor Ort lassen. Aber wo auf diesem Schiff versteckte man ein Gemälde? Unwohlsein kroch in ihr hoch wie eine Krankheit.

»Als Architekt, als Festungsbaumeister«, antwortete sie und versuchte, ihrer Stimme eine etwas tiefere Tonlage zu geben.

Sofort drehte der Johanniter den Kopf zu ihr hin, und Nerina war, als mustere er sie genau. Sie konnte sich aber ebensogut täuschen, schließlich verlangte das schwindende Tageslicht, daß man sein Gegenüber fixierte. So sehr zerrte die Furcht an ihrem Nervenkostüm, daß sie fröstelte. Sie schlug die Arme um die Brust und bemerkte gerade rechtzeitig, daß sie damit eine typisch weibliche Geste zeigte. Schnell steckte sie die Hände in die Taschen und zog den Kopf ein.

»Es weht ein frischer Wind.«

»Er wird uns schneller nach Malta treiben.«

»Wartet, meine Herren, bis wir Sizilien hinter uns haben. Dort kann der Wind drehen. Es wäre nicht das erstemal, daß ich drei Wochen in Syrakus liege, ohne auch nur eine Meile unter den Kiel zu bekommen.«

Zweifelnd sah sich der Johanniter um.

»Das Wetter ist günstig. Ihr werdet nicht einmal in Syrakus zwischenlanden müssen.«

»Wir haben Ware an Bord!«

»Die Ihr auf der Rückfahrt ebensogut ausladen könntet. Ich verdopple meinen Preis, wenn Ihr mich auf der Stelle nach Malta bringt. Bei diesem Wind ist das geradezu ein Katzensprung.«

Im Kopf überschlug der Kapitän offensichtlich Gewinn und Verlust und kam zu dem Saldo, daß er es durchaus riskieren konnte, ohne Zwischenhalt in Syrakus nach Malta weiterzusegeln.

»Auf Eure Verantwortung, Herr. Die Änderung ist sofort und in bar zu entrichten.«

Ohne zu zögern, nickte der Johanniter. Sie würden also – sofern die Wetterlage es zuließ – ohne Umschweife nach Malta kommen. Für sie hatte dies einen unbestreitbaren Vorteil, das Zusammensein mit dem Johanniter verkürzte sich, was die Wahrscheinlichkeit der Enttarnung ebenfalls verkürzte.

»Ich lege mich schlafen, meine Herren!« verabschiedete sich Nerina. »Ein anstrengender Tag liegt hinter mir.«

Die beiden Männer nickten, und Nerina schlenderte breitbeinig ans Heck zu ihrem Verschlag. Noch immer zerschnitt das Schiff die Wellenberge in zwei gleichmäßige Teile, die jetzt in der Nacht grünlich phosphoreszierten. Gespreizt wie die Beine einer Frau, mußte sie denken und schüttelte den Kopf. Irgendwie paßte der Vergleich doch, wenn man sich das Schiff als Vulva dachte.

Aus Furcht davor, sich nicht schnell genug anziehen zu können, legte sie sich in ihren Kleidern auf die Pritsche. Sie tastete unter die Liegefläche. Ja, dort lag das Bild versteckt. Nicht allzu sicher, aber niemand würde es hier vermuten, am allerwenigsten der Johanniter, schließlich war er der Meinung, es zerstört zu haben. Der Gedanke beruhigte sie etwas.

Auf und ab, hin und her bewegte sich das Schiff und wiegte sie in einen Dämmerzustand, in der sie zwar genau dachte, aber doch das Gefühl nicht los wurde, als würde sie halb bereits schlafen.

Was trieb sie wirklich nach Malta? Warum folgte sie Michele? Wäre es nicht besser gewesen, Enrico zurück nach Rom zu begleiten? Sollte dieser Michelangelo Merisi da Caravaggio seine Malerei doch allein betreiben. Bis zur Begegnung Micheles mit ihrem Vater war er auch alleine zurechtgekommen. Oder nicht? Hatte es vorher schon Nerinas gegeben?

Unwillig schüttelte sie den Kopf. Was waren das für abstruse Gedanken? Michele hatte ihr geholfen, jetzt würde sie ihm helfen. Und Hilfe hatte er bitter nötig, schließlich hatte sich sein Verfolger wieder einmal an seine Fersen geheftet.

Sie mußte eingeschlafen sein, denn sie fuhr auf, als plötzlich der Leinensack zurückgeschlagen wurde.

»Seid Ihr noch wach?«

»Leidlich«, antwortete sie, getraute sie sich doch nicht, zu verneinen. »Was drückt Euch?«

»Ihr seid Künstler, wie ich gehört habe.«

»So kann man das nicht sagen, Fremder. Architekt. So mancher verbindet mit der Baukunst unvergängliche Schönheit, obwohl ich mich eher deren Zweckmäßigkeit verschrieben habe.«

»Trotzdem wird Euer Herz sicher höher schlagen, wenn ich Euch mitteile, daß vom letzten Schiff, das aus Malta in Neapel eingetroffen ist, das Gerücht verbreitet wurde, der allberühmte Maler Caravaggio weile in La Valletta!«

Kaum brachte sie den Speichel hinunter, der sich in ihrem Mund gesammelt hatte, so schnürte ihr diese Stimme den Hals zu. Sie sah nichts außer einen sternenhaften Lichtschein hinter dem Johanniter. Wußte er von ihrer Verkleidung. Spätestens morgen, wenn sie auf die Toilette mußte, erfuhr das ganze Schiff, daß sie eine Frau war, wenn sie sich ungeschickt benahm. Die Verrichtungen für die Notduft bestanden nämlich aus einfachen Holzgestellen, die am Bug über die Bordwand hinausragten.

»Der Caravaggio, der aus Rom fliehen mußte, weil er angeblich einen Menschen umgebracht hatte?«

»Warum angeblich? Sein Jähzorn, seine Kampfeslust sind beinahe sprichwörtlich. Einen guten Galeerensträfling gäbe er sicherlich ab.«

»Kennt Ihr diesen Caravaggio, von dem ich nur den Namen gehört habe? Ein skandalöser Maler.«

Ihr schien, als würde seine Stimme einen feierlichen Ton annehmen.

»Seine Bilder verdienen Bewunderung. Man muß sie anbeten, so neu, so leidenschaftlich sind sie.«

»Ihr geratet ins Schwärmen. Ihr kennt also Gemälde von ihm?«

»Alle. Ich habe sie alle gesehen. Auch das vollendete Werk ›Tod Mariä‹, das einen Skandal ausgelöst hat, der die künstlerische Welt bis über die Alpen erschütterte. Eine Feinfühligkeit, die man dem Rüpel und Säufer nicht zutraut, prägt das Gemälde. Es gibt sogar Gerüchte, daß die Tötung ein Zufall war oder ein abgekartetes Spiel, um den Maler aus Rom zu vertreiben. Vielleicht ist er nur aufbrausend, aber kein Mörder.«

Der Johanniter schwieg, und Nerina dachte schon, er hätte sich entfernt. Tatsächlich schlug die Decke zurück, und sie hörte, wie ihr Nachbar sich zu entkleiden begann.

»Schuldig ist er, kann ich nur sagen. Dafür kenne ich ihn zu gut. Es wäre zudem nicht der erste Tote, den er auf dem Gewissen hat.«

Ein heftiger Wellengang ließ das Schiff ächzen. Stark krängte es auf eine Seite, um sich langsam wieder aufzurichten. Leichter Schwindel ergriff Nerina. Was hatte der Johanniter eben gesagt? Es sei nicht sein erster Toter?

»Woher wollt Ihr das wissen?« fragte sie nach und versuchte, ihrer Stimme so wenig Neugier beizumischen wie möglich.

»Wir sind noch lange unterwegs. Vielleicht erzähle ich Euch die Geschichte irgendwann. Gott behüte Euch. Ich schließe Euch in mein Gebet ein.«

Von der anderen Seite des Vorhangs hörte sie, wie er ein Gebet murmelte, sich dann auf seine Pritsche legte und alsbald schnarchte.

Welche Geschichte würde sie zu hören bekommen?

III

»Der Anblick der Sonne wäre uns nicht so teuer, wenn sie immerfort in unseren Augen leuchtete. Die Schatten machen sie heller, und die Finsternis lässt sie erlauchter erscheinen.«

Federico Borromeo, 1598

1.

»Madre mia!«

Nerina ließ ihren Blick den ausgestreckten Arm des Kapitäns entlanglaufen. Eine bleierne Linie machte sie aus, über die sich scharf abgegrenzte Wolkenbänke erhoben.

»Sturm! Und das ohne die Möglichkeit, einen Hafen anzusteuern. Dafür sind wir bereits zu weit von Syrakus entfernt.«

Nervös bellte der Kapitän seine Befehle. Bald hallte das Deck wider vom Trampeln nackter Füße. Ladungen wurden festgezurrt, Taue mit Fett eingerieben, damit der Hanf weniger Wasser saugte, alle Luken bis auf einen Durchstieg abgedichtet.

»Signor, begebt Euch bitte in Eure Kabine. Und wenn es Euch drinnen zu gefährlich scheint, dann bindet Euch an Deck gut fest. Wer einmal über Bord gegangen ist, den findet niemand mehr.«

Die nächsten Stunden bestanden aus Warten. So langsam kroch die Zeit, daß Nerina das Gefühl nicht los wurde, als kreisten selbst die Möwen, die sie begleiteten, langsamer um den Mast und als hielte das Meer den Atem an. Zuerst schlugen die Wellen stärker ans Schiff, dann trieben Böen über die Kronen hinweg und ließen sie weiß aufschäumen, urplötzlich packte der Wind den Bootskörper und drückte ihn auf die Seite, so daß er starke Schräglage nahm. Zwei Matrosen hängten sich an die Leinen für das Segel und ließen den Segelbaum fallen. Das Tuch brach in sich zusammen, schlug wild hin und her und wurde von zwei weiteren Matrosen schließlich eingeholt. Die Zeit holte sie wieder ein, der Herzschlag der Wellen beschleunigte sich zu einem hektischen Hämmern.

Mit einem Tau hatte sie sich festgebunden und hockte auf dem blanken Deck. Nicht weit entfernt saß der Johanniter, dem es in der Kabine ebenfalls zu stickig und ungemütlich geworden war. Nerina kämpfte gegen Übelkeit. So heftig hatte noch kein Schiff, auf dem sie gefahren war, das Meer gepflügt.

Als Schleier sah sie den Regen auf sich zueilen. Hinter seinem Vorhang beruhigte und glättete sich das Meer, während es davor wild tobte und weiße Schaumfetzen in die Luft warf. Dann prasselten harte Tropfen auf Deck, und im Nu fühlte sie sich durchnäßt bis auf die Haut. Auch der Johanniter und die Besatzungsmitglieder beugten ihre Häupter unter dem Ansturm der Wassermassen. Trotz der offensichtlichen Beruhigung der See begann das Schiff stärker zu stampfen. Der Kapitän hatte sich das Ruder untergeklemmt und stand im Heck, den Blick starr geradeaus gerichtet, hinein in eine graue Wasserhölle.

»Hoffen wir, daß wir um das Cap Passero herumkommen. Wenn wir das offene Meer erreichen, wird der Sturm zwar schlimmer, aber er kann dem Schiff weniger anhaben. Noch bläst er harmlos, und die Windrichtung begünstigt uns. Sie treibt das Schiff auf Malta zu!«

Weil das Heulen der anbrausenden Böen und das Schlagen des Wassers einen tosenden Lärm entwickelten, schrie der Johanniter. Nerina nickte. Sie erhob sich, die Hände in ein über das Deck gespanntes Seil verkrampft, um sich bequemer zu setzen. Die Taurolle drückte ihr beim Schlagen des Schiffes in den Rücken, und die Gischt wehte ihr scharf ins Gesicht. Ihr entging der musternde Blick des Johanniters nicht. Offensichtlich verwundert ließ er ihn beständig an ihr auf und ab gleiten, wanderte über ihren Schritt bis hinauf zu ihrer geschnürten Brust, zog sie mit seinem Blick aus. Unwohl fühlte sie sich plötzlich, seiner unanständigen Neugier ausgeliefert. Sie sah an sich herab. Ihre Kleidung war gänzlich durchnäßt und klebte am Körper. Deutlich zeichnete sich durch das dunkel verfärbte Hemd ihre Brustbinde mit dem Amulett ab. Daran hatte sie nicht gedacht. Unter der bauschig liegenden Kleidung hatte sie bislang ihre Weiblichkeit gut verbergen können, jetzt aber lag ihr Versteckspiel für einen genauen Beobachter offen zutage.

Mit einem schnellen Griff löste sie ihr Tau, hangelte sich bis zur Kabine und schlüpfte mit einiger Mühe in den Holzverschlag.

»Es ist mir zu naß!« schrie sie dem Johanniter zu, der ihr erstaunt hinterhersah, dann aber verständnisvoll nickte.

Der Holzverschlag bot zusätzliche Höllenqualen. Hatte sie sich beim Blick auf die wogende See wenigstens auf die Brecher und Stöße einigermaßen vorbereiten können, fehlte dem Auge jetzt das Meer, das Wissen um die nächste heranstürmende Woge. Wie blind fühlte sie sich in dem Verschlag. Willkürlich schlingerte und stampfte das Boot, und die Übelkeit griff wieder harsch nach ihr. Zudem bot er weder einen rechten Schutz vor dem Regen noch vor den hackenden Windböen. Die schmalen Bretter, nur notdürftig aneinandergenagelt, klapperten und lockerten sich mit jedem Stoß. Das von wenigen Stiften notdürftig gehaltene Dach hob und senkte sich, als atme es verkrampft gegen den Sturm an.

Nerina kramte in der Kiste, die sie mit aufs Schiff genommen, in die sie das »Haupt des Johannes« gesteckt hatte. Für das Bild bestand keine Gefahr, war es doch in gutes Öltuch eingeschlagen. Einen Mantel zog sie hervor, versuchte, ihn sich überzuwerfen. In der Enge verhakte sich der Stoff überall.

Plötzlich krängte das Boot stark. Gegen die Holzwand wurde sie geworfen, ein Brett brach. Das Dach rutschte aus seiner Verankerung, quietschte, schlug unter dem Ansturm einer Bö, klaffte auf und riß ab. Polternd wehte es übers Deck und ins Wasser. Nerina versuchte sich aufzurappeln, aber eine weitere Bö lehnte sich gegen den Holzverschlag, der sich ohne stützendes Dach langsam zur Seite neigte und Nerina unter sich begrub. Die Bretter drückten sie gegen die Planken, ohne daß sie sich wehren konnte. Sie versuchte, das Gesicht zu schützen, indem sie einen Arm über sich legte. In ihrer Verzweiflung griff sie nach dem Amulett, das sie um den Hals hängen hatte. Jetzt benötigte sie diesen Schutz dringend. Von einem Stützbalken im Rücken wurde sie unerbittlich auf die Deckplanken gepreßt, ohne sich unter ihm hervorarbeiten zu können, und immer wenn eine Welle über das Boot wegbrach, wurde ihr Kopf überflutet, und sie glaubte zu ersticken. Das Ende, dachte sie und wunderte sich, wie ruhig und ergeben sie sich verhielt. So banal kam der Tod, wie im Vorübergehen. Wundern würden sich die Matrosen des Schiffes nur, wenn sie die Leiche bestatteten und statt eines Mannes einen Frauenkörper unter den Kleidern fanden, sofern sie nicht zuvor über Bord gespült wurde.

Sie fühlte, wie ein Teil ihrer Kleidung zerriß, hörte, wie Männer schrien, wie die Bretter der Kabine entfernt wurden, spürte, wie sie plötzlich Luft bekam und der Druck auf ihren Rücken nachließ.

»Fehlt Ihnen etwas, Signore?«

Die Stimme des Johanniters klang dünn an ihrem Ohr, obwohl er schrie. Und trotz der Verzweiflung, die sie überkommen hatte, stand eine Forderung für sie klar vor Augen. Jetzt durfte sie nicht ohnmächtig werden, mußte sich zusammennehmen. Ihre Identität als Frau mußte verborgen bleiben. Nicht nur, weil sie befürchtete, daß die abergläubischen Matrosen ihr die Schuld an diesem Unwetter geben und sie womöglich dem Meer überantworten könnten, als Sühneopfer sozusagen, sondern weil der Johanniter ihre wahre Natur nicht erfahren durfte. Sie schüttelte den Kopf.

»Danke für die Hilfe. Ich dachte, ich müßte ertrinken.«

Der Johanniter lachte und brüllte.

»Dafür ist der Sturm doch zu harmlos. Nur eine Gewitterfront im Spätwinter. In einer Stunde ist der Spuk vorüber.«

Mit einem kräftigen Ruck packte er sie unter den Armen und zog sie hoch, dabei fühlte sie, wie er vorsichtig ihren Körper abzutasten versuchte. Wie zufällig wirkten seine Bewegungen. Rasch machte sie sich los.

»Gracie, Signore. Wirklich, es ist nichts. Dabei dachte ich, in dem Bretterverschlag wäre es erträglicher.«

Spöttisch beobachtete sie der Johanniter, und der Blick aus den grauen Augen ging ihr durch und durch und blieb an ihrem Amulett hängen. Ahnte er etwas? Verstohlen schob sie ihr Amulett zurück unters Hemd, blickte an sich herab und kontrollierte ihre Kleidung. Nur die Ärmel ihres Mantels und ihrer Bluse hingen zerfetzt am Arm. Ein Riß brannte, blutete aber kaum. Ansonsten verbarg die Kleidung weiter ihre Weiblichkeit. Sie verschränkte die Arme vor der Brust, was ebensogut bedeuten konnte, daß sie fror, und tatsächlich hängte ihr einer der Matrosen, der an ihnen vorbeikam, um die letzten Bretter der Kabine über Bord zu werfen, ein dichtes Segelleinen um. Ihr Blick suchte die Kiste mit dem Bild, die von einem Matrosen ebenfalls mit einer Leine gesichert wurde.

»Ihr seid das erste Mal in Malta?«

Der Johanniter brüllte gegen den Sturm an. Nerina nickte ihm zu. Ohne es beeinflussen zu können, schlugen ihre Zähne aufeinander, ob aus Kälte oder aus Angst vor Entdeckung oder weil sie den Zusammenbruch des Verschlags überlebt hatte oder aus allen Gründen zusammen, konnte sie nicht sagen.

»Sucht Ihr jemanden?«

Nerina schüttelte den Kopf.

»Dann wollt Ihr in den Orden eintreten? Als Festungsbaumeister? Ihr seid von Adel?«

Mit einem schnellen Blick musterte Nerina den Johanniter, der sie weiter scharf musterte und in der Zeit seit ihrer Rettung keine Sekunde aus den Augen gelassen hatte.

»Wenn es möglich ist!« antwortete sie leise, aber der Johanniter schien sie verstanden zu haben. »Wenn die Malteser mich aufnehmen!«

Als wolle er sich ihre Aussage bestätigen, nickte er.

»Gegen die Türken können wir jede Hand gebrauchen, die ein Schwert zu führen vermag. Ihr seid am Schwert ausgebildet?«

Nerina schloß die Augen. Wollte er sie aushorchen? Wollte er sie mit seinen Fragen in die Enge treiben? Nur sein Blick verriet ihr, daß er einen Zweck verfolgte, daß er mehr über sie erfahren wollte.

»Das Cap liegt hinter uns!«

Bevor sie antworten konnte, richtete sich der Johanniter plötzlich auf und deutete mit ausgestrecktem Arm auf eine graue Silhouette, die an ihnen vorüberzog und an der sich Sturm und Wellen in heller Gischt brachen. »Seht Ihr? Dort drüben liegt es! Knapp geworden, aber jetzt liegt die Weite des Meeres vor uns, und die kann dem Schiff nichts anhaben. Wickelt Euch ein, damit die Kälte nicht zu sehr an Euch frißt, und versucht zu schlafen. Aber bindet Euch zuvor fest.«

Er warf ihr das Ende eines Taues zu und Nerina schlang es um sich. Zusammengekauert, den Kopf eingezogen, wartete sie darauf, daß die Gewalten nachließen. In ihrem Kopf sammelte sich das Heulen der Böen und das Krachen der Wellenberge, die gegen den Rumpf brandeten.

Malta zeigte sich von seiner besten Seite. Selbst der Weg dorthin erwies sich als mörderisch. Und sie wußte noch nicht einmal, wie der Johanniter hieß!

2.

»Ist sie nicht wundervoll? Eine Perle des Mittelmeers!«

Nerina hatte in Gedanken versunken vor dem Anblick der Insel Malta gestanden, hatte die lichtgelben Felsen betrachtet, die in den Senken ausgefüllt wurden von bräunlicher Macchia und leicht zum Landesinneren hin anstiegen. Neun Monate befand Michele sich auf der Insel, und in dieser Zeit hatte sie keinerlei Nachricht von ihm erhalten. Micheles Temperament nach saß er aber entweder im Gefängnis oder lag im Streit mit dem halben Johanniterorden. Daß die Zeit ohne Pöbeleien und Beleidigungen verstrichen war, mochte sie nicht recht glauben. Ihre Hilfe hatte er sicherlich nötig.

Diese Katzenart, die der Johanniter an den Tag legte, konnte Nerina nicht ausstehen.

»Ihr habt eine Art, Euch lautlos anzuschleichen, als wolltet Ihr einen erschrecken!«

»Ihr seid außergewöhnlich schreckhaft!«

Seit der Sturm nachgelassen hatte, seit die See wieder ruhig lag und ihr Schiff Kurs auf Malta nahm, ließ sie der Johanniter nicht mehr aus den Augen. Was sie am meisten störte, war die Tatsache, daß er sie sogar heimlich dabei beobachtete, wie sie über die Reling gebeugt ihre Notdurft verrichtete. Natürlich konnte sie sich nicht, wie die Matrosen es taten, an die Schiffsbrüstung stellen und die Hose öffnen, aber sie hatte bemerkt, daß sowohl der Kapitän als auch der Johanniter sich, wohl allein zum Zeichen ihrer Würde, am Bug über den Balken setzten. Zuerst war sie beruhigt gewesen. Niemand nahm wahr, daß sie sitzen mußte. Außerdem verrichtete sie ihre Notdurft im Dunklen, schließlich mußte sie ihre Hose herabziehen. Und dabei hatte sie den Johanniter bemerkt, der wie zufällig in ihrer Nähe aufgetaucht war.

»Wart Ihr schon öfter auf Malta?«

Mit beiden Armen stützte sich der Johanniter an der umlaufenden Bordwand ab.

»Fünfmal, zehnmal? Ich weiß es nicht mehr. Ich liebe seine Abgeschiedenheit, seine Friedlichkeit. Und ich liebe es, wenn die Inseln aus dem Meer aufsteigen.«

Nerina hatte dieses Schauspiel ebenfalls genossen. Seit Stunden betrachtete sie die Felsen, die Tortenstücken gleich aus dem azurnen Gewoge sich emporarbeiteten, leicht geneigt, als wären sie an einem Ende eingesunken. Eine kleinere zuerst, dann eine größere Masse, dazwischen, wie eingestreute Steine, Inselchen. Dann hatten sich die Küsten herangeschoben, Gozo zuerst, zurückversetzt wohl Comino und zuletzt Malta, zerklüfteter, mit Buchten und den ersten Verteidigungsanlagen auf hohen Felsgestaden.

»Der Sturm hat uns nur leicht nach Westen versetzt, sonst hättet Ihr Gozo nicht in dieser Schönheit bewundern können. Ein idyllischer Ort, dessen Ruhe allerdings trügen kann, wie uns der Überfall der Osmanen im Mai 1565 bewies. Sie wollten diesen Felsen im Mittelmeer erobern, wollten den freien Verkehr von Ost nach West unterbinden. Die Insel empfanden sie als Dorn im Auge Allahs. Malta einzunehmen schien den Osmanen geradezu ein Kinderspiel. Aber sie hatten nicht mit uns Johannitern gerechnet. Unter unmenschlichen Opfern hielten wir die Insel und vertrieben die Osmanen schließlich. Seither ist Ruhe eingekehrt auf Malta.«

Mit geschlossenen Lippen lächelte Nerina ihn an. Warum erzählte er ihr das alles?

»Ich stehe seit zwanzig Jahren im Dienst des Ordens, und manchmal wünschte ich, diese glorreiche Zeit miterlebt zu haben. Aber ich kenne nur den Ausbau der Stadt La Valletta zur Festung und bin eher Architekt als Kämpfer.«

Mit den Ellenbogen lehnte er an der Bordwand und setzte einen Fuß gegen die Brüstung.

»Gegen Abend werden wir in La Valletta einfahren. Es ist seit den Türkenangriffen regelrecht aus dem Felsen der Insel geschnitten worden. Insbesondere der Hafen wird Euch begeistern, wenn auch allenthalben der Charakter einer Baustelle nicht zu verkennen ist.«

»Ich bin gespannt. Von hier aus wirkt die Perle des Mittelmeers eher wie ein Stück Kalkstein und zudem wenig einladend. Und wenn ich es recht gehört habe, zeichneten sich die Johanniter bei der Verteidigung der Insel vor allem durch eine ungewöhnliche Grausamkeit aus. Schoß man nicht die abgeschnittenen Köpfe gefangener Türken gegen die feindlichen Schiffe?«

»Ihr habt recht. Aber laßt Euch nur nicht vom ersten Eindruck täuschen. Er kann trügerisch sein.«

Der Satz schien so dahingesagt, aber in Nerina läuteten sofort die Alarmglocken. Wollte er ihr versteckt mitteilen, daß er sie durchschaut hatte? Blickte er hinter ihre Maske? Wollte er sie beunruhigen, damit sie einen Fehler beging?

»Nur wer hinter die Dinge sieht, erkennt ihren wahren Charakter, Signor Baumeister. Dafür nagelten die Türken gefangene Johanniter auf Holzkreuze und setzten sie im Hafen aus. Von ihren und unseren Schiffen wurden diese Märtyrer absichtlich oder unabsichtlich in den Grund gebohrt.«

Den forschenden Blicken seiner Augen hielt sie stand.

»Ich jedenfalls sehe, daß Ihr die Anlagen zu einem Philosophen habt. Wenn Ihr mit dem Schwert ebenso umgehen könnt wie mit dem Mund, dann seid Ihr eine Bereicherung. Wißt Ihr schon, wo Ihr wohnen werdet?«

»Wenn die Malteser die christlichen Tugenden nicht nur im Mund führen, sondern praktizieren«, meinte Nerina, »wird sich ein Quartier finden. Auch in La Valletta wird man Hospitäler eingerichtet haben, die dem Pilger ebenso ein Unterkommen sichern wie dem Neuankömmling. Außerdem schlafe ich häufiger unter freiem Himmel. Und wer in Malta soll mich schon wegtragen? Und wohin auch?«

Lauthals lachte der Johanniter und schlug mit der Hand auf die hölzerne Brüstung des Schiffes.

»Ihr seid humorvoll. Eine Eigenschaft, die unser Orden durchaus schätzt. Wenn Ihr so tugendhaft und eifrig seid, werdet Ihr es noch weit in der Gesellschaft des Heiligen Johannes bringen.«

»Seid Ihr in Malta geboren?«

Ebenso plötzlich, wie es begonnen hatte, verstummte das Lachen des Johanniters. Ihre Frage traf ihn offenbar. Die gesamte Überfahrt hatten sie kaum vier Sätze miteinander gesprochen, so daß eine derart unverhohlene Neugier mißtrauisch machen mußte.

»Nein. Meine Familie stammt aus Mailand.«

»Man hört es Eurer Sprache nicht mehr an.«

»Ich reise viel.«

»Eine Arbeit für Männer mit Mut, Ausdauer und eiserner Gesundheit. Oder lauft Ihr dem Erstgeborenen Eurer Familie davon? Seid Ihr leer ausgegangen, als Güter und Anwesen geteilt wurden?«

Am Gesicht des Johanniters konnte Nerina die Überraschung geradezu ablesen. Aber die Aussicht, Malta bald zu betreten, und der Übergang von den tiefblauen Wassern des Mittelmeeres, zu den azurnen, grünlichen der Inselküsten stimmten ihn offenbar milder, machten ihn gesprächiger.

»Zuerst wohl. Aber nach dem Tod meines Bruders hielt mich nichts mehr in Mailand, und ich suchte zuerst Erfüllung im Kampf.«

»Wie kann der Kampf einen Menschen erfüllen, zerstört er doch nur? Allein ihm Aufbau liegt Dauer, nur wer mit eigenen Händen schafft, erwirbt sich das Andenken der Zukunft und eine ewige Erinnerung«, sagte Nerina leichthin.

»Die Geschichte gedenkt des Zerstörers ebenso wie des Erbauers«, erwiderte der Johanniter spöttisch.

Erste Rufe wurden laut, die Segelmanöver zur Einfahrt in den Hafen La Vallettas gegeben. Die Festungsmauer des Forts St. Elmo ragte grau und steil aus dem Wasser.

»Seit dem Jahr 1000 soll auf dem Hügel bei St. Elmo ein Leuchtfeuer brennen, verkündet die Sage«, warf der Johanniter ein, während sich ihrer beider Aufmerksamkeit der Befestigung zuwandte, die sich dahinter auftat, »und heute leuchtet dahinter die Stadt La Valletta. Ein Bastionsgürtel wie der Keuschheitsgürtel einer Frau. Unbequem, aber unerläßlich als Schutz!«

Nerina fiel in das Lachen mit ein, nachdem ihr bewußt wurde, daß diese Art Spaß unter Männern wohl üblich war.

»Aber hoffentlich weniger schnell überwindbar!« konterte sie, zufrieden, den Ton der platten Unterhaltung getroffen zu haben.

Eine ganze Anzahl bunter Boote schwamm ihnen entgegen, Gelb und Blau und dunkles Rot markierten ihre Bahn im Wasser, dazu das Perlen der nassen Ruder und die Augen am Bug jeden Schiffes, die den Anschein vermittelten, sie würden sie kritisch betrachten. Die Ruderer warfen Taue zu ihrem Segler hinüber, der daraufhin die Leinwand einholte. Mit kräftigen Ruderschlägen zogen die Boote das Schiff in den Hafen, der ihnen wie eine

Mundöffnung entgegen gähnte, während sie einfuhren, und der auf der gegenüberliegenden Seite überragt wurde vom Festungsbau Sant'Angelo, von natürlichen Felsen umgeben, als würden hilfreiche Hände ihn vor den Naturgewalten der See schützen wollen. Ein Schauspiel ganz besonderer Art bot sich ihnen. Und auf der Landspitze, die sich nördlich vor ihnen wie ein Mittelfinger ins Meer hinein erstreckte, lag La Valletta, mächtig, trutzig, wie aus einem Stück gegossen.

»Ihr starrt auf die Stadt, als suchtet Ihr darin jemanden!«

»Ihr müßt Euch täuschen, Johanniter. Einzig die Schönheit der Natur und die kunstvolle Hand der Baumeister machen mich betreten. Der Mensch erkennt, daß er sich nur als ein unbedeutendes Rädchen in der gewaltigen Mechanik der Schöpfung dreht. Zu unbedeutend, als daß die Maschinerie stehenbliebe, wenn es ihn nicht mehr gibt.«

»Eure Gedanken zeigen moderne Einstellungen. Als kämt Ihr direkt aus Rom. Bei Kardinal Del Monte kann man solcherlei Gedanken begegnen.«

Langsam wurde ihr bewußt, was der Johanniter da sagte. Ohne es direkt zu formulieren, gab er ihr zu erkennen, daß er wußte, wen er vor sich hatte. Vielleicht ahnte er es auch nur.

»Und warum haltet Ihr Euch in Malta auf? Ordensgeschäfte?«

Ein spöttisches Lächeln spielte um seinen Mund. In seine Antwort hinein fielen die Rufe der Ruderer und das Klatschen des Wassers. Kinder sprangen die Straßenrampen von der Bastion herunter und begrüßten das Schiff mit lautem Geschrei. Jeder Neuankömmling brachte nicht nur Waren, sondern einen ganzen Schatz an Geschichten mit, die gerade von ihnen begierig aufgesogen wurden.

»Vom Großmeister zurückbeordert!« lautete die Antwort. »Wenn ich Euch eine Unterkunft empfehlen darf, so das Hospital der italienischen Zunge. Dort ist man freundlich. Beruft Euch auf Fra Domenico.«

Nach außen hin bedankte sie sich für die freundliche Unterstützung, schwor sich jedoch, alle Herbergen der Stadt aufzusuchen, nicht jedoch die der italienischen Zunge. Aus den Augen des Johanniters mußte sie verschwinden, ganz und gar.

Stumm standen sie nebeneinander und beobachteten die mit

ruhiger, aber schneller Hand durchgeführten Arbeiten der Matrosen. Bellende Rufe, Taue, die hin- und hergeworfen wurden, Ledersäcke, die über Bord gingen und den Rumpf davor bewahrten, am Kai aufgescheuert zu werden, dann wurde das Schiff gegen die Mauer gezogen und stand still.

»Ich wünsche Euch einen schönen Aufenthalt in Malta. Mögen Eure Geschäfte erfolgreich sein.«

Der Johanniter verbeugte sich gegen sie und sprang mit einem behenden Satz an Land. Nerina folgte ihm mit dem Blick. Allein seine Ordenskleidung genügte, und er wurde von den Zöllnern hindurchgewunken. Trotzdem blieb er für einige Augenblicke bei einem der Männer stehen und besprach sich mit ihm. Hätte dieser nicht einen Wimpernschlag lang zu ihr hergeblickt, wäre ihr das Gespräch unverdächtig geblieben. So lief ihr trotz der Hitze ein eisiger Schauer über die Arme und den Nacken entlang.

Langsam wandte sie sich ab, um möglichst unverdächtig ihr weniges Gepäck aus der notdürftig wieder zurechtgezimmerten Unterkunft auf Deck zu holen. Hatte er sie durchschaut, oder wollte er nur seine Neugierde befriedigen, einen Verdacht bestätigt wissen? Dem Zöllner durfte sie nicht über den Weg laufen. Sie mußte ihn vermeiden, wollte sie nicht in die Klauen des Johanniters fallen. Vom berüchtigten Kerker Sant'Angelo in La Valletta hatte sie schon zuviel gehört, als daß sie sich darauf einlassen wollte. Fieberhaft überlegte sie, wie sie eine Kontrolle vermeiden konnte, bevor sie die Tür zum Verschlag öffnete.

3.

Kaum einen Blick schenkte ihr der Zöllner, als sie an ihm vorüberschritt. Erwartungsvoll spähte er in Richtung des Kauffahrers. Nerina wußte, daß er den Jüngling erwartete, den Fra Domenico ihm bezeichnet hatte. Aber der ließ sich offensichtlich Zeit. So beschwingt, wie es ihre innere Anspannung ermöglichte, versuchte Nerina die Treppchen zur Hafenplattform und weiter zur Treppe in die Stadt hinaufzugehen, immer gewärtig, daß er sie zurückrief, daß er ihre Maskerade entdecken und sie der Ordensjustiz ausliefern würde. Aber die Täuschung gelang, die ihr anfänglich so aufdringlich einfach erschienen war, obwohl ihr die steife Hülle des Pakets mit dem »Haupt des Johannes« zwischen ihren Beinen einen lockeren Gang unmöglich machte. Steif und unsicher bewegte sie sich. Niemand vermutete in dem Mädchen, das in schwarzem Kleid und Schleier die Zöllner passierte, den gesuchten jungen Mann.

Ohne ihren Schritt stark zu beschleunigen, folgte Nerina zuerst dem Menschenstrom über die schräge Straße hinauf in die Stadt und durchschritt alsbald eines der Tore La Vallettas. Auch dies wieder ungehindert und ohne lästige Fragen beantworten zu müssen. Als Frau schien man nicht einmal eines Blickes Wert zu sein in dieser Männerwelt, was Nerina ebenso freute, wie ärgerte.

Die mächtigen, aus gelbem Stein gehauenen Quader des Tordurchgangs beschützten die Stadt nicht nur, sie gemahnten einen jeden, der unter ihnen hindurchschritt, den Stadtfrieden einzuhalten, sonst würden sie ihre Gewalt ausspielen und den Schänder der Ruhe erdrücken.

Unerkannt tauchte sie in den Leiberstrom ein, den dieser Morgen in die Stadt sog. Marktgeschrei erfüllte die Luft, das Klacken der Hufe auf Stein hallte in den großzügig angelegten Gassen, das Hämmern der Steinmetze brach sich an den Wänden der Gebäude, ein Raunen und Flüstern, ein unbestimmter Singsang durchdrang die Luft und wob ebenso an der Atmosphäre wie der beständige Geruch nach Weihrauch und das Läuten der Glocken. Überall wurde gearbeitet, wuchsen Häuser in die Höhe, schleppten Steinmetze Quader heran, bauten Zimmerer Gerüste, wurden Balkone gesetzt und hölzerne Fensterlaibungen eingefügt. Eine Stadt im Aufbau, ein wachsender, lebender Organismus, der pulste und atmete. Jung war sie, die Stadt La Valletta, und wehrhaft, immer wachsam ob des nächsten Ansturms der Türken – und doch schlug der Herzschlag des Lebens, vergaß sie sofort, daß die bereits fertigen prächtigen Paläste nur Tünche waren angesichts der allgegenwärtigen Bedrohungen, die über Malta schwebten.

Den ersten Schritt getan, die erste Klippe umschifft, überlegte Nerina bereits weiter. Sie mußte sich umziehen. Als Frau allein würde sie nirgends Quartier finden. In eine der Herbergen der

Nationen zu gehen, wagte sie nicht, und wie sie die Stimmung in der Ordenshochburg einschätzte, würden die Fragen einer Frau nach Michele, der hier sicherlich seinem Ruf als Schürzenjäger und Hurenfreund treu geblieben war, nur Verwunderung auslösen, aber keine Antworten zur Folge haben.

Irgendwo innerhalb dieser Mauern mußte es eine Möglichkeit geben, sich unauffällig zurückzuverwandeln, die Männerlarve erneut überzuziehen. Unbekümmert durchwanderte Nerina die Stadt, deren rechteckiges Netz aus Straßen an eine planvolle Gründungsidee gemahnte, immer auf der Hut vor Fra Domenico und immer auf der Suche nach einem Platz, einem Versteck, um sich umzukleiden. Aber weder tauchte die eine Bedrohung auf noch die Gelegenheit, ins Männerkostüm zu schlüpfen.

Sie ließ sich treiben von den Leibern und dem Lärm, irrte ziellos durch die Gassen, bis sich vor ihr in einem der Randbereiche der Stadt die schmächtige Fassade einer Kirche aufbaute, zu der zwei Reihen Treppenstufen emporführten. Ihr gelblicher Stein, der ebenso leuchtete wie die Mauern La Vallettas, machten sie neugierig. Das schmale Portal zog sie an. Bevor sie noch den Gedanken selbst gefaßt hatte, drückte sie den Türflügel nach innen und schlüpfte in die Kirche, die sich in ihrem Inneren nur unvollständig enthüllte. Die Seitenwände waren mit Leinwänden verhängt und mit Gerüsten ausstaffiert. Alles wirkte neu. Die Ausstattungsarbeiten waren noch nicht abgeschlossen. Plötzlich wußte sie, daß es die richtige Entscheidung gewesen war, die Kirche zu betreten. Stille umgab sie plötzlich, die sich um sie legte wie ein warmes Gefühl. Hinter einen der Vorhänge wollte sie schlüpfen und sich ihre Männerkleider wieder anlegen, die Leinwand entfernen, die zwischen ihren Beinen scheuerte. Sie schlich das Gerüst entlang und horchte darauf, ob hinter den abgetrennten Leinenbahnen gearbeitet wurde oder nicht, aber die Maurer und Maler, die Stukkateure und Vergolder schienen allesamt Mittagspause zu machen oder zum Hafen hinunter geeilt zu sein, um die Ankunft des Schiffes zu bestaunen. Menschenleer und verlassen wirkte alles.

Eine junge Frau schlüpfte hinter einen der Leinenvorhänge, ein junger Mann verließ ihn wieder, einen Leinensack über der Schulter. Neugierig sah Nerina sich um, ganz auf die Kirche und deren Ausstattung bedacht. Plötzlich fuhr sie herum. Von den Wänden hallte es wider, jemand klatschte Beifall. Aus einer der Seitennischen trat Fra Domenico.

»Eine bewunderungswürdige komödiantische Leistung, Signora Nerina. Beinahe hättet Ihr mich getäuscht.«

Im Augenblick wußte Nerina nicht, ob sie sich zu erkennen geben oder weiter ihr Spiel spielen sollte.

»Ich weiß nicht, was Ihr meint, Signore.«

»Macht Euch nichts vor. Der Sturm verriet Euch. Ihr wißt es und ich auch. Der aufgeschminkte Bart lief Euch vom Kinn. Das weckte meine Neugier. Woher habt Ihr übrigens das Amulett?«

Schon aus Trotz heraus wollte sie nicht nachgeben, sah aber ein, daß ein Versteckspiel nichts nützte. Wenn sie ihn verärgerte, ließ er sie womöglich verhaften. Und hinter Sant'Angelos Kerkermauern verschwanden Unbekannte allzu leicht.

»Ihr schleicht mir nach? Entspricht das Eurem christlichen Verständnis?«

»Wir sind ein Ritterorden. Und jeder, der die christliche Ordnung untergräbt, muß zwangsläufig unser Feind sein. Da gilt es, ein wachsames Auge zu pflegen.«

»Euer Feind bin ich also? Nichts unterscheidet mich in Euren Augen von Türken oder Arabern?«

Langsam kam der Johanniter näher, während sie immer tiefer in die Kirche hinein auswich. Jetzt bedauerte sie es, keines der großen Gotteshäuser gewählt zu haben. Er versperrte ihr den Weg. Seine Absicht stand ihm ins Gesicht geschrieben. Lauernd, als erwarte er einen Ausfall, eine unbedachte Bewegung, die ihre Flucht einleitete, beobachtete er sie.

»Wer seine wahre Identität verbirgt, verbirgt seine Absichten. Und verborgene Absichten können tödliche Folgen zeitigen. Also verzeiht meine Neugier, wenn ich den Dingen auf den Grund gehen möchte.«

Ihr schlug das Herz bis an den Hals. Kaum konnte sie ruhig denken. Wohin sollte sie? Was wollte er überhaupt von ihr? Unwillkürlich griff sie nach ihrem Amulett. Natürlich, das hatte sie verraten. Er hatte es wiedererkannt. Warum hatte sie es nicht abgelegt? Warum ihrer Eitelkeit nachgegeben und es umhängen lassen? Ihr Atem ging schnell, sie fühlte, wie ihr das Gesicht heiß anlief. Hinhalten mußte sie ihn, ablenken. Aber wie?

»Seid Ihr nicht ein Meister in diesen Dingen, Fra Domenico? Ich weiß sehr wohl, daß Ihr mit dem Tod Lenas zu tun habt. Ihr seid mit ihr zum Tiber hinabgestiegen.«

Jetzt lachte der Ritter, daß es in dem schmalen Kirchenschiff ein Echo warf. Dabei entblößte er eine Reihe gelb verfärbter Zähne, die weit auseinander standen. Ein Raubtiergebiß fiel Nerina dazu ein.

»Verzeiht, aber Ihr habt eine lebhafte Phantasie. Warum hätte ich die Frau töten sollen?«

»Ihr wart auf dem Markt. Mich habt Ihr angesprochen – und weil ich Euch zurückwies, habt Ihr Euch an Lena schadlos gehalten. Wolltet Ihr Michele damit treffen?«

Abrupt blieb Fra Domenico stehen und legte den Kopf schief, als müsse er nachdenken. Seine Lippen preßte er zu feinen Strichen. Er lehnte sich gegen eine der Säulen, die nicht abgedeckt war.

»Was Ihr zu wissen glaubt.«

»Oh, wart nicht Ihr es, der Michele unter seinem Pferd begrub und so schwer verletzte, daß er über Wochen ein Krankenhaus aufsuchen mußte?«

»Erstaunlich. Wer beliefert Euch mit diesem angeblichen Wissen?«

»Erwartet Ihr im Ernst, daß ich Euch antworte?«

Mit einem Ruck setzte er sich wieder in Bewegung. In Nerina stieg dieses eigenartige Gefühl auf, das sie häufig im Traum befiel, wenn sie sich in einer ausweglosen Situation befand, ohne sich aus dieser befreien zu können. Erst wenn sie resigniert und die Unausweichlichkeit des Geschehens hingenommen hatte, verschwanden Wirrnis und Angst und zurückblieb ein messerscharfes, klares Denken. Den Griff der Hände Fra Domenicos glaubte sie bereits zu fühlen, roch dessen Atem, dessen schweißdurchtränkte Kleidung, der ein penetranter Geruch von Weihrauch entströmte, als von der Sakristei aus ein Chor Stimmen anschwoll. Kaum hörbar zuerst, eher ein Wispern als ein konkretes Gespräch. Die Turmglocke schlug. Sofort ahnte Nerina ihre Chance. Die Handwerker kamen von ihrer Pause zurück an die Arbeitsstätten. Jetzt galt es, Zeit zu gewinnen, vor allem, weil der Johanniter die Gruppe offenbar noch nicht gehört hatte.

»Was hat Euch Michele getan, daß Ihr ihn verfolgt und ihm nach dem Leben trachtet?«

Kurz stutzte der Johanniter und sah empor zu den verhängten Fresken am Himmel der Kirche, als müsse er sich an dieses Ereignis erst wieder erinnern, weil es zu lange zurücklag.

»Er hat Euch nichts erzählt?«

»Was sollte er mir erzählen?«

»Nichts von seinem Mord?«

»Mord? Er hat Ranuccio Tomassino nicht umgebracht. Das wißt Ihr ebensogut wie ich!«

Still wurde es plötzlich in der Kirche, still und kühl, als wehe ein Wind durch das Gewölbe. Sicherlich öffneten die Handwerker eben eine der Türen zur Sakristei.

»Ich spreche nicht von diesem Säufer aus Terni, ich spreche ...«

Ein Kopfrucken zeigte ihr, daß er die Stimmen der Männer vernommen hatte, die jetzt die Sakristei betraten, lautstark und polternd.

»Einer Malschülerin muß man keine Lebensbeichte ablegen«, entgegnete Nerina, um vom Lärm der Handwerker abzulenken.

»Malschülerin?« Wieder lachte Fra Domenico, unbändig war es diesmal, als könne seine Phantasie und der Sinn ihres Satzes nur mit Gewalt zusammengezwungen werden. »Und ich dachte, man spricht sich aus, während der Pinsel geschwungen wird.«

Nerina fühlte, wie ihr das Blut ins Gesicht schoß. Für dieses Lachen, für diese Zote haßte sie ihn.

»Eure Gesellschaft ist mir widerwärtig, Fra Domenico.«

Zu spät erkannte der Johanniter, daß Nerina bis zur Tür der Sakristei zurückgewichen war. Jetzt öffnete sich diese, und ein Dutzend Männer betrat den Raum. Sie stutzten zuerst, als sie die beiden Fremden so verdächtig nahe zusammenstehen sahen, dann aber fiel ihr Blick auf das weiße Zipfelkreuz des Johanniters, das auf der Kutte Fra Domenicos aufgestickt war.

»Meinen Bruder tötete er, und dafür wird er sterben!« zischte Fra Domenico. Zuerst glaubte sie, nicht richtig gehört zu haben, aber in seinen Augen lag ein nur schwer bezwungener Haß.

Nerina wandte sich mit einem Ruck zu den Handwerkern um. Stukkateure und Vergolder waren darunter, wie sie unschwer an den weißvergipsten und leicht goldfarbenen Händen der Männer erkennen und unterscheiden konnte.

»Eine schöne Kirche, Signori, ein Prachtstück. Wer läßt mich hinter die Leinenvorhänge sehen?«

Sofort wurde sie von den Männern umringt, die Fra Domenico abdrängten. Nerina sah noch das vor Wut verzerrte Gesicht des Johanniters, dann ging sie auf die Höflichkeiten der Männer ein. Sie lobte fachkundig hier ein Detail, dort den Farbton oder den Strich, zeigte sich als Kenner und wurde so immer näher zum Ausgang geleitet. Zur Überraschung der Handwerker, verabschiedete sie sich unerwartet, zog das Portal auf und schlüpfte nach draußen. Eilig schritt sie aus, versuchte, sich im größten Gewimmel der Straße zu verbergen. Erst als sie den Hauptplatz vor der Kathedrale erreicht hatte, schlüpfte sie zwischen zwei Verkaufsstände, eine Mauer im Rücken, und beobachtete das Treiben, immer auf der Hut vor dem Gesicht Fra Domenicos. Den Johanniter entdeckte sie nicht mehr.

Enttäuschung und Furcht ließen ihr die Knie zittern. Ihr gesamter Plan verfehlte seine Wirkung. Fra Domenico wußte um ihre Verkleidung. War es da nicht ratsam, sich ihrer ganz zu entledigen und wieder als Nerina unter die Menschen zu treten? Sie verwarf den Gedanken sofort. Niemand würde sie aufnehmen, ihr ein Zimmer vermieten, die Herbergen der Johanniter schon gar nicht. Und vielleicht ließ sich in ihrer Maske Michele leichter entdecken.

Auf der Hut mußte sie sein. Fra Domenico suchte nach ihr, und seinen Spürsinn und seine Geduld darin hatte sie bereits kennengelernt. Unzählige Gedanken schossen ihr durch den Kopf und verdichteten sich zu einem Bild: Michele hatte Fra Domenicos Bruder getötet. Dafür stand die Blutrache. Sein Blut gegen das Blut Micheles, wenn er sich nicht bei der Familie des Getöteten freikaufte. Aber dazu brauchte es einen Vermittler und das Einverständnis der Familie des Toten – und natürlich der Bereitschaft Micheles. Letztere zu erlangen, erschien ihr unmöglich. Nie würde Michele nachgeben.

Reden mußte sie jedenfalls mit ihm, reden, und ihn zuvor finden, wenn er nicht bereits im Netz der Ordensspinne hing und alle Rettungsversuche zu spät waren. Wenn Fra Domenico ihn vor ihr fand, glich das einem Todesurteil.

Als ihr Blick eher zufällig wieder über den Platz wanderte, setzte ihr Herz für einen Moment aus: Am anderen Ende des Platzes stand Fra Domenico und sah zu ihr herüber.

4.

»Er gab tatsächlich den Befehl, ihn zu töten?«

Eingeschüchtert kauerte Romina Tripepi im Sessel. Ihr eher hilfloser Versuch, ihn mit ihren Reizen zu locken, dort etwas Bein, hier etwas Busen sehen zu lassen, nahm Scipione Borghese mit einer gewissen Nachsicht hin. Er mochte die üppige Hetäre seines Oheims nicht. Seinem Geschmack nach besaß sie zuviel Fleisch und zuwenig Verstand. Aber Camillo Borghese hielt ihr seit Jahren unverbrüchlich die Treue, wenn auch heimlich. Sicherlich ahnte keiner der Kardinäle, daß sich der Papst wöchentlich einmal bei Romina Tripepi erleichterte. Gerade deshalb galt sie ihm als wichtige Zuträgerin. Sie war sein Trumpf, sein heimliches Ohr am Puls des päpstlichen Herzens – und sein Oheim ahnte weder, daß er es gewesen war, der sie ihm zugeführt hatte, noch, daß er sie ebenso regelmäßig nach ihren Besuchen bei ihm aushorchte.

»Wie Ihr mir befohlen hattet, habe ich danach gefragt. Um des Glaubens willen, habe er dies angeordnet, betonte er!«

Unglaublich und etwas grotesk fand Scipione Borghese diese Enthüllung. Sein Oheim, Papst Paul V., als Auftraggeber der Ermordung Tomassinos, um den Glauben zu festigen, und das alles enthüllt beim Liebesakt. Wäre Romina Tripepi nicht anwesend gewesen, er hätte laut aufgelacht.

»Er meinte, es sei ein Zufall gewesen, daß gerade Tomassino

getötet wurde. Der Stich habe eigentlich Caravaggio gegolten, aber der sei davongekommen.«

Und damit kein Verdacht geschöpft wurde, damit die Öffentlichkeit in Rom beruhigt werden konnte, mußte Tomassino da Terni sterben. Scipione Borghese atmete hörbar aus.

»Habt Ihr sonst noch etwas für mich, Romina?« Sie zog ihre Beine an den Körper, so daß ihr Gewand hochrutschte und weißliches Oberschenkelfleisch freilegte. Seine Augen wandten sich einem Spiegel zu, der das Licht von gut fünfzig Kerzen wiedergab. »Er sagte, denselben Fehler würde er kein zweites Mal begehen. Und jetzt habe er den richtigen Mann gefunden. Caravaggio sei so gut wie tot!«

Ein Pfiff entfuhr den Lippen Scipione Borgheses. So war die Gefahr für Caravaggio noch nicht vorüber. Sein Oheim hatte dem Maler einen Mörder nachgeschickt. Unruhig lief Scipione Borghese auf und ab, überlegte. Solange sein Oheim berechenbar blieb, fürchtete er ihn nicht, aber dazu mußte er seine Schliche kennen. Wer also konnte das sein? Und warum gab er ihm gegenüber einerseits nach und beteiligte sich an der Begnadigung Caravaggios, wenn er auf der anderen Seite seinen Mörder bereits beauftragt hatte?

»Ihr könnt gehen, Romina Tripepi. Und wie immer kein Wort davon an niemanden, an meinen Oheim schon gar nicht. Hier, Euer Lohn.«

Er warf ihr einen Beutel Münzen in den Schoß, den sie hastig an sich nahm und dessen Inhalt sie prüfte. Erleichterung zeichnete sich in ihrem Gesicht ab, als sie ihre Röcke raffte und aus dem Zimmer eilte. Scipione Borghese sah ihr nach. Wie eine Ente watschelt sie, dachte er. Wie kann man sich an einem solchen Hintern erfreuen?

»Habt Ihr verstanden, was sie sagte?«

Hinter einem Paravent trat ein junger Mann hervor, dessen Kardinalspurpur so neu glänzte, als wäre er erst frisch eingeweiht worden. Sein Gesicht entsprach nicht dem ehrwürdigen Blick, den Kardinäle sonst als Würde vor sich her trugen, es zeigte jugendliches Feuer und einen scharfen Geist, wenn auch letztere Eigenschaft erst beim zweiten Hinsehen hinter dem etwas hochmütig blasierten Blick erkennbar war.

»Eure Quelle der Erheiterung und Erbauung scheint gefährdet!«

»Mehr als das. Mein Oheim spielt ein doppeltes Spiel. Seine Heiligkeit entblödet sich nicht, gezinkte Karten zu verwenden.«

Keine Miene verzog sich im Gesicht Ferdinando Gonzagas, der sich im Kardinalspurpur noch nicht recht wohl zu fühlen schien. Beständig hoben und senkten sich seine Schultern, als müsse er die Kleidung erst noch zurechtrücken.

»Ich danke Euch für Euren Vertrauensbeweis und hoffe, der italienischen Fraktion ebenso zuverlässig dienen zu können.«

Leicht senkte Ferdinando Gonzaga sein Haupt, während Scipione Borghese nicht recht wußte, ob er dies als eine Geste der Unterwürfigkeit oder des Spotts deuten sollte. Noch durchschaute er den Mantuaner Herzogssohn nicht recht. Ein Gefühl sagte ihm jedoch, daß er auf der richtigen Seite stand – und auf seine Gefühle hatte er sich bislang verlassen können.

»Es gilt für uns, möglichst schnell bei meinem Oheim eine Begnadigung Caravaggios in die Wege zu leiten, mein lieber Ferdinando.«

»Und wie wollt Ihr das erreichen? Wer einen Mörder dingt, der begnadigt nur ungern.«

»Oder gerade deshalb gerne. Schließlich weiß er, daß der Begnadigte nicht mehr lange zu leben hat. Damit wären zwei Fliegen mit einer Klappe geschlagen: die Fraktion der Befürworter ist zufriedengestellt, weil der Dispens gewährt wurde, die Fraktion der Gegner ebenfalls, weil der Begnadigte nicht mehr lebt.«

Beinahe unsichtbar nickte Ferdinando Gonzaga.

»Folglich muß man dem Papst die Begnadigung schmackhaft und gleichzeitig den Mörder, der unterwegs zu Caravaggio ist, unschädlich machen.«

Die bedächtige, sichere Art, mit der er sich an Probleme herandachte, machte ihn Scipione Borghese sympathisch und erfüllte ihn etwas mit Scheu. Was anfänglich tölpelhaft langsam erschien, war nur das Ergebnis gründlicher und treffender Prüfungen. Sein Urteil erlangte dadurch eine Sicherheit, die an Unfehlbarkeit grenzte. Er hätte dem Papst gern dieses Vermögen gewünscht.

»Wer wurde beauftragt?«

Mit einer Unschuldsmiene trug Ferdinando Gonzaga diese Frage vor, aber Scipione Borghese ahnte, daß der frisch ernannte Kardinal sehr viel mehr wußte, als er zugab. Sein Spitzel, dieser Sekretär Enrico, hatte sich in Neapel getummelt, war zurückgekehrt, um die Ernennung seines Herrn zu feiern, und dann nach Mailand weitergezogen. Freiwillig unternahm er diese Fahrten nicht. Ferdinando Gonzaga mußte mehr über Caravaggio und seine Probleme erfahren haben, als er zugab.

»Ich dachte, Ihr könntet mir etwas darüber erzählen. Hatte nicht Euer Sekretär Enrico Kontakt zu Caravaggio?«

Es war ein Pfeil, abgeschossen, um das Wild aufzuschrecken, aber er schien seine Wirkung zu verfehlen. Kein Muskel in Ferdinando Gonzagas Gesicht bewegte sich, kein Arm zuckte, kein Kopf ruckte. Ein Muster an Beherrschung stand Scipione Borghese gegenüber, und dies machte ihm etwas Angst. Diese Eigenschaften würden ihn bis zur Amtsmitra des Papstes führen, wenn ihn nicht zuvor Neid und Mißgunst unter den Kardinälen verschliß oder das Geschlecht der Gonzagas ausstarb und ihn auf den Herzogsstuhl zurückrief. Aber gerade daran war wohl nicht zu denken, schließlich besaß dieser Gonzaga die Schlauheit eines Fuchses, und eine Reihe von Brüdern erbten vor ihm.

»Er sei nach Malta geflohen, berichtete er mir. Nach La Valletta, der Hauptburg der Johanniter. Was er sich davon verspricht, wußte Enrico auch nicht zu sagen, aber er floh vor den Nachstellungen eines Johanniters. Warum ihm dieser nachsetzte, wissen wir nicht. Dieser war jedoch in sein Atelier eingedrungen und hatte ein Bild zerstört, eine Enthauptung des Johannes. Warum auch immer.«

Die Offenheit, mit der der junge Gonzaga sein Wissen preisgab, erstaunte Scipione Borghese. Wollte er ihn damit von einer anderen Spur ablenken? Wollte er etwas verbergen, indem er ihm einen Brocken hinwarf, der ihm unbekannt gewesen war? So ganz traute er dieser Offenheit nicht. Sein Informant, Pater Leonardus, hatte etwas Ähnliches geschrieben, nur von der Flucht nach Malta noch nichts gewußt. Aber auch in seinen Berichten spukte dieser Malteser Falke herum. Allein eine Verbindung zu seinem Oheim konnte er sich nicht vorstellen. Nirgends tauchte eine Gestalt dieser Art auf – und für heimliche Kontakte jeglicher Art besaß der Vatikan zu hellhörige Wände.

»Wollte Euer Informant, Pater Leonardus, nicht ein Bild in Auftrag geben? Wäre es nicht möglich, daß ihm der gedungene Mörder über den Weg gelaufen ist?«

Ehrlich verblüfft sah Scipione Borghese den frischgebackenen Kardinal an. Woher wußte Ferdinando Gonzaga, daß Pater Leonardus in seinen Diensten stand? Daß er Bilder aufkaufen sollte?

»Eure Eminenz«, fuhr Ferdinando Gonzaga offensichtlich ungerührt fort, »ich wollte Euch keinen Schrecken einjagen, sondern nur Ehrlichkeit beweisen.« Dabei huschte der Anflug eines Lächelns über seine Lippen, und er schlug die Augen nieder. »Enrico fand heraus, daß Ihr dem Maler auf die neapolitanische Bank von San Eligio Geld überwiesen habt, heimlich, damit er weiterarbeiten, damit er seine Bilder fertigstellen kann, daß aber dieser Michelangelo Merisi sich an keinerlei Vereinbarung hält, daß er ein Freigeist ist, der sich nicht kaufen läßt, und daher das Geld bislang nicht in Bilder umgesetzt werden konnte.«

Mit der Hand faßte Scipione nach der Lehne des Sessels, in dem zuvor Romina Tripepi gesessen hatte. Hoffnungslos unterschätzt hatte er diesen Ferdinando Gonzaga, unterschätzt und unvorsichtigerweise mit einem Titel ausgestattet, der ihm die Verfolgung einer Karriere erlaubte, die weit über das hinausging, was einem Spätgeborenen des Adels sonst offenstand. Langsam setzte er sich und stützte die Stirn in seine Hand. Er war ein Hornochse und hatte einen Fehler begangen. Aber gerade jetzt konnte er auf den Mantuaner Herzogssohn nicht mehr verzichten.

»Wenn wir auch noch nicht genau wissen, wer ihn ermorden will, sollten wir doch eingreifen. Ihr solltet dem Großmeister der Malteser, Alof de Wignacourt, ein Schreiben schicken, in dem Ihr ihm Caravaggio ans Herz legt. Ich glaube nicht, daß Malta der Ort ist, an dem sein Mörder zuschlagen wird, aber man muß vorsichtig sein.«

Klar und analytisch klang die Stimme Ferdinando Gonzagas.

»Ihr habt recht«, seine Stimme hörte sich dagegen stumpf und farblos an, »hoffen wir, daß Euch Eure Informationen nicht trügen!«

Ferdinando Gonzaga antwortete nichts darauf. »Danke, Eminenz«, meinte Scipione Borghese nur und winkte mit der Hand,

»ich werde Euch rufen lassen, wenn ich das Schreiben ausgefertigt habe. Die Unterschrift zweier vatikanischer Würdenträger wird ihm mehr Gewicht verleihen.«

Mit leicht federnden Schritten querte Ferdinando Gonzaga den Raum, nicht ohne zuvor eine Verbeugung angedeutet zu haben. Selbst auf dem Marmor des Bodens blieben seine Schritte unhörbar. Beinahe an der Tür angekommen, drehte er sich jedoch noch einmal um.

»Eminenz!«

Überrascht hob Scipione Borghese den Kopf.

»Ihr habt etwas nachzutragen?«

»Nur eine Kleinigkeit. Seid vorsichtig mit Pater Leonardus. Auch wenn seine Beweggründe nur die eines armen Geistlichen sind, der sich eine Pfründe sichern möchte, will ich doch zu bedenken geben, daß er in Wirklichkeit Giovan Battista Merisi heißt und der jüngere Bruder Michelangelo Merisis ist. Die Brüder stehen miteinander nicht auf gutem Fuß.«

Scipione Borghese erstarrte. All das erschien ihm beinahe unmöglich. Woher bezog dieser Mantuaner nur seine Informationen?

»Woher wißt Ihr das alles?«

Beinahe sprachlos folgte Scipione Borghese den Ausführungen, während er sich setzte und immer tiefer in seinen Sessel sank. Dabei hatte er die ganze Zeit über geglaubt, die Dinge in der Hand zu halten. Jetzt mußte er feststellen, daß andere, daß dieser Ferdinando aus dem Geschlecht der Gonzagas weit besser informiert war, als er selbst. Was versprach er sich davon, ihm das alles zu erzählen? Jetzt zu erzählen?

»Enrico ist nicht mit Gold aufzuwiegen.« Spöttisch ließ er diese Bemerkung fallen. Es war eine Spitze, Scipione Borghese fühlte den Stachel ins Fleisch dringen. »Was die Angelegenheit verschlimmert, ist, daß sie sich deshalb nicht ausstehen können, weil Pater Leonardus sich im Dunstkreis Del Montes bewegte!«

»Ihr meint ...«

»... ja, er liebt Knaben, was man von Caravaggio nicht in dem Maße sagen kann! Hält es dieser doch eher mit dem weiblichen Geschlecht. Und deshalb verabscheut der Maler den Bruder.«

Abrupt drehte sich Ferdinando Gonzaga um. Wie von Geisterhand öffnete sich die Tür vor ihm. Er schlüpfte hindurch und ließ Scipione Borghese allein zurück. Dieser fühlte, wie sich sein Gesicht erhitzte, wie in ihm eine Art Fieber aufstieg und sich langsam ausbreitete, bis es ihn zu frösteln begann. In Ferdinando Gonzaga hatte er seinen Meister gefunden. Diesen milchgesichtigen Jungen mußte man mit Vorsicht behandeln.

5.

»Caravaggio! Wo finde ich den Maler?«

Verzweifelt fragte sich Nerina durch die Trattorias und Osterias La Vallettas. Man mußte ihn kennen, zumindest in den Osterias, zumindest den Säufer und Raufbold. Aber überall schüttelten die Männer den Kopf.

»Caravaggio? Michelangelo Merisi? Nein, nie gehört.«

»Ein Kleiner mit Spitzbart? Davon sitzt täglich ein halbes Dutzend auf den Holzschemeln. Aber kein Ausländer, kein Maler!«

»Junger Freund. Wenn Ihr einen Maler sucht, findet Ihr ihn im Großmeisterpalast, aber nicht auf den Straßen La Vallettas!«

Immer dieselben Ausreden, immer derselbe mißtrauische Blick, dieselben gerunzelten Augenbrauen. Wußten die Männer wirklich nichts, oder wollten sie dem jungen Mann, der ihnen Fragen stellte, nur nicht antworten, weil man Fremden gegenüber grundsätzlich mißtrauisch blieb? Sie versuchte es unauffälliger, bezahlte Wein, gab eine Runde aus – und erfuhr nichts.

Erschöpft setzte sie sich an den Rand eines der Abfallschächte, die leicht mit Brunnenanlagen verwechselt werden konnten, die aber zur Entsorgung des Mülls dienten und Nerina an Neapel erinnerten. Hätte sie doch in der Stadt bleiben, Michele nicht nach Malta folgen sollen?

Langsam stieg Angst in ihr auf, die Angst, Michele an die Malteser verloren zu haben. Vielleicht saß er bereits im Kerker von Sant'Angelo und verfaulte bei Ratten und schimmligem Brot.

»Signore? Ihr sucht Caravaggio!«

Ein junger Mann sprach sie an, ein Kind beinahe, schwere

dunkle Haare, darunter tiefliegende Augen. Sechzehn mochte er sein, womöglich etwas jünger. Sein Blick wirkte aufgeweckt, seine ganze Haltung verriet Stolz und das Bewußtsein jugendlicher Kraft.

»Ja. Wißt Ihr, wo er sich aufhält, wo ich ihn finden kann?«

Ohne die Miene zu verziehen, streckte er seine Hand aus. Nerina sah, daß die Hände gewaschen und reinlich waren, ganz im Gegensatz zu denen der Gassenlümmel, denen sie sonst in der Stadt begegnete.

»Woher weiß ich, daß du mich nicht übers Ohr haust?«

Der Junge zuckte mit den Schultern, zog seine Hand zurück und drehte sich um, als wolle er weggehen.

»Schon gut!« rief Nerina ihm nach. »Zehn Bajocci jetzt, zehn, nachdem du mich zu Caravaggio geführt hast.«

Nach kurzem Zögern kam der Junge zurück und streckte wieder die Hand aus. Nerina legte die Münzen hinein. Ohne sie anzusehen, steckte er sie in seine Gürteltasche.

»Herr, folgt mir!«

Etwas erstaunt lief Nerina hinter dem Jungen her, der sich einfach wieder umgedreht hatte und sich offensichtlich nicht darum kümmerte, ob sie ihm folgte oder nicht. Nerina schloß auf und blickte ihn von der Seite her an.

»Wie heißt du?«

»Matteo, Herr.«

»Matteo also. Und woher weißt du, Matteo, wo sich Caravaggio aufhält?«

»Ich bin Meßdiener in der Kathedrale. Ihr werdet schon sehen!«

Ganz verstand Nerina den Zusammenhang nicht. Warum sollte gerade ein Ministrant wissen, wo sich Michele befand? Im Eilschritt führte er sie durch die Gassen der Stadt, vorbei an unfertigen Stadtpalästen, an Wehrbauten und kleinen Kirchen. Die Fenster der unteren Geschosse waren allesamt mit bauchigen Gittern verziert und gesichert. In den oberen Etagen, deren Holzfüllungen die Besitzer schwarz, rot oder grün bemalen ließen, verbargen Fensterläden den Blick nach innen, oder vorgebaute hölzerne Erker holten den Bewohnern das Treiben der Straße ins Haus, ohne daß sie von unten gesehen wurden. Schwere Fensterlaibungen aus

Stein zierten die Gebäude und gliederten die Fassaden. Über manchem Eingangsportal ragten Wappenbilder bis in den ersten Stock hinauf, in den gelblichen Kalk geschnitten, der die Farbe der Insel aufgriff, oder weiß übertüncht und farbig ausgemalt. Nerina staunte über die Pracht der Anlage, bis der Junge auf einem Platz stehenblieb. Vor ihnen erhob sich eine Kirche, deren flankierende Türme stumpf endeten und wie abgeschnitten wirkten. Die Glokken im rechten Turm hingen offen im Gestühl, und eben schlug es Mittagszeit, und das Geläut wummerte mächtig über die Dächer der Stadt hin. Zwei Säulen links und rechts vom Kircheneingang, gebieterisch weiß, unschuldigen, reinen Wächtern gleich, luden Nerina ein, den Tempel Jesu zu betreten. Eine doppelte Terrasse mit je vier Stufen führte dazu empor. Sie zögerte.

»Hier?«

Der Junge nickte.

»Im Oratorium von San Giovanni.«

Natürlich. Michele malte ein Bild, vielleicht sogar ein Fresko, obwohl er davon nie recht begeistert gewesen war und eine ganze Reihe solcher Aufträge sogar abgelehnt hatte. Ihr Herz klopfte stark. Nach gut neun Monaten würde sie Michele wiedersehen.

Sie warf dem Jungen die versprochenen Münzen zu und hastete die Treppen empor, nahm dabei zwei Stufen gleichzeitig und drückte dann das schwere hölzerne Portal auf.

Im Inneren blieb sie einen Augenblick stehen, um ihre Augen an das Dunkel zu gewöhnen. Maltas Licht schien gleißend, während in der Kathedrale im ersten Moment eine bedrückende Düsternis herrschte. Langsam schritt sie durch den Kirchenraum, lauschte verstohlen nach den Geräuschen, die eine Arbeit an einem Fresko, an einem Ölgemälde zwangsläufig verursachen mußte. Sie fröstelte in der Kühle des Kircheninneren. Der mit Gold verkleidete Säulenstuck, die noch offenen Flächen der Decken, die sicherlich noch mit Fresken bedeckt werden würden, der Hochaltar mit seinen gewaltigen silbernen Kerzenleuchtern, auf den der Blick der Eintretenden gelenkt wurde, und schließlich die dunklen, vielfarbigen Marmorplatten des Bodens ließen das Innere kühl und erhaben wirken. Nur die teils noch mit wappenfarbigem Leinen verhängten Seitenkapellen, die offenbar den einzelnen Nationen geweiht waren, in die sich Maltas Ritterschaft unterteilte, paßten nicht ins Bild des Monumentalen. Aber wie alles in La Valletta befand sich die Kirche an einzelnen Stellen noch im Ausbau.

Neugierig streifte sie umher, konnte aber Michele nirgends entdecken. Hatte der Junge sie belogen, hatte er ihre Gutgläubigkeit ausgenutzt, um Geld von ihr zu erhalten? Dazu war er ihr zu ernsthaft erschienen. Trotzdem fand sich keine Spur von Michele.

Nerina wollte sich schon dem Ausgang zuwenden, als sie ihr Weg zu einem Durchgang rechts vom Eingang führte. Nerina folgte ihm neugierig und stand im Oratorium der Kathedrale, dem Andachtsraum der Ritter, das diese für ihre Stundengebete aufsuchten, wie es ihr der Anblick einer Handvoll Betender mitteilte. Im Halbdunkel erkannte sie ein Bild, dessen Lichtführung nur einer in dieser Art bewältigte: Michelangelo Merisi! Unwillkürlich griff sie nach ihrem Amulett. Kühl lag das silberne Röhrchen in ihrer Hand. Sofort war sie gefesselt. Auf drei Staffeleien gleichzeitig hatte man das gewaltige Gemälde vor den Altar gestellt. Kurz vor der Fertigstellung stand es, da nur wenige Teile unausgeführt waren. Michele malte vor Ort, weil die Ausmaße der Leinwand alles überstiegen, was er je bearbeitet hatte. Sie trat langsam näher, um Handlung, Figuren und Architektur in sich aufzunehmen. Riesig schwebte es im Oratorium der Kathedrale San Giovanni, raumfüllend und gewaltig wie eine Drohung. Eine Enthauptung des Johannes verdeckte den Altar, ein düsteres Bild, ganz in Umbra gehalten, das die Architekturteile des Hintergrunds kaum sichtbar werden ließ. Mit weit aufgerissenen Augen verfolgte Nerina die Komposition. Die Gruppe, die sich um Johannes den Täufer scharte, hatte er ganz in die linke Ecke verbannt, während hinter ihr eine düstere Architektur emporwuchs, ein Torbogen, aus Quadern geschichtet, der Tiefe vermittelte, der einen Gefängniskomplex vermuten ließ und Nerina sofort an die Engelsburg oder die Tor di Nona in Rom gemahnte. Alles spielte sich in einem Innenhof ab. Herausgeführt hatte man Johannes den Täufer, aus der Kerkerzelle ins Licht gezerrt. Durch ein vergittertes Fenster rechts lugten verstohlen Mitgefangene und beobachteten das Geschehen. Zeugen waren sie, Voyeure des Ereignisses, das einen eigentümlichen Schrecken verbreitete. Sie bildeten das Gegengewicht zur Hauptgruppe des Mörders mit seinem Opfer und hielten die Komposition in der Schwebe.

Der Täufer selbst wurde in dieser Szene nicht nur enthauptet, er wurde zugleich gedemütigt! Die Faust im Haar, drückte der Henker den Gefesselten zu Boden. Eine Geste, abgeschaut von den Schächtern auf den Marktplätzen. Das Messer auf dem Rücken verborgen, hatte er zuvor dem Heiligen die Kehle durchschnitten und ließ ihn jetzt ausbluten. Und während eine Magd das Tablett hielt, auf dem der abgeschnittene Kopf serviert werden sollte, faßte sich eine alte Dienerin mit resignierter Verzweiflung an den Kopf, als wolle sie andeuten, daß es doch genüge, den Menschen zu töten und nicht auch noch wie ein Stück Vieh ausbluten zu lassen.

Nerina trat einen Schritt näher, um sich zu vergewissern, ob das, was sie entdeckt hatte, auch der Tatsache entsprach. Das blutige Rinnsal, das sich vom Hals auf den Boden ergoß, bildete einen Schriftzug: F Michel A. Michele hatte sein Bild signiert! Sie roch die Signatur geradezu. Für einen kurzen Moment glaubte sie sogar, es wäre sein Blut, mit dem er dort unterschrieben hatte.

Am meisten erschütterte sie jedoch, daß die Gestalt des Schächters, des Gehilfen der Salome, des Täufer-Mörders, niemand anderen darstellte als Fra Domenico.

»Die Menschen lieben dieses Bild.«

Nerina fuhr herum und stieß einen leisen Schrei aus. Ohne daß sie auch nur ein Kratzen gehört hätte, war jemand hinter sie getreten. Vor ihr stand ein Johanniter, den sie zwar nicht kannte, von dem sie aber trotzdem glaubte, ihm schon einmal begegnet zu sein. Sie wußte nur nicht, wo. Fieberhaft arbeitete ihr Gehirn. Wußte er, wen er vor sich hatte? Was sollte sie tun? Gab es eine Möglichkeit der Flucht? Doch sobald der Johanniter sie ansprach, verwarf sie den Gedanken sofort.

»Das Bild eines Ketzers. Durch und durch. Wenn ich hier etwas zu sagen hätte, dürfte es nicht in der Kathedrale hängen. Ein Bild für den Pöbel, nicht für den Geschmack eines Mannes mit gläubigem Verstand! Und schon gar nicht für die Ritter des heiligen Johannes.«

Nerina beruhigte sich wieder. Vor ihr stand offenbar nur ein Priester, ein einfacher Geistlicher, der in der Kathedrale Seelsorge betrieb.

»Warum glaubt Ihr das?«

»Was? Daß es das Bild eines Ketzers ist? Bilder wie dieses sollen den Menschen erheben, nicht erniedrigen. Müssen wir nicht den Kopf ebenso senken, wenn wir Johannes den Täufer betrachten, wie die Figuren, die um ihn herumstehen. Aus Scham zumindest, wenn nicht aus Reue.«

Nur zustimmen konnte sie dieser Auffassung. Düsternis bestimmte das Thema, die Auffassung Micheles verdunkelte das Licht, das gleißend hell auf den Mord fiel. Noch dazu, wie er in diesen Johannes seine Gesichtszüge hatte einfließen lassen. Sein eigenes Haupt lag unter dem Messer, seinen Kopf trennte der Soldat ab, in dem Nerina Fra Domenico erkannt hatte.

»Ich muß Euch widersprechen. Seht Ihr nicht, daß in dem entspannten Antlitz des Johannes eine meditative Kraft steckt? Johannes war schuldig geworden an Gottes Sohn. Er hatte ihn getauft und damit mit dem Mal des Messias gezeichnet. Das Bild zeigt seine Verzweiflung darüber. Es erzählt, daß der Tote in seinem Leben Schuld auf sich geladen hat und sie mit diesem Tod abbüßt.« Sie legte eine Pause ein, weil ihr ein Gedanke gekommen war, der so unmißverständlich zu ihr sprach, daß sie sich selbst wunderte. »Selbst das Paradies ist ein Abgrund. Es gruselt einen, wen man hineinblickt.«

Verwundert betrachtete sie der Priester.

»Das Paradies ist ein Ort der Sehnsucht.«

»Das Paradies ist nur als etwas Verlorenes zu erreichen. Und dieser Verlust wird nirgendwo deutlicher als hier.«

Nerina staunte selbst über ihre Gedanken.

»Seid Ihr ein Experte, Herr?«

Prüfend betrachtete sie der Priester.

»Ein Maler. Und ein Bewunderer Michelangelo Merisis, den man auch Caravaggio nennt. Ich sah bereits Bilder aus der Hand des Meisters in Neapel und Rom.«

Sie verschwieg, daß sie wußte, welche Art Schuld hier getilgt werden sollte. Michele hatte den Bruder des Johanniters getötet.

Und in dieses Gemälde legte er sein Bekenntnis. Johannes wehrte sich nicht, sondern ergab sich dem Tod, den das Schicksal ihm vorherbestimmt hatte. Und er ging über die Schuld des Johannes weit hinaus. Demütigung hieß das Schlüsselwort. Demütigung und Unterwerfung unter das Unvermeidbare. Welch eine düstere Prognose. Etwas mußte mit Michele vorgegangen sein, etwas mußte ihm die Seele verdüstert haben.

»Dann könnt Ihr Euch bei unserem Großmeister melden. Alof de Wignacourt unterstützt ihn nach Kräften.«

»So wißt Ihr, wo Caravaggio sich aufhält?«

»Natürlich. In den letzten Wochen hier im Oratorium, um dieses unheilige Werk zu beenden, aber jetzt seltener.«

Nerina nickte verständig. Die Farbe mußte trocknen, bevor sie mit Firnis abgedeckt werden konnte.

»Sonst aber im Großmeisterpalast, ganz in der Nähe unseres Herrn de Wignacourt. In einer Rüstung hat er ihn bereits gemalt und daraufhin diesen Auftrag erhalten. Aber unbenommen Eurer Ausführungen, bleibt mir das Gemälde von zuviel Welt durchdrungen. Es fehlt ihm die religiöse Erhabenheit.«

»Damit dürftet Ihr recht haben«, entgegnete Nerina und überlegte, wie sie es anstellen konnte, in den Großmeisterpalast zu gelangen. »Könntet Ihr mich bei Alof de Wignacourt melden?«

Während sie noch diesen Satz sagte, wußte sie, daß es ein Fehler gewesen war. Bittsteller unterlagen einer besonderen Prüfung. Audienzen wurden wie im Vatikan nur gewährt, wenn die Person sich als harmlos oder politisch bedeutend erwies. Plötzlich begann der Johanniter sie forschend zu mustern, und eine Art Wiedererkennen zuckte in seinen Augen auf. Und auch in Nerina keimte das Bewußtsein ihrer ersten Begegnung. Er war der Zöllner, der sie am Hafen hatte abpassen wollen, darin bestand für sie kein Zweifel mehr. Die Stadt war klein, der Zufall ihrer Wiederbegegnung also nicht allzu groß.

»Seid Ihr schon lange in La Valletta?«

»Einige Tage. Warum fragt Ihr?«

»Nur so. Wartet einen Augenblick. Ich will nur eben nachfragen. Bestimmt kann ich Euch unter die Arme greifen und ein Gespräch vermitteln.«

Der Priester lächelte verbindlich, verbeugte sich und verschwand durch einen Nebenausgang, der vermutlich in die Sakristei führte. Sobald er außer Sicht war, hastete Nerina zum Ausgang der Kathedrale, hinaus in die gleißende Helligkeit des Tages, über den Platz weg und hinein in eine der Straßenschluchten. Jetzt wußte sie, wo Michele zu finden war – und daß ganz La Valletta bald hinter ihr her sein würde.

6.

»Was verschlägt Euch wieder in diese Gegend, Enrico? Ihr seid doch Enrico?«

»Derselbe, Meister Peterzano!«

Hustend betrat Enrico die Bottega Peterzanos in der Nähe der Porta Orientale, im Viertel von Santa Babila in Mailand, dessen staubige Luft ihn sofort reizte. Seit Jahren hatte niemand mehr den Boden gefegt oder die Wände und Regale gewischt. Fingerdick lag auf den unbenutzten Möbelstücken, den Bilderrahmen und Leinwänden der Staub. Nichts hatte sich verändert, mit Ausnahme Peterzanos selbst. Der Maler war sichtlich gealtert. Mit ausgestrecktem Arm ging Enrico auf den Bergamasker Meister zu. Zwei Jahre lag ihr letztes Treffen zurück. Noch kleiner wirkte er seit damals, beinahe zerbrechlich jetzt, als könne eine unvorsichtige Bewegung sein Leben auslöschen, es hinwegwehen wie den Staub von den Regalböden, nur weil sich die Tür zu heftig öffnete. Wenn Peterzano ihn ansah, mußte dieser die Augen zusammenkneifen. Offenbar die Folge einer Sehschwäche, die sich in letzter Zeit stärker ausgebildet hatte. Damals war sie Enrico zumindest nicht so aufgefallen. Der Mund des Malers wirkte eingefallen. Die letzten Zähne, von denen ohnehin nicht mehr viele seine Lippen in Form gehalten hatten, waren ihm gänzlich ausgefallen. Jetzt schob sich die Unterlippe über die obere, und feine Speichelfäden wurden an den Mundwinkeln nach außen gepreßt. Ein eigenartig sabberndes Geräusch entstand beim Reden. Das allerdings gelang dem Maler noch ebenso vortrefflich wie die Jahre zuvor.

»Seid Ihr hier, um Bilder für Euern Herrn aufzukaufen, was ich nicht recht glauben mag. Ein Gonzaga gibt sich nicht ab mit einem Simone Peterzano. Also wollt Ihr etwas über Michele Merisi wissen. Habe ich recht? Aber setzt Euch, setzt Euch. Ihr werdet hungrig sein. Magdala! Sie ist meine Zugängerin, müßt Ihr wissen, Enrico. Mein Weib ist gestorben, kurz nachdem Ihr uns verlassen hattet. Ein gutes Weib. Gott hab sie selig. Aber setzt Euch. Magdala! Einen Krug Wein, Käse und Oliven. Mein Gast ist hungrig. Hierher, an den Tisch. Ein karges Mahl, wie das Leben. Und erzählt, wie ist es Euch ergangen? Hat der Mantuaner seine Kardinalswürde, Euer Herr? In den jungen Jahren. Sprecht doch. Ich warte.«

Wie eine Stromschnelle ergoß sich die Rede Peterzanos über Enrico und verursachte in seinen Ohren ein beständiges Rauschen.

»Ich komme geradewegs von der Erhebungszeremonie im Petersdom zu Euch.«

»Nicht wahr! Also doch. Ein Teufelskerl, dieser Ferdinando. Er heißt doch Ferdinando? Der jüngste oder einer der jüngsten Herzogssöhne. Es sind so viele, man verliert den Überblick. Ein kunstsinniger Verstand, ein feines Gespür. Und jetzt ist er Kardinal. Ihr müßt noch ganz unter dem Eindruck der Feierlichkeit stehen. Trinkt, trinkt, damit Euch der Mund nicht austrocknet, wenn Ihr einem alten Greis wie mir erzählt. Was bin ich gespannt. Und ganz Ohr, ganz Ohr. Glaubt mir. Auch ich hätte gern einer solchen Messe beigewohnt, aber hier in Mailand wird allerhöchstens einmal ein Bischof geweiht.«

Seine Aufwärterin stellte einen Krug Wein und zwei Becher auf den Tisch, daneben Brot, Käse und Oliven. Still war es in der Werkstatt Meister Peterzanos geworden.

»Man teilte mir mit, Ihr seid tot, Meister Peterzano.«

Der Greis lachte in sich hinein, als hätte Enrico einen guten Scherz gemacht.

»Der Künstler stirbt schneller als der Mensch! Ich male nicht mehr. Früher, Söhnchen, früher herrschte hier Hochbetrieb. Zehn Gesellen und zehn Lehrlinge, die Landschaften pinselten oder Hände und Finger. Ja sogar einer für die Blätter des Olivenstrauchs. Kein Künstler, der Junge, kein wirkliches Genie, aber das konnte er wie niemand sonst. Alle sind sie gegangen. Vom alten Peterzano gibt es nichts mehr zu lernen. Wenn man, wie ich, sich selbst überlebt, sieht man seine eigene Kunst untergehen. Kein schönes Gefühl, keine schöne Aussicht, aber Gott hat Mitleid mit mir, Enrico. Er trübt meinen Blick, läßt mich die Welt verschwommen sehen. Nur einen hat meine Werkstatt hervorgebracht, dessen Name den meinen unsterblich machen wird, Söhnchen, nur diesen Hurenbock Michelangelo Merisi, nur Caravaggio. Dabei konnte ich ihm kaum etwas beibringen. Hatte bereits alles, das Auge, das Maß, den Blick für die Farben. Nur die Technik, die Technik der Schichtmalerei und den Blick für die Natur, die hat er von mir, von mir. Ich selbst …«

Ein Hustenanfall quälte den Maler, und selbst da gelang es Enrico nur mit Mühe, sich wieder zu Wort zu melden. Ohne Punkt und Komma redete der Alte, als müsse er die stummen Monate davor an einem einzigen Tag, in einigen wenigen Stunden vergessen machen.

»Erinnert Ihr Euch noch an Caravaggio?«

»Ja doch, ja. Das fragtet Ihr schon einmal. Ich erinnere mich. Sehr gelehrig, sehr wach, aber hitzig und unbedacht. Ein Raufbold, ein Saufkopf, ein einziger Jähzorn, der in ihm wühlte und stach und biß. Nicht zwei Männer konnten ihn halten, wenn ihn die Wut packte. Und ein guter Fechter obendrein, einer, der den Degen führte wie ein Edelmann. Schon mit fünfzehn, sechzehn Jahren umsichtig an der Klinge, klarer als mit dem Mundwerk und dem Verstand, Söhnchen. Er liebte die Klinge, liebte ihr Blitzen, das Funkeln des Stahls. Stundenlang hat er mit einer Säule gefochten, im Spiegel sich betrachtet, Finten und Ausfälle geübt und den Degen ebenso geschickt gehandhabt wie den Pinsel. Auf seinen Bildern findet Ihr Waffen, Söhnchen, die genauer gemalt sind als seine Figuren, und die davon zeugen, daß er sie vergöttert.«

Man konnte Peterzano zumindest solange nicht ins Wort fallen, bis er Luft holen mußte, dann gelang ein Einwurf, dann konnte man die Richtung des Gesprächs beeinflussen. Inzwischen hielt sich Enrico an Wein und Brot mit Käse. Peterzano rührte nichts davon an, erzählte nur von seiner Werkstatt, von seinen Erfolgen als Künstler, den Bildern in San Fedele, der Venus mit Cupido und den beiden Satyrn und deren Bedeutung für die Malerei. Nur mit einem halben Ohr hörte Enrico zu, betrachtete den Meister, der mager war und über und über bedeckt mit Runzeln und braunen Flecken. Als wäre er gedörrt, eingeschrumpft, um haltbarer zu werden.

»Verzeiht, wenn ich Euch unterbreche, Meister Peterzano, ich habe in Neapel von einem Ereignis erfahren, das Caravaggios Leben stark beeinflußt haben muß. Hier in Mailand, zur Zeit, als er bei Euch in die Lehre ging. Wißt Ihr Näheres davon? Ein Unfall? Ein Schicksalsschlag? Erzähltet Ihr mir nicht vor zwei Jahren, daß es etwas gegeben hätte, über das man nicht spricht hier in Mailand. Warum vertrautet Ihr es mir nicht an?«

Unruhig scharrte Peterzano mit den Füßen über den Boden. Sein linkes, bereits sichtbar trübes Auge fixierte ihn zuerst, schien aber dann zu wandern, an ihm vorbei und schließlich in sich selbst hinein zu sehen. Plötzlich stockte der Redefluß.

»Da gibt es etwas, Söhnchen. Ganz recht. Seine Lehrzeit endete damit. Sein Gesellenstück sozusagen. Aber warum sollte ich es Euch erzählen, Söhnchen, Enrico? Warum? Lang ist es her, zu lange. Alte Geschichten sollte man ruhen lassen. Die Erfahrung des Greises.«

Enrico spitzte die Lippen. Vor zwei Jahren hätte er energischer sein müssen. Sicherlich hätte Meister Peterzano ihm schon damals die ganze Geschichte erzählt.

»Caravaggio wird verfolgt. Man versucht ihn zu töten!«

Wieder wanderte das trübe Auge an Enrico auf und ab, suchte ihn und löste sich, um erneut zu ihm zurückzukehren. Im Raum schwebte eine feine Staubwolke, die sich langsam über alles legte und deren Partikel allein vom Atem der beiden Männer getrieben wurden. Langsam wie der Staub senkte sich die Geschichte auf Enrico herab.

»Ich war damals in Venedig. Kenne die Ereignisse also nur vom Hörensagen. Enricos Schwester Caterina stieg ein Adliger nach, ein junger Bursche, dessen Eltern wie Merisis Vater, Fermo, in Diensten des Marchese di Caravaggio, Francesco Sforza, standen.

Der Tod des Francesco Sforza lockerte die Sitten. Die Söhne des Adels griffen den bürgerlichen Mädchen unter die Röcke, ein junger Fant, ich weiß den Namen nicht mehr, umgarnte Caterina Merisi. Man sprach von Verlobung, von Heirat, obwohl die Verbindung nicht standesgemäß gewesen wäre. Sie wäre Mätresse geblieben. Das gefiel Michele offensichtlich nicht. Und weil Vater Merisi bereits 1577 am Schwarzen Tod gestorben war, lag die Verantwortung für Caterina in den Händen Michelangelos. Ein Knabe damals noch, gerade sechzehn Jahre alt.«

»Was wißt Ihr über die Familie, aus der dieser junge Sproß entsprungen war?«

»Lieber Enrico, könnte ich mir alle Geschehnisse und Namen merken, die mir im Laufe meines Lebens begegnet sind, bräuchte ich einen zweiten Kopf. Nein. Mein Gedächtnis ist gealtert wie meine Knochen. Verzeiht.«

Langsam kam der Maler außer Atem. Seine Kurzatmigkeit verschaffte Enrico immer häufiger die Gelegenheit, Zwischenfragen zu stellen. Aber die Luft reizte ihn derart, daß er beständig niesen mußte. Lange würde er es in diesem Staubloch nicht mehr aushalten.

»Was geschah, Meister Peterzano?«

Statt einer Antwort erhob sich Meister Peterzano vorsichtig und langsam, als müsse er verhindern, daß durch seine Bewegungen Staub aufgewirbelt wurde. Er bedeutete Enrico, ihm zu folgen. Ihm voran schlurfte er in einen Winkel seiner Bottega, in der eine ganze Sammlung alter Leinwände lagerte.

»Skizzen und Unverkäufliches«, kommentierte er das Gerümpel. »Hier drüber wohnte der Kerl.« Mit dem Daumen deutete er die Treppe hinauf. Auf dieser Seite des Raumes lief in Höhe des ersten Stockes eine Galerie entlang. Fünf Türen durchbrachen die Mauer. »Kleine Kammern für die Gesellen. Je zwei schliefen in einem Raum.« Dann begann er in den Leinwänden zu wühlen, stellte Bilder beiseite und grub sich immer tiefer in den Wust an dunklen, oft unkenntlichen oder halb übermalten Entwürfen. »Hier muß es irgendwo sein.«

»Was sucht Ihr, Meister Peterzano?«

»Geduld mein junger Freund. Eine Tugend der Greise. Nichts im Leben rechtfertigt übertriebene Eile. Ja, hier ist es.«

Aus einem Stapel gleicher Leinwandgestelle zog der Maler eine Leinwand heraus, die sichtbar ein Loch enthielt. Als er sie umdrehte, erkannte Enrico die Bildnisse zweier junger Männer, Knaben eher, die an einem Tisch saßen. Jung erschienen sie ihm, jugendlich, wenn er Kleidung und Hände betrachtete. Ob er sich täuschte, konnte er nicht sagen, da das Gesicht des einen Adligen, denn um solche handelte es sich offensichtlich, sauber mit dem Messer ausgeschnitten worden war.

»Michele Merisis erster eigenständiger Auftrag. Er sollte den jungen Fanten porträtieren, von dem ich Euch vorher erzählt habe. Antonio di Russo! Jetzt fällt es mir wieder ein, so hieß er, und sein Bruder daneben Domenico.«

»Es scheint ihm nicht gelungen zu sein.«

»Weil der Kopf fehlt? Täuscht Euch nicht. Sehr gelungen für sein Alter, sehr ausdrucksstark. Sein jüngerer Bruder mußte sich dazustellen. Hier, der, dessen Züge man sieht. Allerdings konnte es nie ausgeliefert werden. Sein Temperament ließ es ihn verstümmeln.«

»Er selbst tat es? Warum?«

Meister Peterzano klemmte sich das Gemälde unter die Achsel und schlurfte zurück zu seinem Platz. Schwer ging sein Atem, keuchend. Enrico wunderte sich, daß der Maler noch immer diese Bottega bewohnte, obwohl er sich sicherlich in ein Spital hätte einkaufen können, in dem ihm die beste Pflege zuteil geworden wäre. Vorsichtig schob er ihm den Stuhl zurecht, während der Alte das Bild so an eine Säule neben sich lehnte, daß sie beide einen Blick darauf werfen konnten.

»Als ich aus Venedig zurückkam, saß Michelangelo bereits im Kerker. Man hatte ihn des Mordes angeklagt und für schuldig befunden, allerdings gestand man ihm als männlichem Oberhaupt der Familie Merisi eine Art Notwehr zu. Eine Absprache diesbezüglich kenne ich nicht, man erzählte sich aber davon. Bei einem Duell, das ausgetragen wurde, weil sich Michele wohl einer Verbindung der beiden Familien widersetzt hatte, verletzte er den jungen Antonio schwer. Kurze Zeit danach starb er. Enrico leugnete das Verbrechen nicht. Ein ganzes Jahr mußte er büßen. Seiner Mutter brach er damit das Herz. Ganz erholt hat sie sich von der Schmach nicht mehr. Später, wieder in Freiheit, teilten die Geschwister das Erbe auf, und Caravaggio ging nach Rom. Das Gemälde, das Ihr hier seht, zeigte den Getöteten. Mehr weiß ich nicht, mehr kann ich Euch nicht sagen, Enrico.«

Neugierig kniete Enrico vor dem Bild nieder. Antonio di Russo war ausgelöscht, entfernt. Nichts erinnerte mehr an ihn. Der Körper, der zurückgeblieben war, konnte mit einem jeden anderen Gesicht ergänzt werden. Nur ein Amulett, das dem Getöteten um den Hals hing, machte ihn einzigartig, eine unscheinbare silberne Kapsel. Deshalb hielt er sich an den jüngeren der Brüder. Ein Milchgesicht, charakterlos noch, ohne die Zeichen der Erfahrungen, die das Leben bereit hielt, auch für die Privilegierten, die Begüterten. Knet- und formbar dieses Gesicht. Was er suchte, wußte Enrico nicht, aber als sein Blick auf die rechte Hand des Gesichtslosen fiel, wußte er, daß er erst einmal gefunden hatte, wonach er in Mailand Ausschau gehalten hatte. Der junge Adlige, Antonio di Russo, dessen kopfloser Körper so merkwürdig wirkte, trug am Daumen der rechten Hand einen Ring. Blank noch die Siegelfläche, aber ein Ring mit unverwechselbarem Charakter, der vom Vater an den Ältesten und von diesem nach seinem Tod an den nächsten Sohn weitergereicht wurde. Der Bruder also rächte als Erbe das Blut des Bruders.

7.

Sie hing Tagträumen nach, während sie den Platz vor dem Großmeisterpalast beobachtete. Jeder, der in La Valletta wohnte, kam zumindest einmal täglich über diesen Platz. So, hatte Nerina sich ausgerechnet, mußte sie irgendwann Michele begegnen.

Um nicht aufzufallen, versteckte sie sich unter der landesüblichen Frauentracht, einem schwarzen Umhang mit Schleier über dem Gesicht. Darunter trug sie Männerkleidung, um sich, falls erforderlich, sofort verwandeln zu können. So saß sie im Schatten auf einem kleinen Schemel, nahe eines Hauseingangs, eine Stickerei in der Hand, und ließ ihren Blick über den Platz schweifen. Die flirrende Hitze, die durch den hellen Gebäudestein verstärkt wurde, ließ sie immer wieder in einen Zustand angenehm dämmriger Tagträumerei hinübergleiten, auch wenn sie während dieser Zeit die Umgebung nur schattenhaft wahrnahm.

Sie saß in La Valletta, hatte beinahe ein Dreivierteljahr gebraucht, um Michele nach Malta zu folgen, und wußte nicht recht, warum sie es tat. Nach allem, was sie hörte, wenn sie sich nach Michele erkundigte, lebte er in Saus und Braus, unterstützt vom Großmeister, einquartiert in seinem Palast, mit Aufträgen überhäuft. Er brauchte sie nicht, kam selbst zurecht, hatte sein Leben im Griff. Sie freute sich, konnte aber nicht verhindern, daß sie gleichzeitig etwas wie Wehmut empfand. Helfen hatte sie ihm wollen und kam offensichtlich ungelegen. Er brauchte ihre Hilfe nicht.

Jetzt, um die Mittagszeit, lag der Platz vor dem Palast wie ausgestorben. Um die Hitze auszusperren, waren die grünen Holzläden vor den Fenstern geschlossen. Die Wachen hatten sich in die Torwege zurückgezogen. Im Schatten der gegenüberliegenden Gebäude lagen und saßen Männer und Frauen, um Mittagsruhe zu halten, manche auf dem blanken Stein, andere auf kleinen Teppichen. Ruhe lag über allem, als hätte die Sonne die Welt eingeschläfert.

Nerina erinnerte sich an die erste Nacht, nachdem Michele sie von ihren Zieheltern und dem fahrenden Volk weggeholt hatte. Sie lag damals zusammen mit ihm in einem Zimmer, aber hinter einem mit Decken abgetrennten Teil, und lauschte auf die Geräusche außerhalb ihrer kleinen Welt. Michele legte sich eben zum Schlafen. Mit großen Augen hatte sie in die Dunkelheit gestarrt und an Marietta gedacht, die sie gewarnt hatte.

Er werde es versuchen, und sie müsse sich überlegen, was sie wolle.

Sie hatte es nicht gewußt. Sie hatte es sich auch nicht vorstellen können, was er von ihr wollte, bis er die Decke zurückgeschlagen hatte und an ihr Bett getreten war. Sehen hatte sie ihn nicht können, aber riechen. Starr war sie gelegen, starr und voller Furcht vor dem, was geschehen würde, aber Michele hatte sich nur neben ihr Bett gesetzt und ihr über die Haare gestrichen, langsam und bedächtig.

Sie sei so schön wie seine Schwester und ebenso unschuldig, habe er erzählt, ein kleiner Engel, wie er sie gerne malen würde, wenn es ihm nur gelänge, den himmlischen Ton zu hören, der diese Wesen umgebe. Das fiele ihm aber schwer, er würde immer angezogen von den irdischen Dingen, vom Schmutz und Staub der Straßen, von den Kloaken der Städte und der Seelen. Deshalb habe er sie zu sich genommen, um in seiner Wirrnis zumindest ein wenig Reinheit vorzufinden. Er werde sie lehren. Und während er dies sagte, hatte er begonnen seine Hand über ihren Körper wandern zu lassen, über ihre Brüste, ihren Bauch hinunter zu ihrem Schoß und weiter über die Schenkel. Starr war sie gelegen, ganz Statue aus Holz oder Stein. Damals war ihr klargeworden, was es hieß, sich entscheiden zu müssen. Aber bevor sie noch zu Ende gedacht hatte, war er aufgestanden, mit einem Ruck, als hätte er sich dazu zwingen müssen oder wollen, und hatte sie allein gelassen. Sie wußte damals nicht, wie sie einordnen sollte, was sie empfunden hatte: Haß oder Mitleid, Furcht oder Lust. Seitdem hatte er sie gemieden. Nie wieder war er nachts neben ihr aufgetaucht, obwohl sie manchmal, wenn sie am Morgen aufwachte, das Gefühl hatte, als wäre Michele die Nacht über neben ihr gesessen und hätte sie lange betrachtet. Aber das konnten ebensogut Traumreste gewesen sein.

Ein Schnüffeln und Stoßen ließ sie aus ihrem Tagtraum aufschrecken. Ein Hund drängte sich zwischen ihre Beine, schnüffelte, ein schwarzes Tier, dessen Fell in der Sonne bläulich glänzte. Ärgerlich und angeekelt scheuchte sie ihn beiseite.

»Weg! Hau ab, Köter!«

Nerina fauchte, aber das pechschwarze Tier drehte sich zweimal um seine Achse und legte sich neben sie auf den Boden. Ihre Aufforderung schien es völlig zu ignorieren. Den Kopf auf den Beinen schaute der Hund sie mit hochgezogenen Augenbrauen von unten an, und plötzlich durchfuhr es Nerina freudig.

»Nero! Bist du es, Nero?«

Bei der Nennung seines Namens fuhr der Hund auf und ließ ein kurzes Bellen hören, drehte sich abermals um seine eigene Achse und legte sich wieder nieder, diesmal den Kopf auf eines ihrer Beine gebettet.

Sie beugte sich zu ihm hinunter, streichelte ihm über den Kopf, kraulte sein Fell am Hals.

»Nero, mein Junge. Michele hat dich mit hierhergenommen. Weißt du, wo ich Michele finde? Sicherlich weißt du es!«

Mehr zu sich selbst sprach sie als zu Nero, denn zugleich mit dem Gedanken, daß Michele den Hund mit nach Malta genommen hatte, schoß ihr in den Kopf, daß es der Hund des Johanniters war. Vorsichtig musterte sie ihre Umgebung. Ihr Herz schlug. Wenn der Johanniter sie entdeckte, lief sie Gefahr, als Spionin verhaftet zu werden. Um Michele zu treffen, würde er vor nichts zurückschrecken. Aber Nero schien tatsächlich allein zu sein.

»Wo kommst du her? Läßt er dich durch die Stadt streunen? Fast glaube ich es!«

Ruhig versuchte sie zu sprechen, um den Hund nicht zu verscheuchen.

»Nero. Hoch, komm hoch. Wo ist Michele. Such Michele!«

Mit beiden Händen nahm sie Neros Kopf und sah ihm in die Augen. Er schien sie verstanden zu haben, denn er begann auf den Platz hinauszulaufen, drehte sich aber um, als sie ihm nicht sofort folgte. Nerina rappelte sich auf. Die Richtung zum Hafen schlug Nero ein, zum Stadttor. Während Nerina ihm langsam nachging, musterte sie ihre Umgebung. Wurde sie beobachtet? Folgte ihr jemand? Entdecken konnte sie niemanden, und so wurde jeder Schritt, den sie sich vom Großmeisterpalast entfernte, sorgloser und weniger vorsichtig. Trotzdem zog sie das Tuch nicht fort, das wie ein Schleier um ihr Gesicht lag.

An einer der Herbergen mit ihren flachen Dächern, von denen vor allem in den späten Nachmittagsstunden, wenn die Sonne ihre Kraft verloren hatte und vom Meer her kühler Seewind hochblies, das Gelächter und die Stimmen der Ritter zu hören waren, blieb Nero stehen. Junge Stimmen, junge Menschen. Bewacht wurde die Herberge, bei der es sich um die italienische handelte, wie unschwer am Wappen über dem Torbogen zu erkennen war, von zwei Ordensrittern, die sich in den Türschatten zurückgezogen hatten. Mit einem leisen Pfiff holte sie Nero zu sich.

»Dort versteckt er sich also. Guter Hund. Und warum läßt er

dich dann allein durch die Straßen laufen? Streunende Hunde werden eingefangen. Hat er dich weggeschickt, oder bist du …«

Sie wollte den Gedanken nicht beenden, denn plötzlich schien er ihr so klar und einleuchtend, daß sie sich abrupt umwandte und die Straße hinaufsah. Tatsächlich konnte sie auf Höhe der folgenden Querstraße einen Johanniter erkennen, der sich bequem, mit verschränkten Armen gegen eine Hauswand lehnte und unverwandt zu ihr hersah. Fra Domenico! Unerträgliche Hitze füllte das dichte Gewebe unter ihrem Schleier. Warum hatte sie diese Möglichkeit nicht erwogen? Naiv war sie gewesen, naiv und dumm. Und während sie weiterdachte, fiel sie in einen weiteren Schrecken. Jetzt kannte Nero ihre Witterung. Ein Wort, und er würde sie in ganz La Valletta aufspüren, wo immer sie sich auch verbergen mochte.

Sie verwünschte ihre Unvorsichtigkeit. Was sie allerdings nicht verstand, war, warum der Johanniter den Hund hinter ihr herschickte, um Michele ausfindig zu machen? Michele wurde bewundert, wurde verehrt, jedenfalls von den Gebildeten. Die Ritter wußten sicherlich, wo er sich aufhielt. Wenn der Johanniter aber nicht selbst ... Natürlich, Michele war unberührbar. Alof de Wignacourt hielt seine schützende Hand über ihn. Möglich war einzig, daß der Johanniter dem Großmeister von der Flucht und dem angeblichen Mord Micheles erzählt hatte. Aber er hatte nicht die gewünschte Wirkung erzielt. Und jetzt wollte er sich schadlos halten, schadlos an ihr!

Kurz schloß sie die Augen und sah den Fischmarkt in Rom vor sich, sah die Fackeln, die ihn ausleuchteten, sah auch den Johanniter, wie er zwei Frauen im Arm in Richtung Tiberufer hinabging und im letzten Augenblick zu ihr herüberblickte. Erst als sie die Augen wieder öffnete, wurde ihr bewußt, daß sie ihr Amulett in der Hand hielt.

Einem plötzlichen Entschluß folgend, rannte sie die Stadtmauer entlang und bog in die nächste Querstraße ein, Nero neben sich. Dort hielt sie Ausschau nach einem offenen Tor und schlüpfte durch eines der ersten. Rasch entledigte sie sich ihrer Frauenkleider, stopfte sie zu einem Knäuel zusammen und befahl Nero, der sie mit schiefgelegtem Kopf verwundert ansah, auf die Kleider zu achten. Dann schlüpfte sie wieder auf die Straße und mimte ein leichtes Hinken. Keinen Augenblick zu früh, denn aus dem Augenwinkel erkannte sie hinter sich den Johanniter, der um die Ecke bog. Ob er ihr folgte, konnte sie nicht beobachten, aber da sie keinerlei Schritte vernahm, vermutete sie, daß er weitergelaufen war. Schweiß stand ihr auf der Stirn.

Ohne auf Nero zu achten, nahm sie denselben Weg zurück. Wie konnte sie zu Michele kommen, ihn sehen, sprechen? Gefährlich für sie war es, in der Herberge unterzukommen, denn dort würde Fra Domenico zuerst suchen. Sie mußte sich weiter bei Evangelos Anomeritis verbergen, dem Fischer außerhalb der Mauern, der sie bereits aufgenommen hatte und bei dem sie auch »Das Haupt des Johannes« verbarg.

Bevor sie in die Straße der italienischen Herberge einbog, die nahe der Katharinenkirche erbaut worden war, musterte sie diese. Nur die beiden Wächter langweilten sich, niemand, der das Ordenshabit trug, lungerte herum.

Sie ging auf die Wache zu, Herzklopfen und Zittern in den Knien.

»Wohnt hier der berühmte Maler Caravaggio?«

»Wer will das wissen?« maulte der erste.

»Jemand, der Messer Caravaggio gut kennt und in Rom und Neapel bereits mit ihm gesprochen hat!«

Es machte Nerina Freude zu sehen, wie der Johanniter zusammenzuckte und sofort einen freundlicheren Ton anschlug. Offensichtlich genoß er unter den Johannitern einen guten Ruf.

»Nun, wenn das so ist, ja. Er wohnt hier.«

»Kann ich ihn sprechen?«

Die Wache musterte sie von oben bis unten.

»Selbst wenn das möglich wäre, dürfte ich niemanden in die Herberge lassen, der nicht ein Permitt des Großmeisters in Händen hält. Das allerdings erhält man nur beim Großmeister selbst. Ihr müßtet schon in den Orden eintreten, um bei den Noviziaten wohnen zu dürfen.«

Die Hände in den Hüften, stellte sie sich auf die Zehenspitzen, da die Wache sie um gut eineinhalb Köpfe überragte.

»So ruft ihn mir heraus.«

»Unmöglich, da er sich eben im Großmeisterpalast aufhält.«

»Dann warte ich, bis er wiederkommt.«

»Eine gute Idee, aber kaum erfolgversprechend. Nachts müssen die Straßen La Vallettas leer sein. Und es kommt vor, daß Caravaggio häufig nicht nach Hause kommt. Die Arbeiten im Palast«, dabei sah er grinsend seinen Kumpanen an, »lassen ihm nur wenig Zeit. Vor allem jetzt, wo seine Ernennung bevorsteht.«

Nerina legte ihre Stirn in Falten und hob eine Augenbraue.

»Ernennung? Welche Ernennung?«

»Ich denke, das darf ich Euch mitteilen. Michelangelo Merisi da Caravaggio wird in den nächsten Wochen zum Ordensritter geschlagen. Sein Noviziat von einem Jahr und einem Tag ist um. Ich glaube Mitte Juli. Seiner Verdienste wegen, die er sich um Malta, vor allem aber um Alof de Wignacourt erworben hat. Kennt Ihr das Gemälde im Dom?«

Nerina nickte.

»Sie schlagen ihn zum Cavaliere di Grazia!«

»Zum Ehrenritter!«

Nerina wußte plötzlich, welches Interesse Fra Domenico an ihr hatte.

8.

Von Meister Peterzano hatte Enrico den entscheidenden Hinweis erhalten. Jetzt stand er vor dem Elternhaus Michelangelo Merisis, schräg gegenüber Kirche und Kloster Santa Maria dei Servi auf dem gleichnamigen Corso, das die Schwester angeblich immer noch bewohnen sollte. Ein dreistöckiges Wohnhaus, großzügig mit flachem Dach und kleinem Balkon zur Straße hinaus. Die grünen Fensterläden geschlossen, wirkte es, als schlafe das Haus, wie der gesamte Corso dei Servi ausgestorben dalag. Kein herrschaftliches Haus, aber ein großbürgerliches, das von einem gewissen Wohlstand zeugte, obwohl bereits Verputz abbröckelte und das Holz grau verwitterte.

Enrico klopfte gegen die geschnitzte Eingangstür, die hinter einem Arkadengang zurückgesetzt im Schatten lag, und wartete. Durchgang und Straße selbst waren gepflastert. Hinter der Tür regte sich nichts. Enrico trat einige Schritte auf die Straße hinaus. Sorgsam beobachtete er die Fensterläden, bis er sah, daß sich einer davon im ersten Stock leicht bewegte. Fröhlich winkte er hinauf und hoffte, seine freundliche Art würde die Hausherrin davon überzeugen, daß er harmlos war und eingelassen werden konnte.

Wieder wandte er sich der Tür zu, und tatsächlich vernahm er dahinter Schritte die Treppe herabkommen. Kurz danach öffnete sie sich, und der Kopf einer grauhaarigen Alten erschien im dunklen Spalt zwischen Türblatt und Laibung. In ihr vermutete Enrico eine Hausangestellte, eine ehemalige Amme oder Hausdame.

»Ihr wünscht?«

»Wohnt hier die Schwester des in ganz Italien bekannten Malers Michelangelo Merisi, Caterina Merisi?«

Leicht verbeugte er sich, um des guten Eindrucks willen. Etwas verwundert sah ihn die Alte an.

»Sie wohnt hier. Aber mittlerweile ist sie verheiratet und heißt nicht mehr Merisi.«

»Ich bin Chronist und komme im Auftrag des Kardinals Ferdinando Gonzaga. Er will eine Lebensbeschreibung des allberühmten Malers anfertigen lassen – und Meister Peterzano, bei dem Michelangelo Merisi gelernt hat, verwies mich auf seine noch in Mailand lebende Schwester.« Enrico hoffte, daß seine dreiste Lüge nicht allzusehr gestellt wirkte. Normalerweise gelang es ihm nicht, in solchen Situationen glaubwürdig zu sein. »Darf ich eintreten und der Herrin des Hauses einige Fragen stellen? Natürlich nur in Eurer Anwesenheit!«

Mürrisch knurrte die Alte und warf das Portal wieder zu. Enrico grinste, seiner frechen Bemerkung zum Schluß wegen, wußte jedoch nicht, ob die Äußerung der Alten Zustimmung oder Ablehnung hatte ausdrücken sollen, zwang sich aber, einfach zu warten. Aus Langeweile betrachtete er die Türe, die geschnitzte Reliefdarstellungen aufwies, Zirkel, Papier, Senkblei, aber auch Gebäudeteile und stilisierte Schriftrollen. Hätte er nicht bereits von Meister Peterzano erfahren, daß Fermo Merisi, der Vater Micheles, Architekt und Majordomus des Markgrafen von Caravaggio gewesen war, an den Reliefs hätte er es unschwer erkennen können. Innerlich etwas nervös, lief er auf und ab und hätte beinahe schon aufgegeben, als er wiederum Schritte auf der Treppe vernahm und die Haustüre geöffnet wurde.

»Die Herrin erwartet Euch!« brummelte die Alte vor sich hin. »Folgt mir!«

An sich vorüber ließ sie ihn ins Haus treten. Ein Duft von alten Tapeten und Seifenlauge schlug ihm entgegen. Die Geburtsstunde des Gebäudes schien tiefer in die Vergangenheit zu reichen, als es von außen den Anschein hatte. Die Alte schlurfte ihm voraus eine steile Treppe hinauf und führte ihn durch einen kurzen Gang in eine Art Empfangszimmer, das von den drei jetzt durch Läden verdunkelten Fenstern nur spärlich erleuchtet wurde. Dort saß, mitten im Raum auf einer Chaiselongue, eine Frau, vielleicht dreißig Jahre alt, mit einem unverkennbar an Michele erinnernden Gesicht. Mit leicht gequollenen Tränensäcken und einem etwas zu breiten Mund wirkte sie nicht direkt hübsch, hatte aber etwas Anziehendes, Feines. Ihr helles Kleid vermittelte den Duft einer Frühlingswiese. Und doch spielte um ihren Mund ein bitterer Zug, als wäre sie vom Leben enttäuscht worden.

Tief verbeugte er sich und ließ den Hut über den Boden schleppen. Sie lächelte und streckte ihm ihre Hand entgegen, die er vorsichtig ergriff und der er einen Kuß aufhauchte.

»Madame. Meine Name ist Enrico. Chronist in Diensten des Kardinals am vatikanischen Hof, Ferdinando Gonzaga. Wenn Ihr die Schwester Michelangelo Merisis seid, möchte ich Euch bitten, mir einige Fragen zu beantworten.«

Den Blick zu heben, wagte Enrico nicht, da er befürchtete, daß sie ihn des Hauses verweisen würde, weil er zu frech und aufdringlich auftrat. Schließlich wußte er nicht, wie Bruder und Schwester zueinander standen.

»Was soll ich Euch beantworten, habe ich doch meinen Bruder seit über fünfzehn Jahren nicht mehr gesehen? Unsere Familienbande sind längst zerrissen. Ich weiß nichts von ihm.«

Enrico versuchte unverbindlich zu lächeln, fand aber bereits den Umstand ungünstig, daß ihm kein Stuhl angeboten wurde. Unauffällig sah er sich danach um, aber es stand keiner im Raum. Man wollte ihn demnach bewußt stehen lassen.

»Und wenn Ihr nach Bildern suchen solltet, Gemälden aus seiner Jugendzeit. Vergebliche Mühe. Wir besitzen nicht eines aus seiner Hand. Der Familie gegenüber besaß Michele nur eine schwache Neigung.«

Enrico beeilte sich, den Verdacht, er sei ein Bilderjäger, sofort zu zerstreuen.

»Mir geht es nicht um Bilder aus Micheles Hand. Aber wenn ich mit einigen wenigen Fragen in der Vergangenheit graben dürfte. Bei Sandkastenspielen oder gemeinsamen Musikabenden.«

»Fragt!« unterbrach sie ihn und lachte bitter. »Fragt schnell und verlaßt ebenso schnell wieder das Haus. Mein Gatte steht in Diensten der Familie Sforza. Wir sind den Gonzagas gegenüber nicht verpflichtet.«

Mit einer noch tieferen Verbeugung versuchte Enrico die Hausherrin zu besänftigen.

»Entschuldigt, Signora.«

»Kürzen wir ab!« unterbrach sie ihn wieder, ganz offensichtlich wenig daran interessiert, mit ihm über Michele zu sprechen. Dennoch erzählte sie, was Enrico verwunderte! Warum? »Michele habe ich nicht mehr gesehen, seit wir mit dem Verkauf mehrerer Grundstücke in unserer Heimatstadt Caravaggio Micheles Schulden getilgt haben. Der Rest des Erbes wurde aufgeteilt, und Michele versilberte seinen Anteil sofort, um sich damit nach Rom zu begeben. Mehr ist nicht zu sagen.«

Enrico räusperte sich. Ihm war es unangenehm, mitten im Raum zu stehen, während die Hausherrin saß. Also ließ er sich schließlich auf den Boden nieder, obwohl Caterina Merisi seine Handlung mit Entsetzen beobachtete.

»Signore!«

Je länger er die Frau betrachtete, desto deutlicher stand ihm vor Augen, daß er sie kannte. Sie war ihm schon einmal begegnet. Angestrengt dachte er darüber nach, wo er das Gesicht Caterina Merisis schon einmal gesehen hatte, wo ihm diese Augen, dieser zerbrechlich wirkende Mund und der leicht faltige Hals untergekommen waren. Es gelang ihm nicht. Zwar lag ihm die Lösung des Rätsels auf der Zunge, glaubte er nur noch eine kleine Schwelle überwinden zu müssen, bis er sich erinnerte, aber sein Gedächtnis versagte.

»Wußtet Ihr, daß Giovan Battista, so heißt doch Euer zweiter Bruder, vor allem Beziehungen zu Männern unterhält?«

War Micheles Schwester bislang ruhig dagesessen und hatte von dieser Haltung aus das Geschehen kontrolliert, fuhr sie jetzt auf.

»Auf solche Unterstellungen weigere ich mich zu antworten. Verlaßt das Haus! Raus!«

Die letzten Worte schrie sie regelrecht.

Enrico, der froh gewesen war, seinen müden Rücken zu entspannen, erhob sich. Jetzt hatte er sie, wo er sie brauchte. Die nächste Frage mußte einschlagen und zerplatzen wie eine Mörserkugel.

»Signora, ich verlasse Euer Haus. Aber man verbreitet in Rom, Michele Merisi sei ein Schwesternschänder gewesen. Stimmt dies?«

Zuerst wurde Micheles Schwester weiß wie die Wand, dann glühte plötzlich ihr Hals auf, als wäre er in rote Tinte getaucht worden. Sie rang nach Atem, rang um Worte, brachte aber nur ein Gurgeln hervor, das sich in einem unkontrollierten Schrei entlud, dem Enrico etwa soviel zu entnehmen vermochte, daß sie ihn mit Hilfe ihres Mannes vierteilen und rädern lassen wolle. Dann sank sie auf ihre Chaiselongue nieder, lief blau an und rang nach Luft.

Enrico verbeugte sich und verließ rückwärts das Empfangszimmer. Die Reaktion Caterina Merisis genügte ihm. Niemand verhielt sich so, wenn sich nicht eine Wahrheit dahinter verbarg.

Langsam ging er die Treppen hinab, immer auf der Hut, nicht zu stürzen. Am Ende des Absatzes angekommen, hörte er ein Zischen, das ihn aus seinen Überlegungen riß. Die Alte winkte ihn in einen Teil des Gebäudes, der die Küche enthielt.

»Ihren Verlobten hat er umgebracht. In einem Duell hat Michele ihn erstochen. Sie liebte ihn. Sehr sogar.«

Enrico pfiff durch die Zähne.

»Und warum verratet Ihr mir das?«

Sie sah ihn an mit ihrem durch die Zeit hindurch mürrisch gewordenen Blick.

»Wenn ihr über den berühmten Maler schreibt, dann sollte

darin stehen, daß er ein Mörder war, daß er mit Blut an den Händen gemalt hat, daß seine Bilder vielleicht nichts anderes sind als eine immerwährende Buße. Heilige gegen das ewige Leben.« Sie zeigte ihm eine unvollständige Reihe von Zähnen. »Wenn man ein Kind gestillt hat, nimmt man Teil an seinem Leben. Zerstört hat er sie, und deshalb will ich, daß er keinen Heiligenschein bekommt. Man muß ihn nicht verdammen, aber richten!« Dann schickte sie ihn hinaus. Mit einer Geste. Wortlos.

Bevor er jedoch die Schwelle überschritt, pfiff sie. Enrico drehte sich um. Ganz nah trat die Alte an ihn heran, so nah, daß es ihm unangenehm wurde und ihm der Küchengeruch in die Nase stieg, der sie umgab.

»Hat sie Euch von ihrer Tochter erzählt?«

»Sie hat eine Tochter?«

»Sie hatte eine Tochter. Bildhübsch.«

»Ist die gestorben?«

Die Alte zuckte mit den Schultern, als hätte sie schon zuviel verraten. Dann schob sie ihn vorwärts zur Tür und schlug diese hinter ihm zu. Was sollte diese Bemerkung? Warum blieb sie so einsilbig?

In Mailand würde er schwerlich bleiben können. Wenn Caterinas Mann von dieser Demütigung erfuhr, würde er ihn verfolgen lassen. Er stolperte geradezu auf die Straße und ins Licht. Geblendet schloß er die Augen. Und plötzlich stand ihm das Bild vor Augen, erinnerte sich Enrico, wo er das Gesicht Caterinas bereits einmal gesehen hatte. Sie schien zehn bis fünfzehn Jahre jünger zu sein, die Hautfalten aber bereits im Ansatz ausgeprägt, die Haut glatter und der Blick nicht von der Müdigkeit der Resignation gezeichnet, sondern noch feurig und anklagend. Auf dem Gemälde, das Michele »Das Haupt des Johannes« nannte, hatte er Caterina Merisis jüngeres Konterfei gesehen. Sie war die Salome. Natürlich. Sie forderte den Kopf des Täufers.

9.

»Michele?«

Unsicher flüsterte Nerina den Namen der Gestalt hinterher, der sie folgte, seit diese aus dem Großmeisterpalast gestolpert war. Im gleißenden Sonnenlicht hätte sie ihn beinahe übersehen, aber die wild um den Kopf stehenden Haare, sein martialisches Auftreten mit dem Degen an der Seite, auf dessen Griff eine Hand ruhte, hatten sie neugierig werden lassen. Unvermittelt blieb der Mann stehen, ohne sich umzudrehen. Nur an einer unscheinbaren Bewegung des Umhangs ahnte sie, daß er den Degen gefaßt hatte und bereit war, auf das geringste Geräusch hin diesen zu zücken und zuzustechen.

»Michele, ich bin's!«

Auch an seiner Art zu gehen, hatte sie ihn erkannt, an seinem leicht wiegenden, wie hinkend wirkenden Gang, der die Folge einer Beinwunde aus einem Duell war. Er trug, was ein Caravaggio trug, der seit beinahe einem Jahr in Malta weilte. Ein Wams und Hosen sowie Strümpfe und Schuhe, die er sicherlich von Alof de Wignacourt erhalten hatte, als er auf die Insel gekommen war. Und Michele hatte sie seither nicht erneuert, nicht geflickt, vermutlich nicht einmal ausgezogen, sondern die ganze Zeit darin geschlafen und gearbeitet. Abgerissen wirkte er, aber in der Art der ärmlichen Eleganz eines Landedelmannes, dessen Finanzen desolat und dessen Kredit vernichtet war.

»Wer seid Ihr?«

Mit einer Stimme fragte Michele sie, die in ihren Ohren brüchig und müde klang. Sofort war sie hellhörig. Etwas stimmte nicht.

»Michele, Nerina.«

Langsam drehte sich Michele zu ihr um und musterte sie aufmerksam. Dabei zuckte seine Hand nach dem Degen und zog ihn halb aus der Scheide.

»Haltet mich nicht zum Narren.«

Wie von selbst fuhr ihr die Hand an den Mund, als sie Micheles Gesicht sah. Seine Augen lagen tief in den Höhlen und waren dunkel umrandet, seine Wangen fielen ein, und ein Zahn fehlte.

Schweiß stand ihm auf der Stirn, die Unterlippe zitterte, und er schwankte leicht.

Kurz wanderte sein Blick an ihr auf und ab. Kein Erkennen blitzte in seinen Augen auf. Sie blieb ihm fremd in den Männerkleidern.

Rasch blickte Nerina nach links und rechts, ob ihnen jemand nahe genug war, sie zu belauschen.

»Erkennst du mich nicht mehr? Nerina! Du hast mich bei Enrico zurückgelassen. Der Fuß. Jetzt bin ich hier. Als Frau wäre ich nie allein nach Malta gekommen!«

Langsam trat sie näher und lächelte ihn an, aber Michele blieb mißtrauisch, bis sie ihm ihre Hände zeigte, Frauenhände, schmal und feingliedrig weiß, nicht hart und vernarbt wie seine eigenen.

»Nerina?«

»Endlich verstehst du! Ich warte seit Tagen darauf, daß du aus diesem Palast herauskommst.«

»Nerina! Dich schickt der Himmel.«

»Warum? Was ist geschehen?«

»Wo wohnst du? In der Herberge der Italiener, der Sizilianer, der Franzosen?«

»Weder noch. Bei einem Fischer vor den Mauern.«

»Warum?«

»Fra Domenico, du kennst ihn, aber das ist eine lange Geschichte. Ich wundere mich ohnehin, daß er mich innerhalb der Mauern noch nicht gefunden und gefaßt hat.«

Kaum sichtbar nickte Michele, senkte den Blick zu Boden und malte mit der Schuhspitze im Sand, der das Pflaster bedeckte. Dann blickte er hoch, langte zu ihr hinüber, berührte kurz ihr silbernes Amulett, das sichtbar vor ihrer Brust hing.

»Er braucht dich nicht mehr. Jetzt hat er mich. Komm weg von hier.«

Beide musterten sie noch einmal die Umgebung, an der nichts auffällig war. Michele faßte sie am Arm und zog sie weiter die Straße hinunter, weg vom Großmeisterpalast. La Vallettas Anlage erlaubte keine kleinen Seitengassen, keine Schlupfwinkel oder schmale Durchstiche, wie sie in Rom und Neapel zum Straßenbild gehörten. Es war durchgeplant, übersichtlich, offen für den Feind ebenso wie für die Verteidiger, ein Schachbrett strategischer Kriegsführung.

Aber wenn ihr gemeinsamer Gegner Fra Domenico sie verfolgte, mußte er nur ihrem Geruch nachgehen, dachte Nerina. Michele dünstete Schweiß, Wein, Urin und das staubige Aroma von Farbpigmenten aus.

»Michele. Was ist los? Du siehst fürchterlich aus, und einen Badetrog hast du sicherlich seit Monaten nicht gesehen.«

An eine Mauer gelehnt, blieb Michele stehen und sah sie an. Kinn und Wangen wurden von scharfen Falten unterteilt, in denen die Barthaare noch länger standen als sonst und schwarze und graue Inseln bildeten. Erschöpfung sprach aus der ganzen Haltung, aus seinen langsamen Bewegungen, aus dem verschleierten Blick, mit dem er sie musterte.

»Die Maskerade steht dir!«

»Danke, aber sprich endlich.«

»Ich muß weg von der Insel, Nerina. Sobald als möglich. Fra Domenico hat mich beim Großmeister angeschwärzt. Der kann mich nur schützen, weil einer meiner Gönner hier, Francesco Sforza Colonna, auf meiner Seite steht und das dritte Bild für den Großmeister noch nicht fertig ist. Sobald ich es abgeschlossen habe, stehe ich hier auf der Liste unliebsamer Personen. Und ich habe keine Lust, mich im Kerker von Sant'Angelo wiederzufinden. Soweit ich weiß, ist dort keiner lebend herausgekommen.«

Verwundert hörte Nerina, was Michele ihr erzählte. Selbst im Schatten der Häuser flirrte die Luft und trocknete die Kehlen aus. Ihr verschwamm sein Gesicht immer wieder, als wolle es sich auflösen und verschwinden.

»Ich dachte, du wirst demnächst in die Reihe der ›Cavaliere di Grazia‹ aufgenommen.«

»Ritter zweiter Klasse! O ja, damit sind sie schnell. Es nützt mir aber nichts. Nur als Cavaliere di Giustizia wäre ich vor den Nachstellungen Fra Domenicos sicher.«

Micheles Blicke wirkten verhuscht, unsicher. So kannte sie ihn nicht. Ihre Frage, die sich seit langem im Kopf gebildet hatte, aber jetzt nur über eine krächzende Stimme und einen trockenen Hals ins Freie fand, ließ ihn noch nervöser, noch zappeliger werden.

»Ich werde dir helfen, aber zuvor mußt du mir noch etwas sagen: Stimmt es, was Fra Domenico über dich erzählt hat? Daß du in deiner Jugend bereits einen Menschen ermordet hast? Sag's mir. Ich muß es wissen.«

Mit geweiteten Pupillen sah er sie an, dann senkte er den Kopf und schüttelte ihn heftig und lange. Sein zotteliges, verschwitztes Haar schlug ihm dabei ins Gesicht.

»Lüge, alles Lüge. Ich habe niemanden ermordet. Warum hängt mir nur alle Welt Mordgeschichten an?«

»Ist ja gut!« versuchte sie Michele zu beschwichtigen, glaubte ihm aber nicht recht. Seine Reaktion wirkte zu oberflächlich, zu einstudiert, seine Verteidigung matt, als hätte er es aufgegeben, sich für das Vergehen zu rechtfertigen. »Du sagst nicht die Wahrheit, Michele!« flüsterte sie, und sie vernahm selbst das Rauhe ihrer Stimme.

Plötzlich fielen Lethargie, Angst und Bedrückung von ihm ab. Sein Körper straffte sich, seine Augen fingen Feuer, so hell leuchteten sie auf.

»Fällst du mir in den Rücken? Glaubst du mir etwa nicht? Verschwinde, Weib. Ich bin der letzte, der auf fremde Hilfe angewiesen ist. Wenn ich von Malta fort will, wird es mir gelingen. Auch ohne dich.«

Abrupt wandte er sich ab und ging in Richtung Hafentor davon. In seiner Haltung lag etwas Stolzes, Unnahbares, das Nerina verblüffte und ohne Widerworte zurückließ. Sie blickte ihm hinterher, eine brüchige Existenz, durch die der Riß ihrer Zeit ging, und sein schwacher Körper eignete sich nicht für eine derartige Wunde. Daran mußte er verbluten.

Ihre Zusammenkunft hatte sie sich anders vorgestellt, herzlicher, offener. Sie wußte nicht, ob sie ihm nun folgen oder seinem Schicksal überlassen sollte. Beide Möglichkeiten schienen ihr denkbar. Als sie sich endlich dazu entschloß, über ihren Schatten zu springen und auf Michele zuzugehen, dessen aufrechte Gestalt auf halber Strecke die Straße hinunter wieder zu der ärmlichen, hinkenden und schlurfenden zurückgesunken war, sprang Nero auf Michele zu, umrundete ihn und versuchte, seine Hand zu lecken.

Sofort suchte Nerina die Hauseingänge der Gebäude rechts und links der Straße ab. Wo Nero auftauchte, befand sich sein Herr in der Nähe. Tatsächlich trat im selben Augenblick hinter Michele Fra Domenico aus einem mit Holzschnitzereien verzierten Eingang auf die Straße und auf Michele zu. Der schien seine Anwesenheit nicht zu bemerken. Erst als er sich zu ihm hinunterbeugte und ihn von schräg hinten ansprach, zuckte Michele zusammen, als wäre er von einem Peitschenhieb getroffen worden, setzte aber unbeirrt seinen Weg fort. Nur Fra Domenico blieb stehen und drehte sich zu ihr um. Ob er sie erkannt hatte, wußte sie nicht zu sagen, denn als er von Michele abließ und auf sie zustrebte, huschte sie in die nächste Querstraße und begann zu rennen.

10.

All ihren Mut mußte Nerina zusammennehmen, um auf den Johanniter zuzugehen und ihn aus der Andacht herauszureißen, in die er versunken war.

Dieses Malta gerann zu einem einzigen Warten. Tage hindurch war sie beinahe stündlich hierher ins Oratorium gekommen, um Michele zu sehen, seine Pinselführung zu studieren, mit der er das Gemälde der Enthauptung des Johannes beendete – und seine Mißachtung zu ertragen, mit der er sie übersah. Sie wußte von anderen, daß er es zum Jubiläum des Heiligen, zum Festtag der Enthauptung San Giovannis, am 29. August, anfertigte. Dabei ahnte Michele nicht einmal, warum sie sich so hartnäckig an ihn hängte. Ihr eigentliches Anliegen erfüllte sich aber nicht. Sie wollte den Johanniter sehen, Fra Domenico, der immer wieder die Kathedrale betrat, leise, als würde es ihn nicht geben, und wie sie dem Fortgang der Malerei beiwohnte.

Und während Michele sonst einen eigenen Rhythmus seiner Gesten entwickelt hatte, in dem er das Werk bearbeitete, und das auf sie wirkte, als würde er tanzen, ganz in Trance und doch hellsichtig, mit scharfer Unterscheidungsgabe, fuhr er jedesmal zusammen, wie von Geisterhand an der Schulter berührt, wenn der Johanniter im Oratorium erschien, als spüre er dessen unheilvolle Schwingungen. Nie drehte Michele sich um, aber immer hörte er auf zu malen, solange der Johanniter im Dunkeln stand und wartete. Erst wenn Fra Domenico die Schwelle zur Kathedrale wieder überschritten hatte, tauchte Michele den Pinsel erneut in die Farben der Palette und fuhr fort.

Während dieser Ereignisse verkroch sich Nerina in ihrer Bank, senkte den Kopf, soweit es ihr möglich war, auf das Gestühl hinab, und hoffte so, für einen der vielen Ritter gehalten zu werden, die hier ihrer täglichen Andacht nachkamen. Gern hätte sie Fra Domenico allein gesprochen, gern hätte sie ihn in ein Gespräch verwickelt, aber sie trafen nur zusammen, wenn Michele mit im Raum weilte. Ihn unter Micheles Augen anzusprechen, wagte sie nicht.

Jetzt aber kniete Fra Domenico vor ihr, die Stirn auf die Hände gelegt, versunken in tiefe Andacht, und murmelte wie abwesend die Litanei seiner Gebete. Ein einziger Pater saß noch in einer hinteren Ecke des Raumes, die Augen im Gebetbuch. Michele war weit weg. Nur ein Wispern erfüllte den Raum. Nerina stellte sich neben den Ritter und wartete, ließ ihn aber nicht aus den Augen.

»Fra Domenico, gewährt mir einen Moment Eure ungeteilte Aufmerksamkeit, ohne den Gedanken an Rache!«

Nicht einmal den Kopf hob der Johanniter, als hätte er ihre Ansprache erwartet. Er unterbrach sein Gebet sofort und flüsterte.

»Weshalb spürt Ihr mir nach?«

»Ihr wußtet ...?«

»Glaubt Ihr, einem Cavaliere di Giustizia entgeht, wenn er beobachtet wird? Ich würde längst nicht mehr leben, wenn meine Augen nicht überall und meine Sinne nicht zu jeder Tages- und Nachtzeit geschärft wären. Bringt Euer Anliegen vor. Die Kathedrale gilt als Raum des Friedens. Hier wird Euch kein Leid zugefügt. Auch von mir nicht.«

Nerina konnte beobachten, wie Fra Domenico einen Dolch, den er in der Hand gehalten hatte, in den Gürtel zurücksteckte. Er bekreuzigte sich und sah zu Micheles Gemälde hinüber, das mittlerweile seinen Platz über dem kleinen Altar gefunden hatte, raumfüllend und gewaltig. Direkt unter ihm prangte weiß das Zipfelkreuz der Johanniter und über diesem floß das Blut des Johannes in die Signatur Micheles. Wie Statisten wirkten die Figuren auf Micheles Bild. Zu keiner konnte man Blickkontakt aufnehmen, so als würde es sie nicht interessieren, was die Gläubigen, die sie betrachteten, von der Szene hielten. Alle waren sie erfüllt von einer resignierten Hinnahme des Unausweichlichen. Plötzlich fühlte sich Nerina verloren. Das Bild, so gewaltig es in seinen Emotionen, in seinen Dimensionen war, es bot dem Hilfesuchenden keinen Halt, sondern machte ihn zum Voyeur der Opferung. Und sie begriff, daß Michele eben dieses Gefühl hineinlegen wollte. Niemand sprang ihm bei, niemand griff ein, alle standen um ihn herum und verzogen ihre Gesichter vor Schmerz um den Verlust des Heiligen, wie er sich im Gesicht der Alten widerspiegelte, nahmen aber schicksalsergeben das Ereignis hin, das auf Geheiß einer höheren Macht ausgeführt wurde.

»Was wollt Ihr von mir, Nerina, oder wie Ihr Euch sonst nennen mögt in dieser Maskerade?«

Den Johanniter hatte sie ganz aus dem Gedächtnis verloren. Sie stotterte einige Worte, bis sie sich zurechtgelegt hatte, was sie bedrückte.

»Fra Domenico ... wenn ... ich meine ... Euer Bruder wird nicht mehr ins Leben ... was ich sagen wollte, es gibt Möglichkeiten, den Tod eines Menschen nicht über die Blutrache zu sühnen. Mit Michele habe ich noch nicht gesprochen, aber ich glaube, er wäre bereit eine von Euch oder Eurer Familie genannte Summe als Entschädigung für den Tod ...!«

»Schweigt!« herrschte sie der Johanniter an. Im Oratorium verstärkte sich der Klang seiner Stimme zu einem hohen Zischen, das widerhallte. Erstmals sah er sie an. Sein Blick wanderte über ihr Gesicht, ihren Oberkörper und blieb auf ihrem Amulett haften, das er lange wortlos anstarrte. »Ihr kommt als Unterhändlerin? Ihr wollt den hinterhältigen Tod meines Bruders mit Geld aufwiegen und so ungeschehen machen?«

»Kein Tod kann ungeschehen gemacht werden. Es bleiben immer Trauer und Wut über ein vergeudetes Leben zurück. Aber der

Haß gebiert den Haß, das Elend schafft Elend, Rache fordert die Rache und endlos so fort. Wollt Ihr nicht den Kreislauf unterbrechen? Wollt Ihr Euch nicht als Ritter des heiligen Johannes der christlichen Tugend erinnern, die da heißt: Liebet Eure Feinde, tut Gutes denen, die Euch Böses getan haben?«

»Niemals kaufe ich das Leben meines Bruders zurück. Außerdem will ich nichts von diesem Schmierfinken, nichts als sein erbärmliches Leben.« Fra Domenico stand auf und wandte sich ihr zu. Sein Gesicht wirkte wie eine Maske, hart und glatt. »Langsam soll es ihn würgen, langsam, damit ich es genießen kann. Die Luft soll es ihm abschnüren, die Sinne soll es ihm verwirren, die Lust soll ihm versiegen, bis nur eine pergamentene Hülle zurückbleibt, die nichts mehr mit dem Michelangelo Merisi zu tun haben wird, den ihr alle kennt. So lange werde ich seine Nähe suchen, so lange werde ich ihm die Lichter der Lebens ausblasen, bis der Leuchter seines Lebens endgültig erlischt und sich das Pergament in der letzten Flamme verzehrt.«

Nerina verstand nicht, was der Johanniter damit sagen wollte. Verfolgte er Michele nicht, um die Vendetta, die Blutrache an ihm zu üben, die Familienehre wiederherzustellen? Ihr wurde heiß in der Kleidung, die sie mit Leibbinden in männlicher Form hielt. Zwar kühlte das Innere des Oratoriums die Tageshitze, trotzdem wärmten Hose, Wams und Aufregung.

»Warum, Fra Domenico, warum begibt sich ein christlicher Ritter in die Niederungen des Auge um Auge, Zahn um Zahn? Heißt nicht der Wahlspruch des Neuen Bundes: Liebet Euren Nächsten wie Euch selbst?«

Starr sah er an ihr vorbei, dann kam plötzlich Bewegung in den Johanniter. Er stieß sie beiseite, als er aus der Kniebank trat und stürmte zum Ausgang.

»Wollt Ihr mir nicht antworten oder scheut Ihr eine Antwort, weil sie die Wahrheit berühren würde?« rief sie ihm hinterher.

An der Schwelle zum Vorraum blieb Fra Domenico stehen und zeigte hinüber zum Bild.

»Obwohl der Henkersknecht seinen Dolch hinter dem Rücken verbirgt, damit Johannes ihn nicht sehen kann, obwohl er ihn damit bereits tödlich verletzt hat, wird er ihn wieder verwenden, um den Kopf gänzlich vom Rumpf zu trennen. Er vergißt es nicht! Nur das kann meine Antwort sein, und Michele weiß das.«

»Bleibt und erzählt!« Sie flüsterte den letzten Satz nur noch. Fra Domenico hatte das Oratorium bereits verlassen. »Für diesen unversöhnlichen Haß muß es doch einen Grund geben, der über den Tod des Bruders hinausgeht.« Fra Domenico konnte sie nicht mehr hören.

»Den könnte ich Euch nennen!«

Nur der Pater im Hintergrund konnte diesen Satz gesagt haben. Mit zusammengebissenen Zähnen, damit sie nicht zu schreien anfing, drehte sich Nerina herum.

»Wer seid Ihr?«

»Oh, Ihr kennt mich«, meinte der Pater leichthin und stand auf. »Ich wollte nur eben Eure ehrenvollen Bemühungen um die Beendigung einer Vendetta nicht unterbrechen.«

»Pater Leonardus! Aber – wie kommt Ihr hierher. Was tut Ihr hier?«

Ungläubig starrte Nerina den Pater an. Soviel Zufall konnte es unmöglich geben. Hier in Malta mit Pater Leonardus zusammenzutreffen, grenzte an ein Wunder.

»Ich glaube, ich weiß, was Ihr denkt. Aber ich spioniere nicht Euch nach, sondern meinem Bruder. Und das im Auftrag Kardinal Borgheses. Ihre Eminenz wünscht, daß ich Bilder aufkaufe, die Euer Lehrer und Gönner auf die Leinwand wirft. Und er erweist sich als fleißig. Vier Gemälde in sehr kurzer Zeit in Malta!«

Ihre Überraschung versuchte Nerina hinunterzuschlucken. Sie überlegte nur, welche Begegnung für sie gefährlicher war, die mit Fra Domenico oder die mit Pater Leonardus. Wie hatte er sie erkannt? Natürlich, ihre Stimme, das Thema des Streits mit Fra Domenico, der nicht leise erfolgt war. Sollte sie ihm, der sie schon einmal belogen hatte und gefährlich nahe gerückt war, Glauben schenken? Sie versuchte zuerst auf neutrales Gebiet auszuweichen.

»Vier Bilder? Wo befinden sich das dritte und das vierte Bild?«

»Habt Ihr den Hieronymus nicht gesehen, der in der italienischen Kapelle hier in der Kathedrale hängt? Gleich um die Ecke. Seht es Euch an. Hieronymus als alternder Mann, der sich seiner

Schrift zuwendet. Braver, päpstlicher als der römische Heilige. Und einen schlafenden Cupido. Sehr sinnlich das Werk. Es steht zum Verkauf an. Deshalb bin ich hier.«

Pater Leonardus trat mit jedem Wort näher, das er sprach. Diese unangenehme Eigenschaft kannte sie bereits, und sie überlegte, auf welche Seite hin sie ihre Flucht vorbereiten mußte.

»Was seid Ihr, ein Leichenfledderer, ein Aasgeier, der die Toten ihrer Kleider beraubt oder sich auf die Überreste der Mahlzeiten stürzt? Seht Ihr nicht, unter welchen Umständen diese Werke entstehen? Seht Ihr nicht, daß es Michele beinahe umbringt, wenn er weiter so arbeitet?«

Pater Leonardus zuckte mit den Schultern.

»Ihr tut mir ein Unrecht!« Offenbar erkannte er Nerinas Vorhaben, einen Kniestuhl zwischen sich und ihm zu belassen, um aus dem Oratorium fliehen zu können, weil er seine Wanderung abrupt unterbrach. »Macht mir daraus keinen Vorwurf. Ich bin erst seit wenigen Tagen auf Malta.«

Nerina trocknete der Mund aus. Einerseits wollte sie sich nicht in die Enge treiben lassen, andererseits wollte sie sein Angebot wahrnehmen. Hatte der Pater nicht gesagt, er wüßte, was diesen Haß Fra Domenicos verursachte.

»Erzählt. Was macht Fra Domenico zum unversöhnlichen Feind Micheles?«

»Dann legt Ihr bei Michele ein Wort für mich ein?«

»Ich werde es versuchen! Berichtet!«

Wieder ließ sich Pater Leonardus auf die Knie nieder und faltete die Hände. Er sah Nerina an, und sie bemerkte, wie das seitlich einfallende Licht seine Augen beinahe durchsichtig werden ließ. Ihr vermittelte das ein Gefühl, als sei der Pater blind, oder schlimmer, er wäre mit den toten Augen der Fische ausgestattet, der Raubfische. Mit einer Hand mußte sie sich an einem der Kniestühle festhalten und schließlich die Arme über der Brust schließen, so kalt wurde ihr. Einmal blickte der Pater noch zum Ausgang, ob auch niemand sie störe, dann räusperte er sich.

»Nun. So hört zu …«

11.

Langsam durchschaute Scipione Borghese die Intrige seines Oheims. Zum einen bewunderte er die Konsequenz, mit der dieser seine Ziele verfolgte, zum anderen schüttelte er den Kopf darüber, wie gerissen der Papst hinter seinem Rücken agierte. In einem breiten Ohrensessel hatte sich Scipione niedergelassen, die Beine hochgelegt und Sessel sowie Fußschemel so gestellt, daß die Sonnenstrahlen, die durchs Fenster fielen, die Beine angenehm wärmten, während der übrige Körper vom Schatten gekühlt wurde. Geschlossenen Auges, den Kopf zurückgelehnt, dachte er nach. Die Haltung entspannte ihn und regte seinen Verstand an.

Michele Merisi hatte also aus Rom fliehen müssen, weil der Papst ihm in Rom einen Mord in die Schuhe geschoben hatte, den er nicht begangen hatte. Eine Inszenierung, eine Bühnenposse, weil der Neuerer Caravaggio sich in seinen Bildern den jungen, konservativen Tendenzen der Kirche entgegenstellte. Mit diesen modischen Ideen geduldet hatte ihn sein Oheim nur so lange, als ihm die Bekanntheit nützte. Die italienische und die französische Fraktion, zumeist intellektuelle Kirchenfürsten, die einer neuen Zeit anhingen, die wenig von Theologie, aber um so mehr von Kunst und Naturwissenschaften verstanden oder nur am finanziellen Aufstieg ihrer Familien interessiert waren, hatten sich in der Auseinandersetzung um die Bilder des Malers vereinen lassen. Doch dann überzog Caravaggio seine Neuinterpretation des Glaubens mit dem »Tod Mariä«, und gleichzeitig nahm sein Oheim die letzte Treppenstufe zum Papstthron. Der Maler fiel in Ungnade. Man benötigte ihn nicht mehr. Man wollte ihn beseitigen. Nur Flucht rettete Caravaggio.

Soweit verstand Scipione Borghese die Abläufe.

Langsam öffnete er die Augen. Gegenüber der Fensteröffnung blickte er auf das Dach des Nachbargebäudes, das mit Ziegelpfannen bedeckt war, deren unterschiedliche Farben von rötlich bis gelb variierten. Schlieren durchzogen die Formen, und diese vermittelten den Eindruck, als bewege sich die einzelne Pfanne, wenn über ihr die Sonnenhitze stand und die Luft flirrte. So ähnlich ging es ihm mit dem Blick auf Caravaggios Leben. Je weiter er sich von Rom entfernte, je weiter die Geschichte seiner Flucht und der Versuch, ihn zu rehabilitieren, fortschritten, desto unklarer sah er das Geschehen, desto bewegter und unschärfer wurde der Blick darauf. Seine Augen ermüdeten, schlossen sich. Nur schwer fand er zurück in die Gedankengänge, eine Müdigkeit durchströmte ihn, von der er wußte, daß sie eine Faulheit des Denkens war, nicht der Mangel an Schlaf. Er mußte sich zwingen, zwang sich.

Neapel nahm Caravaggio auf, das spanische Neapel, und dort konnte er sein Wirken ausbauen, konnte Technik und Ansehen verbessern. Schüler scharten sich um ihn, versuchten ihn zu kopieren, sich an ihm zu messen, von ihm zu lernen. Und wenn Pater Leonardus' Berichte die Wahrheit sagten, dann ging mit ihm ein Stern am Himmel der Malerei auf, wie seit Michelangelo nicht mehr. Mit Aufträgen überhäuft, beruhigte sich sein Wesen, seine Reizbarkeit ließ nach, sein Arbeitseifer erklomm ungeahnte Gipfel.

Scipione Borghese öffnete die Augen. Seine Bemühungen waren erfolgreich gewesen. Gerade gestern war mit dem Brief des Paters ein Bild eingetroffen, das die neue Meisterschaft Caravaggios belegte. Ein Johannes der Täufer, eigentlich ein Johannesknabe, ruhte sich auf dem Gemälde in einer Wildnis aus, neben sich einen ausgewachsenen Widder, das Leittier seiner Herde, bewehrt mit kraftvollen Hörnern. Nackt bis auf ein Hüfttuch, saß er auf einem Felsen und blickte auf den Betrachter, trostlos der Gesichtsausdruck, als würde ihn, den Jüngling, eine Ahnung des Todes anwehen, dem jugendlichen Körper die Lust auf denselben für den Moment der Erkenntnis der Vergänglichkeit verwehren.

Solche Bilder waren in seinen Augen getränkt mit einem tiefempfundenen Wissen um die Welt, um das menschliche Sein mit all seinen Abgründen.

Freude empfand er über die Erwerbung, Freude und Genugtuung gegenüber dem Oheim, der ihm das Sammeln hatte verbieten wollen.

Zurück mußte er seine Gedanken wieder zwingen, zurück auf die Hauptlinie seines Nachdenkens. Denn spätestens an dieser Stelle verwirrten sich die Fäden, die er zu Caravaggio gesponnen hatte – und er wußte nicht, warum. Alles gelang, wie er es sich vorstellte, und doch schien es, als hielte ein Dritter die Finger an den Fäden der Marionetten. Die Ergebnisse befriedigten ihn nicht.

Caravaggio war nach Malta abgereist, das hatte er noch vor gut einem Jahr von Pater Leonardus erfahren, nicht jedoch, warum. Ihm hatte vorgeschwebt, der Maler folgte einem Auftrag, der Großmeister in La Valletta habe ihn für Arbeiten zu sich geholt. Jetzt aber sah alles anders aus. Pater Leonardus' letzter Brief öffnete die Tür zu einer anderen Überlegung. Michele war mit dem 14. Juli 1608 zum Ritter geschlagen und in den Orden der Johanniter aufgenommen worden, als Cavaliere di Grazia. So nebensächlich ihm die Nachricht zuerst erschienen war, so alarmierend wurde sie, als er nachgefragt und sich vergewissert hatte. Und sofort hatte er gewußt, daß es kein Zufall sein konnte, daß es ein Anschlag auf seine und Kardinal Gonzagas Bemühungen war, Caravaggio wieder nach Rom zu holen. Kein Ritter durfte Malta nämlich ohne persönliche Genehmigung des Großmeisters verlassen. Was hier Ehre genannt wurde, war weiter nichts als die dauerhafte Einweisung in ein Gefängnis.

Im ersten Augenblick hatte er jede Beteiligung seines Oheims weit von sich gewiesen und trotz der klaren Hinweise einen Zufall angenommen, aber über Julia hatte er erfahren, daß Kardinal Del Monte und sein Oheim Briefe austauschten, in denen über ein päpstliches Dekret und eine päpstliche Sondererlaubnis an den Großmeister des Ordens, Alof de Wignacourt, geschrieben wurde, die eine Aufnahme Michele Merisis in den Johanniterorden erlaubten, da nur Adlige in ihn eintreten durften. Allzusehr roch dies nach einem Plan, in dem nur die Aufgabe Kardinal Del Montes undurchsichtig blieb.

Eines erwies sich allerdings als sicher. Jemand mußte die Entscheidungen Caravaggios vor Ort, in Neapel also, steuern, jemand mußte ihn auf die Idee gebracht haben, nach Malta zu gehen. Zwar wußte Scipione Borghese, daß Enrico, der Sekretär Ferdinando Gonzagas, in Neapel geweilt hatte, aber der frischgebackene Kardinal stand, vor allem als Kunstkenner und Unterstützer der Begnadigung, zu sehr auf seiner Seite. Folglich blieb nur eine Person übrig, die dem Maler das Ziel Malta als Floh ins Ohr gesetzt haben konnte: Pater Leonardus.

Die Decke des Raumes leuchtete in reinstem Weiß. Frisch gekalkt, entströmte dem Raum ein eigenartiger, feuchter Geruch, der sich auf die Lungen schlug. Nicht gern dachte er den Gedanken, der sich ihm jetzt aufdrängte und der vermutlich von den Kopfschmerzen verursacht war, die ihn periodisch durchpulsten. Nicht er bediente sich des Paters, sondern Pater Leonardus bediente sich seiner. Zwar wiegte er ihn in Sicherheit, indem der Pater mit dem Geld, das er von ihm zugesandt bekam, Bilder kaufte, nach Rom schickte und Caravaggio eine Lebensgrundlage bot, indem er dessen Konten bei den Banken von San Eligio und Santo Spirito versorgte, aber er arbeitete für jemand anderen, war der Handlanger seines Oheims.

Schweißtropfen traten ihm auf die Stirn. Die Sonne brannte auf die Beine und erwärmte von dort den übrigen Körper. Sein Verstand suchte nach Schlupflöchern dieser Situation. Wieweit konnte er Pater Leonardus noch vertrauen? Was von seinen Überlegungen entsprach der Wirklichkeit? War es wirklich dieser Pater, der Michele von seinem Oheim, dem Papst, nachgeschickt worden war, um ihn letztlich zu töten, wie er von dessen Mätresse erfahren hatte? Pater Leonardus – ein gedungener Mörder? Ungewöhnlich, ja geradezu unglaublich erschien es ihm.

Hätte er gerade hier in Rom nicht ausreichend Gelegenheit gehabt, seine Tat auszuführen? Oder stand ein anderes Ziel dahinter? Konnte der Plan nicht mehr ausgeführt werden, weil Caravaggios Ruhm unangenehme Fragen nach seinem Tod aufgeworfen hätte?

Endlos hätte er sich weiter in dieses Fragenlabyrinth begeben können, wenn nicht in diesem Moment, nach einem leisen Klopfen, sein Sekretär Onorio in der Tür erschienen wäre.

Scipione Borghese wollte schon auffahren, ihn zurechtweisen, da er ausdrücklich die Weisung erteilt hatte, ihn nicht zu stören, als er den Brief in der Hand Onorios entdeckte. Bereits von weitem hatte er das Siegel Pater Leonardus' erspäht. Mit einer herrischen Geste winkte er Onorio wieder hinaus, niemanden konnte er jetzt in seiner Nähe gebrauchen, seine Ruhe zum Nachdenken mußte er verteidigen.

Erst als Onorio den Raum verlassen und er das leise Klicken des Schlosses vernommen hatte, erbrach er das Siegel und faltete die Botschaft auf. Was er las, verschlug ihm die Sprache und riß ihn aus dem Sessel. Er trat ans Fenster und blickte hinaus. Ganz Rom lag unter eine Glocke wabernder Hitze, die sich wie der Wellengang des Meeres zu bewegen schien und das Auge verwirrte, weil sie ihm keine scharfen Konturen mehr bot.

Michelangelo Merisi da Caravaggio, stand in dem Schreiben an ihn, sei mit einem Malteserritter, einem »Cavaliere di Giustizia«, in Streit geraten, verhaftet und in den Kerker von Sant'Angelo geworfen worden.

Plötzlich brach ein ganzes Gebäude in seinem Kopf zusammen. Caravaggio konnte die Insel nicht mehr verlassen, auch wenn er gewollt hätte. Und wenn drei, vier, fünf Monate vergangen waren, dann erinnerte sich niemand mehr an den Maler, dann vergaß die Welt ihn und seine Kunst. Rasender Schmerz durchzuckte ihn. Rasch schloß er die Augen und bedeckte sie mit dem Unterarm. Widerstand regte sich in ihm. So ließ er nicht mit sich spielen. Jetzt hieß es handeln, jetzt mußte er eingreifen, mußte seinem Oheim die Würfel aus der Hand schlagen. Durchschaut hatte er ihn bis in die letzten Winkel seiner Intrige!

Aber diese Posse würde er ihm nicht durchgehen lassen.

Mit Hilfe einer Glocke rief er Onorio zurück, der bereits Papier, Tinte, Schreibfedern sowie Kerze und Siegelwachs bei sich trug. Verblüfft registrierte Scipione Borghese, wie sehr sein Sekretär mitdachte. Er winkte ihn zu sich, ließ sich ein Schreibpult über die Beine legen und begann unverzüglich damit, Briefe aufzusetzen. Den ersten an Pater Leonardus, egal, bei wem dieser in Diensten stand, dann an Kardinal Gonzaga und Kardinal Del Monte und schließlich einen an seinen Oheim, Papst Paul V., in dem er offen die Bitte äußerte, Caravaggio zu begnadigen und seine Rückkehr nach Rom zu ermöglichen.

Wie der Flug einer Möwe glitt die Feder übers Blatt, und er freute sich bereits darauf, dem Papst und seinen Getreuen einen Strich durch die Rechnung zu machen.

12.

Bereits beim Erwachen umfing Nerina ein Geruch nach tranigem Fisch, Holzkohlenrauch und Brackwasser. All das vermischte sich mit Geräuschen, die ihr mittlerweile so vertraut waren, als wäre sie im Dunstkreis des Hafenbeckens aufgewachsen, dem Schreien der Fischer, dem Klatschen des Wassers an die hölzernen Bootswände, dem Tropfen der Fischernetze. Selbst der Geschmack nach Meersalz und rohem Fisch verließ sie nicht. Er gehörte dazu, seit sie bei Evangelos Anomeritis untergekommen war, einem griechischen Fischer, der mit seiner Frau Milena und drei Kindern in der Bucht des großen Hafens in einer Holzhütte hauste. Zufällig hatte sie ihn auf dem Markt in La Valletta getroffen, wie er auf die Ritter und ihre unverschämten Steuern, auf die vermaledeiten Adligen und auf die Türken gleichermaßen schimpfte, die daran schuld waren, daß Malta sich gab, als herrsche weiter der Belagerungszustand. Ihr hatte die Art Evangelos' gefallen, und sie waren ins Gespräch gekommen. Sehr genau hatte er darüber berichtet, daß der Bau der Stadt La Valletta auf der öden Landzunge im Westen des großen Hafens, direkt gegenüber der bereits früher befestigten und besiedelten Insel Senglea, truhenweise Scudi verschlungen hatte, die, so sagte er, in den Felsen geklopft worden waren. La Valletta war auf Gold gebaut worden, nur um eine Befestigung in Malta zu errichten, die es ermöglichte, so lange den türkischen Heeren und Flotten standzuhalten, bis aus ganz Europa Entsatzheere anrücken konnten. »Ihr erbauet eine neue Stadt, und Ihr nehmt all ihre Unbequemlichkeiten auf Euch, in der Hoffnung, daß andere, wenn Ihr sie gut erbauet, kommen und sich hier ansiedeln werden«, soll der Baumeister und Architekt Laparelli gesagt haben. Daß die Neusiedler aber ausgepreßt wurden wie die Zitronen, davon, so schimpfte Evangelos jedenfalls, sprach niemand.

Langsam öffnete sie die Augen. Die Sonne schob sich gerade am Fort Sant'Angelo vorbei und stach mit ihren ersten Strahlen durch die Ritzen der Hütte. Nur einen Raum bot die Hütte, auf deren nördlicher Seite die Eltern schliefen, während die Kinder und Nerina auf einem niederen Gestell im Westen gegenüber dem Eingang lagen.

Milena hockte an der Feuerstelle und schürte gerade den Ofen für das Frühstück. Es würde wie jeden Tag aus einer warmen Fischsuppe und aus getrocknetem und gemahlenem Fisch geknetenden Knödeln bestehen, dazu ein Stück Brot. Das Brot aß die Familie ihretwegen, da Getreide auf der Insel teuer war, und nur auf ihren Wunsch hin täglich einige Fladen gebacken wurden, die sie gesondert bezahlte. Kurz griff sie neben sich und suchte nach dem Bild. Gut verborgen lag es unter einer Decke, gehüllt in sein wächsernes Tuch.

»Erzählte Evangelos nicht, der Name Maltas ginge auf die Römer zurück, die sie Melita nannten, nach dem Honigvorkommen, oder zumindest nach der Farbe der Felsen, die sie an Bienenhonig erinnerten. Sie hätten sie Pescaria taufen sollen, weil es überall nach Fisch riecht. Langsam, glaube ich, bin ich selbst ein Fisch. Vielleicht hielt es der Apostel Paulus nach seinem Schiffbruch an Maltas Küste deshalb nur drei Monate hier aus, weil er den fortwährenden Fischgeruch satt hatte.«

Milena lachte.

»In Griechenland erzählt man sich, daß die Karthager oder die Phönizier, was dasselbe ist, die Insel als Zuflucht benutzten und Zuflucht in ihrer Sprache eben Malet hieß. Es klingt wie Malta. Vater kannte die Geschichte besser.«

Nerina wunderte sich schon lange nicht mehr über die Bildung Milenas. Erfahren hatte sie, daß Milenas und Evangelos' Vorfahren Galeerensklaven der Osmanen gewesen waren, Ruderer und Dienerinnen, die sich bei der Belagerung befreien und an Land gelangen konnten, als das eigene Schiff unterging. Späterhin gewährte ihnen der Großmeister, da sie Christen waren und rechtschaffen, Siedlungsfreiheit und das Recht auf einen ehrlichen Beruf. Die Familien von Milena und Evangelos entschieden sich für die Fischerei, obwohl sie zuvor in ihrer alten Heimat Händler und Kaufleute gewesen waren. Dorthin zurückzukehren war ihnen jedoch verschlossen. So brachte der Vater ihr, obwohl er nur den Beruf des Fischers ausübte, lesen, schreiben und rechnen bei, wie er es vom Großvater gelernt hatte.

Nerina setzte sich auf. Ihr Blick fiel durch die offene Tür direkt hinüber auf das Fort Sant'Angelo, und sofort schnürte sich ihre

Kehle zusammen. Die Familiengeschichte der Anomeritis verblaßte, und an deren Stelle trat die Sorge um Michele. Hinter den meterstarken Mauern des Forts saß er seit einigen Wochen ein, und noch hatte sie keine Nachricht erhalten, ob er überhaupt noch lebte.

Fra Domenico hatte den Streit vom Zaun gebrochen, direkt vor dem Großmeisterpalast, weil er offenbar gewußt hatte, daß Michele trotz Verbots immer eine Waffe bei sich trug. Einen Schmierfinken, einen Blender und Hochstapler hatte er ihn genannt, der dem Großmeister mit billigen Taschenspielertricks das Geld aus der Tasche ziehe. Außerdem sei er ein Ketzer, wenn man das unchristliche Gekleckse betrachte. Ein ganzer Trupp von Novizen war auf dem Platz unterwegs gewesen, und ihm Nu hatte sich um die beiden Streithähne ein Kreis gebildet. Als Michele den Degen zog, war es plötzlich still geworden im Rund, und schließlich hatten einige Mutige Michele überwältigt und ihm die Waffe entrissen.

Jeder wußte, daß er damit gegen die Ordensregeln verstoßen hatte, vor allem deshalb, weil er keine zwei Wochen zuvor zum Ritter geschlagen worden war. Michele hatte getobt, gebissen, geschrien, war aber gebunden und nach Sant'Angelo hinübergebracht worden. Ob er je einen vernünftigen Prozeß erhalten, vor ein Ordensgericht gestellt werden würde, stand in den Sternen, von denen jetzt einige wenige noch hartnäckig am Firmament leuchteten.

Nerina seufzte und stand dann ganz auf, um Milena zur Hand zu gehen. Die Kinder neben ihr rührten sich zwar, drehten sich um, schliefen aber weiter, die Hände unter die Lockenköpfe geschoben, die Gesichter zerknautscht und mit roten Schlafstriemen bedeckt.

Sie hatte am Wegrand gestanden und den Karren beobachtet, mit dem er aus La Valletta hinaus und aufs Boot zur anderen Landzunge hinüber gebracht worden war. Einen kurzen Moment hatte sie in seine Augen geblickt und zum ersten Mal so etwas wie Furcht gesehen. Aber es war nicht die Angst gewesen, das eigene Leben zu verlieren, sondern etwas anderes. Anfänglich hatte sie nicht verstanden, dann aber langsam begriffen, daß es eher die

Angst davor war, ein unvollständiges, malerisches Werk zurücklassen zu müssen. Für einen Besessenen wie Michele das Grauen.

Allein dieser Gedanke, so hoffte sie, konnte Michele in diesem Gefängnis aufrecht halten.

Ihr war der Gedanke gekommen, Francesco Sforza Colonna, den Gönner Micheles, zu bitten, ihr zu helfen, aber dieser hatte Malta in Richtung Rom verlassen, und sein Haus- und Hofmeister wollte sie nicht einmal empfangen. Auf unbestimmte Weise überkam sie das Gefühl, daß die Abreise Sforza Colonnas und die Verhaftung Micheles in Zusammenhang standen. Die schützende Hand über Michele war weggezogen worden.

Das Feuer brannte, und der Duft frischer Brotfladen und dampfender Fischsuppe füllte den Raum. Sie schlug die Decke zurück und trat auf den Strand hinaus. Jetzt lag das Fort im ersten Sonnenlicht gelb und majestätisch vor ihr, eine gewaltige Trutzburg, die den inneren Hafen bewachte, mit steilen, beinahe senkrecht über einem schmalen felsigen Strand aufragenden Mauern. Sie konnte hören, wie mit Getöse die Kette, die den Zugang zum Hafen zwischen Sant'Angelo und der Insel Senglea abschloß und nachts gespannt war, herabgelassen wurde. Und dies bedeutete gleichzeitig das Signal für die Kette bei St. Elmo an der Einfahrt zum großen Hafen. Auch sie hörte Nerina fallen, als sie aufmerksam in den anbrechenden Morgen hineinlauschte. Im Hafen unterwegs befanden sich bereits die Fischer, die einen ersten Fang einbrachten und Muscheln anlandeten, die wie Perlen an langen Stangen hingen, die ins Wasser gesteckt worden waren.

Verzweiflung stieg in ihr hoch und ließ sie schwer atmen. Sie bemerkte, daß Milena zu ihr hinausgekommen war und sich neben sie gestellt hatte.

»Er kommt frei, Nerina. Ganz sicher.«

Wenn Nerina das mächtige Mauerwerk betrachtete, mit dem sich Sant'Angelo schützte, dann glaubte sie nicht recht daran. Was, wenn Michele sich in den feuchten Kerkerlöchern eine Krankheit zuzog, von einer Ratte gebissen wurde oder sich eine Wunde entzündete? Allein der Wein würde ihm fehlen, würde ihn in einen zitternden Greis verwandeln, der mit irren Augen und Tobsuchtsanfällen gegen die Wände lief. Und gar die Farben. Für

Michele, der in Farben dachte, mußte es unerträglich sein, wenn er nur auf das Dunkel der Verlieswände starren konnte. Kein Blau des Himmels, kein Grün des Meeres, kein Lippenrot, kein Hautweiß, kein Schwarz weiblicher Augen.

Sie fühlte die Hand Milenas auf ihrer Schulter und die Wärme, die von ihr ausging.

»Dort«, Milena deutete auf eines der blauen Fischerboote mit den Augen am Bug, das eben ein Netz an Bord zog, in dem es zappelte, »Evangelos. Er hat Erfolg heute. Warum solltest du nicht ebenfalls Erfolg haben?« Hell und fröhlich klang ihre Stimme, so daß der Wechsel in einen dunklen Tonfall Nerina sofort aufhorchen ließ. »Ein Mann, er kommt auf unsere Hütte zu.«

Tatsächlich schritt ein Priester, gehüllt in seine schwarze Soutane, den Weg vom Hafen her zur Fischerhütte der Familie Anomeritis herauf.

Ein Blick genügte Nerina, und sie wußte, wer der Mann war. Pater Leonardus' Art zu gehen würde sie nie vergessen, seit er sie in Micheles Atelier in Neapel in die Enge getrieben hatte. Sie wußte nicht recht, was sie davon halten sollte. Sollte sie Milena bitten, sie zu verleugnen? Gesehen haben konnte sie der Priester noch nicht, vermutete sie, da er den Blick auf den Boden geheftet hielt, um auf dem steinigen Weg nicht abzurutschen. Nerina trat einen Schritt unter die Türöffnung, dann aber entschloß sie sich, dem Pater entgegenzutreten. Sie hatte nichts zu befürchten. Einzig, daß sie sich in Männerkleidung in der Stadt aufhielt, konnte man ihr vorwerfen. Und Pater Leonardus kam sicherlich nicht im Auftrag des Großmeisters. Wie hatte er sie finden können? Woher wußte er, daß sie bei der Familie Anomeritis untergeschlüpft war? Funktionierte das Spitzelsystem der Johanniter doch besser, als sie es sich vorstellte? Ihr blieb keine Zeit, darüber nachzudenken, denn spätestens jetzt hatte der Pater sie entdeckt und winkte. Die letzten Meter eilte er mit schnellen Schritten auf sie zu.

»Nerina, schön, Euch hier anzutreffen. Es ist wichtig, ganz wichtig.« Die Augen mit der Hand verschattend, blickte sich der Pater um. »Ein wundervolles Plätzchen, solange Frieden herrscht. Der Blick auf den Hafen, die Stadt, das Fort. Hier gehörte ein

Kloster her, in dem sich die Menschen von den Unbilden des Lebens ausruhen könnten. Balsam für die Seele.«

Nerina sah ihn spöttisch an. Milena verschwand in der Hütte und weckte die Kinder. Aus dem engen Raum drang der Lärm des morgendlichen Waschens und des Kampfes um die besten Frühstücksbrocken.

»Seid Ihr hergekommen, um mir die Schönheit Maltas zu erläutern?«

Pater Leonardus sah hinüber zum Fort Sant'Angelo, und Nerina folgte seinem Blick. Der satte Gelbton verblaßte, je höher die Sonne stieg, und auch das Wasser veränderte seine Farbe von einem Tiefblau in ein graues Grün.

»Eigentlich nicht. Aber über der Herrlichkeit läßt sich die Tatsache verschmerzen, daß Michele, daß mein Bruder im Kerker einsitzt.«

»Wir werden es nicht ändern können!«

Jetzt drehte sich der Pater zu ihr um. Sein Gesicht strahlte.

»Vielleicht doch. Ich habe hier einen Brief von Scipione Borghese, zusammen mit einem Wechsel. Das dürfte genügen, die Wachen zu bestechen und ...«

»Ihr glaubt doch nicht im Ernst daran, Michele mit einem Handstreich aus Fort Sant'Angelo zu befreien?«

Ein Schmunzeln zog über das Gesicht des Paters. Verschwörerisch trat er auf Nerina zu.

»Nicht nur das. Ich habe einen Plan, die Unterstützung Alof de Wignacourts, der zutiefst bedauert, daß Michele im Ordensgefängnis einsitzt, und Geld, soviel wir benötigen. Einzig Eure Zusage brauche ich noch. Ihr seid ein wesentlicher Teil des Plans. Ohne Euch dürfte es schwierig sein. Aber wenn Ihr Michele helfen wollt, dann schließt Euch uns an.«

Jetzt stutzte Nerina doch. Uns? Wer war uns?

»Wen zählt Ihr noch zu den Weggefährten der Befreiung Micheles? Jeder weitere Mitwisser ist gefährlich!«

»Nun, meinen Herrn, Scipione Borghese.«

»Niemanden sonst?«

»Niemanden!«

Nerina blickte in die zusammengekniffenen Augen des Paters.

Sein Gesichtsausdruck konnte alles bedeuten. Meinte er es wirklich ernst? Ebensogut konnte dies eine Falle sein, die dafür sorgte, daß auch sie, die sich bislang nichts hatte zuschulden kommen lassen, vom Orden inhaftiert und möglicherweise hingerichtet wurde.

Sie richtete sich auf und stellte die Frage, die Erleichterung in das Gesicht des Paters zauberte – offenbar machte er sich tatsächlich Sorgen – : »Welche Aufgabe habt Ihr für mich vorgesehen?«

13.

Etwas an seinen Überlegungen stimmte nicht!

Die Kutsche, die Enrico von Mailand aus im Eiltempo nach Genua brachte, schlug ihm die Gedanken regelrecht aus dem Kopf. Nur unter größten Mühen gelang es ihm, sich auf der von Bodenunebenheiten übersäten Strecke zu konzentrieren. Die Heimatstadt Micheles, Caravaggio selbst, hätte er gerne noch besucht, auch Venedig, wo er sich ebenfalls aufgehalten haben sollte, ihm in Bologna und Florenz nachgespürt, aber die Botschaft seines Herrn klang unmißverständlich – und er sorgte sich um Nerina.

»Pericolo in mora! Gefahr in Verzug!« lautete der lapidare Satz, die Losung, die ihn wie verabredet auf schnellstem, wenn auch holprigem Wege nach Rom zurückrief.

Anfänglich hatte er sich das Gehirn darüber zermartert, was Michele zugestoßen sein konnte, welches Ereignis Ferdinando Gonzaga veranlaßt haben mochte, so heftig zu reagieren. Zuwenig hatte der vorsichtige Mantuaner verlauten lassen. Briefe wurden gelesen, Inhalte weitergegeben. Nur was von Ohr zu Ohr geflüstert wurde, besaß in Rom die Gewähr, geheim zu bleiben. Das Spitzelsystem im Vatikanstaat gebot Vorsicht, und nur die hatte Ferdinando Gonzaga walten lassen.

Enrico interessierte die Landschaft kaum, die am Verschlag seiner Kutsche vorüberflog. Langsam begann sich die Natur zu erholen, nächtlicher Regen näßte die trockenen Matten. Das Braun der verbrannten Böden verschwand und machte farbenfrohen Feldern, Bäumen mit reifem, weithin leuchtendem Obst und dem Grün der Ebenen Platz. Enrico klemmte sich mit den Schultern in eine der Ecken der Kutsche zwischen Samt und Leder, damit er nicht zu stark herumgeworfen wurde, lauschte auf das Knallen der Peitsche und die Flüche des Kutschers und versuchte seine Gedanken zu ordnen. Beschlossen hatte er, Micheles Notlage, wie sie ihm durch die Botschaft aus Rom vorgegaukelt wurde, vorerst aus dem Gedächtnis zu streichen. Sie behinderte ihn. Seine letzten Gespräche mußte er noch einmal durchdenken.

Peterzano, Caterina Merisi und ein ehemaliger Genosse aus Jugendtagen, Carlo Galiti, der mit ihm bei Meister Peterzano gelernt hatte, dann aber von einer Leiter gefallen war und seither in Mailand als gelähmter Bettler sein Brot verdiente, hatten Licht in Micheles Vergangenheit gebracht, aber etwas stimmte nicht, etwas ließ ihn immer wieder stocken, wenn er darüber nachdachte.

Carlo, den er mit Hilfe Meister Peterzanos vor dem Dom in Mailand ausgemacht hatte, hatte sich als nicht sonderlich gesprächig erwiesen. Was er ihm allerdings erzählt hatte, war bemerkenswert gewesen.

Michele hatte tatsächlich den Sohn eines Mailänder Adligen im Duell getötet. Allerdings blieben die Umstände und Gründe für diesen Kampf im dunkeln. Jedenfalls hatte der Vater des Opfers auf eine weitere Verfolgung verzichtet, wenn Michele ein Jahr dafür ins Gefängnis ging. Ihm wurde eine ordentliche Unterbringung und ein eigener Kerkerraum zur Verfügung gestellt. Für Enrico hatte das nach einer Vereinbarung geklungen, die eine Blutrache zwischen Mailänder Familien verhindern sollte. Im Vorfeld mußte also ein Ereignis stattgefunden haben, das Micheles Anspruch auf ein Duell zumindest abgesichert hatte. Der tödliche Ausgang für den verwöhnten Adligen mochte deshalb ein Zufall gewesen sein, vielleicht aber auch ein legitimes Opfer, das von der Familie gebracht worden war. Carlo hatte ihm den Namen des Getöteten bestätigt, Antonio di Russo, und er war sich aber sicher gewesen, daß der zweite Sohn des Adligen in den Kirchendienst eingetreten war, als Johanniter.

Was unklar blieb, war, warum der Johanniter Michele verfolgte, obwohl Rache und Sühne offensichtlich bereits zwischen den Familien geklärt worden waren. Der Johanniter besaß kein Recht mehr darauf, Michele zu bedrängen – außer es war etwas vorgefallen, das dieses Verhalten rechtfertigte. Was dies gewesen sein könnte, ahnte er nicht einmal. Es konnte allerdings auch sein, daß seine Überlegungen einen Fehler aufwiesen. War der Johanniter gar nicht die eigentliche Bedrohung? Wenn dies der Fall war, von wem ging sie dann aus?

Ein Schlagloch warf Enrico aus der Ecke und aus seinen Gedankengängen und schleuderte ihn in die andere. Seine Gedanken wirbelten durcheinander und verknoteten sich heillos.

Den Duft des Meeres konnte er bereits riechen. Hinter den Hügeln lag das Meer und Genua mit seinem Hafen. Auch dort hatte sich Michele aufgehalten, aber kaum Einfluß gezeigt. Von Del Monte hatte er erfahren, daß Caravaggio bei seiner ersten Flucht von Rom nach Genua vor der Verfolgung durch den Magistrat in Sachen des Notars Pasqualone einen Auftrag angetragen bekommen hatte. Del Montes Schreiben an den Fürsten Marcantonio Doria hatte den Künstler wärmstens empfohlen, sonst hätte man ihn vermutlich nicht vom Schiff gelassen, schließlich wurde er von gerichtlicher Seite her verfolgt, und dem Fürsten war an guten Beziehungen zu Rom gelegen. Marcantonio Doria hatte Caravaggio die Freskierung der Loggia seiner Villa in Sampierdarena angeboten. Sechstausend Scudi sollte der Maler dafür erhalten, aber er lehnte ab. Fresken seien nicht seine Art zu malen, begründete er. Del Monte, der ihm, Enrico, die Geschichte ruhig und bedächtig zu erzählen versucht hatte, hatte immer noch erregt geklungen. Caravaggio hatte ihn das Gesicht verlieren lassen, eine Unverzeihlichkeit. Eigensinnig und extravagant nannte der Kardinal den Maler, obwohl Enrico die Entscheidung durchaus verständlich fand, schließlich wußte Michele damals bereits, daß er sich zu kurz in der ligurischen Hauptstadt aufhalten würde, als daß er ein Fresko dieser Größe würde fertigstellen können. Und Erfolg, Ruhm und Mäzene würde er sich nicht in Genua schaffen, sondern allein in Rom.

Stärker wehte der Geruch des Meeres zu ihm in den Verschlag. Die Fahrt verlangsamte sich, weil sie einen Hügel erklommen und die Pferde sich kräftig ins Geschirr legen mußten. Zudem wichen sie kleinen Viehtreibern aus, die Schlachtvieh in die Stadt trieben. Das gesamte Gefährt schwankte und schaukelte, so daß Enrico befürchtete, es würde umschlagen. Aber der breite Radstand verhinderte dies, und Enrico kehrte zurück zu seinen Überlegungen, nachdem er sich ausgiebig die silbernen Rücken der Olivenhaine am Bergrücken betrachtet hatte. Ihr silbernes Grün und das Okkerfarbene der Stämme genoß er. Sie zeichneten dasselbe Spiel von Hell und Dunkel, Licht und Schatten in die Landschaft wie Michele mit seiner Malerei.

Wieder klemmte er sich in die Ecke des Verschlags und dachte nach. Der Duft von Honig und Bienenwachs begleitete ihn, der von einem Kraxenträger am Wegrain hereinwehte.

Schroff und abweisend war ihm Micheles Schwester erschienen, eine rechte Salome. Warum hatte Michele sie auf seinem Bild »Das Haupt des Johannes« verewigt? Undenkbar war, daß sie aus Mailand sich an der Jagd auf ihren Bruder beteiligte. Warum also das Porträt? Was hatte Michele so verletzt, daß er sie ins Bild mit aufnahm? Zufall? Brauchte er einfach eine negative weibliche Figur für die Salome, und Caterina Merisi bot sich da an? Des schlechten Andenkens wegen? Unwahrscheinlich, denn Michele stand ein Dutzend weiblicher Köpfe zur Verfügung, die nicht wiedererkannt worden wären.

War seine Schwester Caterina mehr gewesen als die Verlobte des Mailänder Adelssprosses? Welches Ereignis ließ einen Bruder zum Mittel des Duells greifen?

Mit der Hand wischte er sich übers Gesicht. Die Nähe des Meeres ließ die Feuchtigkeit in der Luft ansteigen.

Oder fürchtete er sich davor, das zu denken, was in ihm eben hochzusteigen begann, die Ahnung eines Ereignisses? Hatten die Stimmen in Rom womöglich nicht die Unwahrheit gesagt, als sie Michele einen Schwesternschänder genannt hatten? Hatte es eine geschlechtliche Beziehung zwischen Bruder und Schwester gegeben, in die der junge Adlige eingedrungen war? Hatte sich der verprellte Liebhaber, hatte Michele sich nur verteidigt?

Enrico, dem die Zähne hörbar aufeinanderschlugen, nachdem sich die Kutsche wieder abwärts bewegte und Fahrt aufnahm, fühlte sich unwohl bei dieser Überlegung. Hätte die Schwester bei seinem Besuch nicht anders über den Bruder reden müssen? Wäre nicht ein Grad der Zuneigung geblieben, trotzdem das Verhältnis aufgelöst worden war?

Etwas an all diesen Überlegungen stimmte nicht! Und er kam nicht darauf, was.

Als er den Kopf aus seinem Verschlag steckte, um zu sehen, wie weit sie gekommen waren, fiel sein Blick auf das Meer. Blau und grün leuchtete es unter einem vielfarbigen Himmel vor ihm, und unter ihm stieg die Stadtmauer von Genua grau und mächtig aus dem Gelände. Die beiden Rundtürme der Porta Soprana winkten trutzig. Die ersten Häuser und Güter, die außerhalb der Mauer lagen, zogen an ihnen vorüber. Kaum einmal jemand, der hochblickte, als er die Kutsche vorüberfahren hörte. Über dem Meeresglitzern versprach der Himmel Hitze und Trockenheit, aber ebenso nächtlichen Regen. Dazwischen, wie eingeklemmt von Meer und Gewölk, die Ahnung, daß es einen Hafen geben mußte, in dem neben kleinen Fischerbooten, mächtige Galeeren und Handelsfeluken schaukelten. Aber das Abfallen des Geländes zum Strand hin war so steil, daß er nicht hinuntersehen konnte. Um die Kutsche her lärmte es auf. Menschen, die der Stadt zuströmten, sammelten sich auf der Straße, so daß es enger wurde und die Kutsche langsamer vorankam.

An einen Satz des Dichters Francesco Petrarca fühlte er sich erinnert, der über Genua geschrieben hatte: »Du wirst eine Stadt sehen, die sich königlich auf den letzten Hügeln der Alpen ausbreitet; unvergleichlich sind ihre Bevölkerung und die Mauern …«

Sein Aufenthalt würde kurz ausfallen. Von der ligurischen Kapitale würde ihm allenfalls der Geruch der Fischreusen bleiben, die am Hafenbecken trockneten. Wenn er Glück hatte, lag seine Feluke bereit und legte ab, wenn nicht Sturm oder heftiger Wind vom Meer her ein Ausfahren behinderten. Erst dann mußte er sich um eine Unterkunft bemühen.

Enrico überließ es dem Kutscher, die Formalitäten am Tor zu erledigen. Allein das Siegel des Herzogs von Mantua mußte Tür und Tor öffnen.

Was, wenn Caterina den Adelssproß wirklich geliebt hatte?

Was, wenn es zu Intimitäten gekommen war, die Michele als ältester Sohn der Familie, als männliches Oberhaupt so nicht mehr dulden wollte und durfte? Hätte er nicht Rechenschaft fordern müssen, zumindest so lange, bis eine Hochzeit ausgehandelt war? Möglicherweise hatte er eben das versucht und war abgewiesen worden. Den Ruf der Schwester geschändet und die Ehre der Familie verletzt. Viele Männer waren für weniger gestorben.

Sobald er Michele sah, würde er ihn zur Rede stellen. Nur dann fühlte er sich in der Lage, Caravaggio zu helfen. Und Bilder konnte der Maler nur dann wieder in Ruhe erstellen, wenn ihm die Last seiner Verfolgung von den Schultern genommen war.

Sie durchquerten das Tor zur Stadt ohne Probleme. Mit einem Zuruf bat ihn der Kutscher, das Brückengeld zu bezahlen, was Enrico großzügig übernahm. So verhinderte er zumindest, daß sie im inneren Tor der Wehranlage ein zweites Mal angehalten und durchsucht wurden.

Enrico wollte sich eben dem Treiben der Straße zuwenden, sich vom Gewimmel der Menschen, vom Geschrei und Geruch der engen Straßen und Gassen mit ihren Abstandsbögen in luftiger Höhe einnehmen und ablenken lassen, als er auf eine Überlegung stieß, die er bislang noch nicht verfolgt hatte.

Michele Merisi hatte Kardinal Del Monte zweimal aufs äußerste beleidigt. Einmal hatte er einen Auftrag zurückgewiesen, den Del Monte ihm verschaffen wollte, ein andermal war er aus dessen Palast geflohen, obwohl sich der Kardinal seiner angenommen hatte. War der Grund für die erste Ablehnung ein künstlerischer und somit einsehbarer, erfolgte die Flucht aus dem Palast Madama aufgrund einer persönlichen Ablehnung. Ihm widerstrebte der Gedanke an die Männerliebe, die dort praktiziert wurde. Michele wußte also von der Neigung des Kardinals. Er wußte ebenso von der Neigung seines Bruders. Gab es über diese Verbindung möglicherweise eine Linie, die direkt zum Verfolger Micheles führte? Machte ihn, Enrico, womöglich die Familiengeschichte der Merisis blind für einen anderen, für Michele weit gefährlicheren Zusammenhang, dem von Männerliebe und Kardinalsehre?

Würgender Fischgeruch riß ihn aus seinen Überlegungen. Die

Kutsche hielt im Hafen, und aus dem Verschlag heraus erkannte er Leinwände, Masten, Taue, die sich durch sein Blickfeld wanden. Jetzt galt es, den Segler auszumachen, den Kardinal Fedinando Gonzaga geschickt hatte, und in See zu stechen.

Vielleicht lag er jetzt auf der richtigen Spur, verdrängte aber die Überlegungen, die er zu Del Monte und Micheles Bruder Giovan Battista angestellt hatte, in ein unteres Fach seines Gedächtnisses. Jetzt galt es die Feluke zu finden. Die Heimat schmeckte doch eine Idee besser.

14.

Bislang verlief alles nach Plan, nur das Seil, das Nerina sich um den Bauch gebunden hatte, und die Eisenstange, die ihren Rücken versteifte, scheuerten unangenehm. Inständig hoffte sie, nirgends zu fallen, denn alleine wäre sie nicht mehr hochgekommen. Sie hätte einen Wärter bitten müssen, und ihr ganzer Fluchtplan wäre aufgeflogen.

Der erste Wärter, der sie in die Festung Sant'Angelo einließ, musterte ihr Schreiben nur kurz und winkte sie weiter, ohne sich um sie zu kümmern. Das Siegel Alof de Wignacourts bewirkte Wunder. Erst innerhalb des Gebäudes mußte sie Rede und Antwort stehen, aber auch dort verschaffte ihr das Dokument Respekt und eine bevorzugte Behandlung. Man geleitete sie in den inneren Hof und von dort aus in eines der Gebäude und über eine Treppe hinunter zu den Kerkerzellen. Nerina versuchte sich den Weg einzuprägen, scheiterte aber bereits nach wenigen Metern hinter den Mauern. Sie wußte nur aus den Berichten Pater Leonardus', daß Michele unter dem Turm gefangen saß und nur zwei Wachen zu überwinden hatte, bis er zu den Schießscharten gelangte, die sich zum Hafen hin öffneten. Auf sie wirkte alles wie ein Wunder. Pater Leonardus hatte Wort gehalten und ihr die meisten Hindernisse aus dem Weg geräumt. Sein Gespräch mit dem Verwalter Francesco Sforza Colonnas hatte eine zusätzliche Summe Geldes erbracht und ein überraschendes Gespräch mit dem Großmeister. Dieser wiederum hatte signalisiert, daß ihm Micheles Schicksal am Herzen liege und er seine Freilassung betreiben könne. Ob er ahnte, daß sein Interesse an Michele dazu verwendet werden sollte, ihn zu befreien, wußte Nerina nicht zu sagen, vielleicht hatte er selbst sogar die Idee entwickelt, die Pater Leonardus ihr schließlich vorgeschlagen hatte.

Am schwersten fiel ihr das Gehen. Sie hatte sich über Monate hin einen festen männlichen Schritt angeeignet, der sie trampeln ließ, sobald sie das auf Malta übliche schwarze Frauenkleid anzog. Jeder mußte hinter diesem Gang einen Mann vermuten. Stunden hindurch war sie bei Familie Anomeritis auf und ab geschritten, um die Frau in sich wieder hervorzuholen. Jetzt erst wurde ihr klar, daß in einem Männerkörper zu leben auch hieß, sich Zwängen und Konventionen zu unterwerfen, die für Frauen nicht galten.

Das letzte Gitter zu den Kerkerzellen wurde geöffnet. Der Beschließer gehorchte auf den scharf gebellten Befehl ihres Begleiters und schlurfte aus seinem Raum heran, der vom Gitter aus nicht eingesehen werden konnte. Offensichtlich eine Vorsichtsmaßnahme. Nerina wunderte sich etwas, da sie gehört hatte, Michele sei nicht in die untersten, feuchten und schimmeligen Gewölbe verbracht worden, sondern genieße eine bevorzugte Behandlung. Der einzige Vorzug, den sie erkennen konnte, lag darin, daß es nur nach fauligem Stroh und Exkrementen stank.

»Seid Ihr sicher, Signora, daß Caravaggio an Euch interessiert ist?«

Der Wärter konnte sich eines Schmunzelns beim Blick auf ihren Bauch nicht erwehren. Nerina grinste ebenso frech zurück. Das Seil wölbte ihren Bauch, jeder zufällige Betrachter mußte glauben, sie sei in gesegneten Umständen.

»Solange er daran denkt, wie es zustande kam, sicherlich.«

»Ihr verschwendet Eure Schönheit an den Falschen.«

»Woher wollt Ihr das wissen. Kennt Ihr ihn? Wißt Ihr von seinen Qualitäten?«

»Zumindest eine davon haben wir kennengelernt«, schaltete sich jetzt auch der Beschließer ein. »Er spielt Karten wie der Teufel persönlich. Es wird Zeit, ihn zu richten, sonst bleibt nichts von meinem Lohn diesen Monat.«

Dabei lachte er, als habe er einen besonders gelungenen Scherz gemacht.

Nerina verhielt sich das Lachen. Ihre Fröhlichkeit erstarb für einen Augenblick. Selbst der Beschließer blickte verlegen zu Boden, als er ihr Gesicht sah.

»Verzeiht«, murmelte er nur und führte sie bis zur Kerkertür, hinter der Michele moderte. Trotzdem fanden sich ihre Blicke für wenige Augenblicke, und Nerina wußte, daß Pater Leonardus auch hier erfolgreich gewesen war. Der Beschließer stand auf ihrer Seite.

Auf dem Weg zu Micheles Verlies prägte sie sich einen Gang ein, der auf eine der Schießscharten der Außenmauer zulief. Wenn sie Pater Leonardus glauben durfte, dann ließ diese Öffnung einen schmalen Menschen hindurch und führte geradewegs steil abwärts zum Meer hinab.

Gut fünfzig Schritt weiter hielten der Beschließer und ihr Bewacher vor einer schweren Holztür inne.

»Ich werde Euch zu ihm hineinlassen, wie es das Dekret vorschreibt, und schließe hinter Euch ab. Wenn Ihr wieder zurückwollt, schlagt gegen die Tür.« Und mit einem frivolen Blick auf ihren Bauch fügte er hinzu: »Ihr habt nicht länger als zwei Glokkenschläge Zeit.«

Ohne ihre Antwort abzuwarten, entriegelte er das Schloß und schob sie ins Dunkel des Verlieses. Hinter ihr schlug die Tür zu.

Zuerst sah Nerina nichts. Dann endlich hörte sie ein Klirren wie von Ketten und das Schlurfen von Füßen auf feuchtem Boden. Nur langsam gewöhnten sich ihre Augen an das spärliche Licht, von dem sie nicht sagen konnte, woher es kam.

»Michele? Bist du hier, Michele?«

»Nerina?«

Das Wort hauchte an ihr Ohr.

»Michele! Wo bist du?«

Aus der Schwärze der Zelle schälte sich eine noch dunklere Gestalt, die auf sie zukam. Wieder klirrten Metallketten. Langsam öffneten sich ihre Augen, und sie erkannte Schemen und Dinge. Mitten im Raum stand Michele, ein Bein mit einer Kette an eine der Mauern geschmiedet. Sein Haar reichte ihm bis über die

Schultern, verfilzt und verdreckt, seine Kleidung hing in Fetzen an seinem Körper. Ungewaschen stach sein Gesicht kaum vom rußigen Schwarz der Wände ab. Gebeugt und gebrochen stand er vor ihr, das Licht in seinen Augen erloschen und zurückgeblieben ein stumpfes Glimmen, das den Wahnsinn in seinen Gesichtsausdruck gegraben hatte.

»Mein Gott!« entfuhr es ihr, und Michele hob den Kopf, als hätte er Worte gehört, die von weither zu ihm drangen.

Umständlich ließ er sich auf den Boden nieder und klopfte vor sich hin, ohne sie direkt anzusehen, so als wäre er erblindet.

»Setz dich. Willkommen in meinem bescheidenen Heim!«

Am Boden lag aufgeschüttetes Stroh, das einen fauligen Geruch verströmte, in einer anderen Ecke standen zwei Eimer, einer vermutlich für die Notdurft, der andere für Wasser und Essen. Von der Decke tropfte Feuchtigkeit in regelmäßigen Abständen, was den Kerker mit einer trübseligen Melodie erfüllte.

»Ich dachte, du würdest anständig behandelt!«

Michele lachte rauh und machte eine einladende Bewegung. Jetzt erst sah er sie an.

»Im Gegensatz zu anderen Löchern hier ist der Raum geradezu fürstlich. Was tust du hier?«

Nerina legte einen Finger an den Mund und schlich zur Tür. Sie drückte das Ohr dagegen und lauschte auf den Gang hinaus. Aber der Beschließer und ihr Begleiter schienen sich tatsächlich entfernt zu haben. Leise hörte sie beide in dem Wachlokal miteinander sprechen.

»Ich habe nicht viel Zeit, Michele. Hör mir zu!«

Sie begann ihm, ihren und Pater Leonardus' Plan auseinanderzulegen, während sie sich gleichzeitig entkleidete. Sie hob ihr schwarzes Gewand über den Kopf. Darunter kam das Seil zum Vorschein, das sie sich umgebunden hatte. Rasch wickelte sie es ab, bat Michele, die Metallstange auf ihrem Rücken zu halten, und half ihm, Seil und Stange unter der Strohschütte zu verstekken. Danach zog sie das Kleid wieder über.

»Wenn ich das Verlies hier verlasse, wird die Tür nicht richtig abgesperrt werden. Sobald es dunkelt, mußt du den Gang hinauf und den nächsten rechts. Die Schießscharte läßt dich hindurch.

Befestige das Seil an der Stange und klemme sie zwischen die Mauerlücke. Du mußt das Seil asymmetrisch befestigen, damit du es lösen kannst, wenn du unten angekommen bist. Laß dann das Seil locker, die Stange wird herabfallen, sich aber nicht wieder verkeilen. Dann kannst du Seil und Stange ganz herausziehen, und niemand wird wissen, wie du das Gefängnis hier verlassen hast.«

Wieder lachte Michele bitter auf. Dann hielt er ihr die Hände entgegen. Dunkel hoben sich die entzündeten Hand- und Fußgelenke unter den Kettenschellen von der übrigen Haut ab.

»Ich komme nicht einmal bis zur Tür. Die Schellen sind mit Nieten befestigt.«

Nerina biß sich auf die Lippen, als sie die aufgescheuerten Wunden sah. Aus einer Tasche des weitläufigen Gewandes holte sie eine Feile.

»Du hast zu tun bis heute abend. Der Schmied versicherte uns, daß es zu schaffen sei.«

»Nerina!« Michele hielt ihren Arm fest. »Warum tust du das?«

Sie sahen sich für einen Moment in die Augen. Micheles Pupillen wirkten schwarz, das Weiß der Augäpfel entzündet.

»Vielleicht will ich, daß du malst und nicht hier verrottest wie faules Holz.«

Michele schlug beide Hände übers Gesicht und stotterte, als er antwortete.

»Mir ist, als sehe ich auf die Trümmer eines zerstörten Lebens. Ist es nicht erstaunlich, Nerina, daß wir jeden Morgen als dieselben erwachen, als die wir abends eingeschlafen sind?«

Ihre Hand strich beinahe von selbst über Micheles Haar, das sich feucht und fettig anfühlte.

»Wir sind keine leeren Blätter, Michele, die jeden Tag neu beschriftet werden. In uns eingraviert ist, was wir seit unseren Kindertagen mit uns herumschleppen. Jeder Tag fügt Neues hinzu, so daß es nicht verwunderlich ist, aufzuwachen und derselbe zu sein. Was haben wir im Schlaf getan? Nichts! Wir verändern uns, indem wir verändern, indem wir tätig sind. Erst wenn der Tag sich neigt, sind wir andere Menschen als die, die am Morgen erwacht sind. Es ist geradezu unsere Pflicht, uns zu verändern.«

Leise sprach sie, beinahe flüsternd, wußte nicht, ob er ihr zuhörte, glaubte aber an der Haltung des Kopfes zu erkennen, daß er Mut schöpfte, daß er versuchte, das, was sie gesagt hatte, für sich fruchtbar zu machen.

»Alles ist Erfahrung, Michele. Wer das annimmt, für den fühlt sich das Leben weicher an.«

Tief atmete Michele durch und sah hoch. In seinen Augen standen Tränen. Sie strich ihm mit den Fingern über die Wangen, die hohl und knochig waren.

»Ich weiß, es klingt anders, wenn man diesen Kerker nicht kennengelernt hat. Aber morgen bist du frei. Morgen werden wir nach Sizilien unterwegs sein, Michele. Wenn die Sonne über den Horizont steigt, ist Malta eine Episode deiner Vergangenheit. Du hast das Leben vor dir, du wirst Werke schaffen, vor denen die Welt die Knie beugt. Ich weiß es, ich glaube an dich!«

Schief geriet Micheles Lächeln, aber er schien ihre Worte aufzusaugen wie Nahrung.

»Ich werde jetzt gehen.«

Nerina erhob sich und trat zur Tür. Mit den Armen griff sie unter ihr Kleid und bauschte den Stoff.

»Nerina! Noch einen Augenblick.«

Sie drehte sich zu Michele um. Armselig hockte er in seiner Ecke, als wäre er in der Zeit geschrumpft. Drei Monate Kerker dehnten sich endlos und brachen stärkere Charaktere als Michele.

»Du darfst Pater Leonardus nicht über den Weg trauen. Auch wenn er mein Bruder sein will, er wird dich hintergehen. Ich weiß nicht, welchen teuflischen Plan er mit meiner Befreiung verfolgt, aber ich fühle, daß er es nicht ehrlich meinen kann.«

»Er ist dein Bruder!«

»Er ist der Teufel!«

Sie stockte. In Micheles Stimme lag unversöhnlicher Haß. Sofort dachte sie an »Das Haupt des Johannes«. Dort hatte Michele den Pater mit verzerrten, beinahe unmenschlichen Gesichtszügen dargestellt. Als Mörder.

»Er hat das Dokument besorgt, den Beschließer bestochen und will das Boot stellen, das uns aus Malta wegbringt.«

Lange sagte Michele nichts, und Nerina glaubte schon, das Gespräch sei beendet. Sie wollte sich wieder dem Durchschlupf zuwenden, als Michele meinte: »Besorg ein eigenes Boot, Nerina, wenn du willst, daß wir Sizilien lebend erreichen.«

»Warum sollte ich ihm mißtrauen, Michele? Bislang hat er uns geholfen, mir ebenso wie dir.«

Diesmal antwortete Michele nichts. In der Hand die Feile, begann er langsam die Nieten abzufeilen. Ein schabendes Geräusch entstand, durchdringend und hell.

»Schlaf, Träume und Tod«, meinte Michele, als sie schon klopfen wollte, »vielleicht ist das Leben dazwischen nur ein Haufen vertaner Chancen.«

Sie drehte sich um und blickte auf das Häufchen Mensch, das in seiner Ecke an der Mauer kauerte, in sich zusammengesunken und bar jeden Lebensmutes. Hatte es sich gelohnt, ihm diese Möglichkeit zu eröffnen, wenn sie nicht wußte, ob er sie ergreifen würde?

»Jede Möglichkeit, die man vorüberziehen läßt, ist vertan. Man sollte ihr nicht nachtrauern. Vielleicht ist es gut so. Ergreif die Chancen, die sich dir aufdrängen, und du wirst ihnen nicht entgehen können. Sie verfolgen dich bis in die Träume hinein, Michele, ein Leben lang.«

Nerina wartete nicht ab, was Michele erwiderte. Sie schlug gegen die Kerkertür und wartete, bis der Beschließer öffnete. Als sie auf den Gang hinaustrat, beobachtete sie aus dem Augenwinkel heraus, daß der Beschließer nur so tat, als würde er die Pforte verriegeln. Tatsächlich blieb sie offen. Mit einem Hochgefühl ließ sie sich aus dem Fort Sant'Angelo hinausbegleiten.

15.

»Warum?«

Nerina saß über Michele auf einer Seitenbank des Fischerbootes. Das dunkle Grau des Anstrichs verschwamm mit dem Dunkelblau des Meeres. Evangelos Anomeritis hockte am Ruder und steuerte ihr Boot trotz des eben erst heraufbrechenden Tages sicher aus dem Hafen. Hell knatterte das Segel. Der Wind stand seewärts und wehte günstig. Gegen Abend würden sie in Syrakus einlaufen, wenn der Herrgott ihnen zugetan war. Als sie über die Schulter zurückblickte, bemerkte sie, wie sich eben ein Kahn, dem ihren ähnlich, aus der Dunkelheit des Felsschattens schälte, die Meerenge von La Valletta aus überquerte und auf die Festung Sant'Angelo zuhielt. Sie wußte, daß nur eine Person so früh auf den Beinen sein konnte. In diesem Fahrzeug saß Pater Leonardus.

Zu ihren Füßen lag Michele, mit einem leichten braunen Leinensack bedeckt, damit zufällige Beobachter nur zwei Personen im Boot erkennen konnten. Seine Hände bluteten.

»Warum, Michele? Was wolltest du auf Malta?«

Sein Gesicht lag frei unter der Pritsche, es schimmerte grau und matt. Wie blutleer wirkten die Lippen, Hautfetzen sprangen davon ab. Er zitterte immer noch vor Anstrengung. Langsam holt ihn das Alter ein, dachte sich Nerina. Scharfe Falten liefen ihm vom Kinn hinauf über die Wangen. Tief lagen die Augen, eingesunken in schwarzen Höhlen, als verweigerten sie sich dem Tageslicht. Er hielt sie geschlossen und atmete stoßweise.

»Ich glaubte, ein Codex verbietet den Johannitern, ihre eigenen Brüder zu verfolgen und zu töten. Ich wollte ihn, den Johanniter, mit seinen eigenen Waffen schlagen.« Beinahe unhörbar antwortete er. Einzelne Silben verschluckte das Schlagen des Wassers an die Bordwand. Nerina mußte sich zu ihm herabbeugen, um ihn zu verstehen.

»Du bist einem Traum nachgelaufen, Michele! Warum jagt er dich? Sag es mir!«

Schweigen trat zwischen sie, greifbar und dicht. Er wollte und wollte nicht reden.

»Verfolgen sie uns?«

»Nein, Michele. Pater Leonardus hat noch nicht einmal bemerkt, daß wir ihn hinters Licht geführt haben. Im Augenblick nähert er sich der Festung. Daß wir beinahe eine Stunde früher dort gewesen sind, um auf dich zu warten, weiß er nicht. Glaubst du noch immer, daß er dir eine Falle stellen wollte? Schmerzen die Hände?«

Michele drehte die Handflächen hin und her. Das Fleisch der Innenflächen war verbrannt vom Hanfseil. Noch immer, wenn sie die Augen schloß, sah sie die Szene vor sich, wie er sich die letzten

Meter nicht mehr hatte halten können und gerutscht war, ohne das Seil loszulassen, hörte sie ihren Schrei, weil sie glaubte, er würde zu Tode stürzen. Dabei hatte die Reibungshitze nur seine Hände versengt und das rauhe Seil die Innenflächen zerrissen. Für sie war es ohnehin ein Wunder gewesen, daß er sich in seinem körperlichen Zustand allein hatte abseilen können. Das Seil und die Stange holen und ins Boot steigen waren eines gewesen, da sich Evangelos Anomeritis dazu bereit erklärt hatte, sie nach Syrakus auf Sizilien zu bringen. Für einen schnellen, wendigen Kahn wie den seinen dauerte die Überfahrt bei günstigem Wind kaum mehr als zwölf Stunden.

Und während Nerina noch darüber nachdachte, ob es richtig gewesen war, Micheles Rat anzunehmen und die Hilfe des Paters auszuschlagen und ihn so zu hintergehen, verschwand La Valletta hinter dem Wasserhorizont. Nur ein Hornsignal tönte, vom Wind getragen, zu ihnen herüber. Michele schlug kurz die Augen auf.

»Hörst du? Das sind die Signalhörner der Wärter. Gewußt habe ich's. Er hätte uns verraten. In diesem Augenblick wäre ich die Mauer hinabgeklettert. Schon morgen hätte ich den Kopf auf den Richtblock gelegt. Niemand verläßt ohne Passierschein des Großmeisters ungestraft die Insel.«

Wieder heulte das Horn auf. Wenn sie die Zeit verglich, die verstrichen sein mußte, seit sie den Kahn des Paters gesehen hatte, mußte sie Michele recht geben. Pater Leonardus hatte sie verraten! Für Nerina ein unfaßbarer Umstand, schließlich hätte hier der Bruder den Bruder ans Messer geliefert.

»Sie werden nach mir suchen lassen.«

»Wir haben Evangelos' Frau und die Kinder auf die andere Seite der Insel gebracht. Zu Verwandten. Ihnen wird nichts geschehen. Und wir sind außer Sichtweite. Bald sind wir nicht einmal mehr mit dem neuen Glas zu sehen, das man ans Auge halten und mit dem man in die Ferne blicken kann.«

»Es ging alles zu einfach!« flüsterte Michele. »Wo ist der Haken? Wo?«

Für eine Antwort schien Michele zu müde. Bis auf die Knochen abgemagert, war er zu entkräftet, um lange wach zu bleiben. Das Schlagen des Bootes schläferte ihn ein.

Nerina seufzte. Jetzt saß sie wieder neben ihm. Sein Körper glich eher einem Leichnam als dem eines lebenden Menschen. Jetzt bohrte wieder die Frage in ihr, warum sie tat, was sie tat. Warum sie seit Monaten darauf verzichtete, selber zu malen. Ihre eigene Entwicklung ruhte, während sie Michele durch halb Europa nachreiste und ihr Leben dabei aufs Spiel setzte. War es der Mensch Michele Merisi wert? Wenn sie den geschundenen Körper betrachtete, mußte sie die Frage zwangsläufig bejahen, sie empfand Mitleid. Wenn sie jedoch an die Exzesse, an die Nächte in den römischen und neapolitanischen Osterias zurückdachte, dann scheute sie ihre eigene Entscheidung und schalt sich einen Esel. Viel lieber wäre es ihr gewesen, in Enricos Nähe zu sein, seine Hände zu spüren, in seinen Augen das Leuchten der Erregung wahrzunehmen und in ihnen dann zu versinken.

Was gab ihr Michele, der nicht einmal etwas von ihr wollte, zu dem sie sich körperlich nicht hingezogen fühlte? Was gab er ihr, was ihr Enrico nicht geben konnte? Daß sie der Geburt einer neuen Malerei beiwohnen durfte? Daß sie einem Genie begegnete, das erst die Nachwelt als solches erkennen würde? Für eine plausible Antwort reichten ihr diese Argumente, wenn sie auch nicht den Kern trafen.

Michele zuckte im Schlaf, und manchmal schlug er mit den Händen um sich und rief Unverständliches. Nerina saß da und beobachtete die Grimassen, die er schnitt, als würde er tief in seinem Inneren gequält. Ob er wußte, wovon?

Sie mußte eingeschlafen sein, denn als sie erwachte, saß Michele auf der Seitenbank des Bootes ihr gegenüber und starrte auf seine zerstörten Hände. Schwarz ausgetrocknetes Blut klebte in Krusten daran und zog die Finger nach innen. Micheles Arme zitterten und zuckten, und er murmelte denselben Satz in einer endlosen Litanei: »Sie werden nie wieder einen Pinsel halten können. Sie werden nie wieder einen Pinsel halten können …«

Rund um sie her dehnte sich eine Wasserwüste, die nur durch aufspritzende Schaumkronen in ihrer Trostlosigkeit unterbrochen wurde. Wie Evangelos hier die Richtung hielt, entzog sich ihr, aber offenbar wußte er, wohin er steuern mußte. Unverbrüchlich saß er am Steuer, den Blick auf den Horizont gerichtet. Als sie zu ihm hinüberblickte, zog er die rechte Augenbraue hoch, als wolle er ihr andeuten, daß ihr Passagier ein recht schräger Vogel sei, den auch er nicht annähernd verstehe.

Langsam, aber mit dem Gleichmaß eines Pendels, wippte Michele auf seiner Bank vor und zurück, vor und zurück. Tränen stiegen Nerina in die Augen, wenn sie diese Elendsgestalt mit dem kraftstrotzenden Raufbold verglich, der er in Rom gewesen war.

»Wohin gehen wir in Syrakus? Kennst du dort jemanden?«

Michele wippte unverdrossen weiter. Mitten in einer Aufwärtsbewegung hielt er inne und sah sie erstaunt an, aus den großen Augen eines Kindes.

»Mario Minniti. Er ist ein Freund.«

»Kann man ihm vertrauen?«

Ohne den Blick von seinen Händen zu nehmen, nickte er und drehte ihr die blutverkrusteten Innenflächen zu. Das Salz, das in der Luft lag wie ein feiner Staub, bedeckte bereits die Wunde. Zwar konnte sie sich so nicht infizieren, aber das Salz verhinderte die Heilung und ließ Narben entstehen.

Evangelos pfiff. Mit ausgestreckter Hand deutete er an den Horizont westlich von ihnen. Dort tauchte aus dem Wasser das typische, dreieckige Segel einer Galeere auf.

»Sie verfolgen uns!«

Evangelos wiegte den Kopf.

»Sie halten nicht auf uns zu. Außerdem wäre es zu früh. Eine Galeere schiffbar zu machen, kostet Stunden, allein die Ruderer an Bord zu holen, auch wenn sie allesamt Sklaven sind. Wenn wir unser Segel einholen und den Mast umlegen, können sie uns vermutlich nicht einmal sehen. Sie halten zwar Kurs auf Sizilien, aber sie werden, wenn sie so weiterfahren, Längen an uns vorüberrauschen.«

»Worauf warten wir noch!« meinte Nerina und erhob sich. Michele streckte ihr seine Hände entgegen und sagte etwas, das sie nicht verstehen wollte. Sie griff nach dem Seil, entzurrte das Segel, und die Leinwand fiel mit einem Ruck. Nur knapp verfehlte sie Michele, der davon keine Notiz nahm.

»Mario Minniti!« flüsterte Nerina.

16.

»Eure Heiligkeit, Ihr dürft Euch nicht dagegen sperren!«

Scipione Borghese beobachtete Ferdinando Gonzaga, der seine Forderung in ein sanftes Lächeln verpackte. Man konnte nicht anders, man mußte diesem Heißsporn solche Ausfälle verzeihen, und sein Oheim schien ähnlich zu denken, denn obwohl er die Stirn kraus zog, schüttelte er letztlich den Kopf und schmunzelte in sich hinein. In diesen Momenten besaß er tatsächlich die Ausstrahlung des gütigen, väterlichen Papstes, die ihm angedichtet wurde.

»Ihr seid in den Farbenkleckser zu sehr vernarrt. Allein die politischen Verwicklungen, die sich aus dem Umstand ergeben würden, daß ich ihn aus dem Kerker Sant'Angelos per Dekret holen lassen müßte ...«

Mit einem Seidentuch wischte sich der Papst über die Stirn, auf der kleine Wassertröpfchen schimmerten. Nachdenklich betrachtete er die feuchten Flecken auf dem Tuch, als wolle er aus deren Mustern die Zukunft deuten.

Sie saßen im Hof des Pinienzapfens, der noch vor hundert Jahren von Bramante angelegt worden war, auf schweren Stühlen, die man für sie nach draußen getragen hatte. In ihrer Nähe sprudelte ein Brunnen. So vermochte niemand ihr Gespräch zu belauschen, und er schickte zumindest einen Hauch von Kühlung zu ihnen herüber. Gern wäre Scipione Borghese jetzt unter einem der mächtig sprühenden Brunnen der Innenstadt gestanden und hätte sich vom Nebel der Kaskaden benetzen lassen. Hier, im Innenhof des Vatikanpalastes, lag die Luft, als hätte man sie wie schweren Wein in eine Karaffe gegossen. Sogar die Bronze des Pinienzapfens, die beherrschend in einer Nische des Gartens stand, zu der eine Doppeltreppe aus der Hand Michelangelo Buonarrotis emporführte, schien zu glühen und strahlte Wärme ab.

Er war nicht glücklich über dieses Treffen, aber er konnte sich ihm nicht entziehen, zumal es Caravaggios wegen einberufen worden war. Erstaunt hatte ihn die Runde, die auf seinen jungen Amtsbruder Ferdinando Gonzaga zurückging. Er hatte sie an einen Tisch gezwungen. Wie ihm das gelungen war, blieb sein Geheimnis. Ihm gegenüber saß Kardinal Del Monte. Dessen Position, dessen Interesse an Caravaggios Rückkehr erschien Scipione Borghese nicht geheuer. Ferdinando Gonzaga hatte bei Del Monte vorgesprochen, ihn um Hilfe gebeten, ihn in die Runde geladen – und er hatte sich als Streiter auf ihrer Seite erwiesen. So weit, so gut. Del Monte hatte Caravaggio gefördert, aber dieser hatte ihm die Unterstützung nicht gedankt. Und der Kardinal galt als nachtragend.

Die Stimme seines Onkels riß ihn aus seinen Gedanken.

»Allein die Komplikationen mit Spanien! Schließlich weilte und arbeitete er in Neapel.«

»Und jetzt sitzt er in Sant'Angelo ein. Und das liegt auf Malta. Also dürften sich mit den Spaniern keinerlei Spannungen ergeben. Zumal die Malteser an die Weisungen ihres kirchlichen Oberhaupts gebunden sind.«

Leise, aber bestimmt formulierte Ferdinando Gonzaga diesen Gedanken, und Scipione Borghese sah, wie sich sein Onkel wand und auf seinem Sessel hin und her rutschte.

»Hier in Rom könnte man ihn und seine Exzesse kontrollieren.«

Kardinal Del Monte warf den Satz ein. Einen Lidschlag lang blickten sich die beiden Männer, Del Monte und sein Oheim, in die Augen. Hatte Scipione Borghese dabei ein Aufblitzen bemerkt? Nichts in den Gesichtern regte sich mehr, nichts deutete darauf hin, daß Del Monte nicht auf ihrer Seite stand, sondern die Ansichten seines Oheims vertrat. Scipione Borghese, der wachsam war, seit sie zu diesem Gespräch zusammengekommen waren und der dem Gespräch bislang nur gelauscht hatte, griff nach dem Glas Wein neben sich. Der Weiße funkelte unter der unerbittlichen Lichtflut der hochstehenden Sonne wie flüssiges Gold.

»Warum lassen wir ihn sich nicht frei entwickeln?«

Jetzt fuhr sein Oheim auf.

»Weil er sich gegen uns stellt! Seine Bilder verletzen die kirchliche Lehrmeinung, für die ich stehe und eintrete. Alle seine Heiligen und seine Madonnen befürworten ihr irdisches Leben. Sie können sich von ihrem Leib nicht lösen, ihm die letzten Dinge überantworten. Es fehlt ihnen jegliche Transzendenz. Wir, als

Wahrer des Glaubens, auch gegen die neuen Strömungen der Protestanten, verteidigen das Reich des Geistes. Und in diesem Sinne ist er ein Ketzer. Er entzieht die Gläubigen unserem Einfluß. Caravaggios Bilder vernichten die Heiligen, statt sie den Gläubigen als Vorbild vor Augen zu führen. Allein deshalb kann und darf ich ihn nicht nach Rom zurückkehren lassen!«

Schwer atmend setzte sich Paul V. Seinen Worten lauschte Scipione Borghese im Echo nach, das sich zwischen den mehrgeschossigen Gebäudeflügeln brach. Sein Oheim klang wenig überzeugend, die Argumente wirkten verstaubt und aus dem letzten Jahrhundert herübergerettet. Längst war die Zeit über diese Bedenken hinweggegangen, in Rom allemal.

»Dafür seid Ihr doch recht skrupellos gegen Caravaggio vorgegangen. Ich erinnere Euch nur an das Schurkenstück auf dem Campo Marzio. Daß dabei der Falsche den Tod fand, ist bedauerlich. Was glaubt Ihr, Eure Heiligkeit, wenn Rom erfährt, wer den Befehl ...«

»Schweigt!« fuhr sein Oheim Del Monte über den Mund, der satt und behäbig in seinem Stuhl saß, die Arme auf die Lehnen gestützt und die Augenlider halb geschlossen.

Scipione Borghese hielt den Atem an. Sein Blick wanderte zwischen den drei Männern hin und her. Ferdinando Gonzaga grinste Scipione Borghese breit an, was dieser mit Kopfschütteln und einem etwas schiefen Lächeln erwiderte. Was er eben gehört hatte, glich einer Kriegserklärung. Seine Zweifel Del Monte gegenüber waren über Bord gespült. So sprach niemand, der sich nicht auf ihrer Seite befand. Diese offenen Worte brauchten Schutz. Bislang hatte er Ferdinando Gonzaga für einen Taktiker und Diplomaten gehalten, jetzt wich dieses Gefühl der Verachtung für diesen Emporkömmling. Warum hatte er dem Kardinal sein Wissen weitergegeben? Damit er an seiner Stelle den Kampf eröffnete?

Del Monte für seine Ideen eingespannt zu haben, zeugte von keiner klugen Taktik, denn der Kardinal hatte sich in den letzten Jahren als zu gerissen erwiesen, als daß er sich an Projekten beteiligte, die für ihn keinen Gewinn abwarfen. Lieber hielt er sich heraus. Daß der junge Gonzaga Kardinal Del Monte so ohne

Zögern mit dem Wissen über den Vorfall auf dem Campo Marzio auf seine Seite ziehen konnte, beunruhigte ihn. Mußte er darauf achten, daß dieser Heißsporn nicht übers Ziel hinausschoß? Letzte Woche hatte ihm Julia zugetragen, daß Enrico, der Sekretär Ferdinando Gonzagas, wieder in Rom weilte und daß sie eine ganze Nacht hindurch zusammengesessen und Pläne geschmiedet hatten. Offenbar hatte die Fahrt nach Mailand Erfolge gezeitigt. Trotzdem galt Del Monte als schwierig und verschroben.

Wie erstarrt saß sein Oheim in seinem Stuhl, hielt krampfhaft die Lehnen umklammert. Was er nicht gebrauchen konnte, das wußte Scipione Borghese, war eine Schwächung der Position des Papstes. Die Verhandlungen mit Venedig zogen sich hin. Der Doge Marino Grimani hatte ein Gesetz erlassen, nach dem kirchlicher Grundbesitz, der einige Zeit an Laien verpachtet worden war, nicht wieder an den Eigentümer zurückfallen dürfe, und weitere, die Kirche gängelnde und geißelnde Verordnungen waren erlassen worden. Ein Affront gegen die Kurie. Dem Protest seines Oheims im Namen des Vatikans folgten Verbot und Ausweisung aller Theatiner, Kapuziner und Jesuiten aus Venetien. Schwere kriegerische Verwicklungen drohten.

Auch Spanien und Frankreich gesellten sich wieder an die Seite des Papstes. Auch jenseits der Alpen, im fernen Heiligen Römischen Reich Deutscher Nation, spitzten sich die Ereignisse zu. Die neugläubigen, protestantischen Reichsstände hatten sich zur Union zusammengeschlossen, geführt vom Calvinisten auf dem Kurfürstenthron, Friedrich V. von der Pfalz. Konsequent führte dies bei seinen Gegnern zur Bildung einer katholischen Liga unter Führung des Herzogs Maximilian von Bayern mit Hilfe spanischer Gelder und spanischer Unterstützung. Nun drohte auch im Norden Krieg zwischen den verfeindeten Gruppen.

Und hier in Rom störte sein Oheim die Harmonie, indem er den Petersdom um- und ausbaute, wobei er die Reste der alten, konstantinischen Peterskirche niederlegen ließ, um dem von Michelangelo konzipierten Zentralbau durch den Architekten Carlo Maderno ein Langschiff vorzulagern.

In einer solchen Situation konnte der Papst weder einen Ketzer in seinen eigenen Reihen dulden noch ein Auseinanderbrechen der italienischen Fraktion riskieren.

Mit Interesse folgte Scipione Borghese dem weiteren Verlauf. Ihn interessierte, wie sich sein Oheim aus der Schlinge ziehen würde. Ihm zu helfen widersprach sein eigener Ehrenkodex. Schließlich ging ihn dieses Gespräch nichts mehr an. Schließlich war es ihm verboten worden, Kontakt zu Caravaggio zu halten.

Zudem verfügte er über eine Nachricht, deren Eröffnung eines ausgewählten Zeitpunktes bedurfte. Wie eine Mörsergranate mußte sie unter die Gruppe fahren und sie verunsichern. Nur dann gelänge es ihm, die wahren Gesichter hinter den Masken zu entdecken. Heute früh erst war im Hafen von Ostia eine maltesische Galeere angelangt, die ihm eine bedrückende Botschaft gebracht hatte.

»Ihr habt Euch bislang zurückgehalten, Kardinal Borghese«, verscheuchte die Stimme Del Montes seine Gedanken. Scipione Borghese sah hoch und begegnete dem scharfen Blick des Kardinals. »Sicherlich seid Ihr in der Lage, etwas zu unserem Problem beizutragen.«

Ruhig, ohne sich die Überraschung der Ansprache anmerken zu lassen, antwortete er:

»Sollten wir nicht Caravaggios Willen respektieren und ihn nach Rom holen? Seit Jahren bemüht er sich um einen Dispens. Rom zieht ihn magisch an, obwohl er in Neapel ebenso wie auf Malta von Erfolg zu Erfolg schreitet. Sein Name schwingt wie ein Glockenruf durch die italienischen Lande – nur Rom verabscheut es, ihn gnädig aufzunehmen. Erinnern wir uns, welche Nachteile die Auseinandersetzung zwischen dem Künstlergenie Michelangelo und Papst Julius II. für das Papsttum gebracht hat. Noch heute wird der Name dieses Oberhaupts des Kirche verspottet, weil er einem Genie nicht gewachsen war. Ich befürchte eine ähnliche Entwicklung, wenn unsere Haltung gegenüber Caravaggio ebenso starr und unerbittlich bleibt. Diplomatische Verwicklungen hin oder her. Schlimmer können sie nicht kommen.«

Bei den letzten Worten senkte Scipione Borghese demütig die Augen. Damit griff er seinen Oheim direkt an, und der wußte es. Ein beinahe greifbares Schweigen beherrschte die Runde, in die das Rauschen des Brunnens wie das Grollen eines herannahenden Gewitters einbrach.

»Die Kurie darf keinem Zwang nachgeben, sonst verliert sie ihre diplomatische Handlungsfreiheit.«

Leise, beinahe unhörbar klang die Stimme Papst Paul V. Zuerst glaubte Scipione Borghese, er habe nur zu ihm selbst gesprochen, aber als er hochsah, erkannte er, daß alle Gesichter betreten blickten, als habe er mit seiner Rede an den Grundfesten der Mutter Kirche gerüttelt. Jetzt fand er den Zeitpunkt günstig, jetzt würde er sein Feuerwerk zünden.

»Wir haben unsere Handlungsfreiheit längst verloren, Eure Heiligkeit, meine Herren Kardinäle. Caravaggio ist uns längst einen Schritt voraus. Heute morgen erhielt ich eine Nachricht aus Malta. Zur Zeit ist unser Stern Italiens unauffindbar!«

Befriedigt genoß er, wie die Runde erstarrte, den Bruchteil eines Lidschlags nur, dann hatten sie sich wieder in der Gewalt. Trotzdem bemerkte Scipione Borghese, wie sich sein Oheim und Kardinal Del Monte kurz anblickten, als huschte eine geheime Nachricht mit der Geschwindigkeit des Lichts von Auge zu Auge, während Ferdinando Gonzaga betroffen wirkte, als fiele sein gesamter Plan, den er mühsam erarbeitet und vorbereitet hatte, mit dieser Mitteilung in sich zusammen.

»Unsere letzte Meldung besagte, er sei auf der Festung Sant'Angelo eingekerkert worden!« warf sein Oheim dazwischen. Seine Stimme zitterte leicht.

»Heute morgen kam ein Brief, er wäre aus der Festung geflohen, was vor ihm noch keinem gelungen ist.«

»Dann ist Verrat im Spiel.«

Auch in Del Montes Stimme schwebte eine Art Zittern mit, aber es klang eher wie ein Triumph, wie die Gewißheit, daß etwas seinen vorgegebenen Gang ging.

»Er spazierte nicht durchs Tor hinaus, mein lieber Del Monte, er seilte sich wahrscheinlich ab.«

»Ein Bubenstreich ... hat man seine Leiche gefunden?«

»Nicht doch. Seine Leiche wurde nicht gefunden, folglich ist es ihm gelungen. Wenn er nicht auf der Insel geblieben ist, was unwahrscheinlich wäre, wird er nach Sizilien geflohen sein. Der einzig sinnvolle Schachzug. Ich hätte mich dort in Syrakus versteckt. Es gehört zu Spanien, und die Spanier haben ihn schon einmal aufgenommen, außerdem ist es groß genug, unterzutauchen.«

Befriedigt nickte Del Monte und versuchte ein Schmunzeln zu unterdrücken. Aus den Augenwinkeln heraus beobachtete Scipione Borghese ihn und empfand selbst eine innere Zufriedenheit, wenn er daran dachte, daß er nur noch wenige Augenblicke davon entfernt war, dem Kardinal die Seelenruhe zu rauben. Was Del Monte nämlich nicht wußte, war, daß die Flucht zwar von Pater Leonardus eingefädelt und organisiert worden war, daß dieser aber an der Flucht selbst keinen Anteil mehr hatte. Caravaggio hatte auf seine weitere Hilfe verzichtet, wohl aus dem Grund, weil er dem Pater zutiefst mißtraute.

»Wir wissen nicht, welchen Fluchtweg er genommen hat, werter Kardinal«, ergänzte Scipione Borghese und lächelte seinen Oheim und den Kardinal offen an. »Mein Informant verlor seine Spur.«

Kardinal Del Monte hielt es nicht mehr in seinem Stuhl. Heftig sprang er auf und stieß dabei beinahe das kleine Tablett um, das in ihrer Mitte auf einem Tischchen stand und Gläser und Karaffen aufnahm.

Aufmerksam verfolgte Scipione Borghese, wie Del Monte auf und ab ging, blaß und verschreckt. Recht hatte er also mit seiner Vermutung, daß der Kardinal in die Befreiung Caravaggios verstrickt war. Jetzt blieb nur noch die Frage: Was stand hinter dieser Planung?

In seine Überlegungen hinein vernahm er die Stimme Del Montes, unerwartet ruhig und sachlich.

»Was der Kurie am meisten schaden würde, ist die Tatsache, daß ein Mißerfolg von Caravaggios Flucht mit ihrem Namen in Verbindung gebracht würde. Das darf nicht geschehen.«

Zu seinem Oheim gewandt, meinte er, es sei jetzt ein Gebot der Stunde, dem Maler die Pforten Roms wieder zu öffnen.

Erneut übernahm das Plätschern des Brunnens die Aufgabe, das Schweigen zu füllen, bis Scipione Borgheses Oheim den Blick von Kardinal Del Monte nahm, tief aufseufzte und nachgab. Er räusperte sich und meinte:

»Es wird einen Dispens geben!«

17.

»Ich mache mir Sorgen um ihn.«

Nerina mochte Mario Minniti, der das sagte, mochte den etwas behäbigen, zur Dickleibigkeit neigenden Maler, in dessen Haus sie Zuflucht gefunden hatten. Alte Oliven umgaben die Villa, Kakteen zeigten ihre roten Früchte, der Duft von Zitronen füllte den Raum zwischen den Bäumen. Von der Höhe der nahegelegenen Steinbrüche sahen sie hinunter auf Insel, Stadt und Haus. Langsam sprach Minniti und ruhig, mit einer hohen Stimme, die man dem massigen Körper nicht zutraute. Ihm sah man das Wohlleben an, das er führte, seit er auf Sizilien und vor allem in seiner Heimatstadt Syrakus zu den besten seiner Zunft gezählt wurde – jedenfalls behauptete er dies, und seine Art zu leben ließ keinen anderen Schluß zu.

»Michele ist immer noch auf der Flucht.«

Nerina las es aus dem Blick, den Michele fortwährend über die Schulter warf, wenn sie durch die Stadt streiften oder die Umgebung der Stadt Syrakus erkundeten, aus den dunklen Ringen um seine Augen, den gepreßten Lippen, den Schreien, mit denen er nachts auffuhr, trotzdem sie in Sicherheit lebten. Syrakus, die Stadt mit ihrem antiken Atem, die Stadt auf der Wachtelinsel, gewährte ihnen Asyl.

»Ihn treibt eine Unruhe, die krank macht. Kaum daß er ruhig sitzt. Fortwährend ist er in Bewegung. Und seine Augen, weiß, wie die eines gehetzten Ebers. Nur über der Leinwand scheint er sich zu vergessen.«

Recht hatte Minniti. Die ersten beiden Wochen war Michele noch vor Sonnenaufgang in Richtung Hafen gelaufen und hatte die maltesische Galeere beobachtet, die dort vor Anker lag, die Ruderсklaven an Bord angekettet, damit sie jederzeit auslaufen konnte. Über die Stadt ausgeschwärmt die Ordensritter. Von ihrem Gastgeber hatten sie erfahren, daß die Malteser nicht nach Caravaggio suchten, offiziell jedenfalls, und doch jeden Winkel der Stadt durchstöberten. Michele mußte sich dennoch dieser Gefahr aussetzen, wollte die Galeere, deren Rumpf schwarz im Wasser glänzte, jeden Morgen betrachten, als ziehe ihn dieses Bild von Unterdrückung und Tod magisch an und schütze ihn gleichzeitig vor Entdeckung.

Nerina blickte auf die meerabgewandten Hügel, die Michele gerade auf und ab lief, die braungedörrte Wiese empor, dann wieder hinab, wieder empor, bis er sich erschöpft fallen ließ, die Arme ausbreitete und in die Sonne blickte.

»Als treibe ihn ein Dämon!«

»Oder die Erinnerung. Michele war schon immer zwiegespalten. In der Kunst ein Engel, im wirklichen Leben ein Teufel.«

Nerina konnte nur bestätigen, was Mario Minniti aus der kurzen Zeit seines Lebens mit ihm in Rom schloß.

Michele erhob sich wieder und schlich mit hängenden Schultern auf die Hütte zu, die sich Minniti hier hatte bauen lassen, um in der Natur zu wohnen, um hier in Ruhe zu malen, und die Michele und sie bewohnten, seit die Galeere den Hafen verlassen hatte. Seit seiner Zeit in Sant'Angelo schien allerdings etwas in ihm zerbrochen, schien seine ganze Lebensenergie einer Müdigkeit und einer tiefen Trauer gewichen zu sein.

»Er hat Schaden genommen.«

An ihren Vater erinnerte sie Micheles gebeugter Gang, der unter tagelang anhaltenden Attacken tiefster Verzweiflung gelitten hatte. Im Bett war er dann gelegen, die Augen geschlossen, nicht ansprechbar, weder für seine Frau noch für seine Kinder, den Wagen abgedunkelt, als schmerze ihn das Sonnenlicht. Seine einzige Reaktion bestand in einem fortwährenden Seufzen, das sie damals zu Tränen gereizt hatte.

»Wenn ihm etwas helfen wird, dann die Malerei, Nerina. Ich konnte den Senat überzeugen!« Laut rief er in den Garten hinein. »Michele! Gute Neuigkeiten!«

Von der Seite betrachtete Nerina Micheles pausbäckigen Freund. Insgeheim bewunderte sie an ihm, daß er so unverbrüchlich an der Freundschaft mit Michele festhielt. Wohlhabend, dem Essen und Trinken zugewandt, genoß er in den Künstlerkreisen der Stadt hohes Ansehen. Einen Flüchtling, vor allem einen, der vor den einflußreichen Johannitern floh und von ihnen verfolgt wurde, hätte er keineswegs aufnehmen müssen. Ebensogut hätte er ihn in ein Schiff setzen und weiterschicken können, ohne an der Freundschaft zu rühren.

Wenn auch Michele Nerina darauf vorbereitet hatte, daß Minnitis Werk eher dürftig, seine Phantasie beschränkt und seine Technik bieder sei, erkannte dieser Michele ohne Neid als das größere Talent an und freute sich tatsächlich, den Freund aus römischen Tagen bei sich aufzunehmen, ihm Haus und Unterkunft zu bieten.

Ihre herzliche Aufnahme fand ihren möglichen Grund in der Tatsache, daß auch Minniti einst aus Rom hatte fliehen müssen, weil er in einem Duell einen Menschen getötet hatte. Damals hatte ihm Michele geholfen, die Stadtgrenze zu überqueren und ihn schließlich in ein Schiff nach Sizilien zu setzen. Jetzt löste er diese Schuld wieder ein und empfing Michele, wie es ihm gebührte, wie einen Malerfürsten, dessen Ruhm bis nach Syrakus gedrungen war, nicht wie einen Mörder.

Michele querte einen Olivenhain, dessen dünne Blätter ein flirrendes Schattenspiel auf seinen Körper zauberten, stapfte die wenigen Treppenstufen herauf, die in den Garten hinunterführten. Müde hob er den Kopf und ließ den Blick zwischen Mario und ihr hin und her wandern.

»Der Senat hat dich beauftragt! Ein Bild. Das ist besser, als in den Steinbrüchen herumzustreunen, auch wenn Vincenze Mirabella sicher ein interessanter und gebildeter Mann ist und du uns mit deiner Entdeckung des jetzt von allen schon so genannten ›Ohres des Dionysos‹ in der Grotte oberhalb der Latomia del Paradiso in Erstaunen versetzt hast. Aber wir sind Handwerker, Michele, mit Leib und Seele. Wir brauchen den Pinsel zwischen den Fingern und den Geschmack von Farbpigmenten auf der Zunge.«

Unsicher lächelte Michele, und Nerina glaubte zu sehen, daß er an Mario vorbei auf ein Nest wilder Bienen blickte, die sich über ihren Köpfen in einem hohlen Stamm eingenistet hatten und die Luft mit beständigem Summen füllten.

»Wenn die Ritter mich lassen!«

»Michele. Die Stadt zahlt und schützt.«

Nerina wußte nicht recht, ob sie es befürworten oder dagegen einschreiten sollte, daß Minniti ihn anpries wie eine reife Melone. Aber sie benötigten Geld, wollten dem Freund Micheles aus alten Romtagen nicht zu lange auf der Tasche liegen, obwohl er sich gern im Glanz des Namens Caravaggio sonnte.

»Ein Bild?«

»Ein Bild zur heiligen Lucia! Ein Altargemälde für die erneuerte Kirche Santa Lucia al Sepolcro!«

Michele, der Nerina auf ihren Streifzügen immer stiller und zerbrechlicher erschienen war, blühte plötzlich auf. Seine Augen glänzten, und für einen Augenblick schien er Nerina der Alte zu sein.

»Sie werden sich wundern!«

18.

Starr vor seinem Bild stehend, fand Nerina Michele, als wären seine Bewegungen eingefroren. Nur der Pinsel zitterte und verriet die innere Erregung, die ihn festhielt.

»Ich habe ihn gesehen, Nerina. Er ist hier!«

Nerina trat näher. Sein Gemälde der Grablegung Santa Lucias benötigte nur noch einige wenige Korrekturen. In knapp zwei Wochen war es ihm aus dem Pinsel geflossen, in einer Technik, die den huschenden Pinselstrich wiedergab, ihn als technische Variante einsetzte. Unfertig wirkte es, mit Stellen, an denen die Farbe kaum die Leinwand bedeckte. Eben setzte er dem Totengräber Lichtflecken auf Ohr und Nacken.

Einer plötzlichen Eingebung folgend, verstand Nerina das Bild. Wieder verblüffte sie Micheles Zugriff auf die einfachsten Dinge. Alle versammelten sich hier um die Heilige, der Bischof, die Klagefrau, der reiche Händler und die Armen der Stadt, sogar die unehrlichen Berufe, sonst an den Rand der Gesellschaft gedrängt, verdammt zuzusehen, wurden hier in die Gemeinschaft der Gläubigen aufgenommen. Die heilige Lucia versammelte in ihrem Tod alle Menschen um sich, nicht nur diejenigen, die einer menschlichen Gemeinschaft genehm waren. Im Tod wurden alle irdischen Gegensätze aufgehoben und wieder in Einklang miteinander gebracht.

Sie roch den Wein, den er ausdünstete. In seinem Kopf mußte er einen See bilden, so stark trank er wieder, bis er nicht mehr stehen konnte oder in diese Starre fiel, aus der er selten allein erwachte. Ein Fehler war es gewesen, wieder in die Stadt zurückzukehren, statt in der Hütte in der Nähe der Latomia del Paradiso zu bleiben. Dort hatte es weniger Wein geben, während Michele jetzt wieder regelmäßig die Osterias aufsuchte.

»Wen hast du gesehen, Michele?«

»Fra Domenico!«

Kaum hatte er den Namen ausgesprochen, fiel es Nerina wie Schuppen von den Augen. Direkt vor ihr stand Fra Domenico, angetan mit einer weißen Tunika, die seine linke Schulter frei ließ, den Körper gebeugt, den rechten Arm angewinkelt, um den Spaten anzusetzen. Micheles Totengräber zeigte niemand anderen als Fra Domenico!

»Das bildest du dir ein, Michele!«

Wie ein Fluch lasteten Licht und Hitze der letzten Tage über der Stadt und zwangen die Menschen, sich tagsüber in ihren Häusern zu verkriechen.

»Ich war gestern in der Stadt, in einer Osteria am Hafen. Er ist an mir vorüber, ohne mich zu erkennen. Er war es, glaub mir.«

Langsam schüttele Nerina den Kopf.

»Du phantasierst, Michele. Gestern hast du in deinem Bett geschlafen. Ich selbst habe dich dorthin gebracht. Glaub mir. Du wärst nicht in der Lage gewesen, auch nur einen Schritt zu gehen.«

»Ich war am Hafen – und es war Fra Domenico!«

»Wo sollte er herkommen? Ich habe keine Galeere gesehen. Ein Ordensritter reist auf einer Galeere von Malta fort. Standesgemäß. Im Hafenbecken schwimmt keine Malteser Galeere.«

»Gestern nacht legte sie an und verschwand vor Morgengrauen. Ich habe sie gesehen!«

Nerina seufzte. Diese Gespräche entmutigten sie, vor allem deshalb, weil Michele nicht mehr zwischen seinen Träumen und der Wirklichkeit unterschied. Ineinander flossen sie, gebaren Trugbilder, die sich fest in seinem Gedächtnis eingruben, aber jeglicher Realität entbehrten. Sie versuchte das Gespräch in eine andere Richtung zu lenken.

»Warum arbeitest du so oberflächlich, Michele. An manchen Stellen fehlt der Farbauftrag. Warum?«

Tatsächlich ließ er sich ablenken. Seine Hand senkte sich, die Starre verlor sich offenbar, und Michele trat einen Schritt zurück, um das Bild selbst aus einiger Entfernung zu betrachten.

»Man muß ein Bild beenden können, ohne es zu vollenden. Das Leben ist ebenso unfertig wie mein Gemälde. Wer sehen will, sieht.«

Man sah, das mußte Nerina zugestehen. Die Grablegung Santa Lucias strahlte eine Wahrhaftigkeit aus, die vom tief empfundenen Schmerz dieses Begräbnisses gesättigt war. Die Heilige lag auf dem Rücken, bereit, ins Grab hinabgelassen zu werden, sobald es ausgehoben war. Die eine Hand lag leblos auf dem Körper, die andere stand ab, so daß sich Nerina an die tote Lena erinnert fühlte, für die Michele dieselbe Haltung gewählt hatte. Auch sie lag auf dem Rücken, auch sie wirkte etwas gedunsen, als wäre der Körper bereits in Verwesung übergegangen. Nur ihr Kopf ...

»Michele. Du hast den Kopf geändert!«

Warum, ahnte Nerina. Der städtische Senat von Syrakus teilte sich in zwei Lager. Einmal die Vertreter, die sich an der Kurie in Rom orientierten – der Bischof, Micheles eigentlicher Auftraggeber, gehörte dazu –, die der neuen, gegenreformatorischen Weltsicht Papst Pauls V. zusprachen und die deshalb eine andere Legende der heiligen Lucia gelten lassen wollten als das zweite Lager, das in der Gedankenwelt des griechischen Syrakus verankert war, eher lokal dachte. Mit einem Wort, die Auseinandersetzung zwischen den lateinischen Quellen der Legende der Heiligen und den griechischen. All das war ein Politikum ersten Ranges. Michele konnte nur verlieren.

»Ich habe Angst, Nerina. Er ist da!«

Gestern noch hatte der Kopf zwar an derselben Stelle gelegen, war aber deutlich abgetrennt gewesen. Ein Spalt zwischen ihm und dem Frauenkörper hatte dies deutlich gezeigt. Heute hatte Michele diese Lücke geschlossen, nur eine Stichwunde erinnerte noch an ihren Märtyrertod. Zwar verlängerte sich dadurch die Halspartie, aber die Überstreckung des Kopfes verbarg den Makel.

Nerina legte eine Hand auf Micheles Schultern, weil sie bemerkte, daß er am ganzen Körper zitterte. Wein, Schlafmangel und die beständige Furcht vor Entdeckung, diese fortdauernde Bedrohung zermürbten ihn, obwohl ihn weder Mario noch der Senat von Syrakus drängten. Sogar ein Teil des Geldes lag in ihren Händen, und Minniti hatte sich bislang geweigert, für ihren Aufenthalt eine Bezahlung zu nehmen. Die Ehre, den bekanntesten Maler Italiens bei sich beherbergen zu dürfen, sei ihm Lohn genug.

»Wir müssen fliehen! Weg von hier, weiter!«

»Michele. Wir können nicht ständig fliehen. Ich will es auch nicht. Man kann nicht immer vor allem davonlaufen!«

»Er ist der Teufel! Ich muß zurück in den Schutz des Vatikans. Seine Rache ist der Tod!«

Eiskalt lief es Nerina den Rücken hinunter, und als hinter ihr die Tür schlug, fuhr sie herum. Sie sah ein ebensolches Erschrekken im Gesicht Mario Minnitis, wie sie es empfand.

»Was ist? Ihr tut so, als hättet Ihr in mir den Leibhaftigen gesehen!«

Tief atmete Nerina durch. Auch Michele war herumgefahren und schreckensbleich stehengeblieben.

»Ihr habt es erraten, Mario. Euer Auftritt konnte kaum wirkungsvoller sein.«

»Dann trifft meine Hiobsbotschaft ja die Stimmung. Michele, heute erfuhr der Senat, daß du aus dem Orden der Ritter des Johannes ausgestoßen wurdest. Kein Ritter darf ohne Erlaubnis die Insel Malta verlassen. Wer zuwiderhandelt, dem droht der Ausschluß und die Exkommunikation. Letztere scheint ausgesetzt worden zu sein, aber du gehörst dem Orden nicht mehr an. Das soll ich dir überbringen!«

Faßbar schien die Stille, die diese Nachricht auslöste. Michele stand da und rührte keinen Muskel. Nur die Farbe seiner Gesichtshaut wechselte von gelblich-blaß über grünlich zu hochrot. Dann brach es aus ihm heraus.

»Sie werden mich nicht hinauswerfen! Ich bleibe Ritter mein Leben lang! Was untersteht sich dieser Laffe von Großmeister! Dieser Wignacourt! Er ist nicht Gott!«

»Mäßige dich, Michele. Er steht jedenfalls nicht weit hinter dem Papst, in manchen Belangen sogar vor ihm. Seine Männer haben schließlich die Türken aufs Haupt geschlagen. Diese Macht vergißt man nicht.«

Nur langsam begriff Nerina, was geschehen war. Dem Senat schien eine Botschaft zugegangen zu sein, aus der hervorging, daß Michele geflohen war und damit den Ehrenkodex der Johanniter gebrochen hatte. Soweit konnte sie die Ereignisse begreifen. Was sie nicht begriff, war, wer die Botschaft überbracht hatte. Bekannt dafür waren die Johanniter, daß sie unliebsame Zeitgenossen über all ihre Verbindungen hinweg anschwärzten, sogar mit Drohungen arbeiteten, damit sich niemand ihrer Rache entziehen konnte. War Minniti Geld geboten worden oder dem Senat der Stadt? Hatte Michele vielleicht recht, als er davon sprach, daß Fra Domenico in Syrakus weilte? Hatte er die nächtliche Galeere doch nicht erfunden, sondern tatsächlich mit eigenen Augen gesehen?

»Wir müssen fliehen, Nerina«, flüsterte Michele. Seine Schultern waren eingesunken, sein Kopf hing vornüber, als trüge er eine schwere Last.

»Wohin, Michele? Ich will nicht mehr fliehen!«

»Zurück nach Rom! Hat nicht Enrico gesagt, er setze sich für mich ein? Längst müßte er zurück sein, längst eine Antwort aus dem Vatikan für mich bereit haben. Nur die Phalanx der Kardinäle kann mich schützen.«

Langsam sank Michele auf die Knie, eine Hand in die Magengrube gepreßt, und ließ den Kopf vornübersinken. Von seiner Stirn tropfte Schweiß auf den Fußboden aus Steingut und hinterließ dort dunkle Flecken.

»Sicherlich sucht er uns, aber ob er uns findet?«

»Ich denke«, schaltete sich Mario Minniti in das Gespräch ein, das sich ohnehin nur schleppend vorantastete und ausreichend Platz bot für eine dritte Stimme, »ihr solltet einfach weiterziehen, bis der Dispens aus Rom eingetroffen ist. Sollte Enrico kommen, dann schicke ich ihn zu Euch. Ich habe Freunde in Messina, die Euch gern aufnehmen werden. Mehr kann ich nicht tun. Ihr habt Zeit, Michele, Nerina. In Eurem Interesse bat mich der Bischof, Euch mitzuteilen, daß die spanische Garnison nach Euch suchen wird. Nicht heute, nicht morgen, aber in den nächsten Tagen. Der Bote aus Malta drängt – und man wird ihm nicht lange widerstehen können.«

Jetzt waren für Nerina auch diese Zweifel ausgeräumt. Fra Domenico befand sich in Syrakus. Die nächtliche Galeere entsprang nicht Micheles Phantasie.

»Wir beeilen uns, Mario. Danke!«

Mit einem Wink ihrer Augen schickte sie Mario aus dem Raum, während sie sich neben Michele auf den Boden kniete.

»Erzähl, Michele, warum lohnt es sich für mich, dir zu folgen? Warum überlasse ich dich nicht einfach deinem Schicksal? Fra Domenico interessiert sich für dich, nicht für mich!«

Micheles Gesicht lag in den Schalen seiner Handflächen. Stumm bewegte sich sein Oberkörper vor und zurück, vor und zurück. Mitleid empfand sie für ihn, Mitleid und Bedauern, weil sie fühlte, daß er sich mit dieser Geschichte selbst zerstörte.

»Ich malte ihn und seinen Bruder, vor Jahren, in Mailand. Damals zählte ich zu den Gesellen in Meister Peterzanos Bottega. Mich mochte und förderte er, aber bald mußte er einsehen, daß er mir nichts mehr beizubringen vermochte. Die beiden Fanten sollten meine letzte Arbeit sein, mein Gesellenstück sozusagen.«

Michele redete schleppend und leise, als kämpfe er mit der Erinnerung und müsse sie für sich hersagen. Ganz beugte sich Nerina zu ihm hinunter, wollte keinen Ton, kein Wort verlieren. Seine Augen hielt Michele geschlossen, sein Oberkörper begann zu wippen. Ein Bad im Meer oder in einem der Flüsse hätte ihm gutgetan, dachte sie sich, während ihr sein säuerlicher Körpergeruch in die Nase stieg, Wein und Schweiß.

»Meine Schwester Caterina brachte mir zu essen, während ich über die Mittagszeit an dem Bild saß. Ich bemerkte es zuerst nicht, daß sich der junge Antonio di Russo, das heißt eigentlich der ältere der beiden Brüder, meiner Schwester genähert hat. Getroffen haben sie sich mehrmals, Zärtlichkeiten ausgetauscht, bis ...«

Ein Zittern durchflutete Micheles Körper, der sich zusammenzog und weiter krümmte. Nerina ließ ihre Hand seinen Rücken entlanggleiten, streichelte ihn, bis er sich beruhigt hatte.

»Was ist geschehen, Michele?«

»Meine Schwester träumte, aber niemals wäre ihr Traum wahr geworden. Die Braut eines Adligen. Stell dir das vor. Ich versuchte ihr diesen Irrsinn auszureden. Eine Bürgerliche und einer von Adel. Niemals hätten die Familien dieser Verbindung zugestimmt, und der junge di Russo wußte es. Sie war unstandesgemäß. Er versprach ihr trotzdem alles, ein Leben in Wohlstand, seine Liebe, Treue ... alles, was sie dazu hätte veranlassen können, ihn mit in ihr Bett zu nehmen!«

Es war das alte Spiel, von dem Michele erzählte. Das Spiel von Verlangen und Sehnsucht, von Tradition und Überwindung, von Liebe und Begehren. Und es war das Spiel von Eroberung und Fall, von Sieger und Verlierer.

»Hat er sein Ziel erreicht?«

»Ja ... und nein.«

Sie stutzte. »Ja und nein?«

19.

Unerkannt betrat Enrico Syrakus vom Land her. Seinen Verdacht, den er gegenüber Ferdinando Gonzaga geäußert hatte, wollte er bestätigt wissen. Daß Michele sich auf der Wachtelinsel aufhielt, zwitscherten ganze Heerscharen von Briefen, die zwischen Syrakus und Rom hin und her schwirrten. Gesandte und Kaufleute, Kapitäne und Malteser brachten die Nachrichten nach Rom. Michele male, male Gewaltiges, hieß es darin. Und Enrico fühlte in sich ebenso mächtig eine Neugier auf die neuen Bilder wie auf Nerina, deren Stimmung in den Briefen an ihn sich immer verzweifelter anhörte. Michele leide, hieß es darin, Michele sei umfangen von einer Düsternis, die sich in der Stimmung seiner Bilder widerspiegle, Michele werde noch immer verfolgt, eindeutig von seinen Phantasien und womöglich weiter von seinen Peinigern.

Beinahe atemlos hatte er von der Flucht und ihren Umständen gelesen, von Micheles und Nerinas Ankunft, von ihrer Zeit in der Nähe der Latomia del Paradiso, von Micheles neuem Gemälde, von der Landung Fra Domenicos auf Sizilien. Trotzdem nährte sich in ihm der Verdacht, einem Schauspiel beizuwohnen, dessen Handlung und Ende bekannt waren, dessen Inszenierung jedoch die höchste Aufmerksamkeit aller Beteiligten erforderte. Wie anders sollte er sich sonst erklären, daß es dem mächtigen Johanniterorden nicht gelang, Micheles habhaft zu werden? Hier wurde Theater gespielt! Zwar kannte er eine Reihe von Akteuren des Stücks, aber niemand erklärte ihm, wer es inszenierte und wer es geschrieben hatte.

Mario Minniti hieß der Freund Micheles, den er aufsuchen sollte, bei dem er ihn und Nerina zu finden hoffte. Damit aber seine Anwesenheit in Syrakus unbekannt blieb, hatte er sich mit einem Boot außer Sichtweite der Wachtelinsel an Land setzen lassen und war zu Fuß die Küste entlanggelaufen und hatte Syrakus über die Brücke betreten, die Insel und Festland miteinander verband. Die Wache an der Brücke hatte sich gewundert, aber der Passierschein des Senats, den Kardinal Gonzaga von der Stadtregierung für ihn erbeten hatte, öffnete ihm den Zugang zur Insel. Bevor er jedoch den Weg zu Minniti nahm, wollte er sich nach den Fremden in Syrakus erkundigen.

Seines Herren Wunsch, Bilder aufzukaufen, mit dem er hierhergeschickt worden war, blieb eher ein Hirngespinst. Wenn Michele tatsächlich derart bedrängt wurde, wie Nerina ihm schrieb, dann gab es für Ferdinando Gonzaga keine Möglichkeit, neben einem bestellten Bild ein Gemälde frei einzukaufen.

Er schlenderte zum Hafen hinunter, dem einzigen Ort, an dem er hoffte, zu dieser frühen Stunde die Hinweise zu erhalten, die er brauchte.

Gewaltig wies ihm aus der Ferne die Rauchfahne des Ätna den Weg, die sich wie ein winkender Arm über das Meer hinzog. Enrico nahm es als gutes Zeichen und ließ sich von diesem Orakel der Natur in eine Osteria führen, die direkt darunter lag, als würde der ehrwürdige Berg ihn auf die Schenke verweisen.

Mit dem Gesicht zum Hafen hinaus setzte er sich an die Mauer der Osteria, bestellte Wein, Brot und Käse, sah dem Treiben auf den Molen zu und wartete einfach ab. Syrakus' Größe lag längst darnieder, die Stadt, deren Einwohnerzahl die Athens in der Antike weit übertroffen hatte, deren Tyrann zu den grausamsten der Zeit gezählt worden war, und die als eine der reichsten griechischen Stadtgründungen gegolten hatte, war in den Zeitläufen zu einem Fischerdorf herabgesunken, überschaubar und klein, in dem jeder jeden kannte und Fremde sofort auffielen. Auf diesen Umstand baute Enrico.

Nur wenige Gäste bevölkerten den Raum vor der Schenke. Bewußt unbeteiligt aß und trank Enrico und ließ wie zufällig seinen Blick über die Männer wegschweifen, die ihrerseits neugierig zu ihm herübersahen. Es dauerte nicht einmal einen halben Krug Wein, bis ein kleiner, dunkelhäutiger Mann mit auffallender Narbe am rechten Auge an seinen Tisch trat und sich setzte.

»Ihr seid neu hier?« Enrico sah dem Mann ins Gesicht. Zu den Fischern, deren Augen und Gesichtsausdruck durch die endlosen Tage auf See und den Blick an den Horizont müde geworden waren und stumpf, gehörte der Kerl nicht. Rege Neugier las er aus den Falten um die Augen, aus der gerunzelten Stirn und aus der Art, wie er ihn musterte, seine Kleidung, sein Aussehen, seinen Degen. Demonstrativ schob Enrico ein Stück Käse in den Mund. Vom Meer her wehte ein Geruch nach Tang und altem Fisch herauf, den er mochte. Das Narbengesicht zog seine Nase kraus und setzte hinzu: »Wir mögen Fremde hier nicht.«

Enrico grinste, trank langsam einen Schluck Wein nach und meinte dann:

»Da geht es Euch wie mir!«

Mit der Zunge spielte der Fremde an seinen Zähnen und zog hörbar Speichel zwischen den Lücken hindurch. Die Antwort schien ihm einerseits nicht zu behagen, andererseits konnte er seine Person offenbar nicht recht einschätzen.

»Ihr solltet woanders essen!«

Auch jetzt fühlte Enrico keinerlei Bedürfnis, auf den Fremden näher einzugehen. Wieder schob er ein Stück Käse in den Mund, riß ein Stück Brot ab und spülte alles mit Wein hinunter.

»Mir wurde die Osteria empfohlen.«

Kurz stutzte das Narbengesicht, legte den Kopf schief und sah Enrico eine Zeit beim Essen zu. Seine dünnen Haare verwehte der Wind.

»Von wem?«

Enrico vermied anfänglich jeden Blickkontakt. Erst als der Käseteller sich leerte, sah er den Fremden wieder an.

»Von guten Freunden.«

»Ich habe keine Freunde«, knurrte das Narbengesicht und beugte sich über den Tisch. Bevor er ihm den letzten Käsebrocken vom Teller stahl, ließ Enrico eine halbe Silbermünze auf den Tisch schnalzen. Zufrieden beobachtete er, wie sich die Männer vor der Osteria zu ihnen umdrehten. Selbst das Geschrei vom Hafen her hatte die Münze übertönt. Dennoch hielt er die Hand auf der Münze, die durch seine Finger hindurchschimmerte.

»Mein Freund heißt Mario Minniti.«

Der Mann mit der Narbe nickte und wollte nach der Münze greifen, aber Enrico hielt dessen Arm mit der anderen Hand fest. Er lächelte unverbindlich, als das Narbengesicht aufspringen wollte. Sein Griff schloß sich enger um das Handgelenk des Mannes.

»Ich brauche eine Auskunft.«

»Welcher Art?«

»Ich weiß, daß Ihr die Fremden kennt, die sich hier in Syrakus aufhalten – und daß Ihr wißt, wie sie heißen.«

»Wenn Ihr da nur nicht falschliegt.«

Leise mußte Enrico lachen. Die Versuche des Narbengesichts, sich zu verstellen, blieben sehr durchsichtig. Selbst in der bereits jetzt schon schwülen Atmosphäre vor der Osteria verriet ihn sein Mienenspiel und die Unruhe seiner Hände. Keine Erfrischung lag in diesem Morgen. In Rom, dachte er, in Roms Intrigensumpf wäre dieser Mann verurteilt, sang- und klanglos unterzugehen.

»Ich suche einen Johanniter!«

Im selben Moment ließ Enrico die Münze frei, und die Finger des Narbengesichtigen griffen nach und schlossen sich um das Metall.

»Einen Johanniter sucht Ihr?«

Wieder ignorierte Enrico den Fremden. Aus den Augenwinkeln heraus sah er, daß er sich nach den anderen Gästen im Lokal umsah. Die aber beschäftigten sich mit Dominospiel oder schienen derart vertieft in ihre Unterhaltungen, daß Enrico ahnte, wie aufmerksam sie den Ausführungen seines vernarbten Gegenübers lauschten.

»Mit einem Ring am Daumen?«

Enrico horchte auf. Nur einen Johanniter kannte er, der ein solches Merkmal trug. Er hatte also recht behalten. Kaum merklich nickte er.

Die Tür zur Osteria wurde aufgestoßen, und zwei Fischer traten aus dem Innenraum der Schenke, die sich umsahen. Enrico beachtete sie erst, als das Narbengesicht seine Stimme senkte und sich zu ihm herüberbeugte. Die beiden ließen sich an einem freien Tisch in ihrer Nähe nieder und bestellten einen Krug Wein, den sie sich teilten.

»Wann kam er an?«

»Vor einer Woche. Seine Galeere lief in der Nacht in den Hafen ein und verließ ihn wieder, als der Johanniter abgesetzt war. Nur zwei Seeleute haben ihn begleitet.« Er deutete mit einem Kopfnicken zu den Männern hinüber, die schweigend dasaßen und vor sich hin stierten.

Also hatte Fra Domenico Michele gefunden! Was sich Enrico nur nicht erschloß, war die Tatsache, warum der Johanniter Michele nicht hinter einer Ecke auflauerte und ihn einfach abstach. Die Überraschung wäre auf seiner Seite. Doch das schien nicht im Interesse Fra Domenicos zu liegen. Zufrieden mit sich, wollte er sich erheben, als das Narbengesicht ihn seinerseits am Arm festhielt.

»Sicherlich interessiert Euch ein weiterer Umstand, der mit dem Johanniter zu tun hat.«

Langsam ließ Enrico sich wieder nieder, doch sein Gegenüber schwieg, bis er eine Handvoll Münzen aus seinem Rock zog und auf den Tisch zählte. Diesmal sahen die beiden Männer in ihrer Nähe auf und musterten sie beide. Enrico versuchte, sich so unauffällig wie möglich zu verhalten, doch schien das Interesse der Fischer geweckt zu sein. Sie ließen ihn und das Narbengesicht nicht mehr aus den Augen.

»Kommt. Wir verlassen den Ort. Ihr könnt mir auf dem Weg zu Minniti davon erzählen.« Er schob dem Narbengesicht das Geld hin und stand auf. Als er zu den beiden Fischern hinübersah, glaubte er, zumindest einen davon zu erkennen, aber der hob gerade seinen Becher vors Gesicht und genehmigte sich einen kräftigen Schluck.

Rasch erhob sich Enrico und trat auf die Straße hinaus. Wenig später erschien das Narbengesicht und blinzelte in die Morgensonne.

»Erzählt. Eure Bezahlung habt Ihr erhalten!«

»Ihr seid seinetwegen hier!«

Von der Seite betrachtete Enrico den Fremden, der sich für ihn selbst als Goldgrube erwiesen hatte, ohne daß dieser es bemerkt hätte. Die Sonne warf erste Schatten in die Gassen hinunter, und der Wind von Land her hatte noch nicht gedreht.

»Seinetwegen? Ihr sprecht in Rätseln. Ich hoffe, Ihr könnt mich zielstrebiger zu Mario Minniti bringen.«

»Natürlich, Signore.«

Eine ganze Weile liefen sie stumm nebeneinander her. Langsam erwachte die Stadt zu morgendlicher Geschäftigkeit. Erste Fischerboote liefen ein, vom Hafen herauf schallten die Schreie der Verkäufer, die ihren frischen Fang anboten. Frauenstimmen übertönten das Geschrei der Säuglinge, die an die Mutterbrust wollten oder gewaschen wurden. Wie ein kräftiger Herzschlag setzte das Leben ein, pulsten Stimmen und Geräusche auf.

»Caravaggio! Er hat das Bild gemalt!«

Selbst Enrico schlug das Herz plötzlich bis in den Hals. Was hatte das Narbengesicht gesagt? Neben dem Namen? Er hat das Bild gemalt. Was mußte es für ein Bild sein, wenn dieser nicht sonderlich gebildete Mensch es »das Bild« nannte? Michele hatte offensichtlich wieder ein Meisterwerk geschaffen, das tief in der Volksseele wurzelte. »Das Bild« hieß es lapidar. Welch ein grandioser Sieg.

»Und wenn ich seinetwegen hier wäre? Was habt Ihr mir noch zu sagen?«

»Ein zweiter Priester schleicht ihm nach und belästigt ihn.«

Enrico wurde ungeduldig. Stunden würde es dauern, bis er wußte, wen das Narbengesicht meinte.

»Er sieht ihm entfernt ähnlich. Man könnte denken, sie seien Geschwister.«

Wie ein Schlag traf in diese Enthüllung. Pater Leonardus in Syrakus? Warum wußte er nichts davon? Was hatte das zu bedeuten? Reiste Pater Leonardus mit demselben Auftrag wie er, nämlich Bilder einzukaufen?

Jetzt zog es ihn plötzlich zu Nerina und Michele.

»Führt mich auf dem kürzesten Weg zu Mario Minniti. Ich muß Caravaggio sehen!«

Das Narbengesicht blieb stehen und sah sich um. Dreißig Schritte hinter ihnen folgten die Fischer.

»Wir werden uns hier trennen. Caravaggio hat die Stadt verlassen. Vor drei Tagen bereits.«

»Warum?«

»Keine Luft zum Atmen, keine Luft zum Arbeiten, keine Luft zum Denken.«

»Wohin ist er?«

Mit einer unverschämten Geste hielt das Narbengesicht die Hand auf und sah ihm in die Augen. Diese Gesichter kannte er aus seiner Kindheit, mit diesen Gesichtern war er aufgewachsen, und er hätte voraussagen können, was jetzt kam. Trotzdem griff er in seine Gürteltasche und holte eine Münze hervor.

Erst als er ihm eine Münze in die Hand gedrückt hatte, meinte das Narbengesicht lachend: »Ich weiß es nicht!« und verschwand zwischen den Gassen der Stadt im aufschäumenden Gewimmel der Menschenleiber des Morgens.

Enrico machte sich trotzdem auf den Weg zu Mario Minniti. Dort würde er erfahren, was er wissen wollte. Sorgen machte er sich nur um Micheles Verfolger. Was planten sie? Woher wußten sie um Micheles Aufenthalt hier? Erhielten sie dieselben Informationen aus Rom wie er? Möglicherweise aus denselben Quellen?

20.

Messina empfing Michele feucht und dunstig. Eingeschlossen zwischen zwei Bergrücken, hing der Wolkennebel schwer in der Talsenke. Den Hafen konnte man riechen, aber nicht sehen. Nur die Zitadelle, die eine spanische Garnison trug und auf der ein Wimpel des spanischen Königs wehte, dräute durch den Schleier zu ihnen herab.

Auf einem Esel ritten Nerina und Michele auf das Stadttor zu, das eben mit einem hellen Ruf aufgestoßen wurde. Erste Karren und Bauern mit hohen Kraxen auf dem Rücken, mit denen sie Gemüse und Obst transportierten, harrten auf Einlaß und entrichteten ihren Torpfennig. Mit zusammengebissenen Zähnen trieb Nerina ihren Esel weiter. Ihr Hintern fühlte sich wundgescheuert an von den borstigen Haaren ihres Reittiers. Nicht einmal Sättel oder eine Decke hatten sie sich geleistet, als sie überstürzt aus Syrakus geflohen waren. Übermüdet wie sie hing Michele auf seinem Esel, die Hände auf dem Schoß gekreuzt, und überließ sich dem Grautier, das jetzt, beim Geruch von Stall und Futter, einen heiseren Schrei ausstieß, aber deswegen keinen Schritt schneller ging. In regelmäßigen Abständen fuhr ein Schauer über Micheles Körper, der in einem Zittern der Hände endete. Michele fieberte, der eisigfeuchte Dezemberwind gestern und der alles durchdringende Nebel heute setzten ihm zu.

Unter den mißtrauischen Blicken der Torwache näherten sie sich, verstaubt und übermüdet.

»Halt! Passierscheine, Reiseerlaubnisse!«

Bevor Nerina noch damit beginnen konnte, über fehlende Unterlagen und mangelnde Papiere zu lamentieren, erscholl hinter der Wache eine tiefe dunkle Stimme, die so gar nicht in diese Landschaft passen wollte.

»Madre mia! Warum so unfreundlich? Seid Ihr aus Syrakus? Seid Ihr der berühmte Pintor Messer Caravaggio mit seiner Gehilfin?«

Michele schien hochzuschrecken und starrte den für die Gegend zu hellhäutigen Mann an. Geistesgegenwärtig übernahm Nerina das Gespräch, weil sie ahnte, daß Michele in seiner momentanen Verfassung dazu wohl nicht in der Lage war.

»Und wenn dies der Mann wäre, den Ihr erwartet?«

Ein breites Grinsen antwortete ihr. Eingeschüchtert traten die Wachen einen Schritt zurück, als der Hüne aus dem Dunkel des Tores trat, breitschultrig, in einen schweren wollenen Mantel gehüllt, auf Säulenbeinen, die in schwarzledernen Stiefeln steckten.

»Dann seid Ihr per Schnellsegler von Mario Minniti angekündigt worden. Der Senat der Stadt«, und dabei betonte er laut und für die beiden Wachen deutlich vernehmbar den Begriff »Senat«, »heißt Euch in seinem Namen und in dem des spanischen Königs willkommen.«

»Michele Merisi, den alle Caravaggio nennen, nimmt Euer Willkommen gerne entgegen.«

Zwar konnte Nerina diese überfreundliche Begrüßung nicht recht einschätzen und wunderte sich etwas, aber das Wetter und Micheles Zustand ließen ihr keine Wahl. Zudem murrten hinter ihr die Bauern, die auf den Markt der Stadt drängten. Zuversichtlich trieb sie ihren Esel an, und ungehindert trabte sie, Micheles Tier am Zügel, durch das für sie beide jetzt offene Tor. Der Hüne folgte ihnen.

»Ihr seid nicht aus Sizilien?« erkundigte sie sich, als sie die Hauptstraße der Stadt betraten, die sich anfänglich breit und beinahe kerzengerade durch Messina schnitt.

»Nein, ich stamme aus dem Norden, aber die Geschäfte und die Liebe haben mich hier an der Königin der Meerenge, in Messina, festgehalten.« Er lachte tief. »Mit Caravaggio verbindet mich zumindest die Namensgebung. So wie er nach seinem Heimatort heißt, nennt man mich Augsburger. Ich stamme von dort. Eine Stadt, ebenso mächtig und reich wie Messina, nur in den letzten Jahren von einer Schar unfähiger Führer in den Ruin getrieben.«

Hell lachte er auf, als könne er aus der Entfernung über das Mißgeschick seiner Landsleute nur Verachtung und Mitleid empfinden.

»Wo wollt Ihr uns unterbringen? Michele braucht Ruhe, er ist krank – und zudem muß er malen!«

Den letzten Satz sagte sie leise, da Nerina nicht wollte, daß Micheles Gesundheitszustand und seine Malerei miteinander in Verbindung gebracht wurden. Augsburger schien jedoch ein feines Gehör zu besitzen, denn wieder lachte er laut auf.

»Alles wird zur Zufriedenheit gelöst, glaubt mir. Ich habe meinen Diener vorausgeschickt. Ihr werdet in der Herberge der Ritter untergebracht, und ich verspreche Euch, es werden die besten Zimmer sein.«

Im dichter werdenden Gewühl der Stadt griff der Hüne nach Nerinas Zügel und schritt voraus. Bereitwillig traten die Bewohner und Bauern zur Seite, als wären sie es gewohnt, durch die Erscheinung Augsburgers verdrängt zu werden. Hinter ihr hörte sie jedoch ein Flüstern und Wispern, als summe ein ganzes Bienenvolk die Neuigkeit durch ihren Korb. Sie wagte einen Blick zurück und gewahrte, wie die Menschen die Köpfe zusammensteckten, wie sie ihnen Blicke hinterherschickten. Kannten die Messiner Micheles Geschichte? Was wurde von ihm erzählt? Oder verbarg sich hinter der freundlichen Begrüßung eine Falle? Plötzlich mußte sie ihren Mantel enger ziehen, weil es ihr kalt wurde. In den geraden Straßen hing der Nebel wie ein nasses Tuch. Niemand konnte hinter die hohen, eleganten Häuserfassaden sehen, niemand beurteilen, ob der Wohlstand, die Wohlanständigkeit des Äußeren sich im Inneren fortsetzte.

Noch vor ihrer Flucht hatte Minniti ihnen zu Messina geraten, weil Messina mehr Kenner und Sammler beherbergte als Syrakus. Hier sei es für Michele leichter, vermögende Auftraggeber zu finden, hatte er versprochen.

»Sagtet Ihr nicht, wir kämen in der Herberge der Ritter unter?«

Ohne den Schritt zu verhalten, drehte sich der Hüne um und lächelte sie wieder breit an.

»Es ist ein Ordenshaus, die Herberge der Johanniter.«

Selbst Michele schreckte in diesem Augenblick hoch, aber sein Protest verlor sich in einem heftigen Hustenanfall, der ihn auf dem Esel krümmte. Bevor Nerina sich wieder in der Gewalt hatte und dem Hünen aus Augsburg begreiflich machen konnte, daß sie eben dort nicht untergebracht werden wollten, hielt dieser vor einem Gebäude, dessen lange Front durch ein Portal durchbrochen wurde, über dem das Zipfelkreuz der Malteser prangte. Unverkennbar beherbergte das Gebäude Hospital und Herberge des heiligen Johannes von Jerusalem.

»Wir sind da. Fra Orazio Torriglia, der hiesige Komtur des Ordens, erwartet Euch.«

»Aber ... wir können nicht ...« flüsterte Nerina, mußte aber Michele gleichzeitig vom Esel helfen, da er sich kaum noch auf den Beinen halten konnte. Sie mußte ihn stützen und knickte selbst unter seinem Gewicht beinahe ein. Ohne auf Nerinas schwach vorgetragenen Protest zu achten oder ihr zu helfen, verschwand der Hüne im Torbogen und ließ die beiden stehen. Kurze Zeit darauf, traten vier Ritter auf die Straße, von denen zwei die Esel wegführten, während der dritte Michele unter die Achsel griff und Nerina entlastete. Der vierte ging ihnen voraus.

Seit sie vom Esel gestiegen war, verfluchte Nerina ihre Schwäche. Warum hatte sie sich nicht gegen die Freundlichkeit Augsburgers gewehrt? Warum hatte sie sich einlullen lassen von dessen Einladung? Mußte sie nicht immer und überall gewärtig sein, daß der Orden seine schwarzen Schafe aus der Herde aussonderte, heimlich, still und leise, damit niemand davon erfahren würde? Vertrauensseligkeit gehörte in ihrer, vor allem aber in Micheles Situation zu den Todsünden. Flucht und Versteckspiel umsonst, jetzt hingen sie im Netz, das die Malteser über Italien ausgebreitet hatten, um seiner Abtrünnigen habhaft zu werden. Verloren – Michele war verloren. Verzweifelt schloß Nerina die Augen, bis sie gewahr wurde, daß alle auf sie warteten. Erschöpft und niedergeschlagen trottete sie hinter dem Ordensritter her, dessen Gewand sich um einen drahtigen Körper bauschte.

Nerina bedauerte Michele in seinem Zustand. Mehr geschleppt als auf eigenen Beinen durchquerte er den Weg in einen Innenhof, der zu einem vier Stufen höher gelegenen Eingang führte. Dort stand, im Schatten des Gebäudes, die Arme unter das schwarze Ordenskleid gesteckt, dessen weite Ärmel auf dem Rücken zusammengebunden waren, Fra Orazio Torriglia.

Eben wollte Nerina auf die Knie sinken und darum bitten, Gnade walten zu lassen, schließlich sei Michelangelo Merisi da Caravaggio nur Maler und das einer der besten dieser Epoche, als sie ein kaum wahrnehmbares Kopfschütteln Fra Torriglias bemerkte.

»Ich möchte Euch hier begrüßen, Messer Caravaggio. Wie man mir erzählte, seid Ihr Mitglied unseres Ordens. Seid versichert, daß wir alles in unserer Macht Stehende versuchen werden, Eure Gesundheit wiederherzustellen.«

Erst glaubte sie, sich verhört zu haben, und auch Micheles Körper, der ganz offensichtlich nicht nur aus Erschöpfung in sich zusammengesunken gewesen war, straffte sich wieder. Alle Resignation wich aus seiner Haltung, seiner Stimme, als er antwortete.

»Ich danke Euch, Fra Torriglia. Gebt uns bitte Unterkunft und Leinwand sowie Pigmente, so werde ich mich dankbar zeigen.«

Ein kaum sichtbares Lächeln huschte über die Lippen des Komturs. Mit einem Kopfnicken verabschiedete er die Ritter, die Michele mit sich nahmen. Unschlüssig stand Nerina da und wußte nicht, ob sie Michele folgen oder bleiben sollte.

»Habt keine Angst. Ihm wird nichts geschehen. Die Padres werden ihn waschen und salben, ihm etwas kräftigende Suppe einflößen und einen Tee, der ihn schwitzen läßt. Danach wird er schlafen wie ein Engel. Ihr solltet mir jedoch noch einige Fragen beantworten.«

Aus den Öffnungen seiner Ärmel reckten sich Hände, die einladend ins Haus selbst zeigten. Dann drehte sich Fra Torriglia um und schritt ihr voran in einen hohen Raum, der mit einem Kamin und zwei Stühlen ausgestattet war. Sofort fühlte sie sich an die Kahlheit des Tor di Nona in Rom erinnert, dem Vorhof zur Hölle. Nicht einmal die knackenden Scheite im Kamin konnten ein Frösteln verhindern.

»Im Sommer liegen hier Pilger, die auf dem Weg nach Syrakus haltgemacht haben. Jetzt, in der kühlen Jahreszeit, dient es mir als Empfangszimmer. Es kann beheizt werden. Ein Vorteil, der sich nicht auf alle Räume des Hospitals gleich verteilt.«

Kaum hatten sie die hochlehnigen Stühle erreicht, drehte sich der Komtur zu ihr um.

»Ich will ehrlich sein.« Er sah sie an, als hielte er nichts davon, mit Frauen zu reden. In seinem Gesicht spiegelten sich Widerwillen und Abscheu, gepaart mit einem Ausdruck, den Nerina sich nur schwer deuten konnte. Wußte der Komtur über Micheles Ausschluß aus dem Orden Bescheid? Schwieg er nur, um sich Vorteile zu verschaffen? Wem gegenüber? »Der städtische Senat wünscht, daß Euer Meister Bilder für die Stadt malt. Ganz besonders am Herzen liegt dies einem Kaufmann, Giovanni Battista de' Lazzari, der unser Hospital häufig mit großzügigen Spenden unterstützt. Wird er dazu in der Lage sein?«

Wie Schuppen fiel es ihr von den Augen. Natürlich wußte Fra Torriglia, daß Caravaggio aus dem Orden ausgeschlossen worden war. Selbst bei ihm waren die Kuriere aus Malta eingetroffen. Jederzeit konnte Michele von ihm an den Großmeister Wignacourt nach Malta ausgeliefert werden, aber offensichtlich gab es verschiedene Interessenlagen bezüglich eines derart bekannten Malers. Reichlich fließende Spenden standen gegen den Gehorsam gegenüber dem eigenen Orden. Und zumindest diese Spannung gedachte Nerina auszunutzen. Auch hier kochten die Provinzmächtigen ihr eigenes Süppchen gegen Papst und König, wie überall.

»Gebt ihm einen Pinsel und Farbe, und er wird ein Bild malen, das Euch die Exkommunikation aus Rom einbringt.«

Trotz seiner nach außen getragenen Ablehnung mußte Fra Torriglia schmunzeln.

»Soweit sollte es nicht kommen, aber ein Schuß Unabhängigkeit, vielleicht sogar einige Tropfen Eigensinn und Patriotismus gefielen der Stadt und ihren Vätern.«

21.

Michele hustete hohl und scharf. Das Gesicht schweißnaß, wirkte er fahrig und unruhig. Die Schultern hingen, aber die Pinselbewegungen wirkten kräftig wie immer, nur daß er öfters unterbrach, die Arme senkte. Dann zitterten seine Hände, und von der Nase tropfte der Schweiß. Schnell arbeitete er und sicher und mit einem Trotz, der Nerina Angst einflößte.

Tausend Scudi hatte ihm der genuesische Kaufmann geboten, tausend Scudi von Giovanni Battista de' Lazzari, der jetzt schräg hinter Michele stand und ihm zusah, die Nase mit einem duftenden Tuch verhüllt, um den Gestank der Leiche nicht einatmen zu müssen.

Kaum eine Woche nach ihrer Ankunft in Messina hatte sich Michele aus seinem Bett gequält und war an die Leinwand getreten, die man in sein Zimmer gestellt hatte. Mit Stiefeln und Degen schlief er, unruhig und vom Fieber geschüttelt, das an ihm nagte und nicht mehr losließ. Aber der Komtur und der Genueser Kaufmann de' Lazzari drängten in ihn, wollten ihn an der Arbeit sehen – und Michele ahnte wie sie, Nerina, daß ihm nur die Befriedigung ihrer Bilderleidenschaft Sicherheit verschaffte.

»Ich muß Euch danken, Messer Caravaggio, daß Ihr Euch dazu bereit erklärt habt, das Thema des Bildes zu wechseln. Zwar hätte mir ein Johannes für die Cappella principale auch gefallen, aber mit Eurem Lazarus und der Erweckungsszene habt Ihr den Nagel auf den Kopf getroffen. Wenn mir auch die Umsetzung etwas ungewöhnlich erscheint.«

Mit seiner unter dem Tuch verborgenen Nase deutete er auf die drei männlichen Modelle, von denen einer einen Leichnam hielt, der als Vorlage des Lazarus diente, während zwei weitere eine Art Grabstein hoben.

Nerina, die seitlich zu Michele am Türrahmen zu ihrem Zimmer stand und die beiden Männer beobachtete, verzog bitter den Mund. Michele hatte bereits das Johannes-Thema skizziert und den Grund aufgetragen, als der Genueser mit einer neuen Idee aufgetaucht war. Noch vor einem Jahr hätte ihm Michele die Leinwand hinterhergeworfen. Vor jetzt vierzehn Tagen, fiebrig und matt, hatte er nur genickt und sich etwas anderes einfallen lassen. Mit dem Familiennamen der Lazzari sollte Michele spielen, und da ergab sich nur die Verbindung zur Erweckung des heiligen Lazarus, die ausschließlich im Evangelium des Johannes zu finden war. Die drei Beziehungen überzeugten den Kaufmann: Lazarus als Anspielung auf den Familiennamen Lazzari, das Evangelium als Bezug zum Taufnamen des Stifters, Giovanni, und die Tatsache, daß ein Ritter der Johanniter aus Jerusalem das Bild fertigte. Seither stand Michele an der Leinwand, während sie für ihn auf der Straße nach Modellen gesucht hatte.

»Nur der Gestank ist unerträglich. Messer Caravaggio, mußte das wirklich sein?«

»Wenn Ihr wollt, daß das Bild die Herzen der Menschen rührt, muß es sein«, antwortete Michele scharf.

»Aber Lazarus wird in die Welt der Lebenden zurückgerufen, Messer Caravaggio, es hätte also ausgereicht, einen lebenden Menschen in Pose zu setzen …«

»Hört, Signor de' Lazzari, Ihr mögt wissen, wie man einen Ballen Wolle abschätzt, vielleicht könnt Ihr auch ein Gewicht allein dadurch abwiegen, daß Ihr es in die Hand nehmt, aber wenn es um Malerei geht, versteht Ihr davon soviel wie der Hund vom

Mond. Ihr könnt das Bild anbellen, aber Ihr könnt es nicht malen – und über notwendige Mittel für meine Kompositionen wißt Ihr nicht einmal das!«

Die letzten Worte hatte Michele nur geflüstert, unterbrochen von einem heiseren Husten.

Sofort zuckte de' Lazzari zurück. Zwar hatte ihm Nerina bereits gesagt, daß Michele heftig reagieren konnte, was die Beurteilung seiner Bilder anbelangte, daß er aber derart scharf ansprang, erstaunte den Kaufmann offensichtlich doch.

»Herr!«

Michele sah auf und musterte die drei Männer beim Leichnam.

»Ja?«

Es handelte sich um drei Fischer, deren Gesichter Nerina gefallen hatten und die sich im Frühjahr, während die Fischerei kaum etwas einbrachte, gern als Modelle verdingt hatten.

»Herr, der Leichnam stinkt unerträglich. Ich kann ihn nicht mehr halten. Verzeiht!«

Damit ließ der ihn fallen, der ihn bislang, leicht über ihn gebeugt, gehalten hatte, trat einen Schritt zurück und bedeckte die Nase mit der Hand. Auch die beiden anderen Modelle lösten sich aus ihrer Haltung. Der dumpfe Fall des Leichnams, der drei Tage alt war und entsprechend nach Verwesung roch, hallte in dem Zimmer des Hospitals wider. Unwirklich hörte sich für Nerina der Fall an, als wäre den Männern ein Stein vom Herzen gefallen.

Auch de' Lazzari wirkte überrascht und verärgert über das Geschehen, aber er schien die Männer zu verstehen. Nur Michele verfiel in eine Art Starre. Als könne er nicht glauben, was er sah, blickte er auf den Leichnam vor sich. Dessen wächserne Haut war bereits übersät mit den dunklen Flecken der Auflösung, schmierige Fetzen begannen sich zu lösen.

Keineswegs überrascht von Micheles Verhalten, wartete Nerina auf den Ausbruch, der in eben dem Moment erfolgte, als einer der Männer, der Träger des Leichnams, sich zu rechtfertigen versuchte und mit ausgestreckter Hand auf Michele zuging, um wohl seinen Lohn zu fordern.

Bevor der Mann wußte, wie ihm geschah, hatte Michele seinen

Degen gezogen und ihm mit der flachen Klingenseite auf eben diese Handfläche eingedroschen, daß das Blut spritzte.

»Seid Ihr verrückt? Bezahle ich Euch dafür, daß Ihr mir ein Bild verderbt? Verfluchte Bande. Euch zeige ich, wann ein Leichnam zu riechen beginnt.«

Gleich einem Tobsüchtigen sprang Michele unter sie und hieb, links und rechts Schläge mit der flachen Klinge austeilend, auf die Männer ein. »Einem Cavaliere di Grazia die Gefolgschaft verweigern heißt, seinen Zorn herauszufordern. Nehmt den Leichnam auf. Ich werde Euch sagen, wann Ihr ihn fallen zu lassen habt. Und wenn einer von Euch glaubt, er könne durch die Tür hier den Raum verlassen, so rufe ich ihm zu, er wird mit den Füßen zuerst hinausgetragen werden oder hierbleiben.«

Wild gestikulierend vollführte Michele mit dem Degen Scheingefechte in der Luft und bekämpfte imaginäre Gegner. Dabei sauste die Klinge haarscharf an den Köpfen der Fischer vorüber, die sich erschrocken zu dem Leichnam niederbeugten und ihn wieder aufhoben.

»Verfluchte Bande. So muß er liegen, die Arme gespreizt, als empfange er das Leben wieder, die Hand ins Licht gestellt, als berühre er damit das Licht der Erweckung.«

Michele ließ den Degen fallen und drapierte Modelle und Leichnam wieder in die gewohnte Pose, die Nerina an eine Kreuzigungshaltung erinnerte. Und doch deutete Michele damit soviel mehr an. Während die linke Hand des Lazarus gen Erde wies, auf den Totenschädel, der achtlos auf dem Boden herumlag und noch in leichenhafter Starre verharrte, streckte sich der rechte Arm bereits ins Licht, berührte die Flamme des Lebens und wandte sich grüßend und dankend Christus zu, der mit großer, triumphaler Geste, obwohl an den Bildrand verbannt, das Wunder vollbrachte und für Lazarus die Tür zwischen Tod und Leben aufstieß.

Nerina liebte dieses Bild, weil es ihr zeigte, daß Michele nicht ganz in der Trostlosigkeit seiner Flucht, in den Tiefen seiner Ängste versank, die an manchen Tagen so grundlos waren, daß er sich nicht aus dem Bett wagte und sich unter Decken und Kissen verbarg. In diesem Bild verbarg sich ein Element der Hoffnung, das Wunder der Erneuerung, auf das er selbst harrte.

Verschüchtert und mit blutigen Striemen übersät, hatten die Fischer wieder in ihre Posen zurückgefunden. Selbst der Genueser Kaufmann war bis zu ihr zurückgewichen, weil er offenbar befürchtet hatte, selbst vom Zorn Micheles getroffen zu werden.

Nerina beugte sich zu ihm hin und flüsterte: »Großen Geistern ist meist Wunderliches eigen. Könnten sie sonst wunderbare Dinge vollbringen?«

Mit einem schiefen Lächeln sah er sie von der Seite her an, und Nerina ahnte, daß er sich in diesem Moment wünschte, Michele niemals zu diesem Auftrag gedrängt zu haben. Der Vorschuß von fünfhundert Scudi klimperte jedoch bereits in Micheles Taschen und war teilweise als Wein seine Kehle hinuntergeronnen.

Aus dem Augenwinkel heraus sah sie, wie einer der Fischer den Kopf kurz wandte und nach dem Ausgang spähte, aber schon griff Michele nach seinem Degen, der neben ihm auf dem Boden lag, und hieb mit einem pfeifenden Geräusch auf den Kerl ein. Nur knapp verfehlte die Klinge das Ohr des Fischers, ritzte ihm jedoch die Ohrmuschel. Blut begann auf den Boden zu tropfen.

»Bleibt aufmerksam, wenn ich Euch male. Der nächste Hieb läßt das Ohr fallen. Und wenn noch ein Stück Schädel dabei abgeschlagen wird, um so besser, dann habt Ihr Gelegenheit, das Stroh in Eurem Kopf zu erneuern.«

»Messer Caravaggio, mäßigt Euch. Das Bild darf nicht in Blut getränkt sein, wenn es für die Cappella principale in der Chiesa dei Crociferi bestimmt ist. Hilfe sollte das Stichwort sein, nicht Mord. Hoffnung, nicht Vergeblichkeit, Leben, nicht Tod.«

Mit verzerrten Gesichtszügen fuhr Michele zu seinem Auftraggeber herum, schweißnaß im Gesicht. Seine Kiefer mahlten, als müsse er beständig an seinem Zorn nagen, sein Atem keuchte in kurzen Stößen, die Knöchel an der Hand, in der er den Degen hielt, liefen weiß an. Der Genueser Kaufmann überzog seine Kompetenz.

»Verschwindet«, zischte Michele, »bevor ich Euch Beine mache.«

Hochmütig warf de' Lazzari seinen Kopf in den Nacken. Formvollendet wirkte die Beherrschung seiner Gefühle. Statt auf Michele loszugehen, der noch immer mit verzerrtem Gesicht zwischen den Modellen und dem Kaufmann stand, stellte er sich ruhig hin.

»Malt das Bild nach Eurem Gutdünken. Vergeßt jedoch niemals, wem Ihr Gehorsam schuldig sein.«

Damit warf er sich seinen Mantel über die Schulter und verließ den Raum, das in Duftwasser getränkte Tuch vor der Nase. Wieder hatte sich Michele einen Feind geschaffen.

Sobald de' Lazzari den Raum verlassen hatte, stellte sich Michele an das Gemälde und malte mit einer Verbissenheit und Disziplin, daß es ihr unheimlich wurde. Im Grund bedauerte sie die Fischer in ihren gebückten Haltungen, die nicht über Micheles Durchhaltevermögen verfügten. Sie trat auf ihn zu und tupfte ihm den Schweiß aus der Stirn. Heiß glühte er.

22.

Überall wurde geflüstert, die Köpfe steckten zusammen, schnelle Blicke schossen in Richtung Michele, der zusammengekauert und düster neben dem Hausherrn saß, und sie selbst, die sich herausgeputzt fühlte wie eine Gans zum Fest. Kein lautes Wort, kein Vorwurf. Wenn die Blicke sich kreuzten, nickte man bedächtig und lächelte, wenn jedoch die Augen einander freigaben, verlor sich das Lächeln und hinter vorgehaltener Hand schwirrte ein neues Gerücht durch die Menge, spannten die lästernden Mäuler eine neue Fama.

Nerina fühlte sich unwohl inmitten der Gäste, die der Genueser Kaufmann de' Lazzari geladen hatte, um Micheles Bild feierlich zu präsentieren. Und obwohl sie es in einem von de' Lazzari eigens für sie angefertigten Kleid mit den Schönsten im Saal aufnehmen konnte, frisiert nach der neuesten Mode, eine Haube über dem Haar und mit geliehenem Schmuck leuchtend wie ein Juwel, fühlte sie spöttische Augen auf sich und Michele gerichtet.

Michele selbst trank unmäßig und hockte halb zusammengesunken auf seinem Stuhl, ohne die Gesellschaft zu würdigen. Stumm kauerte er neben ihr, und nur ab und zu schoß er haßerfüllte Blickpfeile in die Runde, denen wiederum Getuschel und

Geflüster folgten. Hinter dem Hausherrn, auf einer Staffelei, stand die »Auferstehung des Lazarus«, noch verborgen unter einem weißen Leinentuch, mächtig aufragend und drohend.

Unter den Speisen bogen sich die Tische, gekochtes Gemüse, Zucchini, Paprika, und vieles, was sie nicht kannte, Fleisch verschiedenster Art, von Wild, Geflügel, Rind und Schaf, dazu Gewürze aus den Ländern des Ostens, Pfeffer und Safran, Muskat und Zucker, Nelken und Zimt für den Wein, der, wenn gewünscht, leicht erhitzt wurde. Eine stattliche Anzahl dienstbarer Geister schwirrte um die Tische und Stühle, reichte von den Platten, schenkte nach, trug auf und ab und vermittelte Nerina den Eindruck, als befände sie sich auf einem der arabischen Basare, die im Süden Italiens und auf Sizilien durchaus noch zu finden waren.

Sie fühlte, daß Michele dem Jahrmarktstreiben dieses gesellschaftlichen Großereignisses in Messina nichts abgewinnen konnte, daß es ihn bedrückte, öffentlich zur Schau gestellt zu werden, und nur die dringende Bitte des Hausherrn, der sich eben erhob, hatte ihn davon überzeugen können, heute hier zu sitzen. Dennoch betäubte er sich mit Wein.

Kaum stand Giovanni Battista de' Lazzari und reckte seine korpulente Gestalt in den Raum, erstarben alle Gespräche, und die Köpfe der Anwesenden drehten sich ihm zu.

Für Nerina wirkte alles wie eine Puppenvorstellung, nur daß die Spieler unsichtbar und die Vorführpuppen neben dem Hausherrn saßen und aus Fleisch und Blut waren: Michele und sie selbst, wobei sie eine eigenartige Rolle zu spielen hatte. Wie ein Rahmen rundete sie das Bild ab, Kontrast und Gegenentwurf, erster Spannungsbogen in einem mehraktigen Stück.

»Meine lieben Freunde«, begann de' Lazzari nach einer angemessenen Pause, in der die Stille beinahe absolut wurde und Nerina ihren Herzschlag zu hören begann. Nicht einmal die Bediensteten wagten sich zu rühren und standen starr und wie angewurzelt dort, wo sie sich zuletzt befunden hatten. Der Jahrmarkt hatte sich in einen Statuengarten verwandelt. »Für Messina ist dies ein großer Augenblick. Seit einigen Monaten beherbergen wir in unseren Mauern einen der bedeutendsten Künstler unserer

Zeit, den Cavaliere di Grazia, Ritter des Kreuzes, Michelangelo Merisi, genannt Caravaggio.«

Beifall schäumte auf, der, wie Nerina beobachtete, Michele noch weiter in seinen Stuhl drückte. Auch sie überlegte, welche Folgen diese Zurschaustellung seiner Person haben mußte. Heimlich wollten sie reisen, versteckt arbeiten, um dem Johanniter zu entfliehen. So aber entstanden Gerüchte, wurde die Kunde seiner Anwesenheit wie ein Lauffeuer verbreitet. Die Zeit ihres Aufenthaltes in Messina war damit gezählt, trotz des Schutzes, trotz der verschwiegenen Relegation aus dem Orden der Johanniter, trotz der Unterstützung des Senats.

»Für die Chiesa dei Crociferi unserer Stadt ließ er sich überreden ein Bild zu malen, das mit bewundernswürdiger Schnelligkeit und Zielstrebigkeit fertiggestellt wurde, trotzdem Caravaggio an den Folgen einer schweren Erkältung zu leiden hatte.«

Wieder klatschten die Hände Beifall, obwohl die Gesichter wie versteinert blieben. Noch hatte man das Bild nicht gesehen, noch kannte man es nur von den Berichten der wenigen her, die Gelegenheit und den Mut gehabt hatten, das Atelier Messer Caravaggios zu besuchen. Nerina schmunzelte, wenn sie daran dachte, daß Michele mit seiner Schrulle, auf einem echten Leichnam als Vorlage des Lazarus zu bestehen, die halbe Stadt davon abgehalten hatte, sie zu besuchen.

De' Lazzaris Worte fielen wie Perlen in den Raum, rund und geschmeidig, und man konnte sie beinahe klicken hören, wenn sie auf dem Boden auftrafen. Jetzt trat er an das Gemälde heran und zog an dem weißen Leinentuch, das sich teilte und zu Boden fiel.

»Hier darf ich erstmals den besten Familien Messinas die Auferstehung des Lazarus aus der Hand unseres geschätzten Messer Caravaggios zeigen, bevor es in die Cappella principale gebracht wird.«

Zum drittenmal brandete Beifall auf, diesmal weniger verhalten, sondern ehrlich und offen, obwohl sich die Köpfe reckten und die Gäste von ihren Stühlen aufstanden, um einen ungehinderten Blick auf das Meisterwerk zu erhaschen, das sich in seiner ganzen wuchtigen Größe vor ihnen befand. Voller Stolz und sich des Gewichts seiner Person bewußt, stand der Genueser Kaufmann neben dem Gemälde, und es schien Nerina, als präsentiere er eigentlich sich, nicht das Bild.

Aus den Augenwinkeln heraus beobachtete sie Michele, der sich in einem Becher Wein verlor, ihn rasch und hastig austrank, so daß ihm ein kleines Rinnsal aus dem Mundwinkel floß und auf sein Wams tropfte, wo es sofort im mürben Stoff versickerte. Seine Hand zitterte, sein Gesicht nahm eine purpurne Färbung an, untrügliche Anzeichen für seine Erregung. Wie das Wasser in einem Fluß bei heftigen Regenfällen schwillt, so stieg in ihm der Zorn an über die Gaffer mit ihren vom Essen feisten Bäuchen und speckigen Mündern.

Manche standen auf, scharten sich um de' Lazzari, um das Gemälde genauer zu betrachten. Immer mehr Gäste sammelten sich davor, diskutierten Farben und Formen, Art der Darstellung und Bedeutungen. Ein Wunder sei es und eine Ohrfeige für den Papst, gelungen sei die Idee, Christus an den Rand des Bildes zu verbannen, da der Mensch mit seinem Willen dadurch in den Mittelpunkt gerückt werde, und erst die Haltung der Frauen, als würden sie, die Gebärerinnen und Hüterinnen des Lebens, ihn wachküssen, flüsterten sie, soweit verstiegen sie sich, daß sie meinten, niemand würde Christus beachten, alle würden auf das Licht hinter ihm blicken. Der Stellvertreter Gottes auf Erden würde nur einen weit größeren Willen ausführen und eben dieses Licht aus dem Jenseitigen sei es, in das Lazarus seine Hand halte und die ihn ins Leben zurückrufe, und eben das sei eine Absage an die christliche Grundhaltung und eigentlich ein protestantischer Gedanke.

Michele rief nach einem Diener, der ihm einen Becher frischen Weines einschenken sollte. Seine Gier wuchs mit seiner Ungeduld, diese Worte mithören zu müssen. Ihre Hand legte Nerina ihm auf den Arm und versuchte ihn so zu beschwichtigen, aber als er den Kopf wandte, um sie anzusehen, konnte er sie aus seinen wäßrig unterlaufenen Augen vermutlich nur mehr schwer erkennen.

»Michele! Sie verstehen es nicht!« beschwor sie ihn, aber er zuckte nur unwirsch mit dem Arm.

Aber plötzlich änderte sich das Summen der Stimmen. Hatte es bislang einen positiven, beinahe ehrfürchtigen Ton enthalten, gerieten jetzt scharfe Töne dazwischen. Zuerst verstand Nerina nichts, horchte nur auf den aggressiveren Klang der Stimmen, dann aber, langsam, als würde sich eine Einsicht durch die Menge hindurch fortpflanzen, drang Kritik an ihre Ohren.

Das Bild sei unfertig, der Pinselstrich zu fahrig, die Art zu arbeiten oberflächlich wie die Gedanken, die sich nicht mehr in einem traditionellen Bildthema verankerten und daran festhielten, sondern unnötig umherschweiften. Ob darin die Furcht, überrascht zu werden, sich spiegele, wurde geflüstert, ob die Dunkelheit, die Lazarus' Erweckung überschatte, sich nicht als Dunkelheit im Geiste des Schöpfers ankündige?

Michele hielt sich an seinem Becher fest, preßte das Zinn, so daß die Fingerknöchel weiß hervortraten und das Metall kreischte. Die Dämme, die er mit Mühe und Wein gegen das Geschwätz dieser Dilettanten errichtet hatte, hielten, nur Nerinas Hand schüttelte er unsanft ab, für sie ein Zeichen höchster Erregung.

»Messer Caravaggio!« Ein feister Kaufherr sprach ihn an, einer der Senatoren, die ihnen zu Beginn des Gastmahls vorgestellt worden waren, dessen Namen Nerina längst vergessen hatte. Michele schreckte hoch und sah ihn zuerst verständnislos an. »Wagt Ihr Euch nicht etwas zu weit vor, wenn Ihr die Farbe der Tuniken unseres Herrn und die der Frauen im gleichen Rot …«

Michele sprang auf, so daß der Stuhl hinter ihm umstürzte und auf den Boden polterte.

»Was wagt Ihr, mich zu kritisieren? Wenn Euer Verstand ebenso feist wäre wie Euer Wanst, würdet Ihr erkennen, daß es kein Fehler ist, sondern Absicht, Notwendigkeit. Euch gefällt das Bild nicht? Nun, es ist auch nicht zum Essen, es ist nicht einmal für ein Gastmahl geeignet, es ist überhaupt nicht dazu geeignet, der Mittelpunkt irgendeiner Feierlichkeit zu sein. Denn um das Bild zu verstehen, muß man glauben, nicht fressen und saufen, muß man sich einlassen auf eine Botschaft, die in Eure durch Mengen und Gewichte verdorbenen Köpfe keinen Einlaß mehr findet. Man sollte davor knien und in Stille und Meditation versunken die Geschichte auf sich wirken lassen, die es erzählt.«

Vergeblich versuchte Nerina, Michele zu beruhigen. Er schüttelte sie ab, als wäre sie ein lästiger Parasit. Um sie her verstummten die Gäste. Nur der Senator, der anfänglich blaß geworden war ob des Ausbruchs, bekam sich in die Gewalt, lief rot an und tat einen Schritt auf Michele zu, aber bevor er auch nur ein Wort der Entgegnung hervorbringen konnte, hatte Michele seinen Degen gezückt und ließ ihn durch die Luft pfeifen.

»Euch gefällt das Bild nicht! Nicht wahr? Unfertig nennt Ihr es, oberflächlich. So ganz anders ist es, als all das Geschmiere, das Euch Eure heimischen Pinselschwinger und Kleckser liefern. Nicht wahr? Nicht steif, nicht fromm, nicht alt genug für Euch, die Ihr Veränderungen nicht einmal erkennen könntet, wenn sie Euch auf die Füße fielen. Ihr verdient es nicht, daß ein Caravaggio auch nur ein Dachshaar Farbe für eine Eurer Kirchen auf die Leinwand setzt. Ahnungslos seid Ihr, der Gier des Geldes verfallen, was Euren Sinn für die natürliche Anmut der Dinge verkümmern ließ. Ihr erkennt reine Natur nicht einmal dann, wenn sie vor Euch steht, zu sehr sind Gaumen und Sinne verzärtelt und verbogen. Aber bitte, Ihr wünscht es so, Ihr sollt es haben ...!«

Mit mächtigen Hieben bahnte er sich einen Weg durch die Gästetraube, die sich vor seiner »Erweckung des Lazarus« gebildet hatte. Aus Angst vor der Klinge sprangen die Menschen beiseite, stürzten übereinander und traten sich gegenseitig auf die Beine.

Doch Nerina erkannte, daß es nicht in Micheles Absicht stand, einen Menschen zu verletzen. Sein Zorn galt der Dummheit der Gäste, die an dieser Stelle ebenso auf einen Tanz oder ein Musikstück reagiert hätten, gesättigt vom Gesehenen oder Gehörten.

Im Nu stand Michele vor dem Bild. Ein Schrei lief durch die Menge, als er ausholte und mit drei, vier schnellen Hieben die Leinwand in Stücke schnitt.

»Wem die Ehrfurcht fehlt, der soll die Demut kennenlernen«, rief er und ließ die Klinge ein weiteres Mal durch die Leinwand fahren. Erst dann sank er auf die Knie, die Hände auf seinen Degen gestützt, den Kopf gesenkt, das Haar schweißnaß.

Nerina, die sich den Schmuck vom Hals gerissen und de' Lazzari vor die Füße geworfen hatte, sprang ihm zu Hilfe. Sie griff ihm unter die Arme und hob ihn auf. Langsam, als müsse er die Last einer Erdkugel tragen, kam Michele auf die Beine.

»Wir gehen«, flüsterte Nerina.

»Ich konnte ... konnte ... doch nicht zulassen, daß sie ... sie sich über mein ... mein Bild so die Mäuler zerreißen!«

Michele stotterte, dann schüttelte ihn ein Weinkrampf. Mit einem Tuch, das Nerina im Ärmel ihres Kleides verborgen hatte, wischte sie ihm übers Gesicht.

»Recht hast du gehandelt, Michele. Sie verdienen es nicht!«

»Sie werden mich jagen.«

Stumm standen die Gäste vor dem zerstörten Werk und dem Künstler, der vor kurzer Zeit noch jubelnd gefeiert worden war. Erschrocken über das Geschehen, erstarrt über die wilde Emotion, die sie miterlebt hatten, zitternd und verstört. Der Lärm war in eisige Stille abgestürzt.

»Ich male ein anders Bild, ein besseres«, schrie Michele plötzlich, und seine Stimme hallte im Raum, als sei er ohne Menschen. »Es wird Euch auf die Knie zwingen, es wird Euch Demut lehren!«

23.

»Mir entgleitet die Zeit. Als schwimme sie davon, jeden Tag eiliger. Und ich vermag sie nicht mehr zu fassen.«

In einem Karren saß Nerina neben Michele, der von einem Ochsen gezogen wurde und in Richtung Palermo unterwegs war. Kaum vier Monate hatte der Aufenthalt in Messina gedauert, vier Monate, in denen Michele gemalt und gemalt hatte: die zweite Ausfertigung der »Auferstehung des Lazarus« sowie eine Anbetung der Hirten für den Hochaltar der Klosterkirche Santa Maria La Concezione der Kapuziner, für die sie ebenfalls eintausend Scudi erhalten hatten. Hier stammten der Hintergrund und der Esel aus ihrem Pinsel. Ein Gemälde, dessen Düsternis sie selbst erschreckt hatte. Dafür reisten sie jetzt in einem Ochsenkarren, ohne Geldsorgen, und mußten nicht zu Fuß gehen oder auf dem Esel sitzen.

Langsam sorgte sie sich um Michele, dessen Fieber nicht nachlassen wollte. In Schüben kam es alle sieben Tage wieder und mit jedem Male heftiger, würgender. Mit geschlossenen Augen lag er jetzt da, während der Karren den Uferweg entlangschaukelte und stieß, murmelte Unverständliches vor sich hin, und nur ab und zu gelangen ihm klare Sätze.

Ihr war es, als würde sie einer erlöschenden Kerze zusehen, dabei loderte seine Flamme wild und kräftig, wenn er vor einer Leinwand stand.

Durch eine Lücke in der Plane leuchtete das Meer, das sich blau und weit vor ihr erstreckte. Grün und frisch von der Feuchtigkeit des Frühlings glänzte das Land, gemischt mit gelben Blüten und durchsetzt mit dem silbergrauen Laub der Olivenbäume.

»Skylla und Charybdis«, hauchte Michele, dessen Kiefer aneinanderschlugen. »Skylla und Charybdis hätten uns beinahe ...«

Wie recht er hatte. Messina hatte sich als der Ort von Skylla und Charybdis erwiesen, als der er seit der Antike bekannt war. Zwar hatte die tückische Meeresströmung in der Meerenge von Messina, der Cariddi-Strudel, nicht ihr Schiff verschlungen, aber zwischen den Ansprüchen des Senats und ihren Verfolgern wären sie beinahe zerrissen worden, hätte sie die Intrige beinahe vernichtet. Diesmal endgültig. Nur mühsam war ihnen erneut die Flucht gelungen, in einem Ochsenkarren, der mit ihnen, von einem unwissenden Bauern geführt, in Richtung Milazzo unterwegs war. Dort wollten sie sich einschiffen, um nach Palermo zu segeln. Doch die Stauferburg des Hafenstädtchens zeigte sich noch nicht.

Dabei waren sie gewarnt worden. Als Michele seine Anbetung abgeliefert hatte, hatte sie der Kapuziner Vincenzo Donesana beiseite genommen. Ein zahnloser Greis bereits, der mehr speichelte als sprach und der sich an ihren Rockzipfel hängte. Von ihm hatte sie geglaubt, er sei verwirrt durch die Zeit, die er in Armut und Askese zwischen den Mauern des Klosters verbracht hatte. Die Geschichte des Polidoro da Caravaggio hatte er ihr erzählt, sabbernd und sprotzend, des Architekten, der vor der Plünderung Roms durch die kaiserlichen Truppen nach Sizilien geflohen und hier in Messina, kurz vor seiner Rückkehr nach Rom, durch seinen Diener beraubt und im Bett bestialisch ermordet worden war. Zwar lebe Michele noch, hatte Pater Vincenzo hinzugefügt, aber auch er werde gejagt.

Damals hatte sie den Mönch stehenlassen, hatte ihm keine Beachtung geschenkt, obwohl sie sich wunderte, woher der Greis dies wußte – und hätte das Gespräch doch als Vorahnung, als Zeichen nehmen sollen.

Heute verwünschte Nerina ihren und Micheles Entschluß, nach Messina zu gehen, und sie verwünschte Micheles aufschäumendes Naturell. Natürlich zerrissen sich die Bewohner tags darauf die Mäuler über den Irrsinnigen, den Verrückten, den Gemeingefährlichen, und, wie zu erwarten, tauchte kaum drei Wochen später Pater Leonardus in Messina auf.

Heimlich bedrängte er sie, ob Michele nicht ein Bild malen könne, ein Bild für Kardinal Borghese. Er selbst stehe im Wort und müsse ein Ergebnis vorlegen. Aber Michele verdiente gut, und endlich waren sie ihrer Geldsorgen ledig. Mit dem Beutel, der unter ihrem Kleid auf ihren Schoß drückte, konnten sie nach Neapel, vielleicht sogar nach Rom zurückkehren, ohne Micheles Talent weiter an Landmäzene zu verschleudern.

In einem Eimer mit lauwarmem Wasser drückte sie das Tuch aus, mit dem sie Micheles Stirn und Gesicht abwischte. Grau und eingefallen wirkte es. Diese Flucht, die Entfernung von Rom, die beständige Angst davor, vom Johanniter eingeholt zu werden, zehrten an seiner Gesundheit. Zudem trank er wieder unmäßig.

Tief seufzte sie auf. War es wirklich ihr Schicksal, mit ihm zusammengekettet zu bleiben? Wie oft hatte sie sich diese Frage schon gestellt, und wie wenig war entschieden worden?

Beinahe instinktiv, einem ihr selbst unheimlichen Verlangen nachgebend, folgte sie ihm überallhin, wie vor wenigen Tagen, als er ins Zimmer gestürzt war und ihr zugerufen hatte, sie müßten fort, jetzt, im Augenblick, ohne Zögern. Sie solle das Geld unter der Diele hervorholen, ihre Kleider nehmen, das »Haupt des Johannes« rollen, Pinsel und Pigmente einpacken, soviel sie tragen könne, und mit ihm kommen. Dem Scharfrichter sei er denunziert worden, und mit seinen Gehilfen sei dieser bereits auf dem Weg hierher.

Am ganzen Körper hatte sie gezittert, und Tränen waren ihr in die Augen gestiegen, obwohl sie gewußt hatte, daß dieser Moment irgendwann hatte eintreten müssen.

Tage später erst war ihr bewußt geworden, daß sie die treibende Kraft hinter all diesen Verwirrungen gewesen war, und ihr war das Entsetzen in die Glieder gefahren.

Überheblich geworden durch die guten Einnahmen Micheles, hatte sie nämlich Pater Leonardus' Bitte abgeschlagen. Nein, Michele würde kein Bild malen, für wen auch immer, erst wenn sich der Kardinal für die Rückkehr nach Rom eingesetzt hätte, wenn die Begnadigung vor ihnen auf dem Tisch läge, erst dann könne der Borghese wieder hoffen, hatte sie sich gebrüstet und sich am verbitterten Ausdruck im Gesicht des Paters geweidet. Wortlos war er gegangen, und sie hatte gedacht, daß damit sein Drängen beendet sei. Naiv war sie gewesen, vertrauensselig, ein Schaf. Selbst als sie Pater Leonardus zusammen mit einem der städtischen Lehrer, Don Carlo Pepe, gesehen hatte, hatte sie keinen Verdacht geschöpft. Erst als ihr Michele erzählte, daß eben dieser Don Pepe ihn angezeigt hätte, war in ihr ein erster Verdacht aufgestiegen.

Micheles Angewohnheit, für seine Studien an Engeln Schülergruppen zu beobachten, die an Sonntagen die Schiffe im Arsenal betrachten durften, wo Galeeren gebaut wurden, hatte für Verunsicherung gesorgt. Mehrmals war sie bei ihm gesessen und hatte seine Skizzen bewundert, die er von den Jungen anfertigte, schnell und sicher, obwohl die Kinder keinen Augenblick stillhalten konnten, aber mit ihren Sprüngen und Klettereien Posen einnahmen, die unvergleichlich waren. Und dann war es zu einem Zwischenfall gekommen, der Michele in Rage gebracht hatte. Dem Lehrer, eben diesem Don Carlo Pepe, war Micheles Interesse an den Jungen aufgefallen, und er hatte es mißdeutet. Nach dem Grund für seine Beharrlichkeit gefragt, hatte er ihm eine entsprechende Antwort gegeben, nämlich einen Fußtritt, durch den der Lehrer gestürzt war und sich den Kopf aufgeschlagen hatte.

Unruhig warf sich Michele hin und her, so daß Nerina aus ihren Gedanken erwachte und ihn zu beruhigen versuchte, indem sie mit der Hand sanft über seine Stirn strich. Dann versuchte sie es mit einem Lied, einem Schlaflied, das sie von ihrer Ziehmutter gehört hatte. Langsam beruhigte er sich, die schnellen Bewegungen des Kopfes verschwanden, das Zucken der Glieder hörte auf. Wenigstens im Schlaf fand er ein wenig Ruhe, wenn er sich behütet fühlte. Konnte sie das vermitteln? Warum? Sie war nicht seine Mutter, nicht die Tochter, eigentlich nur eine Fremde, aufgelesen aus dem Staub Roms – oder doch mehr? So, wie Michele sie immer wieder betrachtete.

Jetzt wünschte sie sich Enrico herbei. Einmal wollte sie sich fallenlassen können, nicht daran denken, ob das nächste Wort, ob das Klopfen an der Tür, die Schritte vor der Kammer Gefahr bedeuteten oder nur Freunde ankündigten. Wann würde er kommen und sie wieder in die Arme schließen? Erhielt er ihre Briefe, die sie nach Neapel schickte und von dort an ihn weiterleiten ließ? Wenn er sie wiedersehen wollte, mußte er sich beeilen.

Nach dem Zwischenfall mit dem Lehrer Don Pepe, hatte Pater Leonardus begonnen, gegen Michele zu hetzen. Ein Umstand war ihm dabei gelegen gekommen, daß nämlich erst ein Jahr zuvor der Henker Messinas, der die Aufgabe übertragen bekommen hatte, Männer zu hängen, die mit ihresgleichen der Liebe pflegten, wegen desselben Vergehens hingerichtet worden war. Man duldete diese Spielart der Liebe nicht zwischen den Mauern Messinas – und eine Anschuldigung dieser Art konnte Michele zum tödlichen Verhängnis werden.

Erst als Don Pepe den städtischen Henker benachrichtigt hatte, war Pater Leonardus auf Nerina zugetreten und hatte ihr mitgeteilt, daß er dann von seiner Anschuldigung lasse, wenn Michele ihm ein Bild aushändige. Zuerst hatte sie nicht daran geglaubt, daß der Bruder den Bruder verriet, hatte sich Einmischungen dieser Art verbeten, aber noch am selben Abend war Michele ins Atelier gestürmt und hatte zum Aufbruch gedrängt. Keine Minute zu früh, denn während sie das Hospital durch den Hintereingang verlassen hatten, war der Henker mit seinen Gehilfen zum Vordereingang hereingestürmt, um sie beide zu holen. Nur die Tatsache, daß sie seit ihrer Ankunft bereits an eine übereilte Flucht gedacht und Ochse sowie Karren für den Fall gedungen hatten, rettete ihnen das Leben. Mit den letzten Bauern verließen sie die Stadt und schlugen den Weg nach Milazzo ein.

Ob der Johanniter seine Finger mit im Spiel hatte, ob er die treibende Kraft gewesen war, konnte Nerina nicht mehr feststellen, glaubte aber, daß Pater Leonardus nur die ausführende Hand geboten hatte. Einzig beunruhigt hatte sie, daß es diesmal um ihr eigenes Leben gegangen war, denn der Pater hatte ihr eröffnet, daß der Henker wüßte, daß sie sich gerne in Männerkleidung zeige. Man wolle also auch sie befragen, welchen Neigungen sie den Vorzug gebe.

Sie schloß trotz der Hitze die Arme um ihre Brust und fühlte eine Kälte, die langsam den Rücken hinabkroch.

Der Ruf des Bauern, der den Ochsen am Zügel führte, schreckte sie auf. In gewundenen Linien ging es hinab nach Milazzo. Die Mauer wurde sichtbar und dahinter eine Reihe von Schiffen, Fischerboote zumeist, aber auch die lange schwarze Silhouette einer maltesischen Galeere.

Sie kroch aus dem Wagen und stellte sich auf den Kutschbock. Tatsächlich. Vor der Hafeneinfahrt dümpelte zweifellos ein Ruderschiff, eine Galeere, die am Bug das Zipfelkreuz der Johanniter trug und am Heck, unter den Ausläufern der beiden Lateinersegel, dieselbe Flagge.

»Halt!« rief sie dem Bauern zu, der mit einem Stock den Ochsen antrieb. »Wie weit ist es zum nächsten Hafen, Bauer?«

»Die Zeit rast derart«, flüsterte Michele hinter ihr im Wagen, »daß einem schwindlig wird davon.«

24.

»Wie ich sehe, jagen wir demselben Phantom hinterher!«

Enrico fuhr herum und mußte sich an der Wand der Gasse festhalten. Kurz nur dauerte sein Erschrecken. Dieses Gesicht, diese Hände, dieser Ring. Wie auf dem Bild aus Peterzanos Bottega, nur gealtert und verhärmt, vom Haß verzerrt und von Gram verzeichnet. Fra Domenico saß auf einem Pferd, einem beinahe reinweißen Araber, und beugte sich zu ihm herab.

»Ich weiß nicht, was Ihr meint, Herr!«

»Michele Merisi, den sie alle Caravaggio nennen, ist leider ausgeflogen, weg, fort, weitergezogen. Wie man hört, geht es ihm gesundheitlich nicht sehr gut. Er fiebert, er phantasiert, und seine Ausbrüche werden langsam lebensgefährlich für alle, die sich in seiner Nähe aufhalten.«

Unmäßig lachte er und riß an den Zügeln des Tieres, das unruhig zu tänzeln begann und Enrico weiter an die Gassenwand drängte. Vorsichtig wog Enrico ab, wie das Pferd reagieren würde, wenn er sich zur Mitte der Gasse bewegte, aber da stieg der Araber bereits mit verdrehten Augen, als fühle er seine Angst. Enrico warf sich zur Seite und rollte in den Rücken des Johanniters zur Straßenmitte hin. Die Hufe der Pferdes donnerten gegen die Wand, an der er eben noch gestanden hatte.

»Entschuldigt, aber die Enge der Gasse!« rief ihm der Johanniter spöttisch zu.

Dann drehte sich der Gaul auf zwei Beinen um seine eigene Achse, als wolle er hinter ihm her, und preschte die Gasse entlang. Im Raum zwischen den Mauern hallte das Gelächter Fra Domenicos wider.

»Das war knapp, Herr«, bemerkte ein Korbflechter, der in seinen kleinen Ladenraum geflüchtet war, als Fra Domenico das Pferd hatte spielen lassen.

Behende erhob sich Enrico und klopfte sich den Staub aus den Kleidern.

»Allerdings! Ich bin aber kein Herr.«

Aus den Augenwinkeln heraus bemerkte er, wie ihn der Korbflechter neugierig musterte.

»Kein Herr? Wie ist das zu verstehen?«

»Guter Mann, ich stehe in den Diensten eines Kardinals, stehe also nicht über Euch. Einzig, daß ich studiert habe. Außerdem«, er blickte auf die Körbe an der Wand und auf einen angefangenen vor einem Schemel am Boden, »mein Vater kam aus einem ähnlichen Beruf. Korbflechter zwar nicht, aber Bürstenmacher.«

Daß sein Vater eigentlich Buchbinder gewesen war, mußte er dem Mann ja nicht erzählen, und die kleine Notlüge würde ihm Gott sicherlich verzeihen.

Der Korbflechter hob eine Augenbraue und setzte sich wieder an seine Arbeit. Ein Lichtstrahl fiel in die Gasse herab und beleuchtete die eine Hälfte seines Gesichts, und Enrico fühlte sich für einen Augenblick an die Gemälde Caravaggios erinnert, an das Spiel von Licht und Schatten, von Hell und Dunkel.

»Was wollte der Ritter von Caravaggio?«

Erstaunt sah Enrico hoch. Die Frage brachte ihn zurück in die Gasse Messinas, ins Hier und Heute.

»Ihr kennt Caravaggio?«

»Kennen? Nein. Ich habe nur seine Bilder gesehen und von ihm gehört. Er malt für uns, fürs Volk. Alle sagen, er stamme aus einer Familie, die dem Volk nahestand, und das merkt man seinen Bildern an. Sie gehören uns, nicht den Fürsten und Pfaffen.«

»Ihr mögt recht haben, Mann«, antwortete Enrico und sah, wie der Staub, den das Pferd aufgewirbelt hatte, langsam sank und den Blick auf die schnurgerade Straße freigab. »Nur muß ich ihn finden, damit er weitere Bilder malen kann. Wenn dieser wahnsinnige Johanniter ihn in die Finger bekommt, dann gnade ihm Gott.«

Von der Seite betrachtete ihn der Korbmacher, als müsse er abschätzen, wieviel man einem Mann erzählen kann, der eine Kleidung trug, die nicht älter als ein Jahr zu sein schien, vermutlich noch jünger war. Enrico nahm die Musterung wahr.

»Ich stehe in den Diensten Kardinal Gonzagas, mein Freund, wenn Ihr mich so abschätzt. Ich muß Michele Merisi die Botschaft überbringen, daß seine Begnadigung durch den Papst unmittelbar bevorsteht. Er soll sich auf den Weg nach Rom machen ... Dazu muß ich ihn aber erst finden.«

»Ihr hohen Herrn solltet einmal auf den Puls des Volkes lauschen. Hier unten ist mehr bekannt über den Lauf der Welt, als Euch oben lieb sein mag. Wer seinem Kutscher Gehör schenkt, erfährt aus den Erzählungen, wie es ihm geht. Und wenn er das weiß, weiß er auch, wie es vielen ergeht, denen er am Straßenrand begegnet.«

»Zuhören ist eine Gabe, die nur schwer erlernt wird.«

»Sind wir nicht alle Lernende, ein Leben lang?«

»Ich sehe, Mann, Ihr steht dem Philosophen näher als dem Handwerker. Wenn nur Eure Körbe ebenso dicht geflochten sind wie Eure Argumente.«

Ohne aufzusehen, ohne seine Arbeit zu unterbrechen, erzählte der Korbflechter weiter. Er bog dabei feuchte Weidenschößlinge um ein Gerippe und klopfte die biegsamen Zweige mit einem Holzklöppel zu einem dichten Geflecht.

»Es ist egal, wen Ihr hier ansprecht. Alle wissen, was mit Caravaggio passiert ist, alle wissen, daß Messer Caravaggio vom Senat gezwungen wurde, Bilder zu malen, weil sie alle verschwiegen, daß er aus dem Johanniterorden ausgestoßen worden war. Dabei saßen die Schergen des Malteser Großmeisters in den Schenken der Stadt und fluchten und soffen, weil sie nicht zugreifen durften, solange Fra Torriglia seine schützende Hand über ihn gehalten hat.«

Und dann erzählte er Enrico vom Johanniterkomtur Fra Torriglia, die Geschichte der Flucht, vom Wutanfall und vom Gemälde, vom zweiten Auftrag durch die Kapuziner, von Fra Torriglias Wut auf Micheles Verhalten. Er selbst, so meinte der Korbflechter, glaube, wie viele seiner Kollegen, daß Caravaggio das Bild absichtlich zerstört habe, weil ihm bewußt geworden war, daß die Fertigstellung des Gemäldes gleichzeitig seine Verhaftung nach sich zöge. So jedenfalls habe sich der Maler ausgelassen, wenn er durch die Osterias gezogen sei und mit seinesgleichen geredet habe. Ein feiner Mann, etwas wirr im Kopf, kränklich, fiebrig, als hätte er die Lungenkrankheit, aber dem Einfachen wirklich zugetan. Nie habe er es verabsäumt, in einer Osteria Wein für alle zu bestellen. Und das Mädchen, diese Nerina, habe ihn manchmal geholt wie eine Ehefrau den Mann, wenn er so schwer getrunken hatte, daß das wenige an gesundem Verstand noch heilloser ineinander gefallen sei.

Während der Geschichte begann ein Korb zu entstehen, denn der Korbflechter erzählte im Rhythmus seiner Bewegungen. Enrico hatte beschlossen, sich zu setzen, zuzuhören, denn auf den einen Abend, auf wenige Stunden kam es nicht mehr an.

»Einmal ist er in die Kirche Madonna del Pilero gegangen. Vielleicht wollte er beichten, vielleicht einfach nur abkühlen oder sich sammeln. Wer weiß. Meine Nachbarin«, er deutete mit dem Kinn auf einen Eingang gegenüber, in dem niemand zu sehen war, »meine Nachbarin bietet den Gläubigen dort Weihwasser an, um den Geist zu reinigen. Fremde zahlen sogar für das heilige Wasser.« Er zwinkerte mit den Augen und schmunzelte über die Dummheit dieser Esel, die eine zusätzliche Einnahmequelle darstellten. »Es soll nämlich Wunder bewirken.« Bereits in der Vorfreude auf die Geschichte lachte der Korbmacher ein paarmal, während er das Ende eines Weidenzweiges unter den letzten Flechtring steckte und mit einem scharfen Messer den Überstand abtrennte.

»Caravaggio, vermute ich, lehnte es ab, er wollte kein Weihwasser!«

Ungeduldig über den schleppenden Fortgang der Geschichte, warf Enrico den Satz ein, doch der Korbmacher ließ sich nicht beirren.

»Seid nicht ungeduldig, Herr. Natürlich lehnte er es ab. Wer derart begnadet ist, braucht kein Weihwasser, um seinen Geist zu reinigen. Gesagt hat er aber«, damit nahm er einen neuen, durchweichten Zweig aus dem Wasserkübel und zwang den Beginn zwischen zwei Flechtringe und bog ihn wieder um das Korbgerippe, »er brauche das Weihwasser nicht, bis alle seine Sinne abgestorben seien.«

»Er verspottete das heilige Mysterium des geweihten Wassers!« Enrico atmete tief durch.

»Einem Caravaggio angemessen!«

»Was zu anderen Zeiten die Menschen auf den Scheiterhaufen gebracht hat. In all den Querelen, die entstanden, hat Michele seine Bilder fertiggestellt?«

»Soweit es seine Gesundheit zuließ. Das letzte aber, die ›Auferstehung des Lazarus‹, blieb unvollendet. Zu früh mußte er die Stadt verlassen. Ein Pater schnürte ihm ein Paket voller Stolpersteine, von dem er beinahe mit in die Tiefe gerissen worden wäre.«

Neugierig legte Enrico den Kopf beiseite und hörte sich die Geschichte von der Denunziation Pater Leonardus' an. Wut stieg in ihm auf.

»Wohin ist er geflohen? Wohin, Mann? Wißt Ihr das auch noch?«

»Alle wissen es, schließlich hat ihn ein Bauer zum Schiff geleitet. Einer von uns, Herr. Aber nicht nur Ihr fragt uns danach, Herr.«

»Ich bin kein Herr, ich sagte es schon. Wohin?«

Von unten traf Enrico der Blick des Korbflechters, nachdem er vor Erregung aufgesprungen war und vor dem Mann hin und her lief.

»Wißt Ihr, wem sollen wir glauben? Jeder erzählt uns eine andere Geschichte. Der Pater, ich glaube, er nennt sich Leonardus, erzählt uns, er suche im Auftrag des Papstes nach Caravaggio.«

»Im Auftrag des Papstes? Nicht im Auftrag Kardinal Borgheses?«

»Für uns ist der Heilige Vater das Haupt der Christenheit, aber wir sind seine Zehen. Ein weiter Weg von den Zehen bis zum Kopf, findet Ihr nicht? Trotzdem kennen wir den Unterschied zwischen Kardinal und Papst. Nein, im Auftrag Pauls V.«

Also doch, dachte sich Enrico. Wieder einmal hatte seine Spürnase richtig geraten. Pater Leonardus stand auch im Dienst des Papstes, und das konnte nur bedeuten, daß er versuchte, Michele Steine in den Weg zu legen, um zu verhindern, daß er nach Rom zurückkehrte.

»Und der Johanniter? Was erzählte er Euch?«

»Daß Caravaggio aus einem Kerker in Malta geflohen sei. Aber wir halten das für eine Lüge. Schließlich kennt jeder die Methoden der Johanniter. Und niemand glaubt daran, daß von der Insel Malta auch nur eine Ratte fliehen könnte, ohne daß sie sofort entdeckt und zurückgebracht würde.«

Enrico nickte, um die Überlegungen des Korbflechters zu bestätigen. Dennoch hatte er nur zur Hälfte recht. Natürlich war Michele geflohen, aber nicht allein und nicht ohne die Hilfe des Ordens. Und er glaubte zu wissen, warum. Um nämlich vogelfrei zu sein. Jetzt konnte er gejagt werden – und das von den schärfsten Bluthunden des Heiligen Römischen Reiches und des Kirchenstaates.

»Und warum erzählt Ihr mir das alles? Warum habt Ihr gerade zu mir Vertrauen?«

Der Korbflechter zuckte mit den Schultern.

»Weil Ihr anders seid – außerdem sah es eben so aus, als wolle der Johanniter Euch ans Leder.«

»Nun, dann will ich meinen Vorteil einlösen. Wohin ist Caravaggio geflohen? Ich muß ihn finden, bevor die beiden anderen ihm über den Weg laufen!«

In aller Ruhe verbarg der Korbflechter wieder das Ende einer Rute zwischen den beiden vorhergegangenen Reihen und schnitt den Überstand ab. Dann begutachtete er sein Werk. Jetzt fehlte nur noch der Rand, der die Korbwand verstärkte. Wie die unterschiedlichen Stränge, in die Micheles Leben zerstückelt war, und die er mühsam wieder miteinander verflocht.

»Ihr stellt die falsche Frage, Fremder. Mit keinem Wort habe ich gesagt, daß Caravaggio geflohen ist. Man müßte eher fragen, wohin haben sie ihn getrieben?«

Von unten blinzelte ihn der Korbflechter an und grinste dabei, wobei er eine ganze Reihe lückenhafter, aber gesunder Zähne zeigte.

»Getrieben? Ich verstehe Euch nicht, Mann.«

»Signor, habt Ihr schon einmal von der Mattanza gehört? Dem Thunfischfang?«

Enrico schüttelte den Kopf und lehnte sich gegen den Eingang der Werkstatt. Was hatten Caravaggio und der Thunfischfang gemeinsam?

»Der Thunfisch erreicht die doppelte Länge eines ausgewachsenen, kräftigen Mannes und ist doppelt so schwer. Er kommt in Schwärmen an die Küste, alljährlich mehrmals. Monate zuvor beginnen die Fischer Netze auszulegen, die bis auf den Grund reichen und ein Labyrinth aufbauen, Fremder, ein Gewirr aus Wegen und Kesseln und immer wieder Netzen und Netzen und Netzen, in denen sich ein Schwarm verirrt. Und dann, eines Tages, wenn Hunderte sich in den Gängen versammelt haben und nicht mehr ins offene Wasser zurückfinden, schließen die Fischer den Zugang und treiben die Tiere langsam dem innersten Netzkreis zu. Das dauert Tage, oft eine Woche, aber die Fische sind gefangen. Und am letzten Tag, die Thunfische sind nervös, weil es eng geworden ist, ziehen die Fischer das Netz ganz zusammen und holen jeden einzelnen Thunfisch mit Haken ins Boot. Hunderte. Unter dem Gewicht der Beute sinken immer wieder Fischerboote. Eine blutige Schlächterei. Eine Mattanza ist eine gefährliche Angelegenheit, aber auch ein Strategiespiel. Wenn die Netze schlecht ausgelegt sind, flieht die Beute und verschwindet im offenen Meer. Versteht Ihr?«

Langsam dämmerte es Enrico. Mit der Hand fuhr er sich übers

Gesicht und blickte kurz mit geschlossenen Lidern in die Sonne, so daß rote Flecke vor seinem inneren Auge tanzten.

»Wenn ich Euch recht verstehe, glaubt Ihr, daß die Johanniter eine Mattanza veranstalten, mit Caravaggio als Beute.«

»Darüber spricht man in den Osterias von Messina, Fremder.«

»Und wo wird das innerste Netz ausgelegt?«

»Palermo!«

25.

»Hier.« Mit einer wütenden Geste warf Papst Paul V. ein Schreiben auf den Tisch, daß es staubte. »Eine Beschwerde von Alof de Wignacourt aus Malta, der darüber wettert, daß der Bischof von Syrakus die Zusammenarbeit mit ihm verweigert. Ebenso geht es mit dem Komtur von Messina, der Caravaggio versteckt, und jetzt auch noch Palermo. Erzbischof Kardinal Giannettino Doria, der einen triumphalen Einzug in Palermo gehalten hat, weigert sich, Caravaggio auszuliefern! Die Kurie in Rom wird zum Narren gehalten! Wir verlieren unser Gesicht, und, was schlimmer ist, die Macht über den Süden! Und überall hinterläßt dieser Kerl seine Bilder wie Kot, der gegen Rom anstinkt.«

Mit der Hand fuhr sich Scipione Borghese an den Mund und hüstelte, um sich ein Lachen zu verbeißen. Sein Oheim lief in seinem Schreibzimmer auf und ab, um offenbar ein wenig der Erregung Herr zu werden, die in ihm kochte. Mit dem Kopf folgte Scipione Borghese und genoß dabei, daß die Farben des Raumes in seinen Augen verschwammen.

»Ich kann Euch versichern, daß dies der Gipfel seiner Frechheiten ist.«

Papst Paul V. wedelte mit dem Brief, als wolle er damit andeuten, welcher Art diese Frechheiten seien, aber er rang nach Luft und Worten. Das Amt schwemmte ihn zu sehr auf und machte ihn schwerfällig.

»Ihr wißt ebensogut wie ich, daß dieser Siegeszug Caravaggios eine Provokation ohnegleichen ist. Seit Jahrzehnten bemüht sich der Vatikanstaat um gute Beziehungen zu Sizilien.«

Die durch Eure Anlehnung an die italienische Fraktion bezüglich Eurer Wahl ins Wanken geraten sind, dachte sich Scipione Borghese, der nach außen hin freundlich lächelte und den Mund hielt. In solch einer Stimmung schien es ihm geraten, sich diplomatisch zu verhalten. Schließlich wußte er um den Spagat, den sein Oheim vollführte. Einerseits durfte er die italienische Fraktion und damit die wortführenden Franzosen, die ihn gewählt hatten, nicht verprellen, andererseits mußte seine immer stärker sichtbar werdende Zuwendung zur spanischen Fraktion, ohne die er beispielsweise Sizilien verlor, nicht deutlich hervortreten, da er sonst Mißfallen bei den Kardinälen weckte, die ihn gewählt hatten. In dieser Hinsicht, das gestand Scipione Borghese zu, war Caravaggios Verhalten ein Skandal – mit wundervollen Ergebnissen, wenn stimmte, was Pater Leonardus ihm schrieb.

»Ihr wißt ebenso wie ich, Scipione, daß Rom ohne Sizilien verhungern müßte. Es ist nicht in der Lage, sich selbst zu ernähren. Ein Großteil des Getreides, das hier in den Mauern verbraucht wird, stammt aus Sizilien, das wiederum in spanischer Hand liegt. Ein von Rom unabhängiges Sizilien aber, das sich auf eigene Traditionen beruft und auch die Spanier aus dem Land haben will, wäre eine Katastrophe!« Und damit beugte er sich über den Schreibtisch, um den herum er gewandert war, direkt zu Scipione Borghese hinüber. »Und das bedeutet auch, daß Eure Stelle als Kardinal zur Disposition steht, wenn sich die Bischöfe dort dank eines Caravaggio unten wie eigenständige Fürsten fühlen dürfen!«

Zuerst senkte Scipione Borghese die Augen, als müsse er in sich gehen. Dann jedoch richtete er den Blick geradewegs auf seinen Oheim.

»Ihr übertreibt, Oheim. Sizilien geht ebensowenig verloren, wie die Welt Caravaggio vergessen wird!«

Amüsiert beobachtete er, wie sein Oheim vor dem Hintergrund der Raffaelischen Ausschmückungen der Wände nach Luft rang. Offenbar hatte er Unterwerfung erwartet, Zerknirschung, Reue, nicht aber Widerspruch. Mit einem gewaltigen Hieb verschaffte er sich Luft zum Atmen.

»Was fällt Euch ein, Scipione. Wenn Ihr nicht mein Neffe wärt, verschwändet Ihr jetzt in den Verliesen der Engelsburg.«

Entkräftet ließ er sich in seinen Sessel zurückfallen, streckte Arme und Beine aus und schloß die Augen. So lag er für wenige Augenblicke. Sein Mund hatte in der Fülle etwas Weiches, Zögerliches erhalten, und der spitze Bart paßte nicht mehr zu den aufgeschwemmten Wangen. Eigentlich lagen zwei Gesichter in diesem einen verborgen, das der Amtsführung, aufgedunsen und überfettet, und das der Macht, das sich asketisch scharf direkt unter der harmlosen Oberfläche verbarg.

»Aber ich habe den Fisch am Haken, lieber Scipione. Soweit ich weiß, ist er in Palermo angelangt, und dort wird sich sein Schicksal erfüllen. Niemand, ich sage Euch, niemand widersetzt sich Papst Paul V.«

Sein Oheim hatte leise gesprochen, und Scipione Borghese mußte sich nach vorne beugen, um den ganzen Wortlaut zu verstehen. Etwas ungläubig legte er den Kopf schief. Ganz entspannt saß sein Oheim in seinem Sessel, die Augen noch immer geschlossen, und Scipione Borghese hätte das, was er gehört hatte, beinahe als Hirngespinst abgetan, das ihm seine Phantasie vorgaukelte, wenn nicht in eben dem Augenblick sein Oheim sich erhoben hätte und fortgefahren wäre.

»Der Dispens wird natürlich gewährt. Aber erst zu einem Augenblick, lieber Scipione Borghese, zu dem Caravaggio nichts mehr damit anfangen kann. Nicht einmal mehr lesen wird er ihn können. Ich verspreche es dir. Dabei habe ich den Wortlaut so schön formulieren lassen. Kardinal Del Monte war mir dabei behilflich.«

Vom Schreibtisch nahm er eine Papierrolle und hielt sie Scipione Borghese hin, der sie entgegennahm und entrollte. Tatsächlich, sie enthielt die Begnadigung Caravaggios und den Hinweis darauf, daß nach drei Jahren des Exils die Tat verjährt, der päpstliche Zorn verflogen und die Rückkehr nach Rom wieder erlaubt sei. Nur das päpstliche Siegel fehlte und die Unterschrift.

»Stellt ihm das Schreiben zu, Oheim! Rom braucht Maler wie Caravaggio!«

»Damit er seine reformatorischen Verblendungen auch nach Rom trägt! Hier brauchen wir die feste Hand des katholischen Glaubens und nicht die ketzerischen Ideen eines Martin Luther.

Jesus aus der Bildmitte zu verbannen, dafür müßte man ihn brennen lassen.«

Die Stimme seines Oheims klang mit jedem Wort erregter. Aber noch wußte Scipione Borghese nicht, inwieweit er dessen Ausführungen glauben durfte. Wurde Caravaggio noch immer gejagt? Seine rasante Reise durch Sizilien ließ das zwar vermuten, aber wenn es der Wahrheit entsprach, welches Ziel wurde angestrebt?

»Nachdem Caravaggio Palermo bald verlassen wird, kann ich Euch in die näheren Umstände einweihen. Ändern werdet Ihr ohnehin nichts mehr können. Selbst eine Eilstafette würde ihn nicht mehr erreichen.«

Papst Paul V. rieb sich die Hände und lachte leise vor sich hin. Stumm saß Scipione Borghese in seinem Stuhl und dachte darüber nach, ob er nicht zu einfallslos gewesen war und seinen Oheim einfach unterschätzt hatte.

»Caravaggio, mein lieber Neffe, wird in Palermo ein Schiff besteigen, das nur für ihn bereitsteht. Seit Wochen liegt es dort und wartet nur auf Michelangelo Merisi. Die Männer und der Kapitän sind Johanniter, ohne daß dies erkennbar wäre. Sie werden ihm erzählen, daß sie nach Neapel und von dort nach Rom unterwegs seien. Tatsächlich werden sie ihn aber nach Malta zurückbringen. Dort wird er des Vergehens angeklagt werden, die Insel ohne die Erlaubnis des Großmeisters verlassen zu haben. Man wird ihn auspeitschen und dann einfach im Kerker von Sant'Angelo vergessen. In der Zwischenzeit wird mein Dispens in Palermo eintreffen und Caravaggio die Rückkehr nach Rom ermöglichen.«

»So wascht Ihr Eure Hände in Unschuld, und Caravaggio wird seines Lebenswandels und seiner Rauflust wegen verurteilt. Die Nachricht, daß er in Sant'Angelo inhaftiert ist, wird Euch vermutlich zu spät erreichen, als daß er den Kerker noch lebend verlassen kann.«

Übers ganze Gesicht grinste jetzt der Papst, der in seinen Messen die Miene tiefster Frömmigkeit vor sich hertrug. Die Wülste der Backen schoben sich über den Unterkiefer.

Jetzt verstand Scipione Borghese endlich, warum das Gespräch im Pinienhof stattgefunden hatte. Er und Kardinal Gonzaga sollten damit beruhigt werden.

»Schachmatt. Heißt es nicht so, Eure Heiligkeit? Ich habe keinen Zug mehr, der mich aus der Enge holen könnte.«

»Schachmatt, lieber Neffe! Ihr dürft Euch entfernen.«

Mit schleppenden Schritten ging Scipione Borghese zur Tür, nachdem er den Ring des Papstes geküßt hatte. Neidlos mußte er anerkennen, daß sein Oheim ihm die Möglichkeit genommen hatte, ausgleichend einzugreifen. Die Tugend der Borgheses, ein Ziel nachhaltig und skrupellos zu verfolgen, hatte zum Erfolg geführt. Rom verlor einen genialen Künstler, wenn ihm nichts mehr einfiel.

26.

Die Tür stand halb offen. Für einen Moment blieb Enrico stehen, unschlüssig, ob er weitergehen sollte. Dann drückte er die Tür ganz nach innen auf, und sein Blick fiel sofort auf Micheles Schlafstätte, eine alte Leinwand, die über einem Brett am Boden ausgebreitet lag. Sie war leer. Auch Nerina sah er nirgends. Langsam betrat er den Raum, spähte nach links und rechts. Vor ihm füllte ein Gemälde die Wand, das, so unfertig, wenig an Michele erinnerte, so daß er vermutete, ein Großteil davon stamme von Nerina. Sie hatte hier mehr gemalt als nur Hintergrund und Gebäudeteile.

Hinter ihm schwang die Tür wieder zurück, und Enrico trat weiter in den Raum hinein, ganz von dem Spruchband auf dem Bild eingenommen, das von einem Engel gehalten wurde, der auf eine Anbetungsgruppe herabstürzte, als käme er zu spät. Kind und Hirten ignorierten den Gottesboten, hatten den Kopf abgewendet und sahen auf das Kind am Boden, während der stürzende Engel beinahe verzweifelt mit dem Finger hinauf in den Himmel zeigte. Beim Nähertreten las Enrico, was in dieser Form wie ein Hohn klang: »Gloria in excelsis Deo«, Ehre sei Gott in der Höhe.

Die Erkenntnis fuhr ihm als Schreck in die Glieder. Kam er ebenso zu spät wie dieser Engel? Zwar hatte er versucht, so schnell wie möglich von Messina nach Palermo zu gelangen, aber die überall lauernde Gefahr, den Johannitern in die Hände zu fallen, hatte seine Reise unnötig verlangsamt. Lange hatte er nach einem Boot suchen müssen, das ihn bis kurz vor Palermo gebracht, lange nach einem Karren fragen müssen, der ihn in die Stadt mitgenommen hatte. Beinahe sofort, nachdem er das Tor Palermos durchschritten hatte, hatte er sich mit Giannettino Doria in Verbindung gesetzt. Die Briefe seines Herrn, Kardinal Gonzaga, hatten ihm Tür und Tor geöffnet, und er hatte erfahren, wo Michele wohnte und daß er einen weiteren Auftrag erhalten hatte, den er wegen seiner schlechten Gesundheit nur schleppend verwirklichen konnte. Ganz im Gegensatz zu seiner sonstigen Arbeitsweise. Außerdem betreibe, so der Kardinalerzbischof, Caravaggio seine Abreise. Ein Schiff habe sich gefunden, das ihn nach Neapel und weiter nach Rom mitnehme. Es habe möglicherweise bereits abgelegt, jedenfalls liege es im Moment nicht im Hafen.

Und jetzt sah Enrico den Beweis für diese Vermutung vor sich. Das Atelier wirkte verlassen und unbewohnt, wie nach einem überstürzten Aufbruch. Möglicherweise hatten die Johanniter von seiner Ankunft gewußt und Michele und Nerina dazu gedrängt, schnellsten aufzubrechen – in ihr Verderben. Seine Schritte hallten in dem verlassenen Atelier wider. Enttäuscht und etwas erschöpft setzte er sich auf den Malerstuhl, der umgeworfen vor dem Bild lag und den er sich aufstellte. Warum stand das Bild noch an seinem Platz? Hatte Michele keine Zeit mehr gefunden, es zu übergeben? Würden es die Mönche des Oratoriums des heiligen Laurentius selbst von hier abholen?

Düster wirkte das Gemälde, drückend in seiner Dunkelheit. Vielleicht hatte Michele gewußt, daß es sein letztes war, vielleicht hatte ihn eine Vorahnung beschlichen, die sich in der schwärzlichen Bräune der Heiligenkleidung widerspiegelte.

Ein unbestimmter Luftzug im Raum irritierte Enrico. Hinter sich fühlte er plötzlich eine rasche Bewegung. Bevor er sich jedoch umdrehen konnte, traf ihn ein Stich in die Niere, und er hielt in der Bewegung inne.

»Warum schleicht Ihr Euch hier ein wie ein Dieb?« flüsterte es hinter ihm.

Langsam hob Enrico die Hände. Direkt in Höhe seiner rechten Niere bohrte sich die Klinge eines Stiletts in die Haut, so fest, daß er sich nicht zu rühren wagte, aus Furcht, der Angreifer könnte nervös werden und richtig zustechen.

»Ich komme als Freund.« Die Person hinter ihm lachte nervös und drückte ihm die Spitze tiefer ins Fleisch. Enrico stöhnte, dennoch preßte er eine Frage über seine Lippen: »Wer seid Ihr?«

»Sagt mir zuerst, wer Ihr seid, und ob Ihr hier ins Atelier allein heraufgekommen seid?«

»Ich bin der Secretarius des Kardinals Gonzaga, Enrico ...«

Ein gedämpfter Schrei unterbrach seine Vorstellung. Enrico glaubte schon, einen Fehler begangen zu haben, und verwünschte seine Ehrlichkeit, als ihn die Person am Arm packte und beinahe vom Malerstuhl riß. Sofort ließ der Schmerz nach. Als er den Blick hob und ins Gesicht des Angreifers sah, glaubt er zu träumen. Vor ihm stand Nerina, als Mann verkleidet, einen modernen Hut auf dem Kopf und ein Stilett in der Hand.

Lange Augenblicke standen sie sich stumm gegenüber und musterten sich gegenseitig.

»Nerina!« Enrico faßte sich zuerst. »Ich dachte schon, ich komme zu spät!«

Nerinas Lächeln geriet etwas schief. Sie preßte die Lippen aufeinander.

»Und ich dachte, ich sehe dich nie wieder.«

Enrico streckte eine Hand aus und berührte ihre Wange. Langsam, als streichle er die Blätter einer Rose, fuhr er darüber. Zuerst zitterten Nerinas Augenlider, dann die Lippen und schließlich traten beide einen Schritt nach vorne, und schon lag Nerina in Enricos Armen. Er fühlte die Wärme und Weichheit ihres Körpers, der plötzlich zu zittern begann, als könne er die Erregung des Wiedersehens nicht bewältigen. Mit einer eher hilflosen Geste drückte Enrico Nerinas Kopf an seine Brust und streichelte ihr übers Haar. Dann stiegen auch ihm Tränen in die Augen, und er mußte die Lippen aufeinanderpressen, damit er nicht laut aufschluchzte. So standen sie, und Enrico wagte es nicht, Nerina loszulassen, aus Furcht, sie sofort wieder zu verlieren.

»Gott sei Dank habt ihr das Schiff noch nicht bestiegen. Gott sei Dank, Nerina!« Zuerst löste sich Enrico aus der Umarmung. Er hielt Nerina mit beiden Händen an der Schulter. Besorgt fragte er: »Wo ist Michele?«

»Wir haben ein Schiff gefunden, das uns nach Neapel bringen wird, die Diana. Es ist das einzige, das in den nächsten Monaten dorthin fährt. Er ist bereits auf dem Schiff!«

»Gütiger Himmel, Nerina. Dann ist er verloren. Es liegt nicht mehr im Hafen!«

Nerina, die seine besorgte Miene offenbar nicht recht einschätzen konnte, versuchte, ihn zu beruhigen.

»Es ist nach Cefalù unterwegs, um Kalksteinblöcke zu laden. In Cefalù schlägt man den Kalkstein, der poliert glänzt wie kostbarer Marmor. Dann kehrt es zurück. Spätestens morgen wird es bereits wieder im Hafen schwimmen. Michele hat das Schiff nur begleitet, um die Steinbrüche und den Kalkstein zu sehen.«

Mißmutig schüttelte Enrico den Kopf. Dann nahm er Nerina an die Hand und zog sie hinunter auf den Boden, wo sie sich neben ihn setzte. Eindringlich begann Enrico von der Mattanza zu erzählen, von der Thunfischjagd und ihrem Zusammenhang mit Micheles Flucht, und mit jedem Wort, das er sagte, erbleichte Nerina weiter.

»Wenn der Teufel es will, dann schaukelt Michele in diesem Boot bereits Malta entgegen.«

Für eine ganze Zeit war es still im Raum. Nur ihr beider Atem war zu hören. Enrico dachte darüber nach, was in Nerina vorgehen mochte, die Michele bis hierher gefolgt war und jetzt feststellte, daß all ihre Bemühungen umsonst gewesen waren und das Unglück den Maler eingeholt hatte. Sanft legte er den Arm um sie, und er fühlte an ihrem Nachgeben, daß sie jetzt seine Nähe brauchte, daß sie sich anlehnen wollte. Im Augenblick konnten sie nichts weiter tun, als warten und hoffen.

Plötzlich legte Nerina sich mit dem Kopf auf seinen Schoß, das Gesicht ihm zugewandt, und sah ihn von unten an. Ernst und düster wirkte ihre Miene. In seinen Gesichtszügen forschte sie, dann schloß sie die Augen und hob leicht das Kinn. Ihre Lippen entkrampften sich. Enrico griff unter ihren Nacken, stützte sie und küßte sie lange auf den Mund. Kühl fühlten sich ihre Lippen an, und Enrico wärmte sie, ihre Zungen fanden sich und lösten sich lange nicht mehr voneinander, und ohne ein Wort zu sagen, begannen sie, einander zu entkleiden.

Die Zeit verflog in der Heftigkeit ihres Wiedersehens, und erst ein Kanonenschuß brachte sie zu sich selbst zurück.

»Ein Schiff läuft in den Hafen ein!« erklärte Nerina, während sie sich auf ihm bewegte, als schaukle sie selbst auf den Wellen ihrer Erregung, bis eine Woge der Lust sie zittern ließ.

Enrico, erschöpft und zufrieden, drückte sie an sich.

»Micheles Schiff?«

»Möglich, Enrico.« Sie rang nach Atem und sprach stoßweise. »Wir sollten zum Hafen hinuntergehen. Aber dafür ist noch Zeit.«

Noch einmal drückte sie sich an ihn, bewegte sie ihren Schoß auf seinen Lenden und weckte erneut seine noch glimmende Gier nach ihrer Hitze. Sie lachten und kicherten und aus ihrem Spiel erwuchs ein heftiger Kampf um eine letzte, beinahe verzweifelte Lust, die beide hin und her warf und schließlich außer Atem und schweißnaß nebeneinander niedersinken ließ.

»Wie willst du Michele vom Boot herunterholen, wenn es die Diana ist? Er ist krank! Jeder Schritt fällt ihm schwer.«

»Ich weiß es nicht. Eines ist jedoch sicher, wenn es das Schiff ist, das den Kalkstein aus Cefalù geholt hat, dann ist es damit nach Malta unterwegs und nicht nach Neapel. Und wenn Michele das Schiff nicht verläßt, unterzeichnet er sein Todesurteil.«

Enrico wälzte sich zu Nerina hinüber und drückte ihr einen Kuß auf den Mund und auf beide Brüste. Für einen Augenblick preßte sie seinen Kopf fest an sich, dann erhoben sie sich. Rasch sammelten sie ihre Kleidung auf, schlüpften hinein und verließen das Haus in Richtung Hafen.

27.

»Unser Plan gelingt, Nerina!«

Nerina stopfte sich ihr Haar unter das Kopftuch. Sie steckte in dunkler Fischerkleidung. Sogar das Gesicht hatte sie sich eingefärbt, damit es in der Dämmerung nicht so auffiel. Mit beiden Händen hielt Enrico sie an den Schultern fest, dann drückte er sie kurz an sich, schob die Kapuze seiner Kutte über. »Wenn dennoch etwas schieflaufen sollte, mußt du sofort aus Palermo fliehen. Versprich es mir!« Nerina nickte, und Enrico trat aus dem Schatten der Chiesa della Catena und machte sich auf den Weg zum Schiff.

Es war tatsächlich die Diana gewesen, die mit ihrer Fracht aus Steinen im Hafen von Palermo eingelaufen war.

Der Morgen brach an, und ein erstes Grau lag über dem Hafen von Palermo. Nur die Fackeln, die, rund um das Schiff verteilt, das Deck der Diana nachts hell erleuchteten, warfen ihre unruhigen, zappelnden Schatten. Das gesamte Schiffsdeck tauchten sie in Helligkeit, so daß es von zwei Wachen, die beständig auf und ab patrouillierten, im Auge behalten werden konnte. Die am Mast aufgespießten Ratten zeigten deutlich, daß es selbst diesen Kreaturen nicht gelungen war, das Schiff heimlich zu verlassen, um wieviel weniger würde es Michele gelingen. Allerdings brannten die Fackeln langsam nieder und wurden wegen des anbrechenden Tages nicht erneuert.

Während Enrico im Habit eines Franziskaners langsam auf das Schiff zuschritt, erschien ihm der Entschluß, den sie gestern nacht nach langem Hin und Her schließlich gefaßt hatten, verrückt. Michele wollten sie befreien, ohne zu wissen, ob er sich überhaupt noch in einer der Kabinen am Heck der Diana befand. Mit jedem Schritt, den er sich der Diana näherte, schien ihm ihre Aktion verwegener und weniger durchdacht. Wenn nur eine der Wachen Verdacht schöpfte, weil er selbst unsicher wirkte, dann konnten sie mit ihrem Leben abschließen – und Michele war verloren.

Dabei empfand er Unverständnis dafür, daß Michele nicht bemerkt haben sollte, daß es sich bei den Männern auf diesem Schiff nicht um Frachtmatrosen handelte. Ihre Kleidung strahlte eine unglaubwürdige Frische aus, weil sie kaum gebraucht war. Wie Marionetten wirkten die Matrosen, die man umgezogen hatte und denen die neue Kleidung erst angepaßt werden mußte. Selbst ein Blinder hätte dies erkennen müssen.

Ein Schlag hallte über den Hafen und verlor sich im Echo. Enrico ertappte sich dabei, wie er zusammenzuckte. Vorsichtig musterte er die Umgebung, aber er konnte nichts Verdächtiges erkennen. Alles blieb ruhig, was immer das Geräusch auch verursacht haben mochte.

Je näher er der Mole und damit dem Schiff kam, desto nervöser wurde er.

Die Kapuze verdeckte ihm zwar einen Teil des Gesichtskreises, aber an dessen Rand konnte er erkennen, wie eine dunkel gekleidete Gestalt eines der Ruderboote gegenüber der Diana bestieg und vom Ufer abstieß. Jetzt hieß es abwarten, bis die Glocke der Chiesa Santa Maria della Catena zur fünften Morgenstunde schlug.

Aus nächster Nähe konnte man erkennen, daß das Schiff merkwürdig genug aussah. Zwar hatte es nicht die schnittige und wendige Form der Galeeren, aber auch die Diana konnte mit wenigen Handgriffen zu einem Boot mit Ruderern umgebaut werden. Jetzt lag es, vermutlich wegen der schweren Fracht in ihrem Laderaum, tief im Wasser. Kaum daß es sich in der leichten Dünung des Hafens bewegte. Satt und träge wirkte es, wie der Wal, der gerade Jona verschluckt hatte und sich nun daran machte, den Happen zu verdauen.

Enrico fühlte, wie die Handinnenflächen feucht wurden, wie seine Stimme sich belegte, obwohl er noch kein Wort gesagt hatte. Unruhig sah er zur Kirche hinüber und hoffte nur, daß es kein schlechtes Vorzeichen bedeutete, wenn man sich auf die Uhr einer Kirche verließ, die ihren Namen nach der Kette erhalten hatte, mit der Palermos Hafen verschlossen werden konnte. In diesem Moment nahm ihm der Stundenschlag die Zeit zum Nachdenken. Er bewegte sich schneller und betrat die Anlegestelle. Jeden Augenblick konnte er angesprochen und nach seinem Begehr gefragt werden. Mindestens hundertmal hatte er sich seine Antwort zurechtgelegt und innerlich vorgesprochen, und doch wurde er überrascht, als ihn die Wache anbellte, als er noch nicht einmal den Fuß auf die Planke gesetzt hatte, die zur Diana hinüberführte.

»Was wollt Ihr, Bruder?«

Umständlich räusperte sich Enrico, schob seine Kapuze zurück, so daß der Wachhabende sein Gesicht sehen konnte, das er mißtrauisch musterte. Leicht deutete er eine Verbeugung an, die Selbstbewußtsein ausstrahlen sollte. Allerdings beschlich ihn das untrügliche Gefühl, daß ihm gerade das gründlich mißlang, denn er blieb mit der Sohle seines Schuhs an einem Holzdorn hängen und stolperte über die Planke aufs Schiff. Sofort richtete sich aller Augen auf ihn und seine Tolpatschigkeit.

»Verzeiht, aber ich stehe in Diensten der Compagnia di San Francesco d'Assi.«

Unwirsch unterbrach ihn die Wache.

»Was geht das mich an, welcher Gesellschaft Ihr Euch zugehörig fühlt? Und jetzt verlaßt das Schiff!«

Mit einem energischen Schritt trat Enrico auf den Wachhabenden zu, der zurückwich. Das hatte er nicht erwartet. Sofort fuhr dessen Hand nach einem Dolch, den er unter der Kleidung versteckte. Offenbar wagten es die verkleideten Johanniter nicht, die Degen sichtbar zu tragen, denn das hätte auffallen müssen. Matrosen in Waffen hätten den örtlichen Vogt alarmiert.

»Ich suche den Maler, den alle Caravaggio nennen.« Enrico sprach betont langsam und mischte in seine Wörter den Akzent, der in Caravaggio gesprochen wurde und dessen Entschlüsselung die ganze Aufmerksamkeit der Wache beanspruchte. »Er hat für das Oratorium des heiligen Laurentius ein Bild angefertigt, das allerdings der Meinung unseres ehrwürdigen Bruders Damiano nach unvollständig ist. Ich soll, so mein Auftrag, Michelangelo Merisi, genannt Caravaggio, in den Palast des Kardinalerzbischofs Doria bringen. Dort ist das Gemälde ausgestellt. Caravaggio wird gebeten, den unfertigen Charakter des Gemäldes etwas zu mildern.«

Ohne ein Zittern in der Stimme hatte er sein Begehr vorgetragen. Jetzt entschied sich, ob der Plan gelang. Der Johanniter trat von einem Bein auf das andere. Deutlich sah man ihm das Unwohlsein an. Enrico ahnte, was der Mann vor ihm dachte. Befolgte er den strikten Plan seines Herrn, des Großmeisters von Malta, der wiederum mit Einverständnis des Papstes handelte, dann durfte Caravaggio das Schiff nicht mehr verlassen. Gleichzeitig durfte jedoch der Kardinalerzbischof von Palermo nicht verärgert werden, schließlich wurde in dessen Räumlichkeiten das Bild ausgestellt und die Selbständigkeitsbestrebungen der Sizilianer verursachten zudem Ärger genug, was sich auf die guten Beziehungen zwischen Palermo und Malta auswirkte. Gab man nach, konnte es sein, daß der Maler floh, was wiederum zu Verwicklungen mit dem Papst führen mußte. Seine Überlegungen durchbrach ein huschender Schatten, der über das Deck hinwegglitt, während alle Matrosenwachen ihre Blicke auf ihn gerichtet hielten. Zufrieden lächelte Enrico und sah an der Wache vorbei, was den Mann zu einem vorsichtigen Rundumblick veranlaßte. Sofort bedauerte Enrico sein Verhalten und schwor, sich besser in der Gewalt zu haben.

»Er soll sich auf dem Schiff befinden, sagte man mir«, eröffnete Enrico dem Wächter, ohne daß er verriet, von wem er denn diesen Hinweis erhalten hatte. »Oder ist er«, fügte er schnippisch und mit einem wissenden Lächeln hinzu, »Euer Gefangener?«

Innerlich mußte Enrico grinsen, denn der letzte Hinweis schlug unter die Gürtellinie. Tatsächlich krümmte sich die Wache beinahe, als er das Wort »Gefangener« aussprach. Wenn sich der Umstand herumsprach, daß Caravaggio hier gefangengehalten wurde, dann belagerte bald das Bürgertum Palermos das Schiff. Ungebrochen und hell wie eine Glocke klang Micheles Ruf als Künstler – und jeder wollte sie klingen hören.

Mittlerweile hatte sich der Kreis vergrößert. Die zweite Wache hatte sich hinzugesellt, die Hand unterm Hemd, am Dolch. Auch er fragte nach Enricos Wunsch und schüttelte verwundert den Kopf, bellte aber einen Ruf über das Deck, bei dem Enrico zusammenzuckte. Schließlich trat ein Mann aus einem der Verschläge an Deck und mischte sich in ihren Kreis. In Enricos Augen sah es so aus, als sei er der Kapitän des Schiffes. Mit seinem Erscheinen verstummten die Wachen. Das beunruhigte Enrico, denn diesen Mann hatten Nerina und er bislang nicht gesehen. Forschend ließ Enrico an dem Kapitän vorbei seinen Blick über das Deck gleiten, konnte aber nichts Verdächtiges bemerken.

»Was wollt Ihr?« Kurz, knapp, scharf klang die Frage.

Wieder verbeugte sich Enrico, kreuzte die Arme über der Brust und wiederholte dabei sein Begehr, diesmal jedoch etwas drängender und gewürzt mit dem Hinweis, er werde zurückkehren und dem Kardinalerzbischof Doria mitteilen, daß man hier offenbar Michelangelo Merisi gegen seinen Willen festhalte, schließlich lasse man ihn nicht zu ihm und bewache ihn, wie er sehe, wie einen Gefangenen.

Ihm entging selbst im Dämmerlicht des Morgens nicht, daß sich die Gesichtshaut des Kapitäns entfärbte. Beide lauschten jedoch in eine Richtung, aus der ein langes, würgendes und quälendes Husten erscholl, gaben aber vor, das Geräusch nicht zu beachten.

»Warum sollten wir einen Mann wie ihn hier festhalten? Das ist lächerlich. Aber Caravaggio ist krank, seit er das Schiff hier bestiegen hat. Er kann nicht laufen.«

»Dann tragen wir ihn«, bohrte Enrico, dessen Herz in diesem Moment einen Sprung machte. Diese Antwort wertete er als Rückzugsgefecht. »Unsere Gemeinschaft hat das Bild teuer bezahlt. Wir können zumindest erwarten, wenn Caravaggio nicht eben im Sterben liegt, daß er sich bis zum Palast des Kardinalerzbischofs aufmacht, um ein Bild in der Qualität abzuliefern, die dem Preis entspricht.«

»Caravaggio liegt zu Bett. Er kann unmöglich zum Kardinalspalast. Und jetzt entschuldigt uns, wir haben zu tun!«

Auf dem Absatz drehte sich der Kapitän um und ließ Enrico stehen. Diese Reaktion hatten sie erwartet.

»Ich werde Caravaggio auf den Schultern tragen!« rief er ihm hinterher. »Johanniter!«

Wie angewurzelt blieb der Kapitän der Diana stehen und drehte sich langsam zu Enrico um. Aus zusammengekniffenen Augen musterte er Enrico. Auch die ungeteilte Aufmerksamkeit der Wachen galt wieder ihm.

Wie leicht die Menschen doch einzuschätzen sind, dachte Enrico und sah dem Kapitän mit einer Unschuldsmiene ins Gesicht. Leider konnte er nicht mehr beobachten, was auf dem Schiffsdeck vor sich ging, da der Kapitän ganz nahe an ihn herantrat und auch die Wachen aufschlossen.

»Wie meint Ihr das?«

Enrico räusperte sich. Wie er es meinte, konnte er den Johannitern in Fischerkleidung nicht sagen. Zwingen mußte er sie, daß sie ihm zuhörten, daß sie ihre ganze Aufmerksamkeit ihm schenkten und vom Rest des Schiffes nichts sahen und vernahmen.

»Wie ich es sagte. Kann Caravaggio nicht gehen, werde ich seine Beine ersetzen. So ist es mir aufgetragen. Und wenn er mir zu schwer sein sollte, darf ich bei Euch um Hilfe nachsuchen?«

Kaum merklich schwankte das Boot, und ein Plätschern wie von Rudern, die ins Wasser tauchten, ließ ihn hoffen, aber er sah nur im Augenwinkel einen Schiffer an der Diana vorüberfahren, der den Aufzug der Kette erwartete und den Hafen zum Fischen verlassen wollte. Mittlerweile erhellte die aufgehende Sonne die Häuserzeilen im Westen, wo Leben sichtbar wurde. Männer zeigten sich an offenen Fenstern, gähnten herzhaft in den neuen Tag hinaus, Frauen blickten auf die Straße und leerten die Nachttöpfe aus, indem sie den Inhalt einfach auf die Hafenstraße schütteten.

»Ihr seid schlimmer als Salz in der Wunde, Franziskaner!«

»Nun denn, der Herr, unser Gott, stattet den Menschen mit den merkwürdigsten Fähigkeiten aus.«

»Ich will einen Ausgleich herbeiführen, Franziskaner. Wir lassen einen Arzt kommen. Er wird Caravaggio untersuchen. Wenn er bestätigt, daß er fähig ist zu malen, dann könnt Ihr ihn mitnehmen, wenn nicht ... Seid Ihr einverstanden?«

Michele schlug die Kapuze wieder übers Gesicht. Inständig hoffte er, daß die Zeit für Nerina gereicht hatte und ihr Plan erfolgreich gewesen war. Jetzt mußte er sich zurückziehen.

»Ich komme über Mittag wieder. Und ich möchte Caravaggio dann zumindest sehen.«

Enrico drehte sich um und lief über das Brett, das Schiff und Festland miteinander verband. Trotz der morgendlichen Kühle schwitzte er so, daß ihm das Wasser den Rücken hinablief. Bewußt zwang er sich, langsam zu laufen, um nicht verdächtig zu wirken.

Vermutlich würden die Johanniter die nächste Nacht nicht mehr hier verbringen und aufs offene Meer hinausfahren. Seine Neugier hatte sie verunsichert.

Hinter ihm ertönte ein Schrei, der sich steigerte und plötzlich abbrach. Unruhe und hastende Schritte vernahm er hinter sich.

Das Schiff erwachte. Enrico versuchte ruhig zu bleiben, erhöhte aber seine Geschwindigkeit. Ohne sich noch einmal umzudrehen, tauchte er im Gewirr der Gassen unter. Was war mit Nerina geschehen?

28.

Vor Nervosität fiel ihr das Ruder aus der Hand und schlug gegen die Bootswand. Starr vor Schrecken blieb Nerina stehen. In der Stille der Frühe hallte der Schlag über die gesamte Cala, wie bei den Einheimischen der Hafen genannt wurde. Man vernahm das Geräusch sicher in ganz Palermo. Hinter die Bordwand duckte sie sich und kauerte dort einige Augenblicke, wartete ab, bis sie sicher war, daß die Wachen von der Diana nicht mehr zu ihr herübersahen. Dann zog sie das Halteseil ins Boot, legte das Ruder ein, stemmte sich gegen die Mole und schob es damit ins offene Wasser. Langsam glitt es auf der ruhigen See dahin, die von den darüber wegziehenden Nebelschwaden wie geglättet wirkte, als würde ihre Last tonnenschwer auf dem Wasser ruhen. Am Heck stand sie, das lange Ruder in Händen, und schlug es gleichmäßig. Im Dunst des aufkeimenden Morgens lag der Bootskörper der Diana vor ihr. In der Schifferkleidung fror sie. Die langen Hosen und das weite Hemd schützten kaum vor der nassen Kälte.

Sie gab sich den Anschein, als steuere sie am Heck der Diana vorbei auf das Meer hinaus, während sie die Wachen beobachtete, die sich im Schein der Fackeln und hinter dem Nebel wie Schatten abzeichneten. Einmal blickte einer der Männer zu ihr hinüber, aber sie hielt stur geradeaus, und der Johanniter kam offenbar zu dem Schluß, daß sie nur am Schiff vorbei und aus dem Hafen hinaus wollte.

Erst kurz hinter der Diana schlug sie dreimal heftig mit dem Ruder, vollführte eine Kehre und brachte das Boot damit direkt unter dem Schiff zu liegen. Mit zitternden Händen suchte sie nach einem Vorsprung, an dem sie das Seil befestigen konnte, damit ihr Boot nicht abtrieb. Erst nach einiger Mühe fand sie dicht unterhalb des Ruders einen Haken. Als sie fertig war, besah sie sich die

Bordwand. Es würde ihr sicher nicht schwerfallen, sie zu ersteigen. Zufrieden setzte sie sich auf die Ruderbank und wartete auf den Stundenschlag aus der Chiesa Santa Maria della Catena, die direkt ihr gegenüber das Ufer beherrschte. Mit Enrico hatte sie vereinbart, daß dieser mit dem Stundenschlag fünf Uhr die Wachen ablenken wollte.

Sie betrachtete ihre Hände, die ungewollt zitterten – und sie konnte nicht sagen ob vor Kälte oder vor Anspannung. Nur eines wußte sie in diesem Moment, daß sie Michele verlassen würde, sobald sie ihn sicher nach Neapel gebracht hatte. Diesmal würde sie Enrico nicht mehr allein nach Rom zurückkehren lassen, sondern begleiten.

Mit klammen Fingern griff sie nach ihrem Amulett, öffnete es und betrachtete darin das Bild des Mannes, der angeblich ihr Vater war. In Situationen wie dieser wollte sie, daß er ihren Schutz übernahm, zu ihrem persönlichen Heiligen wurde, obwohl sie ihn nie kennengelernt hatte. Irgendwann, so hoffte sie, würde sich auch dieses Geheimnis lösen.

Den ersten Glockenschlag nahm sie nur unterbewußt wahr. Erst beim zweiten begann sie zu zählen und wunderte sich, daß es vier Schläge waren. Sie schreckte aus ihren Überlegungen auf, zog ihre Schuhe aus und langte zur Bootswand der Diana hinüber. Das Holz fühlte sich feucht und glitschig an. Mit einem stillen Seufzer hielt sie sich an einem der Vorsprünge fest und zog sich hinauf. Gerade rechtzeitig, um die Stimmen zu vernehmen. Enrico hatte das Schiff bestiegen. Vorsichtig stieg sie höher. Jetzt zeigte die Fischerkleidung, die sie zuvor verflucht hatte, weil sie kaum warm hielt, ihre Vorteile. Sie ließ ihr ausreichend Bewegungsfreiheit, um die Bordwand zu erklimmen. Vorsichtig spähte sie über die Reling – beide Wachen konzentrierten sich auf einen Franziskaner, hielten ihn in Schach und kümmerten sich nicht um den Rest des Schiffes. Nerina zog sich hoch, stieg lautlos wie eine Katze über die Brüstung, sackte sofort in sich zusammen und lief, im Schutz von Taurollen und Hebevorrichtungen, auf einen der Bretterverschläge zu. Drei davon erhoben sich auf dem rückwärtigen Deck, nur wenige Schritte von Nerinas Aufstieg entfernt. In einem davon, so hatten sie gestern noch vermutet, mußte sich Michele befinden, wenn der Bauch des Schiffes mit Kalksteinen beladen war.

Sie schlich das Deck entlang, immer im Schatten der Holzverschläge, und lauschte nach innen, ob sie irgendwo das Atmen oder Keuchen Micheles hören konnte. Aber die Wachen und Enrico unterhielten sich so laut miteinander, daß es ihr unmöglich war, ein leises Geräusch zu vernehmen. Barfuß schlich sie weiter.

Jeder Raum besaß zwei Türen, an jeder Bordseite eine. Kaum hatte Nerina die erste Tür passiert, als diese von innen aufgestoßen wurde. Mit einem Satz sprang sie in die Lücke zwischen zwei der Hütten, konnte sich aber nicht ganz darin verbergen. Sie sah einen Mann aus dem Raum treten, der sich in seinem ganzen Benehmen und an der Kleidung sichtbar als Kapitän erwies. Noch stand sie in seinem Rücken. Aber wenn er die Tür schloß und sich umdrehte, mußte er sie erkennen. Nerina betete, daß dies nicht geschehen möge, und tatsächlich erhörte sie der Himmel. Ohne die Tür zu schließen, lief der Kapitän zur diskutierenden Gruppe im Bereich des Vorderdecks.

Jetzt erst bemerkte sie, daß ihre Kehle vollständig ausgetrocknet war und ihr das Schlucken schwerfiel. Aber viel Zeit blieb ihr nicht, darüber nachzudenken. Sie schlich zur offenen Tür, spähte in den Raum – und sah nichts. Michele mußte sich in einem der anderen Räume befinden.

Noch während die Männer um Enrico lautstark weiterredeten und das Wort »Johanniter« fiel, das eine selbst für Nerina spürbare Spannung erzeugte, trat sie zur nächsten Tür. Bei ihr war von außen ein Riegel vorgeschoben. Sie zog diesen beiseite, öffnete vorsichtig und spähte hinein. Mindestens zwei Männer, zwei weitere Wachen nämlich, mußten sich auf dem Schiff befinden. Ein vertrauter Geruch empfing sie, der ihr sofort das Blut in den Adern gefrieren ließ. So roch nur ein Mensch, den sie kannte: Fra Domenico. Der Raum enthielt ein Bett, einen Tisch sowie einen Stuhl. Nichts weiter. Nerina wollte den Verschlag bereits wieder verlassen, als sich im Bett vor ihr etwas bewegte. Hatte Fra Domenico den Luftzug bemerkt, die Kälte vielleicht, die mit der geöffneten Tür in den Raum strömte? Ein Stöhnen ließ sie aufmerken. Das war nicht Fra Domenico. So bewegte und stöhnte nur ein Mensch, den sie kannte: Michele. Deshalb war der Raum verschlossen gewesen! Rasch schlüpfte sie hinein. Tatsächlich. Vor ihr lag, im Schlaf und mit Schweiß auf der Stirn, Michele. Mit den Füßen stieß sie gegen einen Gegenstand auf dem Boden: Holzschuhe. In dem Augenblick schlug Michele die Augen auf und fuhr hoch. Für einen Augenblick hielt sie ihm die Hand vor den Mund, damit er nicht aufschrie, bis sie bemerkte, daß er sie erkannt hatte. Sein Gesicht fühlte sich nicht mehr ganz so heiß an. Möglicherweise hatte das Fieber nachgelassen.

»Ich bin's, Nerina. Komm!« flüsterte sie. Mühsam erhob sich Michele und wollte in die Holzschuhe steigen, die sich vor seinem Bett befanden, aber Nerina schüttelte den Kopf. »Barfuß!«

Bevor Nerina ihn an der Hand nehmen und aus dem Verschlag ziehen konnte, hielt Michele sie zurück. Er deutete auf eine schmale, metallene Kette, die von seinem Fußgelenk über eine Öffnung ins nächste Zimmer lief.

»Fra Domenicos Idee. Er vermutete eine Flucht!«

Fieberhaft überlegte Nerina, was zu tun sei. Eine Kette konnte sie nicht aufbrechen, und der Splint, der das Ringglied um den Fuß zusammenhielt, war mit dem Hammer festgeschlagen worden. Außerdem mußten sie den Raum verlassen haben, bevor der Kapitän zurückkehrte und dieser möglicherweise den Riegel wieder vorschob.

»Wir haben keine Zeit!« hauchte sie wieder. »Wo endet sie?«

»Im Raum nebenan, möglicherweise am Handgelenk Fra Domenicos.«

Nichts in Micheles Verschlag schien ihr geeignet, die Kette zu lösen.

»Ich muß in den Raum neben dir. Wenn ich gegen die Wand schlage, mußt du die Kette anziehen, mit aller Kraft! Hast du verstanden?«

Michele nickte. Und sofort entfernte sich Nerina und schlich einen Verschlag weiter. Die Tür zum letzten Holzverschlag ließ sich leicht öffnen. Rasch schlüpfte sie in das Zimmer. Hier wurde sie vom Geruch Fra Domenicos empfangen. Die Mischung aus Weihrauch und Gewalt, die in der Luft lag, betäubte sie beinahe. Sie stand still und wartete, bis sich ihre Augen an das Dämmerlicht gewöhnt hatten. Schließlich konnte sie erkennen, daß in diesem Raum die Kette endete, allerdings nicht, wie sie zuerst vermutet hatte, am Arm oder an der Hand des Johanniters. Sie war einfach um einen Bettpfosten herumgehängt. Hätte Michele daran gezogen, wäre Fra Domenico sicherlich erwacht.

Nerina versuchte, weiter ins Zimmer zu gehen, aber die Bohlen knarrten und Fra Domenico, der in voller Kleidung mit Degen im Bett schlief, drehte sich unruhig hin und her, als würde er ihre Gegenwart fühlen. Einmal als Dieb und Einbrecher zu arbeiten, hätte sich Nerina auch nicht träumen lassen, aber in diesem Fall blieb ihr nichts weiter übrig. Trotz der Gefahr, entdeckt zu werden, schlich sie langsam vorwärts. Ebenso vorsichtig, als stünde ihr alle Zeit der Welt zur Verfügung, hob sie den Ring vom Pfosten und ließ Kettenglied für Kettenglied durch die Öffnung gleiten. Zuletzt warf sie den Ring hinterher. Ein helles Klirren klang von Gegenüber und Fra Domenico drehte sich wieder einmal im Bett um. Vorsichtig duckte sich Nerina. Wenn er auch nicht aufwachte, so wäre es denkbar gewesen, daß er ihren Schatten unbewußt wahrgenommen hätte. Ebenso vorsichtig schlich sie zurück, bis sie an der Tür stand. Sie öffnete die Tür und stand mit drei schnellen Schritten draußen. Jetzt erst fühlte sie, daß ihre Kleidung vollständig durchgeschwitzt war.

Aufmerksam lauschte sie in den immer heller aufkeimenden Tag hinein, aber nichts rührte sich mehr. Das bedeutete, daß Enrico bereits wieder vom Schiff herunter war. Folglich mußte sie darauf achten, wo die Wachen standen, und ihnen möglicherweise ausweichen. Geduckt schlich sie sich zu Micheles Verschlag zurück und öffnete ihn. Eben wollte sie hineinschlüpfen, als sie von hinten angesprochen wurde. Gleichzeitig fühlte sie die Spitze eines Degens im Rücken.

»Und was wollt Ihr bei Caravaggio, Fischer?«

Langsam richtete Nerina sich auf und drehte sich um. Vor ihr stand der Mann, von dem sie glaubte, daß er der Kapitän des Schiffes sei.

»Ich besuche einen Freund!«

»Oh, Ihr meint Caravaggio? Natürlich, tretet nur ein.«

Mit der Spitze seines Degens trieb er sie vorwärts in den Raum hinein. Nerina wußte, was er vorhatte, nämlich die Tür zuzuschlagen, nachdem sie die Schwelle überschritten hätte, aber im selben Augenblick fuhr eine zweite Klinge aus dem Schwarz der Türöffnung heraus und dem Kapitän in die Brust. Ungläubig starrte er auf den roten Fleck, der sich auf seinem Wams ausbreitete, und auf die Türöffnung, die nur die Klinge sehen ließ. Dann brach der Kapitän zusammen.

»Danke!« flüsterte Nerina.

»Gehen wir«, antwortete Michele, der im Türrahmen erschien, blaß und verstört. »Er stand mir im Weg.«

Die Kettenglieder klirrten, und mehr als einmal glaubte Nerina, ihre Anwesenheit verraten zu haben. Aber die beiden Wachen sahen Enrico nach, der quer über den Hafen, die Hafenstraße entlang, in die Gassen einbog.

Michele und Nerina hatten eben das Boot bestiegen, als ein Schrei ertönte, der Wut und Haß in sich trug. Hell fuhr er hinauf, um abrupt abzubrechen. Offensichtlich hatte Fra Domenico das Verschwinden Micheles bemerkt.

Michele legte sich in das Boot, das jetzt von den letzten Nebelresten im Hafen verborgen wurde. Nerina deckte ihn zu und stakte dem Ufer entgegen.

29.

Michele lag auf einer Pritsche an Deck, die Beine angezogen, die Hände auf den Bauch gepreßt, als schmerze der ihn selbst im Schlaf. Er atmete scharf und unregelmäßig. Nerinas Blick wanderte von Michele zum Horizont und wieder zurück zu Michele.

»Ihn plagt ein periodisches Fieber. Sechs, sieben Tage geht es ihm gut, ist er fieberfrei, dann packt ihn wieder die Hitze und wirft ihn aufs Lager!«

Enrico trat hinter sie und legte seine Arme um ihren Körper, die flache Hand auf den Bauch, wo er sie sanft kreisen ließ. Mit geschlossenen Augen drückte sie sich an ihn und genoß für Augenblicke die Wärme der Sonne, die frische, würzige Meeresluft, das Schaukeln der Wellen und Micheles Hand.

»Laß die Augen geschlossen, uns folgt keine maltesische Galeere. Hüten würden sie sich, das Schiff des Kardinalerzbischofs aufzubringen.«

Leise lachte Nerina und schmiegte sich enger an Enrico, der seine Hand langsam hinaufwandern ließ, bis unter ihre Brüste. Warm fühlte sie sich an, als strahle sie wie eine Kerze. Ihr kam es noch immer wie ein Traum vor, daß ihre Flucht abermals gelungen, daß sich Michele und sie wohlbehalten auf dem Weg nach Neapel befanden. Seine guten Verbindungen zum Kardinalerzbischof Doria waren ein Segen gewesen. Sofort hatte dieser Hilfe versprochen, auch gegen den Druck der Johanniter. Und die unter der Stadtbevölkerung mit Flüsterstimme verbreitete Kunde, daß die Johanniter Michele hatten entführen wollen, hatte zusätzliche Pforten geöffnet.

Zwei Wochen lang hatten sie sich im Kapuzinerkonvent in La Zisa verborgen, unweit der Porta Nuova im Westen Palermos, außerhalb der Mauern, dort, wo die heißen Winde aus dem Landesinneren selbst Papier brüchig trockneten. Als Mann mußte sie sich verkleiden, da die Mönche Frauen nicht aufgenommen hätten. In diesen beiden Wochen waren ihnen beiden Micheles Fieberwellen erstmals deutlich aufgefallen – und seine Unruhe, die er nur zu zügeln vermochte, indem er den Pinsel über die Leinwand wandern ließ. Tag und Nacht war er in seiner Zelle auf und ab gewandert wie ein Raubtier im Käfig eines Lustgartens, dem sie die Freiheit gestohlen hatten und das nicht wußte, wie sich wehren.

»Das Leben prickelt, Enrico«, sagte Nerina, weil in ihr die Bilder der Katakomben aufstiegen. Die Mönche hatten die Angewohnheit, ihre Toten in den unterirdischen Verliesen des Klosters zur letzten Ruhe zu betten. Jedoch ließ die Trockenheit sie nicht verwesen. Wie Lebende saßen oder lagen die Mönche in ihren offenen Särgen, in ihren Nischen. Mehr als einmal stiegen sie mit den Padres hinunter, um den Toten frische Kleidung anzulegen, weil die alten braunen Kutten verrottet waren. An Gemälde Micheles erinnerten sie die Katakomben mit ihrer Lebensnähe. Glaube und Diesseitigkeit verwoben sich darin zu einem dichten Netz, in das sich der zerrüttete Geist sorglos fallen lassen konnte. Hier traf die Anschauung auf das sinnlich empfundene Verborgene. Ihr war gewesen, als ob die Zeit dort still stehe, und dieses Totenreich gemahnte sie immer daran, daß die Bedrohung, die ihrem Leben und dem Micheles galt, keineswegs vorüber war, sondern wie ein Unwetter am Horizont dräute.

»Wo?« fragte Enrico, und Nerina zuckte leicht zusammen, als sie fühlte, daß er mit seiner Hand über ihr Kleid strich und sich die Warzen ihrer Brüste aufrichteten. Sie nahm seine Hand und drückte sie gegen ihre Brust, drückte sie dann jedoch ebenso energisch wieder hinab und legte sie zurück auf ihren Bauch.

»In deiner Nähe, Enrico. Noch kann ich nicht glauben, daß unsere Flucht zu Ende sein soll.«

»Mag sein, wenn wir Neapel erreichen, erwartet uns dort Micheles Dispens aus Rom!«

Kräftig sog Nerina die Luft ein. Sie roch nach Freiheit und Leben, ganz im Gegensatz zu den Katakomben der Kapuziner. Und doch vermittelte die Unterwelt des Konvents ein tröstliches Gefühl: Leben und Tod bildeten eine ungewohnte Einheit. Die Lebenden kümmerten sich ebenso liebevoll um ihre Toten wie um Kranke oder Sieche, und die Verstorbenen dankten es ihnen, indem sie, sichtbares Zeichen einer Auferstehung, den Weg der Lebenden über Jahrzehnte mitgingen. Mancher Mönch, hatte Nerina festgestellt, begab sich nach dem Komplet sogar hinunter ins Reich des ewigen Schlafes und hielt Angesicht zu Angesicht Zwiesprache mit den Entschlafenen.

»Glaubst du, daß Pater Domenico weiß, wie wir die Stadt verlassen haben?«

Ernst wirkte Enricos Stimme, und Nerina fühlte, daß er seinen eigenen Worten nicht vertraute.

»Wer soll es erfahren? Wir haben die Stadt seither nur einmal betreten, um mit Kardinalbischof Doria unsere Flucht auszuhandeln. Niemand außer er selbst und wir waren zugegen. Ansonsten sind wir vom Kloster aus den Oreto entlang bis ans Wasser, dann in das Fischerboot umgestiegen, das uns außer Sichtweite der Küste gebracht hat und schließlich vom Schiff des Kardinalbischofs aufgenommen worden. Nur eine Handvoll Menschen wußte davon. Die Johanniter mit Fra Domenico suchen in Palermo selbst, nicht im Convento dei Cappuccini, bei den Kapuzinern.«

Nerina kämpfte mit sich, bevor sie Enrico den einzigen Fehler in ihrer Planung eröffnete. Ob er daran gedacht hatte, wußte sie nicht, aber sie hielt es für möglich. Wenn Pater Leonardus sich als Vertrauter Scipione Borgheses ausgegeben hatte ... Wind fuhr ihr ins Haar und wehte es Enrico übers Gesicht. Auf seiner Pritsche stöhnte Michele, aber im Augenblick wollte sie keinen Blick hinüberwerfen, wollte auch ihren Gedanken nicht weiterspinnen, sondern ganz in den Farben und Bildern aufgehen, die ihr inneres Auge ihr vorgaukelten. Neben den Mumien der Kapuziner wehten Erinnerungsschatten ihrer letzten Nacht mit Enrico durch ihr Gedächtnis, die sie satt und zufrieden machten.

»Fast hätte ich es mir denken können! Der Gesandte Kardinal Gonzagas und mein Herr Bruder!«

Wie ein Dolchstoß fuhr ihr diese Stimme in die Eingeweide. Enricos warme Hand verschwand und machte einer schmerzhaften Kühle Platz. Wie Enrico fuhr Nerina herum und starrte den Mann an, der entspannt am Mast des Schiffes lehnte und um dessen dürre Figur das Schwarz seiner Soutane wehte.

»Pater Leonardus!«

»Ich wußte es!« entfuhr es Nerina.

»Ihr wußtet was?«

Mit starrem Gesichtsausdruck blickte Pater Leonardus über die beiden hinweg auf den Horizont, als suche er dort etwas, das sich hinter dem dunklen Blau der Wasserlinie verbarg.

»Ihr hattet das Vertrauen des Kardinalerzbischofs! Ihr steht mit Scipione Borghese in Verbindung, seid von ihm beauftragt. Ich hatte vergessen, darüber nachzudenken!«

Eher für sich selbst entwickelte Nerina ihre Gedanken und drehte sich darauf um, um den Horizont abzusuchen. Jetzt allerdings entfuhr Pater Leonardus ein Lachen.

»Wenn Ihr versucht, die Galeere auszuspähen, muß ich Euch enttäuschen. Sie erwartet uns in Neapel. Selbst dem mächtigen Großmeister auf Malta verbietet die Diplomatie, die Hand zu beißen, die ihn führt.«

»Und da die Spanier mit Rom nicht gemeinsame Sache machen, wird sie uns dort nicht behelligen.«

»Ihr seid zu lange von Rom weggewesen«, erwiderte Pater

Leonardus spöttisch. »Die politische Lage hat sich geändert. Der Papst und Spanien nähern sich mehr und mehr an.«

Im selben Augenblick erwachte Michele, der sich streckte und dehnte, bis er den Pater, seinen Bruder, erkannte. Sofort sprang er auf die Beine und suchte nach seinem Degen im Gürtel. Aber auf Befehl des Kapitäns lagen ausnahmslos alle Waffen in dessen Unterkunft, so daß er ins Leere griff, was seinen Zorn weiter anstachelte.

»Giovan Battista. Hol Euch der Teufel.«

»Mich wird er hoffentlich übersehen, aber nach Euch, Bruder, scheint er bereits seine Hand ausgestreckt zu haben. Oder setzt Euch die Seeluft zu?«

Michele sprang, behende wie eine Katze, auf seinen Bruder zu und erwischte ihn so am Kragen, daß der Pater nach hinten umstürzte. Körperlich unterlegen, ruderte dieser mit den Armen, zu hilflos, um sich gegen Micheles Versuche, ihn zu erwürgen, wehren zu können, und begann bald nach Luft zu ringen. Obwohl Nerina nicht in die Auseinandersetzung eingreifen wollte, mußte sie verhindern, daß hier Kain seinen Bruder Abel erschlug. Mit einem Wink bat sie Enrico einzugreifen, der zwischen sie trat und die beiden Streithähne voneinander trennte. Schwer atmend und rot im Gesicht, ließ sich Michele nur mit Gewalt von Pater Leonardus wegzerren, gab aber Enrico schließlich nach. Mit dem Rücken setzte sich Pater Leonardus gegen den Mast, zog den Kragen seiner Soutane auf und schnappte nach Luft.

»Du elender Bastard hättest mich beinahe erdrosselt.«

Er keuchte und würgte dabei und fuhr sich mit der Hand immer wieder um den Hals, als müsse er sich davon überzeugen, daß die Kehle noch dort war, wo sie hingehörte.

»Leider bin ich daran gehindert worden!« knurrte Michele, der sich von Enrico losriß und wieder zu seiner Liege zurückkehrte.

»Hättet Ihr mich getötet«, flötete Pater Leonardus mit ausgesuchter Höflichkeit, aber sarkastischem Unterton, »dann wäre dieses liebliche Geschöpf, das Ihr, Michele, wie eine Tochter aufzieht, allein durch die Welt gestreift. Das konntet Ihr nicht ernsthaft wollen!«

Sofort zuckten Micheles Hände wieder, wie Nerina bemerkte.

Ihr entging auch nicht der Unterton, der in Pater Leonardus' Stimme lag, als würde er über ein Wissen verfügen, das er nur mit Michele teilte. Eine Anspielung genügt, dachte sie sich, und Michele geriet in Zorn. Aber worin bestand die Anspielung? Was trieb Michele so die Zornesadern auf der Stirn auf, daß er sogar zu schwitzen begann?

»Da wir nun gemeinsam die Reise nach Neapel machen, sagt, was wißt Ihr über Micheles Dispens? Ist er unterwegs?«

Pater Leonardus zuckte bei Enricos Frage mit den Schultern. Ganz verstand Nerina nicht, warum Enrico danach fragte. War es nicht unwichtig geworden, nachdem sie von einer Falle in die nächste getappt waren? Oder verfolgte er einen Plan? Und konnte man Plänen, konnte sie Plänen noch trauen?

»Wozu einen Dispens? Er wird in den Verliesen Sant'Angelos' verrotten.«

»Vorausgesetzt, es gelingt Euch, Michele nach Malta zu schaffen!«

»Ist das mein Problem? Aber Fra Domenico wird Neapel vor uns erreicht haben. Und spätestens dann, glaube ich, daß dieses Problem der Vergangenheit angehört!«

In Nerina stieg Angst auf, Angst darüber, was geschehen würde. Nach Rom zu steuern, verbot die Vernunft. In Neapel erwartete sie Fra Domenico, allgegenwärtig und bedrohlich, im Namen der Johanniter, um Micheles Fluchtfrevel von der Insel Malta zu ahnden und seiner eigenen Rache zu genügen. Nach Palermo zurück konnten sie nicht mehr, da dort vermutlich Galeeren der Johanniter sie erwartet hätten. Tränen der Wut und der Hilflosigkeit stiegen in ihr auf. Alles schien so sinnlos, so ohne Ziel und Ordnung. Sie biß sich in die Fingerknöchel, um nicht loszuheulen.

Plötzlich ertönte Micheles Stimme, der dem Gespräch bislang stumm gefolgt war.

»Wißt Ihr eigentlich, daß Ihr um mich schachert wie die Hausherrin um die geschlachteten und gerupften Hühner auf dem Markt. Noch liegt das Mare Tyrrhenum zwischen uns und den maltesischen Galeeren – und das ist tief und stumm, Bruder. Wer mir ans Leder will, den werden die Jahrhunderte verfluchen! Meine Bilder überdauern alle Eure schafsköpfigen Rechnungen und Intrigen. Und jetzt laßt mich schlafen!«

Am Arm zog Enrico Nerina außer Hörweite des Paters. Sie wunderte sich über die Heimlichkeit und wollte ihm bereits andeuten, daß sie Berührungen wie eben nicht mochte, aber er beugte sich zu ihr hinunter und flüsterte.

»Pater Leonardus wacht darüber, daß Michele den Dispens nicht erhält. Wenn die Nachrichten stimmen, die ich erhalten habe, dann muß dieser unterwegs sein, denn nur wenn der Papst Michele in Händen der Johanniter weiß, kann er so seine Hände in Unschuld waschen. Micheles Entführung ist schiefgelaufen, was Paul V. nicht weiß – und dennoch dürfte der Dispens bereits ausgefertigt sein. Wenn er Michele erreicht, bevor dieser in die Hände der Johanniter fällt, dann ist er frei. Wir müssen ihn unter allen Umständen an Land bringen – und ich weiß auch schon, wie.«

Wieder fuhr ein Windstoß durch Nerinas Haar. Neben dem Duft des Salzwassers trug ihr dieser auch Enricos Geruch zu. Einen Kuß drückte sie ihm auf den Mund und schmeckte das Salz, das allgegenwärtig Haut und Haar und Kleidung durchdrang. Bitter schmeckten die Lippen und hungrig.

30.

»Wir sind betrogen worden!«

Mit ausgestreckten Armen lief Scipione Borghese auf seinen Mitbruder im Amt zu, der sich mit Hilfe einer Sänfte bis zum Pincio-Hügel und den Gärten emportragen hatte lassen und sich jetzt aus ihr herausquälte. Er versuchte in dessen Gesicht zu lesen, bemerkte aber nur ehrliches Erstaunen über seine Ankündigung.

»Ich verstehe nicht ...«

»Ihr werdet gleich verstehen, mein lieber Ferdinando, doch zuerst einen Blick auf mein zukünftiges Casino!«

Er packte Kardinal Ferdinando Gonzaga unter dem Arm und zog ihn von seinen Trägern weg, denen er gleichzeitig den Wink gab zu verschwinden. Absichtlich hatte er den Ort ausgewählt, an dem kein Spitzel, kein bestochener Lakai oder sonst ein Maulwurf in seinem weltlichen Gemüsebeet lauschen konnte. Hier oben, bei der zukünftigen Baustelle zu seinem neuen Casino, waren sie tatsächlich allein und konnten sich über ein Problem unterhalten, das Scipione Borghese seit der Auseinandersetzung mit seinem Oheim bedrückte. Die letzten Tage hatten ihm einen unruhigen Schlaf beschert – und er wußte nicht genau, wem er dies zu verdanken hatte. Möglicherweise gehörte selbst Ferdinando Gonzaga zu den Urhebern, aber das mußte er erst ausloten – und dafür erschienen ihm die Rebengärten auf dem Pincio gerade recht. Idylle lockerte die Gedanken, ließ sie fließen, und so mancher hatte hier mehr ausgeplaudert, als ihm lieb war. Er erinnerte sich mit Vergnügen an den Bericht Julias über die Verführung Enricos, des Sekretärs Ferdinando Gonzagas, zwischen den Rebstöcken dieses Hügels. Nicht verhindern konnte er, daß sich ein Lächeln auf seine Lippen stahl, das der Kardinal neben ihm mit einer hochgezogenen Braue beantwortete. Auf einer Staffelei breitete Scipione Borghese Zeichnungen und Pläne aus, die das Casino zeigten, in Aufrisse und Bauabschnitte gegliedert und schließlich eingebettet in seine naturlandschaftliche Umgebung.

»Man kann bereits den Zeichnungen die Bestimmung des Casinos ablesen. Noch drei Jahre, und ich werde hier wohnen, inmitten meiner Schätze. Es wird Maßstäbe setzen für unser verschlafenes, etwas rückständiges Rom. Glaubt Ihr nicht?«

»Dessen bin ich mir sicher, Eminenz. Und doch verstehe ich nicht recht, was Euch beunruhigt.«

Scipione Borghese zog, noch immer begeistert von den Zeichnungen seines Casinos, Ferdinando Gonzaga weiter über den Platz, an dem erste Rodungsarbeiten durchgeführt wurden, erläuterte, erklärte und eröffnete seinem Kollegen im Geiste seine baulichen Pläne. Beruhigen wollte er sich zuerst, innere Kräfte sammeln für den nächsten Schritt. Tatsächlich aber behielt er die Umgebung im Auge, beobachtete die Bauarbeiter, die Bauern und Weingärtner, die Handlanger und Zimmerer, die alle an den Vorbereitungen seines Wunderwerks arbeiteten und den Platz räumten und ebneten für seine Vision. Niemand nahm sie hier wahr. Alles konzentrierte sich auf die Wurzelentfernung.

»Ich glaube, wir sind sicher«, unterbrach er plötzlich seinen Redefluß. »Kommt mit hier herüber, hier soll eine Allee entstehen, Akazien stelle ich mir vor, oder noch besser Oliven statt der Weinreben, aber das werde ich selbst wohl nicht mehr erleben.«

Der Mißmut, der sich in Ferdinando Gonzaga angestaut hatte, war nicht zu übersehen. Eine leichte Gegenwehr fühlte Scipione Borghese an seinem Arm. Nur widerwillig ließ sich sein junger Freund dirigieren. Jetzt hielt Scipione Borghese den rechten Zeitpunkt für gekommen, dem Kardinal seine Überlegungen mitzuteilen. Wieder hakte er sich bei diesem unter, fester diesmal, obwohl er bemerkte, daß sich der Körper des jungen Gonzaga unter der Berührung verkrampfte. Man mußte seine Freunde an sich binden und den Feinden seine Anwesenheit spüren lassen.

»Mein Oheim will in den nächsten Monaten die Begnadigung für Caravaggio ausstellen.«

»Damit steht doch alles zum Besten!«

»Es geht zu leicht, als stünde eine andere Hand dahinter und schiebe an!«

Von der Seite her sah ihn Ferdinando Gonzaga an, und Scipione Borghese wurde den Verdacht nicht los, als spräche Spott aus diesem Blick.

»Findet Ihr? Mit diesem Versprechen hält er uns mittlerweile seit über einem Jahr hin.«

»Für vatikanische Verhältnisse eine rasende Geschwindigkeit. Wenn man allein bedenkt, wie lange es dauert, bis einem Ketzer wie diesem Mönch Campanella mit seinem Buch ›Der Sonnenstaat‹ der Prozeß gemacht wird. Eine einzige Verhöhnung der christlichen Ordnung. Dagegen sind die angeblichen Verbrechen eines Caravaggio Lausbubenstreiche!«

Ferdinando Gonzaga zuckte mit den Schultern.

»Wer sollte hier seine Hand reichen? Ihr seht Gespenster.«

»Lieber Ferdinando Gonzaga, Caravaggios Flucht, die sich anfänglich ausgenommen hat wie ein Abenteuer, erscheint mit jedem Tag, den sie dauert, unwahrscheinlicher. Zuerst gelingt ihm ein spektakuläres Entkommen aus einer Festung, die dafür bekannt ist, daß man die letzten Skelette der darin Vergessenen noch nicht einmal gefunden hat. Dann setzt er nach Syrakus über, nur um festzustellen, daß ihm kurze Zeit später der Johanniter, sein Verfolger, wieder an den Fersen haftet. Doch wie erklärt sich, daß er ihn in Ruhe läßt, daß er ihn offenbar nur erschreckt, seine Anwesenheit dazu benutzt, den Maler in eine panische Furcht zu versetzen, die nur zu weiterer Flucht und wieder einer anderen Stadt führt? Und dort spürt ihn der Johanniter auf ...«

»... und jagt ihn weiter, immer weiter.«

»Zuletzt nach Messina und Palermo – und von dort?«

»Möglicherweise nach Neapel zurück!«

Bedächtig nickte Scipione Borghese. Davon ging auch er aus.

»Und warum paßt er ihn nicht ab? Warum erschlägt er ihn nicht hinterrücks und rächt sich so an ihm? Weil alle Welt weiß, daß er hinter ihm her ist?«

Interessiert betrachtete Ferdinando Gonzaga die Blüten der lila Kartoffelpflanze, die er am Wegrand entdeckte.

»Angeblich soll das Gewächs aus der Neuen Welt stammen, Kardinal.«

Scipione Borghese nickte geschmeichelt. Tatsächlich von dort eingeführt, zierte deren sanftes Lila die Gärten der Reichen. Eßbar sollte die Knolle sein, was aber nicht stimmte. Hart und bitter, besaß sie keinerlei Nutzen. Der Kapitän, von dem er die Pflanzen erhalten hatte, hatte ihm hier wohl Seemannsgarn aufgetischt, aber die Blüten sahen erfrischend aus.

»Ferdinando. Seien wir ehrlich zueinander. Ihr habt Euren Sekretär Enrico nach Sizilien geschickt. Ich weiß es. Hat er mehr erfahren? Hat er herausgefunden, warum der Johanniter nur droht?«

Erwartungsvoll blieb Scipione Borghese stehen und beobachtete Kardinal Gonzaga. Dieser ging einige Schritte weiter, als müsse er überlegen, wieviel und was er seinem Amtskollegen eröffnen durfte. Für Scipione Borghese schied sich jetzt, ob er es mit einem Freund oder einem Gegner zu tun hatte, denn einen Teil der Eröffnung kannte er.

»Enrico«, begann dieser, ohne sich umzudrehen, »Enrico schreibt regelmäßig. Er schreibt auch über Pater Leonardus, der, wenn wir uns nicht irren, Euer Mann ist. Er scheint aber gleichzeitig der Mann des Papstes zu sein, jedenfalls gehen von ihm zweierlei Schreiben aus, einmal an Euch, ein andermal an Seine Heiligkeit.«

»Gut, das ist mir durchaus bekannt. Was hat das mit der Flucht Caravaggios zu tun?«

Etwas verlegen zeichnete Ferdinando Gonzaga mit der Spitze seines seidenen Schuhs Figuren in den Sand.

»Wenn ich Enricos Briefen glauben darf, dann geht der Plan für die Flucht aus Sant'Angelo auf ihn zurück. Zuvor, konnte Enrico in Erfahrung bringen, besprach er sich mit dem Großmeister, der schließlich mit Unserer Heiligkeit, Papst Paul V., befreundet ist. Glaubt Ihr an Zufälle oder gar an Wunder?«

Erst mußte Scipione Borghese über das nachdenken, was er eben erfahren hatte. Schließlich weihte ihn der junge Gonzaga zwischen den Zeilen in etwas ein, was er erst jetzt langsam zu begreifen begann.

»Ihr meint, die Flucht war inszeniert?«

»Und ging glücklich aus, weil die Adlata Caravaggios das einzig Richtige tat, nämlich Pater Leonardus zu mißtrauen. Sie floh mit Hilfe eines Fischers von der Halbinsel, nicht mit dem von Pater Leonardus besorgten Boot. Hätte sie auf ihn gewartet, wären sie von ihm direkt an die Johanniter ausgeliefert worden. Ein todeswürdiges Verbrechen wäre es gewesen für einen Ordensritter wie Caravaggio, und für Alof de Wignacourt hätte es keinen Spielraum mehr gegeben, außer Hinrichtung und einen schnellen Tod, legitimiert durch das gesetzeswidrige Verhalten des Malers.«

Wie Schuppen fiel Scipione Borghese von den Augen, daß dieser Pater ein doppeltes Spiel mit ihm trieb. Einerseits hatte er sich von ihm anwerben lassen, andererseits diente er ohne Skrupel weiter seinem Oheim und arbeitete diesem in die Hände. Langsamen Schritts umrundete er Kardinal Gonzaga, der mit der Fußspitze weiter Figuren in den Sand zeichnete.

»Das letzte Kapitel ist das immer noch nicht. Nachdem Eurem Oheim vom Bischof von Syrakus mitgeteilt worden war, daß Caravaggio ein neues Bild über die Grablegung der heiligen Lucia gemalt hatte, schickte er ihm sofort Pater Leonardus nach, und in seinem Gefolge kam der Malteser. Etwas Stolz und Angeberei führten Caravaggios Verfolger auf seine Spur. Ein Fehler des Bischofs, aber damit konnte Euer Oheim einen Plan zum Laufen bringen, dessen Folgen Ihr jetzt seht.«

Wie versteinert stand Scipione Borghese und starrte auf den Rücken des jungen Gonzaga, den er selbst auf den Kardinalsstuhl gehoben hatte, um einen Verbündeten zu besitzen, und jetzt redete er über das Problem, über das er ihn hatte aushorchen wollen, als wüßte er seit Wochen und Monaten Bescheid, als wäre er Jahrzehnte mit den Schlichen und Winkelzügen des Kardinalszirkus vertraut und spiele darauf wie auf einem Instrument, das er zu beherrschen gelernt hatte.

»Von welchem Plan sprecht Ihr, Eminenz?«

Nur selten redete er Ferdinando Gonzaga mit Titel an, um ihm seine Stellung deutlich vor Augen zu führen: Kardinal dank seiner Hilfe. Doch diesmal wies dieser Jüngling ihn in die Schranken, und das erforderte Ehrerbietung. Lief er mit blinden Augen durch die Welt? Hatte er auf die falschen Berichterstatter gesetzt oder möglicherweise mit seinem Ziel zu kurz gegriffen? Langsam drehte sich Ferdinando Gonzaga zu ihm um. Völlig ausdruckslos wirkte sein Gesicht, als ließe ihn die Geschichte unbeteiligt.

»Eigentlich spreche ich von zwei Plänen, Euer Eminenz. Dem Euren, der darauf abzielt, Caravaggio am Malen zu halten. Hat nicht Pater Leonardus den Auftrag, Caravaggio in Schwierigkeiten zu bringen, so daß er Geld benötigt, um daraus unbeschadet wieder hervorgehen zu können? Und es soll Euer Geld sein, das ihm dabei hilft, nicht wahr? Mit Bildern als Gegenleistung!«

Nur das Rauschen des Windes in den Rebenpflanzungen drang an die Ohren und das Graben und Fluchen von der Baustelle her. Ohne mit der Wimper zu schlagen, sah ihn Ferdinando Gonzaga an. In seinem eher blasiert und unbeteiligt wirkenden Gesicht bewegte sich kein Muskel, als sähe er vor sich eine Maske. Was sollte Scipione Borghese jetzt sagen? Durchschaut hatte er ihn. Jetzt gab es nichts weiter zu beschönigen.

»Und der zweite Plan?«

Ferdinando Gonzaga blickte zurück auf den Platz, der einmal das Casino Borghese einnehmen würde und zu dem jetzt ein Aushub rötlicher Erde und Gestrüpp aus Wurzeln und Ranken die Sicht versperrte.

»Caravaggio wird getrieben wie ein Vieh.«

»Wie meint Ihr das?«

»Zwei Folgen wird dies haben. Einmal kann Caravaggio stolpern, weil er hastig von einem Ort zum anderen wechselt. Wenn er lang hinschlägt und sich dabei zufällig das Genick bricht – schade drum, aber erfolgreich. Caravaggio wäre tot – und für Euren Oheim ein Problem aus der Welt geschafft. Allerdings bliebe an der Familie Borghese etwas haften. Irgendwann müßte Euer Oheim das Gerücht streuen lassen, daß Ihr und Eure Gier nach Bildern von Michele Merisi den Maler in den Tod getrieben hat. Bedauerlich zwar, aber durchaus denkenswert. Und ein gewisser Pater Leonardus zeugte sicherlich gegen Euch, schließlich hat er ausstreuen lassen, daß mit Euren Geldern die Wärter bestochen wurden, die Micheles Flucht ermöglichten.«

Selbst zwischen den duftenden Rebstöcken bekam Scipione Borghese Atemnot. Was dieser Gonzaga ihm hier unverblümt eröffnete, war eine Intrige von einem Ausmaß, wie er sie sich nicht recht vorstellen konnte. Sein Name wurde mit einer Affäre verknüpft, die ihm seinen guten Ruf kosten konnte. Und er wußte nichts davon, glich einem unbescholtenen Kind, das mit blauen Augen durch die Welt läuft. Durfte er seinen Oheim tatsächlich mit dieser Falle in Verbindung bringen? Gab es sonst noch jemanden, der in der Lage gewesen wäre, solche Pläne zu schmieden und durchzuführen? Die spanische Fraktion? Und wer darin? Oder Kardinal Del Monte? Ihm traute er es ebenfalls zu. Aber hatte dieser ein Motiv, gab es für ihn einen Grund, ihn derart an den Pranger zu stellen? Schließlich zogen sie am selben Strang.

»Und die zweite Folge, Eminenz, Ihr spracht von zwei Folgen!«

Jetzt lächelte Ferdinando Gonzaga. Mit einem Schritt trat er näher.

»Was ich Euch jetzt sage, muß unter uns bleiben. Ich habe Euch nicht vergessen, daß Ihr an Unserer Ernennung zum Kardinal maßgeblich mitgewirkt habt. Nehmt es als Abzahlung.«

Scipione Borghese mußte husten. Seine Kehle fühlte sich trokken und rauh an. Er hatte ihn in der Hand, der junge Gonzaga spielte mit ihm. Für einen kurzen Augenblick fühlte er sich elend.

In diesem Spiel hielt er die Fäden nicht mehr in der Hand, und dieser junge Emporkömmling zeigte ihm die neuen Spielregeln.

»Jeder weitere Erfolg Caravaggios treibt ihn nach Rom zurück. In der Provinz kann er ein Bild malen, vielleicht zwei oder drei. Aber die Geldgeber, die Männer, die ihn bezahlen können, leben nicht in Syrakus oder Messina. Sein Ruhm steigt, seine Erschöpfung ebenfalls. Er muß nach Rom zurück, damit er sich entfalten kann. Er weiß es, Euer Oheim weiß es ebenfalls. Nur in Rom kann er seinen Ruhm vergrößern, nur dort findet er über kurz oder lang die Geldgeber, die Mäzene, die ihn weiter finanzieren können. Vermutlich wird die Begnadigung erst erfolgen, wenn er auf dem Weg nach Rom ist – und sie wird so spät ausgestellt werden, daß sie ihn verpaßt. Um Tage vielleicht, vielleicht nur um Stunden. Ohne Erlaubnis wird er von der Stadtregierung verhaftet und als Mörder hingerichtet werden. Die Schuld daran wird uns zugeschoben werden, Eurer Eminenz und mir selbst, da wir versuchten, seine Begnadigung durchzusetzen und ihm den Weg nach Rom zu ebnen, ihn sogar bei Gesetzeswidrigkeiten unterstützten.«

Wieder lächelte Ferdinando Gonzaga unverbindlich, ohne daß Scipione Borghese irgendeine emotionale Beteiligung festzustellen vermochte.

»Ihr phantasiert!«

Jetzt zuckte der junge Gonzaga mit den Schultern und blinzelte durch das Blättergewirr der Weinreben hindurch. Er schob eine Ranke beiseite und blickte hinunter auf die Kuppeldächer Roms.

»Euer Casino zeugt von außerordentlichem Geschmack, Kardinal Borghese. Ich hoffe nur, daß Ihr den Architekten nicht hintergeht, sonst stürzen am Ende die Wände ein oder es brechen die Treppen durch. Auch solltet Ihr daran denken, die Decken entsprechend zu verstärken, schließlich sollen im ganzen Haus Statuen stehen, nicht wahr?«

Abwesend nickte Scipione Borghese. Sie waren tatsächlich hintergangen worden – nur daß er davon zu spät erfahren hatte.

IV

»Natur und Tod verschwören sich,
Michele, grausam hier zu Deinem Schaden,
doch müssen die Verschwörer fürchten,
von deiner Hand in jedem Bild
besiegt zu werden ...«

Giovan Battista Marino, 1620

1.

»Ich will Euch ein Geschäft vorschlagen, Pater Leonardus!«

»Tretet ruhig näher, ich habe Euch erwartet!«

Wie Nerina sah Pater Leonardus hinaus auf das Wasser, das vom Mond in einen silbernen Spiegel verwandelt wurde, auf dem in kurzen Abständen leuchtende Flecke aufglimmten, die ebenso rasch wieder verschwanden, wie sie gekommen waren.

»Seht Ihr das Meeresleuchten, Nerina? Wodurch es wohl hervorgerufen wird? Manche Fischer behaupten, es seien kleine Krebse, so klein, daß Tausende davon in das Wasser passen, das mit zwei Händen geschöpft wird. Eine lächerliche Vorstellung. Aus dem Wasser selbst scheint es zu kommen, aber nur in Neumond- und Vollmondnächten. Ich sage, daß der Herr, unser Gott, den schwachen Menschen damit versuchen möchte. Zieht es uns nicht hinab zu diesem Wunder? Fühlen wir nicht in uns den Drang, dieses Geheimnis ergründen zu wollen? Und doch, wenn wir uns ins Wasser stürzen, um den Dingen auf den Grund zu gehen, kommen wir darin um. Gottes Welt ist wunderbar, nicht wahr, aber sie ist ebenso unerforschlich! Es ist der Wille des Herrn, daß wir umgeben von Geheimnissen leben und in ihnen das Wirken des Herrn, unseres Gottes, sehen.«

Nicht unbeeindruckt vom Lichterspiel auf der glänzenden Folie der Meeresoberfläche, betrachtete Nerina das Meer. Pater Leonardus' Gestalt störte darin. Seine schlanke Figur, leicht verkrümmt, weil er sich über die Reling beugte und hinab ins Wasser sah, zeichnete sich gegen den hellen Hintergrund ab und gab ihm eine Aura, die düster wirkte und unheilverheißend.

»Warum haßt Ihr Euren Bruder?«

Langsam drehte sich der Pater zu ihr um und schien sie ebenso gegen den Sternenhintergrund zu mustern wie sie zuvor ihn.

»Hasse ich ihn? Nein. Ich verabscheue seine Art, wie er mir begegnet, ich verachte seine Lebensführung, die nur Wein und Huren kennt, ich verurteile seine Bilder, die das Reine und Unverdorbene der göttlichen Botschaft ausschließen und es ins Gemeine hinabziehen, wie es das Wasserleuchten tut. Schöner Schein, aber gefährlich für Leib und Seele, eine Versuchung für Geist und Gefühl. Aber Ihr erwähntet etwas von einem Geschäft!«

Nerina kämpfte mit sich. Zwischen Furcht und Hoffen schwankte ihre Stimmung, und die mondgetränkte Fläche des Meeres schien ihr nicht angetan zu sein, ins Schachern zu verfallen. Zu unheimlich lag das Licht über den Wellen, zu unwirklich flammten die Wasserfeuer auf und erloschen wieder, kaum daß man sie erblickt hatte.

»Seid Ihr nicht hier, um ein Bild aus dem Pinsel Micheles zu erwerben?«

»Für mich dürfte er kaum malen. Ein schwieriges Unterfangen also.«

»Und wenn ich mich dafür einsetzte?«

»Was muß ich als Gegenleistung dafür unternehmen?«

Langsam stieß sich Pater Leonardus von der Reling ab und kam auf Nerina zu. Trotz der Flut des Mondlichts lag sein Gesicht im Schatten, und für einen Moment glaubte Nerina, er hätte es tatsächlich verloren und ein gähnender Schlund sehe sie an. Nur mit Mühe widerstand sie der Regung wegzulaufen.

»Indem Ihr Michele in Neapel unbehelligt an Land laßt!«

»Um selbst als Verräter für immer und ewig in den Verliesen Sant'Angelos zu verschwinden. Nein. Außerdem ist mir ein Versprechen dieser Art zu unsicher. Wie komme ich zu meinem Bild, wenn Michele frei ist und in Neapel Beschützer findet. Er wird mich nicht mehr kennen.«

»Daß es nicht so kommt, dafür stehe ich ein.«

Leise hustete Pater Leonardus in die offene Hand. Erst jetzt bemerkte Nerina, daß der Nachtwind tatsächlich abgekühlt war und sie frösteln ließ.

»Monate werde ich warten müssen, bis es fertig ist.«

»Und wenn ich für Euch ein Bild hätte? Ein fertiges! Ein Bild, an dem Ihr sicherlich interessiert seid, denn es zeigt Euch und Eure Schwester ...«

»Das ›Haupt des Johannes‹? Ich dachte, es sei ...«

Ein Windstoß fuhr in das Lateinersegel, das sich blähte und das Schiff, das ohnehin schräglastig lag, weiter auf die Meeresoberfläche drückte. Im selben Augenblick verlor Nerina das

Gleichgewicht und stürzte in die Arme des Paters, ohne es zu wollen.

»Ein netter Fang.«

»Mit dem Ihr, Pater, wenn ich recht unterrichtet bin, nichts anzufangen wißt.«

Rasch machte sie sich los und bemerkte eine Gänsehaut, die ihren gesamten Körper bedeckte. Angst, stellte sie fest.

»Ich bin kein Kostverächter.«

Bis zum Mast zog sich Nerina zurück und hielt sich dort an einem Seil fest. Der Mondspiegel zerbrach in größere Wellen, und Nerina dachte daran, daß zerbrochenes Glas Unglück herbeizitieren sollte. Ob dieser Aberglaube auch für die spiegelglatte See galt, die langsam zerfiel, wußte sie nicht zu sagen.

»Das Bild existiert – und Ihr seid darauf verewigt.«

»Hat dieser Hurenbock es doch wieder gemalt. Allein dafür müßte man ihm die Augen mit glühenden Stangen ausbrennen.«

Im gesamten Schiff erscholl ein Ächzen und Stöhnen, daß Nerina glaubte, es werde auseinanderbrechen. Aber der Mast gab nur die Kräfte weiter, die an ihm selbst zerrten – und ihre Fahrt beschleunigte merklich, was an den Gischtaufwürfen deutlich wurde.

»Seid Ihr interessiert?«

»Wo ist das Bild?«

»Ihr sagt zu, und ich besorge es Euch! In Neapel!«

»Und es ist nicht zerstört?«

»So wahr ich hier stehe. Es zeigt Euch, Fra Domenico und Eure Schwester, ganz wie Michele es konzipiert hat – und alle in nicht eben schmeichlerischer Pose um den Kopf Johannes des Täufers versammelt, seinen eigenen Kopf, den Caravaggios. Es ist – sein Vermächtnis.«

Mehr als sie sah, ahnte Nerina, wie sich die Miene von Pater Leonardus verzerrte, wie er sich auf die ohnehin schon schmalen Lippen biß und versuchte, sich zu beherrschen. Wie sie wußte er, daß dieses Bild für ihn eine Gefahr darstellte. Wenn es in Rom in Umlauf kam, wenn es in die Sammlung Scipione Borgheses aufgenommen wurde, dann endete damit seine eigene kirchliche Laufbahn. Jeder würde die Botschaft des Gemäldes deuten können.

Niemand würde ihn mehr übernehmen, ihm eine Chance geben, ihn unterstützen. Selbst der Papst würde von Pater Leonardus abrücken müssen.

»Was ich Euch fragen wollte, Pater! Welches Verhältnis hatte Michele zu seiner Schwester?«

Mit der rechten Hand mußte sich Pater Leonardus jetzt an einem der beiden Taue festhalten, die längs zum Schiff gespannt waren, um das Gehen zu erleichtern, wenn sich die See rauh und ungemütlich gebärdete. Ob es sich dabei um eine Schwäche oder um eine tatsächliche Notwendigkeit handelte, konnte sie nicht entscheiden. Sie selbst drückte sich mit dem Rücken gegen den Mast und versuchte die Schlingerbewegungen des Schiffes auszugleichen.

»Was interessiert Euch unsere Familiengeschichte?«

»Liebte er sie?«

»Natürlich. Wie ein älterer Bruder.«

»Darüber hinaus?«

»Verstehe ich recht? Ihr wollt ihm eine Beziehung zu seiner Schwester unterstellen? Lächerlich.«

In Nerinas Ohren klang die Stimme des Paters zwar angestrengt, aber dennoch ehrlich. Konnte sie ihm trauen? Logen nicht Priester mit mehr Übung als andere Menschen, da sie tagtäglich etwas verkündeten, was dem Verstand zuwiderlief, wenn sie die Herrschaft ihres Standes als unverrückbar und ewig von der Kanzel predigten, wenn sie die Gläubigen in die Gefolgschaft des obersten Hirten, des Papstes, züchtigten, während die Kurie selbst über Leichen und Hunger, über Armut und Tod einfach hinwegschritt?

»Ich weiß, daß er einen Adligen erschlagen hat, den Sproß einer bekannten Familie, der seiner Schwester den Hof gemacht hat!«

Ihrer Eröffnung folgte eine kurze Stille, als müsse sich der Pater erst darauf besinnen, was er ihr sagen durfte. Die Böen, die immer wieder ins Segelzeug gefahren waren, ließen an Kraft nach oder hatten das Schiff zumindest so beschleunigt, daß sie kaum mehr zu spüren waren. Ihre Haut spannte unter dem feinen Wasserstaub aus Salzwasser. Oder war es bereits die Erwartung?

»Sie war ein Spielzeug für den Bruder Fra Domenicos. Jung genug, um keine Erfahrung zu haben, und alt genug, um ans Heiraten zu denken. Aber der Standesunterschied. Der Adlige wollte sie nicht heiraten, wollte es nie – aber ...«

Kurz zögerte Pater Leonardus, als fiele ihm die Eröffnung schwer. Dann zog er sich am Seil zu Nerina heran, um ihr näher zu sein. Seine Stimme fiel ins Flüstern.

»... gehört das mit zur Abmachung, zu unserem Geschäft? Oder ist es nur wieder eine Eurer Launen ...?«

Vorwurfsvoll sah Nerina Pater Leonardus an, bis sie begriff, daß er kaum etwas sehen konnte und ihre Gesichtzüge nur ebenso schemenhaft wahrnahm wie sie die seinen.

»Es gehört dazu!«

»Nun denn. Er schwängerte sie, eine Vierzehnjährige! Ein Kind beinahe.«

Nerina erstarrte. Michele hatte also den Vater erschlagen, den Vater des Kindes.

»Ich weiß, was Ihr denken müßt. Aber es war nicht so. Er forderte ihn zu einem Duell – und traf seinen Rivalen tödlich. Aber nie hätte es eine Heirat zwischen den Merisi und den di Russo gegeben. Unser Vater lebte nicht mehr, und Michele nahm als ältester Bruder die Stelle des Familienoberhaupts ein. Er mußte die Schande der Familie rächen. Es war seine Pflicht.«

Ein Kind also. Nerina mußte tief durchatmen und sich jetzt ebenfalls festhalten. Der Bruder Fra Domenicos hatte Micheles Schwester Caterina geschwängert. Ein Verdacht stieg in ihr auf, ein Gefühl, für das sie noch kein rechtes Wort fand.

»Außerdem hat Michele dafür gebüßt, Nerina.«

Ihre Knie knickten ein, und sie konnte sich nur deshalb halten, weil Pater Leonardus beherzt zugriff und sie mit einer Hand zu ihrem Verschlag geleitete. In diesem Augenblick überwältigte sie ein Gefühl des Ekels. Mit heftigem Würgen erbrach sie sich aufs Deck, bis ihr Magen sich geleert hatte und nur noch bittere Galle aufstieg. Ruhig hielt Pater Leonardus neben ihr aus, und jetzt öffnete er die Tür, um sie in ihren Verschlag zu führen. Als Nerina ihm half, die Tür aufzustoßen, trat ihnen Michele entgegen, dessen Gesicht ihr bis zum Bart hin weiß im Mondlicht leuchtete.

»Nimm die Finger weg!« knurrte er nur und faßte Nerina unter die Schultern. Sie verspürte kein Bedürfnis, sich und den Pater zu verteidigen. Sie wollte in ihre Hängmatte, wollte schlafen und über nichts nachdenken. »Ich helfe ihr!«

Wortlos reichte Pater Leonardus sie weiter.

»Und jetzt raus!«

Michele fauchte seinen Bruder regelrecht an und schlug die Tür hinter ihm zu.

Mit grober Vorsicht zog Michele sie aus, wischte ihr den Mund mit einem nassen Lappen aus, der nach Brackwasser schmeckte, und hob sie im Hemd in ihre Hängematte, die im Raum pendelte.

»Du hättest ihm das Bild nicht versprechen dürfen!« zischte er. »Wo ist es? Hier? Sollte es nicht in Neapel bleiben, als Versicherung? Und was meine Schwester betrifft. Warum hast du nicht mich gefragt?«

»Ich habe dich gefragt, Michele.« Ihr fiel das Sprechen schwer, so sehr hatte sie die Übelkeit mitgenommen. »Du hast mir nur nie geantwortet!«

Wortlos verließ Michele den Raum und ließ sie allein im Dunkeln zurück. Von der Hängematte geschaukelt, versuchte Nerina sich zu erinnern. An ihre Kindheit, an ihre Zieheltern, an ...

2.

Nackt sprangen drei Nymphen zwischen den Feigenbäumen hindurch, bewarfen sich mit gelben, vom Baum gefallenen Früchten, lachten und schrien, verfolgt von einem Satyr, kaum drei Schritte hinter ihnen, dessen steil aufgerichtetes Glied bei jedem Sprung wippte. Die Gruppe fegte durch die Weinpflanzungen des terrassierten Gartens, umrundete die hohen Zedernstämme, deren Nadeln sich in ihre Füße bohrten, was ihrem Gang etwas unwirklich Schwebendes gab, und hinter denen sich die Nymphen verbargen. Endlich bekam der Satyr eine von ihnen unter lautem Kreischen zu fassen, glitschig und fruchtfeucht, und warf sich auf sie, die sich wehrte, bis sie sich schließlich seinem Drängen ergab und in immer heftigere kurze Schreie ausbrach, bis sich der Faun von ihr herabwälzte und erschöpft, mit ausgebreiteten Armen und gespreizten Beinen, liegenblieb, während sich die anderen Nymphen leise näherten, sich um ihn herum niederließen und ihn und das Nymphchen liebkosten.

Von der Terrasse des Palazzo Cellamare sah Nerina diesem Treiben zu, schüttelte den Kopf und fragte sich, was in Michele vorgehen mochte, der sich hier, im Sommersitz der Marchesa di Caravaggio in Chiaia gebärdete, als sei er in Arkadien und wohne nicht westlich von Neapel, ganz in der Nähe seiner Erzfeinde. Sollte sie vor Scham erröten und den Blick abwenden? Sollte sie ihm eine Szene machen, für die sie keinerlei Grund hatte? Schließlich war sie weder seine Frau noch seine Geliebte.

Von hinten trat Enrico an sie heran, umarmte und küßte sie in den Nacken. Sie bog ihren Kopf zurück und suchte seine Lippen. Sie fühlte, daß die Szene vor ihnen, die sie beide eine Zeitlang betrachtet hatten, auch ihn anregte. Längst erwachten die Lebensgeister des Satyrs wieder unter den Liebkosungen der Nymphen. Mit kreisenden Bewegungen drängte Nerina sich Enrico entgegen.

»Manchmal«, unterbrach Enrico ihr Spiel, »wird das Leben zu einem übergroßen Sinnbild unseres eigenen Zustands. Unsere Wut dem Leben gegenüber wird uns vor Augen geführt.«

»Ich habe das Gefühl, als wäre es Verzweiflung. Zwar habe ich ihn lange nicht mehr so erlebt, voller Lust und ... und ...«

»... Lendenkraft!«

Nerina fuhr herum und schlug zu. Die Ohrfeige klatschte, und Enrico sah Nerina staunend an.

»Dafür, daß du glaubst, ich hätte je mit ihm geschlafen.«

Beschämt rieb sich Enrico die Wange, aber im nächsten Moment küßte Nerina ihm den Schmerz aus dem Gesicht.

»Es tut mir leid, aber ich ertrage es nicht, daß du annimmst ...«

»Ich nehme nichts an«, unterbrach sie Enrico, etwas kleinlaut geworden.

»Was mir Sorge bereitet, Enrico, ist, daß Michele sich verausgabt. Sein Fieber kommt immer noch regelmäßig, und die ausladenden Spiele, die er mit seinen neapolitanischen Huren spielt, schwächen ihn zusätzlich.«

»Die Aufträge fließen! Er muß nicht darben, und die Marchesa di Caravaggio unterstützt ihn. Wenn sie nicht zu alt wäre, vermute ich, würde sie mitspringen und mit reifen Feigen werfen.«

Zusammen mit den Nymphen, die sich bei näherem Betrachten zumeist als überschminkt und nicht in bester körperlicher Verfassung zeigten, jagte Michele durch den Zedernhain. Alle zeigten auf dem linken Schulterblatt ein Brandzeichen, der Hinweis darauf, daß sie allesamt aus den Bordellen der Hafenviertel stammten und einschlägige Erfahrungen mitbrachten. Zähne und Finger fehlten, manche hinkten, bei anderen zerliefen die Formen. Heruntergekommene Vergnügungen, ins Vergängliche verwehte Lust.

»Mich beunruhigt, daß von der Leichtigkeit, von seiner Lebensfreude nichts in seinen neuen Bildern zu finden ist, obwohl wir Neapel glücklich erreicht haben, Enrico.«

Sie erinnerte sich, daß Pater Leonardus beim ersten Anblick von Neapel, das sich nördlich des gewaltigen Kegels des Vesuvs hinduckte, von Enrico und Michele gepackt und über Bord geworfen worden war, obwohl er sich wehrte und Verwünschungen ausstieß. Eine etwas rüde, aber sehr erfolgreiche Methode.

»Glaubst du, er hat es an Land geschafft?«

»Wer?«

»Enrico! Pater Leonardus natürlich!«

»Michele meinte, er sei ein guter Schwimmer. Und wenn er seine Soutane losgeworden ist, dann ist es ihm sicherlich gelungen. Mach dir keine Sorgen.«

Sorgen quollen nicht in ihr auf, sondern allein die Frage, was Pater Leonardus unternehmen würde, wenn er tatsächlich das Ufer erreicht hatte. Daraus konnten ihnen Sorgen erwachsen. Dennoch kehrten ihre Gedanken immer wieder zu Michele zurück, dessen Verhalten sie verstörte.

»Seine Lebenslust ist eine Zerstörungswut!« klagte Nerina. »Als wolle er die letzten Momente seines Lebens genießen, wie die Maus, die das Stück Käse frißt, bevor die Falle über ihr zuschlägt.«

»Hat er das Bild bereits bekommen?«

Schrille Schreie hallten bis zu ihnen herüber, und Enrico drückte Nerina an sich heran. Sie erfühlte an ihrem Oberschenkel, daß

Enricos Kraft erwacht war. Da sie wollte, daß dies noch eine Zeit so blieb, rieb sie ihren Schenkel an seinem Beinkleid. Gänzlich unbeteiligt erzählte sie ihm jedoch, was sie dachte. Sie wollte ihn reizen.

»Du meinst die Geißelung? Ja.«

»Hat er je einmal ein Bild zurückgefordert und ergänzt?«

»Nein, niemals. Neu gemalt hat er viele, aber eine Figur hinzugesetzt niemals, Enrico. Dabei malt er eine einzige Figur hinein, die mich fatal an Fra Domenico erinnert, die Haltung, der Bart, das Gesicht mit den starken Querfalten auf der Stirn.«

»Er hat das Bild verdorben.«

»Lorenzo de Franchis wird es nicht stören. Für den Kaufmann zählt der Name Caravaggio, nicht die Ausgewogenheit einer Szene. Die wird er nicht beurteilen können. Eine Figur mehr aber, die fällt ins Gewicht – und das kostenfrei.«

Nerina wußte nicht, ob sie lachen oder weinen sollte. Was Michele dazu veranlaßt hatte, gerade in die Geißelung des Kaufmanns die Figur Fra Domenicos einzusetzen, konnte sie nur vermuten.

Gnadenlos, getrieben von namenloser Gewalt, packte er auf dem Bild Christus am Schopf und drückte ihn zur Seite. Das Rutenbündel, mit dem er zuschlug, lag in der Rechten. Sie war verkrampft, die Schulter entblößt von der Bewegung, die Muskeln schwollen vor Kraft vom Zuschlagen. Festgehalten im Moment des Losschlagens, fror Michele die Bewegung ein, während Christus sich in Demut abwandte, den Schlag erwartete, hinnahm. Angst und Lust der Gewalttätigkeit, die ins Gesicht des Geißlers geschrieben waren, fanden bei ihm keine Entsprechung.

»Das Gesicht Fra Domenicos wird beim Kaufmann versteckt, Enrico. Das ist es. Er malt es in dieses Bild, weil niemand weiß, daß er es sich wieder geholt hat. Die Geißelung ist fertig. Sie wurde angesehen, begutachtet von den Sammlern Neapels. Jetzt gilt sie als bekannt. Niemand vermutet in ihr ein Geheimnis. Ob er sich damit absichern will, weil ich dem Pater den Vorschlag gemacht hatte, ›Das Haupt des Johannes‹ zu erstehen?«

Aus dem hinteren Garten, dort wo Springbrunnen und Wasserspiele das Grün auflockerten, drang das Kreischen der Nymphen. Wieder küßte Enrico Nerinas Hals, doch sie reagierte nicht, zu sehr war sie von ihren Gedanken gefangen. Zumindest ihrer letzten Vermutung wollte sie nachgehen, sie zu Ende denken.

»Deine Phantasie, Nerina. Wer versteckt gerade dort ein Porträt, wenn niemand dessen Auflösung zu erzählen weiß?«

»Es ist das einzige Porträt auf diesem Gemälde. Es kommt mittlerweile häufiger vor, immer in Bildern, die nicht allzusehr in der Öffentlichkeit stehen. Damit rächt er sich – und er zähmt seine Angst. Gestern träumte er davon. Ich habe ihn im Nebenzimmer stöhnen und den Namen Fra Domenico aussprechen hören.«

Daß Michele auch ihren Namen immer wieder gestammelt hatte, das verschwieg sie Enrico, wußte aber nicht, warum. Sie folgte einem Gefühl, einer Eingebung. Warum traf sie die Nennung ihres Namens in der Nacht so tief? Gehörte es nicht zum Alltag, daß sie in seinen Träumen auftauchte? Schließlich hatte er sie vor einigen Jahren noch als Mädchen zu sich genommen – und mittlerweile war sie zu einer jungen Frau herangewachsen. Sein Begehren nach ihr erwachte. Insgeheim wünschte sie sich dies aber nicht. Ihr schien seine väterliche Art, seine eher schroff-vertrauten Zärtlichkeiten angebrachter.

»Wir werden ihn nicht ewig hier verstecken können. Irgendwann taucht der Johanniter auf!«

»Und Pater Leonardus, Enrico! Er wird Vergeltung fordern.«

»Wir müssen nach Rom zurück. Er muß nach Rom zurück.«

»Nicht bevor der Dispens eingetroffen ist!«

Im selben Augenblick brach eine Meute nackter Nymphen durch das Gebüsch, das die Terrasse umgab, und sprengte auf die mit Kalksteinplatten ausgelegte Fläche, die die Sonnenwärme speicherten. Die Nymphen hüpften wegen der Hitze, die ihre Fußsohlen verbrannte. Rund um Nerina und Enrico tobten sie, bis ein weiteres Rascheln im Gebüsch den Satyr ankündigte. Michele trat auf die Terrasse hinaus. Seine Augen brannten rötlich. Er wankte, ganz eingefallen, die Schultern herabgesunken. Aus dem stolzen Waldwesen erwuchs mit einemmal ein jämmerlicher Mensch, dessen Erschöpfung Spuren ins Gesicht zeichnete.

»Michele!« war alles, was Nerina herausbrachte.

Plötzlich sackte Michele zusammen, brach in die Knie, die sofort wund schlugen und das Pflaster rot färbten.

Mit einem Satz waren Enrico und Nerina bei Michele, griffen ihm unter die Arme, damit er nicht gänzlich aufs Pflaster fiel. Wütend scheuchte Nerina die Huren um sie her fort, entließ sie unter dem stillen Protest Micheles und wandte sich ihm wieder zu. Nur widerwillig folgten sie ihrer Anweisung, und Nerina wußte, daß sie bereits morgen wieder nachfragen würden, ob Michele Entspannung nötig hätte.

»Ich bin einsam, Nerina, erschöpft, mit meiner Phantasie am Ende. Sie haben es geschafft. Sie haben Michelangelo Merisi zerstört!«

»Was redest du für einen Unsinn, Michele!« beschwichtigte Nerina, erschrocken darüber, wie klar Michele seine eigene Situation erkannte. Wirklich benennen konnte er sie aber nur in seinen düsteren Bildern.

»Du mußt dich ausruhen!«

»Ich werde mich ausruhen, wenn es soweit ist, wenn mein Licht auslöscht. Bis dahin, Nerina, habe ich zu tun.«

Die letzten Worte vernahm Nerina kaum mehr, so leise, so weit von dieser Welt entfernt wurden sie gesprochen. Dann sackte Michele der Kopf auf die Brust, und seine Schultern fielen nach innen. Ohnmacht hüllte ihn ein.

3.

»Ich traue diesem Pater Leonardus nicht mehr!«

Der Innenhof des Palazzo Borghese bot am Abend reichlich Schatten. Scipione Borghese hatte befohlen, Tisch und Stühle hinauszustellen, und saß jetzt mit Ferdinando Gonzaga vor einem Glas Wein. Sie wollten die ersten schönen Tage genießen, aber die Luft roch feuchtwarm und drückte in den Innenhof.

»Ihr tut recht daran, wenn wahr ist, was Enrico hier geschrieben hat!«

In seiner Hand lag ein Brief, eng beschrieben mit der schwungvollen, sicheren Handschrift Enricos.

»Ich hatte dem Pater befohlen, ein Bild in Auftrag zu geben ...«

»... und er wollte es sich mit Gewalt verschaffen und Caravaggio dafür an die Johanniter ausliefern.«

»Das hieße den Teufel mit dem Beelzebub austreiben.«

»Ts, ts, was für ein unchristlicher Gedanke.«

Mit einer Handbewegung wischte Scipione Borghese den Einwand beiseite. Im Augenblick fühlte er sich nicht zu Scherzen aufgelegt. Beinahe hätte seine Unvorsichtigkeit dem Maler das Leben gekostet.

Im Innenhof ruhte die Luft, als wäre sie Wachs, in das Atrium eingeflossen und erstarrt. Die Säulen und Statuen standen in der Selbstsicherheit ihrer steinernen Vergangenheit. Besäße er nur ein wenig dieser Fassung.

»Wir sitzen hier, zermartern uns die Köpfe und können nichts tun. Die Hände sind uns gebunden.«

Ferdinando Gonzaga nahm sein Weinglas und betrachtete die Flüssigkeit durch das Glas hindurch.

»Wenn wir nicht an den Wein gelangen und Caravaggio nach Rom holen können, sollten wir uns wenigstens überlegen, woran es liegt. Müßte der Dispens nicht längst unterwegs sein? Hatten wir nicht überlegt, daß er mit Caravaggios Abreise aus Palermo abgeschickt werden sollte?«

Sichtbar und doch abgesperrt. Das Weinglas schien Scipione Borghese Sinnbild für ihre Bemühungen um Caravaggio. Sie gelangten nicht an ihn heran.

»Als blockierte jemand den Gang der Dinge, Kardinal Gonzaga!«

»Glaubt Ihr, daß Euer Oheim von der Finte mit Kardinalerzbischof Doria erfahren hat?«

»Nicht gleich, mein lieber Gonzaga, nicht gleich. Zum Glück konnte ich meine Hände in Unschuld waschen. Ihre Heiligkeit tobte derart, daß die Schweizergarde zusammenlief, weil sie einen Anschlag befürchtete. Ich vermute Del Monte im Hintergrund. Seit neuestem geht er bei Seiner Heiligkeit täglich aus und ein. Nur er konnte davon gewußt haben, nachdem Pater Leonardus mit auf dem Schiff war. Arbeitet nicht Fra Domenico, von dem uns Enrico diesmal nichts zu berichten weiß, für ihn?«

Bevor der Wein in seiner Hand sich zu sehr erwärmte, nahm Ferdinando Gonzaga einen Schluck und stellte das Glas zurück. Selbst diese kleine Bewegung trieb ihm den Schweiß auf die Stirn. Rom glich in diesen Tagen einer feuchten Hölle, die sich nicht entscheiden konnte zwischen Sonne und Regen, zwischen Frühling und Sommer.

»Die Familie di Russo ist den Del Montes eng verbunden.«

Scipione Borghese starrte ins Glas und versuchte aus der Spiegelung der Kerzen darin sich eine Zukunft herauszulesen, was ihm natürlich nicht gelang, aber für einen Moment Respekt vor den Menschen einflößte, die von dieser Form der Magie lebten und sich fortwährend Geschichten ausdenken mußten. Waren sie selbst nicht ebensolche Scharlatane, die glaubten, die päpstliche Politik vorausahnen, Entscheidungen beeinflussen zu können. Aber sie agierten nicht ohne Grund. Eine Störung lag in der Luft, ein Umbruch, ein Zeichen. Hatte nicht der Komet, der vor einigen Jahren den Himmel beherrschte, Unglück angekündigt?

Sein Oheim verbrachte die letzten Wochen damit, die Auseinandersetzung zwischen Protestanten und der katholischen Kirche im Heiligen Römischen Reich zu beobachten. Den Majestätsbrief des Kaisers, der den Böhmen Religionsfreiheit zusagte, hatte er schärfstens verurteilt. Ein Schutzbündnis der katholischen Fürsten versuchte er zustande zu bringen, um die Interessen seiner Kirche zu wahren, und doch lag ihm nichts an einem Krieg. Daß dieser Wunsch Nachgiebigkeit seinerseits mit einschloß, wollte ihm allerdings nicht in den Sinn, und nur der französische Einfluß führte zu einer Kompromißhaltung gegen die Protestanten im Reichsteil nördlich der Alpen.

Und plötzlich fiel ihm die Parallelität in all diesen Ereignissen auf. Alle Welt schien auf etwas zu warten, auf ein Ereignis, das in nächster Zukunft eintreten mußte, dessen Erscheinen niemanden erstaunte, weil alle Vorzeichen dafür sprachen – dessen Zeitpunkt aber unklar blieb und dessen Wesen im dunkeln lag.

Und kaum hatte Scipione Borghese dies gedacht, als sich bereits sein Mund öffnete und die Überlegungen Ferdinando Gonzaga vorlegte.

»Sie warten auf etwas, auf ein Ereignis, aber worauf? Ich fühle eine Unruhe wie vor einem Sturm, obwohl die Wolken sich noch nicht zusammengezogen haben. Es ist wie eine Gewißheit, die man nicht zu begründen vermag.«

Die forschenden Augen des jungen Gonzaga musterten ihn, als versuchten sie seine Gedanken zu lesen. Und völlig verblüfft setzte sich Scipione Borghese in seinem Stuhl etwas auf, als der Kardinal seine Überlegungen erraten zu haben schien.

»Man munkelt davon, daß der Franzosenkönig gegen das Reich ziehen will, um die Protestanten niederzuzwingen.«

»Mein Oheim ist für Kompromisse. Er will keinen Krieg.«

»Aber er läßt jeden verfolgen, der seine Macht in Frage stellt. Erinnert Euch an die Bücherverbrennungen der letzten Jahre, an die Verfolgung der Blackwell-Anhänger in England, das Verbot der Schrift Kardinal Bellarmins, der darin die potestats indirecta, die mittelbare Gewalt des Papstes im Zeitlichen, mit einem Wort die Einschränkung der päpstlichen Gewalt auf die Welt, entwikkelt hatte. Jeglicher Kritiker der Kurie muß verschwinden! Zudem schürt er den Zwist zwischen den Neugläubigen, die hinter den Ideen des Martinus Luther stehen, und dem Kaiser.«

»Ihr geht weit!«

»Ich betrachte mir nur wie Ihr selbst die Wellenbewegungen der Geschichte und lese daraus die Ruhe vor einem großen Ereignis ab.«

»Und worin, glaubt Ihr, Kardinal Gonzaga, mag dieses Ereignis bestehen?«

»Ereignisse werden erst im nachhinein groß und bedeutend. Für den Augenblick ihres Geschehens sind sie meist nebensächlich oder wenig aufregend. Unscheinbares wandelt sich zum Hebel der Weltgeschichte, wenn es nur am richtigen Hebelpunkt ansetzt.«

»Ihr glaubt also …«

»Ich weiß, Kardinal, ich weiß!«

»Was wißt Ihr?«

»Mein Oheim ist bekannt für seinen Starrsinn und für seinen Glauben. Beides zusammen ist eine unheilvolle Mischung, die dem Schwarzpulver in einer Kugel gleicht. Wer die Lunte zündet, erwartet, daß sie eine Weile glüht und schließlich das Pulvermagazin erreicht. Was dann geschieht, weiß jedes Kind.«

»Bester Kardinal, mein lieber Scipione Borghese. Ihr glaubt, daß Caravaggio der Funke ist, der die Lunte zum Glühen bringt?«

Solche Anreden mochte Scipione Borghese nicht. Verärgert griff er nach seinem Glas und leerte es auf einen Zug. Der Wein lief ihm die Mundwinkel hinab. Mittlerweile lag eine Dunkelheit über dem Innenhof, so daß die Gesichter sich in der Dunkelheit verbargen. Kerzen anzünden lassen wollte Scipione Borghese nicht. Die Nacht bot einen gewissen Schutz. Zurück blieben die Stimmen, und das Ohr trennte schärfer zwischen Wahrheit und Lüge, wenn es vom Auge nicht abgelenkt wurde.

»Julia plauderte aus ihrer Zeit bei Kardinal Del Monte!«

Plötzlich schien die Dunkelheit zu leuchten. Beinahe sichtbar schälte sich Ferdinando Gonzagas Neugier aus der Schwärze.

»Was?«

»Über die Beziehungen der Familien di Russo und Merisi!«

Schweigen. Nur das Zirpen einer Heuschrecke, die im wilden Wein saß, schnitt in die Stille, die zwischen ihnen herrschte. Die Feuchtigkeit lastete schwer.

»Wollt Ihr Euer Wissen an mich weitergeben oder mich hinhalten, Eminenz? Schließlich ...«

»Beruhigt Euch, Kardinal Gonzaga, Julia erzählte davon, daß sie bei Del Monte einen Brief Seiner Heiligkeit gelesen hätte, zufällig natürlich, in dem Pater Leonardus aufgefordert wurde, der Adlata des Malers, Nerina, die Wahrheit über die Geschwister Merisi zu erzählen – und deren Geheimnis zu lüften!«

Mit Genugtuung vernahm Scipione Borghese, daß sein Gegenüber Luft zwischen den Zähnen hindurchblies.

»Und wie gestaltet sich die Wahrheit?«

Scipione Borghese ließ eine Pause, nahm sein Glas an den Mund und trank vom Wein, der trotz der lastenden Schwüle kühl und süffig geblieben war. Dann tupfte er sich den Mund ab und ließ sich in seinen Stuhl sinken.

»Die Wahrheit ist schmerzlich! Sie beraubt den Menschen seines Rückhalts. Aber hört ...«

4.

»Auf mir lastet ein Fluch, Enrico! Glaubt mir.«

Aus blutunterlaufenen Augen sah Michele ihn an. Seine unteren Lider waren entzündet, die Wangen eingefallen und das Haar hing ihm fettig und strähnig ins Gesicht. Müde und alt sah er aus, trotzdem er erst neununddreißig Jahre zählte.

Beide saßen sie in der Osteria del Cerriglio. Von einem Deutschen geführt, lag sie ganz unter dem Schutz der Spanier. Kein Johanniter würde sich über die Schwelle wagen. Selbst Michele fühlte sich hier sicher, auch deshalb, weil die Marchesa di Caravaggio sich in der Stadt erkundigt hatte. Die Johanniter waren abgezogen, die Galeeren aus dem Hafen verschwunden. Nur Pater Leonardus trieb sich noch in der Stadt herum, er hatte offensichtlich den Strand und damit Neapel erreicht.

Dichter, Artisten, Schriftsteller bevölkerten die einfachen Bänke, saßen hier, diskutierten, stritten und sprachen Bacchus zu. Vom Werk ihrer Hände und berauschter Geister übersät waren die Wände, auf denen viele Besuchersprüche zu Ehren des Weingottes hinterlassen hatten, ruhige und aufwühlende, holprige und glatte. Auch Michele und er hatten sich verewigt, wobei er sich über Micheles Spruch gewundert hatte:

»Wir verdrängen den Tod und glorifizieren das Sterben. Allein im Wein erkennen wir das Leben.«

»Warum?« hatte Enrico gefragt und die Antwort von eben erhalten.

»Durch meine Bilder suche ich diesen Alpmar abzuschütteln, aber er holt mich immer wieder ein – und er wird mich vernichten! Und jeden, der sich in meiner Nähe aufhält!«

»Dann seid Ihr abergläubisch, Michele?«

»Ja. Warum nicht? So weit entfernt vom wahren Glauben, den unsere Kirche predigt, ist das nicht, wie Ihr denkt.«

Diese zynische Haltung erinnerte Michele an seinen Vater, der ebenfalls den Katholizismus, seine Heiligenverehrung und ihren Vertreter, den Dorfpfarrer, verdammt hatte, und der doch jeden Sonntag in die Kirche marschiert war. Man kann es nie wissen, pflegte er dabei zu sagen, und Gott verzeiht dem, der

Reue zeigt – und sein Verhalten entbehrte nicht einer gewissen Logik.

»Wer hat Euch verflucht, Michele?«

Seinen Krug vor sich, starrte Michele in die Menge, die beständig aus und ein ging. In der Osteria schwirrte es von Leben. Es schrie und grölte und polterte und sang in einem fort. Über mehrere Tische hinweg unterhielten sich die Gäste, gestikulierten und vollführten einen Lärm, daß die Oberfläche des Weins in den Bechern leicht vibrierte.

Mit einem Blick, der durch ihn hindurchging, weit hinein in die Vergangenheit, sah Michele ihn an, bevor er den Becher an seinen Mund hob und gierig trank. Dann schloß er die Augen.

»Mein Großvater ist an der Pest gestorben, mein Vater ebenfalls. Wirklich gekannt habe ich ihn nur aus Erzählungen meiner Mutter oder anderen, die ihm begegnet waren und denen es nach dem Tod meines Vaters eine Genugtuung war, mir von ihm ein falsches Bild zu zeichnen. Meine Mutter starb ebenfalls viel zu früh. Meine älteste Schwester erreichte nicht einmal das heiratsfähige Alter.«

Auch Enrico nahm seinen Becher an den Mund. Über den Rand des Gefäßes hinweg betrachtete er Michele, dessen Gesicht eingefallen wirkte, schlaff und grau und welk.

»Wir tragen alle unser Schicksal bis in den Tod hinein. Damit treten wir vor den Herrn – und er wird uns freisprechen!«

Die Worte des Dorfpfarrers hörte Enrico sich wiederholen, der ihn aus der Gosse gezogen und zu den Brüdern geschickt hatte. Ein umgänglicher Mensch, der sich keine Illusionen gemacht hatte über die Gläubigkeit seiner Gemeindemitglieder und der es mit der Frömmigkeit auch nicht so genau genommen hatte. Mehr als eine Frau wusch die Wäsche seiner Kinder im Dorf.

»Für mich gibt es nur die Verdammnis.« Für einen Augenblick zögerte Michele, dann fuhr er fort. Seine Stimme klang brüchig und trocken. »Ich habe einen Menschen getötet, Enrico. Noch in Mailand. Jung war ich, sechzehn, siebzehn Jahre alt und vielversprechend in meiner Frische.«

»Ihr meint Antonio di Russo?«

Überrascht sah Michele auf.

»Woher ...?«

»Von Meister Peterzano. Mir hat er Euer Geheimnis verraten.«

Michele nickte langsam und preßte die Lippen aufeinander. Er sah ihm an, daß Michele nachdachte, einen Gedanken festzuhalten versuchte, der offenbar in seiner Weinseligkeit davonschwamm.

»Was hat er erzählt? Was? Die Wahrheit? Kennt er die Wahrheit?«

Wie ein Unwetter brach es aus Michele heraus. Im Lärm, der sie umgab, bemerkte niemand, daß Michele lauter wurde, daß er die letzten Worte beinahe schrie.

Beschwichtigend legte Enrico ihm eine Hand auf den Arm.

»Di Russo hielt um die Hand Eurer Schwester an. Und als ältester Sohn hattet Ihr bei einer Heirat Verpflichtungen der Familie gegenüber.«

»Pah, nicht im Traum hat der Kerl an eine Heirat gedacht.« Wieder hob Michele den Becher und trank, gieriger, heftiger als zuvor, wobei ihm die Hälfte über sein Wams lief. Aber bis hierher hatte Enrico alles bereits kennengelernt. »Für ihn war sie nur ein Spielball. Nie und nimmer hätte der Vater di Russos einer Verbindung unter seinem Stand zugestimmt. Obwohl Caterina durchaus ihren Liebreiz hatte.«

»Deshalb habt Ihr Euch mit ihm duelliert?«

Mit wäßrigen Augen musterte Michele ihn jetzt und grinste böse.

»Deswegen? Nein, Enrico. Ich hatte Gründe, glaubt mir, gute Gründe.«

»Die einen Tod rechtfertigten!«

Michele sprang auf und stieß dabei seinen Krug mit der Hand um. Der Wein versickerte rasch in den Ritzen des Holzes.

»Dieses Schwein mußte sterben – obwohl ich ihn nicht töten wollte. Einen Denkzettel wollte ich ihm verpassen, an dem er sein Leben lang würde zu schleppen haben. Daß ich ihn tödlich getroffen habe, geschah aus Zufall. Bei einem Ausfallschritt lief er in meine Degenspitze, die ihm die Schlagader am Hals durchschnitt.«

Mittlerweile war auch Enrico aufgestanden und drängt Michele dazu, sich wieder an den Tisch zu setzen.

»Was also führte zum Duell, Michele? Ich möchte es gern verstehen!«

Der Wein verlangsamte Micheles Denken. Lange brauchte er, um seine Gedanken zu sammeln, um seiner Geschichte eine Reihenfolge zu geben. Gelassen betrachtete Enrico die Bemühungen Micheles, der in den Krug starrte und dabei Grimassen zog, als könnte nur die Bewegung der Gesichtsmuskeln seine Überlegungen auf den Sprung helfen.

»Di Russo hat meine Schwester nicht geliebt, wie er zum Schluß hin vorgab. Er hat sie ... vergewaltigt. Sie wehrte sich, und er tat es trotzdem. Aber er drohte mit einer Klage!«

»Er hat ihr Gewalt angetan?«

Das bestätigende Nicken erfolgte langsam, und Enrico konnte sehen, wie Michele das Wasser in die Augen stieg.

»Wie alt war sie?«

Er zuckte mit den Schultern und umfaßte den Becher, griff dann nach ihrem Krug am Tisch und goß sich nach, leerte den Becher mit einem Zug, stieß auf und knallte ihn zurück auf den Tisch.

»Vierzehn!«

Betreten nickte Enrico. Langsam verstand er. Vermutlich hätte er ebenso gehandelt, wenn er als Familienoberhaupt, als ältester männlicher Angehöriger vor dieser Situation gestanden hätte.

»Ihr habt keinen Fehler gemacht. Ihr mußtet so handeln.«

Michele schüttelte den Kopf.

»Nein. Sein jüngerer Bruder schwor Rache.«

»Blutrache!«

Michele nickte.

»Vendetta, obwohl ich dafür gebüßt habe. Ich ging ins Gefängnis und bezahlte den Preis nach unserem Vermögen. Sogar ein Bild malte ich, aber die Familie wollte es nicht. Damals wußte niemand, welchen Weg ich gehen würde. Daraufhin bin ich nach Rom geflohen.«

»Und Eure Schwester blieb in Mailand zurück?«

»Ja, mit dem Kind!«

Da begegnete es ihm wieder, dieses Kind. Was hatte die Alte in

Mailand ihm anvertraut? Ganz verstanden hatte er es nicht, aber langsam schälte sich eine Bedeutung heraus.

»War es das Ergebnis der ...«

Zögerlich antwortete Michele, als wolle er sich daran nicht erinnern. Mit der Hand fuhr er sich übers Gesicht, verscheuchte ungute Erinnerungen.

»Ja.«

»Wo ist es geblieben? Ich war in Mailand bei Eurer Schwester. Von einem Kind hat sie mir nichts erzählt.«

Micheles Zunge fuhr hastig über die Lippen, die rauh und aufgesprungen waren und leicht bluteten. Kleine weiße Fetzen standen davon ab, die er umspielte.

»Sie mußte es weggeben!«

»Weggeben?«

Langsam hob er den Krug und trank den Becher leer. Dann stand Michele auf. Leicht schwankte er, bekam sich aber sofort wieder in die Gewalt.

»Wir gehen!«

Diesmal wollte Enrico sich nicht abwimmeln lassen, diesmal wollte er die ganze Geschichte hören, endlich wissen, welcher Bedrohung Michele tatsächlich ausgesetzt war. Sanft griff er ihm an den Arm und hielt ihn zurück.

»Erzählt, Michele!«

Der riß sich los, und mit dem Schwung dieser Bewegung stürzte er über den nächsten Stuhl und die halbe Bank, riß zwei Weinbecher mit und holte sich Flüche und Verwünschungen der umsitzenden Gäste.

Auch Enrico sprang auf und half Michele wieder auf die Beine. Ein Geldstück besänftigte die Geschädigten. Enrico schlug Michele zweimal ins Gesicht, bis er wieder zu sich kam. Lange blickten sie einander in die Augen, als wolle der eine den anderen darin ausforschen. Aber plötzlich wich Micheles Blick ihm aus und wanderte zur Tür der Osteria.

Als Enricos Blick ihm folgte, sah er auf der Türschwelle Nerina stehen, die ihnen zuwinkte.

»Ich vergesse es nicht, Michele«, flüsterte Enrico.

»Ihr müßt mir eins versprechen, Enrico«, meinte Michele,

während sie sich durch die Menge hindurch zum Ausgang drängten.

»Das wäre?«

»Sollte ich nicht mehr nach Rom zurückkehren oder unterwegs sterben, kümmert Euch um Nerina!«

5.

Eine kühle Nacht begrüßte sie, die vom Wind, der vom Meer her wehte, mit Feuchtigkeit aufgeladen war. Michele hielt sein Gesicht in die frische Luft, während er ebenso über die uneben verlegten Pflastersteine der Hafengegend stolperte wie Enrico. Nerina hakte sich unter, und wortlos schritten sie aus, um den Hügel im Westen zu erklimmen, hinter dem der Palazzo Cellamare lag.

Seit Enrico Michele begleitete, fühlte sich Nerina sicherer, was Micheles Abwesenheiten anbelangte. Es gab keine Raufereien mehr, keinen Streit. Michele schien sich beruhigt zu haben, sein Temperament hatte sich unter Enricos Einfluß verflacht, sein Unruhegeist war schwächer geworden. Damit einher ging jedoch auch ein körperlicher Verfall, der Nerina nicht verborgen blieb. Gebückt und schwach hing Michele an ihrem Arm, und sie fragte sich, wie lange er die Strapazen noch würde durchstehen können. Die einzige Hoffnung schien Rom zu sein. Sie mußten nach Rom, und das so schnell wie möglich. Nur dort wäre er sicher, nur dort konnte sich Michele erholen.

Ein freudiges Bellen holte sie aus ihren Überlegungen. Aus einer der dunklen Gassen, die am Berghang begannen und sich bis zur Stadtmauer hinaufzogen, sprang ihnen ein Hund entgegen, schwarz, riesig, mit im Mondlicht glänzenden Fell.

»Nero!« rief Nerina, erfreut und überrascht. Und im selben Augenblick durchfuhr sie ein Schreck, der sie lähmte. »Nero! Bist du allein?«

Auch Enrico und Michele blieben stehen, aber ganz im Gegensatz zu ihr, die sich zu Nero hinabbeugte und ihn streichelte, was er mit freudig schlagendem Schwanz zuließ, beobachteten beide aufmerksam die Umgebung.

»Wo ist dein Herrchen, Nero?«

Langsam erhob sie sich, Nero am Nackenfell gepackt, damit er ihr nicht davonlief. Michele, der seine Angewohnheit, nicht ohne Degen aus dem Haus zu gehen, wieder angenommen hatte, und Enrico, der ebenfalls bewaffnet war, zogen ihre Waffen. Neapel zählte nicht nur zu den schönsten Städten der Welt, sondern auch zu den gefährlichsten. Überfälle waren an der Tagesordnung, zumal die Mitternacht längst ihren Zenit überschritten hatte. Wer sich jetzt auf den Straßen aufhielt, war entweder betrunken oder ein Dieb. Und tatsächlich schälten sich aus dem Dunkel der Mondschatten vier Personen, jede eine Waffe in der Hand. Den Gang der einen würde Nerina nie in ihrem Leben wieder vergessen. Auf dem Schiff nach Malta hatte er sich ihr unauslöschlich eingeprägt.

»Fra Domenico!« entfuhr es Nerina.

Allein der Name des Johanniters fuhr ihr eiskalt unter die Haut.

»Richtig, Signorina. Es schmeichelt mir, daß Ihr mich sogar in der Dunkelheit sicher erkennt. Und es erschreckt mich, weil ich glaube, daß mir dieses Wissen schaden könnte. Ich darf also bitten.«

Damit fuhr er mit dem Degen durch die Luft. Ein scharfes Pfeifen schnitt ihr ins Ohr, und auch die beiden Männer an ihrer Seite zuckten kurz zusammen.

Nerina hielt noch immer Nero am Nackenfell. Jetzt beugte sie sich zu ihm hinunter und flüsterte ihm ins Ohr.

»Hilf mir, Nero, hilf mir.«

Der Hund spitzte die Ohren, aber ein Pfiff Fra Domenicos ließ ihn erstarren. Nerina klopfte ihm auf den Nacken, streichelte ihn sanft und kräftig und schickte ihn dann gegen einen der Männer, indem sie einfach »Faß!« rief und ihn vorwärts schob.

Wie ein Blitz fuhr Nero einem der Angreifer an den Arm und verbiß sich darin, während die beiden anderen sich auf Enrico und Michele stürzten.

Natürlich entging Nerina nicht, daß sich Michele kaum aufrecht halten konnte, und sie begann um Hilfe zu schreien, aber Fra Domenico, der die beiden kämpfenden Paare umrundete und direkt auf sie zukam, lachte nur.

»Ihr gebt eine lächerliche Figur ab, Signorina. Wozu das Geschrei? Ihr werdet jetzt sterben. Aug um Aug, Zahn um Zahn. Wie es uns das Alte Testament lehrt.«

»Es wurde ein Neuer Bund geschlossen«, versuchte Nerina zu kontern, während sie sich nach einer Waffe umsah, einem Knüppel, einem Stein. Aber der Boden unter ihr fühlte sich weich an. Sie stand in einer der flachen Abwasserrinnen inmitten der Straßen.

Nero ließ los, und der vierte Mann flüchtete sich in eine der nachtschwarzen Gassen. Soweit Nerina sah, kämpften Enrico und Michele eher aussichtslos gegen ihre Gegner. Der Wein schwächte sie. Micheles Wams blutete bereits stark. Trotzdem hieb er wie ein Löwe auf den Mann ein. Einen Lidschlag lang liebte sie ihn dafür.

»Liebet Eure Feinde, heißt es darin, Fra Domenico. Nehmt es Euch zu Herzen. Selbst der Namenspatron Eurer Kongregation, Johannes, hielt sich daran.«

In der Mondhelligkeit erkannte sie, daß Fra Domenicos Gesicht sich verzerrte. Mit gestrecktem Degen fuhr er auf sie los. Geschickt konnte sie ausweichen, aber es schien nur eine Frage der Zeit zu sein, bis er sie durchbohren würde.

»Was wollt Ihr von mir?«

»Ihn werde ich damit zerstören, wie er mich zerstört hat. Meinen Bruder brachte er um, das, was ich in diesem Leben am meisten geliebt habe. Und jetzt werde ich diejenige töten, die im Herzen dieses Schmierfinks den größten Platz einnimmt!«

Nerina verstand nicht, was der Johanniter damit sagen wollte, mußte sie doch der Degenklinge ausweichen. Fra Domenico spielte mit ihr, trieb sie vor sich her, berührte sie mit der Spitze des Degens, ritzte ihr die Haut. Dabei lachte er unmäßig.

Bei einer ihrer Drehungen wurde sie Neros gewahr, der hinter ihnen herlief, unschlüssig, was er tun sollte. Instinktiv versuchte Nerina, Neros Unsicherheit für sich zu gewinnen. Mit ausgestrecktem Arm deutete sie auf Fra Domenico und rief:

»Faß, Nero, faß ihn!«

Tatsächlich sprang der Hund mit zwei großen Sätzen dem Johanniter ans Bein, der sich wütend umdrehte und mit der Klinge auf Nero einschlug.

»Laß los, du verrücktes Vieh! Was fällt dir ein.«

Tatsächlich ließ Nero das Beinkleid fahren, in das er sich verbissen hatte. Doch in seiner Wut, die Nerina im Mondschein im Gesicht des Johanniters gespiegelt sah, stach er zu. Nero jaulte getroffen auf. Zuerst brachen seine Hinterbeine ein, dann schoß ein starker Blutstrahl auf das Pflaster. Nero drehte sich um die eigene Achse, jaulte und verstand nicht recht, warum ihm seine Hinterbeine nicht mehr gehorchten. Dann schleppte er sich aus der Reichweite des Degens, der ihn ein zweites Mal getroffen hatte, diesmal über der Schnauze, und ihm von dieser ein Stück abgeschlagen hatte. Wie von Sinnen stürzte der Hund davon, indem er seinen Hinterkörper nachzog. In Nerina stieg Übelkeit auf, während sie die Szene beobachtete.

Neros Fluchtweg kreuzte die Beine des Mannes, der mit Michele kämpfte. Der verhedderte sich kurz, stolperte, und bevor er wußte, was geschah, saß Micheles Degen ihm bereits in der Gurgel. Ein Röcheln, dann drehte sich Michele zu Fra Domenico um.

Der stand noch immer wie erstarrt. Offenbar hatte ihn die Untreue seines Hundes erschüttert. Jetzt, als er Michele vor sich sah, kam wieder Leben in seinen Körper.

»Nun, dann werde ich eben zuerst mit Euch fertig.«

Sein Angriff auf Michele erfolgte wütend und heftig. Mit harten, gezielten Schlägen, bearbeitete er Micheles Deckung, die langsam, weinselig langsam reagierte. Plötzlich stand Enrico an Micheles Seite. Nerina sah nur, daß sich dessen Gegner am Boden krümmte und sich unter ihm eine schwarze Lache bildete.

Beide Männer entfachten in Fra Domenico einen nur um so heftigeren Zorn. In schnellen Stakkatoschlägen bearbeitete er die Degen der beiden. Trotz ihrer Überzahl würden sie ihm nicht lange standhalten können, soviel stand für Nerina fest. Verzweifelt überlegte sie sich eine Lösung. Und als die drei Männer sich wieder auf sie zu bewegten, fuhr ihr ein Gedanke durch den Kopf. Gerade rechtzeitig offenbar, denn im selben Moment stieß Michele ein Gurgeln aus, langte sich ins Gesicht und brach zusammen. Nerina hatte noch sehen können, wie die Klinge Fra Domenicos über Micheles Gesicht gefahren war.

Sie stieß einen Schrei aus, bückte sich, griff mit beiden Händen in den Schlamm der Straße unter sich und warf mit aller Kraft die dreckige Ladung Fra Domenico ins Gesicht. Er taumelte zurück, langte sich an den Kopf und fluchte. Mit einigen Degenhieben setzte Enrico ihm nach. Der Johanniter stolperte, spuckte, erhielt noch einmal einen Hieb auf den Arm, der ihm die Klinge aus der Hand schlug, und floh schließlich. Wie sein Kumpan zuvor entschwand er in die Dunkelheit der Gassen des Berghanges.

Nerina drehte sich nach Michele um, der reglos am Boden lag. Auch unter ihm bildete sich eine Blutlache.

»Michele!« rief sie und drehte ihn um. Sein Körper wirkte schlaff und wie leblos. Als sie in sein Gesicht sah, mußte sie sich übergeben. Dort, wo zuvor noch die schmalen Wangen und die gerade Nase gesessen hatten, hingen jetzt Fetzen.

Nerina gelang es nicht, ein Wort zu sagen. Es würgte sie und gleichzeitig flossen die Tränen.

»Was ist mit ihm?« erkundigte sich Enrico, der an Nerina herantrat.

6.

»Caravaggio ist tot!«

Der Bote, der in Scipione Borgheses Arbeitszimmer trat und ihm einen Brief aushändigte, verbeugte sich, noch atemlos.

»Was sagt Ihr?«

»Mein Herr, der Herzog von Urbino läßt Euch in diesem Brief mitteilen, daß Euer Schützling, Michele Merisi, den alle nur Caravaggio nennen, bei einem Überfall in Neapel zu Tode gekommen sei. Näheres teilt er Euch schriftlich mit.«

Noch immer wollte Scipione Borghese die Botschaft nicht wahrhaben. Caravaggio tot? Unmöglich. Hastig riß er den Brief auf und überflog ihn. Er trug das Datum des 24. Oktobers 1609.

»… es gibt Nachrichten aus Neapel, daß der berühmte Maler Caravaggio umgebracht worden sein soll …«

So stand der Satz da, so packte er ihn im Genick und riß ihn aus seinem Sessel. Mit einem Wink verscheuchte er den Boten, der sich demütig davonschlich.

»Belohnt ihn«, rief Scipione Borghese seinem Sekretär nach, der nur den Kopf durch die Tür steckte und ihn fragend betrachtete. »Und schafft mir Kardinal Gonzaga her. Und zwar schnell!«

Verzweifelt schritt Scipione Borghese in seinem Arbeitszimmer auf und ab.

All seine Pläne, seine Wünsche zerstört. Michelangelo Merisi, dessen Werke sein Casino in den Pincio-Gärten hätten schmücken sollen, würde nie wieder einen Pinsel in die Hand nehmen. Einen unbändigen Zorn fühlte er gegen seinen Oheim, denn daß dieser den Auftrag zu dem Verbrechen gegeben hatte, lag für ihn völlig klar. Wie war er gestorben? Händel? Ein Duell? Er raufte sich die Haare, obwohl das Wissen um die Umstände seines Todes nichts an der Tatsache geändert hätte, daß der Quell dieser Wunder in Öl und Farbe versiegt war.

Den Boten nicht weiter ausgefragt zu haben, bereute er bereits, vielleicht hätte er ihm über den Inhalt des Briefes hinaus das eine oder andere Gerücht mitteilen können. Mit Briefen wurden ja nicht nur schriftliche Informationen transportiert. Wie von selbst wanderten mit ihnen mündliche Botschaften, die mindestens ebenso wertvoll waren wie die Zeilen, die in den Schriftstücken festgehalten waren.

Vor seinem Schreibtisch schritt er auf und ab. Die Täfelung der Wände mit ihren Intarsien, an denen er sich sonst erfreute, die Deckenmalereien mit ihren antiken Themen, all das zerstreute ihn jetzt nicht. Im Gegenteil, er fühlte ihre bedrückende Künstlichkeit. Hinaus mußte er, hinaus in den Garten, in den Innenhof, durchatmen, Luft in die Lungen füllen. Kein Dispens war mehr notwendig, keine ihrer Intrigen oder Schlichen hatte den gewünschten Erfolg gezeitigt. Er rechnete nach. Mehr als vier Jahre waren vergangen, seit Caravaggio Rom verlassen hatte, vier Jahre des Kampfes, der Auseinandersetzung mit seinem Oheim, der mit jedem Monat schwieriger und grüblerischer wurde, dessen politische Wende allen jungen Kardinälen schwer zu schaffen machte, und der sich trotzdem – ein Kompromißpapst – für ewig auf diesem Thron einzurichten schien.

Mit wehender Soutane durchschritt er die Säulengänge, die sich zum Atrium hin öffneten, bis er schließlich über eine Treppe auf den Innenhof hinaustrat. Was bedeutete für ihn diese Nachricht? Caravaggio tot – und seine Bilder frei. Sollte er nicht sofort jemanden damit beauftragen, die Bilder aufzukaufen, die Caravaggio zurückgelassen hatte? Dessen Arbeitswut ließ vermuten, daß eine ganze Reihe davon in seinem Atelier zu finden war.

Flüchtige Blicke warf er auf die Säulen, die schweren Töpfe mit Erde, in denen Lorbeer und Oleander gediehen. Ihre harten Blätter raschelten, wenn er dicht an ihnen vorüberging und sie berührte. Natürlich mußte er dies tun, und als beste Verbindung für einen derartigen Auftrag galt ihm der Sekretär des Kardinals Gonzaga. Ihn mußte er überreden.

Nachdem er diesen Gedanken erst einmal festgehalten hatte, begann er über anderes nachzudenken.

Ungeschoren durfte sein Oheim nicht davonkommen. Zusammen mit diesem Kardinal Del Monte, der sich sonst sehr bedeckt hielt und nur im Hintergrund auftrat, mußte er einen Denkzettel erhalten. Aber wie? Und vor allem was? Es würde sich etwas finden, dessen war er sich sicher, aber im Augenblick schien ihm sein Kopf wie leergeblasen von dem Satz, der Caravaggios Ermordung anzeigte.

In seinem Rücken knarrte das Tor. Schritte ließen sich auf der Hofpflasterung hören. Scipione Borghese kannte sie.

»Seid gegrüßt, Kardinal Gonzaga, auch wenn Ihr hier lautlos hereinschleicht wie ein Dieb! Froh bin ich, daß Euch mein Sekretär so schnell gefunden hat.«

»Ohnehin war ich auf dem Weg zu Euch. Er machte es dringend, meinte, Ihr hättet eine schlechte Nachricht erhalten. Welche Nachricht kann so schlecht sein, daß Ihr mich aus dem Theater hättet holen lassen?«

Mit einem müden Lächeln kommentierte Scipione Borghese die kleine Notlüge des Kardinals. Unter Theater verstand er Theatergarderoben, und dort vor allem die der Schauspielerinnen, und dort wieder ganz bestimmte. Und mehr als einmal war ihm zu Gehör gekommen, daß sich auch der Kardinal umkleidete, jedenfalls entkleidete und in den kleinen Zimmern im Bühnenhinterraum ein derartiger Lärm herrschte, daß die öffentlichen Aufführungen gestört wurden.

»Ich will es weniger spannend machen, als ich es vorhatte. Hier, lest!«

Scipione Borghese hielt ihm den Brief des Herzogs hin, und Ferdinando Gonzaga vertiefte sich in das Schreiben. Er suchte nach einer Regung in der Mimik des Kardinals, aber Ferdinando Gonzagas Miene blieb unbeweglich. Mit einer Geste, als würde ihn die Mitteilung keineswegs erschüttern, gab er ihm den Brief zurück.

»Und?«

»Was und? Caravaggio ist tot! Und Ihr fragt ›und?‹.«

Leicht zuckten die Nasenflügel Ferdinando Gonzagas, als fiele es ihm schwer über eine offensichtliche Schwäche seines Gegenübers zu sprechen. Diese Überheblichkeit haßte Scipione Borghese und bewunderte gleichzeitig die Schärfe, mit der dieser Jüngling die Situationen beurteilte. Gespannt wartete er auf dessen Deutung des Briefes.

»Habt Ihr den Brief nicht zu Ende gelesen? Es heißt dort: Es gibt Nachrichten aus Neapel, daß der berühmte Maler Caravaggio umgebracht worden sein soll; andere sagen, er sei schwer verletzt. Was stimmt jetzt? Ist er tot oder schwer verletzt? Ihr habt einen ungenauen Boten, Exzellenz.«

Mit verdrehten Augen umrundete Scipione Borghese Kardinal Gonzaga, der dabei ruhig stehen blieb, die Hände auf dem Rükken verschränkt. Ein übermannshoher Oleander zeichnete fleckige Schatten auf Talar und Gesicht, das er unter seinem purpurnen Kardinalshut versteckte.

»Habt Ihr einen besseren Informanten? Und wenn ja, wäre er in der Lage, die restlichen Bilder aufzukaufen, die sicherlich noch im Atelier Caravaggios herumstehen. Ich würde mich erkenntlich zeigen.«

Über Ferdinando Gonzagas Lippen, die im Augenblick der einzige Körperteil waren, der eine Regung zeigte, huschte ein feines Lächeln.

»Ihr seid zu voreilig, Exzellenz.«

»Aber Euer geheimer Sekretär, Enrico. Er wäre doch der Mann vor Ort.«

Bevor Ferdinando Gonzaga antwortete, blinzelte er in die Sonne, die beinahe direkt über ihm stand, und streifte den Kardinalshut ab. Auf seinem Haar hatte sich dort ein Ring gebildet, rot und schweißglänzend, wo der Hutrand auf Haar und Kopfhaut drückte. Mit einer Kordel befestigt, blieb der breitrandige Hut auf dem Rücken hängen.

»Im Augenblick ist er damit beschäftigt, Caravaggios Verletzungen zu pflegen. Und Bilder dürfte der Maler nach diesem Anschlag kaum mehr aus der Hand geben. Nicht einmal für viel Geld.«

Scipione Borghese stutzte. Die Überraschung schien gelungen.

»Caravaggio lebt?«

»Caravaggio lebt! Allerdings wurde er schwer verletzt. Enrico schreibt, sein Gesicht wäre durch mehrere Degenhiebe so verstümmelt, daß selbst Freunde ihn nicht wiedererkennen würden.«

Jetzt mußte Scipione Borghese tatsächlich den Halt einer der Karyatiden beanspruchen. Müde lehnte er sich dagegen. Die Hitze und die in sich zerbröselte Hoffnung auf Caravaggios Bilder ließen ihn schwanken.

»Woher wißt Ihr das?«

»Nun, Enricos Schreiben traf etwa zur selben Zeit ein. Eben wollte ich Euch davon erzählen, als Euer Bote mich traf. Nur seine Version entstammt keinem Gerücht, sondern den tatsächlichen Ereignissen. Enrico berichtet, daß Caravaggio trotz des Wundfiebers malt, als wäre er besessen. Und er hat Euch ein Bild zugesprochen, um seinen Bruder zufriedenzustellen.«

»Ein Bild? Welches Bild?«

»Das konnte er noch nicht sagen!«

Bewundernd betrachtete er den unscheinbaren Jüngling, dem man nicht einmal zugetraut hätte, die Finger an seinen Händen voneinander unterscheiden zu können. Wenn einem Kardinal dieser Kurie eine Laufbahn vorgezeichnet war, dann diesem. Und es würde ihn nicht wundern, wenn am Ende seiner Karriere sogar das Pontifikalamt stünde, gerissen und zielstrebig wie er war.

»Caravaggio lebt!«

Noch konnte es Scipione Borghese nicht fassen. Er klatschte in die Hände.

»Kühlen Wein und ein Essen. Serviert im Speisezimmer.« Ob

sein Befehl gehört worden war, interessierte Scipione Borghese im Augenblick nicht. Er führte Ferdinando Gonzaga am Arm hinauf ins Arbeitszimmer. »Jetzt wäre es an der Zeit, den Dispens anzumahnen, mein Freund.«

Kardinal Ferdinando Gonzaga sah ihn aus Augenschlitzen an, die nicht erkennen ließen, was er gerade dachte.

»Caravaggio soll leben!« antwortete er.

7.

»Er hat Euch einen Brief geschrieben? Er hat darin um die Bilder gebeten, die in meinem Atelier wohlfeil herumstünden? Erwartet er etwa mein baldiges Ableben?« Michele war außer sich. In einer Ecke des Ateliers saß Nerina, geduckt und verschreckt, weil er zuvor Pigmente und Bilderrahmen durch den Raum geworfen hatte. An seinem Schreibtisch, der zugleich Bett und Palette für die Farben war, saß Enrico und kritzelte seine Antwort auf einen Bogen Pergament und warf ihr einen beruhigenden Blick zu. Im Hintergrund, in der Atelierecke, stand das Modell für sein neuestes Werk, daneben mehrere abgedeckte Gemälde, die trocknen mußten. »Dieser Borghese ist schlimmer als eine Natter, Enrico! Schreibt ihm, schreibt ihm: Ich, Michelangelo Merisi, nach meiner Heimatstadt Caravaggio benannt, erkläre hiermit, daß ich, bei bester Gesundheit und im Vollbesitz meiner Kräfte, Eurer Eminenz, Kardinal Scipione Borghese, ein Bild überreiche, das die Kurie in Rom in ihren Grundmauern erschüttern soll. Es wird Anklage und Mahnung für jeden, der es betrachtet. – Zu milde, Enrico, ich bin zu milde mit diesem raffgierigen, skrupellosen Kunst..., Kunst..., Kunstgeier! Ja, das ist der richtige Ausdruck für diesen Menschen: Kunstgeier. Wie dieser hockt er in sicherer Entfernung und wartet darauf, daß ich krepiere, damit er sich meine besten Stücke einverleibt.«

»Ihr trefft den richtigen Ton. Ganz den richtigen!«

»Glaubt Ihr? Alles schal und abgeschmackt.«

Mit zerrauften Haaren und in seinem halb zerrissenen, vom Blut noch dunkel verfärbten Wams jagte er von einer Ecke des Raumes zur anderen.

So war es Nerina lieber, als die endlosen Stunden an seinem Krankenbett, das er nur mit viel Zureden und sanfter Gewalt hütete. Zwei Säbelhiebe waren ihm mitten durchs Gesicht gefahren, hatten Nase, Wange und Stirn zerschlitzt, und die Narben klafften. Nicht wiederzuerkennen war er. Wäre er seinem Bruder auf der Straße begegnet, er hätte ihn verleugnet. Einen weißen Turbanverband um sein verstümmeltes Gesicht gewunden, hatte er sich den Winter über täglich an seine Staffelei gesetzt, hatte seinen Wein getrunken und sich jeden Abend eine Hure aufs Zimmer bestellt. Geld spielte keine Rolle mehr. Bezahlt wurde er von den Honoratioren der Stadt, und Michele malte, als hätte er nicht noch ein ganzes Leben vor sich. Und jetzt arbeitete er mit einer Wut an einem Bild, das sie erschreckte und das auch Enrico mit einem gewissen Unbehagen betrachtete: David mit dem Haupt des Goliath.

Der Junge, der im Atelier auf einer Holzkiste stand, das Schwert in der rechten und ein Gipsmodell für den Kopf in der linken Hand, wirkte blaß und müde, doch allein Micheles Blick scheuchte ihn zurück in seine Ausgangshaltung. Für Nerina neu war die Tatsache, daß die Gesichter auf dem Bild keine direkten Porträtbilder waren, sondern stark vom Original, das ja vor ihnen stand, abwichen. Nur das Antlitz Goliaths, des Besiegten, kannte sie. Es handelte sich um das Micheles, allerdings ließ er, vermutlich der Wiedererkennung wegen, die schlimmsten Verletzungen weg. Nur an der Stirn, dort, wo Davids Stein aus der Schleuder den Riesen getroffen und gefällt hatte, klaffte eine Wunde, die letzte, die tödliche. Den David selbst kannte sie nicht, obwohl sie glaubte, ihm schon einmal begegnet zu sein.

»Schickt das Bild auf den Weg, bringt es fort, ich kann und will diese hoffnungslosen Gesichter darin nicht mehr sehen.«

Seine Augen verdrehten sich, als erleide er einen Kreislaufanfall, aber es war, wie sie längst wußte, ein Moment höchster Konzentration. Vorsichtig nahm er seinen Pinsel, fuhr damit in die Farbpalette, die zu seinen Füßen lag und in die er bereits einmal hineingetreten war, nahm etwas an Farbe auf und fuhr mit leichten Pinselstrichen über das Gemälde. Seit dem letzten Überfall brauchte er dafür einen Malstab. Bislang hatten seine Hände nicht gezittert und vieles war von ihm mit freiem Pinsel gemalt worden.

»Schreibt ihm etwas von tausend Scudi und barer Bezahlung auf mein Konto bei der Banca San Eligio ...«

David war sein triumphierendes Lächeln abhanden gekommen, jetzt spielte die Nachdenklichkeit des Schmollenden um seine Mundwinkel. Bedeutete diese Änderung etwas oder war es einfach nur eine Laune, wie er viele seiner Bilder einfach umänderte, Figuren hinzufügte, andere abkratzte. Dem ganzen Bild war eine Schwermut eigen, die bedrückte.

»Wer ist der Jüngling, Michele?« wagte sie zu fragen, denn Micheles Stimmung besserte sich mit jedem Satz, den er diktierte, aber Enrico schüttelte kaum merklich den Kopf. Für ihn offenbar der falsche Zeitpunkt für eine solche Frage.

Nerina fragte sich selbst, was sie von ihnen beiden halten sollte, von ihr und Enrico, der sich liebevoll um sie kümmerte, und der seinen Spagat zwischen ihren Wünschen, den Anforderungen Micheles und seinem Dienst für Ferdinando Gonzaga bewundernswert gelassen bewältigte. Je länger sie sich sahen, je näher sie sich kennenlernten, desto sicherer war sie, daß sie ihn liebte.

Doch Michele beachtete sie nicht. Sie erhielt keine Antwort. Dabei kam ihr der Jüngling bekannt vor, dessen laszive, etwas erotisch aufreizende Art vom Gesichtsausdruck hinterfragt wurde. Seine entblößte Brust erinnerte sie an die Enricos, haarlos und kräftig. Dieser David genoß jedoch seinen Sieg nicht, er dachte ganz offenbar daran, daß ihn eines Tages an einem anderen Ort dasselbe Schicksal ereignen würde. In ihm flackerte das Bewußtsein um die Vergänglichkeit seiner Macht.

Goliath, dessen abgeschlagenen Schädel David an den Haaren von sich weg hielt und aus dessen Halswunde noch das Blut strömte, hatten die Lebensgeister noch nicht verlassen. Sein Licht glomm und warf das Erstaunen des Verstörten, des Ungläubigen in den Raum: Ich werde bald sterben, verkündete das Gemälde, und Nerina schauderte, seit Michele es begonnen hatte. Bis in ihre nächtlichen Träume hinein verfolgte sie dieser Kopf.

»... erwarte ich als Gegenleistung endlich meinen Dispens. Nur in Rom werde ich Werke schaffen können, wie sie meinem Geist vorschweben. Ihr könntet daran teilhaben ... schreibt danach, was Ihr wollt, Enrico, aber zum Schluß muß stehen: Als Beispiel für meine Meisterschaft überreiche ich Euch dieses Bild.«

Michele warf den Pinsel in einen Tonbecher, trat ans Fenster des Palazzos und atmete tief ein. In dieser Gegend verschwammen die Jahreszeiten, was Michele ihr gegenüber häufig beklagt hatte. Heute aber spürte man deutlich eine Veränderung. Der Frühling brach an, die Zeit der Stubenhockerei war beendet. Vom Meer her wehte endlich wieder dieser trockene, würzige Duft des Tangs herauf, der das Blut in den Adern prickeln ließ, und auch Nerina fühlte das Beben in ihrem Schoß, das sich mit den häufiger werdenden Sonnentagen und der aufbrechenden Natur einschlich.

»Wann, glaubt Ihr, werden sie ihn schicken, den Dispens?«

Ohne auf die Antwort zu warten, scheuchte Michele den Jungen vom Podest, befahl ihm, sich anzuziehen, für heute sei der Dienst beendet.

»Euer Gemälde wird ein übriges tun.«

»Ein weiteres Jahr im Exil überlebe ich nicht mehr. Und jetzt, in meinem Zustand, werde ich bald in Vergessenheit geraten. Nichts weiter als ein Jahrmarktsschrecken bin ich. Und gerade außerhalb Roms, muß man sich sehen lassen können, um nicht vergessen zu werden.«

Kaum verließ er mehr den Palazzo, mied Gesellschaften. Trinken, Huren, Malen füllten seine Tage, immer wieder abgelöst von Fieberanfällen und eigenartigen Anfällen eines Verfolgungswahns, während derer er sich in seinem Atelier verbarrikadierte und unter dem Bett, das heißt unter dem Tisch mit der alten Malerleinwand, die Nacht verbrachte.

Als die Tür hinter dem Jungen zuschlug, trat Michele an eines der Bilder, das mit einer Leinwand verdeckt auf einer Staffelei stand. Mit einem Ruck entfernte er die Leinwand. Darunter zum Vorschein kam »Das Haupt des Johannes«, stark beschädigt, an manchen Stellen durch Salzwasser zerfressen und die Farbe abgelöst.

»Meine Lebensversicherung ist beinahe unkenntlich geworden.«

»Dafür gibt es das Bild noch, Michele, es hätte ebensogut Fra Domenico in die Hände fallen können, wie das erste.«

Nachdenklich nickte er und strich über eines der wenigen Gesichter, die vom Wasser nicht angegriffen worden waren, das Gesicht der Salome. Auch Enrico beobachtete Micheles Verhalten, und sie sah, wie ein Zug gespannter Aufmerksamkeit sich um seinen Mundwinkel bildete. Was dachte er? Fiel ihm die Ähnlichkeit auf, die das Gesicht mit ihr selbst besaß? Aber das hatte nichts zu bedeuten. Solange Michele ein Gemälde nicht aus der Hand gab, waren oft nur wenige Änderungen nötig, um Figuren darin ein völlig anderes Aussehen, einen gänzlich von der ersten Skizze unterschiedenen Charakter zu geben. Sie hatte lediglich Modell stehen sollen für die Figur. Das Gesicht änderte Michele sicherlich, sobald es öffentlichen Charakter erhalten sollte.

»Wir sollten es dem Großmeister senden.«

»In diesem Zustand? Das wäre eine Provokation!«

»In eben diesem Zustand. Vielleicht etwas ergänzt, so daß die Köpfe wiedererkannt werden können. Er soll sehen, wer mich ins Meer treibt!«

Ohne lange zu warten, langte er nach einem Pinsel und hob die Palette vom Boden auf.

»Den David an Kardinal Borghese, den Johannes an den Großmeister. Ein ausgewogenes Programm, das beide gegen mich aufbringen wird.«

Michele lachte unbändig, und Nerinas und Enricos Blick trafen sich. Sie zuckte mit den Schultern. Was das zu bedeuten hatte, wußten sie beide nicht. Trotzdem fiel ihr Blick auf das Gemälde zurück. Michele arbeitete an dem Soldaten, in dem sie Fra Domenico erkannte, am Henker, der die Züge Pater Leonardus' aufwies, während er die Salome, Auftraggeberin und Nutznießerin dieses Mordes, unberührt ließ. Warum hatte sie ihr Gesicht? Gehörte sie zu den Menschen, die Michele verfolgten und zu schaden versuchten, zu den langsamen Mördern Caravaggios? Sicherlich nicht. Irgendwo in Micheles Vergangenheit mußte die Antwort liegen.

8.

»Hatte ich Euch nicht verboten, Kontakt mit diesem Schmierfinken aufzunehmen?«

Die Stimme Papst Pauls V. zerbrach im Falsett und kippte in ein Quieken um, das Scipione Borghese nun doch zu köstlich fand. Wut und Erregung paßten nicht zu seinem phlegmatischen Temperament, das die Gläubigen, die ihn ja nur von weitem sahen, mit tiefer Frömmigkeit verwechselten.

»Nun seht Euch das Bild wenigstens an, Heiliger Vater, Oheim«, besänftigte Scipione Borghese, obwohl er in diesen Situationen wenig geneigt war, seinem Oheim beiseite zu stehen. Doch diesmal fühlte er sich verpflichtet. Mit in seinem Arbeitszimmer im Palazzo Borghese befanden sich Kardinal Ferdinando Gonzaga, dessen schmächtige, unscheinbare Figur beinahe unter der Würde zu verschwinden drohte, sowie Kardinal Del Monte, der mit unbeweglicher Miene und gelassen in einem der Sessel thronte, als sei er hier der Hausherr.

»Um mir den Geist zu verderben? Um mir den reformatorischen Beelzebub in den Kopf zu holen? Nein, mein lieber Scipione.«

»Ihr solltet es trotzdem tun.«

Überrascht sah der Papst auf. Der Satz stammte aus dem Munde Kardinal Del Montes. Und Scipione Borghese wußte, daß sein Oheim zumindest eine gewisse Unterstützung seiner eigenen Position von dieser Seite erwartet hätte.

»Kennt Ihr das Geschmiere bereits? Seid Ihr eingeweiht, wo mir, dem Heiligen Vater, der Blick verweigert wird?«

»Zu Eurem Schutze, Oheim. Trugt Ihr nicht eben noch Bedenken bezüglich der Inhalte?«

Eine großzügige Handbewegung wischte den Einwand beiseite.

»Wer, wenn nicht der Papst, darf seine Meinung stündlich ändern«, fuhr Paul V. dazwischen und musterte die Anwesenden mit einem mißtrauischen Blick.

Scipione Borghese schlug die Augen nieder, um darin das Glitzern des Triumphs zu verbergen. Jetzt hatte er seinen Oheim dort, wo er ihn haben wollte.

»Warum schweigt Ihr, Kardinal Gonzaga? Ihr steckt doch ständig mit meinem Neffen unter einer Decke. Oder seid Ihr ebenfalls diesem abergläubischen Zauber verfallen, den ein Mann wie Caravaggio uns als religiöse Kunst auftischt?«

Nicht einmal einen Versuch machte Ferdinando Gonzaga, über seinen Schutzwall aus Robe und Purpur hinauszusehen. Nicht einmal einer Antwort hielt er den Einwurf für wert. Unmerklich zuckte er mit den Schultern. Vermutlich verachtete er den bäurischen Geschmack seines Oheims, überlegte Scipione Borghese, und wollte in kein Fettnäpfchen treten.

»Jetzt macht zu! Präsentiert uns das Bild!« drängte der Papst, der sich vor Nervosität nicht ruhig in seinem Sessel halten konnte. Mehrmals räusperte er sich, um seine angegriffene Stimme zu beruhigen.

Gelassen schritt Scipione Borghese zur Staffelei und entfernte eigenhändig das Leinen, mit dem es verhängt war. Vor ihren Augen enthüllte sich ein Bild, das den jungen David zeigte, wie er dem besiegten Goliath den Kopf abgeschnitten hatte und diesen jetzt mit einer Mischung aus Triumph und Abscheu präsentierte.

Aufmerksam sah Scipione Borghese in die Runde und beobachtete die Reaktionen der Anwesenden. Sein Oheim starrte zuerst auf das Bild, schüttelte den Kopf, wandte sich ab und trat nochmals zögernd näher. Dann bekreuzigte er sich.

Kreidebleich und mit den Händen die Lehnen fest umklammernd, saß Kardinal Del Monte in seinem Sessel. Sein Blick pendelte zwischen dem Kopf des Goliath und der Figur des David hin und her. Durch seinen leicht offenen Mund drang ein scharfes Pfeifen, was nichts Gutes verhieß. Innerlich schien er zu kochen, den Mund zu einer Grimasse verzogen, während er äußerlich versuchte, zumindest eine Form von Würde zu bewahren.

Nur Ferdinando Gonzaga reagierte so, wie Scipione Borghese es vorausgesehen hatte, nämlich äußerlich gar nicht.

Beinahe tonlos, als wären seine Stimmbänder angekettet und klirrten mit den Eisenringen, unterbrach Kardinal Del Monte das Schweigen.

»Der Kopf Goliaths, ein Gorgonenhaupt, er erinnert mich an Caravaggios Medusa. Nur die Schlangen, die sich um den Kopf winden, fehlen.«

»Und es wirkt ebenso bedrohlich.«

»Wenn ich recht unterrichtet bin, ist es sein eigenes Haupt, ein Porträt des Künstlers. Eher ungewöhnlich, aber dafür um so aussagekräftiger.«

Während sich das Gespräch zwischen ihm selbst und Kardinal Del Monte entsponnen hatte, beobachtete Scipione Borghese seinen Oheim. Der starrte noch immer entgeistert auf das Bild. Langsam wanderte sein Blick weg von der Figur des David, hin zu Kardinal Del Monte und wieder zurück. Ein unbestimmtes Gefühl sagte ihm, daß sein Oheim entdeckt hatte, zu welchem Zweck er die Runde der Kardinäle hier versammelt hatte. Mit jedem Blickkontakt sank Kardinal Del Monte tiefer in seinen Sessel und entfärbte sich eine Spur weiter, bis er vom Weiß seiner Halsbinde nicht mehr zu unterscheiden war. Selbst der spitz zulaufende Bart hellte sich ein.

Trotzdem konnte er beobachten, daß zwischen ihnen ein kurzes Nicken hin und her ging. Was bedeutete es? Oder erlag er einer Sinnestäuschung, weil er eben dies erwartete? Ihm war sehr wohl bewußt, daß es so etwas gab wie eine sich selbst erfüllende Erwartung. Man zog Schlüsse aus Ereignissen, verband diese miteinander, da sie sich kurz nacheinander abgespielt hatten, obwohl sie völlig unabhängig voneinander geschehen waren. Falsch die Schlußfolgerung, falsch das Handeln. Doch hier glaubte er sich sicher zu sein, obwohl im selben Augenblick eine Tirade losbrach, die er in ihrer Heftigkeit so nicht erwartet hatte.

»Das Bild darf nicht in die Öffentlichkeit gelangen, Scipione. Verbrennt es oder, wenn Ihr das nicht könnt, versteckt es hinter einem Vorhang. Niemand darf es zu Gesicht bekommen, am allerwenigsten das Volk.«

»Setzt Euch, Oheim, kommt zu Atem – und dann berichtet mir, was Euch an diesem Bild so stört, daß Ihr Euch derart erhitzt!« Jetzt hielt es Scipione Borghese für angebracht, den Umstehenden deutlich zu machen, daß er wußte, welche Ungeheuerlichkeit in den Bildzeilen zwischen David und Goliath verborgen lag. »Meint Ihr vielleicht die Ähnlichkeit, die zwischen dem David und Kardinal Del Montes Jugend besteht? Seht Ihr darin eine Anspielung auf seine Vorliebe …«

Mit einem Schlag auf den Tisch unterbrach der Papst Scipione Borgheses Enthüllung. Wollte er nicht, daß Kardinal Ferdinando Gonzaga mithörte, mitbekam, welche Sache hier verhandelt wurde?

»Meine Grundsätze, die für die neue Kirche gelten sollen, werden mit diesem Bild untergraben. Es gleicht einer Kriegserklärung.«

»Übertreibt Ihr nicht etwas, Oheim? Es gleicht vielmehr einem Roman, einem amüsanten Roman, wenn man die Ikonographie zu lesen versteht.«

Paul V. biß mit den Zähnen seine Lippen blutig. Jetzt wurde er taxiert, wurde auf seine Gefährlichkeit eingeschätzt und wohl nicht für schwer genug befunden.

»Mich erschreckt nur der Tod des Goliath darin!« Alle Köpfe wandten sich Ferdinando Gonzaga zu. Der lächelte wie ein Junge, der bei etwas Verbotenem ertappt worden war und erklären mußte, warum er es getan hat. »Schließlich verarbeitet der Künstler hier etwas wie seine Angst vor dem Sterben, oder zumindest gibt er bekannt, daß er – wie David einst Goliath gegenüberstand – sich einem Gegner gegenübersieht, der ihn vernichtet.«

»Euch fehlt nur eine Einsicht: David tötete Goliath mit Hilfe des Herrn. Seine Sendung beruhte auf einem göttlichen Auftrag, sein Erfolg gehörte zum Heilsplan der Juden. Ich sehe in diesem Geschmiere nicht einen göttliche Funken. Es ist – wie alle Bilder Caravaggios – entblößt vom Gedanken an Gott, wie Davids Schulter entblößt ist.«

Dafür prangert es sehr deutlich die Neigung Eures Proteges an, wie sonst ist zu verstehen, dachte Scipione Borghese, daß der jugendliche David mit seiner nackten Brust und dem Gesicht Del Montes im Mittelpunkt des Bildes steht? Sieg! Sieg! Sieg des mächtigen Kardinals gegenüber einem Künstler wollte das Gemälde verkünden. Sieg der lasziven Körperlichkeit gegen die von Michele angemahnte Genauigkeit der Darstellung einer Wirklichkeit, die nicht im Blick der Bürger stand.

»Das Bild«, fuhr Scipione Borghese fort, sich selbst aus seinem Nachdenken reißend, »ist eine versöhnliche Geste. Er bietet es als Gegenleistung für …«

Hier unterbrach ihn Ferdinando Gonzaga, der geschickt den Ball aufnahm: »... seinen Dispens, den er sehnlichst erwartet. Bedenkt es, Heiliger Vater, wenn Ihr nicht wollt, daß Caravaggio die Provinz langsam mit seinen Bildern überschwemmt, die gegen Eure Reformmaßnahmen gerichtet sind und die Mitglieder der Kurie bloßstellen. Genügen nicht die Gemälde in Syrakus, in Messina, in Palermo und natürlich in Neapel, um ein Unbehagen gegenüber seiner Verbannung auszulösen? Nehmt ihn mit offenen Armen auf. Ihr werdet es nicht bereuen!«

»Niemals! Nachdem er sich meinen Wünschen derart widersetzt!«

»So erwartet Ihr also, Heiliger Vater, Caravaggio werde weiter in der Diaspora seine Heiligenbilder malen, die kaum Heiligenbildern gleichen? Ihr seht doch, daß er Kardinal Del Monte ...«, Gonzaga deutete auf den Kardinal, der wie versteinert im Sessel saß, sichtlich angegriffen und blaß, »... der Lächerlichkeit preisgegeben hat.«

Jetzt versuchte Scipione Borghese einzugreifen, um den Schaden zu begrenzen. In seiner unverblümten Art ging der junge Gonzaga zu weit, aber ein energisches Vortreten des Kardinals ließ ihn verstummen. Von einem Moment zum anderen schien er zu wachsen.

»Solange das Bild nicht öffentlich wird, bleibt es stumm. Aber laßt in Pisa oder Genua, in Mantua oder Venedig ein Gemälde auftauchen, einen Heiligen mit Eurem Antlitz, Eure Heiligkeit ...«

Den Satz konnte Ferdinando Gonzaga nicht mehr beenden. Obwohl er sich bislang beherrschen konnte, polterte Del Monte plötzlich los. Mit einem Ruck stand er auf, so daß der Sessel übers Parkett rutschte und die Beine des Möbels mit ihrem häßlichen Quietschen den Arbeitsraum füllten.

»Gebt ihm den Dispens, holt ihn nach Rom – und verschafft ihm Arbeit, so daß er nicht mehr auf die Straße kann, ohne sich strafbar zu machen.« Beinahe unhörbar für die anderen, aber dennoch so laut, daß Scipione Borghese mitbekam, was er sagte, murmelte Kardinal Del Monte: »Er ist zu weit gegangen!«

Während Kardinal Gonzagas Ausführungen hatte Scipione

Borghese beobachten können, wie sein Oheim zunehmend an Farbe verlor. Der Gedanke, den mühsam errungenen Ausgleich mit Venedig dadurch zu verscherzen, daß sein Porträt in einer der Kirchen in einen lächerlichen Zusammenhang gestellt wurde, war ihm unerträglich. Sein Oheim und Kardinal Del Monte tauschten einige Blicke. Aufmunternd nickte der Kardinal ihm zu. Tonlos hauchte Paul V.: »Der Dispens sei gewährt!« Er zog aus dem Ärmel seines Amtsrockes ein Blatt Papier, kritzelte etwas, und überreichte es seinem Geheimsekretär. »Veranlaßt das Nötigste. Unter einer Bedingung. Die Urkunde für seine Rückkehr wird ihm in Palo ausgehändigt!«

9.

»Das päpstliche Siegel, Enrico, Nerina, ein Brief mit päpstlichem Siegel! Endlich! Rom – ich rieche dich förmlich!«

Michele schrie die Sätze die Treppe hinauf, so daß Nerina aus ihrem leichten Schlummer im Arm Enricos erwachte. An den Zimmertüren, die entlang des Ganges lagen, an dessen Ende sich Micheles Atelier befand, klopfte es wild.

»Glaubst du, er wird es verstehen?«

In Nerinas Stimme schwangen Zweifel mit. Sie fragte sich, ob die mißtrauischen Blicke, die Michele ihr zuwarf, wenn sie aus Enricos Zimmer schlüpfte, Eifersucht bedeuteten oder nur Anzeichen allgemeiner Sorge.

Die Zimmertür wurde aufgestoßen und Michele stürmte herein, den Brief in der Hand.

»Enrico, du mußt das Siegel erbrechen ...«

Offenbar kam ihm im selben Augenblick zu Bewußtsein, was er sah: daß sie nämlich neben Enrico lag, nackt unter der Decke und noch mit schweißnassem Haar vom Liebesspiel. Mit seinen geröteten Augen blinzelte er, als verstehe er nicht, was er sah. Die vom Wein rot angelaufenen und mit bläulichen Äderchen durchzogenen Wangen erblaßten. Von ihr zu Enrico und zurück wanderte sein Blick, dann meinte er tonlos:

»Soweit seid ihr also.«

Ohne auf die Bemerkung einzugehen, schlüpfte Enrico aus dem Bett und trat auf Michele zu, die Hand ausgestreckt, um den Brief entgegenzunehmen. Michele rührte sich lange nicht und wich dann zwei Schritte zurück.

»Michele!« versuchte Nerina zu beruhigen, die sehr wohl bemerkte, daß er gegen seinen Jähzorn ankämpfte, daß seine Augen wäßrig wurden und sein Atem schneller ging. »Ich liebe ihn, das weißt du!«

In hellen Streifen stahl sich die Sonne durch die halb zugezogenen Vorhänge, als ziehe sie Bänder durch den Raum, umgarnte Micheles Körper, der tief atmete. So stand er mit einem Gesichtsausdruck, der Nerina an seinen David erinnerte, als er Goliath gefällt hatte und die Tat weder triumphierend auskostete noch so viel Haß aufbrachte, um den Riesen zu verachten. Enrico legte ihm die Hand auf die Schulter. Aber Michele schüttelte sie ab und brachte nur zwischen zusammengepreßten Lippen Gestammeltes hervor, unverständlich und kehlig. Endlich gelang es ihm, zumindest die Kiefer beim Sprechen zu bewegen.

»Ich habe gesagt, du sollst dich um sie kümmern, Enrico, nicht sie besteigen!«

»Michele!« fuhr Nerina dazwischen. »Jetzt gehst du zu weit. Wen ich liebe, wen ich in mein Bett hole, kann dir gestohlen bleiben. Du bist weder mein Vater noch mein Bruder. Und deine Eifersucht ist geradezu lächerlich. Schließlich hast du mich nie auch nur einen Augenblick lang beachtet. Für dich habe ich als Frau noch nicht einmal existiert!«

Entgeistert betrachtete Michele sie, dann schrillte ein Lachen in ihm auf, schnell, kreischend, hysterisch. Aus einer endlosen Folge harter Kicherer bestand es, die sich wie Perlen auf einer Perlenkette aneinanderreihten.

»Du verstehst nichts, Weib! Nichts verstehst du. Ich habe dich aufgenommen, dich ernährt, dir das Malen beigebracht. Und du hast nichts Besseres zu tun, als mit dem nächstbesten Sekretär eines Kardinals ins Bett zu schlüpfen?«

Jetzt war es an Enrico, sich angegriffen zu fühlen.

»Ihr vergreift Euch im Ton, Michele. Schließlich hat dieser hergelaufene Sekretär Euch mehr als einmal vor dem Schlimmsten bewahrt. Gebt her den Brief, und dann verschwindet aus meinem Zimmer.«

Michele preßte den Brief an sich und glitt wieder zwei Schritte zurück in Richtung Tür.

»Keiner wird ihn lesen!«

»Michele, was machst du? Wir sind auf deiner Seite, das weißt du doch. Helfen wollen wir. Und Enrico …«

»Laß mich mit diesem Enrico zufrieden.«

Nerina hüllte das Laken um ihren Körper und stieg aus dem Bett. Michele starrte sie an, als sähe er zum erstenmal in seinem Leben eine halbnackte Frau. Seine Blicke glitten an ihr herunter, so daß Nerinas Augen ihm unwillkürlich folgten. Haftenblieben sie an zwei Flecken des Linnens, die sich in Höhe ihres Schoßes dunkel darauf abzeichneten. Verärgert blickte sie hoch. Störte ihn das? Was wollte er, der jede Nacht mit einer anderen Hure aus dem Hafenviertel verbrachte, der sich selbst am Tag, während des Malens, über seine Modelle hermachte und sie begattete, oft im Beisein anderer, als wäre es seine Pflicht? Ihr wollte er Predigten halten? Sie wollte er belehren, daß sie nicht dieselben spitzen Schreie ausstoßen dürfe, von denen sie beinahe jede Nacht mehrmals geweckt wurde, weil er rammelte wie ein läufiger Bock?

»Was starrst du?« fuhr sie ihn an. »Reiß den Brief auf, und dann mach dich fort nach Rom, Michele. Ich habe deine Heuchelei satt!«

Damit drehte sie sich um und verschwand hinter einem Paravent, um sich dort anzukleiden.

Durch das feine Webmuster des Sichtschutzes hindurch sah sie, daß er bleich wurde und rot, abwechselnd, als müsse er gegen hohes Fieber ankämpfen.

»Nichts verstehst du, Weib, nichts! Glaubst du, ich habe dich an mich genommen, weil ich eine Gehilfin brauchte oder einsam war? Nein. Ich habe dich an Vaters Statt angenommen, wie du …« Michele stockte. Ganz offensichtlich würgte ihn das, was er sagen wollte.

»… und trotzdem bin ich dir nicht verpflichtet. Mein Vater hat mich an dich verkauft, das weißt du.«

»Er war nicht dein Vater!«

»Mein Ziehvater eben. Meine wirkliche Familie habe ich nie kennengelernt.«

»Aber ich!«

Micheles Stimme krächzte, als er den Satz sagte. Nerina war eben dabei, ihr Hemd überzuziehen, als sie den Satz vernahm, rauh und hart und doch so sanft, daß ihr die Tränen in die Augen stiegen. Ohne darauf zu achten, daß sie erst halb bekleidet war, trat sie hinter dem Paravent vor. Selbst die lindgrünen Papiertapeten an den Wänden schienen ihr plötzlich schal und matt. Sie sah, daß er erschrocken die Hand vor den Mund hielt.

»Du kennst meine Mutter? Meinen Vater?«

Wild begannen Micheles Gesichtszüge zu zucken.

»Beide! Ja.«

Enrico trat ans Bettende, holte sich das dort abgelegte Hemd, zog es sich über und ermunterte Nerina mit einem Kopfnicken, weiterzufragen. Aber wollte sie es wirklich wissen? Wollte sie wirklich die Wahrheit über ihre Herkunft erfahren, in der Vergangenheit rühren? Wurden damit nicht Erinnerungen aufgewirbelt, die besser am Grund der Seele verborgen liegen sollten? Wußte sie nicht vielleicht schon etwas darüber, ohne daß es ihr bewußt geworden war? Aber Enrico nahm ihr die Entscheidung ab.

»Wollt Ihr uns auf die Folter spannen? Hättet Ihr Euren Mund gehalten, dann schwebte Nerina jetzt nicht zwischen Hoffen und Bangen. Sagt es Ihr, und dann verschwindet! Brief hin oder her. – Hat es etwas mit dem Amulett zu tun?«

Davor, dachte Nerina, davor fürchte ich mich. Ohne das Wissen um meine Herkunft ging es mir gut. Was wird sein, wenn ich es erfahre? Und was weiß Enrico davon? Sie griff nach ihrem Amulett und umschloß es mit der Hand.

Aufhalten konnte es niemand mehr. Michele setzte an, und mit geschlossenen Augen, den Kopf zur Decke emporgerichtet, den Brief umklammert, als biete er die Lösung seines Problems, stieß er zwischen den Zähnen einen Satz hervor, der Nerina die Sinne nahm und zu Boden warf.

»Du bist die Tochter meiner Schwester!«

Nur undeutlich wurde ihr bewußt, daß sie am Boden lag, gefällt durch einen einzigen Satz. Daß Enrico auf sie zugesprungen kam, sich über sie beugte, daß sie schrie, als würde ihr bei lebendigem Leibe das Herz herausgerissen, daß sie Michele verwünschte, nahm sie nur undeutlich wahr.

»Verschwindet mit Eurem Brief, Michele. Ihr habt den Bogen überspannt!«

»Du hast nicht das Recht dazu, du hast nicht das Recht dazu, ...«, wiederholte Nerina beständig. Langsam kamen ihre Lebensgeister zurück, fühlte sie das Blut in ihr Gesicht strömen, kribbelten Finger und Zehen. Noch lebte sie. Noch schwebte die Sense nur über ihr, wie sie beständig über allen schwebte.

»Was hast du gemacht, Michele, was?«

»Deinen Vater, diesen di Russo, habe ich getötet, weil er Caterina geschwängert hatte und sitzenließ«, flüsterte er, noch immer die Augen geschlossen, als wolle er nicht sehen, wie es ihr ging. Seine Stimme sank zu einem Hauchen herab. »Aber nicht absichtlich. Und dann hat sie dich weggegeben, an eine Truppe Moritatensänger. Meinetwegen. Ich hätte sie dazu gedrängt, sagte sie, aber ich glaube, sie wollte mich einfach bestrafen. Erst in Rom habe ich die Truppe zufällig wieder getroffen, dich entdeckt und erkannt. Am Amulett deines Vaters.«

»Und sie zurückgekauft? Wußte die Truppe, wer Nerina war?«

Michele schüttelte den Kopf.

»Nein. Sie wußten nichts. Aber ich habe Nerina zu mir genommen, als wäre ich ihr Vater.«

Spöttisch verzog Enrico das Gesicht.

»Und um Euer Gewissen zu beruhigen. Dann laßt sie wenigstens jetzt ihren eigenen Weg gehen, wenn sich schon bislang kein Mitglied der Familie Merisi um sie gekümmert hat.«

»Ich habe mich um sie gekümmert.«

»Zu einer Zeit, Michele, als ich es nicht mehr brauchte.« Schwach klang Nerinas Stimme und tonlos. »Verschwinde wieder aus meinem Leben, Michelangelo Merisi. Du hast mir meine Kindheit genommen, halte dich wenigstens aus meinem Erwachsensein heraus.«

Ohne ein Wort zu verlieren, drehte sich Michele um und verließ das Zimmer. Er schwankte, als betrete er die Planken eines Bootes auf offener See.

10.

»Was stand in dem Brief, Nerina?«

»Ich weiß nicht, Enrico. Seit unserem Streit sind jetzt sechs Wochen vergangen, der Frühling steht im Zenit, aber mit Michele habe ich nicht mehr gesprochen. Niemand hat mehr Zutritt zu seinem Atelier, mit Ausnahme der Hafenhuren und seiner Modelle. Kaum daß er das Atelier verläßt. Er malt und trinkt. Ob er zwischendurch ißt, weiß nicht einmal die Köchin. Gesagt hat sie, über Tage hin blieben die Speisen unberührt, die sie ihm vor die Ateliertür stellt.«

Sanft strich ihr Enrico übers Haar. Er liebte dieses Gefühl, weiche, seidige Strähnen durch die Finger gleiten zu lassen. Seit der Auseinandersetzung mit Michele trennten sie sich nicht mehr. Nerina war zu ihm ins Zimmer gezogen, und die Bediensteten der Marchesa Colonna hatten ohne erkennbare Aufforderung das Bett für zwei Personen gerichtet.

Der Briefwechsel mit seinem Herrn, dem Kardinal Gonzaga, hatte kaum für Klärung über die päpstliche Note gesorgt. Selbst Gonzaga wußte nicht, was der Papst Michele mitzuteilen geruht hatte, vermutete aber, daß Zeit- und Treffpunkt für die Übergabe einer Begnadigung und damit der Öffnung der Grenzen Roms für Caravaggio vereinbart worden war.

Michele selbst hatte sich verbarrikadiert. Ob aus Furcht vor dem Johanniter oder weil er seit ihrem Streit mit Nerina und ihm nicht mehr sprechen wollte, wußte er nicht. Sogar angefragt hatte er, Enrico, bei Kardinal Gonzaga, ob er Neapel nicht verlassen und nach Rom zurückkehren dürfe, aber er hatte den strikten Befehl erhalten, Caravaggio nicht aus den Augen zu lassen und jedes Bild, das dieser ohne Auftrag male, aufzukaufen. Eine kleine Truhe Münzen war ihm dafür zur Verfügung gestellt worden.

Enrico beugte sich über Nerina und küßte ihren Nacken. Das Schwarz ihrer Haare und die Bräune ihrer Haut spielten farblich miteinander, selbst dort, wo diese heller geblieben war, weil die Kleidung üblicherweise den Körper bedeckte. Ganz leicht bewegte sich Nerina unter seinen Liebkosungen, genoß die feinen Berührungen mit den Lippen, das Gleiten seiner Hände, die über ihren Körper hinwegstrichen. Selbst so, auf dem Bauch liegend, dachte Enrico, wirkte sie begehrenswert und reizte die Sinne.

»Wer bin ich?« fragte sie ihn, und Enrico bemerkte, wie sich ihre Haut auf dem Rücken und am Po zu kleinen Erhebungen zusammenzog, auf deren Spitzen jeweils ein feines Härchen saß, das er zu berühren versuchte.

»Du bist meine Frau!«

»Bist du dir sicher?«

Sie drehte sich zu ihm um. Ihre Brüste und der Bauch zeigten rote Druckstellen vom Bettlaken, ihre Haare unterm Bauch wirkten zerdrückt. Langsam ließ er seine Augen ihren Körper auf und ab wandern und seine Hand folgte ihnen. Nerina hielt die Augen geschlossen. Nur ihre Mundwinkel zitterten leicht, und Enrico fuhr mit der Zunge über die wenigen dunklen Haare auf der Oberlippe, bis Nerina lächelte.

Unter seinen Händen begannen sich Nerinas Brustwarzen aufzurichten und fest zu werden wie kleine Knöpfe. Die Höfe um sie herum zogen sich zusammen, und wenn seine Finger über ihren Bauch strichen, fühlte er darunter ein wohliges Schaudern, das bis hinauf reichte zu ihrer Stimme, um dort in ein Gurren überzugehen. Ihr Gesicht verzog sich dabei, als litte sie Schmerzen, aber sie hatte ihm einmal erzählt, daß ihre Lust eine Gratwanderung war zwischen Pein und Taumel und beides gleichzeitig in ihr stritt und sich vereinigte. Fasziniert beobachtete er ihr Mienenspiel und glich ihm den Rhythmus seiner Hände und Finger an.

»Du lenkst ab, Enrico«, flüsterte sie. Ihre Stimme klang tiefer als sonst, trockener. Sie mußte schlucken, und Enrico nahm sehr wohl wahr, daß sie sich unter seinen Händen veränderte, daß ihr ganzer Körper weich zu werden begann, als ließen die Muskeln los und nähmen seine Bewegungen auf wie ein Schwamm das Wasser. Nur mit den Fingerspitzen fuhr er die Innenseite ihrer Schenkel entlang, ohne ihre Haare zwischen den Beinen auch nur zu berühren, und sie räusperte sich, als seien ihre Stimmbänder mit Sand bestreut und sie müsse sie erst reinigen.

»Was machst du mit mir?« fragte sie. Ihr Atem beschleunigte sich. »Wir haben doch erst …«

Mit einem Kuß beendete Enrico ihren Widerstand. Tief drangen ihre Zungen gegenseitig zwischen die Lippen, suchten und leckten.

»Du bist meine Gegenwart, Nerina, egal, wie es in deiner Vergangenheit aussieht.«

Das sagte er, während sich sein Mund langsam nach unten bewegte, die Zunge über die harten Knöpfe ihrer Warzen glitt und mit ihrem Bauchnabel zu spielen begann. Ihr Becken kreiste, streckte sich seinen Händen, seinem Mund entgegen, während sie ihn mahnte, daß sie nur ein Bastard sei. Seine Finger öffneten sie und glitten in eine Feuchtigkeit, die ihn zu überschwemmen drohte. Sie stöhnte auf und hob ihr Becken. Und bevor er seinen Mund in ihrer Weiblichkeit vergrub, meinte er nur, sie sei der schönste Bastard, der ihm je untergekommen sei ...

Erschöpft und atemlos lagen sie nebeneinander, sie vergrub ihren Kopf in seinem Arm. Beide dösten sie, und Enrico dachte an Michele und Nerina und wie sie zusammengehörten. Jetzt wußte er, woher die Ähnlichkeit auf dem Bild »Das Haupt des Johannes« herrührte. Die Tochter Caterinas glich der Mutter. Plötzlich richtete Nerina sich auf, setzte sich kerzengerade hin. Erstaunt erhob sich Enrico, der beinahe eingedöst war und die Wärme ihrer Nähe genossen hatte.

»Er wollte nie Michele töten, Enrico. Der Johanniter, er hatte es immer auf mich abgesehen. Mich wollte er, niemanden sonst.«

»Was sollte er mit dir? Wenn er Blutrache geschworen hatte, dann galten die Angriffe Michele. Du bist nicht mit ihm verwandt.«

»Über Caterina schon.«

»Aber auch mit der Familie di Russo. Und daher sakrosankt.«

»Und deshalb stimmt etwas mit dieser Verwandtschaft nicht. Glaubst du, daß er nicht wußte, wem die Tochter seiner Schwester mitgegeben worden war? Glaubst du ihm diese Geschichte? Sie klingt so unwahrscheinlich.«

Enrico starrte an die Decke. In den Ecken lief ein Band mit rechteckigen Schnitzereien um. Die einzelnen Szenen des Totentanzes waren eingefaßt von Kassetten mit demselben Muster, so daß insgesamt über dreißig Szenen an der Decke Platz gehabt hätten. Aber nur zwölf Zeichnungen waren figürlich ausgeführt. Der Rest beschränkte sich auf Pflanzenmotive.

»Daß wir Menschen so wider die Natur handeln? Welches Lebewesen tötet seine eigene Art? Doch nur der Mensch. Mit Haß und Ausdauer verfolgt er seine Rache, wohingegen das Tier keine Rache kennt, Nerina. In einem gewissen Maße sind die Tiere nie aus dem Paradies vertrieben worden. Ihre Unschuld haben sie sich bewahrt. Sie werden geboren, leben ein Leben im Kampf ums Morgen und sterben, ohne ihren Aufenthalt bereut zu haben. Nur wir, wir Menschen, finden uns nicht damit ab. Wir überziehen unser Dasein mit Ehrgeiz und dem Gedanken an ein Fortkommen, mit Reichtum und Intrige, mit Gefühlen wie Haß und Neid, die allesamt geneigt sind, uns zu zerstören. Campanella, der Dominikaner, hat ein System entwickelt, in dem die Menschen glücklich sind, einen Sonnenstaat, der alle diese fürchterlichen Verirrungen aufhebt und zu einem Ideal verschmilzt.«

Nerina sah ihn an, beugte sich zu ihm hinüber und gab ihm einen Kuß.

»Das Leben ist anders, Enrico, nicht so, wie es dir die Bücher vormachen.«

»Wie dann?«

»Grausam und schön, hell und dunkel, leicht und schwer. Immer beides zusammen. Liebe und Last.«

»Leg dich her! Und vergiß einmal die Zeit.«

Gern hörte Enrico sie lachen. Ihren Kopf legte sie auf seine Brust und starrte jetzt wie er zur Decke hinauf.

»Ich denke mir, wenn Michele nicht von ihm verfolgt wird, sondern ich selbst, dann galt auch der Überfall vor einigen Monaten hier in Neapel nicht ihm, sondern mir. Der Johanniter will sich möglicherweise an Michele rächen, aber er will ihn nicht umbringen. Ihm genügt es, wenn er im Kerker Sant'Angelos langsam verfault. Mich aber will er töten – und hat es mehrere Male versucht – ohne Erfolg.« Sie stockte kurz, schluckte. »Leben und Tod liegen auch so eng beieinander, Enrico.«

»Wie kommst du darauf, Nerina? Laß uns von etwas anderem sprechen. Die Deckenbilder hier machen melancholisch.«

Sie schüttelte den Kopf, suchte seine Hände und verflocht ihre Finger mit den seinen.

»Leben und Tod, Enrico. Das malt Michele. Er hat Angst vor dem Tod. Ihn bewegt ein unbestimmtes Grauen. Deshalb malt er seine Furcht vor dem letzten, dem unwiderruflichen Ende. Ich aber denke an den Anfang.«

Jetzt stützte sich Enrico auf seine Unterarme. Nerinas Kopf rutschte nach unten und blieb auf seinem Schoß liegen.

»Wie meinst du das?«

Sie schloß die Augen und lächelte. Mit kreisenden Bewegungen strich sie über ihren Bauch, Enricos Finger fest darin eingeschlossen.

»Meine Blutungen haben aufgehört, Enrico. Ich erwarte ein Kind von dir.«

Im selben Augenblick hallte ein Schrei durch den Palazzo Cellamare, der Enrico durch und durch ging und Nerina zusammenzucken ließ.

11.

Wie tot lag sie im Bett, Magdala, eine der Hafenhuren, die sich in Nerinas Zimmer einquartiert hatte, nachdem diese ausgezogen war, um Enrico möglichst nahe zu sein. Neben dem Bett verstreut lagen eine Waschschüssel und ein zerbrochener Krug, sowie Seifenpulver und Tücher. Nach kurzem Zögern begann Enrico, der sich wie Nerina nur schnell etwas übergeworfen hatte, die Frau zu untersuchen. Nur leicht bekleidet, ihre Blöße unzureichend bedeckt, lag sie auf dem Rücken.

»Sie lebt. Ich glaube, es ist nur eine Ohnmacht.«

Mit zwei sanften Ohrfeigen holte Enrico sie zurück ins Leben. Sie schlug die Augen auf und griff sich an den Kopf. Dann stöhnte sie. Nerina langte ebenfalls an jene Stelle, die ihr offenbar weh tat, und bemerkte eine Beule. Jemand hatte sie niedergeschlagen.

»Was ist geschehen, Magdala?«

Die Hafenhure mußte sich erst orientieren, bis sie offensichtlich begriff, daß sie sich im Palazzo Cellamare befand.

»Ich wollte mich säubern«, erzählte sie. »Untenherum. Und da hörte ich Schritte hinter mir. Als ich mich umdrehte, stand ein Pfaffe vor mir mit einem Kreuz in der Hand. Der war genauso überrascht wie ich. Ich sah noch, wie er ausholte, dann ist alles weg.«

»Du hast geschrieen.«

»Kann sein, ich weiß es nicht mehr.«

In Nerina stieg ein ungeheurer Verdacht auf. Zwar patrouillierten im ganzen Schloß und im Garten Wachen, aber ein Priester, der zur Marchesa di Caravaggio wollte, konnte sicherlich ungehindert passieren. Gewarnt worden waren die Wachen nur vor dem Johanniter.

»Der Johanniter? Pater Leonardus?«

Enrico sah Nerina an. Dann schienen beide dasselbe zu denken.

»Michele, wo ist Michele?«

Sowohl Enrico als auch Nerina schrien durcheinander. Beide ließen Magdala stehen, wo sie war, und rannten zu Micheles Atelier am Ende des Ganges. Die Tür stand offen. Nerina lugte vorsichtig ins Innere des Zimmers. Langsam, als erwarte sie eine Falle, betrat Nerina das Atelier und erstarrte. Bis auf einen Papierfetzen, der in der Ecke vergammelte und vor lauter Farbspritzern ganz braun verfärbt war, gähnte ihr eine vollständige Leere entgegen. Inmitten dieser Leere stand mit dem Rücken zu ihr niemand anderer als Pater Leonardus.

»Wo ist Michele?«

Langsam drehte sich der Pater zu ihnen um, breitete die Arme aus und deutete um sich.

»Wo ist das Bild?«

Zuerst stutzte Nerina. Was sollte die Frage? Wütend wollte sie ihm etwas erwidern, bekam sich dann aber in den Griff. Verächtlich musterte sie den Pater.

»Ihr seid ein ausgezeichneter Schwimmer, Pater.«

»Lassen wir die Vergangenheit schweigen, Nerina. Jeder macht Fehler, aber kaum jemand macht denselben Fehler doppelt. Wo ist das Bild?«

Etwas Kriecherisches lag in dieser Stimme, das sie wütend machte.

»Ich weiß es nicht«, fuhr sie ihn an.

Enrico umrundete den Pater und sah sich um.

In Nerina stieg eine Unruhe auf. Was war geschehen? Wo war Michele? Krampfhaft versuchte sie sich zu erinnern, wann sie ihn zuletzt gesehen hatte. Es mußte vor drei Tagen gewesen sein. Mit Enrico war sie Arm in Arm durch den Park spaziert und hatte ihn zuerst schreien gehört und dann am Fenster stehen sehen. Vor ihm eines seiner Modelle, das er an den Haaren gepackt hielt und hin und her zog. Enrico hatte einschreiten wollen, aber Nerina hatte ihn zurückgehalten. Sie könne sich wehren, hatte sie ihm bedeutet, wenn es ihr zuviel werde, und tatsächlich hatte Michele kurze Zeit später, nach Luft ringend, an der Fensterbrüstung gelehnt und sich den Unterleib gehalten. Jeder, so hatte sie damals gesagt, müsse damit seine eigenen Erfahrungen machen. Seither war er ihr nicht mehr unter die Augen geraten. In der Zwischenzeit mußte er verschwunden sein. Aber weder die Marchesa noch einer der Diener hatten sie davon benachrichtigt.

Über Pater Leonardus' Gesicht huschte ein spitzes Grinsen, das sie schier verrückt machte. Aber im Augenblick schien der Pater tatsächlich im Vorteil zu sein. Offensichtlich wußte er mehr über Michele als sie.

»Ihr Turteltäubchen wollt doch nicht andeuten, daß Ihr von Micheles Auszug nichts weiter als Gerüchte gehört habt, obwohl Ihr neben dem Atelier schlaft?«

Nerina sah Enrico bestürzt an.

»Wir haben nicht einmal Gerüchte gehört«, versicherte Enrico.

»Wo ist er hin?«

Pater Leonardus schlug sich auf die Schenkel und lachte.

»Ihr seid mir ein Paar. So verliebt ineinander, daß ihr selbst Ohren und Augen für das verschließt, was um Euch herum geschieht. Der Herr, unser Gott, hätte sein Wohlgefallen daran, wenn es zur Zeugung von Nachkommen dient. Aber alle Bilder sind in Kisten eingepackt und abtransportiert worden. Je drei Bilder in einer Kiste und mindestens vier Kisten waren es.«

»Und Ihr habt davon gewußt?«

Wieder fuhr ein breites Grinsen durch das Gesicht des Paters, als er Nerina betrachtete.

»Habt Ihr geglaubt, nur weil Ihr mich das Schwimmen gelehrt habt, verschwinde ich von der Bildfläche? Ihr Träumer!«

Beinahe wäre Enrico auf den Pater losgegangen. Sein Arm zuckte bereits nach dem Degen, der jedoch noch in seinem Zimmer lag. Und doch hätte er ihn mit bloßen Fäusten angegriffen. Nerina hielt ihn am Arm fest.

»So habt Ihr Michele geholfen?«

»Wo denkt Ihr hin, werte Nerina? Meine Aufgabe war es, ihm den Brief von Scipione Borghese zu überbringen.«

»Der Brief! Wir haben Michele nicht gefragt, von wem er kommt.«

»Er hatte das päpstliche Siegel, Enrico. Das hat Michele jedenfalls gesagt.«

»Ihr beide verblüfft mich. Das Siegel Scipione Borgheses enthielt er, und Michele verwechselte es vermutlich mit dem päpstlichen.«

»Was stand in dem Brief?«

»Wo ist das Bild? Wenn Ihr Unschuldslämmer mir das erzählt, sage ich Euch, wo sich der Brief befindet!«

»Welches meint Ihr?« Noch immer konnte sich Nerina nicht recht vorstellen, wonach der Pater suchte.

»›Das Haupt des Johannes‹!«

Schon wollte Nerina mit den Schultern zucken, aber da fiel ihr ein, was Michele über das Bild gesagt hatte. Es sei seine Lebensversicherung, weil die Personen, die ihn verfolgten, darauf abgebildet seien: der Pater, der Johanniter und seine Schwester Caterina, wenn sie Enrico glauben durfte. Solch ein Bild gab er nicht aus der Hand.

»Er trägt es bei sich!«

Plötzlich verzerrten sich Pater Leonardus' Gesichtszüge. Sein Hals schwoll an, und ein Schrei entrang sich seiner Brust, von dem Nerina nicht wußte, ob er von Schmerz oder Wut kündete. Seine unterwürfige Haltung wandelte sich in eine des Hasses und der Rache.

»Dieser Satan, dieser Kothaufen, diese Schweinelende ... er versprach es mir, versprach es hochheilig, beim Leben unserer Mutter.«

Jetzt hakte Enrico ein und trat schützend vor Nerina hin, wohl weil er befürchtete, daß der Pater auf sie losgehen würde.

»Eine Feluke habe ich ihm besorgt, damit er nach Palo kommt. Der Hafen liegt an der Grenze zum Kirchenstaat. Dort soll ihm der Dispens überreicht werden.«

»Mein Gott«, murmelte Nerina. »Ist Michele wahnsinnig?«

»Ohne Freibrief, ohne Begleitschreiben. Vogelfrei!«

Auch Enrico schlug die Hände vors Gesicht.

»Für einige Bilder erhält er den Dispens. Er ist ausgestellt. Befehligt wird das Schiff vom spanischen Gardekapitän De Albear. Der Kapitän meinte, er liefe bald nach Rom aus. Es war für lange Zeit das einzige Schiff.«

Enrico knirschte mit den Zähnen. Nerina erinnerte sich daran, daß Enrico Erkundigungen eingezogen hatte über die im Hafen liegenden Boote und Feluken. Allein drei davon schienen den Johannitern selbst zu gehören oder von ihnen kontrolliert zu werden. Nur ein griechisches Frachtschiff lag lange Zeit vor Anker, aber das fuhr in Richtung Athen aus.

In diesem Moment stürmte Magdala den Raum. Ihre Haare flogen, ihre Brüste ragten aus dem dürftig geschlossenen Hemd. Bewaffnet mit einem Besen, schlug sie auf Pater Leonardus ein.

»Der war es, der hat mich überfallen!« kreischte sie. Immer wieder sauste der Reisigbesen auf den Pater nieder, der sich mit den Armen schützte, aber unter der Wucht der Schläge in die Knie brach.

»Helft mir! Das ist eine Furie, ein Dämon!« kreischte Pater Leonardus. Aber Enrico hatte keine besondere Eile, den Zorn der Hafenhure zu besänftigen. Einige Augenblicke wartete er noch, dann erst zerrte er sie von Pater Leonardus weg. Von Schrammen und Rissen entstellt, jammerte dieser zum Herzerbarmen.

»Warum habt Ihr sie auch niedergeschlagen, Pater?«

Über beide Mundwinkel beinahe bis zu den Ohren lief Enricos Grinsen. Auch Nerina lachte. Sie empfand diese kleine Rache als durchaus gerechtfertigt.

»Sie ... hat geschrien ... und ich wollte ... das Bild!« stotterte der Pater und lugte vorsichtig aus seiner Deckung.

»Diesmal, Pater Leonardus, habt Ihr einen entscheidenden Fehler gemacht. Dieser spanische Gardekapitän De Albear steht im Sold der Johanniter. Wenn ich es recht sehe, lag er im Hafen vor Anker, um eben diesen Brief Scipione Borgheses abzuwarten. Vielleicht kam der Brief selbst gar nicht von Scipione Borghese, sondern vom Papst höchstpersönlich. Beide benutzen schließlich dasselbe Familiensiegel!«

»Du meinst ...« unterbrach Nerina Enrico. Ihr trat Schweiß auf die Stirn. »Du meinst, daß der Johanniter auf dem Schiff gewartet hat?«

»Wenn nicht auf dem Schiff, dann in Palo. Dort aber sicherlich.«

Nerinas Rücken straffte sich. Unwillkürlich griff sie nach ihrem Bauch. Sie fühlte eine Bewegung, die sie kaum wahrnehmbar an der Bauchinnenseite kitzelte. Ein wohliges Gefühl durchfuhr sie, und sie griff nach Enricos Hand, die sofort die jetzt merklich ruhigere Magdala losließ und sich um ihre Finger schloß.

»Wir sollten ein Fischerboot nehmen«, schlug sie vor. »Vielleicht kommen wir noch rechtzeitig.«

12.

Nerina saß an der Straße, die zum Hafen von Port'Ercole auf Monte Argentario führte. Über dem Hafenrund ragte eine Festung auf und bedeutete den vorüberfahrenden Schiffen, daß hier Spanien über Ort und Menschen regierte.

Weg vom fiebrigen Sumpfland der Maremmenküste, so hatte man ihr und Enrico beschieden, sei die Feluke mit Micheles Bildern ausgelaufen. Er selbst sei verhaftet worden. Nerina musterte jeden einzelnen Bauern, der in der wabernden Glut der Mittagshitze auf der Dammstraße das Meer überquerte und jetzt seine Waren in die Stadt schleppte. Port'Ercole galt als nächster Hafen nach Palo, als Zwischenstation von Elba nach Rom oder von dort nach Elba. Im Mauerschatten einer der Statuen, die den Dammweg begleiteten, ruhte Enrico aus, während sie den Weg beobachtete. Michele mußte hier vorüberkommen, er mußte sie sehen, sie konnten ihn nicht verfehlen. Aber Michele war bereits drei Tage überfällig.

Von weitem konnte sie die Menschen bereits ausmachen, Tagelöhner, die im Hafen ihr Essen verdienen wollten, Bauern mit Körben und Hucken auf dem Rücken, Eseltreiber mit Säcken, in denen vor allem Salz aus den Küstensalinen transportiert wurden, und einige wenige Wagen wie der, der jetzt über dem Damm auftauchte und langsam näher rückte.

Die Hitze und die Eintönigkeit ihres Wartens ließen Nerina abschweifen.

Als sie den kleinen Hafen Palo erreicht hatten, an dem Michele angeblich den Dispens Seiner Heiligkeit ausgehändigt bekommen sollte, erfuhren sie, daß man einen »sehr berühmten Banditen aus dem Kirchenstaat« gefangengenommen hatte. Angeblich sei er auf einer Feluke angekommen, und ein Hinweis, der den Garnisonskommandanten erreicht hatte, habe ihn verraten. Nahe genug der Tibermündung lag Palo, um für Michele gefährlich werden zu können. Hier galt bereits das Recht des Kirchenstaates, hier mußte er sich ausweisen.

Bereits von weitem konnte sie das harte Schlagen der Räder auf den beinahe zu Stein getrockneten Lehmstraßen hören. Einen Rhythmus wie eine Totenglocke, hoch und dünn, verursachten die Räder. Besonders viel schien der Bauer nicht geladen zu haben, denn der Ochse wirkte nicht besonders bemüht. Während alle anderen Zugtiere, die an ihr vorüberkamen, vor Schweiß tropften, schien der Karren des Gespanns nichts zu wiegen. Das Fell des Tieres wirkte trocken.

Den Schweiß, der ihr in Strömen übers Gesicht lief, wischte sie an ihrem ohnehin durchnäßten Hemdsärmel ab. Sie schüttelte den Kopf, wenn sie sich daran erinnerte, wie sie zur Festung hochgesprungen waren und nach dem Kommandanten fragen ließen. Noch heute schlug ihr das Herz, wenn sie daran dachte.

»Ihr habt einen Gefangenen, Capitano. Dürfen wir ihn sehen, mit ihm sprechen? Es ist derselbe, der vor einiger Zeit direkt vom Schiff herunter verhaftet worden ist. Möglicherweise eine Verwechslung.«

In diplomatischem Geschick hatte sich Enrico damals überboten – und doch war er erfolglos geblieben.

»Signore, wenn Ihr den Maler meint, den alle Welt Caravaggio nennt, dann muß ich Euch enttäuschen.«

Sofort hatte sie an das einzig Naheliegende gedacht, nämlich an Auslieferung. Sicherlich hatte der Kirchenstaat, hatte der Papst die Aktion so geschickt eingefädelt, daß die Falle hier in Palo zugeschnappt war. Und tatsächlich befand sich eine päpstliche Delegation zur selben Zeit in der Stadt, ohne allerdings Aufgabe und Ziel ihrer Mission zu offenbaren.

Der Prete Rosso, Pater Leonardus, habe den Maler ausgelöst, hatte der Kommandant noch erzählt, es habe sich tatsächlich um einen Irrtum gehandelt, um einen bedauerlichen Zufall. So etwas komme vor.

Kein Wort hatte sie dem schmierigen Soldaten geglaubt, der sicherlich mit dem Geld in die eigene Tasche gewirtschaftet hatte und jetzt selbst an ihnen noch einmal verdiente, denn jedes Wort hatte er sich in Scudi aufwiegen lassen.

So hatten sie erfahren, daß Michele nach zwei Tagen Haft bereits wieder entlassen worden war, aber getobt habe, weil die Feluke nicht auf ihn gewartet habe. Selbst der Prete Rosso sei machtlos gewesen, so habe der Maler geschrien. Er habe Töpferstände auf dem Markt kurz und klein geschlagen und einige unbescholtene Bürger Palos bettreif geprügelt. Er, der Kommandant Palos, habe sich bereits am Abend dazu entschlossen, diesen Michelangelo Merisi wieder zur Festung hinaufzubringen und einzusperren, aber plötzlich sei er wie vom Erdboden verschluckt gewesen. Selbst der Prete Rosso habe ganz verstört gewirkt und habe dann drei Tage auf ein Schiff gewartet, das ihn nach Port'Ercole bringen sollte. Den Landweg habe er gescheut, da die Maremmenküste zwischen Palo und Port'Ercole für ihre fiebrigen Sümpfe bekannt sei.

Die merkwürdige Last des Fuhrwerks begann Nerina nun doch zu interessieren. Zwar konnte sie nicht genau sehen, was der Ochsenkarren geladen hatte, weil der einachsige Wagen hohe Seitenwände besaß und so von ihrem Ort aus nicht eingesehen werden konnte, aber wenn sie sich nicht täuschte, baumelten von der kurzen Pritsche des Anhängers Beine herab. Brachte der Ochsenkarren einen Toten? Sicherlich nicht, denn mit einer Leiche hätte er schwerlich das Tor passieren dürfen.

»Enrico!« rief sie aus einer Eingebung heraus. »Enrico!«

Mühsam erhob er sich aus dem Schatten. Sie sah ihm an, daß er aus einem tiefen Schlaf erwacht war.

»Sieh dir das an, Enrico!«

Mit ausgestrecktem Arm deutete Nerina auf den Ochsenkarren, aus dessen hinterer Laderampe tatsächlich zwei Beine hervorschauten und im Schritt des Ochsen hin und her baumelten.

»Ich seh nach«, meinte Enrico und wischte sich den Schweiß von der Stirn. Hemd und Hose wiesen am Rücken dunkle Schweißflecken auf, und sein Gesicht wirkte nach dem unerquicklichen Schlaf zerknautscht und farblos.

Selbst Pater Leonardus hatte die Hafenstadt noch nicht erreicht. Möglicherweise war er Michele doch zu Fuß nachgefolgt oder hatte ein Pferd genommen. Jedenfalls hatten sie beide seine Spur in Palo verloren und in Port'Ercole noch nicht wiedergefunden.

Endlich erreichte der Karren den Platz, an dem Nerina wartete, und das erste, was sie sah, war das Gesicht des Bauern, der erstaunt zu ihr hochblickte.

»Pater Leonardus!«

Er lachte verlegen und blickte suchend um sich, bis er Enrico entdeckte, der hinter den Karren getreten war und auf die Pritsche spähte.

»Nerina. Komm her!«

»Michele!«

Fieberglänzend und naß wie ein ins Wasser getauchter Lumpen lag Michele auf dem Wagen. Aus halboffenen Augen blickte er starr vor sich hin und reagierte weder auf seinen Namen noch auf Streicheln oder andere Berührungen.

»In einem der Sumpfgebiete habe ich ihn aufgelesen. Zuerst sind wir noch mit dem Pferd weiter, dann habe ich es gegen den Karren eingetauscht, weil er sich nicht mehr auf dem Pferd halten konnte. Jetzt sind wir hier.«

Ihre Unterlippe vollführte flatternde Bewegungen. Sie wußte nicht, wie sie ihrer Erregung Herr werden sollte. Michele lebte, ja, aber mehr tot als lebendig hatte er Port'Ercole erreicht.

»Liegt die Feluke im Hafen? Sind die Bilder dort?«

Es bedurfte nur dieser Frage des Paters, und Nerina kochte über.

»Seht Ihr denn nicht, daß wir Wichtigeres zu tun haben. Wenn Michele nicht überlebt, braucht Ihr auch keine Bilder mehr. Los, helft uns, ihn zu unserer Hütte am Hang zu bringen. Dort weht wenigstens gegen Abend etwas der Wind.«

Pater Leonardus schien zu schrumpfen, ohne daß ihr Ausbruch ihm sonderlich zusetzte. Nur sein verlegenes Lächeln huschte ihm übers Gesicht und ließ die dünne Staubkruste bröckeln, die sich auf den Wangen gebildet hatte.

»Also: Ankert die Feluke noch im Hafen?«

Jetzt drehte sich Enrico zum Pater um.

»Hol Euch der Teufel!« fuhr er ihn an. »Schaut doch selbst nach!«

Dann nahm Enrico den leblosen Körper, der mager und dürr auf seiner Schulter zu liegen kam, und stapfte davon, mitten hinein in die bräunliche Macchia, und folgte einem Pfad, der zu der Hütte hinaufführte, die sie bewohnten. Nerina folgte ihm durch wabernde Hitze und Sonnenglast. Den Pater ließen sie einfach stehen, und als Nerina sich nach einiger Zeit umdrehte, sah sie Ochse und Karren gerade das Stadttor passieren.

Was interessierte den Pater an den Bildern? Was wollte er? Hatte Michele ein Bild mitgenommen, vielleicht in den wenigen Wochen, die sie im Streit nicht miteinander verbracht hatten, neu gemalt? Die Antwort wußte nur er selbst.

Es gab ihr einen Stich in den Bauch, als sie ihn leblos und so hilflos auf Enricos Schultern liegen sah. Micheles Kopf pendelte wie ein defektes Uhrperpendikel hin und her, und Nerina befürchtete bereits, daß es ihnen nicht mehr gelingen könnte, die Unruhe in Gang zu setzen.

13.

Nerina fühlte das Unheil, das der Pater zu ihnen in die Hütte trug. Er hatte eben die Strohmatte zurückgeschlagen und verdunkelte den Türeingang. Seine Tonsur wurde von hinten beschienen und leuchtete. Sofort füllte eine drückende Atmosphäre den Raum. Pater Leonardus verharrte stumm mit ineinander verschränkten

Armen. Langsam erhob sich Nerina von ihrem Stuhl, den sie neben Micheles Lager gestellt hatte.

»Was gibt's?«

Sie fröstelte trotz der brütenden Hitze. Die vom Meer heraufziehende Brise brachte den Geruch brackigen Wassers mit, vermischt mit dem Fieberatem der Festlandssümpfe. Das Bettuch, mit dem sie Micheles nackten, verschwitzten Körper bedeckt hatte, wurde an den Beinen zurückgeweht. Sie faßte Micheles Hand fester und räusperte sich, weil der Pater stand und wartete und ihr nicht antwortete. Nerinas Stimme klang brüchig, als sie noch einmal ansetzte.

»Was wollt Ihr?«

Micheles Hand glühte in der ihren. Seine Zähne klapperten plötzlich, und Nerina wandte sich ihm zu und ließ den Pater stehen. Sie nahm ein Tuch und säuberte Micheles Stirn vom Schweiß. Dann zog sie ihm das Laken wieder über die Beine. Michele schlief, und Nerina hoffte, daß es ihm guttat. Sorgen machte ihr allerdings seine Hautfarbe. Fahl war sie in den letzten Tagen geworden, und die Haut hing schlaff über den Gesichtsknochen, als wäre sie aus Papier und nur lose darübergelegt worden. Sie ließ seine Hand nicht los, die fiebrig in der ihren brannte. Sein Leben hatte etwas von den Stunden nach Sonnenuntergang angenommen, in denen das Licht des Himmels matt und bräunlich wird, bis es schließlich ganz erlischt.

Plötzlich glitt die Strohmatte mit einem raschelnden Geräusch zurück. Nerina wandte sich wieder um. Ihr Haar fiel ihr übers Gesicht, und sie strich sich die widerspenstigen schwarzen Locken aus den Augen. Pater Leonardus hatte den Raum betreten und ging auf Micheles Lager zu. Nerina ließ Micheles Hand los und trat zwischen ihn und den Pater.

»Seht Ihr nicht, daß er um den Tod krank ist? Er empfängt keine Besucher!«

»Laß ihn!« flüsterte Michele plötzlich. »Er soll näher kommen.«

Mit geschlossenen Augen sprach er, bewegte dabei kaum die Lippen.

Michele begann zu husten, ein trockenes, tief in den Lungen

hängendes Bellen. Nerina sah, daß er sogar zu schwach war, um sich auf die Seite zu drehen, und verzweifelt nach Luft rang. Sofort bildeten sich Schweißtropfen auf seiner Stirn. Sie wollte den Lappen greifen und Michele abtupfen, aber Pater Leonardus war schneller. Er beugte sich über Michele, drehte ihn mit einem geübten Griff auf die Seite, nahm das Tuch und tupfte ihm die Stirn trocken.

»Michele!« flüsterte der Mönch, und Nerina fiel auf, daß er mit einer zu hohen Stimme sprach.

Michele lachte flach. Sein Atem rasselte.

»Ja?« Eine Pause entstand, in der Nerina nur die Brise hörte, die um diese Tageszeit vom Meer heraufwehte und schwer war vom fiebrigen Dunst des Ufersaums. »Ich habe Euch erwartet!«

»Mich?« entgegnete der Mönch.

»Natürlich. Wundert es Euch? Ich weiß längst alles.«

Nerina umrundete den Tisch, um Michele von der anderen Seite beizustehen, vor allem aber, um den Pater im Auge zu behalten.

»Verschwindet!« bellte der und wollte sie mit einer Handbewegung aus der Hütte wischen.

»Nerina? Bleib!« Michele winkte sie mit einer Hand heran. »Halt meine Hand. Es tut gut.«

Nerina fühlte, daß der Pater sie am liebsten mit Gewalt entfernt hätte. Seine starre Haltung, seine Stummheit warnten sie immerzu. In seiner Nähe fühlte sie eine Beklemmung unterhalb der Brust. Einzig die Nähe Enricos, der vor der Hütte saß, beruhigte sie. Ein Ruf würde genügen.

Sie setzte sich wieder, griff Micheles Hand und drückte sie. Jetzt war sie kühl. Sein Gesicht mit den eingefallenen Augenhöhlen wirkte eisig, als wären feine Schneekristalle darauf gefroren.

»Fühlst du's? Der Tod greift nach mir.«

Michele hustete wieder, und Nerina konnte nicht unterscheiden, ob es ein Lachen war oder nur dieses trockene, wüste Bellen.

Der Pater beugte sich über Michele und versuchte zu flüstern. Die Stimme war jedoch hell genug, so daß Nerina jedes Wort hören konnte.

»Wo ist das Bild?«

Die Frage schnitt in die karge Stille der Hütte wie ein Messer.

Nerina sah, daß Michele die Augen öffnete und in das dunkle Loch starrte, das von der Kapuze gebildet wurde. Bestimmt hätte er diesem Pater jetzt am liebsten den Habit vom Leib gerissen.

»Ich habe keine Bilder mehr!« antwortete Michele und keuchte vor Anstrengung. »Der berühmte Maler Caravaggio besitzt keine einzige Leinwand mehr!«

Michele drehte sich auf den Rücken und versuchte, die Ellenbogen unterzustemmen, um sich aufzurichten, aber der Pater drückte ihn mit der Hand nieder.

»Wo ist das Bild?«

»Ihr tut ihm weh!« fuhr Nerina dazwischen und schob die Hand des Paters von Micheles Brustkorb. »Er erstickt!«

»Soll er ersticken!« murmelte Pater Leonardus.

Heftig um Atem ringend, lag Michele auf dem Rücken, die Augen geschlossen und einen entspannten Ausdruck im Gesicht.

»Das Bild, das Ihr wollt, ist ihm gestohlen worden«, fuhr Nerina den Mönch an.

»Gestohlen?«

»Es blieb auf der Feluke. Aber der Gardekapitän De Albear blieb nicht in Port'Ercole. Mit der gesamten Ladung setzte er sich sofort wieder in Bewegung. Man hat ihn, Euch, uns alle an der Nase herumgeführt, und wir sind brav in die Falle getappt.«

Nerina konnte beobachten, wie der Pater zusammenzuckte. Ihre Finger begannen unter dem üppigen Ärmelstoff zu arbeiten. Sie kneteten die Unterarme. Die ganze Gestalt spannte sich.

»Und wo ist die Feluke geblieben?«

»Sie ist unterwegs nach Rom!«

»Oddio, nach Rom!«

Michele zupfte den Pater am Ärmel.

»Nicht ganz«, flüsterte er und mußte wieder husten. »Im Palazzo Cellamare habe ich Bilder zurückgelassen. Nur die Marchesa weiß, wo sie sind.«

Mit letzter Kraft versuchte Michele zu lachen. Abermals beugte sich der Pater über ihn.

»Was hast du gemalt, du Hund? Was ist auf dem Bild?«

Michele lächelte entspannt. Ein friedlicher Zug spielte um die Lippen.

»Laßt ihn, er schläft!« fuhr Nerina den Pater an. Diesmal wurde sie energisch. Sie zog Pater Leonardus von Micheles Bettstatt weg. Der riß sich los, griff nach Micheles Arm und schüttelte ihn.

»Wach auf! Was war auf dem letzten Bild zu sehen?«

»Eine Enthauptung des Johannes. Er hat sich als Johannes dargestellt. Das wißt Ihr doch, und nun verschwindet!«

Als hätte ihn ein Peitschenschlag getroffen, fuhr der Pater herum. Er packte Nerina an beiden Armen. Sie schrie kurz auf, weil er stark zudrückte.

»Was noch? Nur der Kopf?«

»Ich ... nein ... Herodes noch und Salome und ... Ihr tut mir weh ... ein Soldat. Der bringt das Tablett mit dem Kopf.«

So unerwartet ließ der Pater los, daß Nerina stolperte und sich an Micheles Bett festhalten mußte.

»Und Euch!« hauchte Michele. »Euch alle!«

»Der Teufel soll ihn holen. Ein Satan im Leben wie im Sterben!«

Mit langen Schritten verschwand der Pater durch die Tür.

Nerina kauerte noch am Bettrand und rieb sich die Arme, als Michele seine Hand suchend nach ihr ausstreckte. Sie griff danach. Wieder brannte sie in der ihren. Michele bewegte die Lippen und flüsterte so leise, daß Nerina sich zu ihm herabbeugen mußte.

»Ich sehe ihn in der Hölle wieder, Nerina. Ganz bestimmt. Und er weiß es.«

»Ruh dich aus, Michele.«

Langsam schüttelte er den Kopf. Sie sah, daß ihm diese Bewegung den Schweiß auf die Stirn trieb.

»Dazu habe ich noch Zeit.«

Kurz und schwer lief sein Atem, und Nerina übermannte das Gefühl, etwas in ihr sterbe mit ihm ab. Mit einem trockenen Tuch tupfte sie ihm die Stirn ab und die geschlossenen Augenlider.

»Der Herzog von Modena«, flüsterte er und versuchte ein Lachen, das in einen flachen Husten überging.

»Was ist mit ihm, Michele?«

»Sein Bild. Er wird sein Bild nie bekommen. Obwohl er ...«

Beinahe ärgerlich schnitt Nerina ihm das Wort ab, obwohl ihr Tränen in die Augen stiegen.

»… vergiß den Vorschuß. Dem Herzog wird es nicht weh tun.«

Wieder schwieg Michele, nur das Rasseln seiner Lungen füllte den Raum.

»Man soll am Sterbebett abschließen, keine Lügen erzählen. Was hülfen sie auch?« Schleppend und mit großen Unterbrechungen redete er weiter, atmete dabei flach und stoßweise. Jeder Lungenzug rasselte, und tief in seinem Brustkorb vernahm Nerina ein Gurgeln, als würde Luft in ein Wassergefäß geblasen.

Nerina schluckte und versuchte die Tränen zurückzuhalten, die ihr wie von selbst über die Wangen liefen.

»Du lügst doch nicht. Niemand wird dir …«

Aber Michele schüttelte langsam den Kopf. »Vielleicht bin ich deshalb verflucht.« Gequält lächelte er und sah Nerina für einen Augenblick an, der ihr durch und durch ging.

»Du bist begnadet, Michele. Niemand malt so wie du!«

Er schloß die Augen, und für zwei Züge setzte sein Atem aus. Nein, er durfte nicht sterben, nicht jetzt.

Plötzlich schnappte Micheles Mund nach Luft, heftig und gierig. Sein Wille holte das Leben in die Lungen zurück und ließ es sich ausbreiten. Gleichzeitig schlug er die Augen auf. Auf seinen spröden Lippen bildete sich klebriger Schaum.

»Ich war im Recht, Nerina. Ich dachte, das Schwein di Russo hat Caterina gewaltsam geschwängert. Oh, das passiert natürlich. Aber er wollte nicht heiraten, wollte keine Bürgerliche zur Frau. Caterina unstandesgemäß. Unstandesgemäß. Und er leugnete. Das Schwein.«

Nerina fühlte, wie Micheles innere Erregung seinen Atem weiter verkürzte, wie er sich jedes Wort abpreßte. Aber sie wollte seine Beichte nicht unterbrechen, sondern senkte nur ihr Ohr tiefer zu Michele herab, damit dieser leiser sprechen konnte. Dankbar sahen sie seine dunklen Augen an, die in einem gelben See schwammen, wo vorher Augenweiß vorgeherrscht hatte. Selbst die Pupille sah unrein und alt aus wie Pergament, das brüchig geworden war.

»Sie trug das Kind aus. Ein Mädchen, ein wirklich hübsches Mädchen. Und als unsere Mutter starb, habe ich Caterina dazu gezwungen …« Ein Husten unterbrach sein Geständnis. Nerina faßte ihn unter die Schulter und hob ihn etwas hoch. Wie leicht er sich anfühlte, als schwebe er bereits wie seine Putten und Engel. Mühsam rang er nach Atem. »... sie gezwungen, das Kind Fahrenden mitzugeben. Niemand, niemand hat es je wiedergesehen. Nur ein kleines silbernes Amulett habe ich ihr mitgegeben. Sie sollte es erhalten, sobald sie zur Frau herangereift wäre. Niemals hat sie mir verziehen, sie hat mir niemals ...«

Als wäre ihr ein Skorpion in den Rock gekrochen, fuhr Nerina auf und griff nach dem Amulett, das an ihrem Hals hing. Erhalten hatte sie es von ihrer Ziehmutter nach der ersten Monatsblutung. Das konnte kein Zufall sein. Was Michele hier in einem Satz sagte, veränderte alles. Betroffen sah sie auf ihn herab. Schmal wie ein Totenkopf sein Schädel, der ganze Körper ausgezehrt und zittrig, die Lungen ein einziges Gerassel.

Hatte er sie deshalb ...? Sie wagte nicht, den letzten Gedanken zu denken.

Michele nahm es ihr ab. Mit festem Griff umfaßte er ihr Handgelenk und zerrte sie zu sich herab.

»Du siehst ihr so ähnlich ... du bist jetzt so alt, wie sie sein müßte. Deshalb verschonte dich der Johanniter nicht ... aber er wußte nicht, ... kannte nicht ... die Wahrheit!«

»Was wußte er nicht? Welche Wahrheit? Michele!«

Sein Blick wanderte an ihr vorbei und hinauf in eine Höhe, die sie nicht erreichen konnte. Seine Augen begannen stumpf zu werden, als trübten sie sich ein.

»Du bist ...«

Mitten im Satz mußte Michele tief einatmen, lang und tief, und Nerina beobachtete, wie in seine Augen das letzte Wissen trat, das nur die erlangen können, die den Tod schauen. In einen Lufthauch löste sich das letzte Wort auf, ohne daß Nerina verstanden hätte, was Michele ihr hatte mitteilen wollen.

Wie versteinert saß Nerina da und starrte Michele ins Gesicht. Alles Weiche, Warme wich daraus. Das Leben vom Tod her zu begreifen, das änderte alles.

14.

»Verbrennt das Bild, und zwar sofort.« Papst Paul V. stand vor dem Gemälde Caravaggios mit zornrotem Kopf und kurzem Atem. »Nie will ich dieses Geschmiere in der Öffentlichkeit sehen.«

Schmunzelnd betrachtete Scipione Borghese seinen Oheim. Er dachte nicht daran, zu tun, was sein Oheim vorschlug, denn es bereitete ihm Vergnügen, ihm zu zeigen, daß er diesmal am längeren Hebel saß. Alle hatte er sie ausgespielt, seinen Oheim, Kardinal Gonzaga und Kardinal Del Monte, hatte ihre Schachzüge vorausgesehen, hatte schneller reagiert und gehandelt. Eben jetzt befand sich ein Bote unterwegs nach Neapel zu Constanza Colonna Sforza, der Marchesa di Caravaggio, die in ihrem Sommerpalast in Cellamare wohnte. Dort befanden sich Bilder, eingepackt in Kisten, die von Michele Merisi nicht auf die Feluke des Spaniers geladen worden waren. Möglicherweise kehrte die Feluke mit den Bildern, die Michelangelo Merisi nicht mehr an sich nehmen konnte, wieder dorthin zurück. Niemand außer ihm wußte davon, niemand außer ihm würde die Gemälde je wieder zu Gesicht bekommen. Und Pater Leonardus hatte diesmal, mit der nötigen finanziellen Unterstützung und einer Pfründe, für ihn gearbeitet. Daß Caravaggio sich dabei mit einem schweren Sumpffieber infiziert hatte, bedauerte er zutiefst, aber »Das Haupt des Johannes« und die Aussicht auf weitere Gemälde entschädigten ihn dafür.

Als er aus seinen Gedanken auftauchte, bemerkte er, daß ihn sein Oheim unverwandt anstarrte, als wolle er seine Gedanken lesen.

»Oheim, Caravaggios Gemälde liest sich wie eine Anmerkung zu seinem Leben. Es öffnet Zugänge zu einem verschollenen Wissen, in dem sich Gedanken als Bilder verkleidet haben.«

Die Bemerkung verfehlte ihre Wirkung nicht. Sofort schlug Papst Paul V. mit der Faust gegen die Säule, an die er die Staffelei gelehnt hatte.

»Nichts Schlechtes soll über meine Lippen kommen, aber wenn dieser Caravaggio in einem Fieber vergeht, dann sehe ich darin die strafende Hand Gottes. Gegen alles hat er sich aufgelehnt, nichts war ihm heilig.«

»Oder alles!« warf Scipione Borghese dazwischen.

Unwillig schnaubte sein Oheim.

»Zuletzt diese Verhöhnung des Stuhles Petri, die Verachtung meiner Person!«

»Sein Wirken, Eure Heiligkeit, war womöglich Vermessenheit. Aber liegt nicht eine tiefe Wahrheit in seinem Vermögen, jeden Schein zu durchdringen?«

»Seine Hoffart ist es! Ein irdischer Gott wollte er sein. Erbärmlich.«

Müde dieser Diskussion, erhob sich Scipione Borghese und trat an »Das Haupt des Johannes« heran. Sogar seine Seidentapete, die er sich aus Venedig hatte kommen lassen, paßte zum Bild. Die okkerfarbenen Töne harmonierten mit dem flirrenden Grün der Seide.

»Mutig von ihm, Mätressen in das Bild aufzunehmen!« knurrte sein Oheim.

Scipione Borghese fühlte sich seiner Sache so sicher, daß er seinen Spott nicht verheimlichte.

»Vor allem dann, wenn es dieselbe Frau ist, die Unsere Heiligkeit einmal die Woche besucht.«

Wie ein Wirbel fuhr sein Oheim herum und hätte beinahe das Bild von der Staffelei gestoßen. Es wackelte bedenklich.

»Natürlich nur aus Menschenliebe, damit auch diese verirrten Schafe ihren Weg zu Gott finden. Auch ich bin ein Beichtiger so mancher verlorenen Seele.«

Dabei sah Scipione Borghese seinen Oheim an. Der schluckte einige Male, bis er die richtigen Worte fand und sie auch ohne Stocken sprechen konnte. Keinerlei Erregung hörte Scipione Borghese aus der Stimme seines Oheims, obwohl seine sich gegenseitig knetenden Finger eine ganz andere Sprache sprachen.

»Wer wußte außer Euch davon?«

»Ganz Rom?«

Diesen Spott konnte sich Scipione Borghese einfach nicht verkneifen. Sein Oheim lief rot an, preßte dann aber seine Lippen zu einem schmalen Schlitz zusammen, was sich in seinem aufgedunsenen Gesicht eigenartig ausnahm.

»Wer noch?«

»Del Monte.«

Langsam, als müsse er sich erst über die Wiederholung der Silben die Bedeutung des Namens versichern, bildeten seine Lippen die Silben: »Del-Mon-te!«

»Über Julia. Versteht Ihr? Schließlich konnte ich sie nicht selbst holen. Sie kann nichts dafür. Sein Werkzeug – Euer Werkzeug, Oheim. Ihr wolltet es so.«

»Kardinal Del Monte!« buchstabierte sein Oheim ein letztes Mal den Namen. Leise, so leise, daß selbst Scipione Borghese nicht alles verstand, murmelte er: »Mit meiner Unterstützung ... Aufsicht über die Kunstaufkäufe ... ich werde ihn zerschlagen ...«

»Eure Heiligkeit, Ihr müßt Erbarmen zeigen. Er wollte sich an Caravaggio rächen. Vielleicht«, bot Scipione Borghese sogar an, obwohl sie beide wußten, daß es eine Lüge war, »veranlaßte er die Auseinandersetzung mit Ranuccio Tomassino da Terni und den Mord.«

Dankbar griff sein Oheim nach dem Ausweg, den er ihm eröffnete.

»Ein Grund mehr, ihm meine Gunst zu entziehen.«

»Wolltet Ihr nicht die Peterskirche, die Mutter aller christlichen Gotteshäuser, erneuern und vergrößern, Oheim?«

Weiter wollte Scipione Borghese nicht gehen, sonst warf ihm sein Oheim zuletzt vor, ihn gedrängt zu haben.

»Und gleichzeitig könnte man sich der künstlerischen Hand des Kardinals entledigen. Ich räume die Kirche St. Petri aus und lasse alles in neuem Glanz erstrahlen.« Diesmal spielte er nicht nur den Forschen, Energischen, diesmal war es ihm ernst. »Zu lange habe ich seinem Treiben zugesehen. Wer sich wider die göttliche Ordnung auflehnt, wird durch diese zerschlagen werden. Den Kardinal lassen wir töten. Nein. Wir verbannen ihn aus Rom.« Bedenklich wiegte Scipione Borghese den Kopf. »Also gut, wir strafen ihn mit Verachtung.«

»Mit Mißachtung, Oheim!«

»Als hätte er sich in Luft aufgelöst.«

»Die Idee, Eure Heiligkeit, könnte von mir stammen.«

Scipione Borghese beobachtete, daß sein Oheim weiter um das

Gemälde herumstrich und die Lippen leckte. Sicherlich unbewußt, aber er bemerkte eine durchaus vorhandene Erregung. Zwar fand der Kardinal keineswegs, daß die Salome auf Caravaggios Gemälde Romina Tripepi ähnelte, aber mit dieser Meinung konnte er zumindest spielen. Er vermutete, daß es sich dabei um die Schwester Caravaggios handelte, eine gewisse Caterina. Eindeutig ins Auge sprangen die beiden Männer: der Johanniter Fra Domenico und Kardinal Del Monte. Wäre auch noch der Papst aufgetaucht, das Gemälde hätte gebrannt.

Mit den Fingern fühlte Paul V. über die Farbfläche.

»Daß er den Kardinal als Halsabschneider darstellt, gefällt mir, Scipione. Und auch noch als Figur, die uns den Rücken zukehrt und nur das Gesicht ins Licht hält, als scheue sie die Helligkeit. Er wird das letztemal Gelegenheit haben, sich so in Szene zu setzen.«

»Was habt Ihr vor, Oheim?«

»Selbst Kardinäle verfolgt der römische Magistrat, wenn man ihm die Handhabe dafür bietet.« Ein eiskaltes Rieseln fühlte Scipione Borghese im Rücken. Schweiß rann ihm die Dornfortsätze seines Rückgrats hinunter. »Sollte er seinen Leidenschaften weiterhin unverhohlen öffentlich frönen, lassen wir ihn in Rom verschwinden. Die Verliese der Engelsburg sind so tief, daß ihn selbst das Auge des Herrn nicht mehr erreicht.«

»Eure Heiligkeit. Auch wenn Ihr nicht mit dem Bild selbst einverstanden seid, so möchte ich Euch fragen, ob der Dispens nicht jetzt, in diesem Augenblick, eine versöhnliche Geste darstellte. Für Euch nur eine Unterschrift, für Michelangelo Merisi die Möglichkeit, sich in Rom wegen seines Fiebers behandeln zu lassen.«

»Ihr habt recht, diesmal gilt es. Dafür verschwindet das Bild im Keller, jedenfalls so lange, bis alle Anspielungen auf meine gelegentlichen Vergnügungen vergessen sind. Mögen sich nach meinem Tod die Entzifferer daran machen und alle Geheimnisse ergründen. Zu meinen Lebzeiten muß es unter Verschluß bleiben.«

Scipione Borghese hielt seinem Oheim die Hand hin, obwohl in ihm kurz der beschämende Gedanke aufglühte, als wäre eben ein Stück Vieh verhandelt worden.

»Handschlag darauf und sofort den Schreiber gerufen!«

»Der wird nicht benötigt!«

»Oheim, Ihr sagtet mir zu ...«

Umständlich kramte Papst Paul V. in den weiten Ärmeln seines Meßkleides und zog ein versiegeltes Schriftstück hervor.

»Es ruhte zu lange. Hier, nehmt, ruft Caravaggio zurück und stopft ihm das Maul, das handwerkliche.«

»Der Dispens?«

»Der Dispens!«

Wieder wollte Scipione Borghese aufschreien und frohlocken. Alle seine Pläne waren aufgegangen. Und jetzt sollte sogar die Krankheit Micheles noch ein gutes Ende finden. Selbst Kardinal Gonzaga mußte ihm vor diesem Erfolg Respekt erweisen. Mit beiden Händen klatschte er in die Stille hinein, die sich um sie her verbreitet hatte. Sein Sekretär erschien in der Tür. Ohne seinen Oheim aus den Augen zu lassen, überreichte er diesem das versiegelte Schreiben.

»Sofort nach Port'Ercole! Mit Eilkurier.«

»Es scheint, als hättet Ihr mit Caravaggios Hilfe Euren Willen durchgesetzt, Scipione. Diese Partie ging an Euch.«

Etwas verstört sah Scipione Borghese, daß sein Oheim lächelte, wo er eigentlich mit geschwollenen Zornesadern toben sollte. Beinahe fünf Jahre hatte er sich gegen seinen, Scipiones Willen gesträubt – und jetzt wurde ihm willfahren. Sogar den Einfluß Del Montes, dieses intriganten Speichelleckers, hatte er eingedämmt. Da er zusammen mit der Hetäre seines Oheims abgebildet war, mußte dieser ihn bestrafen, was er vermutlich gerne tat. Womöglich hatte sein Oheim zu bestimmten Zeiten selbst Erfahrungen mit den außergewöhnlichen Leidenschaften des Kardinals gemacht. Zufrieden setzte er sich wieder in seinen Sessel und betrachtete das Gemälde. Recht hatte sein Oheim: Schachmatt!

Vom Hof her erscholl Pferdegewieher und das Getrappel von Hufen. Der Eilkurier entfernte sich nach Port'Ercole. Eine weitere Woge der Zufriedenheit überkam ihn, so daß er zu schwitzen begann und sich auf seiner Stirn Tropfen sammelten.

Sein Oheim schien dem Hufschlag nachzulauschen, bis er sich auch aus beider Ohren gänzlich entfernt hatte.

»Beinahe hätte ich etwas ...!« murmelte sein Oheim abwesend, und mimte den Vergeßlichen. Scipione Borghese stutzte. Gerade er wußte, daß sein Oheim ein unglaubliches Gedächtnis besaß. Diesem Gedächtnis verdankte er unter anderem den Stuhl Petri. Von jedem seiner Kardinäle wußte er, welche Summen ihm für die Wahl ausgehändigt worden waren und wer nichts genommen hatte. Wer also bei einer eventuellen neuen Entscheidung wie hoch bestochen werden mußte, damit er zustimmte. Sollte sein Oheim ... Erschrocken sah er den alten Fuchs auf dem Stuhle Petri an, wie er zufrieden lächelte. Wer hatte hier wen wofür mißbraucht?

Auch sein Oheim klatschte in die Hände. Sofort sprang eine der Türen auf. Ein trat der päpstliche Sekretär, der auf Scipione zueilte, als wüßte er längst, was zu tun sei, und ihm einen weiteren Brief überreichte, versiegelt mit dem Wappen der Gonzagas. Es schien ein Brief Enricos zu sein. Wie war sein Oheim in den Besitz des Schreibens gelangt?

Rasch riß er ihn auf.

»Eure Eminenz«, las er laut vor und sah dazwischen immer wieder ungläubig hoch, »Michelangelo Merisi, der an einem Sumpffieber erkrankte, nachdem er von Palo aus zu Fuß Port'Ercole erreicht hatte, ist dortselbst am 18. Juli des Jahres 1610 nach Christi Geburt der Hitze und seinen schlechten Blutsäften erlegen. Wir veranlaßten die Beisetzung des Leichnams in der Pfarrkirche von Port'Ercole. Die Kosten ...«

Kraftlos ließ Scipione Borghese den Arm sinken. Schlagartig war ihm bewußt geworden, daß nicht er selbst dieses letzte Kapitel gestaltet hatte, sondern darin geführt worden war.

»Ich hoffe, mein lieber Scipione, Eure Suche nach weiteren Bildern Eures Schwarmes bleibt erfolgreich.«

Mit einem süffisanten Lächeln nickte ihm sein Oheim zu, schlug das Kreuz über ihm und verließ sein Arbeitszimmer.

Erst als die Tür hinter ihm zuschlug, bewegte sich eine der Tapetentüren im Zimmer und heraus schlüpfte der junge Kardinal Gonzaga und trat auf Scipione Borghese zu. Zögernd legte er eine Hand auf dessen Schulter.

»Wir sind zu spät gekommen!«

»Der Mensch ist die Kutschfahrt seiner selbst!« antwortete er ihm.

Kardinal Gonzaga trat an das Gemälde heran und betrachtete die Figuren darauf genau.

»Del Monte als Herodes, der Johanniter, Fra Domenico, als Mörder, der dem gefangenen Johannes den Kopf abtrennt, Michele als Opfer – aber die Mätresse des Papstes als Salome? Das ist sicherlich falsch. Habt Ihr je Nerina gesehen, die Malerin, die sich Caravaggio ins Haus geholt hat? Ich könnte meinen Titel verwetten, daß niemand anderer als sie hier dargestellt ist. Endgültig klären kann das nur Enrico, der Bote ist unterwegs zu ihm, um ihn hierherzuholen.«

Als müsse er gegen die Schwerkraft ankämpfen, richtete er sich auf und musterte Scipione Borghese.

»Mir kommt ein Verdacht, Kardinal. Wenn Ihr das Gesicht der Salome genauer betrachtet. Könnte es nicht sein ... natürlich, es wäre des Rätsels Lösung. So muß es sein ...«

15.

Von einem Augenblick zum anderen öffnete Nerina die Augen und war ganz Aufmerksamkeit. Angst drückte ihr auf die Brust, und das beklemmende Gefühl überfiel sie, nicht allein zu sein. Langsam richtete sie sich auf und horchte angestrengt auf die Geräusche, die sich der Nacht mitteilten. Das Atmen, das durch das einzige Fenster der Hütte zu ihr hereindrang, gehörte nicht Enrico. Der Wind, der vom Meer her wehte, trug das Ziehen der Luft, die durch die Nase eingeatmet wird, bis zu ihr. Zweifellos stand jemand draußen und lauschte zu ihr ins Innere. Möglichst unbefangen versuchte sie, ihre Schlafgeräusche nicht zu unterbrechen, hustete, drehte sich im Bett und atmete selbst regelmäßig und ruhig.

Spät konnte es noch nicht sein, da selbst in ihre sonst eher dunkle Behausung genügend Licht drang. Längst hätte Enrico wieder zurück sein müssen. Nur eine Armbrust hatte er kaufen wollen, als Sicherheit, als Beruhigung. Außerdem wollten sie die Bilder zurückhaben, die nach Micheles Tod auf der Feluke zurückgeblieben waren.

Jetzt knirschte grober Sand unter den Sohlen eines Schuhs, vernahm sie Schritte. Vermutlich hatte die Person gehört, was sie hatte hören wollen, und schlich jetzt vorsichtig um das Haus herum. Rasch schwang sich Nerina aus dem Bett und glitt hinter die Türöffnung. Ohnehin wußte sie sonst keinen Ort, an dem sie sich hätte verbergen können. Ihr Herz schlug so, daß sie glaubte, es müsse unweigerlich jeder hören, der den Raum betrat. Die Hand fest um ihren silbernen Talisman gelegt, wartete sie darauf, daß die Tür aufgestoßen wurde.

Dennoch wurde sie überrascht. Heftig warf der Fremde den Ledervorhang des Eingangs beiseite, sprang vor, zwei, drei Schritte, und stieß seinen Degen in das Bettkissen. Einmal, zweimal, dreimal stach er zu, dann fluchte er, weil er offenbar gewahr geworden war, daß niemand darin lag. Und jetzt erkannte sie die Stimme. Sofort wußte sie, wer ihr nach dem Leben trachtete. Unfähig zu schreien, würgte sich nur ein Stöhnen aus ihrem Mund, unabsichtlich, fatal.

Der Angreifer wirbelte herum und musterte die dunkle Ecke des Raumes. Weil er vermutlich etwas länger brauchte, um sich an die Dämmerung zu gewöhnen, fand er sie nicht sofort. Trotzdem mußte sie die Initiative ergreifen, wollte sie nicht einfach abgestochen werden wie ein schlachtreifes Schwein. Sie zwang sich zur Ruhe, atmete einmal tief ein und versuchte, so natürlich wie möglich zu sprechen.

»Soviel Mut hätte ich Euch nicht zugetraut, Fra Domenico«, spottete Nerina.

Sein Blick fixierte sie, schneller als sie dachte, wußte er, wo sie kauerte.

»Pah«, konterte der Johanniter. Sein Degen fuhr durch die Luft, und sie fühlte, wie dessen Spitze zwischen ihren Fingern hindurchstach und mit einem hellen Klingen ihr Amulett traf.

Sie erschrak, wich zurück, stotterte, als sie ihm antwortete. »Das Amulett. Gebt es mir!«

»Seid Ihr neuerdings unter die Räuber gegangen, die sich am billigen Schmuck der Straßenmädchen vergreifen?« Solange sie miteinander redeten, solange sie sich ansahen, hoffte sie verzweifelt und gehorchte dabei einem unbestimmten Gefühl, würde er sie am Leben lassen. Also mußte sie das Gespräch in Gang halten. »Was wollt Ihr mit einem Amulett?«

»Gebt mir das Amulett. Es gehört mir.«

»Jetzt habt Ihr Euch aber gänzlich vergriffen, Fra Domenico. Das Amulett schenkte mir vor Jahren meine Ziehmutter. Es werde mich als Frau vor dem bösen Blick bewahren, hat sie mir damals eingeschärft, und ich dürfe es nie ablegen. Also sucht Euch ein anderes Schmuckstück. Dies gehört sicherlich nicht Euch.«

Mittlerweile sah Fra Domenico in der leichten Dämmerung der Hütte offenbar ebensogut wie sie. Wieder kreiste seine Degenspitze vor ihrer Brust und ließ das Amulett klirren, wenn sie es traf.

»Was wollt Ihr noch, Fra Domenico? Euer Ziel ist längst erreicht. Micheles Körper fault in der Kirche – Eure Rache sollte befriedigt sein.«

Langsam sank der Degen zu Boden, nur um plötzlich hochzuschnellen und mit einem für sie unerwartet präzisen Hieb, der ihr jedoch die Haut am Hals ritzte und einen scharfen Schmerz verursachte, das Lederband zu zertrennen, mit dem die Silberkapsel um den Hals hing.

»Seid Ihr wahnsinnig?« herrschte sie ihn an und griff nach der Wunde.

»Versteht Ihr denn nicht? Niemals wollte ich Michele töten. Eine Erlösung wäre es für ihn gewesen. Erlösen wollte ich ihn aber nicht. Leiden sollte er, sein Leben lang leiden. Nur so aber konnte ich ihn quälen, bis an sein Ende. Leider ist er mir zuvorgekommen.«

Vorsichtig erhob sich Nerina, die Kapsel jetzt in der linken Hand, das Lederband baumelte lose herunter.

»Aug um Aug, Zahn um Zahn. Ihr seid ein erbärmlicher Mensch.«

»Ich? Ich erbärmlich?« Um Fassung mußte der Johanniter ringen, so offensichtlich, daß Nerina nicht mehr wußte, was sie sagen sollte. Spielte er ihr jetzt ein schlechtes Jahrmarktstheater vor, oder hatten Enrico und sie all die Angriffe auf Michele falsch verstanden?

»Habt Ihr Euch das Amulett einmal genauer betrachtet? Es aufgeschraubt und nachgesehen, was es enthält? Nie? Ich werde es Euch sagen, Nerina, damit Ihr versteht, wer und was erbärmlich ist.«

Jetzt stand sie und nickte nur, weil er im Redefluß war. Enrico mußte kommen, bald kommen. Hoffentlich hörte er sie. Sie versuchte laut zu sprechen, deutlich. Lange würde sich dieser Johanniter nicht mehr aufhalten lassen.

»Erzählt. Ich bin gespannt.«

»Die Kapsel wurde gefüllt mit einem Porträt.«

Unwillkürlich lachte Nerina.

»Und ich bin ein Reliquienschrein!«

»Michele malte uns Brüder, weil Antonio Micheles Schwester begehrte. Und wenn ich es richtig erfahren habe, dann beruhte die Zuneigung der beiden anfänglich durchaus auf Gegenseitigkeit.«

Immer wenn Fra Domenico seinen Redefluß unterbrach, wippte dessen Degenspitze vor ihrem Gesicht auf und ab. Sie rührte sich nicht, stand starr und wie versteinert. Nur das Kind in ihrem Bauch strampelte gegen die Bauchdecke. Langsam glaubte sie absterben zu müssen. Ihre Beine begannen taub zu werden, auch die Arme schliefen ihr ein und kribbelten. Und je gefühlloser ihr Körper in der Hocke wurde, desto heftiger wehrte sich das Kind mit boxenden Bewegungen. Sie erhob sich langsam, immer den Degen vor Augen.

»Er hat den Liebhaber seiner Schwester getötet. Ja. Obwohl sie beide von der jugendlichen Liebe wußten.«

Unruhig trat Nerina von einem Bein auf das andere, um den Blutfluß in Gang zu bringen, das Kind zu beruhigen. Was ihr der Johanniter erzählte, kannte sie, aber sie unterbrach ihn nicht, wollte ihn nicht reizen.

»Und warum steckte er den Porträtkopf Eures Bruders in das silberne Amulettröhrchen?«

Fra Domenico lächelte sie kalt an.

»So kennt Ihr den Inhalt doch. Er liebte meinen Bruder und konnte es nicht ertragen, daß sich dieses Verhältnis zu seiner Schwester entwickelte. Möglicherweise entdeckte er sogar, daß er beide mochte. Erwidert hat mein Bruder Micheles Zuneigung nicht. Er erzählte mir, daß ihm Michele nachgestiegen sei, daß der ihn berührt – und daß er ihn abgewiesen habe. Das habe Michele nicht ertragen, sei wie von Sinnen gewesen. Und die einzige Rache, die ihm Wert genug erschienen war, sei seine eigene Schwester gewesen.«

Nicht daß Nerina besonders überrascht gewesen wäre, daß Michele Beziehungen zu Männern unterhalten hatte. Zu oft waren ihr die Hafenhuren schmächtig und sehr männlich erschienen.

»Damit erzählt Ihr mir nichts Neues«, provozierte sie jetzt. Am Reden halten, neue Erklärungen finden lassen, er muß mir seine Welt erläutern, bis Enrico kommt, mahnte sie sich.

»Ihr verschweigt mir noch immer, woher das Bild im Amulett stammt.«

»Es ist das einzige Bild, das meinen Bruder zeigt. Damals, in der Bottega seines Meisters Peterzano, malte er uns beide und versteckte das Ergebnis. Es war seine Gesellenarbeit. Als wir das Bild nach Monaten fanden, fehlte meinem Bruder das Gesicht. Ausgeschnitten hatte er es, vernichtet, zerstört. Wir haben nicht begriffen, warum, bis die Nachricht vom Duell und der schweren Verletzung meines Bruders eintraf. Der Leichnam – ich traf Antonio nicht mehr lebend an – war geplündert.« Fra Domenico deutete auf das Amulett in Nerinas Hand. »Ihm fehlte die Kapsel, die Ihr tragt.«

Mit einer Geste, die Nerina als Bitte deutete, forderte er das Amulett.

»Wer sagt mir, daß Ihr das alles nicht erfunden habt?« Über das Gesicht des Johanniters zog ein schmerzlicher Ausdruck. Seine Degenspitze hob sich vom Boden und kreiste über ihrer Hand. Sie fühlte, daß er nahe daran war, sich das Amulett gewaltsam zu holen. »Alles klingt, als entstamme es einem Ritterroman.«

Sie hörte, wie Fra Domenico schluckte, wie er sich räusperte, wie er sich mit Gewalt zurückhielt. Und gleichzeitig fühlte sie die sanften Bewegungen ihres Kindes im Bauch, das sich gegen die Stimme, gegen ihre Angst, gegen ihr Unwohlsein wehrte. Sie schloß die Augen, weil sie befürchtete, er könnte mit demselben Hieb, mit dem er ihr das Amulett vom Hals getrennt hatte, die Finger abschlagen und sich das silberne Röhrchen holen.

»Welchen Sinn ergibt es, mir das Amulett mitzugeben?«

»Es war ein Geschenk meines Bruders an Caterina. Michele

hat nur das Bild hineingetan. Mir blieb nichts mehr, was an ihn erinnerte, und er wußte es.« Die Degenspitze kreiste jetzt vor ihrer Brust, und sie bemerkte, wie sie zu zittern begann. Fra Domenico konnte seine innere Erregung nicht mehr verbergen. Wie in einem Vulkan staute sich in seinem Innern der Druck.

»Gebt mit das Amulett.«

»Damit verliere ich die Erinnerung an meinen Vater!«

Jetzt lachte Fra Domenico laut heraus, und ihr Erschrecken teilte sich auch dem Kind mit, das fester trat und unruhiger wurde. Unwillkürlich griff sie nach ihrem Bauch und drückte die Hand mit dem Amulett dagegen, bis es sich beruhigt hatte. So dachte sie sich, halten nur Schwangere ihren Bauch. Hunderte Male hatte sie es gesehen, und jetzt zum erstenmal selbst diese Bewegung gemacht.

»Ihr kommt schon noch auf Eure Kosten, Nerina. Denn eine mögliche Geschichte hat Euch Michele sicherlich verschwiegen. In seiner Wut über die Abweisung durch meinen Bruder hat Michele seine Schwester Caterina geschwängert. Er, wohlgemerkt. Um meinen Bruder zu kompromittieren, um ihn in die Enge zu treiben. Damals hätte ich mir gewünscht, er hätte mich mehr beachtet, aber ich zählte nicht, war zu jung, um ihm aufzufallen.«

Im ersten Moment glaubte Nerina, sich verhört zu haben. Was sagte Fra Domenico? Michele hatte seine Schwester ... Plötzlich hallte in ihr ein Begriff wider, den sie in Rom bereits einmal gehört hatte. Schwesternschänder! Das hatten sie gerufen. Das hatte vermutlich Fra Domenico gerufen, um Micheles Ruf zu zerstören. Entsprach die Geschichte also nicht der Wahrheit, sondern wurde sie nur vom Johanniter erzählt, um sie zu verunsichern? Sie wußte es nicht.

»Aber sobald Ihr geboren wart, nahm Michele, als Oberhaupt der Familie Euch der Mutter weg und verschenkte Euch an Schausteller, mit der Auflage, daß sie Euch das Amulett aushändigten, sobald Ihr mannbar geworden wärt. Ein Bastard aus Inzest durfte nicht im Hause Merisi bleiben!«

Wie erstarrt sah Nerina den Johanniter an. Wenn stimmte, was er ihr erzählte ...

»Ich ... bin also ... das Kind ... von Caterina und ...«

»Michelangelo Merisi da Caravaggio!«

Wie bei einem Mosaik fügten sich jetzt alle Details und gaben einen neuen seltsamen Blick auf die Umstände ihrer Flucht. Erzählte er ihr wirklich die Wahrheit? Hatte Michele ihr nicht, kurz bevor er starb, andeuten wollen, was der Johanniter, was Fra Domenico wußte.

»Und jetzt gebt mir das Amulett!« Sie hörte den Degen nur durch die Luft zischen und fühlte, wie eine ihrer Haarlocken zu Boden fiel. »Ich möchte Euch nicht zwingen müssen, versteht Ihr.«

Mit zitternder Hand reichte sie ihm das silberne Röhrchen.

»Und deshalb verfolgt Ihr mich? Seit wann wißt Ihr davon?«

Aus seiner Stimme hörte sie den Unwillen heraus, sich all diese Fragen gefallen zu lassen. Seine Geduld endete. Doch Enrico blieb verschwunden. Dieses Mal hätte sie ihn gebraucht. Mit einem Schrecken, der sie so stark überfiel wie der Schnitt eines Messers ins Fleisch, erkannte sie, daß ihr gegenüber der Tod stand. Unwillkürlich zitterten ihre Lippen, und das Kind im Bauch strampelte, als genieße es nicht den warmen und dunklen Aufenthalt unter ihrem Herzen, sondern wolle sich aus seinem Gefängnis befreien. Unwillkürlich beschleunigte sich ihr Atem, und sie fühlte es heiß im Gesicht aufsteigen.

»Ihr seid totes Fleisch, Nerina – und Ihr wißt es. Aber die Ungewißheit soll nicht Euer Pfand sein, mit dem Ihr die Grenze überschreitet. Wir trafen uns bei Kardinal Del Monte, Jahre später. Ich zu einem Jüngling herangewachsen, er zu einem Mann. Mich erkannte er nicht, aber ich ihn. Erst als ich ihn zurückgewiesen habe, als er von denselben Worten in den Staub getreten wurde wie mein Bruder damals, verstand er. Die Zeit heilte die Wunde nicht, sondern grub sie tiefer. Und seither suche ich nach dem Amulett – seither vollende ich, was er begonnen hat. Wie bei einem Gemälde, versteht Ihr, und jetzt ist der Zeitpunkt gekommen, den Firnis endgültig aufzutragen, den Riß zu schließen, ihn verschorfen zu lassen. Und der Kardinal unterstützt mich. Ihm ist daran gelegen, daß ein Mensch wie Caravaggio, der mit seinen Bildern begeistert und Marksteine einer neuen Frömmigkeit setzt und trotzdem die Menschen in ihrem tiefsten Inneren verletzt, ausgelöscht wird.«

Einen Schritt trat er auf Nerina zu, die ihre Augen schloß und den Stich, das tödliche Brennen in den Eingeweiden erwartete. Sie hatte abgeschlossen. Die Zeit, dachte sie, fließt und verschwindet wie das Leben der Menschen darin. Bruchlos vergehen die Jahre. Doch nichts geschah. Sie hörte nur ein Klicken und Zischen, als flöge eine Eule durch den Raum, die mit ihrem weichen Gefieder die Luft streichelte. Auf ihrem Bauch fühlte sie die Spitze des Degens, den Kitzel des Todes. Sie biß sich auf die Lippen, bis sie Blut spürte, aber plötzlich ließ der Druck der Schneide nach, und als sie die Augen öffnete, sah sie in die erstaunten, weit aufgerissenen Augen Fra Domenicos. Sein Mund öffnete sich, als wolle er schreien, aber kein Laut drang über seine Lippen. Er taumelte vorwärts, knickte ein und brach schließlich gänzlich in die Knie, während sich sein Degen in der Bodendiele verhakte und unter dem Gewicht des Mannes zerbrach, während der Körper nach vorne fiel. Aus seinem Hinterkopf ragte eine Pfeilbefiederung.

Es dauerte lange, bis Nerina begriff, daß der Bolzen einer Armbrust von hinten in Fra Domenicos Schädel eingedrungen war und ihn getötet hatte. Vor Furcht und dem heiß aufwallenden Gefühl der Dankbarkeit vergaß sie, sich nach dem Schützen umzusehen. Hysterisch begann sie zu kichern und zu lachen, und das Kind in ihrem Bauch schlug um sich, als müsse es sich gegen das Leben wehren. So erschrak sie selbst, als sich ein Arm um ihre Schultern legte.

»Alles habe ich mit angehört. Fra Domenico arbeitete also für Del Monte. Er hat es verdient, Nerina.«

Sie wollte weinen, aber es gelang ihr nicht. Nur ein Zittern durchlief sie.

»Halt mich fest, Enrico!«

»Es ist vorbei, der Alptraum ist endlich vorbei.«

In seiner Hand hielt er die Armbrust, deretwegen er zum Markt nach Port'Ercole aufgebrochen war. Sie drückte sich in seinen Arm. Vor ihr lag Fra Domenico, dessen Körper noch immer leicht zitterte, aber in ihrem Bauch regte sich das Leben, und sie hatte das Gefühl, daß es diesmal nicht Furcht und Hoffnungslosigkeit waren, die das Menschenleben darin bewegten, sondern daß es sich in ihrer Wärme barg. Ihre Frucht ließ Caravaggio doppelt unsterblich werden.

Ein Roman ist nicht unbedingt an die historische Wahrheit gebunden. Dies unterscheidet ihn wesentlich von wissenschaftlichen Werken. Trotzdem habe ich versucht, Michelangelo Merisis Leben so wahrheitsgetreu wie möglich zu schildern, was um so schwieriger war, als viele unterschiedliche Versionen seines Lebensweges existieren. Dort, wo ich es für die Dramaturgie des Romans notwendig hielt, bin ich von der Historie abgewichen.

Danksagung

Ein Werk wie dieses bedarf der Mühe vieler Menschen.

Besonders danken möchte ich meiner Frau, die mich als Erstleserin und Korrektorin immer ermunterte.

Roman Hocke, meinem Agenten und Ratgeber, bin ich zu großem Dank verpflichtet. Ohne ihn gäbe es diesen Roman nicht. Ihn faszinierte die Idee sofort. Er half mir durch Vorschläge beim Schreiben, bei allen formalen Angelegenheiten und als Kenner Italiens und insbesondere Roms mit so manchem Detail.

Dank gebührt auch meinem Lektor, Matthias Bischoff, der mich mit wertvollen Ratschlägen zu Dramatik und Textaufbau versorgte.

Meinem Bruder Gerhard, der mit Ideen, Hinweisen und Kritik nie sparte und mich auf den Boden des Erzählbaren zurückbrachte, möchte ich ebenfalls auf diesem Wege danken.

Daneben halfen mir viele hier nicht Genannte in endlosen Gesprächen und Diskussionen, die Struktur des Romans zu entwickeln.